JANE
FEATHER
**DIEBIN MEINES
HERZENS**

Roman

PORTOBELLO

Die Originalausgabe erschien unter dem Titel »Vanity« bei Bantam Books,
a division of Bantam Doubleday Dell Publishing Group, Inc., New York.

FSC
Mix
Produktgruppe aus vorbildlich
bewirtschafteten Wäldern und
anderen kontrollierten Herkünften

Zert.-Nr. SGS-COC-1940
www.fsc.org
© 1996 Forest Stewardship Council

Verlagsgruppe Random House FSC-DEU-0100
Das für dieses Buch verwendete FSC-zertifizierte Papier
Holmen Book Cream liefert Holmen Paper, Hallstavik, Schweden.

Portobello Taschenbücher erscheinen im Goldmann Verlag,
einem Unternehmen der Verlagsgruppe Random House GmbH

Einmalige Sonderausgabe März 2008
Copyright © der Originalausgabe 1995 by Jane Feather
Published by arrangement with Bantam Books, a division of Bantam
Doubleday Dell Publishing Group, Inc.
Copyright © der deutschsprachigen Ausgabe 1997
by Wilhelm Goldmann Verlag, München,
in der Verlagsgruppe Random House GmbH
Umschlaggestaltung: Design Team München
Umschlagillustration: Franco Accornero/Agentur Schlück GmbH
Druck: GGP Media GmbH, Pößneck
NG · Herstellung: WE
Printed in Germany
ISBN: 978-3-442-55523-9
www.portobello-verlag.de

10 9 8 7 6 5 4 3 2 1

Prolog

Sussex, England: 1762

Die drei Jungen kämpften sich den steil ansteigenden, grasbewachsenen Hang zum Felsplateau der Steilküste von Beachy Head hinauf. Eine heftige Windböe erfaßte den Drachen und jagte ihn höher in den strahlend blauen Himmel hinein. Philip Wyndham straffte die Schnur und stürmte noch wilder voran.

Gervase, der älteste der drei, blieb erschöpft stehen, sank vornüber und rang mit dem gequälten Keuchen des Asthmatikers nach Luft. Cullum faßte seinen Bruder an der Hand und zog ihn mit zum Plateau hinauf. Er war ein kräftiger Kerl und hatte, obwohl zwei Jahre jünger, keine Mühe, den schmächtigen Gervase zu schleppen. Schon lachten beide wieder, als sie Philip oben einholten.

Einen Augenblick lang standen die drei ganz still am Rande des Plateaus und schauten atemlos in den scharf ins Gestein gemeißelten, jäh abstürzenden Trichter, an dessen Sohle tief unter ihnen die Brandung gegen schartige Felsen donnerte.

Schaudernd zog Gervase die schmalen Schultern hoch. Schon immer hatte der Trichter eine eigenartige Faszination auf ihn ausgeübt. Sein unerbittlicher Abgrund schien ihn zu locken, sich fallen zu lassen, hinein in diesen Schlund, hinein in die enge Röhre, in der sich der heulende Wind in wilden Wirbeln fing – sich fallen zu lassen bis ganz hinunter zu den gischtgekrönten, messerscharfen Felsenzähnen.

Er trat einen Schritt zurück. »Philip, gib mir den Drachen. *Ich* bin jetzt dran!«

»Bist du nicht!« Philip schlug Gervase den Arm weg, als er nach der Drachenschnur griff. »Wir haben ausgemacht, daß ich ihn eine halbe Stunde haben darf.«

»Und diese halbe Stunde ist jetzt vorbei«, sagte Cullum mit der ihm eigenen Autorität und streckte ebenfalls fordernd die Hand nach der Schnur aus.

Eine Möwe schoß im Sturzflug auf die Klippen nieder. Ihr klagender Schrei wurde von einer zweiten, dann einer dritten aufgenommen. Die drei Jungen begannen, sich um die Drachenschnur zu balgen, während hoch über ihren Köpfen die Möwen kreisten, wie schwarze Schatten vor den weißen Quellwolken.

Cullum rutschte bei dem Gerangel auf einem losen Grasbüschel aus und fiel aufs Knie. Als er sich wieder aufrappelte, sah er, wie Gervase gerade nach der Drachenschnur hechtete, die Philip höhnisch lachend noch immer festhielt. Dessen schiefergraue Augen verengten sich plötzlich zu tückischen Schlitzen. Erneut schnellte Gervase nach oben, um Philip am Handgelenk zu packen, doch dieser sprang blitzschnell zur Seite und trat mit dem Stiefel zu. Er traf seinen Bruder mit voller Wucht an der Wade.

Gervases langgezogener Schrei mischte sich mit der heiseren Klage der Möwen, bis er endlich verklang.

Die beiden Jungen auf dem Plateau starrten in den Trichter, hinab zu dem leblosen Bündel, das tief unten auf einem flachen Felsen lag. Es war, als saugten die Wellen an der Seidenhose ihres Bruders.

»Du warst es«, stieß Philip hervor. »Du hast ihm ein Bein gestellt.«

Cullum starrte ihn fassungslos an. Blankes Entsetzen stand in seinem Gesicht. Sie waren Zwillingsbrüder, doch ihre Ähnlichkeit beschränkte sich auf die charakteristischen grauen Augen der Wyndhams. Philip sah wie ein kleiner Engel aus mit seinem runden, von üppigen goldenen Locken umrahmten Gesicht. Er war zwar schmächtig, wirkte aber, anders als der unglückliche Gervase, recht robust. Cullum dagegen war ein kräftiger Junge mit breiten Schultern und muskulösen Beinen. Ein dichter dunkelbrauner Haarschopf betonte seine ausdrucksstarken Züge.

»Was meinst du damit?« flüsterte er voller Angst. Seine Augen flackerten gespenstisch.

Philip funkelte ihn hinterhältig an. »Ich hab's genau gesehen«, zischte er. »Du hast ihm ein Bein gestellt. Ich hab's genau gesehen.«

»Nein«, flüsterte Cullum. »Nein, ich war's nicht. Ich wollte mich gerade hochrappeln... du hast...«

»*Du* warst es!« unterbrach ihn Philip. »Ich werde allen sagen, was ich gesehen habe, und sie werden mir glauben. Du weißt, daß sie mir glauben werden!« Sein Blick durchbohrte den Bruder, und als Cullum den Triumph des Bösen in Philips engelsgleichem Gesicht wahrnahm, überwältigte ihn wieder das altbekannte Gefühl lähmender Hilflosigkeit. Man würde Philip glauben wie immer. Alle glaubten Philip.

Mit einem Ruck wandte sich Cullum ab, stürzte an den Rand des Plateaus und suchte verzweifelt einen Abstieg zu dem leblosen Körper seines Bruders. Philip rührte sich nicht von der Stelle und sah unbeteiligt zu, wie Cullum schließlich, ein paar Meter weiter, vorsichtig mit den Händen tastend, begann, sich vom Grasrand des Plateaus aus die gefährliche Steilwand hinunterzuhangeln.

Als Cullum verschwunden war, rannte auch Philip los. Er stürmte in die andere Richtung, den steilen Hang hinab auf die schmale Landstraße zu, die nach Wyndham Manor führte, dem Sitz des Earl of Wyndham. Seine Lippenbewegungen verrieten, daß er sich bereits seine Version des Unfalls zurechtlegte, dem der älteste Sohn des Earl of Wyndham zum Opfer gefallen war. In seinen Augen sammelten sich die ersten Tränen.

Hoch über ihm tanzte munter der Drachen im Wind.

1

LONDON: FEBRUAR 1780

Schon vor Tagesanbruch waren die Massen in die Stadt geströmt. Im Kampf um die besten Plätze an der Straße nach Tyburn schoben und stießen sich die Menschen, und die Glücklichsten schafften es, sich direkt am Fuß des Galgens zu postieren. Es schneite ein wenig, und dazu blies ein eisiger Wind, doch die Leute ließen sich ihre Festtagslaune nicht verderben. Die Bauern aus der Umgebung waren mit ihren Weibern in die Stadt gekommen. Freigebig teilten sie den Inhalt ihrer Proviantkörbe mit den Nachbarn, während die Kinder Fangen spielten. Mal verschwanden sie im Getümmel, bald tauchten sie lachend wieder auf und purzelten als raufende Knäuel auf das Pflaster. Die Hausbesitzer an der Straße nach Newgate witterten ihre Chance, denn hier mußte der Henkerskarren vorbeikommen. Immer wieder brüllten sie ihre Preise für einen Platz auf dem Fensterbrett oder auf dem Dach in die Menge.

Denn es versprach in der Tat ein Spektakel zu werden, für das es sich lohnte, tief in die Tasche zu greifen: die Hinrichtung von Gerald Abercorn und Derek Greenthorne, zwei berüchtigten Straßenräubern, die fast zehn Jahre lang unter den Reisenden in der Umgebung von Putney Heath Angst und Schrecken verbreitet hatten.

Eine dralle, rotwangige Frau, die sich eine Taubenpastete schmecken ließ, schmatzte mit vollem Munde: »Jetzt, wo sie die zwei erwischt haben, kann es doch nicht schwer sein, den dritten auch noch zu schnappen.«

Ihr Mann kramte aus der geräumigen Tasche seines weiten Mantels eine Flasche Rum hervor. »Nee, Alte«, gab er zurück, »Lord Nick werden sie nicht kriegen, laß dir das gesagt sein!« Er nahm einen herzhaften Schluck und wischte sich den Mund mit dem Handrücken ab.

»Na, Sie scheinen ja sehr überzeugt, Sir«, ertönte eine amüsierte Stimme hinter ihm. »Warum sollte denn dieser sogenannte Lord Nick schwerer zu fassen sein als seine unglücklichen Kumpane?«

Der Mann tippte sich an die Nase und zwinkerte dem Fremden vielsagend zu. »Weil er einen Riecher hat, verstehen Sie? Weil er ein unheimlich schlauer Fuchs ist. Bis jetzt ist er ihnen noch jedesmal durch die Maschen geschlüpft. Man munkelt sogar, daß er in einer Rauchwolke verschwindet, er und sein weißer Gaul. Wie Old Nick, der Leibhaftige selbst.«

Sein Gesprächspartner lächelte ein wenig spöttisch, schwieg jedoch und nahm eine Prise Schnupftabak. Er war gut einen Kopf größer als seine Umgebung, so daß er freien Blick auf den Galgen hatte. Als er vom Ende der Tyburn Road her das verhaltene Raunen der erregten Menge vernahm, das die Ankunft des Karrens mit den Todeskandidaten ankündigte, war sein Lächeln wie weggewischt. Mit harten Ellbogenstößen schob er sich durch die Massen, ohne auf Flüche und Verwünschungen zu achten, bis er die Richtstätte erreicht hatte.

John Dennis, der Henker, hatte bereits seinen Platz auf dem breiten Karren eingenommen, der unter dem Galgen stand. Er schlug sich den Schnee von den schwarzen Ärmeln und spähte angestrengt durch das mittlerweile dichte Gestöber in die Richtung, aus der seine Kunden kommen mußten.

»Kann ich Sie einen Moment sprechen, Sir?«

Dennis fuhr zusammen und schaute von seinem Karren hinunter. Vor ihm stand ein unauffällig gekleideter Herr in schlichtem braunem Mantel und Reithosen, der ihn mit seinen grauen Augen durchbohrte. »Was verlangen Sie für die Leichen?«

fragte er und zückte einen ledernen Geldbeutel. Verheißungsvoll klimperte der Inhalt, als er den prallen Sack in die andere Hand fallen ließ. Dennis kniff die Augen zusammen. Er musterte den Mann genauer und bemerkte, daß auch seine übrige Kleidung zwar unauffällig, aber aus bestem Material und tadellos geschnitten war. Das Leinenhemd des Gentleman war blütenweiß, wenn auch ohne Spitzenkrause, und sein Hut großzügig mit einem silbernen Band verziert. Dennis' taxierender Blick glitt über die feinen weichen Lederstiefel, deren Schnallen, die, wie er sofort erkannte, ebenfalls aus reinem Silber waren. Straßenräuber – zumindest Mr. Abercorn und Mr. Greenthorne – hatten offenbar wohlhabende Freunde.

»Fünf Guineen für jeden«, entgegnete er knapp, ohne auch nur eine Sekunde zu überlegen. »Und drei für die Kleider.«

Der Fremde verzog angewidert den Mund, öffnete jedoch wortlos seine Börse.

Dennis beugte sich hinab, und der Mann in Braun zählte ihm die geforderten Goldmünzen in die ausgestreckte Hand. Dann wandte er sich ab und winkte vier stämmige Träger heran, die etwas abseits des Gedränges an ihre Karren gelehnt standen. »Bringt die Leichen zum ›Royal Oak‹ in Putney«, befahl er knapp und warf jedem eine Guinee zu.

»Wahrscheinlich werden wir uns mit den Leuten des Chirurgen um die Leichen schlagen müssen«, sagte einer der vier mit scheelem Blick.

»Wenn ihr sie sicher zum ›Royal Oak‹ gebracht habt, gibt es noch einmal eine Guinee«, erwiderte kalt der Mann in Braun. Dann machte er auf dem Absatz kehrt und bahnte sich den Weg zurück durch die Menschenmasse. Er hatte seine Mission erfüllt und dafür gesorgt, daß die sterblichen Überreste seiner Freunde nicht auf dem Seziertisch des Chirurgen zerstückelt würden. Aber ihren Tod mit eigenen Augen mitanzusehen, nein, das war ihm unerträglich.

Er war bereits bis zur Mitte der Menge vorgedrungen, als der

Lärm aus der Tyburn Road anschwoll. Jetzt mußte die Ankunft der Delinquenten aus Newgate unmittelbar bevorstehen. Fieberhafte Erregung erfaßte die Menschen. Ungestüm drängten sie zum Galgen, so daß der Mann keinen Schritt mehr vorankam. Resigniert blieb er stehen und versuchte, sich gegen den Strom der Gaffer zu stemmen. Sie knufften und pufften, schimpften und fluchten und stellten sich auf die Zehenspitzen, um einen besseren Blick auf den Ort des Geschehens zu erhaschen.

»Nehmen Sie den Hut ab, Frau!« Den Schrei aus rauher Kehle begleitete ein nicht minder rauher Stoß gegen ein Ungetüm aus Stroh und scharlachrot gefärbten Federn.

Zornbebend fuhr die Besitzerin desselben herum, eine Kutschersfrau mit rosigen Wangen, und schleuderte dem Übeltäter ihre gewaltige Ginfahne sowie einen Schwall obszöner Flüche entgegen, die der Betroffene in gleicher Münze zurückzahlte. Der Mann in Braun seufzte und hielt sich die Nase zu, denn es stank penetrant nach billigem Fusel und verschwitzten Leibern. Die Atmosphäre unter den Zuschauern hatte sich trotz Schneefalls und beißenden Windes immer mehr aufgeheizt. Plötzlich verspürte er einen leichten Stoß gegen die Brust, dann eine schnelle Bewegung an der Weste. Augenblicklich war er hellwach, doch als er sich an die Westentasche griff, ahnte er es bereits: Seine Uhr war weg.

Fuchsteufelswild schaute er um sich. Er sah ein Meer von erregten Gesichtern mit glühenden Augen und offenen, keuchenden Mündern.

Da blieb sein zorniger Blick an einem Gesicht hängen, das ganz nah bei ihm war, so nah, daß eine zarte Strähne zimtbraunen Haars seine Schulter berührte. Es war das Antlitz einer Madonna. Ein blasses, vollkommen geformtes Oval mit braungoldenen, weit auseinanderstehenden Augen unter sanft geschwungenen, breiten Brauen. Die dichten, dunkelbraunen Wimpern flatterten, und der wunderschöne Mund bebte.

Plötzlich brüllte eine erregte Stimme: »Passen Sie auf Ihre Taschen auf! Hier treibt sich ein gemeiner Dieb herum!« Ein Chor der Entrüstung erhob sich. Jedermann griff sich sofort ängstlich an die Weste, befühlte seine Hosentasche, und so manch einer stellte entsetzt fest, daß auch er um einen wertvollen Gegenstand leichter war.

Fast im gleichen Augenblick schwankte das Mädchen an seiner Seite. Sie seufzte auf und sank in Ohnmacht. Blitzschnell fing der Mann in Braun sie auf und bewahrte sie davor, von den groben Stiefeln auf dem Pflaster zertrampelt zu werden. Hilflos hing sie in seinen Armen. Ihr Gesicht war noch blasser geworden. Winzige Schweißperlen standen auf ihrer Stirn.

»Bitte um Vergebung, Sir«, murmelte sie mit nervös zuckenden Lidern, bevor sie wieder das Bewußtsein verlor und seiner Umarmung zu entgleiten drohte.

Er hielt sie fest, hob sie hoch und bahnte sich mit dem Mädchen in den Armen einen Weg durch das Gewühl. »Lassen Sie mich durch!« rief er immer wieder in barschem Ton, »die Lady ist ohnmächtig!« Endlich gelang es ihm, sich aus der Menge herauszukämpfen, die jetzt von dem Spektakel vorn am Galgen ganz gebannt war. Er hatte sich eben einen etwas ruhigeren Platz erobert, als der Mob laut aufbrüllte. Der Mann wußte – in dieser Sekunde hatte der Henker Derek und Gerald den Karren unter den Füßen weggezogen, und die beiden baumelten am Galgen. Seine Züge verhärteten sich. Kalt wie arktisches Eis wurde sein Blick. Er schloß die Augen.

»Ich danke Ihnen, Sir«, wisperte das Mädchen in seinen Armen, das in dem Augenblick aus seiner Ohnmacht erwachte. »Ich hab' meine Freunde in dem Gedränge verloren, und ich hatte solche Angst, daß die Masse mich tottrampelt! Aber nun geht es mir wieder gut.«

Ihre Stimme klang jetzt überraschend kräftig und voll. Ihr Samtumhang hatte sich im Gedränge ein wenig geöffnet und gab den Blick auf ein schlichtes Musselinkleid frei. Den Ausschnitt bedeckte ein einfaches weißes Halstuch, wie es sich für ein anständiges Mädchen aus gutem Hause ziemte. Ihre Hände steckten in einem Samtmuff. Sie schaute zu ihm auf und lächelte unsicher, als er keine Anstalten machte, sie abzusetzen.

»Wie wollen Sie denn Ihre Freunde wiederfinden?« fragte er und warf einen Blick auf das brodelnde Menschengetümmel. »Die können überall sein. Das ist hier nicht der Ort für eine wohlerzogene junge Dame, allein herumzulaufen.«

»Bitte, Sir, ich möchte Sie nicht länger belästigen«, erwiderte sie bestimmt. »Ich bin sicher, daß ich meine Freunde finden werde... Sie werden nach mir suchen.« Sie stemmte sich gegen seine Umarmung, und es überraschte ihn, mit welcher Entschlossenheit sie sich zu befreien versuchte.

Da keimte in ihm ein Verdacht auf. Er erinnerte sich an den seltsamen Ablauf des Geschehens. Alles hatte einfach zu gut zusammengepaßt... aber nein, er mußte sich täuschen. Es konnte einfach nicht wahr sein, daß dieses unschuldige Engelsgesicht mit der honigsüßen Stimme ein gerissener Langfinger war!

Plötzlich tauchte Philips Gesicht vor ihm auf. Philip, als er ein Kind war – der engelsgleiche, sanfte, schmeichelnde, unschuldige kleine Philip. War seinen Eltern jemals eine einzige Klage über ihren Liebling zu Ohren gekommen? Oder dem Kindermädchen, oder dem Hauslehrer? Oder sonst irgend jemandem in dem Schloß, in dem Klein-Philip das Zepter führte?

»Lassen Sie mich herunter, Sir!« Die jetzt deutlich ungehaltene Stimme des Mädchens brachte ihn mit einem Schlag in die Gegenwart zurück.

»Ja, gleich«, beruhigte er sie. »Aber lassen Sie uns doch erst einmal nach Ihren Freunden Ausschau halten. Wo genau haben Sie sie denn verloren?«

»Wenn ich das so genau wüßte, Sir, hätte ich wohl kaum Probleme, sie wiederzufinden«, gab sie in scharfem Ton zurück. »Sie sind sehr zuvorkommend gewesen, und mein Onkel wird Ihnen äußerst dankbar sein, daß Sie mich gerettet haben. Wenn

Sie mir Ihren Namen und Ihre Adresse geben, werde ich dafür sorgen, daß Sie in angemessener Weise entlohnt werden.« Wieder wand sie sich heftig, um sich aus seinem Griff zu befreien.

Doch er ließ nicht locker und hob sie noch höher. »Verehrteste, Sie beleidigen mich«, widersprach er mit samtweicher Stimme. »Ein Schuft, der ein unschuldiges Mädchen wie Sie in dieser Situation sich selbst überließe!« Er sah sich mit gespielt besorgter Miene um. »Nein, ich werde nicht eher ruhen, als bis ich Sie persönlich zu Ihrer Familie zurückgebracht habe.«

Er schaute sie an. Die Kapuze ihres Umhangs war zurückgefallen, und Schneeflocken hatten sich auf ihr leuchtendbraunes Haar gesetzt, das sie zu einem Zopf geflochten und locker hochgesteckt hatte. Der Ausdruck weiblicher Schwäche und Hilflosigkeit war heller Empörung gewichen. »Jetzt verraten Sie mir doch erst einmal Ihren Namen«, schlug er in beruhigendem Ton vor, »und dann überlegen wir uns gemeinsam, wie wir Ihre Freunde wiederfinden können.«

»Octavia«, stieß sie mit zusammengebissenen Zähnen hervor. Sie betete zu Gott, daß er sich damit zufrieden geben und sie endlich wieder absetzen würde. Sobald sie wieder Boden unter den Füßen hatte, würde sie verschwinden, so schnell sie konnte. »Octavia Morgan. Und ich versichere Ihnen, es gibt nicht den geringsten Grund, sich weiter um mich zu bemühen.«

Er lächelte. Seine Ahnung hatte ihn also nicht getrogen. »Oh, ich glaube doch, Miß Morgan. Octavia... was für ein ungewöhnlicher Name.«

»Mein Vater ist Altphilologe«, erwiderte sie wie immer, wenn sie auf ihren lateinischen Namen angesprochen wurde. In ihrem Kopf rasten die Gedanken. Sie hatte begriffen – er spielte mit ihr. Aber warum bloß? Hatte er vor, ihre mißliche Lage auszunutzen? Aus der Art, wie er sie festhielt, sprach jedoch ein gewisser Respekt. Dieser Mann war kein Wüstling, der vorhatte, eine junge Frau zu entführen. Sein Aussehen und seine Sprache verrieten den Gentleman, auch wenn die schlichte Kleidung und das ungepuderte Haar nahelegten, daß er nicht adligen Geblüts war.

Aber warum ließ er sie nicht laufen? Die Ausbeute ihrer morgendlichen Arbeit lag wohlverborgen unter ihren Unterröcken in einem Beutel, der sich dicht an die Schenkel schmiegte. Durch einen unsichtbaren Schlitz im Kleid konnte sie ihn jederzeit mühelos erreichen. Zum Glück konnte der Mann den Beutel durch das sperrige Fischbeingestell ihres Reifrocks nicht ertasten, so fest er sie auch umschlungen hielt. Trotzdem fand sie es an der Zeit, diese höchst unerfreuliche Begegnung zu einem Ende zu bringen.

Blitzschnell zog sie ihre zierliche Hand aus dem Muff, ballte sie zu einer Faust und versetzte ihm einen Kinnhaken, daß sein Kopf in den Nacken flog. Gleichzeitig drehte sie sich in seiner Umklammerung und biß ihn mit aller Kraft in den Oberarm.

Er ließ sie fallen wie eine heiße Kartoffel, und schon war sie auf und davon. Wie ein Wiesel schlüpfte sie durch das Gedränge, wohlwissend, daß er ihr auf den Fersen war – ein lautloser, bedrohlicher Verfolger. Sie hastete durch das Getümmel. In einer dunklen Seitengasse duckte sie sich in einen Hauseingang, um Atem zu schöpfen. Ihr Herz raste. Hatte sie ihn abgeschüttelt? Doch nein, da war er schon wieder, am anderen Ende der Gasse, ein amüsiertes Lächeln auf den Lippen.

Voller Angst stürzte sie sich wieder in die Menge, die sich jetzt langsam zu zerstreuen begann. Die Leute waren in gereizter Stimmung. Von überallher hörte man heftige Wortgefechte, laute Flüche, an manchen Stellen entstanden Handgemenge, als einzelne Gruppen vergeblich versuchten, sich aus der Masse zu lösen. Ein paar Sänftenträger warteten am Rande des Platzes auf Kundschaft, während die Menschen an ihnen vorbeiströmten. Das war die Rettung! Octavia kämpfte sich durch das Gewühl auf die Sänften zu. Ein hastiger Blick über die Schulter – hatte sie ihren Verfolger in der Seitengasse abgehängt? Nein – er war schon wieder hinter ihr. Ruhigen Schrittes schob er sich durch das Gewimmel, kam ihr immer näher, ohne sich offenbar beeilen zu müssen. Octavia war den Tränen nahe. Ihr Versuch, ihm zu entkommen, war von Anfang an zum Scheitern verurteilt gewesen. Panik wallte in ihr auf. Sie besaß seine Uhr. Wenn er Verdacht geschöpft hatte und sie fangen wollte, um sie der Polizei auszuliefern, noch dazu mit dem Corpus delicti unter ihren Röcken – unvorstellbar! Sie würde am Galgen enden, genau wie die beiden Pechvögel, die der Menge so einen vergnüglichen Morgen und ihr ein so einträgliches Geschäft beschert hatten.

Ihre Hand fuhr unter die Röcke und betastete den vollen Beutel. Die Bänder, an denen der Sack aufgehängt war, hatte sie um die Taille geschlungen und am Rücken fest verknotet. Sie konnte sie unmöglich mit einer Hand lösen, um sich des Beutels zu entledigen. Außerdem wollte sie das auch gar nicht. Die Arbeit eines ganzen Morgens sollte nicht umsonst gewesen sein. Mit dem Ertrag ihrer Beute konnte sie die Miete bezahlen, Papas teure Bücher aus dem Pfandhaus einlösen, ihm seine Medizin besorgen und einen Monat lang genügend Essen auf den Tisch bringen. Wenn sie jetzt ihre Beute wegwarf, war die ganze Angst, die sie ausgestanden hatte, umsonst. Umsonst all die riskanten Manöver, als sie schweißgebadet, mit zitternden Fingern und bis zum Halse klopfendem Herzen ihre betuchten Opfer um ein paar Pretiosen erleichtert hatte!

Entschlossen zog sie die Hand wieder unter ihren Röcken hervor und schlüpfte durch eine Gruppe von Leuten, offenbar eine Familie, die sich gerade gegenseitig mit heftigen Vorwürfen überschütteten, da sie im Gedränge ein Kind verloren hatten. Hinter ihr schloß sich die Menge wieder. Die Sänftenträger waren nicht mehr fern ... nur noch drei Schritte ...

»Nach Shoreditch!« rief sie außer Atem dem vorderen Träger zu und wollte sich erschöpft in die Sänfte fallen lassen.

»Nein, so geht das nicht, Miß Morgan«, ertönte hinter ihr eine ruhige Männerstimme mit leicht spöttischem Unterton, und beschützend legte sich ein Arm um ihre Schultern. »Wissen

Sie, ich kann es einfach nicht verantworten, Sie gehen zu lassen, bevor ich Sie nicht wieder sicher im Schoße Ihrer Familie weiß.«

Sie war gefangen. Fieberhaft überlegte sie. Er hatte keinerlei Beweise dafür, daß sie im Besitz seiner Uhr war. Sie sah nun wirklich nicht nach einem Langfinger aus, und er hatte nur den einzigen Anhaltspunkt für seinen Verdacht, daß sie neben ihm stand, als jemand vor einem Taschendieb gewarnt hatte. »Sir, Ihre Begleitung ist mir alles andere als erwünscht«, wandte sie sich mit hochmütig zurückgeworfenem Kopf an ihr Gegenüber. »Muß ich erst die Polizei holen?«

»Aber nicht doch, Madam«, versetzte er ironisch, »das übernehme ich gerne für Sie, wenn Sie dies wünschen!« In seinen grauen Augen blitzte der Schalk.

»Wollen Sie nach Shoreditch, Lady, oder nicht?« fragte der Träger verärgert, noch ehe sie sich, da ihr Bluff nicht verfangen hatte, eine neue Taktik überlegen konnte.

»Jawohl, das will ich!« entgegnete sie bestimmt und machte sich daran, endgültig in die Sänfte zu steigen.

»Nein!« hielt ihr ungebetener Begleiter in liebenswürdigstem Ton dagegen. »Nein, das glaube ich nicht.« Er packte sie mit entschlossenem Griff am Arm und zog sie von der wartenden Schlange der Sänftenträger fort. Sie verstand – die Zeit der neckischen Spielchen war vorbei. Jetzt würde man zur Sache kommen. »Wissen Sie, Miß Morgan«, sagte er, »ich glaube, ich habe ein Wörtchen mit Ihnen zu reden.«

Trotzig reckte sie das Kinn. »Und worum geht es, wenn ich fragen darf?«

»Oh, ich denke, Sie wissen Bescheid«, antwortete er gelassen. »Über Privateigentum zum Beispiel und über Attacken in der Öffentlichkeit. Aber verlassen wir doch erst einmal diesen unwirtlichen Ort.«

Sie hatte keine Wahl. Aber zumindest war jetzt nicht mehr von der Polizei die Rede. Vielleicht würde er sie ja laufen lassen, sobald sie ihm seine Uhr zurückgegeben hatte. So schwieg sie und setzte ihm auch keinerlei Widerstand mehr entgegen, als er sie mit sanftem Druck vor sich durch die Menge schob.

Plötzlich kam eine eigenartige, bedrohliche Stimmung auf. Der Mob begann wieder wilder zu schieben und zu stoßen, und erregtes Raunen ging durch die Reihen, das sich langsam zu hektischem Geschrei steigerte. »Die Preßpatrouille!« tönte es von überallher. Panik machte sich in den Gesichtern breit.

»Das gibt noch Blutvergießen«, murmelte Octavias Begleiter. Er packte sie fester am Arm. »Die Preßpatrouille weiß, wo sie am besten neue Matrosen ausheben kann. Wir müssen hier fort, bevor die Leute durchdrehen.«

Octavia hatte jetzt jede Lust auf einen weiteren Fluchtversuch verloren. Ihr Verfolger hatte sich in einen Beschützer verwandelt. Ängstlich drückte sie sich an ihn. In dem Moment kamen in dem allgemeinen Gedränge und Geschiebe hinter ihr ein paar Leute ins Straucheln, und hätte er ihr nicht blitzschnell unter die Arme gegriffen, wäre sie mit zu Boden gerissen und von der nachrückenden Menge überrannt worden. Brüllend und kreischend drängte die Meute in rhythmischen Wogen über den Platz. Männer, Frauen und Kinder kämpften wie Besessene darum, sich aus der Masse zu befreien und sich in die Seitenstraßen zu retten. Und dann waren sie da! Aus der Edgware Road stürmte eine Armee knüppelschwingender Matrosen unter der Führung einiger Marineleutnants auf den Platz, umzingelte die Menge und begann, sich die jungen und kräftigen Männer wahllos zu greifen. Das herzzerreißende Schluchzen der Frauen, denen man Ehemänner und Söhne von der Seite riß, wurde nur von dem panischen Gebrüll der Masse übertönt.

Die Preßpatrouille würde es nicht wagen, einen Gentleman anzurühren, und Octavias Begleiter war zweifellos ein Gentleman. Die Gefahr bestand jetzt darin, von der Meute niedergetrampelt zu werden. Überall hörte man das verzweifelte

Schreien am Boden Liegender, das langsam in schmerzgequältes, dumpfes Stöhnen überging, während eisenbeschlagene Stiefel achtlos über sie hinwegstampften.

Octavia hatte jede Orientierung verloren. Das einzige, was ihr Sicherheit gab, war der feste Griff ihres Begleiters, während sie von der Menschenflut mitgerissen wurden. Sie sah nur Körper, Arme und Beine vor sich, bis sie aus dem Augenwinkel plötzlich etwas wahrnahm.

»Da rüber!« schrie sie, so laut sie konnte. Mit eingezogenem Genick schoß sie nach links und kämpfte sich wie eine Löwin durchs Getümmel, unterstützt von den starken Armen ihres Begleiters, bis sie endlich den rettenden Hauseingang erreichten, den Octavia entdeckt hatte. Atemlos standen sie im Dunkeln und rangen nach Luft, während die Menschen weiter an ihnen vorbeifluteten.

»Gott sei Dank!« stöhnte Octavia und lehnte sich an die Tür in ihrem Rücken. Ihr Haar hatte sich gelöst. Das Halstuch war aufgegangen und gab den Blick auf ihren weißen, wogenden Busen frei. Als sie bemerkte, daß er seine Augen genüßlich über ihren Körper gleiten ließ, zog sie instinktiv den Umhang enger zusammen, um ihre Blöße zu bedecken. Am Schenkel spürte sie das schwere Gewicht des Beutels.

»Kompliment, Miß Morgan, Sie haben einen hervorragenden Überblick!« bemerkte ihr Begleiter und starrte stirnrunzelnd auf die Horden, die an ihren Augen vorüberhasteten. »Wir warten hier, bis alles vorbei ist.«

»Ach übrigens... Sie haben sich mir noch gar nicht vorgestellt«, bemerkte Octavia spitz, bemüht, ihr Selbstbewußtsein zurückzugewinnen.

»Ja, richtig«, pflichtete er bei und zog eine mit Japanlack überzogene Schnupftabakdose aus seiner tiefen Manteltasche. Er öffnete den Deckel und nahm umständlich eine Prise.

Neugierig wartete Octavia auf eine Antwort, doch er blieb sie ihr schuldig. »Und, Sir«, fragte sie nach einer Weile und stampfte ungeduldig mit dem Fuß auf den Steinboden, »darf ich jetzt Ihren Namen erfahren?«

Er schaute sie an, die eine Augenbraue leicht hochgezogen. »Ich gebe zu«, begann er, »das war sehr unhöflich von mir. Nun... wenn Sie gestatten«, er deutete mit elegantem Schwung eine Verbeugung an. »Im Moment bin ich Lord Nick – stets zu Ihren Diensten!«

Sie schaute ihn an und überlegte, wo sie den Namen schon einmal gehört hatte. Und was meinte er bloß mit ›im Moment‹? Dann plötzlich sank ihr vor Überraschung das Kinn herab. »Oh! Lord Nick, der Räuber?«

Lächelnd zuckte er die Achseln. »Alles pure Verleumdung. Weiß der Himmel, wo die Leute diese Geschichten herhaben.«

Fassungslos schüttelte Octavia den Kopf, als ob sie einen bösen Traum verscheuchen wollte. Also überhaupt kein Gentleman, sondern Lord Nick, der berühmt-berüchtigte Straßenräuber, den bisher noch kein Sterblicher zu fassen bekommen hatte! Wenn er es wirklich war – denn er sah nach allem anderen, nur nicht nach einem Straßenräuber aus –, dann würde er wohl wenig Interesse daran haben, sie der Polizei zu übergeben. Aber in Anbetracht der Umstände und nicht zuletzt zum Dank, daß er sie aus den Fängen der Masse gerettet hatte, schien es ihr eine Frage der Ehre, ihm seine Uhr zurückzugeben. So fuhr sie mit der Hand unter die Röcke, um sie aus dem Beutel zu angeln. Doch als sie bemerkte, daß er jede ihrer Bewegungen süffisant grinsend verfolgte, zog sie ihre Hand mit einem verlegenen Lächeln wieder zurück.

Nein. Der Ausdruck seiner schiefergrauen Augen gefiel ihr nicht, und hier mitten in der Öffentlichkeit war nicht der richtige Ort, ein Schuldbekenntnis abzulegen, noch dazu ein unerbetenes. Auch nicht gegenüber einem Kollegen aus dem Gewerbe.

Die Menge hatte sich inzwischen verlaufen. Nur von ferne hörte man gelegentlich noch Schreie gellen.

»Kommen Sie«, sagte Lord Nick. »Die Luft ist rein.«

»Ich denke, unsere Wege trennen sich jetzt, Sir«, entgegnete sie kühl und trat aus dem Hauseingang. Leider war weit und breit keine Sänfte in Sicht. Die Träger hatten sich wohl beim Auftauchen der Preßpatrouille sofort verdrückt, denn sie waren junge, kräftige Männer, geradezu ideale Kandidaten für die Marine Seiner Majestät.

Lord Nick zog überrascht die Brauen hoch. »Sie sind zwar ein helles Köpfchen, Octavia, aber hin und wieder offenbar ein wenig begriffsstutzig«, bemerkte er. »Wir haben doch noch ein kleines klärendes Gespräch zu führen, wenn ich Sie daran erinnern darf.«

Er schaute sich um. »Mein Pferd steht am ›Rose and Crown‹ … hier entlang, wenn ich bitten darf.«

Das ›klärende Gespräch‹ war also nicht zu vermeiden. Aber der Gedanke, daß in seinem Gasthof ja eine gewisse Öffentlichkeit herrschte, beruhigte sie. Resigniert ließ sie sich durch die jetzt menschenleeren, aber von Abfällen übersäten Straßen zum ›Rose and Crown‹ führen.

Doch statt zum Vordereingang ging er auf den Stall am Rückgebäude zu. »Wollen Sie vor oder hinter mir sitzen?« fragte er und winkte den Stallburschen heran.

»Weder noch«, entgegnete sie scharf. »Worüber reden Sie eigentlich?«

Er seufzte. »Ich stehe nicht in dem Ruf, mich undeutlich auszudrücken… bring mir mein Pferd, Junge… Wir haben einen Weg von fünf Meilen vor uns, Miß Morgan. Also…« Er zuckte die Achseln, als verstünde sich der Rest von selbst.

Octavia geriet in Harnisch. Bis jetzt hatte sie seine Befehle bereitwillig befolgt, denn sie fühlte sich zum einen schuldig, weil sie ihn bestohlen hatte, zum anderen war sie ihm dankbar, weil er sie beschützt hatte. Aber jetzt war das Maß voll.

»Ich komme nicht mit Ihnen«, versetzte sie grimmig, bemüht, nicht die Beherrschung zu verlieren. Sie war kreidebleich vor

Wut, und ihre Augen schossen Blitze. »Ich weiß nicht, was Sie im Schilde führen, aber wenn Sie meinen, mich entführen zu können, dann sind Sie im Irrtum. Ich werde schreien, daß Gott und die Welt zusammenläuft!«

Er tat so, als hätte er ihre Worte nicht gehört und widmete seine ganze Aufmerksamkeit dem Pferd, das der Stallbursche am Zügel heranführte. Es war ein breitschultriger Rotschimmel, kräftig genug, zwei Reiter zu tragen.

»Nun, Miß Morgan... vorne oder hinten?« Er wandte sich Octavia zu. »Beide Sitze sind zu empfehlen. Peter ist ein ruhiges, sehr zuverlässiges Tier.«

»Sagen Sie, sind Sie schwerhörig?« zischte sie. »Ich wünsche einen angenehmen Tag!« Damit machte sie auf dem Absatz kehrt und stolzierte von dannen. Ihr Herz klopfte bis zum Hals. Jeden Moment erwartete sie, seine eiserne Hand auf ihrer Schulter zu spüren, doch nichts dergleichen geschah. Und so gelangte sie unbehelligt aus dem Hof des ›Rose and Crown‹ hinaus auf die schmale Gasse. Ein Stein fiel ihr vom Herzen. Offenbar hatte er eingesehen, daß sie für seine Spielchen nicht zu haben war. Sie war erleichtert, daß ihr gefährliches Abenteuer doch noch gut ausgegangen war.

Das holprige Pflaster war von einem Flaum frisch gefallenen Schnees bedeckt. Es wehte ein kalter Wind, und sie fröstelte. Von einer Kirchturmuhr schlug es neun. Nach all dem Theater und all der Aufregung, die sie heute schon erlebt hatte, war sie überrascht, daß es noch so früh war. Ihr Vater würde um diese Zeit wie immer über seinen Büchern sitzen und sich weder um die Tageszeit noch um das Wetter scheren, wahrscheinlich nicht einmal bemerkt haben, daß sie nicht da war. Wenn sie auf sein Rufen nicht erschiene, würde sich Mistress Forster um ihn kümmern.

Mistress Forster. Sie schuldeten ihr schon zwei Wochen Miete. Unwillkürlich beschleunigte Octavia ihren Schritt. Jetzt endlich konnte sie diese Peinlichkeit bereinigen.

Das Klappern von Pferdehufen hinter ihr drang anfänglich gar nicht in ihr Bewußtsein. Sie lief in der Mitte der Straße, um nicht dauernd dem fauligen Wasser und den Abfällen im Rinnstein ausweichen zu müssen. Jetzt, wo das Pferdegetrappel immer näher kam, blieb ihr nichts anderes übrig, als schnell zur Seite zu springen und durch die Gosse zu planschen, wollte sie nicht zu Boden getrampelt werden. Immer wieder passierte es, daß harmlose Passanten von rücksichtslosen Reitern niedergeritten wurden.

»Pest und Cholera an deinen Hals, du räudiger Hund!« fluchte sie alles andere als damenhaft, als das verdreckte Rinnsteinwasser durch ihre Stiefel drang und den Saum ihres Reifrocks beschmutzte, den sie nicht rechtzeitig hatte hochheben können. »Der Teufel soll dich ...«

Der Rest ihrer Verwünschung ging unter, als der Reiter, inzwischen auf ihrer Höhe, sich in fliegendem Ritt aus dem Sattel beugte und sie mit der Kraft und dem Geschick eines Zirkusakrobaten zu sich aufs Pferd riß.

Als Octavia begriff, was passiert war, war es schon zu spät. Sie saß auf dem Rücken des Rotschimmels, hinter sich den mächtigen Körper Lord Nicks, der sie mit eisernem Griff umklammert hielt.

Octavia holte Luft und stieß dann einen schrillen Schrei aus, so laut und so gellend, daß überall in der Gasse die Läden aufflogen und neugierige und ängstliche Gesichter aus den Fenstern schauten.

»Wollen wir bei der Polizei vorbeischauen?« murmelte Lord Nick an ihrem Ohr, der keinerlei Anstalten machte, ihr den Mund zuzuhalten. »Ich bin sicher, man wird sich sehr dafür interessieren, was Sie alles Schönes unter Ihrem Rock verborgen haben.«

Octavias Schrei verhallte im Wind. »Und *ich* bin sicher«, schoß sie zurück, »daß man sich sehr dafür interessieren wird, wer der Gentleman ist, der die Anzeige erstattet. Heute morgen haben sie schon zwei von Ihrem Schlage aufgeknüpft. Sie werden begeistert sein, wenn ich ihnen den Dritten im Bunde liefere.«

»Und wer sollte mich identifizieren, verehrte Miß Morgan?«

Sie erschrak. Tatsächlich, sie hatte keinerlei Beweise außer seinen eigenen Worten. Für ihren Diebstahl dagegen gab es jede Menge Beweise unter ihren Röcken. Wieder mußte sie sich zähneknirschend eingestehen, daß sie verloren hatte. Und so verfiel sie in bitteres Schweigen.

Sie hatten inzwischen die Gasse verlassen. Der Schnee fiel in dichten Flocken, und Octavia wußte nicht, wo sie waren.

»Wohin entführen Sie mich jetzt?« fragte sie, auch wenn sie zugeben mußte, daß ihr das unter den gegebenen Umständen ja eigentlich ziemlich egal sein konnte.

»Aufs Land. An einen stillen Ort, an dem wir in aller Ruhe unser kleines Gespräch führen können.«

»Ich habe Ihnen nichts zu sagen.«

»Aber ich.«

»Lassen Sie mich runter, dann gebe ich Ihnen in Gottes Namen Ihre verdammte Uhr zurück«, brach es aus ihr heraus.

»O ja, natürlich«, stimmte er mit sanfter Stimme zu. »Die werden Sie mir zurückgeben. Aber alles zu seiner Zeit, Miß Morgan. Alles zu seiner Zeit.«

2

Sie ritten durch ein Gewirr von Straßen und Gäßchen, die immer enger und armseliger wurden, bis sie den Fluß erreichten. Octavia kam alles wie ein Alptraum vor. Einen kurzen, verzweifelten Augenblick lang hatte sie überlegt, ob sie vom Pferd springen sollte. Aber der holprige und glitschige Boden tief unter ihr und der stahlharte Griff, mit dem Lord Nick sie gepackt hielt, ließen jeden Gedanken an eine Flucht absurd erscheinen. Es geschah oft, daß Frauen von der Straße weg, manchmal sogar aus ihrem eigenen Hause entführt wurden, aber meist waren es reiche Witwen oder junge Erbinnen, die auf diese Weise in die Ehe gezwungen werden sollten. Sie selbst war weder reich noch hatte sie ein Erbe zu erwarten. Hatte der Straßenräuber also nur vor, sie zu vergewaltigen?

»Was wollen Sie von mir?« fragte sie. »Was für ein Interesse haben Sie an einem ganz gewöhnlichen Taschendieb?«

»Nein, einem ganz und gar *un*gewöhnlichen Taschendieb«, verbesserte er sie in seinem üblichen amüsierten Ton. »Einem schönen, gebildeten, elegant gekleideten und höchst kunstfertigen Taschendieb. Die Idee mit der gespielten Ohnmacht war wirklich genial. Erst bestehlen Sie Ihr Opfer, und dann benutzen Sie es noch, Ihnen zur Flucht vom Tatort zu verhelfen.« Er lachte lauthals. »Für was für einen Tölpel müssen Sie mich gehalten haben!«

»Sie wollen sich also nur an mir rächen«, überlegte sie laut, obwohl seine Worte nicht sonderlich rachelüstern klangen. »Was wollen Sie mit mir anstellen? Vergewaltigen? Ausrauben? Umbringen?«

»Was haben Sie für eine blühende Phantasie, Miß Morgan! Frauen zu vergewaltigen hat mich nie interessiert.« Er schmunzelte. »Und auf die Gefahr hin, daß Sie mich für einen Aufschneider halten – bisher hatte ich es auch noch nicht nötig.«

Octavia wußte nichts darauf zu antworten, da ihr seine Erklärung durchaus plausibel erschien. Denn trotz ihrer Wut und Angst mußte sie zugeben, daß dieser Straßenräuber verdammt attraktiv aussah.

»Andererseits«, wandte er bedächtig ein, »wenn Sie die Idee so reizt, dann denke ich, können wir es so einrichten, daß wir beide unseren Spaß dabei haben.«

Was für eine Unverschämtheit! Mit erhobener Hand fuhr Octavia im Sattel herum, um mit einer schallenden Ohrfeige das anzügliche Grinsen aus seinem Gesicht zu wischen.

Doch diesmal kam er ihr zuvor. Noch ehe sie ihn treffen konnte, hatte er den Schlag abgefangen und ihre Faust mit Gewalt wieder in den Schoß gedrückt. »Ihnen scheint die Hand ein wenig zu schnell auszurutschen, Miß Morgan«, stieß er gefährlich leise hervor. »Ich habe Ihre Attacke von heute früh nicht vergessen, und so leid es mir tut, ich werde dafür Vergeltung fordern müssen.« Jedes Lächeln war auf seinem Gesicht erstorben, und seine Augen blickten grau und kalt. »Ich reagiere höchst empfindlich auf körperliche Angriffe, Miß Morgan. Merken Sie sich das.«

»Sie provozieren sie ja!« konterte sie, bleich vor Wut. »Heute morgen wollten Sie mich nicht loslassen, und gerade eben haben Sie mich beleidigt!«

»Ich bitte um Verzeihung, ich hatte nicht vor, Sie zu beleidigen«, erwiderte er mit einem achtlosen Achselzucken, ohne den eisernen Griff um ihr Handgelenk zu lösen. »Wir sind aus dem gleichen Holz geschnitzt, meine Liebe. Ich könnte mir vorstellen, daß wir beide unter entsprechenden Umständen die helle Freude aneinander haben könnten.«

»Arroganter, aufgeblasener Köter!« zischte sie. Was für eine Demütigung, nur seine Zunge als Waffe einsetzen zu können!

»Ja, so hat mich schon manch einer genannt«, antwortete der Straßenräuber ungerührt. »Aber wenn Sie verzeihen – dieses Gespräch beginnt mich zu langweilen, und wenn ich mich nicht irre, reiten wir außerdem geradewegs in einen Schneesturm hinein. Deshalb schlage ich vor, daß Sie Ihr freches Mundwerk halten, bis wir im Trockenen sitzen.«

Das Wetter hatte sich verschlechtert. Schwarze Wolken waren am Horizont aufgezogen. Als sie über die Westminster Bridge ritten, peitschte ihnen der tückische Wind Schwaden eisigen Schnees ins Gesicht. Die wenigen Passanten, denen sie begegneten, stemmten sich mit gesenktem Kopf gegen den Wind, den Umhang eng um die Schultern geschlungen.

In schnellem Galopp passierten sie das Dorf Battersea, in dem man die Türen dicht verrammelt hatte. Als sie an einem Gasthof vorbeikamen, warf Octavia einen sehnsüchtigen Blick auf den anheimelnden Rauch, der aus den schmalen Schornsteinen stieg, doch der Straßenräuber hatte offenbar ein festes Ziel vor Augen und keine Zeit einzukehren. Langsam erreichten sie das offene Land. Die Häuser standen immer vereinzelter, kleine Weiler duckten sich in den Schnee. Sie wirkten wie ausgestorben, nur ein paar räudige Straßenhunde kauerten in den engen Gassen. Octavia dachte an ihren Vater. Ob er sich wohl Sorgen um sie machte, daheim in ihrem möblierten Zimmer in der Weaver Street? Sicher nahm er an, daß sie irgendwo Schutz vor dem Schneesturm gesucht hatte...

Aber vielleicht würde sie ihn auch nie wiedersehen.

Je weiter sie aufs offene Land hinausritten, desto wahrscheinlicher erschien ihr diese letzte Möglichkeit. Seit ihrer Ankunft in London vor drei Jahren hatte es sie noch nie so weit aus der Stadt verschlagen. Wie sollte sie allein den Weg zurückfinden, selbst, wenn ihr Entführer sie schließlich laufen lassen würde, nachdem er ihr angetan hatte, was immer er wollte... Was meinte er nur mit ›Vergeltung fordern‹? Warum regte er sich so auf? Schließlich hatte sie sich doch heute morgen in Tyburn gar nicht anders aus seinem Griff hatte befreien können!

Es ärgerte sie, als sie fühlte, daß ihr die Tränen kamen. Tränen der Angst, der Verzweiflung und der Hilflosigkeit. Sie kullerten angenehm warm über die kalten Wangen und mischten sich mit den Schneeflocken. Doch sie biß sich auf die Lippen, wartete trotzig, bis der Anfall von Schwäche vorüber war. Nein, die Genugtuung, sie weinen zu sehen, wollte sie ihrem widerwärtigen Entführer nicht geben.

»Sie brauchen keine Angst zu haben«, ertönte plötzlich seine Stimme hinter ihr. Konnte er ihre Gedanken lesen? »Ich werde Ihnen kein Haar krümmen.«

»Ich habe keine Angst!« begehrte sie auf. »Ich bin wütend und will nach Hause. Mein Vater wird sich Sorgen um mich machen. Sie können sich doch nicht einfach mit Gewalt irgendeine unschuldige Person von der Straße greifen! Ich habe Familie, habe Verantwortung!«

»Ach, Miß Morgan, so unschuldig sind Sie doch gar nicht«, entgegnete er mit sanfter Stimme. Sie hatten jetzt das Dorf Putney erreicht, ein wenig einladendes Nest auf der Kuppe eines Hügels inmitten einer eintönigen, schneebedeckten Heidelandschaft. »Wenn man sich sein Brot auf so fragwürdige Weise verdient wie Sie, muß man auf Überraschungen gefaßt sein.«

»Und Sie?« fuhr sie ihm in die Parade. »Sie verdienen sich Ihr Geld doch auf mindestens ebenso fragwürdige Weise!« Octavia seufzte entmutigt. Angesichts des Schneesturms in dieser endlosen Einöde verspürte sie nicht mehr den geringsten Wunsch, zu fliehen. Wenn er mit ihr zum Mond geritten wäre, wäre es ihr auch recht gewesen.

»Nun, ich bin aber auch stets auf Überraschungen gefaßt«, sagte er ernst, während er das Pferd in eine Seitenstraße am Ortsrand lenkte. »Oder fänden Sie es nicht auch äußerst überraschend, von einer schönen jungen Frau so raffiniert bestohlen zu werden?«

Eben wollte ihm Octavia eine schlagfertige Antwort geben, da zog das gemütliche Licht eines einladenden Gasthofs ihre Aufmerksamkeit auf sich. Über seiner Tür rüttelte der Sturm am Zeichen des ›Royal Oak‹. Lord Nick zog die Zügel an, und Peter schnaubte heftig, erschöpft von dem langen Ritt durch Schnee und Wind. Schon flog die Tür auf, und ein kräftiger Mann mit einer Schürze um den Bauch und ein schlaksiger Pferdeknecht kamen herausgelaufen.

»Mensch, Nick, was für ein Sauwetter! Wir haben schon auf dich gewartet«, rief der Mann, während der Bursche Peter am Zügel nahm. »Ist die Sache erledigt?«

»Jawohl. Sie bringen die Leichen hierher.« Der Straßenräuber schwang sich aus dem Sattel und schüttelte mit festem Griff die Hand des Mannes, und sie nickten sich beide wortlos zu, so als ob sie eine schwere Aufgabe in Würde zu Ende gebracht hätten. Dann wandte sich Lord Nick wieder seinem Pferd zu. »Wir sind angekommen, Miß Morgan«, sagte er und half ihr aus dem Sattel. »Nichts wie rein mit Ihnen«, und mit sanftem Druck bugsierte er sie in den Gasthof und von dort einen mit Steinplatten gefliesten Flur entlang in ein Zimmer, aus dem ihnen eine enorme Hitze entgegenschlug.

Der Raum war vom flackernden Licht zweier wuchtiger Kamine sowie einer Reihe Talgkerzen erleuchtet. Um die Tische saßen die Gäste dicht gedrängt und schauten Octavia, die verlegen dastand, neugierig an. Aus der Küche strömten Gerüche, die Octavia das Wasser im Munde zusammenlaufen ließen. Sie erinnerte sich, daß sie seit heute morgen, als sie vor ihrem Aufbruch nach Tyburn hastig ein Stück Brot mit Butter gegessen hatte, nichts mehr zu sich genommen hatte.

»Hey, Nick, wen hast du denn da mitgebracht?« ertönte eine gutmütige Stimme aus der Kaminecke. Ein älterer Mann saß dort und zog gemütlich paffend an einer langen Tonpfeife.

»Liebe Freunde, ich darf euch Miß Octavia Morgan vorstellen«, erwiderte Nick und schüttelte den Schnee von seinem Umhang, bevor er ihn zusammen mit Hut, Peitsche und Handschuhen zum Trocknen auf die Wandbank am Kamin legte.

»Ach, ja?« ließ sich eine Frau in der Küchentür vernehmen, die eine über und über mit Mehl bestäubte Schürze trug. Sie hatte die Arme über der mageren Brust verschränkt und hielt in der einen Hand eine hölzerne Schöpfkelle. Ihre stechenden Adleraugen ruhten mit einer deutlichen Mißbilligung auf Octavia, von deren Umhang der geschmolzene Schnee heruntertropfte und rund um ihre durchnäßten Stiefel eine große Pfütze bildete. »Und wer ist bitte Miß Morgan, Nick?«

»Eine höchst kunstfertige junge Dame, Bessie«, antwortete der Straßenräuber lapidar und warf Octavia ein anzügliches Grinsen zu, das ihre Unsicherheit nur noch verstärkte. »Aber legen Sie doch ab, Miß Morgan.«

Als sie nicht gleich reagierte, öffnete er persönlich mit beherztem Griff den Verschluß ihres triefenden Umhangs und reichte ihn einem Hausmädchen, das mit großen, ängstlichen Augen an Bessies Seite aufgetaucht war. »Da, häng das zum Trocknen auf, Tabitha«, befahl er. »So, und jetzt den Muff und die Handschuhe, Miß Morgan.«

Nachdem sie sich der Kleidungsstücke entledigt hatte, wäre Octavia am liebsten im Boden versunken, so hilflos fühlte sie sich den Blicken der Gäste ausgesetzt, die neugierig ihr cremefarbenes Musselinkleid begutachteten. Nervös nestelte sie an ihrem weißen Spitzenhalstuch. Hier in diesem stickigen Raum, in dem außer der adleräugigen Bessie im Türrahmen und dem verhuschten kleinen Dienstmädchen nur rauhbeinige Bauern versammelt waren, kam sie sich völlig fehl am Platze vor.

»Und jetzt«, fuhr Lord Nick mit freundlicher Stimme fort, »kommen wir zum ersten Punkt der Tagesordnung. Miß Morgan, Sie haben, wenn ich mich recht erinnere, gewisse Schulden zu begleichen.« Mit beiden Händen packte er sie an der Taille, hob sie mit Schwung hoch und stellte sie auf den großen Tisch in der Mitte der Gaststube. Augenblicklich verstummten alle Gespräche.

Einen Moment lang war Octavia dermaßen verblüfft, daß es ihr die Sprache verschlug. Fassungslos starrte sie auf das Meer von Gesichtern, die ihr jetzt voll begierigen Interesses zugewandt waren, als erwarteten sie eine mitreißende Varieténummer.

»Irgendwo an ihrem Körper trägt Miß Morgan die Früchte ihrer morgendlichen Arbeit in Tyburn«, klärte Lord Nick in feierlichem Ton die Zuschauer auf. »Unter anderem meine Taschenuhr. Eines der wertvollsten Stücke, die ich besitze.«

»Doch nicht etwa die, die du dem alten Denbigh abgenommen hast, Nick?«

»Genau die, Thomas«, versicherte er dem Zwischenrufer mit bedächtigem Nicken. »Und nun, Miß Morgan, bitte ich Sie in aller Form, uns sowohl Ihr Versteck als auch Ihre Schätze zu offenbaren.«

Purpurne Röte überzog ihr Gesicht, als sie verstand, was er von ihr verlangte. Er wußte genau, wo sie die ›Früchte ihrer Arbeit‹ versteckt hatte. Denn in dem Hauseingang, in den sie sich vor dem wütenden Mob gerettet hatten, war er Zeuge geworden, wie sie verstohlen ihre Hand in den Schlitz in ihrem Kleid schob, um ihm aus freien Stücken sein Eigentum zurückzugeben. Und deshalb mußte ihm auch klar sein, daß sie den Beutel mit Bändern um ihre Taille geschnürt hatte und daß sie die Knoten nicht lösen konnte, ohne ihre Röcke hochzuheben.

»Sie räudiger Bastard!« zischte sie.

»Vergeltung, Miß Morgan, erinnern Sie sich nicht?« erwiderte er mit hochgezogener Braue. Gelassen nahm er sich aus dem Ständer über dem Tresen eine der Tonpfeifen. Bewegungslos schaute Octavia ihm zu, wie er sie genüßlich stopfte und anzündete. Ein Schmauchwölkchen entstieg der Pfeife, mischte sich mit dem Qualm des Kaminfeuers, um dann in die dichten Rauchschwaden einzugehen, die über den Köpfen der Gäste schwebten.

»Bessie wird Ihnen selbstverständlich zur Hand gehen, wenn Sie da ... gewisse Schwierigkeiten haben sollten«, bemerkte er süffisant und wies mit einer Handbewegung auf die Frau mit der mehlbestäubten Schürze, die immer noch im Türrahmen zur Küche lehnte. Kochend vor Wut starrte Octavia ihn an, doch er hielt ihrem Blick stand. Er musterte sie kühl, jedoch jetzt ohne jeglichen Hauch von Spott in den Augen. Gegen diesen Mann hatte sie keine Chance. Verzweiflung packte sie, und ihre Knie wurden weich, als sie sah, wie Bessie auf sie zukam und sich mürrisch die Hände an der Schürze abwischte.

Sie hatte also keine andere Wahl als seinem Wunsch nachzukommen, wenn sie verhindern wollte, daß die Köchin ihr vor aller Augen das Kleid vom Leibe zog.

So biß sie die Zähne zusammen, ignorierte die grinsenden

Gesichter der Umstehenden, die sich jetzt näher um den Tisch drängten, und hob ihr Kleid sowie ihren oberen Unterrock hoch. Nervös und beschämt wie sie war, verhedderten sich ihre Finger prompt in dem Wirrwarr von Schnüren, und es schien eine Ewigkeit zu vergehen, bis sie die richtigen Bänder gefunden und gelöst hatte. Schließlich fiel der Lammfellsack mit einem dumpfen Plumps auf den Tisch.

Mit teilnahmsloser Miene stand der Räuber vor ihr. Die eine Hand war fordernd ausgestreckt, die andere spielte genüßlich mit der Pfeife. Als Octavia sein unbewegtes Gesicht sah, wallte eine unheimliche Wut in ihr auf. Sie packte den schweren Lederbeutel und schleuderte ihn ihrem verdutzten Gegenüber mit aller Kraft an den Kopf. Dann sprang sie vom Tisch, bahnte sich einen Weg durch das überraschte Publikum und rannte zur Tür. Dem Mädchen, das immer noch im Türrahmen stand, riß sie den Umhang aus den Händen und stürzte dann über den Flur hinaus in den tobenden Schneesturm. Sie wußte nicht, wohin, sie wollte nur fort, fort! Und so rannte sie blindlings die Straße entlang, die inzwischen fast kniehoch mit Schnee bedeckt war.

Eisig fuhr der Wind durch das dünne Kleidchen, während sie im Laufen versuchte, den Umhang überzuziehen. Muff und Handschuhe hatte sie vergessen, und so waren ihre Finger bald taub vor Kälte, aber es war ihr egal. Mit gesenktem Kopf kämpfte sie sich gegen den peitschenden Wind voran. Tränen der Wut und Verzweiflung rannen ihr übers Gesicht.

Der Schnee hatte das Geräusch der Schritte hinter ihr gedämpft, und so schrak sie zusammen, als sie plötzlich eine Hand auf ihrer Schulter verspürte. »Ja, zum Teufel, Frau, haben Sie völlig den Verstand verloren?« hörte sie die Stimme des Straßenräubers.

»Lassen Sie mich los!« Sie entwand sich seinem Griff und starrte ihn haßerfüllt durch den Schleier des Schneegestöbers an. »Widerwärtiger Abschaum! Sie haben, was Sie wollten, also lassen Sie mich in Ruhe!«

»Ich will aber nicht Ihren Tod auf dem Gewissen haben!« erklärte er.

»Gewissen? Sie haben doch gar keines! Sie elender Kotzbrocken, Sie ekelerregendes Gossenschwein!«

Überraschenderweise brach der Straßenräuber bei ihren Verwünschungen in schallendes Gelächter aus. Doch diesmal war es ein gutmütiges, menschenfreundliches Lachen, ganz anders als sein übliches spöttisches Grinsen. »Ja, Sie haben recht, wenn Sie mich beschimpfen«, gestand er. »Aber sehen Sie, die Rechnung für den Kinnhaken und den Biß in den Oberarm war einfach noch offen. Ich habe Ihnen körperlich keinen Schmerz zugefügt, und Sie mußten nicht mehr als einen Unterrock lüften. Schließen wir also einen Waffenstillstand, und kommen Sie zurück ins Warme, bevor Sie sich hier draußen den Tod holen!«

»Ich denk' nicht daran!« Zornbebend wandte sie sich ab und stapfte die schmale Straße weiter, geblendet von den eisigen Schneeflocken, die ihre Lider verklebten.

»Sie neigen zu ungewöhnlicher Ausdrucksweise und unerwarteten Temperamentsausbrüchen, Verehrteste.« Mit diesen Worten nahm er sie mit Schwung auf den Arm und trug sie, ungerührt von ihrem Strampeln und ihrem Schreien, zurück in den ›Royal Oak‹.

Er stieß die Eingangstür mit dem Fuß hinter sich zu und stieg dann mit seiner süßen Last die Treppe hoch. »Bessie«, rief er, »schick Tabitha mit Glühwein und Handtüchern nach oben! Und in einer halben Stunde Essen, bitte.«

Bessie erschien im Türrahmen und schaute Lord Nick nach, der, unbeeindruckt von Octavias Flüchen, zwei Stufen auf einmal nehmend, nach oben marschierte. Abschätzig schürzte sie die Lippen und kehrte in die Küche zurück. »Hast ja gehört, Tab, Glühwein auf sein Zimmer.«

»Jawohl, Mistress.« Tabitha knickste artig und eilte zum Herd, auf dem eine Kupferkanne mit köstlich duftendem Glühwein stand.

Oben hörte man lautes Türenknallen.

»Zum Teufel noch mal, für so ein zierliches Persönchen sind Sie aber verdammt schwer, Teuerste«, stöhnte der Straßenräuber und stellte seine Gefangene mit einem Seufzer der Erleichterung auf die Füße. »Und jetzt hören Sie auf, mich zu beschimpfen und beruhigen Sie sich wieder. Sie sind bei dem Wetter im Augenblick nun einmal an dieses Haus gefesselt, drum sollten sie meine Gastfreundschaft mit ein bißchen mehr Dankbarkeit annehmen.«

Aus seinen Worten sprach eine unbestreitbare Logik, die Octavia trotz ihrer Rage einleuchtete. Außerdem mußte sie hier oben nicht mehr die Blicke der feixenden Männer ertragen, die Zeuge ihrer Schmach geworden waren.

So schwieg sie und begann sich in dem Zimmer umzuschauen. Weiße Wachskerzen tauchten den Raum in ein mildes Licht. Die Eichendielen am Boden schmückte ein bunter Teppich, am Fenster stand ein runder Tisch. Links und rechts des flackernden Kaminfeuers, das eine angenehme Wärme verströmte, luden zwei gepolsterte Sessel zum Entspannen ein. Es roch angenehm nach Lavendel und Bienenwachs. Der Feuerbock glänzte ebenso wie die polierten zinnernen Kerzenhalter, und auch das schimmernde Holz der Möbel zeugte davon, daß es mit Liebe gepflegt wurde.

Plötzlich überkam Octavia eine grenzenlose Müdigkeit, und auch ihr Magen knurrte vernehmlich, als etwas von den köstlichen Düften aus der Küche bis zu ihr hochstieg.

Sie seufzte schicksalsergeben, warf den Umhang ab und ging zum Kamin, um die klammen Hände aufzuwärmen. Ihr Haar war immer noch voller Schnee, der ihr jetzt eiskalt in den Nacken tropfte, und auch der Rocksaum troff vor Nässe. Besonders ihre Füße in den durchnäßten Stiefeln waren taub vor Kälte. Octavia wurde von einem heftigen Schüttelfrost erfaßt.

Der Räuber beobachtete sie schweigend. Ein mißtrauisches Stirnrunzeln lag auf seinem Gesicht. Ihr schlanker Körper, der sich graziös zum wärmenden Feuer beugte, war angenehm anzuschauen. Und jetzt, da sie nicht nur ihren Widerstand, sondern auch ihre haßerfüllten Schmähungen aufgegeben hatte, rührte ihn auch wieder ihr madonnenhaftes ovales Gesicht und die Unschuld ihrer rehbraunen Augen.

Aber gerade im schönsten Apfel sitzt der Wurm, dachte er. Seine Lippen verhärteten sich, als er wieder das engelsgleiche Antlitz seines Zwillingsbruders vor sich sah und ihn die Wut überkam, die diese Erinnerung seit nunmehr achtzehn Jahren begleitete. Doch nicht mehr lang, und er würde diesem elenden Zustand ein Ende setzen, würde seinem Bruder die Maske vom Gesicht reißen, die Ketten sprengen, in die ihn Philips Machenschaften geschlagen hatten…

Ein Klopfen an der Tür riß ihn aus seinen Gedanken. Mit schüchternem Knicks trat Tabitha herein. Sie trug ein Tablett mit einer Kupferkanne und zwei Krügen. Unter den Arm hatte sie sich ein paar Handtücher geklemmt.

»Hier, Sir. Soll ich dann schon den Tisch decken?«

»In zehn Minuten, Tab.« Er bedeutete ihr zu gehen. Sie stellte das Tablett ab, knickste und ging.

Als Octavia sich umwandte, reichte der Straßenräuber ihr eines der Handtücher. »Trocknen Sie sich die Haare, Miß Morgan.« Sie löste die Haarnadeln und begann, ihr offenes Haar zu rubbeln, während er Glühwein in die Zinnkrüge ausschenkte. Doch nach wie vor zitterte sie vor Kälte in ihrem dünnen, durchnäßten Musselinkleid, und ihre Füße waren noch immer taub.

»Trinken Sie das.« Er reichte ihr einen der Krüge. Sie nahm ihn, wärmte ihre Hände daran und inhalierte das betörend würzige Aroma. Sie fühlte sich so schwach, daß sie es nicht schaffte, sich seinen Kommandoton zu verbitten.

Unvermittelt stand er auf und verließ den Raum. Erleichtert ließ sich Octavia in einen der Sessel fallen und trank in gierigen Zügen von dem köstlichen Getränk, bevor sie ihre klatschnassen

Stiefel und Strümpfe auszog und die Füße ans wärmende Feuer hielt. Es schmerzte, als das Blut wieder in die Zehen schoß.

»Ziehen Sie ihr Kleid aus und dieses hier an. Tab wird alle Ihre Sachen trocknen.«

Sie zuckte zusammen, denn sie hatte die Rückkehr ihres Entführers völlig überhört. Entgeistert schaute sie auf. Er hielt ihr mit unbewegtem Gesicht ein Samtgewand entgegen.

»Mein Kleid trocknet schon von allein an meinem Körper«, entgegnete Octavia unsicher.

»Reden Sie keinen Unsinn und tun Sie, was ich Ihnen sage. Sonst haben Sie morgen eine Lungenentzündung.« Er warf ihr das Samtkleid in den Schoß. Sie saß da und blickte ihn treuherzig aus großen Augen an, ein berückendes Bild argloser Sittsamkeit, und für einen Moment war er drauf und dran, ihr diese Unschuld abzunehmen.

Gerade im schönsten Apfel sitzt der Wurm, rief er sich ins Gedächtnis zurück. Sie hatte ihm heute schon einmal etwas vorgemacht, hatte eine Probe ihrer verblüffenden Schauspielkunst abgelegt. In Wahrheit war sie eine erwachsene Frau, eine Diebin, die sich auf der Straße herumtrieb. Und sie würde auch mit ihrem Körper bezahlen, wenn sie es für nötig hielt.

»Erzählen Sie mir bloß nicht, Sie hätten sich noch nie vor einem Mann ausgezogen«, erklärte er mit einer wegwerfenden Handbewegung. »Aber wenn Sie darauf bestehen, dann spiel' ich eben mit.« Ein gemeines Grinsen stahl sich auf sein Gesicht. »Sie haben recht, Spiele bringen mehr Pfeffer in die Sache. Soll ich mich umdrehen?« Ohne ihre Antwort abzuwarten, wandte er ihr den Rücken zu.

Ein wahnsinnger Zorn wallte in Octavia auf. Kochend vor Wut suchte sie nach einem Messer... nach irgendeinem harten Gegenstand. Ihr Blick fiel auf den Feuerhaken.

Er hörte das Klirren des Eisens, als es das Kamingitter streifte, fuhr herum und sah sie mit erhobener Waffe. Ihre Zähne blitzten, und in ihren Augen las er die Bereitschaft zu töten.

»Himmel und Hölle!« Im letzten Moment sprang er zur Seite, als der Feuerhaken mit einer Wucht herabsauste, die ihm den Schädel zertrümmert hätte. Kaum hatte der Schlag sein Ziel verfehlt, stürzte sie sich wie eine Besessene auf ihn. Es gelang ihm, sie am Handgelenk festzuhalten, und sie kämpften miteinander wie zwei Tiger. Er war verblüfft, welche Kraft in ihr steckte. Oder war es nur die rasende Wut, welche sie so über sich hinauswachsen ließ?

Grimmig drehte er ihr das Handgelenk um, bis sie die Finger öffnen und das Mordwerkzeug fallen lassen mußte.

»Was zum Teufel ist denn bloß in Sie gefahren?« schrie er sie an, packte sie an den Schultern und schüttelte sie. »Sie hätten mich umbringen können!«

»Das wollte ich auch!« stieß sie hervor. »Was unterstehen Sie sich, so mit mir zu reden!«

Er kniff die Brauen zusammen. »Moment mal! Wie soll ich das verstehen? Wollen Sie mir etwa weismachen, daß Sie noch jungfräulich sind?«

»Was gibt Ihnen das Recht, anzunehmen, daß es anders wäre?« fauchte sie. Ihr Gesicht war aschfahl, und die goldbraunen Augen funkelten böse. Er konnte sich nicht helfen – aber diesmal nahm er ihr ihre Unschuld wirklich ab.

»Verflucht noch mal!« Er ließ sie los und fuhr sich mit der Hand über die Stirn. Hörbar atmete er aus. »Wie hätte ich denn darauf kommen sollen«, rief er entschuldigend, »nach dem, was ich von Ihnen weiß?«

»Nichts wissen Sie von mir!«

Wieder seufzte er. »Sie haben recht«, pflichtete er ihr bei. »Ich weiß tatsächlich nichts von Ihnen. Deshalb bitte ich Sie in aller Form um Verzeihung für meine törichte Vermutung. So, und jetzt schlage ich vor, daß Sie Ihr nasses Kleid ausziehen und ich mich solange umdrehe und Buße tue.« Er wandte ihr den Rücken zu und ging zum Fenster, um in die tanzenden Schneeflocken und die beginnende Abenddämmerung hinauszustarren.

Schweigend hob Octavia das Samtkleid auf, das sie in ihrer Rage zu Boden geschleudert hatte, und trat zum Kamin. Die Fensterläden klapperten im Sturm, und durch einen undichten Spalt pfiff es eiskalt herein. Sie schauderte. Unmöglich konnte sie weiter ihr nasses Kleid am Leibe tragen, und so zog sie es sich schließlich hastig über den Kopf. Dann löste sie die Bänder ihres Reifrocks und stieg aus ihm heraus. Zitternd vor Kälte stand sie in ihrem dünnen Unterhemd und dem gestärkten Batistunterrock und angelte nach den Schnüren ihres Korsetts auf dem Rücken.

»Tod und Teufel!« Ihr Fingernagel brach ab, als sie an einem der Bänder nestelte, das sich verknotet hatte. In der verrenkten Haltung wurden ihr die Arme lahm, und ihre Schultern schmerzten.

»Probleme mit den Korsettschnüren?« fragte er vom Fenster her, ohne sich umzudrehen. »Soll ich helfen?«

Wie hatte er bloß ihr Problem erraten? Sie bleckte die Zähne. »Unterstehen Sie sich!«

»Nun ja«, schmunzelte er. »Probleme mit dem Mieder sind mir nicht völlig fremd.«

»Das denke ich mir!« Octavia nahm den Kampf wieder auf. Ärgerlich biß sie sich auf die Unterlippe.

»Wenn Sie zu mir herüberkämen, könnte ich Ihr Problem in Sekundenschnelle lösen«, versprach er. »Mit geschlossenen Augen, wenn Sie wünschen.«

»Und wie wollen Sie das schaffen, mit geschlossenen Augen?«

»Per Tuchfühlung.« Die Belustigung in seiner Stimme war unüberhörbar.

Einen Moment lang kämpfte Octavia mit sich, dann stolzierte sie grimmig zu ihm hinüber. »Augen zu!« befahl sie.

Mit einem breiten Grinsen drehte er sich zu ihr um, doch die Augen hielt er brav geschlossen. Der Knoten flog auf, und nach nur einer Sekunde hielt sie sich das offene Mieder schützend vor die Brust.

»Ich danke Ihnen, Sir«, sagte sie förmlich.

»Das Vergnügen liegt ganz bei mir, Madam«, erwiderte er amüsiert. »Ich glaube, ich könnte jederzeit als Kammerzofe in Stellung gehen. Gibt es sonst noch irgendwelche Probleme, bei denen ich Ihnen behilflich sein kann?

»Umdrehen!« kommandierte sie barsch und ärgerte sich über sich selbst, daß sein freches Grinsen auf sie ziemlich ansteckend wirkte. Was war bloß los mit ihr? Eben noch hatte sie ihn am liebsten umgebracht!

Sie schlüpfte aus ihren Unterröcken und zog sich das Samtkleid über ihr dünnes Unterhemd. Der Stoff war dick und wärmte angenehm. »Sie können sich jetzt wieder umdrehen«, schnappte sie und bückte sich, um die herumliegenden Kleidungsstücke aufzusammeln.

»Ja, langsam wurde mir der Ausblick ein wenig langweilig«, bemerkte er trocken. Er ging zum Kamin hinüber, nahm einen langen Schluck aus seinem Glühweinkrug und betrachtete sie nachdenklich über den Rand des Gefäßes. »Wir sind heute beide mit dem falschen Bein aufgestanden, was?«

»Na ja, eine Entführung ist nicht gerade die beste Art, jemanden zum Freund zu gewinnen«, konterte sie schnippisch. Während sie ihre Sachen ordentlich zusammenlegte, wurde ihr unangenehm spürbar, daß sie unter dem Samtkleid fast nackt war. Außerdem strömte aus dem Gewand ein irritierender Duft – eine Mischung aus Lavendel, Seife, Pomade und einem Geruch nach Mann, der ihr eigenartig vorkam. Es war der Geruch Lord Nicks, den sie schon den ganzen Tag an ihm wahrgenommen hatte.

Tab steckte den Kopf zur Tür herein. »Soll ich auftragen, Sir? Die Mistress meint, das Essen wird kalt.«

»Dann ist es das Beste, du bringst es schleunigst herauf«, antwortete Lord Nick. »Ich will mir keine Schelte von Bessie einhandeln.«

»Jawohl, Sir.« Eilig breitete Tab ein weißes Leinentuch über den runden Tisch im Zimmer und verteilte Besteck und Gläser. Dann warf sie Octavia einen unsicheren Blick zu. »Soll ich die Kleider der Miß trocknen?«

»Ja, bitte, Tabitha«, kam Octavia der Antwort Lord Nicks zuvor. »Aber bring sie mir wieder zurück, sobald sie trocken sind.«

»Ja, Miß.« Tab nahm die Sachen und verließ das Zimmer.

»Sie werden sie heute nicht mehr brauchen«, bemerkte Lord Nick lapidar und trat wieder ans Fenster. »Es ist vollkommen finster, und es sieht nicht so aus, als ob der Schneesturm nachlassen wollte.«

»Ich werde aber hier nicht übernachten«, entgegnete Octavia entschieden.

Der Straßenräuber zuckte die Achseln. Für ihn gab es nichts zu diskutieren, denn die Tatsachen sprachen für sich, und sie würde sie wohl oder übel akzeptieren müssen.

Bessie, Tabitha und der Wirt kamen in einer feierlichen Prozession die Treppe herauf, beladen mit schweren Tabletts und zwei Flaschen Burgunder, die der Wirt wortlos auf den Tisch stellte, um sie dann zu entkorken.

Octavia lief das Wasser im Munde zusammen, als Bessie den Deckel der Terrine öffnete und mit einer großen Schöpfkelle die duftende Austernsuppe in zwei tiefe Zinnteller verteilte.

»Willst du das Hammelfleisch selber schneiden, Nick, oder soll es Ben tun?«

»Danke, Bessie, ich mach's schon.« Lord Nick trat zum Tisch und nahm einen Schluck von dem Burgunder, den Ben ihm in ein Glas zum Probieren eingeschenkt hatte. Dann nickte er andächtig. »Wo hast du denn den her, Ben?«

Die rote Gesichtsfarbe des Wirts wurde noch dunkler. »Na ja, hatte noch ein paar Flaschen im Keller. Sozusagen als Dankeschön.«

»Nichts zu danken, Ben. Sie waren auch meine Freunde.«

Die beiden Männer schauten sich an und nickten sich in dem

stillen Einverständnis zu, das Octavia bereits bei der Ankunft in ihren Blicken beobachtet hatte. Dann verließ Ben das Zimmer. Bessies Augen schweiften prüfend über den Tisch mit der dampfenden Hammelkeule. Sie stellte fest, daß nichts fehlte, gab Tabitha ein Zeichen und ging mit ihr hinaus.

An der Tür blieb sie kurz stehen. »Ach, schläft sie dann bei dir?« fragte sie kühl und deutete mit einer Miene zu Octavia hinüber, die ihre Mißbilligung nicht verhehlte.

»Tja«, erwiderte der Straßenräuber knapp. Ohne ein weiteres Wort ging Bessie hinaus und schloß die Tür mit einem deutlich hörbaren Ruck.

Sprachlos stand Octavia da. Nie hatte sie sich so ohnmächtig gefühlt. Sie saß in der Falle, ausgeliefert diesem Mann und seinen Kumpanen.

Lord Nick hob beschwörend die Arme. »Bevor Sie jetzt wieder anfangen, mir einen Schwall von Beleidigungen an den Kopf zu werfen, Miß Morgan... an diesem Ort sollte eine Frau nun einmal nicht allein schlafen.«

»Bevor Sie mir mit Gewalt meine Habe abgenommen hatten, besaß ich genügend Mittel, mich allein durchzuschlagen, Sir«, gab Octavia erbittert zurück. Sie hatte die Sprache wiedergefunden und war erleichtert, festzustellen, daß ihre Stimme selbstsicherer klang als sie sich fühlte.

»Eine eigenartige Moral«, hielt er dagegen, »kommen Sie, die Suppe wird kalt... wie begründen Sie Ihren Standpunkt, ein Räuber könnte sich moralisch schuldig machen, indem er einen anderen Räuber beraubt?«

Octavia war zu hungrig, um der Einladung an den Tisch zu widerstehen. »Sie haben offenbar noch nie etwas von Ganovenehre gehört, Lord Nick.«

»Aber sicher doch«, widersprach er und hielt ihr den Stuhl hin. Als sie sich gesetzt hatte, griff er in seine Tasche und legte ihr den Lammfellbeutel neben den Teller. »Ich habe mir lediglich gestattet, meine Uhr an mich zu nehmen, wenn Sie erlauben.«

Octavia hatte bisher noch keine Gelegenheit gehabt, ihre Schätze zu sichten. Jetzt wog sie prüfend das Gewicht des Sacks, und sie verspürte eine große Erleichterung. Wenn sie Geld hatte, konnte sie diesen verhaßten Ort verlassen. Sie konnte sich eine Kutsche mieten und zurück nach London fahren. Oder sie konnte hierbleiben und sich offiziell ein Zimmer nehmen. Sie konnte ihr Essen bezahlen. Sie war endlich unabhängig von der Gnade und Barmherzigkeit dieses verdammten Straßenräubers.

Aufatmend legte sie den Beutel wieder neben sich auf den Tisch und nahm einen Löffel Suppe.

»Das ›Royal Oak‹ hat keine Zimmer zu vermieten«, erklärte Lord Nick, als ob er ihre Gedanken gelesen hätte.

Bestürzt schaute sie auf. »Wieso das?«

»Hier werden Geschäfte anderer Art betrieben.« Er schnitt ein Stück von der Hammelkeule ab und reichte es ihr auf dem Messer balancierend. Ein spöttisches Lächeln umspielte seine Lippen. »Aber diese Geschäfte gehen nur uns etwas an, Miß Morgan.«

»Eine Räuberhöhle«, sagte sie bitter. Dann, in einer plötzlichen Aufwallung von Verzweiflung, ließ sie den Löffel in den Teller fallen. »Warum haben Sie mich hierher gebracht?«

»Aus einer Laune heraus«, erwiderte er und stippte ein Stück Brot in seine Suppe. »Irgend etwas an Ihnen hat mich gereizt... ich bin es auch nicht gewöhnt, übertölpelt zu werden... und außerdem...« Er lächelte lasziv. »Ich dachte, nachdem wir den geschäftlichen Teil erledigt hätten, könnten wir uns einen netten Abend machen.«

Octavias Finger krampften sich um den Stiel ihres Weinglases. »Sie hatten also doch Hintergedanken, Sir!«

Er zuckte die Achseln. »Ich konnte ja nicht ahnen, daß Sie noch Jungfrau sind.«

»Und jetzt, wo Sie es wissen?« fragte sie ängstlich.

»Nun, mit dieser Enttäuschung kann ich leben«, bemerkte er eher beiläufig. Er schob seinen Stuhl zurück. »Soll ich noch mehr Fleisch aufschneiden?«

»Aber warum haben Sie dann Bessie gesagt, daß ich bei Ihnen schlafen würde?«

Er reagierte leicht ungeduldig. »Weil Sie im anderen Fall Ihre Unschuld innerhalb von fünf Minuten los wären, Miß Morgan. Ich dachte, ich hätte mich deutlich genug ausgedrückt.«

»Dann soll ich also *Ihnen* vertrauen?«

»Es bleibt Ihnen nicht viel anderes übrig, meine Liebe.« Er stellte ihr eine Platte mit Braten hin. »Greifen Sie zu, Miß Morgan. Mit vollem Magen schläft sich's besser.«

3

Miß Morgans Appetit schien unstillbar. Schmunzelnd schnitt der Straßenräuber ihr die dritte Scheibe Hammelfleisch auf. Sie schaufelte sich gerade einen weiteren Berg Bratkartoffeln auf den Teller und groß Zwiebelsauce nach.

Die Wärme, das gute Essen und der erlesene Wein hatten ihr Gesicht mit einer leichten Röte überzogen. Der volle Magen schien auch ihr leicht erregbares Temperament beruhigt zu haben, so daß sie jetzt zum ersten Mal, seit sie heute morgen seinen Weg gekreuzt hatte, entspannt wirkte. Offenbar fand sie sich langsam mit ihrer Lage ab.

Gedankenversunken betrachtete er sie. Warum arbeitete sie als Taschendiebin? Aus Spaß am Risiko? Wohl kaum. Er nippte an seinem Weinglas und beobachtete sie durch halbgeschlossene Lider. Wahrscheinlich waren Hunger und Kälte ihre ständigen Begleiter, auch wenn das elegante Kleid und die gepflegten weißen Hände nicht auf niedrige soziale Herkunft schließen ließen.

Am Anfang hatte er sie für ein Fräulein aus einem der vornehmen Damenstifte von Covent Garden gehalten, zum Beispiel dem von Mrs. Goadsby. Die Äbtissin war dafür berüchtigt, daß sie ihre Bewerberinnen auf Herz und Nieren prüfte, bevor sie sie in ihr Haus aufnahm. Hier genossen die jungen Damen dann aber eine Erziehung und Bildung wie sonst nur höhere Töchter von bestem Adel. In diesen Etablissements konnte man viele junge, elegante Frauen finden, die nach einem reichen Beschützer oder Ehemann Ausschau hielten, und schon manch ein aritstokratischer Lebemann war den raffinierten Tricks dieser verführerischen Fräulein erlegen.

Es kam durchaus vor, daß solche Damen sogar bei Hofe eingeführt wurden, ohne daß man über sie die Nase rümpfte. Lord Nick dachte an Elizabeth Armistead, einer der Zöglinge von Mrs. Goadsby, die erst kürzlich die Geliebte des Prince of Wales geworden war und damit ihre Vergangenheit endgültig hinter sich gelassen hatte.

Er selbst jedoch hütete sich, mit einer dieser Damen anzubändeln. Er könnte das unangenehme Gefühl nicht loswerden, an jeder Ecke auf ihre Verflossenen zu stoßen, die sich dann hinter seinem Rücken über ihn lustig machten. Lord Nicks Gedanken kehrten wieder zu dem ernsten, edlen Gesicht seiner Tischgefährtin zurück. Was für eine Schönheit, hinter deren Unschuld sich ein so geniales Langfingertalent und weiß der Teufel was für weitere Talente verbargen! Ihr mörderisches Temperament hatte er bereits kennengelernt. Sie und Philip. Wären sie nicht ein Traumpaar?

Seine Finger, mit denen er geistesabwesend den Rand seines Weinglases entlanggefahren war, hielten plötzlich inne, als der Gedanke in ihm aufblitzte und langsam Gestalt anzunehmen begann. Entspannt lehnte er sich in den Stuhl zurück, ließ die Idee wachsen und ihre Flügel ausbreiten. Seine brillantesten Einfälle kamen ihm auf diese Weise, spontan und intuitiv. Er mußte seinen Gedanken nur freien Lauf lassen, mögliche Schwierigkeiten prüfen, bestimmte Möglichkeiten ausschließen, bis sich am Ende der perfekt ausgeklügelte Plan wie von selbst herauskristallisierte.

Die Andeutung eines Lächelns trat auf seine Züge, doch seine grauen Augen blieben erschreckend kalt. Es würde funktionieren. Er warf einen Blick auf das Mädchen. Wie konnte er sie für sein Komplott gewinnen, da sie doch so unberechenbar, so schwer einzuschätzen war? Mit welchem Köder konnte er sie locken? Sie war eine Abenteurerin. Vielleicht gefiel es ihr ja, ein Wagnis einzugehen, noch dazu, wenn für sie dabei etwas heraussprang. Aber hatte sie womöglich familiäre Bindungen, die seinem Plan im Wege standen?

»Sagen Sie...« Er brach so unvermittelt das lange Schweigen, daß sie zusammenfuhr und ein paar Tropfen von dem rubinroten Wein aus ihrem Glas verschüttete, das sie gerade an die Lippen führte. »...warum arbeiten Sie eigentlich als Taschendiebin?«

Octavia runzelte die Stirn, während sie mit der Serviette verlegen den Weinfleck auf der makellos weißen Tischdecke betupfte. Es wunderte sie, daß er ihr diese Frage jetzt erst stellte. »Ich hab' nun einmal nichts gelernt, um mir mein Brot auf anständige Weise verdienen zu können.« Sie spießte mit der Gabel eine Kartoffel auf.

»Aber warum haben Sie es denn überhaupt nötig, sich Ihr Brot selbst zu verdienen?« Er schob ihr die Schale mit Kohl hinüber, und sie lud sich einen Löffel voll auf den Teller.

»Wohl aus dem gleichen Grund wie Sie«, antwortete sie spitz. »Man braucht zu essen. Man braucht ein Dach über dem Kopf. Und ich persönlich habe noch einen Vater, um den ich mich kümmern muß.«

Lord Nick lehnte sich zurück und schlug die Beine übereinander. »Verzeihung, aber normalerweise kümmert sich doch der Vater um die Tochter. Wieso ist es bei Ihnen umgekehrt?«

»Ich denke, das geht Sie gar nichts an!« gab sie eisig zurück.

»Ja, da haben Sie recht«, räumte er ein und lehnte sich vor, um Wein nachzuschenken. »Dennoch würde es mich interessieren.« Sein Lächeln wirkte plötzlich sehr vertrauenerweckend, und seine Augen blickten nicht mehr kalt, sondern sanft wie das Morgengrauen eines Sommertages.

Seit dem schrecklichen Unglück hatte Octavia noch nie jemandem ihr Herz ausgeschüttet. Noch nie hatte sie jemanden an ihrer Not, ihrer verzweifelten Wut und Hilflosigkeit teilhaben lassen. Mutterseelenallein kämpfte sie seither darum, ihren Vater und sich selbst vor dem Arbeitshaus zu bewahren. Immer wieder mußte sie sich auf die Lippen beißen, wenn das Bedürfnis, den Vater mit einer Flut von Vorwürfen zu überschütten, sie zu überwältigen drohte. Doch sie beherrschte sich, denn sie wußte, daß der alte Mann diese Welt nicht mehr verstand. Er hatte keine Ahnung, daß sie ohne einen Penny dastanden, keine Ahnung, welch verzweifelte Anstrengungen es sie kostete, ihn und sich vor dem Hungertod zu retten. Die Einladung, das Unaussprechliche endlich einmal auszusprechen, war eine Versuchung, der sie nicht widerstehen konnte. Vielleicht würde dieser Mann sie verstehen, denn er hatte ja selbst gesagt, daß sie aus dem gleichen Holz geschnitzt wären.

Mit einer beherzten Bewegung schob sie den Teller von sich weg.

»Mein Vater ist ein hervorragender Wissenschaftler, aber in den Dingen des Alltags ein absoluter Trottel«, begann sie. »Und seit seinem... seinem Mißgeschick hat er sich noch tiefer in seine Bücher vergraben. Er lebt nur noch in seinen klassischen Texten. Die Welt draußen existiert für ihn nicht mehr. Vor drei Jahren noch besaß er ein nicht unbeträchtliches Vermögen, das gereicht hätte, ihm einen geruhsamen Lebensabend und mir eine ansehnliche Mitgift zu garantieren. Aber dann... dann ist er unter die Räuber gefallen.«

Trostlos starrte sie vor sich hin. »Wenn ich damals bei ihm gewesen wäre, wäre das Ganze natürlich nicht passiert. Aber ich war bei einer Tante zu Besuch, und während meiner Abwesenheit gelang es zwei Männern, sein Vertrauen zu erschleichen. Sie überredeten ihn, sein Vermögen in eine Silbermine in Peru zu investieren. Überflüssig zu erwähnen, daß diese Mine nicht existierte.«

»Ich verstehe«, murmelte er. Auf allen Ebenen der Gesellschaft tummelten sich Diebe und Halunken, sogar bei Hofe. Im Gewande des Freundes umwarben sie ihre arglosen Opfer, um sie im geeigneten Moment zu überrumpeln und ihnen das Fell über die Ohren zu ziehen. »Dann hat Ihr Vater also alles verloren.«

»Ja, und seine sogenannten Freunde leben in Saus und Braus bei Hofe«, ergänzte sie bitter. »Sie bewohnen sogar unseren Familienstammsitz. Sie haben meinem Vater für seine Investition weiteres Geld geliehen und sich zur Sicherheit auf sein Anwesen eine Hypothek zu ihren Gunsten eintragen lassen. Natürlich waren sie ›untröstlich‹, als sie nach seiner Pleite ›gezwungen‹ waren, die Hypothek zu kündigen.«

Ihre Lippen waren schmal, und in ihren Augen blitzte wieder die Mordlust, die er schon aus eigener Erfahrung kannte.

»Das einzige, was diese Hurensöhne ihm ließen«, stieß sie zwischen den Zähnen hervor, »waren seine Bücher. Aber wahrscheinlich auch nur, weil sie dafür keine Verwendung hatten.«

»Und was ist mit Ihrer Mutter?«

»Sie starb bei meiner Geburt. Es gab von Anfang an nur uns zwei.«

Schweigen breitete sich aus, nur unterbrochen vom Knacken der Scheite im Kamin. Ein Stück Holz verrutschte im Feuer, und Lord Nick stand auf, um es wieder aufzurichten. »Aber warum haben Sie das Leben einer Kriminellen gewählt? Sie sind doch wohlerzogen und gebildet – könnten Sie nicht als Gouvernante arbeiten?« Er beugte sich über die Feuerstelle.

»Ja, oder als Kammerzofe«, konterte sie grimmig. »Natürlich, ich könnte in Stellung gehen... das wäre die ehrbare Art, sein Los zu ertragen. Aber ich bin nun einmal nicht zur Sklavin geboren. Dann lieber sterben.«

Innerlich jubelte er. Octavia Morgan war die ideale Komplizin! Doch er ließ sich nichts anmerken. »Zu stolz, Miß Morgan?« fragte er kühl.

»Können Sie denn das nicht verstehen?« begehrte sie auf.

»O doch«, lenkte er ein und richtete sich wieder auf. »*Ich* kann das sehr gut verstehen. Aber viele würden es für demütigender halten, sein Brot als Dieb statt durch ehrliche Arbeit zu verdienen.«

Ihre Blicke begegneten sich. Prüfend musterte er ihr bleiches Gesicht.

»Vielleicht.« Sie zuckte die Achseln.

Er wußte, was sie dachte. Überall wurden Dienstboten ausgebeutet und erniedrigt. Wenn man in diesen Stand hineingeboren war, konnte man seine Selbstachtung vielleicht wahren, weil man nichts anderes kannte. Wenn aber nicht, dann bedeutete ein solches Leben eine unerträgliche Demütigung.

»Und träumen Sie nie von Rache?« Fragend hob er die Brauen.

»Ich will nicht behaupten, daß ich nicht davon träume«, erwiderte sie seufzend, »aber die Bewältigung des Alltags hält mich so auf Trab, daß ich keine Zeit habe, in Phantasien zu schwelgen, Sir. Ich sehe zu, wie ich klarkomme, und manchmal, wenn mir das Wasser bis zum Hals steht, dann...«, sie zuckte die Achseln und nippte an ihrem Glas, »...nun ja, dann geh' ich eben wieder auf Diebestour. Ich richte damit weniger Schaden an als die zwei, die meinen Vater betrogen haben. Ich nehme von jedem ein bißchen... nicht von einem alles. Ruiniert habe ich mit Sicherheit noch keinen.«

»Ich auch nicht«, bekannte er und kehrte an den Tisch zurück. »Hätten Sie Lust auf einen Stilton und ein Stück selbstgebackenen Apfelkuchen?«

Der plötzliche Themenwechsel erleichterte sie. Die Spannung der letzten zehn Minuten fiel von ihr ab. Es hatte sie einige Überwindung gekostet, sich zum ersten Mal all die angestaute Wut und den abgrundtiefen Haß auf die zwei Männer vom Herzen zu reden, die das Leben ihres Vates wie ihr eigenes auf so rücksichtslose, brutale Weise zerstört hatten. Und es tröstete sie, daß Lord Nick, dieser merkwürdig vertraute Fremde, so aufmerksam zugehört, ihr Verständnis entgegengebracht, sie aber vor allem nicht moralisch verurteilt hatte.

»Und was ist mit Ihnen?« fragte sie neugierig. »Was hat Sie zum Räuber gemacht?«

Bedächtig schnitt er den gedeckten Apfelkuchen in Stücke und schwieg eine Weile. »Eine Geschichte aus der Vergangenheit…«, erwiderte er dann leichthin, »…ein Mißverständnis, wenn Sie so wollen.«

»Ein Mißverständnis?« Überrascht blickte Olivia in sein Gesicht. »Wieso wird man durch ein Mißverständnis zum Straßenräuber?«

»So wie Sie durch die Weltfremdheit Ihres Vaters zur Diebin wurden.« Er hob ein Stück Apfelkuchen auf einen Teller und reichte ihn ihr.

Octavia zögerte. Seine Antwort befriedigte sie nicht, doch sie spürte, daß er nicht mehr erzählen wollte. Die Bereitschaft, sich dem anderen zu öffnen, war zwischen ihnen offenbar etwas einseitig verteilt. Sie zuckte die Schultern, steckte ihren Löffel in den Stilton und nahm einen Portion von dem cremigen, bläulich weißen Käse, die sie neben dem Apfelkuchen auf ihren Teller häufte. Es gab keinen Grund, ein gutes Essen zu verachten, bloß weil ihre Offenherzigkeit nicht erwidert wurde.

»Wird sich Ihr Vater Sorgen um Sie machen?« Ihr Tischnachbar kostete von seinem Apfelkuchen.

»Ja, was meinen denn Sie?« entrüstete sie sich. »Wenn jemand entführt wird, gibt es regelmäßig Menschen, die sich Sorgen um ihn machen!«

»Wie große Sorgen wird er sich machen?« Der Straßenräuber wollte es offenbar ganz genau wissen.

Octavia seufzte. Es hatte wohl wenig Zweck, einen neuen Streit anzuzetteln. Gewissensbisse schienen dem Herrn ohnehin fremd zu sein. »Mein Vater verliert hin und wieder den Bezug zur Gegenwart«, erklärte sie. »Er klammert sich an die

Vergangenheit ... das klassische Altertum, meine ich ... und da entgleitet ihm manchmal das Gefühl für Raum und Zeit. Mistress Forster kümmert sich um ihn, und sie wird sicher annehmen, ich hätte irgendwo Schutz vor dem Sturm gesucht.«

Er nickte. »Morgen früh, wenn sich der Sturm gelegt hat, werde ich Sie heimbringen.«

»Wie reizend von Ihnen«, erwiderte sie, obwohl sie nicht davon ausging, daß ihre Ironie irgendeinen Eindruck auf ihn machen würde. Aber den Gedanken daran, daß ihre Unschuld heute nacht vom guten Willen und den moralischen Grundsätzen eines Straßenräubers abhing, konnte sie nur mit Galgenhumor ertragen.

Wie erwartet ließ ihr Unterton ihren Gesellschafter ziemlich kalt. Wenn er ihn denn überhaupt wahrgenommen hatte, denn er schien auf einmal wieder ganz in Gedanken versunken. Seine schlanken Finger fuhren über das funkelnde, geschliffene Kristallglas, in dem sich das Blau und Rot seines Amethystrings im flackernden Lichte des Kaminfeuers brachen. Octavia Morgan könnte die perfekte Komplizin für seine lang ersehnte Rache sein! Und ihre eigene Lebensgeschichte war wie dazu bestimmt, sie zu seiner Partnerin zu machen. Endlich könnte auch sie sich für ihr Schicksal rächen, und die Aussicht, dabei zusätzlich ihre finanziellen Schwierigkeiten ein für allemal zu beheben, wäre ohne Zweifel ein weiterer Anreiz.

Dennoch, die Zeit war noch nicht reif, ihr seinen Vorschlag zu unterbreiten. Sie war auf ihre Art eine Abenteurerin, aber ihre Ausflüge in die Unterwelt erschienen ihm eher halbherzig. So übel ihr das Leben auch mitgespielt hatte, war sie doch noch nicht an den Punkt der Verzweiflung gelangt, von dem es kein Zurück mehr gab.

Als Octavia ihn anschaute, lief ihr auf einmal ein Frösteln über den Rücken, als ob ein kalter Wind sie gestreift hätte. Der Straßenräuber starrte zu ihr herüber, sah aber offenbar durch sie hindurch. Seine Augen blickten stumpf und leer wie unbehauener Schiefer, und seinem Gesicht fehlte jeglicher Ausdruck. Sie wollte ihn ansprechen, irgend etwas sagen oder tun, um diese beängstigende Maske zu durchdringen, doch kein Wort kam über ihre Lippen. Dann plötzlich belebten sich seine Züge, doch der scharfe Blick, mit dem er sie jetzt durchbohrte, flößte ihr fast noch mehr Unbehagen ein.

Er taxierte sie. Bevor sie sich seinem Racheplan anschließen würde, mußte er sie noch in irgendeiner Weise an sich binden. Er mußte sie erst zur Frau machen, einer Frau, die genügend Kaltblütigkeit besaß, die Verblendung und eitle Selbstgefälligkeit der Leute, die ihn und sie verraten hatten, auszunutzen, um sie anschließend fertigzumachen, wie sie es verdienten. Er mußte ihr erst die jungmädchenhafte Unschuld, die Naivität nehmen, bevor er sie in seine dunkle Welt ziehen konnte. Und er wußte auch schon, wie er diesem Problem zu Leibe rücken würde.

»Entschuldigen Sie mich bitte einen Moment, Miß Morgan.« Er stand auf, deutete eine Verbeugung an und verließ den Raum.

Seufzend schob Octavia ihren angebissenen Apfelkuchen beiseite und stützte den Ellbogen auf den Tisch. Sie warf einen Blick aus dem Fenster. Draußen war es stockfinster, und die Scheiben waren mit Eis überzogen. Von unten aus der Gaststube dröhnten betrunkene Männerstimmen, die aus heiserer Kehle irgendein unanständiges Lied grölten. Krachend fiel ein Stuhl um. Das Getöse wirkte bedrohlich, als ob die Lage jeden Moment in eine wüste Schlägerei ausarten konnte. Diese Räuberhöhle war tatsächlich kein geeigneter Ort für eine Frau ohne männlichen Schutz.

Es klopfte leise an der Tür, und Tabitha steckte den Kopf herein. »Soll ich abtragen, Miß?«

»O ja, bitte.« Octavia stand vom Tisch auf und ging zum Kamin, um sich zu wärmen. Wieder ertönte wildes Geschrei und Brüllen von unten herauf. »Was ist denn da los?« fragte Octavia ängstlich.

»Ach, irgendeine Schlägerei«, erklärte Tabitha leichthin und begann, das Geschirr auf ein Tablett zu stapeln.

»Gibt es außer dir und Bessie gar keine Frauen hier?«

»Nein, Miß... es sei denn, sie bringen irgendwelche von draußen mit.« Sie trug das beladene Tablett zur Tür. »Das kommt allerdings ziemlich häufig vor«, fügte sie hinzu.

»Und was ist mit dir? Wo schläfst du eigentlich?«

»Ich, Miß?« Tab schien die Frage zu wundern. »Bei Bessie über der Waschküche... außer wenn Ben sie besuchen kommt. Dann schlaf' ich auf der Ofenbank in der Küche.«

Es gab also kein weiteres Zimmer, in dem Octavia hätte übernachten können.

»Ich hab' den Ofen in Lord Nicks Schlafzimmer für Sie eingeheizt, Miß.« Tabitha balancierte das schwere Tablett auf dem hochgezogenen Knie, während sie die Tür öffnete. »Hab' Ihnen auch einen heißen Ziegelstein ins Bett gelegt. Und eine heiße Pfanne unters Laken. Ist alles mollig warm.« Sie knickste, und Octavia murmelte mit schwacher Stimme ein Dankeschön. Dann fiel die Tür ins Schloß.

»Wollen Sie lieber Rum oder Brandy-Punsch?« Der Straßenräuber war zurückgekommen und rieb sich voller Vorfreude die Hände. »Bessie bringt alles ins Schlafzimmer, so daß wir uns noch einen gemütlichen Schlaftrunk gönnen können.«

»Es ist noch viel zu früh, um ins Bett zu gehen«, stieß Octavia hastig hervor.

Lord Nicks Augenbrauen fuhren in die Höhe. »Es ist acht Uhr vorbei, und ich bin um drei Uhr morgens aufgestanden, um Tyburn noch vor Morgengrauen zu erreichen.«

»Ich auch. Aber ich bin überhaupt nicht müde. Wenn Sie wollen, können Sie ja schlafen gehen. Ich bleib' hier beim Kamin.«

»Nein, das glaube ich nicht«, erklärte er in seinem unangenehmen Befehlston, den sie heute schon oft genug zu ertragen hatte. »Meine liebe Miß Morgan. Ich habe schließlich die Verantwortung für Sie, und deshalb werden Sie heute die Nacht

hinter verschlossener Tür in meiner Gesellschaft verbringen.«
Wie um die drohenden Gefahren zu demonstrieren, erscholl in diesem Augenblick wieder lautes Gebrüll von unten. Stühle krachten, Glas splitterte.

Octavia zitterte. Sie hatte offenbar keine Wahl.

»Kommen Sie.« Er hielt ihr die Tür auf.

Sie huschte an ihm vorbei, spürte ihre nackten Beine unter dem Rock und das dünne Unterhemdchen. Wie klein und verletzbar fühlte sie sich doch in diesem üppig weit geschnittenen Kleid!

Sanft schob er sie den Flur entlang vor sich her und lotste sie in den hinteren Teil des Gebäudes, von dem aus der Lärm aus der Gaststube nur noch gedämpft zu ihnen heraufklang. »Hier ist es viel ruhiger«, erklärte er. Er langte über ihre Schulter und stieß die Tür zu einem Zimmer auf. »Oh, wie schön«, rief er erfreut, »Bessie hat beides hingestellt, Rum und Brandy für den Punsch. Also, wie ist Ihre Wahl?« Er ließ sie eintreten und schloß die Tür.

»Brandy«, erwiderte sie mit schwacher Stimme. Beklommen beobachtete sie, wie er den massigen Riegel an der Tür vorschob und den eisernen Schlüssel umdrehte. Ihr Herz begann ängstlich zu klopfen, als sie sah, daß er den Schlüssel abzog und in die Tasche steckte. Es war nicht zu erwarten, daß jemand gegen seinen Willen in dieses Zimmer einbrechen würde, denn er schien ja ein Freund des Hauses und geachteter Gast zu sein. So hatte seine Vorsichtsmaßnahme offenbar zum Ziel, sie an der Flucht zu hindern.

»Hinter dem Paravan steht ein Krug mit heißem Wasser auf dem Waschtisch«, klärte er sie auf und wies mit einer Handbewegung auf den Wandschirm in der Ecke des Raums. »Während Sie sich frischmachen, bereite ich den Punsch vor.«

Octavia sah sich um. Das geräumige, ansprechend eingerichtete Schlafzimmer wurde von teuren Wachskerzen erleuchtet. Eine angenehme Wärme entströmte dem wuchtigen Kamin, neben dem ein gemütlicher Ohrensessel mit breiten Armlehnen stand. Spontan entschied sie sich, in diesem Möbel die Nacht zu verbringen.

Der Straßenräuber schien gänzlich davon in Anspruch genommen, die Zutaten für den Punsch herzurichten. So schlüpfte sie schnell hinter den Wandschirm und war überrascht, welch praktische Vorrichtungen sie dort fand. Es wäre ihr alles andere als angenehm gewesen, zu dieser Stunde und noch dazu bei dem Schneesturm mit klappernden Zähnen ein Häuschen irgendwo draußen auf dem Hof aufsuchen zu müssen.

Als sie wieder auftauchte, streute ihr Begleiter gerade Muskatnuß in das große, silberne Punschgefäß. Ein betörendes Aroma von angewärmtem Weinbrand, Apfelsinen und Zitronen, Zimt und Muskatnuß erfüllten den Raum. Unwillkürlich mußte Octavia gähnen, als ihr Blick auf das einladende Bett fiel. Erst jetzt spürte sie ihre grenzlose Müdigkeit. Vielleicht war der Straßenräuber ja Kavalier genug, ihr das Bett zu überlassen und seinerseits mit dem Ohrensessel vorlieb zu nehmen.

»Kommen Sie!« Aufmunternd lächelte er ihr zu, während er den fertigen Punsch aus dem Gefäß schöpfte. »Probieren Sie mal und verraten Sie mir, ob etwas fehlt. Vielleicht gehört zur Abrundung noch eine Prise Muskatnuß hinein.« Er reichte ihr einen der Krüge.

Octavias Widerstand schmolz dahin. Es waren einfach zu viele Verlockungen, die man ihr in diesem gemütlichen Gefängnis bot. Und so setzte sie sich seufzend auf den Sessel und schob ihre Füße ans wärmende Kamingitter. »Muskatnuß reicht, aber vielleicht eine Spur mehr Nelken?« sagte sie nach einem prüfenden Schluck.

»Die Nelken! Ich hab' sie ganz vergessen!« gestand der Räuber. Er faltete ein Stück Wachspapier auf und schüttelte eine Prise des Gewürzes in ihren Punsch. »Besser?« fragte er.

Sie nippte und nickte dann. »Schmeckt aber trotzdem nicht sehr intensiv.«

»Ja, das ist eine ganz besondere Sorte, aus Indien«, klärte er sie auf und nahm einen herzhaften Schluck aus seinem Krug. Dann setzte er sich und zog Stiefel und Strümpfe aus. Als er es dabei nicht beließ, sondern auch sein Halstuch aufknotete und begann, sein Hemd aufzuknöpfen, bekam sie es mit der Angst zu tun. Er zog sich aus... hier mitten im Zimmer... vor ihren Augen! Jetzt öffnete er den Gürtel seiner Hose. Mit offenem Munde starrte sie ihn an, als er sie herabrutschen ließ. Seine breite nackte Brust schimmerte im Kerzenlicht, und wie magisch angezogen wanderten ihre Augen weiter abwärts, dorthin, wo das schwarze Haar, das sich auf seinem flachen Bauch kräuselte, in der wollenen langen Unterhose verschwand. Eng schmiegte diese sich an Hüften und Beine und ließ die pralle Wölbung dazwischen hervortreten... Vor Aufregung verschluckte sie sich an ihrem Punsch und wandte schnell den Kopf zur Seite. Ihre Augen tränten.

Der Straßenräuber schien keine Notiz davon zu nehmen und ging zum Kirschholzschrank auf der anderen Seite des Zimmers. Octavia wischte sich die Tränen aus den Augen, konnte jedoch nicht widerstehen, dabei durch die Finger zu linsen. Fasziniert betrachtete sie seinen muskulösen Po, der sich deutlich durch die Unterhose abzeichnete. Er hatte ihr den Rücken zugewandt und nahm jetzt einen pelzbesetzten Morgenrock aus dem Schrank, warf ihn sich um und verschwand dann hinter dem Wandschirm.

Ja, zum Teufel! Olivia preßte sich die Hand an die glühende Wange. Er schien sie überhaupt nicht beachtet zu haben, hatte sich lässig entkleidet, als ob er sich in einem Bordell bei einer Hure befände. Wenigstens hatte er sich nicht auch noch die Unterhose vor ihren Augen ausgezogen. Ein kleiner Trost. Sie nahm einen weiteren Schluck Punsch und konnte zu ihrer Überraschung ein leises Kichern nicht unterdrücken. Um ehrlich zu sein – sein Striptease hatte ihr durchaus gefallen. Gebannt wie das Kaninchen vor der Schlange war sie dagesessen und hatte den Mann beobachtet. Was war denn auf einmal in sie gefahren?

Wieder überschwemmte sie eine Woge von Müdigkeit, doch in ihrem Bauch hörte es nicht auf zu kribbeln, und ihre Zehen bogen sich nach oben und wieder nach unten, ganz von selbst. Sie fühlte sich müde und zur gleichen Zeit seltsam erregt.

Ihr Gefährte tauchte wieder hinter dem Wandschirm auf, immer noch im Morgenrock. Er löschte überall im Raum die Kerzen, bis auf eine auf dem Nachttisch. Dann schlug er die Überdecke des Bettes zurück und schaute sie erwartungsvoll an.

»Miß Morgan?«

»Ich ziehe es vor, hier im Sessel zu schlafen.« Ihre Wangen brannten.

»Ganz wie Sie wünschen«, erwiderte er. »Aber Sie werden frieren, sobald das Feuer heruntergebrannt ist. Ich glaube nicht, daß das Holz für die ganze Nacht reicht.«

»Danke, mir ist warm genug«, gab sie steif zurück. »Wenn Sie die Güte hätten, mir ein Kopfkissen und die Überdecke zu geben, wäre ich wunschlos glücklich.«

Er zuckte die Achseln, zog die Überdecke ab und warf sie ihr zu. Das Kopfkissen folgte. Dann ließ er ohne ein weiteres Wort seinen Morgenrock fallen. Ihr stockte der Atem. Er mußte hinter dem Wandschirm seine Unterhose ausgezogen haben. Eine Sekunde lang stand er splitternackt vor ihr. Samtig schimmerte sein kraftvoller Körper im schummerigen Licht der Kerze. Dann stieg er ins Bett und blies sie aus.

Octavia starrte einen Augenblick ins Kaminfeuer, das jetzt die einzige Lichtquelle im Raum war. Dann deckte sie sich mit der Überdecke zu, stopfte das Kissen hinter den Kopf und versuchte, eine halbwegs bequeme Schlafposition einzunehmen. Doch es gelang ihr nicht. Diese seltsame, unerklärliche Erregung nahm zu, gleichzeitig breitete sich das Kribbeln von ihrem Bauch bis in die Zehen und Fingerspitzen aus. Aber vielleicht war dieses Gefühl ja gar nicht so unerklärlich, vielleicht hatte es mit den letzten paar Minuten zu tun, mit dem, was sie gesehen hatte. Dort drüben, kaum zwei Meter entfernt von ihr, lag ein nackter Mann! Sie schaute wieder ins Feuer, bemüht, an etwas anderes zu denken, betrachtete lange die rötliche Glut und das fahle Blau der Flammen.

Doch je mehr das Feuer erlosch, desto dunkler und kälter wurde es im Raum. Und noch immer hatte sie kein Auge zugetan. Sie war hellwach und fror am ganzen Leibe. So sehr, daß eine Gänsehaut nach der anderen über ihren Rücken lief und die Zähne klapperten. Im Gasthof war es totenstill geworden. Nur der Wind war zu hören, der um das Haus heulte und an den altersschwachen Fensterläden rüttelte.

Ihre Augen schweiften zum Bett hinüber. Die Gestalt des Straßenräubers war nur als dunkler Umriß zu erkennen. Er lag ziemlich am Rand des Bettes und schlief tief und fest, den regelmäßigen Atemzügen nach zu urteilen. Wenn sie das Kopfkissen als Trennwand in die Mitte des Bettes legen würde, könnte sie von der anderen Seite aus unter die Decke schlüpfen, ohne ihn im Schlaf zu stören. Sie mußte sich irgendwie aufwärmen, wenn sie nicht bis morgen früh zu einem Eiszapfen gefroren sein wollte.

Leise stand sie auf, warf die Überdecke um ihre Schultern und ging auf Zehenspitzen über die harten Holzdielen. Ihre Füße fühlten sich wie Eisblöcke an.

An der Bettkante blieb sie stehen. Sie wagte nicht zu atmen. Vorsichtig hob sie das Federbett hoch und schob das Kopfkissen bis in die Mitte des Bettes vor. Der Schläfer rührte sich nicht. Immer noch ohne zu atmen kletterte sie auf die hohe Matratze und kroch dann ganz langsam unter die Decke. Verzweifelt bemühte sie sich, still zu liegen, doch ihr Körper wurde immer wieder von unkontrollierbaren Kälteschauern geschüttelt, die das ganze Bett durchzurütteln schienen.

Allmählich begann das Blut wieder in ihren Adern zu kreisen, und das Zittern hörte auf. Die ganze Zeit ließ sie dabei den dunklen Koloß an ihrer Seite nicht aus den Augen, der mit seinem Gewicht die Matratze so tief hinunterdrückte, daß sie ständig dagegen ankämpfen mußte, zu ihm hinüberzurollen. Doch jetzt, da sie wieder warm war, begannen ihr die Falten und die groben Nähte des schweren Samtkleides lästig zu werden, die wie harte Leisten in ihr Fleisch schnitten. Schweißperlen rannen ihr von Brüsten und Achseln, und zu allem Übel begannen die Wellen prickelnder Erregung, die sie vorhin schon verwirrt hatten, jetzt wilder denn je durch ihre Adern zu pulsieren. Sie konnte kaum noch ihre Füße still halten. Seltsame Gedanken und Bilder huschten durch ihren Kopf, lösten sich wieder auf, noch ehe sie ihrer habhaft werden konnte.

Das Samtkleid entwickelte sich zu einem regelrechten Folterinstrument, schnürte ihr die Brust ein, daß sie kaum noch atmen konnte. Am ganzen Körper brach ihr der Schweiß aus. Sie mußte es sich auf der Stelle vom Leibe reißen, wollte sie nicht ersticken. Und so zappelte und rutschte sie unter der Decke hin und her, bis sie es sich schließlich über den Kopf gezogen und neben sich auf den Boden geworfen hatte. Erleichtert atmete sie auf. Doch im gleichen Augenblick erschrak sie. Ob der Mann von ihrem Gezappel wohl aufgewacht war? Sie horchte in der Dunkelheit. Doch sein Atem ging immer noch ruhig und regelmäßig.

Die seltsamen schwebenden Gedanken begannen wieder in ihrem Kopf zu kreisen, wanden sich wie fette, faule Schlangen in ihren Gehirnwindungen, mehr Empfindungen als Gedanken. Eine träumerische, schwüle Schläfrigkeit bemächtigte sich ihres Körpers, unter der die drängende Unruhe jedoch weiterkribbelte. Noch nie hatte sie ihren Körper so bewußt gespürt. Sie betastete ihn, erschrak, als sie entdeckte, daß ihre Brustwarzen hart waren, sich unter ihrer Berührung weiter aufrichteten. Ein wohliger Schauer lief ihr über den Rücken, als sie sich über den Bauch strich. Ihre Schenkel öffneten sich wie von selbst, und ihre Hand fuhr dazwischen. Eine seltsame Feuchtigkeit. Und wieder überflutete sie eine Welle quälender Unruhe.

Sie streichelte sich, und wohlige Wärme strömte durch ihren Körper. Tiefer und tiefer sank sie in die Kissen und glitt langsam in ein buntes Traumland der Sinne. Die Bilder in ihrem Kopf verloren die Konturen, und ihre Augen blickten auf eine formlose, weiche, pulsierende Landschaft, von der ein magisches, verlorenes Leuchten ausging.

Sie träumte, ein Mund würde sich auf ihre Lippen senken. Ein Kuß, so leicht und zart wie ein Windhauch. Sie träumte, daß ihre Hände über einen warmen, kraftvollen Männerkörper strichen und sie den Duft einer Haut roch, einen Duft, den sie kannte und der doch nicht ihrer war. Sie träumte, daß ihre Haut die Haut eines anderen berührte, daß Finger ihren Rücken entlangfuhren, um endlich das rastlose Drängen in ihr zu beruhigen und gleichzeitig ein neues Begehren zu entfachen. Sie träumte, daß der Mund wieder ihre Lippen teilte, doch diesmal war es ein anderer Kuß, ein leidenschaftlicher, besitzergreifender. Kleine, katzenhafte Schreie hörte sie in der feuchtdunklen Höhle des Federbetts, das sie umschloß, und sie träumte, daß es ihre Schreie waren. Sie träumte von seliger Verzückung, daß jede Zelle ihres Körpers durchdrang. Sie träumte, daß ihr Körper sich ganz in dem anderen Körper auflöste, daß ihre Glieder mit seinen Gliedern verschmolzen. Sie träumte, daß sie in die Dunkelheit des Vergessens sank, um endlich wieder in das warme, verlockende Licht ihrer Traumwelt emporzutauchen. Es wiederholten sich die Momente der Erfüllung, langsam und schläfrig glitt sie durch unendliche Wonnen, bevor sie erneut in das schummrige, grünliche Leuchten ihrer träumerischen Trance entschwand.

Der Traum begleitete sie die ganze Nacht. Ihr Körper wanderte durch die fremde Landschaft, ständig von neuen, pulsierenden Wellen der Leidenschaft durchströmt. Mit wunderbarer Leichtigkeit paßte sie sich den Bewegungen der großen, dunklen Gestalt an, die von ihr Besitz ergriff und sich ihr zum Geschenk machte.

Und als sie erwachte und ihre Augen in das fahle Morgenlicht blinzelten, war sie allein.

Doch der Traum war immer noch in ihr. Seine seidenen Fäden lagen auf ihrer Haut, seine verschwommenen Bilder zogen noch immer durch ihre Seele. Tief in den Kissen vergraben lag sie da, staunend und verwirrt, mit dem Gefühl, etwas verloren zu haben. Vergeblich bemühte sie sich, die Bilder der Nacht festzuhalten, doch sie lösten sich auf wie morgendliche Nebelschwaden.

Ihre Hände strichen über ihren Körper. Sie war nackt. Aber sie war doch nicht nackt zu Bett gegangen? Ihre Verwirrung nahm zu, als im schwachen Licht der Morgendämmerung die Gegenstände des Zimmers allmählich Gestalt annahmen. Langsam kehrte die Erinnerung zurück.

Ihre Haut fühlte sich anders an: befleckt, gezeichnet, in einer eigenartigen und beängstigenden Weise. Zwischen den Schenkeln spürte sie ein Brennen, keinen Schmerz, mehr ein warmes, erfülltes Sehnen. Vorsichtig betastete sie die Stelle. Sie fühlte etwas Klebriges, und als sie die Hand zurückzog und betrachtete, erstarrte sie. Blut haftete an ihren Fingern.

In Panik fuhr sie hoch und schlug die Bettdecke zurück. Das Laken und ihre Schenkel waren blutverschmiert. Kein frisches Blut, es schien schon geronnen.

Ihre Periode erwartete sie erst in drei Wochen. Wie vom Schlag getroffen fiel sie in die Kissen zurück, zog sich das Federbett unters Kinn und starrte an die Decke. Er hatte sie vergewaltigt.

Aber das stimmte nicht. Nichts hatte er ihr angetan, was ihr nicht die größte Lust bereitet hätte. Sie hatte geglaubt, zu träumen, doch zu ihrem maßlosen Entsetzen mußte sie erkennen, daß alles Wirklichkeit gewesen war.

Und die Wirklichkeit zeitigte Folgen. Womöglich hatte sie ein Kind empfangen. *Aber wie war das geschehen? Wie konnte so etwas überhaupt geschehen? Was war mit ihr geschehen, daß sie so etwas hatte geschehen lassen können?*

Langsam richtete sich Octavia auf und schaute sich um. Sie war allein im Zimmer. Das Feuer im Kamin flackerte jedoch munter, und jemand hatte Eis und Schnee von der Fensterscheibe gekratzt, so daß die spärlichen Sonnenstrahlen ins Zimmer dringen konnten.

Wo war der Straßenräuber? Ihr Traumliebhaber? Wenn sie nicht so niedergeschmettert gewesen wäre, hätte sie laut auflachen können über diesen ganzen Irrwitz. *Was war geschehen? Wer hatte sie in diese phantastische Welt entführt?*

Ihr Blick fiel auf ihre Kleider, die sorgsam über der Sessellehne am Kamin zusammengelegt waren. Frisch gewienert standen ihre Stiefel am Boden. Über das Fußende des Bettes lagen ihr Unterrock und das Samtkleid gebreitet.

»Ja, zum Teufel!« murmelte sie. Das sah nach allem anderen als nach einem Traum aus.

Die Tür ging auf. Ein hartes Geräusch von Stiefeln auf den Holzdielen. Die Tür fiel ins Schloß. Alles klang so grell, so durchdringend. Traum und Phantasie zogen sich lautlos zurück.

Beklommen wandte Octavia den Kopf. Der Straßenräuber ging auf ihr Bett zu. Nur, daß es nicht der Straßenräuber war. Ja, es war der Mann von heute nacht, doch nicht derselbe schlicht gekleidete Gentleman von gestern.

»Wer sind Sie?« hauchte sie. Der Mann trug einen türkisfarbenen Samtrock. Üppige Mechlinspitze schmückte die Hemdmanschetten, und sein Haar war unter einer aufwendig frisierten gepuderten Perücke verborgen. Auf der weißen, steifen Halsbinde prangte ein schwarzer Solitär. Er trug ein Schwert und juwelenbesetzte Schnallen auf den rothackigen Schuhen. Nur sein Lächeln war haargenau dasselbe wie das ihres nächtlichen Liebhabers.

»Im Moment, Miß Morgan, bin ich Lord Rupert Warwick. Stets zu Ihren Diensten.« Als er sich mit elegantem Schwung vor ihr verbeugte, blitzte der Amethyst an seinem Zeigefinger im Strahl der Morgensonne auf.

Jede Erinnerung an die Wonnen der Nacht war verflogen, und erbitterte Wut flammte in ihr auf. »Ach, wie interessant, stieß sie ärgerlich hervor. »Gestern waren Sie noch Lord Nick, der Straßenräuber. Heute sind Sie Lord Rupert Warwick, der Höfling. Haben Sie noch weitere Identitäten, Sir? Oder sind das alle?«

In seinen schiefergrauen Augen blitzte der Schalk auf. »Nein, nicht alle, meine Liebe«, erklärte er mit einem Schmunzeln. »Aber zumindest alle, die Sie kennen sollten... im Augenblick zumindest.«

»Sie haben mir Ihr Wort gegeben, mich nicht zu vergewaltigen!«

»Ich habe Sie nicht vergewaltigt.« Sein Blick hielt ihrem stand.

»Aber vielleicht bekomme ich jetzt ein Kind«, erwiderte sie mit schwacher Stimme.

»Nein, Octavia, da können Sie ganz unbesorgt sein.« Er setzte sich zu ihr auf die Bettkante und ergriff ihre Hand. Aus seinen Augen sprachen Wärme und Zuversicht. »Ich weiß nicht, wie gut Sie in diesen Dingen Bescheid wissen. Aber es gibt da so ein Ding, das Männer benutzen können. Man nennt es Kondom.«

»Und Sie haben dieses Ding benutzt?« Ungläubig starrte sie ihn an. Sie konnte sich nicht vorstellen, daß er in ihrem wollüstigen Traum Zeit gehabt hatte, an derart profane Dinge zu denken.

Er nickte. »Ich habe Ihnen nichts angetan, glauben Sie mir.«

»Aber wie ist es geschehen? Ich verstehe nicht, wie es geschehen konnte.«

»Sie haben mich dazu eingeladen«, antwortete er schlicht.

Hatte sie das? Aber das war unmöglich... und doch hatte sie es gewollt. Mehr als gewollt.

»Ich verstehe überhaupt nichts mehr«, sagte sie hilflos.

»Es gibt nichts zu verstehen. Wir haben eine wunderbare Nacht miteinander verbracht, wie Mann und Frau. Und jetzt stehen Sie auf, ziehen sich an und frühstücken. Und dann bringe ich Sie nach Hause zu Ihrem Vater.«

Und dann ist alles vorbei. Sie würde alles vergessen. All diese aufregenden, verwirrenden Gefühle.

Vielleicht.

4

Jemand hatte die abgerissene Spitzenborte ihres Halstuchs wieder angenäht. Tabitha wahrscheinlich. Octavia nahm nicht an, daß die abweisende Bessie sich zu einer solchen Gefälligkeit hatte hinreißen lassen.

Sie zog sich im Schein des wärmenden Kaminfeuers an. Der Straßenräuber hatte den Raum verlassen und wartete unten im Gastzimmer auf sie, wo der Frühstückstisch gedeckt war. Sie war ihm dankbar, daß er ihr ein wenig Privatheit gönnte. Bisher hatte er auf ihre Distanzwünsche ja wenig Rücksicht genommen. Andererseits – nach der gemeinsam verbrachten Nacht hätte er schließlich auch anbieten können, ihr das Mieder zu schnüren!

Ein eigenartiges Gefühl überkam Octavia, als sie die Bänder des Lammfellbeutels wieder um ihre Taille schlang. Die vertraute Empfindung brachte sie ein Stück in die Wirklichkeit zurück. Sie war immer noch verwirrt, bestürzt und erregt, als hätte sie eine unsichtbare Grenze überschritten und befände sich jetzt in einem Niemandsland. Ihr Körper vibrierte, und ihre Haut reagierte ganz ungewohnt empfindlich auf Berührung. Ob sie nach dieser Nacht wohl anders aussah? Sie schaute in den fleckigen Standspiegel, doch sie erblickte nur ihr bekanntes Gesicht. Aber schimmerte ihre Haut nicht rosiger, blickten die Augen nicht ein wenig dunkler? Das zerwühlte Haar stand widerspenstig vom Kopfe ab.

Sie nahm einen Kamm vom Waschtisch und kämpfte sich

durch das Gestrüpp. Die Haarnadeln lagen immer noch in Lord Nicks Zimmer, in dem sie gestern ihr Haar gelöst und am Kaminfeuer getrocknet hatte. Ach, gestern!

Octavia setzte sich hin und starrte ins Feuer. Sie versuchte, zwischen sich und der Person, die sie gestern war, eine Verbindung herzustellen. Ja, sie hatte sich verändert von gestern auf heute! Aber mit der Zeit würde die Erinnerung an diese überwältigende, einzigartige Nacht verblassen. Sie würde zurückkehren nach Shoreditch, in ihr winziges, dunkles Zimmer über dem Laden des Kerzenmachers, zurück in die Welt ihres Vaters, der wie eine Mumie in seinen verstaubten Büchern lebte, zurück in den alltäglichen Überlebenskampf. Sie würde sich wieder mit dem Pfandleiher herumschlagen, würde die Demütigung ertragen, den Gemüsehändler, den Bäcker oder Fleischer um Kredit bitten zu müssen. Sie würde wie immer ihre Strümpfe stopfen, Kleider flicken und wenn sie nichts mehr besaß, was sie ins Leihhaus tragen konnte, würde sie erneut auf Diebestour gehen, um Kopf und Kragen zu riskieren.

Sie fuhr zusammen, als die Tür aufflog und Bessie mit verschränkten Armen auf der Schwelle stand. »Sagen Sie mal, wie lange sollen wir eigentlich noch auf Sie warten?« bellte sie. »Wir haben heute noch 'n bißchen was anderes zu tun, Gnädigste. Wollen Sie nun Frühstück, oder kann ich abdecken?«

Octavia erhob sich und durchbohrte Bessie mit kaltem Blick. »Wenn Sie mir sagen, was ich Ihnen schuldig bin, dann zahl' ich auf der Stelle, Frau.«

Bessie hob die Brauen. »Ach Gottchen, sie markiert die feine Dame! Ihren Zaster brauch' ich nicht, Nick sorgt schon für uns. Und jetzt beeilen Sie sich. Der Mann hat schließlich noch einiges zu erledigen heute.«

»Wenn er mir was zu sagen hat, dann kann er das persönlich tun«, schoß Octavia zurück. »Ich komme in fünf Minuten. Wenn Sie ihm das bitte ausrichten!« Octavia baute sich zu ihrer vollen Größe auf und faßte die Alte scharf ins Auge. Sie war schließlich nicht irgendwer. Sie war Miß Morgan of Hartridge Folly.

Bessie hielt ihrem Blick nur kurz stand, schnaubte dann verächtlich, machte auf dem Absatz kehrt und schlug die Tür hinter sich zu.

Mit triumphierendem Lächeln ging Octavia an den Waschtisch und legte sich vor dem Spiegel das Halstuch um. Nach dem kleinen Scharmützel eben fühlte sie sich schon deutlich wohler. Sie ließ ihr Haar offen auf die Schultern fallen, nahm Umhang, Muff und Handschuhe, und machte sich gemächlich auf ins Gastzimmer, wo das Frühstück wartete.

Als sie den Flur entlangging, fröstelte sie. Von unten roch es nach schalem Bier und kaltem Rauch. Im Gastzimmer wurden Tische und Stühle gerückt. Jemand wischte den Boden und schüttete klatschend eine Ladung Wasser auf die Steinfliesen. Im Hof donnerte ein Faß über das Pflaster. Das ›Royal Oak‹ rüstete sich für den neuen Tag.

An der Tür zum Frühstückszimmer reckte sie sich unwillkürlich, bevor sie den Riegel hob. Der Straßenräuber saß an dem runden Tisch vom Vorabend und lud sich gerade eine Scheibe Filet auf den Teller. Wieder erschauerte sie, als ihr Blick auf sein verwirrendes Kostüm fiel, auf die markanten Züge seines Gesichts, seine breiten Brauen, deren Wirkung durch die hochgetürmte, gepuderte Perücke noch betont wurden. Das Grau seiner Augen erschien ihr tiefer und dunkler als zuvor.

Als sie eintrat, erhob er sich und verbeugte sich galant. »Meine liebe Miß Morgan, ich hoffe, Sie hatten eine angenehme Nacht.«

Die Anzüglichkeit, die sich hinter seiner höflichen Floskel verbarg, machte sie einen Moment lang sprachlos. Dann bemerkte sie den Schalk in seinen Augen, das Zucken um die Mundwinkel, den Ausdruck heimlicher Komplizenschaft.

»Die Nacht war ein Traum, Sir«, erwiderte sie lächelnd.

Für den Bruchteil einer Sekunde schien er verwirrt zu sein,

faßte sich aber schnell. »Kommen Sie zu Tisch, Ma'am.« Er hielt ihr den Stuhl hin. Als sie sich gesetzt hatte, schob er sanft ihre Haare zur Seite und hauchte ihr einen Kuß in den Nacken.

Die Wärme seiner Lippen und die Kühle seines Atems jagten ihr wohlige Schauer über den Rücken. Nein, dachte Octavia, ich bin nicht dieselbe, die gestern diesen Raum betreten hat. Genußvoll senkte sie den Kopf, um seinen Kuß voll auszukosten, sich ganz der prickelnden Empfindung hinzugeben. Ihr Körper reagierte wie auf einen vertrauten Reiz, den ihr Bewußtsein nicht kannte. Denn im Sinnestaumel der vergangenen Nacht war sie nichts als Körper gewesen.

Aber wie war das möglich? Wie konnte sie wachen und schlafen zugleich?

Sie wußte keine Antwort. Es war geschehen, und ihr Körper verriet ihr, daß sie es wieder erleben wollte. Nur diesmal bei wachem Bewußtsein.

Als er sich aufrichtete, hob sie den Kopf und schüttelte ihr Haar, so daß es über die Schultern fiel. »Wie kommt es, daß sich Lord Nick von einem Tag auf den anderen in Lord Rupert Warwick verwandelt?« fragte sie so beiläufig wie möglich. Ob er ihre Reaktion auf seinen Kuß wohl bemerkt hatte? Ein Blick in sein lächelndes Gesicht gab ihr die Antwort.

»Geschäfte, Miß Morgan.« Er kehrte zu seinem Platz zurück. »Ich betreibe verschiedene Geschäfte und muß daher unterschiedliche Rollen spielen.« Er reichte ihr eine Scheibe ofenwarmes Brot, weiß und duftend, wie man es in keiner Nobelherberge besser hätte finden können. »Kaffee?«

»Gerne.« Sie nahm das Brot und schaute ihm dabei zu, wie er Kaffee in eine chinesische Trinkschale goß. »Und welches Ihrer Geschäfte erfordert es, daß Sie sich als Höfling verkleiden?«

»Geschäfte bei Hofe«, erwiderte er lapidar und hob den Deckel einer Wärmeplatte hoch. »Speck gefällig, Miß Morgan?«

»Ich weiß, es geht mich natürlich nichts an«, entschuldigte sie sich schnell. »Danke, keinen Speck.«

»Dann vielleicht Pilze?« fragte er zuvorkommend und deutete auf eine andere Platte. »Oder eine Scheibe Schinken? Bessie wird Ihnen gerne Rühreier zubereiten, wenn Sie es wünschen.«

»Bessie würde mir freiwillig nicht einmal eine Wassersuppe zubereiten«, gab sie spitz zurück und lud sich eine Portion Pilze auf den Teller.

Lord Rupert – so hatte sie sich entschlossen, ihn in dieser Verkleidung zu nennen – lachte kurz auf und lehnte sich dann zurück. Seine Hand umschloß einen Humpen Ale. »Nun«, schmunzelte er, »sie ist nicht gerade die Größte im Austausch von Höflichkeiten, das muß ich zugeben.«

»Ihre Impertinenz ist unerträglich!« stieß Octavia ärgerlich hervor und strich sich mit einer heftigen Bewegung Butter aufs Brot. »Außerdem würde ich meine Rechnung gerne selbst bezahlen, Lord Rupert.«

Er runzelte die Stirn und erwiderte dann in einem Ton, den sie nicht zum ersten Mal hörte: »Nein, das glaube ich nicht.«

»Was soll das heißen?« begehrte sie auf. »Ich wünsche das zu tun, und deshalb werde ich es auch tun. Wenn Sie also bitte so freundlich wären, Bessie davon in Kenntnis zu setzen, bevor ich es ihr selber sage.« Sie spießte ein paar Pilze auf und schob sie in den Mund.

»Nun, damit hätten Sie wenig Erfolg«, entgegnete er in ruhigem Ton. »Wissen Sie, Bessie ist es nicht gewohnt, Anweisungen von jemand anderem als von mir entgegenzunehmen. Und sie ist sich der Tatsache bewußt, daß Sie mein Gast sind. Ich hoffe doch, Sie haben nichts dagegen, meine Gastfreundschaft in Anspruch zu nehmen? Vor allem, da wir doch eine so schöne Zeit miteinander verbracht haben«, fügte er mit einem Lächeln hinzu.

Octavia schoß das Blut ins Gesicht. Wollte er damit sagen, daß er sie für ihre Gunstbezeugungen bezahlen wollte? Dachte er etwa, sie wäre eine Hure?

Großer Gott, was sollte er denn auch anderes denken? Sie hatte sich ja weiß Gott wie eine verhalten!

Sie stieß den Stuhl zurück und sprang auf. »Ich wünsche Ihnen einen guten Tag, Sir. Ich bin sicher, Lord Ruperts Geschäfte werden glänzend florieren.« Sie rauschte zur Tür, riß sie weit auf und ließ sie mit lautem Krachen hinter sich zufallen.

Octavia flog geradezu die Treppe hinunter, stürzte zur Pforte hinaus in die winterliche Kälte. Sie atmete tief ein, sog in gierigen Zügen die eisige Luft in ihre Lungen, genoß den scharfen, reinigenden Schmerz. Das Sonnenlicht glitzerte hell auf der frischen, weißen Schneedecke, die sich über die Häuser und Straßen gelegt und den gewohnten Gossendreck unter sich begraben hatte. Der Himmel war strahlend blau, und der Schnee knirschte unter ihren Stiefeln, als sie um das Haus herum in den Hof ging. Dort würde es sicherlich irgendeine Kutsche geben, die sie sich für ihre Rückkehr nach London mieten könnte.

Doch das einzige Fahrzeug, das sie im Hof entdecken konnte, war ein Fuhrmannskarren mit zwei Zugpferden davor, von dem Ben und der schlaksige Junge gerade ein paar Fässer abluden. Ben warf Octavia einen verdutzten Blick zu, dann fuhr er in seiner Arbeit fort, als ob er nichts gesehen hätte. Ein wenig betreten stand sie da und schaute sich um. Die Stalltüren standen allesamt sperrangelweit offen, und sie wußte, daß mindestens ein Pferd – der Rotschimmel des Straßenräubers – in einem dieser Ställe stehen mußte. Wenn sie schon keine Kutsche auftreiben konnte, dann zumindest ein Reitpferd. Sie war zwar nicht gerade für einen Ausritt angezogen, aber das war im Augenblick das geringste ihrer Probleme.

Sie trat zu den beiden Männern. »Entschuldigen Sie, Herr Wirt, ich hätte gerne irgendeine Kutsche gemietet... oder wenigstens ein Pferd, wenn Sie keine haben.«

»Das hier ist kein Reitstall, Miß«, erwiderte er knapp. »Hab' nichts dergleichen.« Er behandelte sie weniger rüde als Bessie, aber auch nicht gerade sehr zuvorkommend.

Octavia schob die Hand in den Schlitz an ihrem Rock. Vielleicht würden ein paar Goldmünzen ja ein wenig nachhelfen...

In dem Moment lief ihr ein Kälteschauer über den Rücken, und sie bemerkte zum ersten Mal, daß sie in ihrer Rage Umhang, Muff und Handschuhe im Frühstückszimmer des Straßenräubers vergessen hatte. Wie ärgerlich! Abgesehen davon, daß sie sich in ihrem dünnen Kleid von hier bis Shoreditch den Tod holen würde, waren das ihre einzigen salonfähigen Kleidungsstücke, die ihr auf ihren Diebestouren das Aussehen einer ehrbaren jungen Damen aus besserem Hause verliehen. Sie konnte unmöglich darauf verzichten. Jedoch bei der Vorstellung, nach ihrem furiosen Abgang reumütig zurückzukehren, ballte sie die Fäuste.

»Verfluchter Mist noch mal!« Wütend stampfte sie mit dem Fuß auf.

»Was vergessen, Miß Morgan?« ertönte die sanfte Stimme des Straßenräubers aus der Hintertür des Gasthofs. Er hatte einen dunklen, mit türkisfarbener Seide eingefaßten Samtumhang um die Schultern hängen und trug einen schwarzen Dreispitz unter dem Arm. Über dem anderen Arm lag Octavias Umhang, den Muff und die Handschuhe hielt er in den Händen.

»Sie werden sich wirklich noch eine Lungenentzündung holen, wenn Sie nicht aufhören, ständig in Ihrem dünnen Kleidchen in der Kälte herumzurennen«, rief er tadelnd, als er auf sie zukam. »Wirklich sehr unvernünftig, Miß Morgan.«

Octavia biß die Zähne zusammen, als er ihr fürsorglich den Umhang umlegte und den Haken am Hals verschloß.

»Handschuhe«, sagte er, ergriff ihre Hand und begann, ihre Finger in die richtigen Löcher zu stecken, als ob sie ein Kleinkind wäre, das sich noch nicht allein anziehen kann.

»Geben Sie her, verdammt, das mach' ich selber!« Wütend entriß Octavia ihm die Hand, zog sich den Handschuh an und schnappte ihm den anderen weg. »Ich möchte eine Kutsche mieten, um heimzufahren, aber der Herr Wirt meinte, er hätte keine«, erkärte sie bitter. »Ich denke, wenn Sie Ihre gewaltige Autorität einsetzten, ließe sich ja vielleicht wider Erwarten doch noch eine auftreiben.« Verbissen zog sie sich die Kapuze ihres Umhangs über den Kopf. »Sonst gehe ich eben zu Fuß.«

Lord Rupert seufzte. »Sie sind wirklich das widerspenstigste und verstockteste Mädchen, das mir je über den Weg gelaufen ist. Ich sagte Ihnen heute morgen, daß ich Sie heimfahren würde, und wenn ich das sage, dann tue ich das auch.«

»Ich habe aber keine Lust, Ihnen dauernd zu Dank verpflichtet zu sein, Sir!« schrie sie ihn an. »*Ich bin nicht käuflich!*« Zu ihrem großen Ärger mußte sie feststellen, daß ihr Tränen in die Augen stiegen. Auch wenn sie überzeugt war, daß es Tränen der Wut und nicht Tränen des Schmerzes waren, so linderte das doch nicht die Qual der Abhängigkeit und der Hilflosigkeit. Mit einer brüsken Bewegung wandte sie sich von ihm ab.

»Sie sind mir keineswegs zu Dank verpflichtet, Octavia. Es ist eher umgekehrt.« Beruhigend legte er ihr die Hand auf den Arm. »Ich sagte Ihnen gestern bereits, daß Sie zu ungewöhnlicher Ausdrucksweise und unerwarteten Temperamentsausbrüchen neigen. Aber ich muß leider bemerken, daß mich dies zunehmend irritiert, um nicht zu sagen beleidigt, zumindest was Ihre letzte Äußerung betrifft. Wer hat jemals behauptet, ich hätte Sie gekauft?«

»Willst du den Reisewagen, Nick?« rief Ben mit lauter Stimme, bevor Octavia Lord Rupert auf seine Frage eine Antwort geben konnte. »Freddy hat ihn gleich fertig.«

»Ja, danke, Ben.«

»Sie haben also doch eine Kutsche!« rief Octavia. »Wußt' ich's doch!«

»Die Kutsche ist nur leider nicht zu vermieten, da sie mir gehört«, erklärte Seine Lordschaft.

»Sie besitzen eine eigene Kutsche?« fragte Octavia ungläubig. All ihr Ärger war vergessen. »Ein gewöhnlicher Straßenräuber, der eine eigene Kutsche besitzt?«

»Sie vergessen, Miß Morgan, daß ich im Moment kein gewöhnlicher Straßenräuber bin, genausowenig wie Sie eine gewöhnliche Taschendiebin sind. Ich dachte, wir hätten das klargestellt.«

Er zog eine emaillierte Schnupftabakdose aus der Westentasche und schraubte den Deckel ab. Dann nahm er ihre Hand, drehte die Handfläche nach oben und schüttete eine Prise Tabak auf ihr schmales Handgelenk. Er hob es an seine Nase, schnupfte den Tabak und lächelte sie an. »Der Duft einer schönen Frau gibt einer Prise Schnupftabak erst die richtige Würze!«

Wieder einmal wußte Octavia nicht, wie sie reagieren sollte. Sie war überzeugt, daß eine Dame einem Herrn keinesfalls erlauben durfte, sich eine derartige Freiheit herauszunehmen. Trotzdem konnte sie nicht umhin, sein Lächeln selig zu erwidern.

Freddy führte aus dem Stall zwei haselnußbraune Wallache, die vor eine elegante Reisekutsche gespannt waren. »Schauen Sie, Lord Nick, wie schön ihr Fell glänzt«, rief er mit stolzgeschwellter Brust. »Hab' sie mindestens 'ne Stunde lang gestriegelt. Sind auch gut bei Kräften«, fügte er hinzu.

»Ja, sie waren mehrere Tage lang nicht draußen«, bestätigte Lord Rupert und täschelte einem der Wallache zärtlich die Nüstern. »Miß Morgan, wenn ich bitten darf«, sagte er dann und trat an die Seite des Wagens, um ihr hineinzuhelfen.

Octavia preßte die Lippen aufeinander. Es verletzte ihren Stolz, klein beizugeben, aber andererseits sah sie keine andere Möglichkeit, nach Shoreditch zu kommen. So kletterte sie denn in die Kutsche, allerdings ohne seine hilfreich ausgestreckte Hand zu beachten.

Mit elegantem Schwung folgte ihr Lord Rupert. »Laß sie los, Junge«, rief er Freddy zu. Der tat, wie ihm geheißen. Und schon trabten die beiden Braunen freudig wiehernd los. Octavia kuschelte sich in ihren Umhang und beobachtete verstohlen aus dem Augenwinkel, wie ihr Begleiter die beiden Pferde gekonnt durch das enge Hoftor lenkte. Sie verspürte kein Bedürfnis, sich mit ihm zu unterhalten, und Lord Rupert schien zum Glück ganz in seine Gedanken vertieft. So schwiegen sie die ganze Fahrt lang, bis sie die London Bridge überquerten und Octavia sich in vertrauten Gefilden wiederfand.

»Sie müssen mich jetzt lotsen«, bat er, als sie die Gracechurch Street erreichten. »Von hier aus weiß ich nicht mehr, wie man am besten nach Shoreditch kommt.«

»Wenn Sie mich in Aldgate absetzen, reicht das, Sir«, erwiderte Octavia. »Das letzte Stück gehe ich dann zu Fuß.« Obwohl sie mit ihm die Nacht verbracht hatte und obwohl sie wußte, daß auch er sich auf krummen Pfaden durchs Leben schlug, beschämte sie die Vorstellung doch, er könnte die bittere Armut sehen, in der sie hauste. Der Straßenräuber führte ein angesehenes Leben in Luxus und Würde, egal, in welche Verkleidung er gerade schlüpfte, ein Leben, das mit ihrem alltäglichen Daseinskampf nicht zu vergleichen war. Sie würde die Demütigung nicht ertragen, ihn in ihre armselige Gasse führen zu müssen.

»Nein, das glaube ich nicht«, antwortete er in altbekannter Manier. »Ich werde Sie bis an Ihre Haustür geleiten.«

»Und wenn ich mich weigere, Sie zu lotsen?«

Er warf ihr einen amüsierten Blick von der Seite zu. »Dann meine Liebe, werde ich gewisse Maßnahmen ergreifen müssen.«

Was für Maßnahmen? Octavia seufzte. Egal, was er mit diesen ›Maßnahmen‹ meinte – sie würden ihr mit Sicherheit nicht gefallen. Und außerdem – war er schließlich nicht auch nur ein gewöhnlicher Straßenräuber, ein Krimineller? Was mußte sie sich vor solch einem Mann schämen? Entschlossen richtete sie sich auf. »Na gut. Aber wenn Sie so freundlich wären, vorher beim Pfandhaus in der Quaker Street anzuhalten. Ich muß ein paar Sachen einlösen.«

»Wie Sie wünschen«, antwortete er höflich. »Stets zu Ihren Diensten, Ma'am.«

Sie dirigierte ihn durch das Gewirr der Gassen von East End und bewunderte insgeheim die Gelassenheit, mit der er die offenen Münder und die Pfiffe der Passanten ertrug. Denn es geschah selten, daß sich eine derart herrschaftliche Kutsche in dieses Viertel verirrte. Zerlumpte Kinder balgten sich an den Straßenecken, Bettler trugen ihre verstümmelten Gliedmaßen zur Schau und umdrängten sofort die Kutsche, wenn Lord Rupert gezwungen war, wegen irgendeines Hindernisses auf der Fahrbahn das Tempo zu verlangsamen. Als sie an einer Ecke anhalten mußten, um einem Rudel ausgezehrter, räudiger Hunde auszuweichen, die sich mitten auf der Straße um eine in Todesangst kreischende Katze rissen, stürzte sich ihnen sofort eine junge Frau mit einem Kind an der Brust in den Weg. Mitleidheischend hob sie ihr verhärmtes Gesicht zu ihnen hoch und reckte die mageren, krallenartigen Hände.

Lord Rupert schien sie kaum zu beachten, griff jedoch in die Tasche und warf ihr eine Münze zu, die sie geschickt schnappte. »Sie wird sich nur den nächsten Gin davon kaufen«, stieß er kalt hervor. Octavias Herz krampfte sich zusammen, doch sie verstand die Hilflosigkeit, die aus seiner Bemerkung sprach.

»Vielleicht«, erwiderte sie sanft, »aber der Gin läßt sie womöglich ein wenig geduldiger mit ihrem Baby umgehen.«

»Und wenn sie sich zu Tode gesoffen hat, was wird dann aus dem Kind?« Wieder klang nur eisige Verachtung aus seinen Worten, doch Octavia spürte, daß sich hinter seinem rauhen Ton ganz andere Gefühle verbargen. Auch ihr war es am Anfang schwergefallen, die Armut und das Elend anzuschauen, die in diesem Viertel herrschten. Sie wußte, daß man sich aus Selbstschutz eine gewisse Kaltschnäuzigkeit zulegen mußte, wollte man nicht daran verzweifeln, daß man als einzelner an der Not dieser Menschen so wenig ändern konnte.

Sie lotste ihn bis zur Quaker Street, wo er die Kutsche vor dem Pfandhaus anhielt. Er winkte einem Straßenjungen, der mit nackten, nur notdürftig in Lumpen gehüllten Füßen in der zu Eis gefrorenen Gosse stand.

»Kannst du die Zügel halten, Junge?«

»Nicht nötig, ich gehe allein hinein«, wollte Octavia ihm zuvorkommen. »Ich bin Stammgast in diesem Laden.«

Lord Rupert ignorierte ihre Bemerkung und sprang statt dessen vom Bock, um ihr aus der Kutsche zu helfen. Der Junge hatte die Zügel ergriffen und hielt sie tapfer fest. Ein Strahlen lag auf seinem grindigen Gesicht ob des unverhofften Glücks, das ihm widerfuhr.

Octavia zuckte die Schultern und stieg aus dem Wagen. Sie spürte die neugierigen Blicke der Nachbarn, die überall die Hälse aus Fenstern und Türen reckten, um über die Untermieterin von Mistress Forster zu klatschen, die da völlig unerwartet aus einer eleganten Kutsche stieg, begleitet von einem äußerst vornehm gekleideten Gentleman. Lord Rupert ging voran, um Octavia die Tür zum Pfandhaus zu öffnen, und gemeinsam betraten sie den düsteren, vollgestopften Raum, in dem es nach alten Kleidern, Staub und Schimmel roch.

»Kommst wegen den Büchern von deinem Papa?« Angelockt vom Klingeln des Glöckchens an der Tür tauchte ein älterer Mann aus der Dunkelheit auf. Er war so klein, daß er kaum über den Ladentisch schauen konnte. »Dachte schon, du kommst die Woche gar nicht mehr. Gestern war deine Rate fällig. Kannst von Glück reden, daß ich den Krempel noch nicht verkauft hab'.«

»Erzähl mir nichts, Jebediah.« Octavia machte eine wegwerfende Handbewegung. »Wer interessiert sich hier schon für Platons ›Staat‹ und die zwei Bände Tacitus?« Sie langte durch den Schlitz an ihrem Kleid in den Beutel, holte ein paar Münzen hervor und warf sie auf den Tresen.

»Plus zwei Schillinge Zinsen«, sagte Jebediah und sammelte die Münzen vom Ladentisch auf. »Gestern fällig.«

»Wenn man die Sachen wieder einlöst, muß man keine Zinsen zahlen«, erinnerte ihn Octavia. »Also spar dir deine Bauerntricks.«

Jebediah grinste sie verschmitzt aus seinem zahnlosen Mund

an und warf dann einen Blick auf die große, eindrucksvolle Gestalt hinter ihr. »Hast ja einen sehr feinen Herrn dabei. Richtiger Gentleman.«

Octavia errötete. »Los, gib mir die Bücher«, befahl sie ärgerlich.

»Schon gut, schon gut.« Er schlurfte in seinen Filzpantoffeln davon und verschwand in irgendeinem dunklen Winkel. Nach einer Minute tauchte er mit drei ledergebundenen Bänden mit Goldschnitt auf. »Hab' dir wirklich 'nen Gefallen getan«, betonte er. »Hätt' 'n Vermögen für gekriegt, wenn ich sie verkauft hätte.«

»Ich weiß«, stimmte Octavia ihm zu. Sie schlug die Bücher auf, ließ die Seiten prüfend durch ihre Finger gleiten. Dann schlug sie sie wieder zu, so daß sich über der Theke eine Staubwolke erhob. »War nett von dir, alter Gauner.« Sie ließ einen weiteren Schilling auf den Ladentisch fallen. »Da, soll nicht dein Schaden gewesen sein.«

»Hast über Nacht 'n Vermögen gemacht, was?« grinste er und biß in den Schilling, um seine Echtheit zu testen. Wieder wanderten seine Augen zu der stummen Gestalt Lord Ruperts hinüber. »'n Vermögen, was?« wiederholte er. »Na ja, wer soll's dir übelnehmen, wenn dein hübsches Gesicht dein einziges Vermögen ist.«

Sprachlos vor Empörung machte Octavia auf dem Absatz kehrt und rannte zur Tür, die Bücher ihres Vaters fest unter den Arm geklemmt. Es hatte keinen Sinn, Jebediah die Situation zu erklären. Sollte er doch denken, was er wollte. Er dachte sowieso nur das, was alle anderen auch denken würden. Ein weiterer Grund, nicht zuzulasssen, daß ihr Begleiter sie bis vor die Haustür brachte. Lord Nick wäre ja noch durchgegangen, aber Lord Rupert Warwick mußte wirklich nicht sein.

»Wie oft müssen Sie das über sich ergehen lassen?« fragte Lord Rupert mitfühlend, als er ihr wieder in die Kutsche half. »Wirklich ein widerlicher Kerl.«

»Zu oft«, seufzte sie und blätterte ein weiteres Mal die Bücher durch. »Meine größte Angst ist, daß er einfach wahllos Seiten herausreißt, weil er hofft, damit ein Geschäft machen zu können. Papa bricht jedesmal das Herz, wenn ich eins seiner Bücher ins Leihhaus tragen muß. Ich mag gar nicht daran denken, wie er reagieren würde, wenn tatsächlich einmal Seiten fehlen sollten.«

»Hat dieser Gauner noch andere Sachen von Ihnen?« Lord Rupert reichte dem Jungen ein Sixpence-Stück, bevor er die Zügel wieder an sich nahm.

»Ein paar Schmuckstücke... Ringe, die mir meine Mutter vererbt hat.« Octavia zuckte die Achseln. »Aber solange ich die wöchentlichen Raten zahle, kann er sie nicht verhökern. Obwohl ich mir, ehrlich gesagt, nicht vorstellen kann, daß ich sie jemals wieder tragen werde.«

Sie sagte es ohne jedes Selbstmitleid, doch der leise Unterton von Bitterkeit war Rupert nicht entgangen. »Eines Tages wird die Stunde der Rache kommen«, sagte er.

Octavia lachte laut auf. »Ja ja, wie heißt es im Lied: ›Wenn's rote Rosen schneit und kühlen Wein regnet.‹«

»Aber man kann davon träumen«, meinte er eher beiläufig.

»Ja, man kann davon träumen«, pflichtete sie ihm leise seufzend bei. »An der nächsten Ecke rechts bitte.«

Sie bogen in ein krummes Sträßchen ein, das so schmal war, daß die vorstehenden Hausdächer von beiden Seiten sich in der Mitte fast berührten und ein gemeinsames Dach über der Gasse bildeten.

Im schmutzigen Erdgeschoßfenster eines verrußten Hauses lagen die Waren des Kerzenmachers ausgebreitet. Direkt darüber befand sich ein Erkerfenster, das ein wenig auf die Straße hinausragte.

»Danke für Ihre Begleitung«, sagte Octavia höflich und sprang von der Kutsche, noch ehe er ihr helfen konnte. »Ich denke, Sie finden den Weg allein zurück, nicht wahr?«

Ein Lächeln umspielte Ruperts Lippen. »Ich sagte Ihnen doch bereits gestern, daß ich nicht eher ruhen würde, als bis ich Sie wieder sicher im Schoße Ihrer Familie weiß. Und ich stehe zu meinem Wort. Ich freue mich darauf, Ihren Vater kennenzulernen.«

»Aber was ist mit den Pferden?« erwiderte Octavia mit schwacher Stimme. Was zum Teufel wollte er bloß?

»Ich bin sicher, daß sich irgend jemand finden wird, der sie mir derweil ein wenig spazierenführt.«

Wie um seine Worte zu bestätigen, erschien in diesem Augenblick der Älteste von Mistress Forster in der Tür und musterte mit großen, neugierigen Augen den vornehmen, hochherrschaftlichen Begleiter von Mamas Untermieterin.

»Walter, führ doch bitte die Pferde Seiner Lordschaft ein bißchen herum«, rief Octavia erleichtert. »Kommen Sie, Sir«, wandte sie sich dann an Lord Rupert. Sie ging voraus durch den Laden. In welchem Seelenzustand würde ihr Vater sich wohl gerade befinden? Manchmal sprühte er vor Charme, manchmal war er so unausstehlich, daß man es mit ihm nicht in einem Raum aushalten konnte.

»Na, so was! Wo haben Sie denn bloß gesteckt, Miß Morgan? Hab' mir solche Sorgen um Sie gemacht!« Eine kleine, rundliche Frau stürzte aus dem Hintergrund des Ladens auf sie zu. »Und Ihr Vater erst! Er ist fest überzeugt, daß Ihnen etwas zugestoßen ist, obwohl ich ihn immer beruhigt hab', daß Sie sicher nur Schutz vor dem Schneesturm gesucht haben. Dabei hab' ich...« Sie brach mitten im Satz ab, als sie Octavias Begleiter erblickte. »Na, so was!« Sie schluckte und knickste höflich. »Na, so was!«

»Darf ich Ihnen Lord Rupert Warwick vorstellen, Mistress Forster?« stieß Octavia hastig hervor. »Er möchte Papa einen Besuch abstatten. Hier lang bitte, Sir.« Ohne die Reaktion ihrer verblüfften Zimmerwirtin abzuwarten, huschte sie die schmale Stiege im hinteren Teil des Ladens hoch, gefolgt von Seiner Lordschaft.

Der legte höflich den Kopf zur Seite und lächelte Mistress Forster zu, als er an ihr vorbeiging. Die Frau war ihrer Untermieterin offenbar wohlgesonnen. Der kleine, aber sauber geführte Laden des Kerzenmachers schien trotz des bescheidenen Angebots gut zu florieren – ein angenehmer Kontrast zu den schmutzigen, armseligen Straßen der Umgebung.

Nein, es war kein Elendsloch, in dem Octavia hauste, und dennoch war sie hier so fehl am Platze wie ein Diamant in einer Kohlengrube.

Er folgte der zierlichen Figur, die die knarrenden, ausgetretenen Stufen hochflog. Ihr rötlichbraunes Haar glänzte im Licht eines Wandleuchters, der die enge, gewundene Holzstiege beleuchtete. Am oberen Treppenabsatz blieb sie vor einer Tür stehen und drehte sich nach ihm um. Groß und unschuldig blickten ihre goldbraunen Augen im Dämmerlicht, und ihre vollen Lippen öffneten sich ein wenig, als wollte sie ihm etwas sagen. Ein Hauch von Röte überzog ihre Wangen und betonte reizvoll die durchsichtige Blässe ihres Teints.

Ein echter Diamant – und er wüßte auch einen würdigen Platz für diesen Diamanten.

Mit einem zärtlichen Lächeln wollte er ihr Kinn zu sich hochheben, doch sie entwand sich mit einer heftigen Bewegung.

»Wollen Sie mir den Rest meines guten Rufs auch noch ruinieren?« zischte sie ihn an. »Schlimm genug, daß ich die Nacht nicht zu Hause war und dann mit Ihnen in dieser Verkleidung hier auftauche. Die Leute werden sich ohnehin schon das Maul über mich zerreißen, da muß man dem Klatsch nicht noch zusätzliche Nahrung geben.«

Er ließ sie sofort los und machte eine entschuldigende Geste. Dennoch klang Ironie mit, als er sagte: »Bitte um Vergebung, Miß Morgan, ich wollte nicht aufdringlich sein. Darf ich jetzt Ihrem Herrn Vater meine Aufwartung machen?«

Octavia nickte und klopfte an die Tür. Sie trat ins Zimmer. »Vater, hier ist Besuch für dich.«

Rupert schloß die Tür hinter sich. Der Raum war winzig und ärmlich möbliert. Eine Talgkerze sowie eine Petroleumlampe verbreiteten trübes Licht und verpesteten die Luft. Im Ofen knisterte ein Feuer. An der einen Wand stand ein schmales Feldbett, über das eine Flickendecke gebreitet lag. An dem kleinen Tisch im Erker mit Blick auf die Straße saß ein magerer Mann mit schlohweißer Mähne und den gleichen goldbraunen Augen wie seine Tochter. Er trug einen altmodischen, verschlissenen, grauen Samtfrack mit langen Schößen und ein schlichtes, kragenloses Hemd. Um die Schultern hatte er sich zum Schutz vor der Kälte eine rauhe Pferdedecke gelegt. Auf seinem Gesicht mit der hohen Stirn und den markanten Zügen lag ein zerstreuter Ausdruck. Als er seine Tochter erblickte, runzelte er die Stirn.

»Octavia, mein Kind, wo warst du denn bloß? Wenn mich nicht alles täuscht, warst du die ganze Nacht weg, nicht wahr?«

»Ich bin im Schneesturm steckengeblieben«, antwortete Octavia, eilte zu ihm und gab ihm einen Kuß. »Lord Rupert Warwick war so freunlich, mich heimzubringen.« Sie deutete auf ihren Begleiter, der nun einen Schritt vortrat und sich höflich verbeugte.

»Ich habe die Ehre, Sir.«

Verwirrt kniff Oliver Morgan die Augen zusammen. »Und was haben Sie mit meiner Tochter zu tun?« fragte er mißtrauisch. »Ich habe keine Zeit, Höflinge zu empfangen.«

»Nun, Sir, ich bin von eher einfachem Geblüt«, erwiderte Lord Rupert mit einem entwaffnenden Lächeln. »Ihre Tochter ist durch den Schneesturm in Schwierigkeiten geraten, und ich habe es als meine Pflicht angesehen, sie wieder sicher zu Ihnen zu bringen. Es ist ihr nichts passiert, Sir.« Er warf einen kurzen Blick auf Octavia, die still an der Seite ihres Vaters stand.

»Lord Rupert war die Freundlichkeit in Person«, bekräftigte sie seine Worte. »Und wie du siehst, bin ich heil wieder zurück. Ich habe übrigens deinen Platon und Tacitus eingelöst.« Sie legte ihm die Bücher auf den Tisch.

»Ah!« rief ihr Vater erfreut. Seine väterliche Besorgnis, die ihn eben noch gequält zu haben schien, war augenblicklich verflogen. »Ich war völlig lahmgelegt ohne meinen Tacitus. Ich suche ein bestimmtes Zitat für diesen Artikel...«

Seine Stimme wurde zu einem unverständlichen Gemurmel, während er den Band durchblätterte. »Es muß im sechsten Buch sein... ah, ich glaube, hier kommt es gleich... entschuldigen Sie, Sir... aber ich stehe unter äußerstem Zeitdruck. Meine Verleger warten tagtäglich auf meinen Artikel... Octavia, kümmere dich um unseren Gast.« Er warf Lord Rupert einen geistesabwesenden Blick zu und fuchtelte ein wenig hilflos mit seinen hageren und dennoch eleganten Händen in der Luft herum. »Es ist... ein wenig schlicht, unsere Behausung... Sie verstehen...« Dann drehte er sich um, nahm seine Schreibfeder auf und tunkte sie ins Tintenfaß.

Rupert trat einen Schritt zurück und überließ den alten Herrn seiner Leidenschaft. Wieder schaute er sich im Zimmer um. Von unten aus der Küche drang der Duft von frisch gekochtem Pudding zu ihnen hoch. Er bemerkte die Risse in der hölzernen Wandverkleidung, das gebrochene Bein eines der Stühle, die um den Tisch in der Mitte des Raums herumstanden, den abgewetzten Diwan am Ofen, die Sprünge in den schmutzigen Fensterscheiben. Und es entging ihm auch nicht, daß die Wärme des Ofens nicht ausreiche, die feuchte Kälte aus der ungemütlichen Bleibe zu verbannen.

Octavia, die sich keine Illusionen über die Ausstattung ihres Zuhauses machte, schaute ihn herausfordernd an. Er hatte ja unbedingt mit hoch kommen wollen. Bloß kein Mitleid jetzt! Das war das letzte, was sie gebrauchen konnte.

Ohne ein weiteres Wort ging Rupert zur Tür. »Ich darf mich von Ihnen verabschieden, Miß Morgan«, sagte er. »Ich habe eine Verabredung um zwölf Uhr.«

So einfach, so beiläufig, so endgültig. Aber was hatte sie anderes erwartet? Was hatte sie gehofft?

»Ich bringe Sie noch zur Tür«, erwiderte Octavia förmlich.

»Nein, danke, das ist nicht nötig«, widersprach er, »ich finde schon wieder hinaus.«

»Das glaube ich Ihnen gerne, aber ich werde nicht versäumen, meinen Verpflichtungen als Gastgeberin nachzukommen, selbst in dieser armseligen Hütte.«

Ohne auf ihre Bemerkung zu reagieren, ging Rupert, gefolgt von Octavia, wieder die schmale Treppe hinunter, durch den Laden und hinaus auf die Straße.

»Auf Wiedersehen, Sir.« Octavia machte einen Knicks und reichte ihm die Hand. »Vielleicht müßte ich mich bei Ihnen bedanken, doch ich weiß eigentlich nicht recht, wofür. Schließlich hätten Sie mich nicht hierher begleiten müssen, wenn Sie mich nicht vorher mit Gewalt nach Putney verschleppt hätten.«

»Ich erwarte auch keinen Dank«, antwortete er in feierlichem Ton und beugte sich über ihre Hand, um sie zu küssen. »Im Gegenteil, ich fühle mich tief in Ihrer Schuld.« Seine hochgezogene Braue und sein kleines Lächeln ließen keinen Zweifel in ihr aufkommen, was er meinte. Doch sie erwiderte sein Lächeln nicht. Höflich trat sie zurück zur Tür und wartete wie eine geduldige wohlerzogene Gastgeberin, bis er mit seiner Kutsche verschwunden war.

Dann ging sie wieder ins Haus. Wie öde und freudlos war doch das Leben. Am liebsten hätte sie geweint. Ein paar herrliche Stunden lang hatte sie einen phantastischen Traum geträumt. Doch jetzt war er ausgeträumt. Was ihr blieb, war die Erinnerung. Aber die würde sie nur quälen, niemals trösten.

5

Der Earl of Wyndham schritt durch das überfüllte Vorzimmer des St. James Palace, blieb kurz stehen, um Bekannte zu begrüßen, verbeugte sich dezent vor einflußreichen Persönlichkeiten, stets ein paar verbindliche Worte oder ein Kompliment auf den Lippen. Dann öffnete er die Tür zum Salon, in dem der König zur Audienz empfing.

Mit vornehmer Zurückhaltung näherte er sich dem Kreis der engsten Vertrauten des Königs, die sich ehrfürchtig um Seine Majestät scharten. Etwas abseits langweilte sich demonstrativ der Prince of Wales. Nervös tippte er mit dem Fuß auf den Boden. Nichts haßte er mehr als das Hofzeremoniell, auf dem sein Vater mit äußerster Strenge und Pedanterie bestand.

Seine mißmutige Miene hellte sich sofort auf, als er den Earl erblickte. »Ah, Philip, Sie kommen, um Ihre Aufwartung zu machen, hä?« Er hielt ihm seine Schnupftabakdose hin. »Elende Art, sich den Vormittag um die Ohren zu schlagen, finden Sie nicht auch?«

Höflich nahm Philip Wyndham eine Prise Schnupftabak aus der königlichen Dose. Er lächelte dem dicklichen Jüngling zu, dessen Gesicht unter der kunstvoll frisierten Perücke knallrot glänzte. »Wenn Ihre Hoheit volljährig werden, bekommen Sie mit Sicherheit Ihren eigenen Salon«, antwortete er in beschwichtigendem Ton.

»Ja, und mit der gleichen Sicherheit werde ich als allererstes diese verdammten Empfänge abschaffen«, erklärte der Prinz mit mürrischem Gesicht und hob sein Lorgnon, um einen prüfenden Blick auf die kleine Versammlung zu werfen.

Der Earl of Wyndham, der diese Geste als Abschied verstand, verbeugte sich tief und wandte sich dann dem Kreis um den König zu in der Hoffnung, die Aufmerksamkeit Seiner Majestät zu erwecken.

King George lauschte gerade mit schräggelegtem Kopf angestrengt den Ausführungen des Duke of Gosford, der wegen seines hohen Alters nur noch leise krächzen konnte. »Sehr richtig, Sir«, murmelte der König immer wieder. »Sehr richtig, Gosford.«

Philip näherte sich vorsichtig seinem alten Schwiegervater, bis er direkt hinter ihm stand. Wenn der König gleich den Kopf heben würde, mußte er ihm unmittelbar in die Augen sehen.

Das Gespräch fand in einem plötzlichen Hustenanfall des Dukes ein unfreiwilliges Ende. Der beugte sich vor und vergrub das Gesicht in einem Taschentuch, und als der König rücksichtsvoll wegschaute, fiel sein Blick direkt auf dessen Schwiegersohn. »Wyndham«, rief er erfreut, »ein wunderschöner Morgen, nicht wahr... nicht wahr?«

»Sehr wohl, Sir.« Philip verbeugte sich tief. »Wir müssen dankbar sein, daß der gestrige Schneesturm nicht noch schlimmer wütete.«

»Oh, die Prinzessinnen sind begeistert von dem Schnee«, erwiderte der König leutselig. »Den ganzen Tag schon liegen sie ihrer Mutter in den Ohren, daß sie unbedingt auf dem See Schlittschuh fahren wollen.« Er schmunzelte nachsichtig, ganz der stolze Vater. »Und wie geht es Lady Wyndham... sie hat sich doch hoffentlich von ihrer Niederkunft gut erholt, nicht wahr... nicht wahr?«

»Sie macht gerade der Königin ihre Aufwartung, Sir.« Wieder verbeugte sich Philip tief.

»Und das Kind... wächst und gedeiht?«

»Jawohl, Sir. Sie sind zu gütig.«

Der König lächelte, und Philip verstand sofort, daß er damit entlassen war. Er trat einen Schritt zurück, verbeugte sich kurz vor seinem Schwiegervater, dem Duke, und wünschte ihm einen guten Tag. Mehr Aufmerksamkeit hatte er nicht für ihn übrig. Der Tattergreis hatte seinen Zweck erfüllt. Jetzt, wo der Earl durch die Heirat mit der Tochter des Duke in den engsten Kreis des Königs gerückt war, brauchte er die Beziehungen des Alten nicht mehr.

Er verschwand in der Menge, sich der mißgünstigen Blicke in seinem Rücken sehr wohl bewußt. Die Länge und die Vertraulichkeit des Gespräches zwischen ihm und King George hatten jedem klargemacht, daß er zu den bevorzugten Höflingen zählte.

Philip zog sich in eine Fensternische zurück und tupfte sich diskret die Schweißperlen von der Stirn. Es herrschte drückende Schwüle im Raum, und seine Kopfhaut juckte unter der schweren Perücke. Er ordnete die Spitzen seines Jabots und betrachtete den Prince of Wales, der immer noch an derselben Stelle stand. Es war ein offenes Geheimnis, daß die Aufsässigkeit und der ausschweifende Lebenswandel des Prinzen seinen Eltern erhebliche Kopfschmerzen bereiteten. Aber immerhin hatte der König einen männlichen Erben, auch wenn dieser charakterlich zu wünschen übrigließ. Ein männlicher Erbe, der nichts taugte, war immer noch besser als eine Tochter.

Unwillkürlich zog er die schmalen Augenbrauen zusammen und griff in seine Westentasche. Seine Finger glitten über das kleine Samtbeutelchen und befühlten den winzigen Ring, der darin verborgen lag. Einer der drei Wyndham-Ringe. Er war ihm gleich nach der Geburt an den Finger gesteckt worden.

Nächstes Mal würde sich Letitia ein bißchen mehr anstrengen müssen... wenn er es denn über sich bringen würde, ihren bleichen, teigigen Körper noch einmal zu besteigen. Die Frau ekelte ihn an. Und seit der Geburt mehr denn je. Von den Ärzten hatte er erfahren, daß sie nicht gut verheilt war und immer wieder von plötzlichen Blutungen heimgesucht wurde. Aber verklemmt wie sie war, hatte sie ihrem Gatten nichts davon erzählt. Das dumme Weib erwartete wohl, daß er ihre körperliche Befindlichkeit von selber erahnte.

Er nahm eine Prise Schnupftabak und überlegte, wen er als nächstes ansprechen sollte. Den Duke of Merriweather vielleicht. Ihn mußte er sich warmhalten, denn sein Wort galt viel beim König, vor allem, wenn Ämter zu vergeben waren.

Als er seine Fensternische verließ, fiel sein Blick auf einen großen, eleganten Mann in türkisfarbenem Samtrock, der in der Tür zum Salon stand und ihn fixierte.

Der Mann hatte eine Ausstrahlung, die bei Philip alle Alarmglocken läuten ließ. War es seine lässige Art dazustehen? Oder war es das unverhohlen zur Schau getragene Desinteresse an der im Saal versammelten Prominenz? Philip kannte Lord Rupert Warwick nur flüchtig. Der Mann war zwar ständiger Gast bei Hofe, doch seltsamerweise überhaupt nicht darauf erpicht, die Aufmerksamkeit des Königs zu erwecken. Die extravagantesten Persönlichkeiten gehörten zu seinen Freunden. Er war bekannt als trinkfester Zecher, leidenschaftlicher Spieler und Liebling der Frauen. Und dennoch umwehte ihn stets ein Hauch von Geheimnis. Man erzählte sich, daß er bis zu seiner Ankunft in England vor ein paar Monaten auf dem Festland gelebt hätte, aber niemand wußte Näheres über ihn. Doch er war charmant, vornehm und offenbar wohlhabend genug, einen luxuriösen Lebensstil zu pflegen, und das allein zählte.

Noch immer hielt Lord Rupert den Blick auf Philip geheftet. Dieser deutete eine Verbeugung an, die Lord Rupert sogleich mit einem befremdlichen Lächeln erwiderte. Philip wandte sich ab und runzelte die Stirn. Irgend etwas an diesem Lächeln störte ihn. Es lag ein Ausdruck heimlicher Komplizenschaft in ihm, als ob sie beide ein Geheimnis miteinander teilten. Was völlig absurd war, da er diesen Mann ja gar nicht kannte. Abgesehen von den paar Floskeln, als sie einander vorgestellt wurden, hatte er mit ihm noch nie ein Wort gewechselt.

Plötzlich verspürte er den Impuls, den stickigen Salon zu verlassen, und so eilte er auf die große Flügeltür zu, die ins Vorzimmer führte. Zu seiner Überraschung versperrte ihm Lord Rupert mitten in der Tür den Weg.

»Ich wünsche einen Guten Tag, Lord Wyndham.«

»Danke, den wünsche ich Ihnen auch, Warwick.« Schon wollte er ihm ausweichen und seinen Weg gehen, doch Lord Rupert schien ihn partout in ein Gespräch verwickeln zu wollen.

»Ich hoffe doch, Lady Wyndham erfreut sich bester Gesundheit«, versetzte er und nahm eine hauchzarte Prise Schnupftabak. »Und Ihre Tochter ebenso.«

Wieder huschte das gleiche beunruhigende Lächeln wie vorher über das Gesicht des Lords, doch seine schiefergrauen Augen blieben kalt. »Auch Töchter setzen den Stammbaum fort... und man sagt, wo Töchter sind, werden Söhne folgen.«

Sein Lächeln wurde breiter, und er verbeugte sich zum Abschied, bevor Philip eine passende Antwort finden konnte. »Wenn Sie mich bitte entschuldigen, Sir«, sagte Lord Rupert, »wie ich sehe, wünscht Alex Winterton mich zu sprechen.« Und schon trollte er sich davon und ließ seinen Gesprächspartner verwirrt zurück. Ärgerlich runzelte Philip die Stirn. Hatte sich der Lord soeben über ihn lustig gemacht? Verdammt, warum bloß war ihm keine schlagfertige Antwort eingefallen?

Er trat ins Vorzimmer. Margaret, Lady Drayton, stand am Fenster, wie immer umringt von einem Schwarm Verehrern. Heftig wedelte sie mit dem Fächer, und ihr helles, trällerndes Lachen war immer wieder über dem gedämpften Gemurmel der übrigen Höflinge zu hören. Das Feuer zweier Kamine und unzählige Kerzen verbreiteten eine unerträgliche Hitze im Raum. Schwaden schweren Parfums und öliger Pomade hingen in der Luft und überlagerten gnädig den Geruch schwitzender Körper, nicht mehr ganz frischer Unterwäsche sowie etwas angestaubter Brokat-, Samt- und Seidenkleider.

Philip durchquerte das Zimmer und gesellte sich zu den Verehrern Lady Draytons. Sie warf ihm über den Rand ihres Fächers ein kokettes Lächeln zu. Ihr intensives Wangenrouge stand in auffallendem Kontrast zum Weiß der aufgebauschten, gepuderten Perücke. Die schmalgezupften, geschwungenen Augenbrauen betonten die Größe ihrer porzellanblauen Augen. Geschmeichelt bemerkte er, daß sie die Smaragdohrringe trug, die er ihr nach ihrem letzten Stelldichein verehrt hatte. Das silberne Diadem dagegen war ihm neu. Welcher ihrer vielen anderen Verehrer hatte es ihr wohl geschenkt? Doch nicht etwa der halbsenile Viscount Drayton selbst?

Dieser greise Edelmann, eine höchst unappetitliche Erscheinung, saß mit verrutschter Perücke und bekleckertem Hemd in einem Rollstuhl am Kamin, wackelte die ganze Zeit mit dem Kopf und brabbelte Unverständliches vor sich hin. Es war ein offenes Geheimnis, daß er den Eskapaden seiner schönen Frau gegenüber beide Augen zudrückte und sie obendrein großzügig beschenkte, solange sie auch seinen, wie man munkelte, etwas perversen Wünschen nachkam. Margaret hatte ihre Erziehung im Damenstift von Kings Palace genossen, und deshalb gab es wenig fleischliche Gelüste, die sie nicht bereit war zu befriedigen, solange der Preis stimmte.

Sie war trotzdem eine höchst begehrenswerte Schönheit. Philip schoß das Blut in die Lenden, als sein Blick auf ihren wogenden Busen fiel – zwei weiß gepuderte Halbkugeln, die sich prall und üppig aus dem weit geschnittenen Dekolleté herausdrückten. Es würde ihn nur eine zarte Berührung mit den Fingerspitzen kosten, und schon hätten ihre mit Rouge geschminkten Nippel frech über den spitzengesäumten Rand ihres Ausschnittes gelugt...

»Oh, Mylord, Sie schleichen ja herum wie ein hungriger Wolf«, zwitscherte die Viscountess Drayton und schlug spielerisch mit dem zusammengefalteten Fächer auf ihr Handgelenk. »Ich schwöre, Eure Lordschaft sind auf der Suche nach einem leckeren Happen.« Wie beiläufig fuhr sie dabei mit dem Handrücken über ihr Dekolleté und ließ wieder ihr helles Lachen erklingen. Sofort fiel der Kreis ihrer Verehrer mit ein, denn jeder war begeistert bei der Sache, wenn es darum ging, auf Kosten eines Konkurrenten einen Scherz zu treiben.

Philip errötete, war um eine Antwort jedoch nicht verlegen. »Wie recht Sie haben, Gnädigste. Und bei einer so süßen Frucht wäre ein Mann kein Mann, wenn er die Einladung zum Dinner ausschlagen würde.«

»Bravo, Mylord!« Lachend hängte sich die Lady bei ihm ein. »Gott, was ist das für eine Höllenhitze in diesem Raum! Bringen Sie mich zu meiner Kutsche, Sir, bevor ich dahinschmelze.«

»Bevor die Schminke zerläuft«, murmelte einer der Gentlemen, als die Lady am Arm des Earl of Wyndham hinausrauschte. Wie ein Kometenschweif wehte die aufgebauschte Schleppe ihres Seidenkleides hinter ihr her.

»Altes Lästermaul, Carson!« ertönte eine tadelnde Stimme, die dann jedoch in Gelächter ausbrach.

Mit einem breiten Grinsen drehte Peter Carson sich um. »Nichts als die reine Wahrheit, Rupert!«

»Ja, das kann man nicht bestreiten«, schmunzelte Rupert und sah dem Paar nach, das um die Ecke verschwand. »Aber sie ist schon ein Klasseweib!«

»Oh, ja, das ist sie«, pflichtete sein Freund ihm bei. »Trotzdem würde ich dir abraten, dich in diesem Teich zu tummeln. Man munkelt, daß sie sich kürzlich einer Quecksilberkur unterziehen mußte.«

»Welch eine Verleumdung!« rief Rupert in gespielter Empörung. »Die reine Unschuld, von einem Tripper befleckt? Unmöglich!«

»Ich schätze, daß der gute Drayton ihn ihr angehängt hat«, grinste Peter. »Der alte Bock schlägt sich seit Jahren schon damit herum.«

»Ein stattlicher Preis, den sie da für einen Titel und ein Vermögen gezahlt hat«, bemerkte Rupert und hob sein Monokel, um den Viscount ins Visier zu nehmen. Der saß immer noch brabbelnd am Kamin, ohne offenbar das Verschwinden seiner Frau bemerkt zu haben.

»Das Leben ist kurz, mein Lieber, man muß es in vollen Zügen genießen«, erwiderte Peter leichthin. »Da wir gerade davon reden, bist du heute abend bei Lady Buckinghamshire? Es heißt, es würden hundert Guineen am Pharao-Tisch ausgespielt.«

»Das sollte man sich natürlich nicht entgehen lassen«, antwortete Rupert. »Aber leider hab' ich zu tun, Peter. Übernimm du meinen Part.« Damit verbeugte er sich zum Abschied und folgte den Spuren des Earl of Wyndham und Lady Draytons.

Vor ein paar Monaten, als er ihm zum ersten Mal bei Hofe begegnet war, hatte er ihn sofort wiedererkannt, obwohl seine blonden Engelslocken auch damals unter einer weißen Perücke verborgen lagen. Irgendwie war sein Bruder immer noch der zwölfjährige Junge von vor achtzehn Jahren – immer noch gertenschlank, das Gesicht weich, die Augen klar, mit dem unschuldigen Leuchten, das schon so viele getrogen hatte. Nur er erkannte in diesen Augen die kalte Berechnung, bemerkte das gelegentliche zynische Zucken des weichen, vollen Mundes. Es war der Blick des Zwillingsbruders, der es ihm erlaubte, hinter die Fassade des Engelsgesichts zu schauen. Er kannte ihn fast so gut wie sich selbst. Sie waren wie die zwei Gesichter auf einer Spielkarte, nur daß eines davon eine verzerrte Fratze war.

Rupert trat in eine Wandnische, von der aus er seinen Bruder ungestört beobachten konnte. Er tat dies öfter, auch wenn er keinen unmittelbaren Zweck damit verfolgte. Es war fast eine Manie. Er studierte Philips Lippenbewegungen, seine Art zu gehen, zu lächeln, schaute ihm dabei zu, wie er seinen Charme spielen ließ. Gelegentlich konnte er sogar eine gewisse Ähnlichkeit mit Gervase entdecken, in der Art, wie er den Kopf schräglegte, im Schwung seiner Wimpern, und natürlich in den schiefergrauen Augen. Doch jedesmal, wenn ihm diese Ähnlichkeit auffiel, kochte eine so unbändige Wut in ihm hoch, daß seine Hände zitterten und schwarze Punkte vor seinen Augen zu tanzen begannen.

Immer wieder nachts hörte er Gervase schreien, wie damals, an diesem unglückseligen wolkenlosen Sommertag. Und er hörte Philips Stimme: »*Du hast ihm ein Bein gestellt. Ich hab's genau gesehen.*« Wieder und wieder peinigte ihn die verzweifelte Ohnmacht bei den Worten seines Bruders: »*Sie werden mir glauben. Sie glauben mir immer.*«

Und sie hatten Philip natürlich geglaubt. Ebenso hatten sie ihm, Cullum, wie immer das Schlimmste zugetraut – Cullum, der dauernd Ärger machte, dem ständig irgend etwas passierte. Er hatte sich an seine Rolle gewöhnt, und so ertrug er auch die häufigen Schläge des Vaters mit stoischer Gelassenheit. Doch diesmal war es anders. Man machte ihm keine offenen Vorwürfe. Wer würde ein Kind beschuldigen, es hätte seinen Bruder vorsätzlich getötet? Nach Philips Darstellung war es ein Unfall gewesen. Cullum hätte mit Gervase herumgealbert und ihm dabei spielerisch ein Bein gestellt. Er konnte natürlich nicht voraussehen, daß Gervase das Gleichgewicht verlieren und über die Klippe stürzen würde. Wie hätte Cullum auf solch einen Gedanken kommen sollen?

Doch dann begannen die heimlichen Blicke und das Flüstern. Er konnte nicht mehr ins Dorf gehen, ohne das Getuschel hinter seinem Rücken zu hören. Und zu Hause war es noch schlimmer. Entsetzen sprach aus allen Gesichtern. Sein Vater hatte ihn mit solcher Brutalität geprügelt, daß er noch heute zu zittern begann, wenn er daran dachte. Doch schlimmer als der körperliche Schmerz war die Verachtung, die ihm von allen Seiten entgegenschlug, die ihn in dunkle Winkel des Hauses trieb, in denen er sich tagelang herumdrückte, unbeachtet von allen, während Philip sich im warmen Licht der elterlichen Liebe sonnte. Philip, der Gervase das Bein gestellt hatte. Nur, daß er diese Wahrheit niemandem offenbaren durfte, denn das hätte ihm noch fürchterlichere Bestrafung eingebracht. Und geglaubt hätte ihm sowieso kein Mensch.

Philip war zwei Minuten später als sein Zwillingsbruder Cullum zur Welt gekommen, so daß nach dem Tode Gervases nun Cullum der rechtmäßige Erbe des Familientitels wurde. Sein Vater sträubte sich mit Händen und Füßen dagegen, trommelte alle seine Anwälte zusammen, doch auch sie konnten nichts gegen das legitime Erbrecht Cullums ausrichten. Philip konnte also nicht Erbe werden, solange sein älterer Bruder lebte. So entschloß sich Cullum in einer Stunde der Verzweiflung, seinen Platz freiwillig zu räumen.

Er konnte den Hohn und die Grausamkeiten nicht länger erdulden. Es war soweit gekommen, daß Cullum selbst überzeugt war, der Liebe seines Vaters unwürdig zu sein. Fast glaubte er sogar schon an Philips Darstellung des Unfalls. Und so verschwand er eines Tages. Man fand seine Kleider am Strand. Die Leute im Dorf meinten, daß er die Last der Schuld nicht mehr ertragen konnte. Und der Earl of Wyndham jubelte, weil endlich sein Lieblingssohn Erbe wurde.

Und jetzt stand Lord Rupert Warwick im St. James Palace und beobachtete seinen Zwillingsbruder. Achtzehn Jahre waren vergangen, seit er sich zum letzten Mal Cullum Wyndham genannt hatte. Aber er empfand kein Bedauern darüber, aus der Haut dieses gequälten Jungen geschlüpft zu sein und als letzten Ausweg seinen eigenen Tod inszeniert zu haben. Was er empfand, war Durst auf Rache. Ja, er brannte geradezu auf Vergeltung. Er war gekommen, sein angeborenes Recht einzufordern, und Octavia Morgan würde ihm dabei helfen.

Einem plötzlichen Impuls folgend verließ Rupert seinen Beobachtungsposten. Für heute hatte er seiner Leidenschaft genug gefrönt. Er würde noch ein, zwei Tage verstreichen lassen, um Miß Morgan Zeit zu geben. Zeit, sich an die Wonnen der gemeinsamen Nacht zu erinnern, Zeit, sich danach zu sehnen, diese Wonnen noch einmal zu erleben. Vielleicht würden sie ihnen schließlich noch zum gemeinsamen Vorteil gereichen.

Geschmeichelt schäkerte der Earl of Wyndham mit seiner Geliebten, die ihn gerade eben aus dem Schwarm ihrer Verehrer auserwählt hatte. »Werden Sie heute abend zum Tee kommen, Sir?« fragte sie mit neckischem Augenaufschlag, als er sie zu ihrer Kutsche begleitete.

»Wird es eine große Gesellschaft sein?«

Die Viscountess schien zu überlegen, während sie einem Hundeknochen auswich, den wahrscheinlich irgendein königlicher Mops mitten auf dem Korridor zurückgelassen hatte. »Ach, ich denke, höchstens ein oder zwei weitere Gäste.«

Der Earl lächelte charmant. »Ich weiß nicht, Ma'am, ob ich Zeit habe, Ihre Gunst in Anspruch zu nehmen.«

Lady Drayton war nicht gewöhnt, von ihren Verehrern einen Korb zu bekommen. Überrascht blickte sie zu ihm auf und stellte erneut fest, daß hinter dem liebenswürdigen Lächeln in seinen klaren, grauen Augen etwas Kaltes, Bedrohliches lauerte. Etwas, das die Countess of Wyndham schon im ersten Moment ihrer Bekanntschaft wahrgenommen und das sie zu Tode erschreckt hatte. Doch Lady Drayton hatte keinen Grund, den Earl of Wyndham zu fürchten. Dennoch hörte sie sich sagen: »Nun, wenn sie ein Tête-à-tête wünschen... ich denke, daß sich das arrangieren läßt.«

»Wie liebenswürdig, Gnädigste. Eine Ehre, die ich wirklich nicht verdiene!« Sein Lächeln wurde breiter. Er beugte sich über ihre Hand und führte sie an die Lippen. »Sagen wir um halb sechs?«

Die Viscountess neigte ihren Kopf zum Zeichen des Einverständnisses. Es verstimmte sie lediglich ein wenig, daß er ihr dieses Stelldichein aufdrängen konnte. Warum gab sie denn sofort nach? Der Earl war in den letzten Wochen ein bißchen zu besitzergreifend, und sie hatte sich eigentlich vorgenommen, ihn öfter zappeln zu lassen, um ihn in seine Schranken zu weisen. Statt dessen ließ sie sich widerspruchslos überreden, ihre anderen Gäste auszuladen und willigte in ein intimes Rendezvous ein, das zweifellos in ihrem Schlafzimmer enden würde.

Philip half Margaret in die Kutsche, deren Türen das Wappen der Draytons zierte, und machte sich dann auf den Heimweg nach Pall Mall. Die Villa der Wyndhams an der Südseite des St. James Square war ein stattliches Herrenhaus, das den Earl jedesmal mit Stolz erfüllte, wenn sein Blick darauf fiel. Er fand es viel schöner als den Landsitz der Wyndhams. Der war in seinen

Augen ein bombastisches, ungünstig geschnittenes Ungetüm, das alle Mängel der elisabethanischen Architektur in sich zu vereinen schien. Um diese auszumerzen plante er, dem Bau eine palladinische Fassade sowie einen weiteren Flügel hinzuzufügen.

Seine beiden Brüder hatten den Familiensitz geliebt. Sie würden sich wahrscheinlich im Grabe umdrehen, wenn sie von seinen Umbauplänen wüßten. Ein hämisches Grinsen stahl sich auf seine Lippen, als er die Stufen zu seiner Haustür emporstieg.

Philips Ehefrau kam die Treppe heruntergeeilt, als er die Halle betrat. »Oh, Mylord, ich dachte schon, Sie hätten vergessen, daß wir heute meinen Vater und die Westons zum Dinner erwarten«, rief sie und lächelte ängstlich.

»Nein, das habe ich nicht vergessen«, erwiderte er. »Aber hatte ich Sie nicht gebeten, Lord und Lady Alworthy ebenfalls einzuladen?«

Letitia erbleichte. »Ja, ja, natürlich, Sir. Aber ich dachte, es wäre womöglich unklug...«

»Lassen Sie uns dieses Gespräch im Salon fortführen«, unterbrach sie ihr Ehemann eisig, als ein Bediensteter vorbeihuschte.

Mit angstvoll geweiteten Augen folgte Letitia ihrem Gatten in den Salon. Sie war eine wenig attraktive Frau, fünf Jahre älter als Philip. Ihre Schwäche für Leckereien hatte sich in beachtlichen Hüftpolstern und einem unansehnlichen Doppelkinn niedergeschlagen.

»Lassen Sie mich zunächst klarstellen, meine Liebe«, sagte Philip mit sanfter Stimme, als er die Tür hinter sich schloß. »Ich habe Sie angewiesen, die Alworthys einzuladen, und Sie haben sich herausgenommen, meine Anweisung einfach zu ignorieren. Ist das richtig?«

»Oh, nein... nein... anders, Sir. Es war ein wenig anders«, stammelte Letitia.

»So? Wie war es denn dann?« Alle Verbindlichkeit war aus seinem Gesicht verschwunden – sein Mund bewegungslos, die schiefergrauen Augen kalt und starr.

»Mein Vater... mein Vater und Lord Alworthy haben einen alten Streit miteinander«, erklärte Letitia. Ihr Gesicht wurde abwechselnd rot und blaß, und es bildeten sich hektische Flecken auf den Wangen. »Ich dachte, es könnte womöglich beiden peinlich sein, miteinander die Tafel teilen zu müssen.«

»Sie haben es sich also herausgenommen, entgegen meinem ausdrücklichen Wunsch zu handeln«, wiederholte er in sanftem Ton. »*Hierher!*« brüllte er plötzlich.

Der Schock seines abrupten Stimmungswechsels ließ alles Blut aus ihrem Gesicht weichen. Sie zuckte zurück und drückte sich hilfesuchend in eine Ecke.

»Haben Sie mich nicht gehört?« Jetzt klang seine Stimme wieder weich und seidig.

Zitternd trat Letitia einen Schritt auf ihn zu, den Arm schützend in Erwartung des Schlages vors Gesicht gehoben.

»Nehmen Sie den Arm herunter«, befahl er im gleichen Ton, und in seinen Augen blitzte teuflisches Vergnügen auf, als er ihre hilflose Panik sah.

Wimmernd ließ sie den Arm sinken und zog den Kopf zwischen die Schultern.

Er hob die Hand und weidete sich an ihrem Zittern, doch er hatte nicht vor, auf ihrem Gesicht Spuren zu hinterlassen, wenn er in einer Stunde Gäste zum Dinner erwartete. Ihr Vater war zwar ein Idiot, aber so blöd war er nun auch wieder nicht, die Folgen von Schlägen im Gesicht seiner Tochter nicht zu erkennen.

So ließ er seine Hand sinken und ergriff statt dessen ihr Handgelenk. Langsam begann er es umzudrehen, beobachtete genußvoll, wie sich ihr Gesicht im Schmerz verzerrte. Als sie aufschrie, ließ er sie endlich los.

»In Zukunft werden Sie jede Anweisung von mir wortwörtlich ausführen«, sagte er kalt. »Werden Sie das, meine Liebe?«

Letitia schluchzte und massierte ihren Arm, der lahm und kraftlos, wie gebrochen, an ihr herunterhing.

»Werden Sie das, meine Liebe?« wiederholte er.

»Ja, Mylord«, weinte sie leise.

Er schaute ihr zu, wie sie an der Wand zusammensank. Tränen liefen ihr über ihre pausbäckigen Wangen, deren fahle, langweilige Blässe durch das violette Taftkleid noch betont wurde. Ihr strähniges, glanzloses Haar hatte sie zum Glück unter einer kunstvoll gelockten und gepuderten Perücke versteckt, doch einem irrwitzigen Einfall folgend hatte sie ihre Frisur mit violetten Straußenfedern geschmückt, die in grotesker Weise über ihrer plumpen Figur hin und her wedelten.

»Raus!« stieß er voller Abscheu hervor. »Und schminken Sie Ihr Gesicht. Sie sehen ja aus wie ein gelbsüchtiger Frosch!«

Fluchtartig verließ Letitia den Raum und rannte schluchzend durch die Halle. Nach zwei Jahren Ehe war sie nicht mehr in der Lage, wenigstens soviel Würde zu wahren, ihr Elend vor dem Personal zu verbergen. Sie stolperte die Treppe hinauf durch den Flur ins Kinderzimmer, in dem ihr einziger Trost friedlich in seiner Wiege schlummerte.

Als das Kindermädchen das tränenüberströmte Gesicht ihrer Herrin sah, senkte sie sofort pflichtschuldig den Blick auf die Näharbeit, die sie in den Händen hielt.

»Und, war sie brav?« fragte Lady Wyndham, bemüht, sich den Anschein von Souveränität und Selbstkontrolle zu geben.

»Oh, sie ist ein Engel, Lady«, erwiderte das Mädchen und schaute gerührt auf die schlafende Susannah hinunter. »Der reinste Engel.«

Letitia beugte sich über die Wiege und streichelte ihrem Töchterchen über die weiche, runde Wange. Der Earl interessierte sich nicht für sie, weil sie kein Junge war. Er mochte sie nicht, und Letitia wußte, was mit denen geschah, die ihrem Mann mißfielen. Ein Schaudern lief ihr über den Rücken. Doch in diesem Augenblick schwor sie sich: Sie würde dieses kleine Würmchen vor der Bosheit ihres Vaters schützen, koste es, was es wolle!

6

»Papa, ich hab' dir Arznei mitgebracht.« Atemlos kam Octavia ins Zimmer gelaufen und schlug die Kapuze ihres Umhangs zurück. Ihr Vater, den gerade ein fürchterlicher Hustenanfall schüttelte, schien sie nicht gehört zu haben.

»Sie wird dir guttun«, ermunterte ihn Octavia Morgan, als er sich wieder ein wenig beruhigt hatte.

»Alles rausgeschmissenes Geld«, krächzte ihr Vater erbost. »Ich brauch' dringend neues Pergament, um meinen Artikel zum Ende zu bringen, aber meine nutzlose Tochter hat nichts Besseres zu tun als …« Er wurde von einer neuen Hustenattacke heimgesucht. Von Schmerzen gequält krümmte er sich in seinem engen Bett.

Octavia, die derlei ungerechtfertigte Vorwürfe nicht zum ersten Mal hörte, nahm sie mit Gelassenheit. »Der Arzt meinte, du solltest die Tropfen regelmäßig einnehmen«, erklärte sie ruhig und schüttelte das Fläschchen, das sie drei wertvolle Schilling gekostet hatte. »Der Apotheker hat diesmal eine stärkere Dosis gewählt.« Sie entkorkte die Flasche und zählte aufmerksam die erforderliche Anzahl Tropfen in eine Blechtasse.

»Hier, Papa.« Sie trat zu ihm ans Bett und hielt ihm die Tasse hin.

Oliver Morgan starrte sie aus flackernden, tief in die Höhlen gesunkenen Augen an. »Es ist nur der verdammte Kohlenqualm hier im Zimmer«, sagte er mit belegter Stimme. »Wenn wir ein anständiges Holzfeuer anzünden könnten, hätte ich keinen Husten.«

»Papa, in ganz London gibt es kein Holz mehr«, klärte Octavia ihn auf. »Zumindest nicht zu einem Preis, den wir uns leisten können.« Sie beugte sich zu ihm hinunter und stützte ihn, damit er die Tasse leichter an die Lippen führen könnte.

Einen Augenblick lang befürchtete sie, er würde die Arznei

aus Trotz verweigern. Doch dann richtete er sich abrupt auf, bellte ärgerlich: »Verdammt noch mal, ich lieg' doch nicht auf dem Totenbett, Kind«, riß ihr die Tasse aus der Hand und trank sie in einem Zug leer.

Octavia ließ sich ihre Erleichterung nicht anmerken, denn das hätte seine schlechte Laune nur verstärkt. Die Tropfen enthielten eine kräftige Dosis Opium, die den Hustenreiz mildern und ihm den lange ersehnten Schlaf bringen würde. Und wenn er schlief, konnte auch sie endlich wieder ein bißchen ausspannen.

Sie stellte die leere Tasse auf den Nachttisch neben das Arzneifläschchen, dann schüttelte sie ihm die Kissen auf und strich die Decke glatt. »Kann ich dir noch etwas bringen?« fragte sie.

»Pergament«, murmelte er schläfrig. Offenbar begann das Opium bereits zu wirken.

»Wenn ich Pergament kaufen will, muß ich den Vergil ins Pfandhaus tragen«, gab sie zu bedenken. »Und ohne den bist du aufgeschmißen. Aber ich muß mich morgen sowieso um Arbeit kümmern, weil in unserer Haushaltskasse nur noch ganze fünf Schilling sind. Und wenn ich wieder Geld habe, kaufe ich dir wunderschönes Pergament.«

Sein trotziger Ausdruck wich dem hilfloser Verwirrung. Dann schloß er die Augen.

Auf Zehenspitzen schlich Octavia zum Ofen hinüber und legte ein paar Kohlen nach. Trotz ihres Umhangs fror sie. Sie hauchte sich wärmend in die Hände. Draußen war es bitterkalt, und am Fenster hatten sich Eisblumen gebildet. Sie warf einen Blick auf ihren Vater, der jetzt entspannt in den Kissen lag. Es gab Momente, wie gerade eben, in denen er die Armut, in der sie lebten, schlichtweg verleugnete. In seinem Alter fiel es ihm schwer, sich an die finanzielle Not zu gewöhnen, die nach einem Leben in Wohlstand plötzlich über ihn hereingebrochen war.

Wieder pustete sie in ihre Hände und hielt sie über die dürftige, orangefarbene Flamme im Ofen, die ihr die ungesunden Kohlengase in die Lungen trieb. Aber wenigstens hatten sie ein Feuer, im Gegensatz zu den meisten ihrer Nachbarn, die in eisigen Dachkammern und Kellern bibberten.

Vom Bett her hörte sie die gleichmäßig röchelnden Atemzüge ihres Vaters, und Octavia überlegte, wie sie die wenigen Stunden paradiesischer Ruhe, die jetzt vor ihr lagen, nutzen sollte. Sehnsüchtig dachte sie an die Zeiten in Hartridge Folly. Dort hätte sie sich jetzt mit einem guten Buch in eine gemütliche Ecke verzogen, hätte im Musikzimmer Cembalo gespielt oder wäre ein wenig im Park spazierengegangen.

Aber was nutzte es, mit dem Schicksal zu hadern? Es verschlimmerte nur die Situation. Dies war einmal ihr Leben, würde es wohl auch bleiben, und deshalb galt es, das Beste daraus zu machen. Seit dem Abenteuer mit dem Straßenräuber fiel es ihr jedoch schwerer denn je, dieses Leben zu ertragen. Abenteuer – so nannte man das doch wohl, oder?

Sie starrte ins Feuer. Wenn sie sich doch an diese Nacht nur genauer entsinnen könnte! Sie hatte ihre Unschuld verloren, und dennoch erschien ihr alles wie ein märchenhafter Traum. Die Erinnerung an ihre Wollust war konturlos und verschwommen. Sie war so schwer heraufzubeschwören, weil sie mit nichts zu vergleichen war, das sie jemals erlebt oder auch nur erträumt hatte. Nur die schiefergrauen Augen und das tiefe, kehlige Lachen begleiteten sie durch ihre Nächte, und am Morgen erwachte sie jedesmal enttäuscht, als ob etwas unwiederbringlich verloren wäre. Einsamkeit überwältigte sie dann und ein Gefühl der Nutzlosigkeit, wenn sie an die Zukunft dachte. Nutzlose, vergeudete Zeit. Und ihre Zukunft, ein endloser, schwarzer Tunnel.

Tee und Toast! schoß es ihr plötzlich durch den Kopf. Nicht gerade ein kulinarischer Hochgenuß, und doch – ein Vergnügen aus frühesten Kindheitstagen. Mistreß Forster würde ihr ein wenig Butter leihen, und sie könnte Tee kochen und Toastbrot rösten. Anschließend würde sie es mit der Butter beschmieren, würde zusehen, wie diese langsam schmolz und in die Poren des knusprigen Brots einsickerte.

Das Wasser lief ihr im Mund zusammen. Sie sprang auf und trug den Kessel hinunter, um ihn im Hof hinter dem Laden mit Wasser aus den Regentonnen zu füllen. Mistress Forster war gerade dabei, Nierenfett-Teig auf dem Küchentisch zu kneten. Unter der hochgekrempelten Bluse schauten ihre kräftigen Unterarme hervor, die Hände waren mehlbestäubt. Sie schaute auf und nickte ihrer Untermieterin zu.

»Wie geht es Ihrem Papa, meine Liebe?« fragte sie mitfühlend. »Sein Husten in der Nacht hat sich ja fürchterlich angehört.«

»Er schläft jetzt«, antwortete Octavia. »Ich hab' ihm neue Tropfen vom Apotheker geholt. Sagen Sie, könnten Sie mir für zwei Penny Butter geben?«

Octavias Zimmerwirtin wischte sich die Hände an der Schürze ab und fuhr mit einem Holzlöffel in das Butterfaß auf ihrem Tisch. »Reicht das?« fragte sie und hielt ihr den Löffel mit der Portion Butter hin.

»Ja, vielen Dank.« Octavia legte die zwei Pennystücke an den Rand des Küchentischs. »Ich hab' auf einmal Riesenlust auf Tee mit Toast.«

»Lassen Sie sich noch ein bißchen Appetit übrig«, riet ihr Mistress Forster mit einem Augenzwinkern. »Heute abend gibt's leckere Nierenpastete.« Sie wandte sich wieder ihrem Teig zu. »Sie müssen erst das Eis in der Tonne zerschlagen, wenn Sie Wasser brauchen.«

Octavia klapperten die Zähne, als sie in den eiskalten Hof hinaustrat. Sie hob einen Stein auf, schlug ein Loch in die Eisdecke und senkte den Kessel ins Wasser. Dann huschte sie zurück ins Haus, die Treppe hinauf in ihr klammes Zimmer.

Ihr Vater schlief immer noch ruhig und fest. Octavia stellte den Kessel auf die Ofenplatte, warf den Umhang ab und holte einen pelzgefütterten Wollmorgenrock aus dem riesigen Kleiderschrank, in dem ihrer beider spärliche Garderobe hing. Sie zog ihn an und ging dann zum Ofen hinüber, spießte eine Scheibe Brot auf die Röstgabel und hielt sie in die züngelnden Flammen. Schon bald erfüllte der köstliche Duft frisch getoasteten Brots den Raum, und ihre Gedanken wanderten zurück in die Vergangenheit. Da waren die Wärme ihres Kinderzimmers und der süße Geschmack von Honig auf der Zunge... und das flackernde Feuer im ›Royal Oak‹ in Putney und das Aroma schmackhaften Hammelfleischs und delikater Austernsuppe...

Ein lautes Klopfen an der Tür riß Octavia aus ihren Träumen. Wahrscheinlich wollte Mistress Forster irgend etwas von ihr. Sie rief »Herein!«, nahm die halbgeröstete Scheibe Brot von der Gabel und wendete sie, um auch die andere Seite zu rösten, wobei sie sich fast die Finger verbrannte.

»Hm, hier riecht's aber gut!«

Octavia ließ die Gabel fallen. Auf diese Stimme war sie nicht gefaßt. Und gleichzeitig wurde sie gewahr, wie das Echo dieser Stimme in ihr nachgehallt hatte, seit sie sie zum letzten Mal gehört hatte. Es war die Stimme aus ihrem Traum, die wiederzuhören sie nicht zu hoffen gewagt hatte.

»Sie sind es?« Sie starrte den unerwarteten Besucher an. Er trug diesmal keine Perücke, sondern sein natürliches Haar, das er im Nacken mit einem schwarzen Band zusammengebunden hatte. Von seinen Schultern hing ein dunkles, elegantes Cape mit hohem Kragen und Kapuze, unter dem ein dunkelgrüner Rock mit grüngestreifter Seidenweste und beigefarbenen Reithosen aus feinstem Kalbsleder hervorlugten.

Rupert verbeugte sich mit spöttischem Lächeln. »Jawohl, Miß Morgan. Zu Ihren Diensten.« Er warf einen Blick auf das Bett. »Ihr Vater schläft?« Leise schloß er die Tür hinter sich.

»Er ist krank«, antwortete sie, immer noch vor dem Ofen kniend. Sie konnte es einfach nicht glauben, wer da vor ihr stand. »Aber er wird einige Stunden durchschlafen.«

Als das Wasser zu kochen begann, nahm sie den Kessel vom Ofen. »Möchten Sie Tee mit Toast?« fragte sie verlegen.

Noch während sie die Worte aussprach, wurde ihr peinlich bewußt, zu welch dürftigem Mahl sie ihn einlud. Schamröte schoß ihr ins Gesicht, als sie an ihren schäbigen Wollmorgenrock dachte. Vor fünf Jahren war er noch der letzte Schrei gewesen, eines der wenigen eleganten Kleidungsstücke, die sie nach dem finanziellen Desaster ihres Vaters nicht verkauft hatte, weil er warm und praktisch war. Aber jetzt, da das Fell mehr und mehr zerschliß, wärmte es nicht einmal mehr sonderlich.

»Wenn Sie eine zweite Gabel haben, würd' ich mir gern eine Scheibe toasten«, erwiderte Lord Rupert, nahm sein Cape ab und setzte sich auf einen Diwan am Ofen. »Ich hoffe doch nicht, daß das Ihr Abendessen sein soll«, meinte er besorgt. »Davon kann man ja nicht satt werden.« Er sah sehr wohl, was für ärmliche Kleider sie anhatte, doch sein eigentliches Augenmerk galt ihrem blassen, ovalen Gesicht, den goldbraunen Augen und dem dicken Zopf, der ihr über den Rücken hing.

Octavia reichte ihm eine zweite Gabel. »Wir wohnen bei Mistress Forster in Pension«, erklärte sie, zählte aufmerksam ein paar Löffel Teeblätter in die Kanne und goß dann das kochende Wasser auf. Daß sie sich das teure Essen bei ihrer Wirtin nicht jeden Tag leisten konnten, erwähnte sie nicht. Heute hatten sie es noch bezahlen können, aber morgen würde sie erneut eine Diebestour ins Londoner Westend unternehmen müssen, wo die Reichen wohnten. Bei dem bloßen Gedanken daran begann ihr Herz voller Angst zu klopfen.

»Ich verstehe«, erwiderte Rupert, schnitt sich eine Scheibe Brot ab und hielt sie ins Feuer. »Können Sie eigentlich Schlittschuh laufen?«

»Schlittschuh laufen?« Der plötzliche Themenwechsel verwirrte sie. »Auf dem Eis?«

»Ich wüßte nicht, wo sonst«, gab er grinsend zurück und

drehte seinen Toast um. Fassungslos starrte sie ihn an, und eine verlegene Röte überzog ihr Gesicht.

»Als Kind bin ich im Winter immer auf dem Pferdeteich Schlittschuh gelaufen«, erinnerte sie sich und reichte ihm eine chinesische Porzellantasse mit dampfendem Tee. »Warum fragen Sie?« Sie fand die Situation auf einmal völlig grotesk – vor dem Ofen zu knien, Tee zu trinken und Kindheitserinnerungen zu erzählen. Und dennoch hatte es einen eigentümlichen Reiz.

»Nun ja, ich hab' mir überlegt, daß wir heute nachmittag vielleicht etwas unternehmen könnten«, antwortete er und blies äußerst unelegant in seine Tasse, um den heißen Tee abzukühlen. »Die Serpentine ist zugefroren, und jeder, der ein paar Schlittschuhe auftreiben kann, ist draußen auf den Beinen.«

»Tut mir leid«, entgegnete Octavia enttäuscht. »Aber als wir in Hartridge Folly die Koffer packen mußten, hab' ich nur das Nötigste mitnehmen können, und dabei nicht an meine Schlittschuhe gedacht.«

»Hartridge Folly – ist das Ihr Familiensitz?«

»Ja, in Northumberland.«

»Da dürfte Ihnen diese winterliche Kälte ja vertraut sein.«

»Es war eine andere Kälte, viel klarer und trockener, nicht so unangenehm feucht wie hier in London.«

Er bestrich seinen Toast mit Butter. »Ich hab' zwei Paar Schlittschuhe in der Kutsche. Eines davon müßte Ihnen sicher passen.« Er biß ein Stück ab und leckte sich die Butter von den Lippen. »Schmeckt lecker«, sagte er.

Octavia mümmelte an ihrer Scheibe Brot, bemüht, ihre Gedanken zu ordnen. Eine Einladung zum Schlittschuh laufen – ein Bild wie aus einer anderen Welt. Ihre Welt – das war dieser düstere, feuchtkalte Raum. Hier würde sie den Rest des Tages verbringen, dem Schnarchen ihres Vaters zuhören, auf Mistress Forsters Nierenpastete zum Abendessen warten und anschließend in ihr klammes Bett schlüpfen, sobald es dunkel würde. Kerzenlicht und Feuer im Ofen nach Einbruch der Dunkelheit bedeutete verschwenderischen Luxus, den sie sich nicht leisten konnten.

Rupert beugte sich zu ihr hinüber, hob ihr Kinn zu sich hoch und wischte ihr mit dem Taschentuch eine Spur Butter vom Mund. »Na, was halten Sie von meinem Vorschlag?«

»Ich kann meinen Vater nicht allein lassen.«

»Unsinn. Sie haben ihn schon einmal allein gelassen und werden es wieder tun. Die ehrenwerte Mistress Forster wird sich um ihn kümmern. Außerdem habe ich Ihnen ein wichtiges Angebot zu unterbreiten.«

»Ein Angebot?« Nach ihren bisherigen Erfahrungen mit ihm konnte sie nur an etwas ganz Bestimmtes denken. Ihre Augen verengten sich, und das goldbraune Schimmern in ihnen verwandelte sich in eisiges Glitzern. »Und um was für ein Angebot handelt es sich, wenn ich fragen darf?«

»Das erkläre ich Ihnen später.«

»Kommen Sie, machen Sie es nicht spannend, Sir.« Ihre Stimme klang gefährlich leise, und ihr Blick war kalt. »Ich höre.«

»Nein, das hier ist nicht der richtige Ort.« Rupert erhob sich. »Es handelt sich um eine etwas komplizierte Angelegenheit.«

Octavia sprang auf. Das Blut schoß ihr in die Wangen. »Mylord«, stieß sie hervor, »ich sagte Ihnen bereits einmal, daß ich nicht käuflich bin. Sie meinen vielleicht, daß mir Ihr zweifelhaftes Angebot schmeicheln, daß ich Ihnen vielleicht sogar noch dankbar dafür sein sollte.« Sie deutete mit einer Handbewegung auf ihr ärmliches Heim. »Doch es tut mir leid, wenn ich Sie enttäuschen muß. *Sie können sich Ihr Angebot an den Hut stecken!*«

»Selbst wenn Sie käuflich *wären*, meine Liebe, würde ich nicht kaufen«, fuhr er ihr in die Parade. »Ich kann Ihnen versichern, daß ich mich bisher noch nie gezwungen sah, eine Frau für ihre Gunst zu bezahlen.«

»Raus!« zischte Octavia mit zornfunkelnden Augen. »Sie

meinen vielleicht, daß das, was zwischen uns geschehen ist, Ihnen das Recht gibt, mich zu beleidigen, aber ich sage es Ihnen offen ins Gesicht, Sir: Sie sind ein ekelerregender pockennarbiger Dreckskerl, ein gottverfluchter Hurensohn!«

Einen Augenblick schwieg Rupert verblüfft, dann brach er in ein warmes, herzliches Lachen aus. »Respekt, Sie nehmen wirklich kein Blatt vor den Mund!« rief er, immer noch prustend. »Welch eindrucksvoller, reicher Wortschatz ist Ihnen zu eigen, Verehrteste!«

»Raus!« wiederholte sie, verschränkte die Arme vor der Brust und durchbohrte ihn mit einem Blick voller Verachtung.

»Nein, so leid es mir tut.« Er ließ seine Augen durch den Raum schweifen, bis sein Blick auf den großen Wandschrank fiel. »Sie brauchen Ihren Umhang und den Muff... und feste Stiefel... die, die Sie in Tyburn trugen, sind gut geeignet.«

Schon wollte er die Schranktür öffnen, doch Octavia stürzte ihm hinterher und riß ihn am Arm herum. »Sagen Sie, haben Sie nicht gehört, was ich gesagt habe?«

»Sehr wohl, Miß Morgan«, erwiderte er gelassen. »Aber ich werde mich erst danach richten, wenn Sie wieder zur Vernunft gekommen sind.« Er riß sich von ihr los und öffnete den Schrank. »Leider haben Sie bisher nur ziemlichen Unsinn von sich gegeben. Ich bitte Sie deshalb, mir noch einmal in aller Ruhe zuzuhören.« Er nahm den Umhang vom Haken. »Ich möchte Ihnen ein Angebot machen, das nichts mit Kaufen und Verkaufen zu tun hat... Kommen Sie, ziehen Sie den hier an... Ein Angebot, das uns beiden nur von Vorteil sein kann.« Er bückte sich, um ihre Stiefel vom Boden aufzuheben. »Und jetzt die Stiefel hier. Wo ist Ihr Muff? Ah, da ist er ja!«

Er griff in das Regal, in dem Muff und Handschuhe lagen, und hielt ihr alles hin. »So, und jetzt beeilen Sie sich. Ich geh' derweil schon einmal zu Mistress Forster hinunter und sage ihr Bescheid, daß Sie erst nach dem Abendessen wiederkommen.«

»Halt... warten Sie.«

Er drehte sich an der Tür nach ihr um. »Was ist?«

Octavia starrte ihn an, unfähig, etwas zu sagen. Sie war sonst nicht auf den Mund gefallen, und ihre augenblickliche Sprachlosigkeit machte sie wütend und hilflos. »Sie... Sie können nicht einfach so über mich verfügen!« stammelte sie schließlich.

»Wenn ich nicht über Sie verfüge, geht hier nichts vorwärts«, erklärte er knapp. »Ich warte unten auf Sie. Und jetzt ziehen Sie sich bitte um.«

Schon war er verschwunden. Die Tür ließ er absichtlich angelehnt.

Octavia runzelte die Stirn. Dann warf sie seinen Blick auf die schlafende Gestalt im Bett. Das Opium hatte seine Wirkung getan, doch wenn ihr Vater aufwachte, würde er sich schwach und gerädert fühlen und Hilfe brauchen. Aber Mistress Forster könnte sich ja bis zu ihrer Rückkehr um ihn kümmern. Morgen, wenn sie mit hoffentlich reicher Beute aus dem Westend heimkäme, würde sie es ihr vergelten.

Was für ein Angebot wollte Lord Rupert ihr bloß unterbreiten? Seine Geliebte zu werden, offenbar nicht. Aber was hatte er dann im Sinn?

Verwirrt und unentschlossen stand sie an der Tür. Da fiel ihr durch die trübe Fensterscheibe ein schwacher Sonnenstrahl ins Gesicht. Und plötzlich wurde ihr klar: Was auch immer er im Sinn hatte – in irgendeiner Weise würde es ihre jetzige Lage verändern.

Draußen schien die Sonne, die Serpentine war zugefroren, und vor ihr lag ein langer Nachmittag im gleißenden Licht, weit weg von diesem düsteren Gefängnis.

Sie zog ihren schäbigen Morgenrock aus, warf sich den Umhang über und schlich auf Zehenspitzen aus dem Zimmer. Leise schloß sie die Tür hinter sich. Dann rannte sie die Treppe hinunter, und ein Gefühl der Vorfreude, der kindlichen Begeisterung erfüllte sie, während sie die Stufen hinabflog, ein Gefühl, das sie seit Jahren nicht mehr kannte.

Rupert stand unten am Treppenabsatz und unterhielt sich mit Mistress Forster, die geschmeichelt lächelte. In ihrer Hand blitzten ein paar Silbermünzen.

»Amüsieren Sie sich nur gut, meine Liebe«, flötete sie und zwinkerte Octavia zu. »Und um Ihren Papa brauchen Sie sich keine Sorgen zu machen, ich kümmere mich schon um ihn. Die Hintertür lasse ich offen, für den Fall, daß Sie später heimkommen.« Sie warf ihr einen beziehungsvollen Blick zu.

Octavia stöhnte innerlich, aber sie wußte, daß es keinen Zweck hatte, der Wirtin ihre Hintergedanken auszureden. Und warum sollte sie auch? Was lag näher, als daß ein junges Mädchen, das ohne Schuld ins Unglück geraten war, den Schutz eines reichen Gentlemans in Anspruch nahm? Keiner ihrer Nachbarn würde daran Anstoß nehmen, im Gegenteil, sie würde in ihrer Achtung eher steigen.

Sie folgte Lord Rupert hinaus auf die Straße. Hier warteten bereits die beiden Braunen geduldig vor der eleganten Kutsche. Lord Rupert half ihr hoch und sprang dann auf den Bock. Zehn Minuten später schon hatten sie die armseligen Gassen hinter sich gelassen und rollten durch die Londoner Innenstadt zum Fluß hinunter.

»Ich zahle Ihnen selbstverständlich zurück, was immer Sie Mistress Forster für ihre Bemühungen gegeben haben«, erklärte Octavia.

»Natürlich«, pflichtete er ihr bei. »Ich dachte lediglich, daß es Sie ein wenig entlasten würde zu wissen, daß Sie bei Ihrer Wirtin nicht in der Kreide sind.«

»Morgen nachmittag werde ich wieder ... bei Kasse sein«, bemerkte sie ein wenig steif.

»Aha, Sie gehen also wieder auf Tour, Miß Morgan?« Er bog in den Piccadilly Place ein.

»Mir bleibt keine andere Wahl«, schoß sie ärgerlich zurück. »Und jemand wie Sie hat keinen Grund, sich darüber zu mokieren!«

»Das tu' ich ja gar nicht«, verteidigte er sich. »Ich wünschte mir nur, daß Sie keine unüberlegte Entscheidung träfen.«

»Das läßt sich leider nicht ausschließen, solange Sie sich in derart geheimnisvolles Schweigen hüllen«, erwiderte sie spitz. »Jetzt rücken Sie schon heraus mit der Sprache: Wie lautet Ihr Angebot?«

»Alles zu seiner Zeit«, entgegnete er bedächtig und lenkte die Pferde durch das Stanhope Gate in den Hydepark. Hier herrschte reges Treiben. Es wimmelte nur so von Kutschen, Reitern und Fußgängern, die paarweise oder in Gruppen an der klaren, frischen Luft spazierengingen, Freunde trafen, Bekannte grüßten und den schönen Nachmittag genossen.

Mit einem Hauch von Bitterkeit schaute Octavia dem Gewimmel zu. Wenn das Schicksal ihr nicht so übel mitgespielt hätte, würde sie jetzt dazugehören. Sie würde die Londoner Saison genießen, sich auf Banketten und Bällen amüsieren, eine gute Partie machen und ein glückliches Familienleben führen.

»Ich nehme an, daß Ihr Vater sein Vermögen verlor, bevor Sie die Gelegenheit hatten, an der Londoner Saison teilzunehmen, nicht wahr?« fragte Rupert, als ob er ihre Gedanken gelesen hätte.

Octavia zuckte die Achseln. »Die hätte mich sowieso bloß gelangweilt.«

»Machen Sie mir nichts vor«, widersprach er ihr in sanftem Ton. »Wie alt sind Sie, Octavia? Einundzwanzig, zweiundzwanzig?«

»Zweiundzwanzig. Ein spätes Mädchen.« Sie lachte etwas gekünstelt.

»Ich bezweifle, daß Sie dem Leben als brave Ehefrau auf die Dauer viel abgewinnen würden«, erwiderte Rupert und hob den Hut, als eine Dame, die ihm zu Fuß entgegenkam, lächelnd grüßte. »Sie sind doch viel zu eigenwillig, um sich in die Rolle des braven Eheweibs zu fügen.«

Octavia schwieg, unsicher, ob sie seine Bemerkung als Kompliment oder als Kritik verstehen sollte. Ein Körnchen Wahrheit war gewiß daran. »Sie scheinen ja einen weitverzweigten Bekanntenkreis zu haben«, wechselte sie das Thema. »Hätte ich von einem Straßenräuber nicht gedacht.«

Er schmunzelte. »Hier bin ich so wenig Straßenräuber wie Sie Taschendiebin sind, Miß Morgan.«

Am Ufer der Serpentine bei einer kleinen Holzhütte, aus der ihnen der köstliche Duft heißen Kakaos und frisch gebrannter Haselnüsse entgegenschlug, hielt Rupert an. Ein paar junge Burschen standen bereit, um die Pferde in Empfang zu nehmen. Octavia warf einen Blick auf den zugefrorenen See, auf dem sich Dutzende von Schlittschuhläufern lachend im Kreise drehten, begleitet von den schmissigen Melodien einer Truppe von Zigeunermusikern.

Rupert sprang von der Kutsche, in der Hand ein Paar Schlittschuhe. »Sie gestatten, Miß Morgan«, rief er und schnallte sie ihr an die Stiefel. Dann erst hob er sie aus dem Wagen und trug sie hinunter zum See, wo er sie auf dem Eis absetzte. »Sind Sie bereit?« fragte er.

Octavia wartete einen Moment, um ihr Gleichgewicht zu finden, dann plötzlich stieß sie einen kleinen Juchzer aus, entwand sich seinen haltenden Händen und schoß auf einem Bein wie ein Pfeil aufs Eis hinaus.

Auf der Mitte der Serpentine drehte sie und winkte ihm lachend zu, der am Ufer saß und sich ebenfalls Schlittschuhe anschnallte.

Er schaute ihr zu, wie sie strahlend vor Glück ihre Bahnen zog. Sie erinnerte ihn an einen Singvogel, den man endlich aus seinem Käfig befreit hatte. »Ist das nicht herrlich?« jauchzte sie, als er zu ihr herangefahren kam. Ihre Augen strahlten, ihre Wangen glühten, und ihr lächelnder Mund war leicht geöffnet.

Ein plötzliches, leidenschaftliches Verlangen flammte in ihm auf. Er begehrte sie in diesem Augenblick mit einer Heftigkeit, einer Zügellosigkeit, mit der er noch keine Frau begehrt hatte.

Ja, so wollte er sie haben – lebendig und wach, ihres Körpers und ihrer Lust voll bewußt, nicht wie das letzte Mal, als sie nur wie eine Schlafwandlerin, wie in Trance auf ihn reagiert hatte.

Sie schaute ihn an, und ihr Lachen erstarb. Doch ihr Gesicht verschloß sich ihm nicht. Ihre Lippen blieben offen, wie ihre Augen, in die auf einmal ein Sehnen trat, das seines zu erwidern schien. Sie warf einen verzweifelten Blick auf die umgebende Menge, als ob auf einmal die Macht von ihr Besitz ergriff, die ihr den Atem raubte, ein Hunger, der nach unmittelbarer Sättigung verlangte.

»Kommen Sie, lassen Sie uns ein wenig den See hinunter fahren, weg von den vielen Leuten«, schlug er mit heiserer Stimme vor. »Da kann ich Ihnen in aller Ruhe meinen Vorschlag unterbreiten.« Er nahm sie bei der Hand und glitt mit ihr die Serpentine entlang an einen abgelegenen Ort.

Octavia wußte jetzt – sie würde allem zustimmen, was immer er ihr vorschlug. Sie war bereit, alles auf eine Karte zu setzen. Ihr Leben war ein graues, hoffnungsloses Jammertal, aus dem es kein Entrinnen gab. Wie eine Ertrinkende trieb sie im Meer, den wilden Stürmen eines erbarmungslosen Schicksals hilflos ausgeliefert. Wenn sie nicht untergehen wollte, mußte sie jeden Strohhalm ergreifen, den sie zu fassen bekam.

»Und?« Mit einer graziösen Drehung kam sie zum Stehen und schaute ihn an. »Was haben Sie mir anzubieten, Lord Rupert?«

»Eine Ehe«, erwiderte er schlicht. »Ein gesellschaftliches Spiel, das uns beide in die Lage versetzt, uns an unseren Feinden zu rächen.«

Octavia fiel die Kinnlade hinunter. Sie hatte mit allem gerechnet – nur damit nicht. »Was meinen Sie mit ›gesellschaftlichem Spiel‹?« fragte sie entgeistert.

»Nun, ich meine natürlich nicht, daß wir eine offizielle Ehe schließen«, erwiderte er, als wäre das das Selbstverständlichste der Welt. »Wir tun nur so und präsentieren uns einfach der Gesellschaft als frisch vermähltes Paar. Ich habe genügend finanzielle Mittel, um das ganze Drumherum zu besorgen – Villa, Bedienstete, Kutschen und so weiter ... und dann planen wir in aller Ruhe unsere Rachefeldzüge.«

Alles Licht, alles Lachen war aus seinem Gesicht verschwunden, und in seine Augen war das kalte, arktische Grau eingekehrt, das sie schon kannte. Seine Züge wirkten maskenhaft.

»Wer ... wer ist es denn, der Ihre Rache verdient?« fragte sie unsicher.

»Ein Mann ... ein Mann, der dafür verantwortlich ist, daß ich mich als Räuber durchschlagen mußte«, erwiderte er knapp.

»Mehr brauchen Sie nicht zu wissen. Ihre Aufgabe ist es, diesem Mann etwas Bestimmtes zu stehlen. Etwas, das er nahe an seinem Körper trägt, so nah, daß Sie sich auf einen intimen Kontakt mit ihm einlassen, unter Umständen ihn sogar verführen müssen ... Es ist keine schwierige Aufgabe. Er ist der Typ von Mann, der stets begehrt, was anderen gehört. Eine so eitle Kreatur, daß ihn die Gunst einer schönen jungen Frau alle Vorsicht vergessen läßt.«

Octavia gefror das Blut in den Adern, als sie den lodernden Haß spürte, der aus seinen Worten sprach.

»Ich muß ihn verführen?« wiederholte sie langsam, als sperrte sich alles in ihr dagegen, den Sinn seiner Worte zu begreifen.

»Sie wollen tatsächlich, daß ich mit diesem Mann das Bett teile?«

»Ja. Wenn es anders nicht möglich ist, den Gegenstand zu bekommen, den ich brauche.« Seine Stimme klang kalt und hart.

»Irgendwo an seinem Körper trägt er einen kleinen Ring. Einen Ring, der so winzig ist, daß er gerade auf den Finger eines Babys paßt. Diesen Ring müssen Sie ihm stehlen.«

Verwirrt schaute sie zu ihm auf. »Aber woher wissen Sie, daß er diesen Ring auch tatsächlich bei sich trägt?«

Er wußte es, weil auch er selbst seinen Ring ständig am Leib trug. Todsicher würde Philip wie er der alten Wyndhamschen Tradition folgen, daß jeder männliche Sproß aus dem Hause

Wyndham diesen Ring so lange bei sich tragen mußte, bis er ihn seinem neugeborenen Sohn auf das Fingerchen stecken – oder ihn mit ins Grab nehmen würde.

»Ich weiß es einfach«, antwortete er mit unbewegtem Gesicht.

Und dann, wenn er Philips Ring, das Gegenstück zu seinem eigenen, besäße, würde Lord Rupert Warwick aus seiner Verkleidung schlüpfen, würde sein Inkognito lüften und sich öffentlich als Cullum Wyndham zu erkennen geben, den rechtmäßigen Earl of Wyndham. Dann endlich könnte er Philip vom Sockel stoßen. Sein Stolz, sein Einfluß, seine Macht würden zerfallen wie Asche im Wind.

»Sie wollen tatsächlich, daß ich mit diesem Mann das Bett teile?« wiederholte Octavia fassungslos.

Er schaute sie an. »Im Gegenzug werde ich die Männer ruinieren, die Ihren Vater um sein Vermögen betrogen haben und es Ihnen zurückgeben.«

»Und wie wollen Sie das anstellen?«

»Das erkläre ich Ihnen später, wenn wir die Einzelheiten besprechen. Ich kann Ihnen aber jetzt schon versichern, daß mein Plan gelingen wird. Sie und Ihr Vater werden Ihr Vermögen und Ihr Eigentum zurückbekommen.«

Was für ein wahnwitziges Unterfangen! Octavia schwirrte der Kopf. Wie auch immer er es anstellten wollte, ihr verlorenes Vermögen zurückzugewinnen – der ganze Handel war in jedem Fall der reinste Irrsinn! Wie konnte er nur auf die widerliche, absurde Idee kommen, daß sie mit einem wildfremdem Mann ins Bett gehen würde?

»Und das... das mit der Ehe?« Sie fühlte sich wie vor einem riesigen, unentwirrbaren Fadenknäuel, aus dem sie beliebig irgendein loses Ende aufnahm, um so das Chaos in den Griff zu kriegen.

»Wenn die ganze Sache gelaufen ist, werden wir uns in Freundschaft trennen«, erklärte er leichthin. »Dann hat jeder sein Ziel erreicht. Wir werden eine Geschichte verbreiten, die es Ihnen ermöglicht, ein gesellschaftlich geachtetes Leben Ihrer Wahl zu leben.«

»Sie wollen mich also zur Hure machen«, stellte sie lapidar fest. Plötzlich fiel es ihr wie Schuppen vor den Augen. Der Straßenräuber wollte sie kaufen – wie eine Hure. Nur, daß er sie nicht zu seinem Vergnügen, sondern als Werkzeug für andere, höchst undurchsichtige Ziele benutzen wollte.

»Meine Liebe«, belehrte er sie, »in dieser Welt ist es gang und gäbe, daß Frauen mit Männern Affären haben, ohne daß diese Frauen deshalb Huren genannt werden. Ich bitte Sie lediglich um etwas, was unzählige Frauen tun, vor Ihnen getan haben und nach Ihnen tun werden. Ihre Gefühle können Sie dabei doch aus dem Spiel lassen.«

Und was sollte aus Ihrem Vater werden? Wo kam der in all diesen Plänen vor? Wahrscheinlich hatte der Straßenräuber keinen einzigen Gedanken an ihn verschwendet. Andererseits – so weltfremd und versponnen wie ihr Vater war, konnte man ihn vielleicht tatsächlich aus dem ganzen Unternehmen heraushalten.

Octavia wandte sich von Lord Rupert ab, um ihre Verwirrung und Verlegenheit vor ihm zu verbergen. »Und was ist mit uns?« hörte sie sich mit gepreßter Stimme sagen. »Was ist mit dieser... vorgetäuschten Ehe? Ist das auch, um... um die Gefühle... aus dem Spiel zu lassen?«

Er schwieg einen Moment. »Nicht unbedingt«, erwiderte er dann.

Als sie keine Antwort gab, sich ihm jedoch nicht wieder zuwandte, fügte er hinzu: »Wenn Sie es aber vorziehen, nur dem Namen nach meine Ehefrau zu sein, respektiere ich das natürlich.«

Wieder ließ sie sich Zeit mit einer Antwort. »Hätten Sie das denn gerne?« fragte sie schließlich. Noch immer vermied sie seinen Blick.

»Nein«, versetzte er treuherzig. »Nein, das hätte ich überhaupt nicht gerne.«

Er legte ihr die Hand auf die Schulter und drehte sie behutsam zu sich herum. Ein Lächeln lag auf seinen Lippen. Sanft streichelte er ihre Wange. »Wenn Sie unsere gemeinsame Nacht genossen haben, Octavia«, flüsterte er, »dann kann ich Ihnen versichern: Das war nur der Anfang.«

Octavia schluckte. Der samtweiche Klang seiner Stimme, die Glut seiner Augen und die Verheißung, die aus seinen Worten sprach, machten ihr die Knie weich.

»Wir könnten endlich Rache an unseren Feinden nehmen«, beschwor er sie mit leiser, eindringlicher Stimme. »Und wir könnten sie alle zum Narren halten, diese eitlen, aufgeblasenen Pfauen, die in ihrem lächerlichen Putz herumstolzieren und nichts von dem Leben wissen, das sich jenseits der Palastmauern abspielt.«

Plötzlich lachte er hell auf, und die Spannung löste sich auf. »Hätten Sie nicht Lust, diesen Herrschaften eine kleine Lektion zu erteilen, Miß Morgan?« fragte er sie herausfordernd.

Octavia drehte sich um und betrachtete die Schlittschuhläufer in ihren teuren Pelzen und glänzenden Samtkostümen, die mit selbstgefälligem Lächeln über das Eis glitten. Man sah ihnen an, daß sie in einer Welt des Überflusses, voller Prunk und Pracht lebten. Die verlausten Kinder kamen ihr in den Sinn, die bei Eis und Schnee barfuß und halb verhungert in der Gosse standen. Die verwahrlosten Frauen, die im Dreck lagen, eine leere Ginflasche an die Brüste gepreßt, und mit leerem Blick auf ihre ausgemergelten Babys starrten, die neben ihnen am Boden winselten.

Sie und der Straßenräuber kannten das Leben jenseits der Palastmauern. Dirk Rigby und Hector Lacross hatten dafür gesorgt, daß sie und ihr Vater dieses Leben bis ans Ende ihrer Tage erdulden mußten.

Was der Straßenräuber ihr da vorschlug, war absolut hirnrissig. Es war der reinste Wahnsinn. Aber wenn sein Plan funktionierte...? Was für ein Abenteuer! Ach, welch wunderbare Genugtuung! Sie wagte gar nicht, daran zu denken.

Aber war sie in der Lage, kaltblütig einen Fremden zu verführen?

Natürlich konnte sie das! Drei Jahre lang hatte sie sich nun schon jeden, auch den allerkleinsten Luxus versagen müssen. Außerdem war sie jetzt ohnehin keine Jungfrau mehr. Und für eine Frau, die beim Klauen regelmäßig Kopf und Kragen riskierte, war eine Verführung doch ein Kinderspiel. Es sei denn, er erwischte sie dabei, wie sie ihm den Ring stahl...

Ein eiskalter Schauer lief ihr über den Rücken. In diesem Fall gäbe es keine Menschenmenge, in der sie untertauchen konnte.

Aber man würde sie nicht erwischen. Dazu war sie einfach zu gerissen und zu schnell. Nein, *sie* würde man nicht erwischen! Und wenn es vollbracht war... ach, wenn es vollbracht war, bekam sie ihr Vermögen, und eine schöne, unbeschwerte Zukunft lockte!

Rupert beobachtete den Wirbel ihrer Gedanken, der sich in ihrer Miene als Wechselbad der Gefühle spiegelte. Er konnte in ihrem Gesicht lesen wie in einem offenen Buch. Und so wußte er, noch ehe sie einwilligte, daß sie mit seinem Plan einverstanden war. »Wissen Sie, wie die Männer heißen, die Ihren Vater ruiniert haben?«

»Männer?« fragte sie verächtlich. »Sie meinen: die Schweine?«

Er nickte grimmig. »Wissen Sie, wie die Schweine heißen?« verbesserte er sich.

»Dirk Rigby und Hector Lacross. Kennen Sie sie?«

»Ich glaube, sie sind enge Vertraute des Prince of Wales«, erwiderte er. »Ich kenne sie nur vom Sehen. Aber es wird mir nicht schwerfallen, die Bekanntschaft zu vertiefen. Kennen die beiden *Sie*?«

Octavia schüttelte den Kopf. »Ich war damals bei meiner

Tante, und mein Vater weilte zur Kur in Harrowgate, als sie sich in sein Vertrauen einschlichen. Nein, ich kenne sie nicht.« Hilflos zuckte sie die Achseln.

»Um so besser.« Ruperts Augen blitzten. »Kommen Sie«, sagte er dann, »Sie holen sich noch eine Erkältung.« Er deutete mit dem Kopf zu den Schlittschuhfahrern weiter oben an der Serpentine. »Stürzen wir uns ins Getümmel. Dann kann ich Ihnen gleich Ihr Opfer zeigen.«

Ein wenig unschlüssig blieb Octavia stehen. »Und was machen wir mit meinem Vater?« fragte sie zaghaft.

»Wir mummeln ihn schön warm ein und geben ihm jede Menge Bücher zu lesen«, grinste Rupert. »Erzählen Sie ihm irgendeine Geschichte. Ich werde Sie dabei nach Kräften unterstützen.«

Octavia wußte wohl, daß ihr Vater keine unangenehmen Fragen stellen würde. Er nahm die Dinge, wie sie kamen, solange er aus seiner eigentlichen Welt, der Welt der Bücher, nicht herausgerissen wurde.

So war also alles geklärt. Octavia klopfte das Herz bis zum Hals. Sie hatte einen Pakt geschlossen, einen abenteuerlichen, wahnwitzigen Pakt. Ihr Leben würde sich verändern, wie sie es sich nie hätte träumen lassen. Und dennoch gab es nichts, was diesen Pakt bekräftigte. Kein Siegel, keine Unterschrift. Nicht einmal ein feierliches Wort des Einverständnisses.

Er hatte sie bei der Hand genommen und zog sie mit sich über das spiegelglatte Eis zurück in den Bereich, wo sich die feinen Herrschaften in dichten Scharen vergnügten. Octavia warf ihm einen verstohlenen Blick von der Seite zu, doch sie sah keinerlei Veränderung in seinen Zügen. Sie hätte einen Hauch von Triumph, von hämischer Genugtuung erwartet, doch er hatte seinen üblichen ernsten Gesichtsausdruck aufgesetzt, mit dem leicht spöttischen Lächeln um die Mundwinkel.

»Da drüben«, sagte er ruhig. »Sehen Sie dort den großen, schlanken Herrn mit dem burgunderroten Samtumhang und dem blonden Lockenkopf? Das ist der Mann, der sich ›Earl of Wyndham‹ nennt.«

»Der sich so *nennt*?« fragte Octavia. »Heißt das, daß er es gar nicht ist?«

»Nein, er ist es nicht«, erwiderte der Earl of Wyndham gelassen. »Aber im Rahmen unseres kleinen Spielchens werden Sie ihn mit diesem Titel anreden.«

Was hatte denn das Geheimnisvolles zu bedeuten? Irritiert blickte Octavia zu dem Mann hinüber, den sie verführen und bestehlen sollte. Er bewegte sich mit bemerkenswerter Anmut, bog und wiegte seinen gertenschlanken Körper, während er seine Partnerin elegant über das Eis führte. Er trug keinen Hut, so daß sein ungepudertes goldenes Lockenhaar, mit einem scharlachroten Band im Nacken zusammengehalten, wie ein Kometenschweif hinter ihm herwehte. Er war zu weit von ihr entfernt, als daß sie sein Gesicht hätte ausmachen können, so daß sich ihr nur die Grazie und lässige Eleganz seiner Bewegungen einprägte.

»Wer ist dieser Mann?« Unwillkürlich flüsterte sie.

»Mein Feind.«

Die knappe, klare Antwort ließ keinen Raum für weitere Fragen. Dennoch konnte Octavia der Versuchung nicht widerstehen. »Wollen Sie mir nicht erzählen, warum er zu Ihrem Feind wurde?«

»Sie brauchen das nicht zu wissen.«

Octavia schwieg und starrte weiter zu dem Mann hinüber, der sich ›Earl of Wyndham‹ nannte. Aus irgendeinem Grund sträubten sich ihre Nackenhaare, und eine Gänsehaut lief ihr über den Rücken. Aber nicht wegen der Kälte.

Erregung oder böse Ahnung. Oder beides?

Sie wußte es nicht.

7

»Kommen Sie, wir wollen unseren Pakt besiegeln.«

Wie ein Paukenschlag rissen Lord Ruperts Worte Octavia aus ihren Gedanken.

»Ich hab' Ihnen versprochen, Sie zum Abendessen einzuladen«, erinnerte er sie. Jeder Spott war aus seinem Lächeln verschwunden, und in seinen Augen glomm eine Flamme, die ihr den Atem nahm.

»Wo?« Die Frage klang wie ein Krächzen. Sie räusperte sich. »Wo wollen wir essen gehen, Sir?«

»Nun, das hängt ganz von Ihnen ab, Miß Morgan.« Seine Augen glühten. »Ich könnte Sie natürlich ins ›Piazza‹ ausführen und anschließend heim nach Shoreditch fahren. Andererseits…«, ein amüsiertes Lächeln umspielte seinen Mund, »…Ihr Kleid ist nicht gerade der Inbegriff modischer Eleganz, und im ›Piazza‹ trifft sich schließlich die feine Gesellschaft. Eine Möglichkeit wäre, daß Sie die ganze Zeit Ihren noblen Umhang anließen, aber in diesem Fall würde sich die Nahrungsaufnahme ein wenig umständlich gestalten, meinen Sie nicht?« Er grinste wie ein Lausejunge.

»Durchaus möglich«, räumte sie ein. Sie konnte es nicht erwarten, seinen Alternativvorschlag zu hören. Mit Sicherheit hatte er ganz konkrete Pläne für diesen Abend. Warum spannte er sie nur so auf die Folter?

»Es gibt viel zu besprechen«, fuhr er fort. »Jede Menge Einzelheiten. Wofür sich ein verschwiegener Ort besser eignet als ein überfülltes Restaurant wie das ›Piazza‹.«

»Wie recht Sie haben«, pflichtete sie ihm bei. »Und was schlagen Sie vor, Mylord?«

Gedankenvoll rieb er sich das Kinn, als ob er die verschiedenen Möglichkeiten ernsthaft erwägen würde. »Tja…« Er runzelte die Stirn. »Was halten Sie vom ›Royal Oak‹?« fragte er endlich, betont harmlos. »Wir wären absolut ungestört, und die Küche kann ich wärmstens empfehlen!«

»Aber wie komme ich hinterher wieder nach Hause?« gab Octavia zu bedenken, entschlossen, auf sein Spiel einzusteigen. »Es könnte spät werden, und Sie müßten mich dann in stockfinsterer Nacht nach Shoreditch zurückbringen.«

»Ja, das ist richtig.« Er nickte bedächtig. »Das muß man in diesem Zusammenhang mit in Betracht ziehen.«

»Andererseits wird Papa bis morgen früh durchschlafen, und Mistress Forster wird sich um ihn kümmern... so daß ich im ›Royal Oak‹ übernachten könnte.« Sie legte ihre Stirn in nachdenkliche Falten. »Das wäre doch eine Lösung, finden Sie nicht, Sir?«

»Durchaus, durchaus«, stimmte er ihr zu. »Wären Sie mit dieser Lösung einverstanden, Madam?«

»Wenn ich bei dieser Gelegenheit meinen Horizont in gewissen Bereichen erweitern könnte«, murmelte sie, »würden wir zwei Fliegen mit einer Klappe schlagen, was meinen Sie?« Octavia schlug die Augen zu Boden und kratzte mit der Spitze ihres Schlittschuhs verlegen eine Figur ins Eis.

»Oh, für die Erweiterung Ihres Horizonts verbürge ich mich höchstpersönlich«, erklärte Lord Rupert. »Und es wäre eine äußerst effiziente Art, die Zeit zu nutzen!«

»Eben. Und Effizienz ist doch oberstes Gebot, wenn man ein so gewaltiges Vorhaben in Angriff nimmt wie wir, Sir.«

»Vollkommen richtig.«

Octavia hob den Blick und schaute ihn an. In seinen Augen blitzte der Schalk, doch dahinter loderte die Glut wilder denn je.

»Dann glaube ich, Sir, daß das ›Royal Oak‹ die beste Lösung ist.«

Er verbeugte sich elegant. »Ihr Entschluß beglückt mich zutiefst!«

»Ein ausgesprochen einsamer Entschluß«, bemerkte sie gespielt theatralisch, »den ich ohne jede Einflußnahme von außen fällen mußte.« Sie folgte ihm ans Ufer.

Lord Rupert warf ihr einen Blick über die Schulter zu. »Ach, wissen Sie, Madam«, erwiderte er leichthin, »ich bin immer bemüht, wichtige Entscheidungen in absolutem Einvernehmen zu treffen.«

»Beruhigend zu wissen, Sir.« Sie setzte sich, um die Kufen von ihren Stiefeln zu schnallen, wobei ihr klar war, daß ihre erhitzten Wangen die Gelassenheit ihrer Worte Lügen straften. Das anzügliche Geplänkel hatte sie in eine eigentümliche Erregung versetzt. Der Gedanke an das, was er ihr beizubringen versprochen hatte, ließ sie vor Erwartung beben. Sie würde wieder diese Wonnen empfinden, diesmal aber nicht im Traum, sondern bei wachem Bewußtsein!

Er reichte ihr die Hand, um sie hochzuziehen. Als sie die Kraft in seinen Fingern spürte, sackten ihr die Knie weg, und sie sank an seine Brust.

Hilfreich schlang er seinen Arm um ihre Taille und drückte sie eine Sekunde lang an sich, so daß ihr sein männlich-herber Duft in die Nase stieg. Die Sinne drohten ihr zu schwinden. Unter Aufbietung ihrer ganzen Willenskraft stieß sie ihn von sich und stapfte ärgerlich zur Kutsche hinüber. Sie schämte sich für den absurden Schwächeanfall. Was war denn bloß in sie gefahren? Sie war doch kein unreifes kleines Mädchen, das wegen der Nähe eines Mannes in Ohnmacht fiel!

Flink sprang sie in die Kutsche, noch bevor Lord Rupert ihr helfen konnte. Sie zog ihren Umhang enger zusammen, setzte sich und starrte, um ihre Unsicherheit zu verbergen, auf das bunte Gewimmel auf dem Eis.

Rupert sagte nichts, doch als sie ihm aus dem Augenwinkel einen flüchtigen Blick zuwarf, las sie in seinem Gesicht, daß er ihren Schwächeanfall nicht nur bemerkt hatte, sondern sich offenbar köstlich darüber amüsierte. Scham und Verzweiflung befielen sie. Sie versuchte, wieder einen klaren Kopf zu bekommen, doch der Sturm der Gefühle, der in ihr tobte, wollte sich nicht legen. Wenn sie erst allein wären – würde sie über ihn herfallen und ihm gierig die Kleider vom Leib reißen?

Was für eine bizarre Vorstellung! Wie kam sie bloß auf solche Gedanken? Sie kuschelte sich in ihren Umhang und rückte bis an den äußersten Rand der Sitzbank. Diese Gefühle würden sie weniger irritieren, wenn sie wüßte, daß es ihrem Begleiter ähnlich erging. Doch das bezweifelte sie stark. Sicherlich entsprang diese Verwirrung ihrer Unerfahrenheit. Lord Rupert Warwick dagegen war viel zu souverän, viel zu gelassen, als daß eine Berührung, ein Duft, ihn derart aus dem Gleichgewicht bringen könnte wie sie.

»Wenn Sie noch einen Zentimeter weiter rutschen, fallen Sie aus dem Wagen«, bemerkte Rupert. »Mache ich mich so breit?«

»Nein, nein...«, stammelte sie hastig, »natürlich nicht. Ich... ich dachte nur, daß ich... vielleicht Ihrem Arm im Wege bin... Sie beim Kutschieren behindere... oder so.« Sie wurde feuerrot.

»Wie aufmerksam von Ihnen«, schmunzelte er. »Aber ich kann Ihnen versichern, daß kein Grund zu derlei Befürchtungen besteht.« Er nahm die Zügel in die rechte Hand, schlang Octavia den linken Arm um die Hüfte und zog sie an sich. Jetzt saßen sie so dicht beieinander, daß ihre Körper sich berührten. »So ist es doch schöner, oder?« fragte er.

»Aber alles andere als züchtig und anständig!« protestierte sie. Krampfhaft hielt sie sich aufrecht und versuchte, seinen Arm, der immer noch um ihre Taille lag, zu ignorieren.

Rupert lachte leise. »Da haben Sie vielleicht recht, aber Zucht und Anstand stehen doch heute nicht auf dem Programm, oder?«

Octavia verzog den Mund, verzichtete aber auf eine Antwort. Sie mußte jetzt irgendwie ihre Fassung wiedergewinnen. Vielleicht sollte sie das Thema wechseln, das würde sie auf andere Gedanken bringen. »Haben Sie sich eigentlich schon überlegt, wo wir wohnen werden, wenn wir unsere Farce abziehen?« wollte sie wissen.

»Ich hab' uns ein elegant möbliertes Haus in der Dover Street gemietet.«

Der Themenwechsel tat seine Wirkung. Octavia war so verblüfft, daß die wollüstigen Gedanken sich mit einem Schlag verflüchtigten. Sie fuhr so heftig herum, daß sie fast von der Kutschbank gefallen wäre und entzog sich seiner Umarmung. Fassungslos starrte sie ihn an. »Sie haben bereits…? Aber woher wußten Sie denn, daß ich auf Ihren Plan eingehen würde?«

Rupert zog seinen Arm zurück und faßte die Zügel wieder mit beiden Händen an. »Ach, wissen Sie, ich war einfach optimistisch.«

»Sie scheinen sich ja sehr viel auf sich einzubilden«, giftete sie ihn an.

»So?« Er grinste ihr offen ins Gesicht. »Steigen Sie von Ihrem hohen Roß herunter, Octavia. Ich hab' Ihnen schon einmal gesagt, daß wir aus dem gleichen Holz geschnitzt sind. Ich hab' mir vorgestellt, wie *ich* auf einen solchen Vorschlag reagieren würde, und dann war ich ziemlich sicher, mit welcher Wirkung ich bei *Ihnen* rechnen konnte.«

»Sie arroganter, unverschämter…« Sie brach abrupt ab und hüllte sich in wütendes Schweigen.

»Gehen Ihnen die Flüche aus?« Ungläubig zog er eine Braue hoch. »Hätte ich nicht gedacht!«

Octavia explodierte. »Das ist doch der blanke Wahnsinn! Ich verabscheue Sie! Ich hasse Sie! Mein Gott, warum mache ich diesen Irrsinn eigentlich mit?!«

»Ach, ich glaube, Sie wissen sehr wohl, warum«, entgegnete Rupert gelassen. Er gab den Pferden die Peitsche, als sie Westminster Bridge hinter sich ließen und in die ruhigeren Viertel südlich des Flusses einbogen. »Sie sind so versessen darauf, gewisse Dinge zu lernen, wie ich versessen darauf bin, sie Ihnen beizubringen, meine Liebe. Und Sie sind ebenso versessen auf Ihre persönliche Rache wie ich auf meine. Hören wir also mit den dummen Spielchen auf. Seien wir ehrlich… zumindest zueinander.«

»Dafür, daß Sie vorgeben, von adligem Geblüt zu sein, fehlt es Ihnen an etwas Grundsätzlichem: an Diskretion und Finesse«, stieß sie hervor.

»Ich bin nun einmal ein Freund des offenen Wortes«, antwortete er. »Ein einfacher Mann, der kein Blatt vor den Mund nimmt. Wenn meine Offenheit Sie verletzt, dann tut mir das leid, aber ich glaube nicht, daß ich eine Eigenschaft ablegen kann, die mein ganzes Leben bestimmt hat.«

»Welches Leben eigentlich?« begehrte sie auf. »Ich weiß überhaupt nichts aus Ihrem Leben!«

»Vielleicht erzähle ich es Ihnen eines Tages.«

Sie ließ nicht locker. »Sie kennen meine Geschichte, warum kann ich Ihre nicht erfahren?«

»Weil ich mich entschlossen habe, sie für mich zu behalten.«

Grimmig schüttelte sie den Kopf. »Wir werden unter demselben Dach leben. Wir werden diesen aberwitzigen Schwindel inszenieren. Und Sie erwarten, daß ich Ihnen vertraue, wenn ich nicht das geringste von Ihnen weiß… nicht die geringste Ahnung habe, was Sie überhaupt in Ihre Situation gebracht hat!« Octavia schnaubte wütend. »Ich kenne nicht einmal Ihren richtigen Namen! Lord Nick… Lord Rupert Warwick… das sind doch alles Phantasienamen, oder?«

»Ja.«

Seine schnörkellose Offenheit machte sie sprachlos. Dieser Kerl… er war einfach nicht aus der Reserve zu locken! Dieses ständige spöttische Lächeln, diese Aura von Überlegenheit, die er ausstrahlte! Sie spürte, daß sie gegen ihn nicht ankam. Er hatte sie unter seine Fittiche genommen wie ein unmündiges Kind. Wo waren ihr Selbstbewußtsein, ihre Unabhängigkeit geblieben? Für ihn war sie doch nur ein Werkzeug zur Durchführung seiner Pläne, eine Schachfigur, die er kreuz und quer über die Felder führen konnte, wie er es gerade für nötig hielt. Octavia verfiel in düsteres Schweigen.

Langsam dämmerte der Abend. In den Häusern, an denen sie

vorbeifuhren, wurden die ersten Lichter entzündet. Ihr Begleiter zeigte keinerlei Bedürfnis, das Schweigen zu brechen, das sich zwischen ihnen ausgebreitet hatte. Octavia wußte um ihre Ohnmacht, und das ließ sie vor Wut kochen. Sie müßte ihm sagen, daß sie die Situation falsch eingeschätzt hatte. Daß sie unter diesen Bedingungen nicht bereit war, sein Spiel mitzuspielen. Daß er auf der Stelle umkehren und sie wieder in die Stadt zurückbringen sollte.

Dies alles müßte sie herausschreien. Doch sie saß weiter schweigend an seiner Seite.

Sie hatten inzwischen das Dorf Putney erreicht, und als sie um eine Straßenecke bogen, tauchten vor ihr die vertrauten Lichter des ›Royal Oak‹ auf. Wieder erschienen prompt Ben und der schlaksige Junge, als sie vor dem Gasthof anhielten.

»Hey, so schnell wieder da, Nick? Haben dich noch gar nicht erwartet«, rief Ben, als der Straßenräuber von der Kutsche sprang. »Ah, hast die Miß wieder mitgebracht.«

»Jawohl, das hab' ich, Ben«, erwiderte Rupert freundlich und hob Octavia aus dem Wagen. »Wir haben einige wichtige Dinge miteinander zu besprechen, und da dachten wir, daß wir im ›Royal Oak‹ ungestört sind.«

»Ah ja! Die ›wichtigen Dinge‹, dann wissen wir ja, worum es geht.« Ben prustete los.

Octavia blieb im gelben Licht der Eingangsleuchte stehen. Sie verschränkte die Arme vor der Brust und schoß giftige Blicke auf den Wirt, der sie von einem Ohr zum anderen angrinste. »Ich bezweifle stark, daß Sie auch nur irgend etwas wissen, Ben«, stieß sie hervor. »Was ich hier tue, geht Sie einen feuchten Kehricht an, und ich wäre Ihnen sehr verbunden, wenn Sie sich um Ihre eigenen Angelegenheiten kümmern würden!« Damit machte sie auf dem Absatz kehrt und rauschte hinein. Wenn sich schon der Straßenräuber auf keinen Kampf mit ihr einließ, dann wollte sie wenigstens den Halunken in dieser Räuberhöhle zeigen, daß sie kein weiteres von Lord Nicks Spielzeugpüppchen war.

»Scharfe Zunge, nicht schlecht«, grinste Ben, offensichtlich ungerührt von Octavias Zurechtweisung. Rupert zuckte entschuldigend die Achseln und folgte Octavia in den Gasthof.

Bessie erschien in der Küchentür. Ihre Wangen waren gerötet, denn sie hatte gerade den Bratspieß mit der Rehkeule über dem Feuer gewendet. Sie würdigte Octavia keines Blicks und begrüßte Nick mit einem kurzen Kopfnicken. »Am besten setzt du dich erst mal an den Kamin im Gastzimmer, Nick, bis dein Zimmer warm ist. Tab hat gerade eben den Ofen geschürt. Haben dich erst viel später erwartet.«

»Macht nichts«, beruhigte sie Nick. »Bring mir erst mal einen Humpen Ale und Miß Morgan ein Glas Madeira.« Er schob Octavia in das überfüllte Gastzimmer.

Octavia schaute sich aus dem Augenwinkel um. Wie viele der Gäste hatten wohl ihren letzten Auftritt hier miterlebt? Unwillkürlich schaute sie zu dem großen Tisch in der Mitte des Raumes, und die Schamröte schoß ihr ins Gesicht.

Kaum hatte ihr Begleiter das Zimmer betreten, erhob sich allgemeines Hallo, und Rupert grüßte freundlich zurück. Sie wußte nicht, ob er ihre Verlegenheit wahrgenommen hatte, jedenfalls ließ er sich nichts anmerken, sondern führte sie galant zu einem gemütlichen Sessel neben dem Kamin. Warum behandelte er sie auf einmal mit so ausgesuchter Höflichkeit und Ehrerbietung? Das kannte sie gar nicht an ihm.

»Darf ich Ihnen Ihren Umhang abnehmen, Ma'am?« Er öffnete den Verschluß, ehe es sie selbst tun konnte und zog ihr das Cape von den Schultern. »Setzen Sie sich und wärmen Sie sich erst mal auf. Tab bringt Ihnen sofort ein Glas Madeira.«

Die Gespräche im Raum waren verstummt. Alle Blicke waren auf Octavia gerichtet. Die wandte sich demonstrativ ab und tat so, als würde sie ihre Hände am Feuer wärmen. Nach einer Weile fingen die Leute wieder an, sich zu unterhalten, und Octavia atmete hörbar auf, als sie fühlte, daß das allgemeine Interesse an ihr erlahmte.

Rupert reichte ihr das Glas Madeira, das Tab ihm gegeben hatte, und stellte sich dann wie zufällig zwischen Octavia und die anderen Gäste, so daß er wie ein Schutzschild gegen weitere aufdringliche Blicke wirkte. Diese mitfühlende Geste trug dazu bei, daß sich ihre Verlegenheit langsam verflüchtigte. Sie entspannte sich, lehnte sich gegen die Eichenholzlehne des Sessels, nippte an ihrem Wein und streckte die Füße zum Feuer.

»Hey ... ist Nick da?« Eine barsche Stimme unterbrach das gemütliche Gebrummel der Gespräche im Raum. Octavia blickte auf und beobachtete, wie Ruperts Körper sich augenblicklich spannte.

»Ach, Morris, du bist es«, rief er betont gelassen. »Hier bin ich. Was willst du?«

»Dreimal darfst du raten.«

Octavia starrte zur Tür hinüber. Dort stand eine große, furchteinflößende Gestalt in einem zerschlissenen schwarzen Umhang, unter dem der Arbeitskittel eines Tagelöhners herausschaute. Auf dem Kopf saß ein ausgefranster Stohhut, in der Hand hielt er eine selbstgeschnitzte Pfeife.

»Einen Humpen, von deinem besten, Bessie«, brüllte der Fremde und trat in den Raum. »Und setz ihn Lord Nick auf die Rechnung!«

Mit zielstrebigen Schritten durchquerte Rupert den Raum und ging auf ihn zu. Er deutete mit dem Kopf zur Tür. »Raus, Morris!«

»Draußen ist es kalt«, gab der Mann grimmig zurück und hob den Humpen hoch, den Bessie ihm über den Tresen zuschob. Er hing seine Nase in das Bier und schlürfte es in gierigen, geräuschvollen Zügen. Endlich tauchte er wieder auf mit einer Schaumkrone auf dem Schnurrbart, die er mit seinem zerrissenen Hemdsärmel abwischte. »Willst du wissen, was ich im ›Bell and Book‹ gehört hab'?« bellte er.

»Raus!« Ruperts Stimme klang wie ein Peitschenknall. Er warf Octavia einen Blick zu, die die Szene interessiert beobachtete. Dann verließ er das Gastzimmer. Morris leerte seinen Humpen, knallte ihn auf den Tresen und trottete ihm dann hinterher.

»Möcht' zum Teufel wissen, was Morris auf der Pfanne hat«, wandte sich Ben an seine Gäste. »Wenn Morris kommt, dann heißt das was. Nick sagt, er ist sein bester Informant... labert nicht lange rum. Kommt gleich zur Sache.«

Wovon redeten die bloß? Octavia drückte sich tiefer in ihren Sessel, froh, daß sie jetzt nicht mehr im Mittelpunkt der Aufmerksamkeit stand. Was waren das für Informationen, die Rupert sammelte?

Sie wurde aus ihren Gedanken gerissen, als Rupert wieder im Lokal erschien. Er wirkte besorgt. Seine Brauen waren leicht zusammengezogen.

»Tab hat mir gerade gesagt, daß es oben in meinem Zimmer inzwischen warm ist. Gehen wir hoch?«

Octavia sprang sofort auf. Vergessen war der geheimnisvolle Morris. Sie wollte diesen unangenehmen Ort so schnell wie möglich verlassen.

»Ich schick' dir in 'ner halben Stunde das Essen hoch, Nick«, meldete sich Bessie hinter dem Tresen. Noch immer ignorierte sie seine Begleiterin. »Es gibt drei Gerichte zur Wahl: Rehkeule mit Johannisbeermarmelade, Ochsenzunge oder gebratenes Neunauge. Welches willst du?«

»Am besten alle drei«, erwiderte Rupert. »Wir sterben beide vor Hunger.« Dann schob er Octavia vor sich her die Treppe hoch in sein Zimmer.

»Ist Bessie eigentlich immer so giftig, wenn Sie Besuch haben?« erkundigte sich Octavia, als sie die Tür hinter sich geschlossen hatten.

»Ob Sie's glauben oder nicht, Sie sind die erste Besucherin, die mich hier beehrt.« Er goß zwei Gläser Madeira ein.

Octavia feixte sarkastisch. »Wie schmeichelhaft.« Sie nahm ihr Glas. »So ein edler Räuber wie Sie wird doch normalerweise von Scharen schöner Mädchen verfolgt, die seinen Schutz suchen. Ein echter Macheath.«

Rupert warf ihr über den Rand seines Glases einen bekümmerten Blick zu. »Merken Sie, daß wir uns schon wieder in die Haare geraten? Noch vor kurzem waren wir ein Herz und eine Seele. Ich hab' mich so auf unseren gemeinsamen Abend gefreut. Aber jetzt stehen die Zeichen schon wieder auf Sturm. Was für eine Laus ist Ihnen denn diesmal über die Leber gelaufen?«

»Tun Sie doch nicht so, als ob Sie das nicht wüßten«, stieß sie ärgerlich hervor. Octavia ließ sich in den Sessel am Kamin fallen. »Sie erwarten einfach von mir, daß ich Ihnen wie ein braves Lämmchen hinterhertrotte, ohne daß Sie mir auch nur die kleinste Information geben und mich zumindest in die zentralen Punkte Ihres absurden Plans einweihen. Vielleicht paßt mir zum Beispiel auch Ihr Haus in der Dover Street nicht. Aber das ist Ihnen schnurzegal, was?«

Rupert fuhr sich mit der Hand durchs Haar. Er wirkte auf einmal irritiert. »Aber das ist doch völlig unwichtig, wie das Haus aussieht. Das ist doch nur eine vorübergehende Adresse. Es liegt in einem Nobelviertel, die Räume sind großzügig geschnitten und elegant möbliert. Auch Ihrem Vater wird es gefallen. Verglichen mit seiner jetzigen Behausung wird er sich wie in einem Schloß fühlen.«

Octavia merkte, daß ihm in diesem Punkt nicht beizukommen war. Sie mußte ein anderes Argument ins Feld führen. »Meinen Sie nicht, daß mein Vater ein Interesse daran hätte, bei der Hochzeit seiner einzigen Tochter den Brautvater zu spielen?«

»Ja, das ist ein Problem«, gab er zu. »Aber ich bin sicher, daß wir es lösen werden.«

Er betrachtete sie mit ernstem Blick. »Suchen Sie nicht nach Problemen, wo keine sind, Octavia. Entweder Sie vertrauen mir oder verlassen sich darauf, daß ich die Sache im Griff habe, oder wir blasen das ganze Unternehmen ab. Wenn Sie mit mir nicht zusammenarbeiten, ist es zum Scheitern verurteilt.«

Octavia starrte ins Feuer. Sie mußte ihm recht geben, wenn auch widerwillig. Er hatte den Plan entwickelt, und von daher lag es nahe, daß er auch die Regie führte. Es war mehr die Art, wie er sie führte, seine Selbstgefälligkeit, die sie in Rage versetzte.

»Überlegen Sie einmal.« Er kam zu ihr herüber und hob ihr Kinn zu sich hoch. »Wenn wir eine richtige Ehe eingehen würden, müßten Sie sich doch auch vor Gott und dem Gesetz verpflichten, sich der Autorität Ihres Gatten zu unterwerfen.«

Er zwinkerte ihr zu. Doch hinter dem Schalk in seinen Augen sprudelten dunkle Quellen, die ihren Blick magisch anzogen. Sie sah ihr Spiegelbild in seinen schwarzen Pupillen. Wie gerne würde sie sich in diese dunklen Quellen stürzen, sich ganz den wirbelnden Strudeln der Leidenschaft hingeben, die sie versprachen!

»Sie sind sehr schön, Octavia Morgan«, sagte er leise. Zärtlich fuhr er mit dem Daumen über ihre Lippen. »Ich weiß nicht, ob Sie überhaupt wissen, wie schön Sie sind.«

Ein Schauer lief Octavia über den Rücken. Sie gab sich ganz dem süßen Klang seiner Stimme hin. Seine Berührung ließ sie dahinschmelzen. Wie um ihn zu stoppen, umklammerte sie sein Handgelenk, fühlte seinen Puls kräftig und regelmäßig schlagen.

»Schließen wir Frieden, Octavia«, flüsterte er.

Sie nickte. »Ja. Frieden.«

Er lächelte und beugte sich über sie, um sie zu küssen. Ein Schwindeln erfaßte sie. Vage Bilder tauchten aus ihrer Erinnerung auf. Sie roch den betörend männlichen Duft seiner Haut, kostete die Süße seines Mundes, und ihre Nippel stellten sich hart und steil auf. Ihre Scham glühte. Noch fester umschloß sie sein Handgelenk, und instinktiv erhob sie sich von ihrem Sessel, um ihren Körper gegen seinen zu pressen.

In dem Augenblick klopfte es. Er ließ sie los und richtete sich auf. »Alles zu seiner Zeit«, raunte er ihr zu. Dann ging er gelassen zur Tür und ließ Tabitha herein.

Sie schenkte Octavia ein warmes Lächeln und knickste artig. »Ich komme den Tisch decken«, sagte sie.

Wenigstens ein Mensch in dieser lausigen Räuberhöhle behandelte sie mit ein wenig Respekt. Octavia erwiderte Tabithas Lächeln, lehnte sich zurück und versuchte, ihre Fassung wiederzugewinnen. Sie warf einen Blick auf die Uhr. Auf einmal fühlte sie sich wie ein kleines Mädchen, das die ganze Zeit unruhig auf seinem Stuhl hin und her rutscht und auf das versprochene Bonbon wartet. »Ist es jetzt nicht endlich soweit?« hätte sie am liebsten ständig gefragt.

Sie blieb sitzen, während Tab den Tisch deckte. Rupert lehnte lässig am Kamin und plauderte mit Ben und Bessie, die ebenfalls ins Zimmer gekommen waren.

»So.« Mit zufriedenem Nicken stellte Bessie das schwer beladene Tablett auf dem Tisch ab. »Ich mach' dann auch gleich den Kamin in deinem Schlafzimmer an, Nick. Nehm' doch an, daß es dich bald dorthin treibt.« Sie warf Octavia einen süffisanten Blick zu.

Nick reagierte nicht auf ihre spitze Bemerkung und legte nur ein wenig den Kopf schief. Dann verließen die drei den Raum.

»Kommen Sie, die Tafel ist bereitet, Miß Morgan«, flohlockte Rupert und bot ihr den Stuhl an. »Ich hoffe doch, daß Bessies Kochkünste die von Mistreß Forster bei weitem übertreffen.«

»Oh, Mistress Forster macht eine höchst delikate Nierenpastete«, sagte Octavia leichthin und setzte sich. Lächelnd schaute sie zu ihm auf.

Er strich ihr über den Kopf. »Wenn Sie nichts dagegen haben, würde ich gerne Ihr Haar lösen.«

Sie erschrak und griff sich an den schweren Zopf, der über ihren Rücken hing. »Jetzt gleich?« fragte sie ungläubig.

»Ja.« Er band die Schleife auf und fuhr dann mit den Fingern immer wieder durch ihr glänzendes rotbraunes Haar, bis es locker und geschmeidig über ihre Schulter fiel. »Ja, so ist es viel schöner.« Dann erst setzte er sich.

»Sonst noch irgendwelche Wünsche?« Sie bemühte sich, ihre Verlegenheit hinter einer ironischen Fassade zu verbergen. »Vielleicht soll ich mein Kleid aufknöpfen ... oder meine Strümpfe ausziehen ... oder ...«

»Alles zu seiner Zeit«, unterbrach er sie schmunzelnd und schenkte ihr ein Glas Wein ein. »Ich weiß auch noch gar nicht, ob ich Ihnen beim Ausziehen zuschauen oder die Sache nicht viel lieber selber in die Hand nehmen soll.«

»Also wirklich!« Seine Direktheit verschlug ihr die Sprache. Verwirrt nahm sie sich ein Stück gebratenen Fisch von der Platte.

»Und? Glauben Sie, daß es wieder schneien wird?« wechselte Lord Rupert höflich das Thema.

»Nein, das glaube ich nicht«, prustete sie los. »Darf ich Ihnen das gebratene Neunauge reichen, Sir?«

»Zu gütig, Ma'am.« Er grinste ihr zu und lud sich ein Stück auf. Dann kam er zur Sache. »Ich hatte als unseren Hochzeitstermin den kommenden Samstag anvisiert, wenn Sie an diesem Tag nichts Dringenderes vorhaben.«

Octavia verschluckte sich vor Schreck. »N ... nein, h ... habe ich nicht, Mylord«, stammelte sie.

»Dann könnten wir also noch am selben Abend als Ehepaar in die Dover Street einziehen.«

»Ja.« So bald schon! Da hatte sie ja nicht einmal Zeit, ihren Vater auf diese bedeutende Veränderung in ihrer beider Leben vorzubereiten. Aber das waren Detailfragen, um die es jetzt nicht ging. Sie mußte Mistress Forster kündigen und ihre Mietrückstände zahlen. Dann mußte sie ihre restlichen Sachen aus dem Pfandhaus einlösen. Aber auch das waren Detailfragen.

»Ich werde Ihnen genügend Geld geben, daß Sie all Ihre Schulden in Shoreditch bezahlen können«, bemerkte Lord Rupert und schnitt sich ein Stück von der Ochsenzunge ab.

Wie gelang es ihm nur immer wieder, ihre Gedanken zu lesen? Doch Octavia unterließ es, dieser Frage weiter nachzugehen, so wie sie auch all die anderen Bedenken, die ihr in der letzten halben Stunde gekommen waren, wieder beiseite geschoben hatte. Wie wollte er eigentlich ihr gemeinsames Leben finanzieren? Aber auch diese Frage ließ sie fallen. Rupert war der Kapitän an Bord, er würde schon verläßliche Seekarten haben. Sie hatte lediglich nach seinem Kommando das Steuer zu führen.

»Gehen Sie gern in die Oper?« fragte er plötzlich.

»O ja«, antwortete sie. »Nur Gluck, den kann ich nicht ausstehen.«

»Ja, seine Musik klingt ein bißchen schwerfällig«, stimmte er ihr zu, während er etwas von der Rehkeule nahm. »Aber man muß einfach in die Oper gehen, um gesehen zu werden. Wir werden eine Loge für die gesamte Spielzeit mieten.«

»Ja, das müssen wir unbedingt«, stieg sie auf sein Spiel ein. »Aber um ehrlich zu sein – am liebsten gehe ich ins Theater. Nie werde ich Garrick in der Rolle des Hamlet vergessen!«

»Sein Tod letztes Jahr war ein unwiederbringlicher Verlust für die englische Bühne«, erwiderte Rupert und legte ihr eine Scheibe Fleisch auf den Teller.

Das ganze Abendessen lang plauderten sie in diesem Ton. Zu Beginn hielt Octavia das Geplätscher für eines seiner verrückten Spielchen, bis sie begriff, daß er sie testen wollte, ob sie in der Konversation bei Hofe mithalten konnte.

»Und, hab' ich bestanden?« fragte sie augenzwinkernd, als Tabitha die Teller abgedeckt und den zweiten Gang aufgetragen hatte: eine Platte mit Käsekuchen und eine Schale Äpfel.

Rupert lächelte und schälte sich einen Apfel. »Bestanden? Was denn?«

»Das wissen Sie ganz genau.«

Er beugte sich vor, um ihr den geschälten Apfel auf den Teller zu legen. »Nun, ich dachte, daß Northumberland und Shoreditch nicht gerade Orte sind, an denen man höfische Etikette erlernt.«

»Oh, Northumberlands Gesellschaft hat durchaus ihre Finessen, Sir«, berichtigte sie ihn milde lächelnd und knabberte an einer Apfelscheibe.

»Und ich hätte mir eigentlich denken können, daß Sie bei Ihrem hellen Köpfchen eine gute Schülerin sind«, bemerkte er anerkennend. »Fühlen Sie sich sicher auf höfischem Parkett?«

»Absolut.« Sie nippte am Wein und schaute ihm offen in die Augen.

Er nickte zufrieden. Dann setzte er seinen Stuhl zurück. »Wollen wir die Tafel aufheben und zur wichtigsten Lektion dieses Abends fortschreiten, Miß Morgan?«

Sie spürte ein erwartungsvolles Kribbeln im Bauch. »Sehr wohl, Sir. Sie müssen mich schließlich in die Kunst der Verführung einweisen, damit ich Ihre Feinde aufs Kreuz legen kann.«

»Nein«, verbesserte er sie. »Damit Sie sich selbst die Lust verschaffen können, die Sie dem anderen geben.«

Er stand auf, ging zu ihr hinüber und zog sie mitsamt ihrem Stuhl von der Tischkante weg. Dann hob er sie an den Ellbogen hoch, so daß sie auf ihre Füße zu stehen kam und drehte sie zu sich um.

Ganz nah stand er jetzt vor ihr. Seine dunklen Augen brannten leidenschaftlich, sein Mund bebte. Sein ganzer Körper schien vor Spannung zu bersten.

»Ich begehre Sie, Octavia«, stieß er heiser hervor. »Nur Sie, um Ihrer selbst willen.«

Nervös fuhr sich Octavia mit der Zunge über die trockenen Lippen. Ihr war heiß, als hätte ein Fieberanfall sie gepackt. »Zeigen Sie mir alles«, flüsterte sie. »Und diesmal möcht' ich es ganz bewußt erleben.«

Ein Schatten huschte über sein Gesicht, ein leises Bedauern, das aber schnell wieder verschwand. »Kommen Sie.«

Er nahm sie an der Hand und führte sie hinaus, über den dunklen, zugigen Flur in sein Schlafzimmer.

Behutsam schloß er die Tür hinter sich und schob den massigen Riegel vor. Octavia stand verloren mitten im Raum, unsicher und scheu, schüchtern wie eine Jungfrau in der Hochzeitsnacht. Sie war keine Jungfrau mehr, aber dennoch war es das erste Mal für sie. Es fiel ihr so schwer, die Spannung zwischen ihnen, sein drängendes Begehren zu ertragen.

Er nahm ihre Hand in seine und rieb sie fürsorglich. »Ist Ihnen kalt?«

Hilflos zuckte sie die Achseln. »Kalt... heiß... beides... ich weiß nicht.« Plötzlich entzog sie ihm mit einer heftigen Bewegung die Hand. Sie mußte in die Offensive gehen. »Ich bin so verwirrt und verlegen«, stieß sie hervor, »weil ich einfach nicht weiß, was ich machen muß. Soll ich mich ausziehen?«

Er lächelte sie an. »Ja, das wäre schön.« Er lehnte sich an den Kaminsims und schaute ihr zu.

Octavia spürte seinen Blick auf sich, doch nie im Leben hätte sie es fertiggebracht, ihn jetzt anzusehen. Sie setzte sich auf die Bettkante und zog als erstes die Stiefel aus. Dann stand sie auf, öffnete mit nervösen Fingern die Haken ihres Kleides und ließ es über die Hüften zu Boden gleiten. Sie trug jetzt nur noch ihren Baumwollunterrock, Unterhemd und Wollstrümpfe. Korsetts, Mieder und gestärkte Unterröcke gehörten nicht zur täglichen Garderobe in Shoreditch. Sie stieg aus dem Unterrock, löste die Strumpfhalter, rollte ihre Wollstrümpfe die Beine hinunter und schleuderte sie dann mit zwei heftigen Fußbewegungen von sich. Einen Augenblick lang zögerte sie – dann riß sie sich mit grimmiger Entschlossenheit das Unterhemd über den Kopf und ließ es auf den Boden fallen.

Mit hängenden Armen wandte sie sich ihm zu. Nur mit Mühe konnte sie dem Impuls widerstehen, die Hände schützend vor Brüste und Scham zu halten. »So?« Sie hob das Kinn und schaute ihn mit einem eigentümlich herausfordernden, fast trotzigen Blick in die Augen.

»So«, echote er leise, stieß sich vom Kaminsims ab und kam

auf sie zu. »So, Miß Morgan.« Er legte ihr die Hände auf die Schultern und strich langsam an ihren Armen entlang bis zu den Handgelenken. Sie erschauerte, als hätten tausend kleine Flammen über ihre Haut gezüngelt.

»Möchten Sie, daß ich das gleiche für Sie tue, was Sie eben für mich getan haben?« fragte er lächelnd. Er hielt sie immer noch an den Händen. Seine Augen wanderten über ihren Körper, konnten sich nicht sattsehen an ihm. Und überall dort, wohin sein Blick fiel, brannten wieder die kleinen Flammen.

»Schon allein aus Paritätsgründen.« Sie versuchte, sich schnoddrig zu geben, doch in ihrem Innersten fühlte sie sich hilflos wie ein kleines Kind.

»Kommen Sie ans Feuer.« Er schob sie sanft zum Kamin hin, weg von den zugigen Fensterritzen. Sie spürte die Wärme in ihrem Rücken. Ihre Nippel stellten sich wieder auf. War es die Kälte? Das Gefühl ihrer Nacktheit? Oder das, was sich vor ihren Augen abspielte?

Rupert entledigte sich seiner Kleider auf eine eher sachliche Weise. Sie mußte an das letzte Mal denken, als er sich so ungeniert vor ihr ausgezogen hatte, als ob sie gar nicht da wäre. Aber dieses Mal tat er es eigens für sie!

Jedes seiner Kleidungsstücke legte er sorgfältig auf die Zedernholztruhe am Fußende des Bettes. Als er sich sein Hemd über den Kopf zog, wandte er sich von ihr ab, so daß sie das Spiel seiner Rückenmuskeln bewundern konnte. Fasziniert betrachtete sie den Schwung seiner Hüften und sein straffes Gesäß, das sich in den Reithosen aus feinstem Kalbsleder deutlich abzeichnete. Kraftvoll bewegten sich die Muskeln seiner Schenkel, als er sich bückte, um Stiefel und Strümpfe auszuziehen. Er löste seinen Gürtel. Dann zog er sich die Hosen und Unterhosen gleichzeitig über die Hüften und sprang, als sie zu Boden fielen, mit einer eleganten Bewegung aus ihnen heraus.

Octavias Augen tasteten über seine nackte Rückseite... wie sich der Rücken verjüngte, von den breiten Schultern über die schlanke Taille bis hin zu den schmalen Hüften. Sie sog das Bild seiner Männlichkeit in sich hinein, die muskulösen Hinterbacken, die starken Schenkel und Waden.

Sie hatte den Eindruck, daß er ihr absichtlich Zeit ließ, sich ausgiebig an seiner Hinteransicht zu erfreuen. Zum Beispiel den kleinen Leberfleck in seinem Kreuz zu bemerken, den schwarzen Haarflaum an der Wirbelsäule hinab zu verfolgen, der sich erst in der schmalen Gesäßfalte verlor. Octavia schlug das Herz bis zum Hals. Zarte Röte breitete sich auf ihren Wangen aus.

Und dann drehte er sich um. Entspannt stand er da, ein kleines Lächeln auf den Lippen. Sprachlos schaute sie ihn an. Ihr Blick glitt über die breite Brust, den flachen Bauch und blieb verschämt an seinem erregten Geschlecht hängen. Noch nie hatte sie so etwas gesehen. Doch ihr Körper erinnerte sich an die lustvolle Qual, die sie empfunden hatte, als dieser Schaft in sie eingedrungen war, sich in ihr bewegt hatte.

Instinktiv wollte sie einen Schritt auf ihn zugehen, doch er eilte ihr schon entgegen und schloß sie in die Arme. Behutsam zog er sie mit sich an das wärmende Feuer. Er umschlang sie so fest, daß ihre Brüste gegen seinen Körper gepreßt wurden und sie sein geschwollenes Glied an ihrem Bauch pulsieren fühlte. Sie hörte sein Herz schlagen und auch ihr eigenes. Es flatterte wie ein aufgeregtes Vögelchen, das zu einem abenteuerlichen, beängstigenden Flug ansetzt.

Er ließ seine Hand über ihren Rücken gleiten, streichelte die Rundung ihrer Hüften, nahm ihre prallen Gesäßbacken in beide Hände. Lächelnd hauchte er ihr einen Kuß auf den Mund, so leicht und zart wie ein Schmetterling. Ihre Lippen zitterten.

»Ich würde Sie gerne anschauen«, sagte er dann.

Mit einem unsicheren Lächeln legte sie ihm die Hände auf die Schultern. »Ich dachte, das hätten Sie schon, gerade eben«, wunderte sie sich.

»Schon, aber nicht so richtig. Ich hatte den Eindruck, daß Sie sich nicht wohl fühlen und wollte Sie durch meine Blicke nicht noch mehr in Verlegenheit bringen.«

»Na ja, ich muß zugeben, die Nummer gehört nicht zu meinem Standardrepertoire«, erwiderte sie betont forsch.

Lächelnd trat er einen Schritt von ihr zurück und hielt sie an den Händen, während er sie hingerissen von oben bis unten betrachtete. Seine Blicke brannten auf ihrer Haut, als ob er ihren Körper mit einem Brandzeichen markiert hätte. Dann ließ er sie los und legte seine Hände auf ihre Brüste. Zärtlich walkte er die vollen Rundungen, streifte dabei leicht mit den Fingerspitzen ihre Nippel.

»Das gefällt Ihnen, mmh?« stellte er fest. Er leckte seinen Zeigefinger feucht und fuhr damit die tiefe Spalte zwischen ihren Brüsten entlang. Octavia schauderte. Der ganze Raum verschwamm vor ihren Augen, als jede Faser ihres Körpers auf seine Berührung reagierte.

Sein Finger tauchte kurz in ihren Nabel, zog dann einen Pfad über ihren Bauch, schlüpfte zwischen ihre Schenkel. Sie atmete heftiger, als Rupert mit der hohlen Hand ihre Scham bedeckte. Seine Finger umspielten die empfindliche Knospe, bis sie auf einmal ihr eigenes Keuchen hörte, wie von fern, als hätte es nichts mit ihr zu tun. Eine Woge der Wollust wallte in ihr auf, schlug über ihr zusammen und trug sie weg. Die Wirklichkeit um sie versank. Sie wäre zu Boden gesunken, hätten seine starken Arme sie nicht aufgefangen.

»O Gott«, ächzte sie. Kraftlos hing sie in seinem Griff und starrte auf die Gegenstände im Raum, die langsam wieder Konturen annahmen. »Was war das?«

Rupert schmunzelte. »Sie sind offenbar äußerst empfindsam, mein Herz. Ich habe Sie nur ein bißchen gestreichelt.«

Sie schaute zu ihm auf und lächelte scheu. »Könnte ich Sie auch so streicheln, daß Sie so etwas empfinden?«

»O ja.«

Octavia drückte ihre noch immer wackligen Knie durch, bis

sie wieder sicher stand und schaute an seinem Körper herunter. Sein erregtes Glied schien nach ihrer Berührung zu lechzen. Behutsam nahm sie es in die Hand. Ihre Finger gingen auf Entdeckungsreise, streichelten die zarte Haut, spürten das Blut in den Adern pulsieren. »So?« fragte sie schüchtern.

»Ja, so.«

Jetzt wagte sie sich weiter vor, strich den Schaft entlang, spielte mit den prallen Kugeln. Als sie in sein Gesicht blickte, sah sie, daß er die Augen geschlossen hielt. Er hatte den Kopf in den Nacken geworfen. Sein halbgeöffneter Mund verriet Verzückung. Hatte er ihr nicht versprochen, sie zu lehren, wie sie eigene Lust empfinden, sie dem Partner aber auch schenken könnte? Oh, welchen Genuß bereitete es ihr jetzt, sein Verlangen zu befriedigen, seinen stoßweisen Atem zu hören, den leichten Schweiß auf seiner Haut zu spüren. Sie lehnte den Kopf an seine Brust, in ihrer Hand sein wollüstig zuckendes Glied.

»Hören Sie auf!« Seine Stimme war ein heiseres Keuchen. Fast unwillig schob er sie von sich fort. Dann hob er sie hoch und trug sie zum Bett.

Behutsam bettete er sie in die Kissen und legte sich zu ihr, stützte sich auf einen Ellbogen und begann, ihren Körper zu streicheln. »Sie sind so schön«, murmelte er gedankenverloren. »So üppig und doch so zart.«

Er beugte sich über sie und küßte die heftig pochende Schlagader an ihrem Hals. Dann umschlossen seine Lippen ihren Nippel. Seine Zunge umspielte die rosige Krone, saugte sich daran fest. Octavia stöhnte. In ihrem Unterleib zog und zuckte es, dann brach ein Sturm brennenden Begehrens in ihr los. Ungeduldig zog sie ihn über sich, krümmte und wand sich unter ihm. Alles an ihr sehnte sich nach seiner Berührung.

»Noch nicht«, keuchte er, »warten Sie!«

»Nein, nicht warten«, widersprach sie, »ich will es *jetzt*!« Sie drückte ihm ihr Becken entgegen, schlang die Beine um seine Hüften.

Er lachte, und in seinen Augen loderte die Glut der Leidenschaft. Und dann war er in ihr, und es war genau wie in ihrem Traum und doch wieder ganz anders. Diesmal hatte sie die Augen weit geöffnet, sah sein Gesicht, erhellt vom Schein des Kerzenlichts: Sie sah, wie seine markanten Züge weich wurden, je höher ihn die Wogen der Lust trugen, sah, wie er die Lippen zusammenpreßte, bemüht, seine Erregung unter Kontrolle zu halten, sah, wie sich seine kraftvollen Nackenmuskeln anspannten und die Adern an seinem Hals heraustraten. Ihre Hände glitten seine Arme hoch und befühlten bewundernd die harte Schwellung seiner Bizeps, die sein ganzes Gewicht trugen.

Als diesmal sich der Höhepunkt in ihrem Schoß ankündigte, fühlte sie die Begierde mit jeder Faser ihres Körpers, mit jedem Schlag ihres Herzens. Er beschleunigte sein Tempo, stieß heftiger und tiefer in sie, bis sie in einem Feuerwerk von Funken explodierte und sie ihre Schreie hörte, die er mit seinen hungrigen Lippen erstickte. Vage nahm sie wahr, daß er sich ihr entzog, aber noch immer lag er auf ihr, und noch einmal schlang sie in einer wilden Aufwallung ihre Beine um seine Hüften, als wollte sie ihn nie mehr loslassen.

Jetzt, da die Funken langsam verglühten, spürte sie erst die Matratze unter ihrem Rücken, schmeckte ihren Schweiß, der sich mit seinem vermischte, fühlte sein Gewicht, das sie niederdrückte, ihre Brüste quetschte. Wellen der Verzückung durchströmten sie, und ihre Glieder schmolzen dahin. Sie ließ die Arme zur Seite fallen, und alle Spannungen in ihren Schenkeln und ihrem Gesäß lösten sich. Tiefer sank sie in die Kissen, lauschte mit geschlossenen Augen dem Pochen ihres Herzens, das sich langsam beruhigte.

Rupert küßte ihre Lider, ihre Nasenspitze, ihre Mundwinkel. Dann rollte er sich mit einem Ächzen von ihr ab.

Sie streckte die Hand nach ihm aus und streichelte seinen Bauch. Nach einer Minute überwand sie sich und fragte: »Warum haben Sie sich so plötzlich aus mir zurückgezogen?«

»Weil Sie so ungeduldig waren, Liebste. Ich hatte keine Zeit mehr, mir ein Kondom überzustreifen.«

Natürlich! Eine Schwangerschaft zu diesem Zeitpunkt würde ja all ihre Pläne durchkreuzen!

Doch sie verscheuchte den Gedanken daran sofort wieder. Sie wollte jetzt die rauhe Wirklichkeit nicht in ihr kleines warmes Nest eindringen lassen, in dem sie sich so wohlig satt und träge räkelte. Als Rupert sie in den Arm nahm, kuschelte sie sich an seine Schulter und schlummerte selig ein.

8

Es war stockfinstere Nacht, als Rupert aus leichtem Schlummer erwachte. Geräuschlos schlüpfte er aus dem Bett, fast ohne die Decke zu lüften. In der spärlichen Glut der letzten Holzscheite im Kamin waren die Gegenstände im Zimmer nur schemenhaft wahrzunehmen. Er lauschte auf Octavias tiefe und regelmäßige Atemzüge und tastete sich vorsichtig zum Schrank.

In zehn Minuten war er angezogen. Er warf sich den schweren schwarzen Umhang über die Schultern, setzte den schwarzen Dreispitz auf, zog Handschuhe an und ging auf Zehenspitzen zur Tür. So leise wie möglich hob er den Riegel. Dann öffnete er sie gerade so weit, daß er durchkam und schloß sie hinter sich.

Das leise Klicken des Türriegels riß Octavia aus dem Schlaf. Augenblicklich war sie hellwach. Was ging hier vor? Was machte er?

Flink stand sie auf, warf sich gegen die empfindliche Kälte die Tagesdecke um und lief zur Tür. Dabei schlug sie sich in der Dunkelheit schmerzhaft einen Zeh an. Sie fluchte leise, öffnete die Tür und huschte auf den Korridor hinaus bis zum Treppenabsatz. Eine Kerze in der Wandnische verbreitete ein flackerndes, gespenstisches Licht.

Unten im Flur stand Rupert und unterhielt sich leise mit Ben, ohne daß sie jedoch ein Wort verstehen konnte. Dann gingen die beiden in die Küche.

Octavia sauste zurück ins Schlafzimmer, um aus dem Fenster zu schauen. Sie drückte sich die Nase an der Scheibe platt, um zu erkennen, was unten vor sich ging. Im Hof schimmerte eine Laterne, die ihr trübes Licht auf das holprige Pflaster warf. Es war eine stockfinstere Nacht. Schwarze Wolken zogen über den nächtlichen Himmel und verdunkelten Mond und Sterne. Jetzt tauchten die beiden Silhouetten auf, noch immer ins Gespräch vertieft. Ben, der die Laterne in der Hand hielt, ging schließlich zum Stall hinüber und ließ Rupert allein zurück.

Stirnrunzelnd starrte Octavia in den düsteren Hof hinunter. Sie konnte sich einfach keinen Reim aus dieser Szene machen. Dann tauchte Ben wieder auf. Er führte einen silberglänzenden Schimmel aus dem Stall, auf dem Arm trug er Sattel und Zaumzeug.

Octavia eilte zum Schrank. Hastig durchwühlte sie seinen Inhalt, fand schließlich eine alte Reithose und ein gefüttertes Hemd und stürzte damit zum Fenster zurück. Während sie das Geschehen unten im Hof fest im Auge behielt, zog sie sich die Hose an, krempelte die Hosenbeine bis zu den Knöcheln hoch, schlüpfte in das Hemd und stopfte es sich in die Hose. Jetzt brauchte sie nur noch einen Gürtel, fand schließlich den, den Rupert vorhin – es schien eine Ewigkeit her zu sein – abgelegt hatte. Sie schlang ihn um die Taille, doch er paßte natürlich nicht. Selbst auf dem letzten Loch war er noch zu locker. Sie zog ihn einfach so fest sie konnte zusammen und machte einen Knoten. So erfüllte er seinen Zweck, die Hose hielt, auch wenn es nicht eben sehr elegant aussah.

Unten im Hof hatte Ben inzwischen den silbernen Schimmel gesattelt. Er trat zurück und hielt die Laterne hoch, so daß Rupert sich in den Sattel schwingen konnte. Im Lichtschein konnte Octavia erkennen, daß in der Satteltasche zwei Pistolen steckten. Um den Sattelknopf war eine lange Peitsche gerollt.

Rupert beugte sich vom Pferd und schüttelte Ben kurz und kräftig die Hand. Dann tauchte er mit einem gewaltigen Satz in die Finsternis. Ben kehrte mit der Laterne in den Gasthof zurück.

Octavia wußte jetzt, was los war. Lord Nick war wieder einmal aufgebrochen, um die Straßen unsicher zu machen. Sie schnappte sich ihren Umhang und ihre Handschuhe und verließ auf Zehenspitzen das Zimmer. Draußen am Treppenabsatz machte sie halt und lauschte nach unten. Unter der Tür zum Gastzimmer entdeckte sie einen Lichtspalt.

Ben kam aus der Küche und ging ins Gastzimmer. Stimmengewirr scholl aus dem Raum und verstummte wieder, als er die Tür hinter sich schloß.

Octavia eilte die Treppe hinunter. In der dunklen Küche glommen die letzten Scheite im Kamin. Sie hob den Riegel der Hintertür hoch, schlüpfte hinaus in den Hof und flog wie ein Schatten zum Stall hinüber. Rupert war auf einem Pferd ausgeritten, das sie noch nie gesehen hatte. Demnach müßte Peter, der Rotschimmel, auf dessen Rücken sie bei ihrem ersten Ritt von London nach Putney gesessen hatte, noch hier sein.

Im Stall herrschte absolute Finsternis. Doch das Scharren von Hufen und Stroh und schnaubende Nüstern bewiesen, daß hier noch mehrere Pferde standen. Gleich neben der Tür hing eine Laterne am Haken, daneben Feuerstein und Zunder. Sie mußte das Risiko eingehen und Licht machen, wenn sie Peter finden wollte. So schlug sie mit zitternden Händen die Feuersteine gegeneinander, bis der Zunder brannte, und entzündete den ölgetränkten Docht der Laterne.

Die Tiere in ihren Boxen stampften nervös, als sie mit der Laterne in der Hand die Gänge abschritt. Octavia klopfte das Herz bis zum Hals. Wenn in diesem Augenblick Ben, oder noch schlimmer, irgendeine der furchterregenden Gestalten aus dem Gastzimmer hier hereinkäme? Sie wurde unter diesem Dach nur geduldet, stand unter dem persönlichen Schutz von Rupert, einem Schutz, der sich auf seine Räume beschränkte. Aber wenn sie dieses geschützte Territorium auf eigenes Risiko verließ, mußte sie auch mit den Konsequenzen rechnen.

Peter stand in der hintersten Box. An einem Nagel in der Wand hing sein Zaumzeug. Octavia streifte es ihm über den Kopf und führte ihn durch den langen Gang aus dem Stall hinaus. Das Klappern seiner Hufe klang in dem totenstillen Hof wie Donnerhall.

Ihr Herz schlug Octavia in den Ohren, und der Magen krampfte sich vor Angst zusammen. Doch es gelang ihr, wenn auch mit zitternden Knien, Peter bis zum Sattelplatz zu führen und sich auf seinen Rücken zu schwingen. Nun, als sie endlich auf dem Pferd saß, begann sich ihre Furcht zu legen. Selbst wenn in diesem Augenblick die gesamte Meute aus dem Gastzimmer über sie herfallen wollte – zu Fuß konnte keiner mit ihr mithalten.

Sie stubste Peter die Fersen in die Flanken und lenkte ihn aus dem Hoftor hinaus. Draußen auf der Straße atmete sie erleichtert auf – jetzt war sie endgültig in Sicherheit.

Octavia wußte, wo sie Rupert finden würde, und so ritt sie den Hügel hinauf in die Heide. Peter war ein gut dressiertes, zuverlässiges Pferd, was sie schon auf ihrem ersten Ritt von London nach Putney bemerkt hatte, und so nutzte er es nicht aus, daß seine Reiterin die Zügel mit leichterer Hand führte als er es von seinem Herrn gewohnt war.

Rittlings auf Peters breitem Rücken hatte sie auch ohne Sattel guten Halt. Tief duckte sie sich in seinen Nacken und spornte ihn zum Galopp an, als sie die Anhöhe erreicht hatten und sich die weite, schwarze Ebene von Putney Heath vor ihren Augen ausbreitete. Das dünne Band der Straße flog unter ihnen dahin, schlängelte sich durch die Dunkelheit. Zu beiden Seiten knarrten knorrige Bäume im böigen Wind, der heulend über das flache Land fegte. Drohend reckten sie ihre kahlen Äste in den finsteren Himmel.

Es war eine ungemütliche, unheimliche Gegend. Die Wolken waren so schwarz, als hätten sie alles Licht verschluckt. Nur die Straße ermöglichte eine vage Orientierung. Schneller und schneller jagte Octavia dahin. Dumpf trommelten Peters Hufe über das ginsterbewachsene Grasland.

Sie lauschte in die Dunkelheit, doch nur der pfeifende Wind war zu hören. Äste knackten, hin und wieder schrie ein Käuzchen. Octavia bremste das Tempo, und Peter gehorchte sofort. Sie wußte instinktiv – Lord Nick war nicht mehr weit. Irgendwo hier an der Straße würde er seinen ahnungslosen Opfern auflauern. In gemächlichem Trab ritt sie nun dahin. Peter schnaubte leise und hielt witternd die Nüstern in den Wind, als ob er die Gefahr riechen könnte, die dort aus der Finsternis drohte.

Plötzlich durchbrach ein markerschütternder Schrei die nächtliche Stille. Octavia stockte der Atem. Peter bäumte sich auf und bleckte schäumend die Zähne. Mit beiden Händen hielt sich Octavia an den Zügeln fest, krallte sich in die Mähne des Rotschimmels. Schweiß rann ihr von der Stirn, trotz der eisigen Kälte. Der Schrei steigerte sich zum Crescendo und brach dann abrupt ab. Octavia atmete auf. Es war der Todesschrei eines Kleintieres gewesen, das einem Fuchs oder einer Eule zum Opfer gefallen war.

Vorsichtig trieb sie Peter weiter, hielt sich auf dem dämpfenden Grasboden neben der Straße. Mitten aus der Dunkelheit tauchte vor ihr eine Gruppe silbriger Birken auf. Sie hielt darauf zu.

Octavia entging das eigenartige Etwas, das aus den Bäumen heraus durch die Luft auf sie zuschnellte. Ein leiser Knall, und die Peitsche ringelte sich blitzartig wie eine Schlange zweimal um ihren Körper. Sie verspürte keinen Schmerz, doch sie öffnete den Mund zu einem Angstschrei. Der blieb ihr jedoch in der Kehle stecken, als sie die barsche Stimme hörte: »Keinen Mucks, verdammt!«

Sie schluckte und rührte sich nicht vom Fleck. Ihre Arme

waren gefesselt, lediglich die Hände hatten ein wenig Spielraum. und so fuhr sie nervös durch Peters Mähne. Der behäbige Hengst wieherte freudig, als er den Schimmel erkannte, der aus dem Schatten der Birken auf ihn zutrabte.

Octavia wandte den Kopf. Der schwarze Reiter auf seinem silberweißen Pferd betrachtete sie schweigend. Seine Augen schauten wie graue Schlitze hinter der Larve aus schwarzer Seide hervor. Um seinen Hals hatte er sich locker einen schwarzen Seidenschal geknotet. Eine kurze Bewegung seines Handgelenks, und die Peitsche gab Octavia frei und schnalzte zurück. Mit einer einzigen Handbewegung hatte er sie gepackt, zusammengerollt und um den Sattelknopf gewickelt.

Plötzlich hob der Schimmel den Kopf und wieherte leise. Peter scharrte unruhig auf dem Gras. Lord Nick reckte den Hals und lauschte. Octavia erstarrte.

Jetzt vernahm auch sie es: das ferne Rumpeln eisenbeschlagener Räder, das hinter der Kurve langsam auf sie zukam.

»Ab hinter die Bäume!« Seine Stimme klang ruhig und konzentriert. Mit ausdruckslosen Augen blickte er sie an. Octavia verspürte nicht die geringste Lust zu widersprechen. Mit zwei Sätzen war sie mit Peter hinter den Birken verschwunden.

Lord Nick zog den Seidenschal bis über die Nase und machte sich bereit. Völlig bewegungslos standen Pferd und Reiter am Rande der Straße. Octavia spitzte die Ohren und spähte angestrengt in die Dunkelheit. Sie konnte nur die Umrisse des Straßenräubers erkennen. Das Rattern der Räder und das Hufgeklapper kamen näher. Die Kutsche fuhr mit beachtlicher Geschwindigkeit. Jetzt hörte sie auch lautes Peitschenknallen und die erregte Stimme des Kutschers, der die Pferde vor der Kurve zu immer schnellerer Fahrt antrieb.

Offenbar schien er zu wissen, daß er sich einem berüchtigten Hinterhalt näherte. Octavia sträubten sich die Nackenhaare, und ein ängstlicher Schauer lief ihr über den Rücken.

Jetzt kam die Kutsche um die Biegung. Der Kutscher stand

aufrecht auf seinem Bock und hieb wie wild auf die sechs Zugpferde ein, die so schnell sie konnten, über die holprige Straße galoppierten.

In majestätischer Ruhe trabte der Straßenräuber auf seinem Schimmel auf die Straße hinaus und stellte sich dem Gespann in den Weg. Er hob die Pistole und feuerte einen Schuß über die Köpfe der Reisenden hinweg. Die Pferde scheuten und versuchten auszubrechen. Die Gepäckstücke auf dem Dach der Kutsche kamen ins Rutschen und krachten gegen die Halterung. Der Kutscher fluchte unflätig, und aus dem Wageninnern ertönte ein schriller Schrei, gefolgt von aufgeregtem Stimmengewirr.

Lord Nick stand immer noch am selben Fleck und beobachtete gelassen, wie sich der Kutscher abmühte, die Pferde unter Kontrolle zu halten. Die beiden Postillione vorn auf den Sattelpferden versuchten, ihn dabei zu unterstützen, indem sie ihre Gäule hart an die Kandare nahmen. Sie schafften es schließlich mit Ach und Krach, die Equipage in einer gewaltigen Staubwolke zum Stehen zu bringen.

»Gentlemen, ich werde Sie nicht lange aufhalten«, rief Lord Nick in verbindlichem Ton. Trotz des Seidenschals über seinem Mund war er gut zu verstehen, doch es war nicht die Stimme, die Octavia kannte. Er sprach mit einem leichten, aber unüberhörbar ausländischen Akzent, dazu in deutlich höherer Stimmlage, einem eigenartigen Singsang. Octavia lauschte fasziniert und beobachtete gebannt die Szene.

»Würden Sie bitte Ihre Donnerbüchse abwerfen, Sir«, wandte sich Lord Nick höflich an den Kutscher. »Und die beiden Herrn bitte Ihre Pistolen.«

Der Kutscher fluchte, doch die drei Waffen fielen mit dumpfen Aufschlag auf den Boden.

»Danke.«

»Robert... Robert, so tun Sie doch etwas!« gellte eine schrille Frauenstimme aus dem Inneren der Kutsche. »Sie fauler Hund, sitzen da herum wie kalter Haferschleim. Wir sind in einen Hinterhalt geraten. Da draußen ist ein Räuber!«

»Ja, meine Liebe«, ertönte eine ängstliche Stimme, »ich weiß.«

»Dann tun Sie gefälligst etwas! Was ist los mit Ihnen? Sind Sie ein Mann oder ein Waschlappen? Sie müssen meine Ehre verteidigen!«

»Ich glaube nicht, daß Ihre Ehre in Gefahr ist, meine Liebe.« Man hörte einen dumpfen Schlag, ein resigniertes Stöhnen, und dann öffnete sich langsam die Kutschentür.

Ein dünner Mann mit Perücke stolperte aus dem Wagen und fummelte nervös an dem Degen herum, der an seinem Gürtel hing. Ängstlich schaute er zu dem Räuber auf, der hoch über ihm auf seinem silbernen Schimmel thronte.

»Sie... Sie schwarzer Hund, Sie! Sie werden eher am Galgen baumeln, als daß Sie von mir auch nur einen Penny bekommen!« näselte der Mann mit wenig Überzeugungskraft.

»Verehrtester, ich darf Ihnen versichern, daß ich nicht im geringsten an Ihrem Geld interessiert bin«, antwortete Lord Nick ruhig. »Aber ich darf Sie bitten, Sir, Ihren Degen in der Scheide zu lassen, das führt nur zu Unannehmlichkeiten!«

Der Mann starrte ihn verblüfft an. Seine Hand ruhte auf dem Griff der halbgezückten Waffe. »Sie wollen keinen Kampf wagen?«

»Nein, Sir«, erwiderte der Straßenräuber freundlich. »Nicht mit Ihnen. Und jetzt seien Sie so gut und stecken Sie das Ding wieder in die Scheide.«

»Nun, was ist, Robert? Was treiben Sie denn da draußen? Haben Sie ihn kaltgemacht?« Ein rosiges Gesicht erschien im Fenster der Kutsche. Auf dem Kopf der Dame schwankte gefährlich ein gepudertes Ungetüm. »Verdammt noch mal, Mann, wozu taugen Sie überhaupt?« zischte sie, als sie die Szene überblickte. »Er hätte mich schon längst ausrauben und schänden können. Los, machen Sie ihn nieder, sage ich! Auf der Stelle!«

»Ja, meine Liebe … es ist nur ein bißchen schwierig, verstehen Sie …« Hilflos beäugte der schmächtige Mann den Straßenräuber, immer noch die Hand an der Waffe. »Er sitzt auf einem Pferd …«

»Ja, meinen Sie, das sehe ich nicht, Sie Schwächling?« Krachend flog die Tür auf, und eine feiste Matrone ganz in rotem Samt wälzte sich aus der Kutsche. »Geben Sie mir den Degen!« Sie griff danach. »Dann muß ich mich eben selbst verteidigen, Sie Tölpel!«

»Verzeihen Sie, Ma'am, aber ich glaube nicht, daß Sie viel zu verteidigen haben!« schaltete sich Lord Nick wieder ein. Seine Stimme klang gelassen, wenn auch mit unüberhörbar amüsiertem Unterton. »Und jetzt steigen Sie bitte wieder ein.«

»Was erlauben Sie sich, in diesem Ton mit mir zu reden, Sie gemeiner Schurke!« Mit einiger Mühe gelang es der Lady, ihrem Ehemann den Degen zu entreißen, wobei sie ihm, als sie es schließlich mit einem letzten Ruck aus der Scheide zog, einen ungewollten Kinnhaken versetzte. Der unglückliche Gatte taumelte nach hinten, stolperte über einen Stein und ging schließlich mit einem leisen Seufzer zu Boden.

»Los, Sie Feigling!« keifte die Lady, an den Straßenräuber gewandt. »Greifen Sie eine wehrlose Frau an, na los schon!« Ächzend wuchtete sie ihre Körpermassen auf ihn zu, eine Bewegung, die an einen tanzenden Elefanten erinnerte. Sie fuchtelte mit der Klinge wild in der Luft herum, so daß Lord Nicks Pferd scheute.

Die lange Peitschenschnur sauste durch die Luft, schlang sich blitzschnell um den Griff. Noch ehe die Lady wußte, wie ihr geschah, war sie entwaffnet. Krachend fiel der Degen auf den Boden.

Lord Nick beugte sich aus dem Sattel und hob ihn auf. »Ich hoffe, ich habe Sie nicht verletzt, Madam. Wenn Sie sich nun bitte wieder in die Kutsche begeben wollen.« Ein Hauch von Sarkasmus schwang in seinen letzten Worten mit. Sprachlos starrte die Frau ihn mit offenem Munde an. Ihr eben noch rosiges Gesicht war jetzt aschfahl.

Ihr Ehemann rappelte sich wieder auf und schlug sich den Staub vom Mantel. »Kommen Sie. Tun wir, was er sagt.« Begütigend tätschelte er ihren Arm.

»Feigling!« zischte sie verächtlich und stieß seine Hand weg. Doch dann wurde sie vernünftig und rauschte mit einer heftigen Bewegung ihrer Röcke zurück in den Wagen.

»Sir?« Der Straßenräuber forderte den Mann mit einer Handbewegung auf, dem Beispiel seiner Gattin zu folgen. »Ich kann gut verstehen, daß Sie vielleicht noch ein bißchen frische Luft schnappen wollen, aber ich darf Sie jetzt doch bitten.«

Der Gentleman warf einen Blick zur Kutsche hinüber, dann trottete er mit einem resignierten Achselzucken seiner Angetrauten hinterher. Kaum war er verschwunden, stieg der Straßenräuber von seinem Schimmel, trat an die Kutsche, noch immer den Degen in der Hand, und schaute zum Fenster hinein. Der dünne Mann hatte sich in den äußersten Winkel verzogen und zitterte am ganzen Leib vor Angst. Seine Frau, nun plötzlich verstummt, saß auf der anderen Bank, ebenfalls in der äußersten Ecke, und nestelte nervös an ihren Handschuhen. Als das Gesicht des Räubers im Fenster erschien, zischte sie ihn an wie eine Giftschlange und fuchtelte mit ihren patschigen Händen abwehrend in der Luft herum. Zwischen den Fettwülsten an ihren Fingern glänzte ein massiver Smaragdring.

»Bevor ich Ihnen meinen Schmuck gebe, können Sie noch eher meinen Körper haben, Sie... Sie feiges Schwein!« stieß sie hervor.

»Zum Glück für uns beide bin ich weder an dem einen noch an dem anderen interessiert, Ma'am«, erwiderte Lord Nick süffisant.

»Sie... Sie... Sie schwarzer Hund!« keuchte sie. »So tun Sie doch endlich was, Robert!«

»Können Sie nicht ein einziges Mal Ihren Mund halten, Cornelia?« Der gequälte Robert wagte sich in die Offensive.

»Bravo, Sir!« applaudierte der Räuber, als die erboste Cornelia wie ein Truthahn kollerte. Er lehnte sich weiter ins Wageninnere hinein und wandte sich höflich an den Gentleman, der sich sofort wieder in seine Ecke verkroch.

»Würden Sie so liebenswürdig sein und mir die Ledertasche dort unter Ihrem Sitz reichen, Sir?«

Der kleine Mann fuhr hoch und starrte den Räuber wie vom Donner gerührt an. »Wie... wie...?«

»Egal, wie«, schmunzelte Lord Nick. »Sobald Sie sie mir gegeben haben, können Sie unverzüglich Ihre Reise fortsetzen. Ist ja wirklich eine äußerst ungemütliche Nacht. Ich verstehe nicht, wie Sie sich auf so ein Abenteuer einlassen konnten.«

»Hab' ja gleich gesagt, daß wir lieber im ›Bell and Books‹ übernachten sollten, Robert!« Cornelia hatte die Sprache wiedergefunden. »Aber Sie haben ja wieder mal nicht auf mich gehört!«

»Meine liebe Ma'am, wer hat denn bitte darauf bestanden, daß wir noch heute abend in die Stadt müßten?« empörte sich ihr Gemahl. »Ich hab' von Anfang an gesagt, daß es der reine Wahnsinn ist, bei Nacht und Nebel durch die Heide zu fahren!«

»Halten *Sie* gefälligst den Mund!« Cornelia schlug mit ihrem Handtäschchen nach ihm. »Ihr Gedächtnis ist wie ein Sieb, und jetzt haben Sie noch die Unverschämtheit, mit mir zu streiten...!«

Lord Nick nahm die Ledertasche, die ihm Robert, zitternd wie Espenlaub, reichte, und zog sich dann zurück, bevor der Ehestreit seinem nächsten Höhepunkt zutrieb.

»*Links!*« Octavias Schrei gellte durch die Nacht. Lord Nick fuhr herum, gerade rechtzeitig, um einen der Postillione dabei zu erwischen, wie er sich nach seiner Pistole auf der Straße bückte.

Lord Nick hechtete nach vorn. Der Degen blitzte in der Dunkelheit, und mit einem Aufschrei ließ der Reiter die Waffe fallen. Er taumelte gegen die Kutsche und hielt sich mit schmerzverzerrtem Gesicht die Hand.

»Idiot!« bellte der Straßenräuber und stieß alle drei Pistolen mit dem Fuß in das Gebüsch an der Straße. »Sie da!« Er winkte dem zweiten Postillion. »Verbinden Sie Ihrem Freund die Hand und passen Sie in Zukunft besser auf ihn auf!«

Lord Nick schwang sich wieder in den Sattel, während der Reiter zu seinem verletzten Kollegen hinüberschlich und ihm mit einem Taschentuch die blutende Hand verband. Der Räuber wartete, bis die beiden Postillione wieder auf ihren Pferden saßen und auch der Kutscher auf dem Bock. Dann machte er den Weg frei.

»Fahren Sie los, Kutscher!« der Mann ließ sich das nicht zweimal sagen. Schon knallte die Peitsche, und die Pferde setzten sich in Bewegung. Lord Nick zog seinen Hut und verbeugte sich höflich, als die Kutsche an ihm vorbeirollte. Cornelia warf ihm mit hochrotem Gesicht einen letzten, haßerfüllten Blick zu.

Als das Rattern der Räder in der Ferne verhallt war, trat Octavia aus den Birken. Sie schüttelte sich vor Lachen und wischte sich mit dem Handrücken die Tränen aus den Augen.

»Der arme Kerl!« prustete sie.

»Ja, es blutet einem das Herz«, pflichtete Rupert ihr mit einem trockenen Grinsen bei und zog den Seidenschal vom Gesicht. Er nahm auch seine Larve von den Augen und steckte sie in die Tasche des Umhangs. Doch dann wurde er ernst und schaute Octavia streng an.

»Hätten Sie die Güte, mir zu sagen, was Sie sich eigentlich dabei gedacht haben hierherzukommen?«

»Ach«, erklärte Octavia leichthin, »wenn ich ehrlich bin, muß ich sagen, daß ich mir überhaupt nichts gedacht habe.«

Er strich sich nachdenklich übers Kinn. »Das will ich wohl glauben. Denn wenn Sie Ihren Verstand auch nur einen Moment zu Hilfe genommen hätten, wäre Ihnen absolut klargewesen, daß es ein Wahnsinn ist, mitten in der Nacht als Frau hier draußen herumzuspazieren.«

»Nun ja«, gab sie selbstbewußt zurück, »das ist schon richtig.

Andererseits lägen Sie dann hier mit einer Kugel im Kopf, und das wäre doch höchst bedauerlich, finden Sie nicht?«

»Möglich. Ich werde diese Tatsache in Rechnung stellen. Aber ich kann Ihnen jetzt schon versprechen, daß sie bei der Abwägung des Für und Wider wenig zählen wird. Denn ich reagiere höchst empfindlich, wenn man sich in meine Angelegenheiten einmischt.«

Er wandte sein Pferd und machte sich auf den Heimritt. »Halten Sie sich dicht hinter mir. Dann kann sich Peter an Lucifers Schwanz orientieren.« Er stieß dem Tier die Fersen in die Flanken, und der Schimmel galoppierte los. Wie ein weißer Pfeil flog er durch die finstere Nacht.

Peter stürmte ihm hinterher. Octavia brauchte ihn nicht zu führen, so daß sie sich ganz darauf konzentrieren konnte, sich sicher auf dem breiten Rücken des Rotschimmels zu halten.

Hin und wieder lugte die schmale Mondsichel hinter den Wolken hervor, die der Wind über den dunklen Himmel jagte. Sie goß ihr bleiches, kaltes Licht über die schwarze Gestalt des Straßenräubers und ließ das silberglänzende Fell des Schimmels aufleuchten. Ringsherum knarrten Bäume und rauschten Büsche im Wind. Wie fliegende Schatten flogen sie an Octavia vorbei.

Sie hatte keine Ahnung, wo sie waren und wohin sie ritten. Lord Nick hatte die Straße schon lange verlassen und galoppierte über das freie Heideland. Ein wärmender Ofen, ein kuscheliges Bett, ein heißer Punsch – das, wonach sie sich jetzt sehnte, schien in weite Ferne gerückt. Wie spät mochte es sein? Sie konnte die Stunde nur ahnen – der Mond stand hoch am Himmel. Und dieser Mann, der dort vor ihr durch die finstere Nacht stob – wie lange war es her, daß sie in lustvoller Verzückung in seinen Armen gelegen hatte? Jetzt kam er ihr vor wie ein bedrohlicher Fremder, der sie durch eine einsame, gespenstische Landschaft führte. Sie hatte in einen teuflischen Pakt mit ihm eingewilligt, einen Pakt, in dem es um Betrug, Raub und

Verführung ging. Einen Pakt, der ihr jetzt, zu dieser nächtlichen Stunde, wahnwitziger denn je erschien.

Lucifer machte einen Schwenk nach rechts und stürmte einen kleinen Hügel hinunter, gefolgt von Peter. Unten stießen sie auf eine schmale, ausgefahrene Landstraße. Octavia seufzte erleichtert auf. Jetzt konnten menschliche Behausungen nicht mehr fern sein. Lucifer preschte in scharfem Galopp vorwärts, hinter ihm der brave Peter. Sie passierten ein stockdunkles, verschlafenes Dörfchen und erreichten schließlich eine winzige Steinhütte, die einsam und allein eine halbe Meile abseits der Straße stand. Im Fenster brannte ein trübes Licht.

Lucifer fiel in gemächlichen Schritt und trottete dann geradewegs in den langen, niedrigen Stall auf der Rückseite der Hütte. Peter folgte ihm. Es roch angenehm nach frischem Heu.

»Alles in Ordnung, Nick?« ertönte plötzlich Bens Stimme aus der Dunkelheit. Octavia fuhr zusammen. Wo um alles in der Welt waren sie?

»Oh, zum Teufel!« rief Ben mit unterdrückter Stimme, als er den zweiten Reiter erkannte. »Was macht die denn hier?«

»Gute Frage.« Rupert sprang aus dem Sattel. »Eine Frage, an deren Beantwortung ich ebenfalls äußerst interessiert bin.« Er nahm den Sattel ab. Seine weißen Zähne blitzten in der Dunkelheit auf. »Morris ist wirklich Gold wert«, grinste er.

»Fette Beute?« Ben nahm Lucifer am Halfter.

»Denke schon.« Er schulterte den Sattel und ging zu Peter hinüber. »Sie müssen Peter das Zaumzeug abnehmen und versorgen, Miß Morgan. Ben hat nur für ein Pferd Vorbereitungen getroffen. Drüben in der Ecke finden Sie Heu und eine Gabel. Bringen Sie ihn in die hinterste Box, reiben Sie ihn gut trocken und legen Sie ihm dann eine Decke über. Er darf sich nicht erkälten.« Mit diesen Worten wandte er sich ab und verließ pfeifend den Stall.

Octavia quittierte seine Anweisung mit einem Achselzucken. Wenn er meinte, daß sie noch nie ein Pferd gepflegt hätte, unterlag er einem schweren Irrtum. Sie schwang sich von Peter herunter. »Gibt es hier gar kein Licht, Ben?«

»Nein«, lautete die lapidare Antwort.

Der Herr schien wenig Lust zu verspüren, sich auf ein kameradschaftliches Gespräch einzulassen. Octavia sah sich im Stall um. Langsam gewöhnten sich ihre Augen an die Dunkelheit. »Komm, Peter«, sagte sie und führte das Pferd in die hinterste Box.

Peter trabte brav hinein und stubste sie mit der Nase an, damit sie ihm das Zaumzeug abnähme. Sie wuchtete ihm ein paar Gabeln Heu in die Futterkrippe und suchte dann nach einer Bürste, um ihn trockenzureiben.

»Gibt es hier einen Lappen oder einen Striegel, Ben?«

»Da drüben.«

Wo war bitte ›drüben‹? Sie schaute sich um und entdeckte schließlich ein Stück zerfetzter Decke an einem Haken. Sie rieb Peter damit ab, der bereits genüßlich an seinem Heu kaute. Er war ein großes Tier, und sie mußte sich auf die Zehenspitzen stellen, um mit der Hand auf seinen Rücken zu reichen. Als sie endlich fertig war, schmerzten ihre Arme, und trotz der Kälte perlte ihr der Schweiß auf der Stirn. Ben war mit Lucifer schon lange fertig und hatte bereits mit lautem Türenknall den Stall verlassen, nicht, ohne noch die kurze Anweisung zu knurren, beim Hinausgehen unbedingt den Riegel vor die Tür zu schieben. Nur mit letzter Mühe hatte sie es sich verkniffen, ihn mitsamt seinen schlauen Bemerkungen zum Teufel zu wünschen.

Zum Schluß fand sie auch noch eine Pferdedecke und warf sie dem Rotschimmel über, der sich mit einem leisen Wiehern bedankte und seine Schnauze zärtlich an ihrer Schulter rieb. »Wenigstens du bist lieb zu mir«, murmelte sie und kraulte ihm die Blesse. Dann gab sie sich einen Ruck und ging in die Hütte hinüber, gespannt, was sie dort erwarten würde.

Im einzigen Fenster flackerte eine Kerze. Sie stieß die Tür auf und trat in den fast quadratischen Raum. Am anderen Ende führte eine Holzstiege ins Dachgeschoß.

Rupert saß auf einem Holzstuhl vor einem prasselnden Feuer, die Füße auf dem Rand des Ofengitters, neben ihm Ben auf einem ebensolchen Stuhl. Beide Männer hielten Zinnkrüge in den Händen, denen ein köstlicher Duft entströmte. Ein Kupfertopf summte vielversprechend auf dem Ofeneinsatz.

Unschlüssig stand Octavia in der Tür.

»Kommen Sie rein und machen Sie die Tür zu. Es ist kalt draußen.«

Sie preßte die Lippen zusammen und stieß die Tür mit dem Absatz hinter sich ins Schloß. Eben noch war ihr bei der Stallarbeit der Schweiß heruntergerannt, doch jetzt klapperte sie vor Kälte mit den Zähnen. Die beiden Stühle, ein Tisch und zwei Schemel waren das einzige Mobiliar im Zimmer, und dennoch strahlte es mit der Ölfunzel auf dem Tisch und dem rotglühenden Feuer im Ofen eine heimelige Atmosphäre aus.

Mit resolutem Schritt ging sie zum Ofen und hielt die Hände ans wärmende Feuer. »Lord Nick und Lucifer«, bemerkte sie trocken. »Was für ein Gespann!«

»So?« Er zuckte die Achseln.

»Ein teuflisches Gespann, das das Schicksal herausfordert«, gab sie ironisch zurück. »Ein scharzer Räuber auf einem edlen Schimmel.«

»Ein bißchen Nervenkitzel braucht der Mensch hin und wieder«, versetzte Rupert, ohne den Blick vom Feuer zu wenden. »Sie sind doch selbst jemand, der die Gefahr sucht, Miß Morgan.«

»Überhaupt nicht. Ich riskiere nicht gerne Kopf und Kragen.«

»Ach! Und was glauben Sie, daß Sie heute nacht riskiert haben?«

»Nicht meinen Kopf.«

Er lehnte sich in seinen Stuhl zurück und rückte sich in eine bequemere Position. »Stimmt. Aber vielleicht Ihre Tugend?«

Ben kicherte in seinen Humpen hinein. Octavia warf ihm einen verächtlichen Blick zu. Dann wandte sie sich an Rupert. »Können wir dieses Gespräch nicht unter vier Augen führen, Sir?«

»Oh, ich wüßte nicht, warum«, ergriff Rupert für seinen Freund Partei. »Ben ist mein Partner. Wenn hier jemand überflüssig ist, dann Sie, Verehrteste.«

»Ben hat Sie heute abend nicht vor einer Kugel gerettet.«

»Stimmt«, knurrte er. Er schien ernsthaft darüber nachzudenken.

»Mann, Nick!« rief Ben in dem Moment voller Verblüffung. »Die hat ja Ihren Kleiderschrank geplündert! So was hab' ich auch noch nicht erlebt.« Er lachte glucksend und steckte seine Nase wieder in seinen Humpen.

»Himmel noch mal!« Jetzt erst bemerkte Rupert Octavias Verkleidung, die unter ihrem Umhang hervorlugte. »Haben Sie meine Hosen angezogen? Wenn ›anziehen‹ überhaupt der richtige Ausdruck dafür ist, was Sie damit angestellt haben.«

»In meinem Kleid hätte ich schlecht reiten können«, fuhr sie ihm in die Parade. »Ich hätte Sie ja vorher gefragt, wenn Sie sich nicht klammheimlich aus dem Staub gemacht hätten.«

»Ich habe mich nicht ›klammheimlich aus dem Staub gemacht‹, Gnädigste, ich bin meinen Geschäften nachgegangen!« verbesserte er sie ärgerlich. »Und verglichen damit, daß Sie sich einfach meine Kleider und mein Pferd unter den Nagel gerissen haben, erscheint mir mein Verhalten wenig vorwerfbar.«

Octavia wußte nicht, was sie darauf erwidern sollte, und so wechselte sie das Thema. »Sie wußten offenbar, daß diese Tasche in der Kutsche war. Und was ist da drin?«

»Pachtgelder«, klärte er sie bereitwillig auf. »Die Pachteinnahmen des Earl of Gifford. Er ist ein widerwärtiger Geizhals, dabei steinreich. Wirtschaftlich trifft ihn der Verlust nicht, aber die Wut über den Überfall wird ihm die eine oder andere schlaflose Nacht bereiten.«

»Und dieser Mann, der am Abend im ›Royal Oak‹ erschien... dieser Morris. Hat der Ihnen den Tip gegeben?«

»So ist es.« Rupert ginste zufrieden. »Er treibt sich viel in den Kneipen hier in der Heide herum, hat dabei stets Augen und Ohren offen. Und so ist ihm nicht entgangen, wie der Verwalter der Ländereien des Earl seinen Herrn bekniet hat, doch im ›Bell and Books‹ zu übernachten, anstatt mit der kostbaren Fracht mitten in der Nacht durch die Heide zu fahren. Aber Madam Cornelia bestand eben darauf, noch am selben Abend die Stadt zu erreichen.« Rupert zuckte die Achseln. »Was blieb dem armen Kerl übrig? Mit der Dame ist ja offensichtlich nicht gut Kirschen essen.«

Langsam verstand Octavia die Zusammenhänge. »Und warum haben Sie dieser gräßlichen Matrone und ihrem Kerl nicht noch mehr abgenommen?«

»Weil es nicht nötig war. Man darf nicht gierig werden. In der Tasche ist genügend Geld, um Sie in Samt und Seide zu kleiden, meine Liebe, inklusive Schuhe mit smaragdgrünen Absätzen und Diamantschnallen.«

»Häh? Was soll denn das?« Mit einem Ruck fuhr Ben aus seinem Rausch hoch. »Haben Sie sie... unter Ihre Fittiche genommen?«

»Nein, das hat er nicht!« blaffte Octavia ihn an. Ihre Augen schleuderten Blitze. »Wir sind Partner in einem gemeinsamen Unternehmen, nicht wahr, Mylord?«

Rupert lachte. »So ist es, meine liebe Octavia. Aber deshalb brauchen Sie nicht gleich in Rage zu geraten. Niemand will Ihnen etwas. Sie sind ein freier Mensch. Und eines möchte ich Ihnen ebenfalls verraten: Ben ist der beste Freund, den sich ein Mann wünschen kann, und bei unserem gemeinsamen Unternehmen werden Sie ihn so nötig brauchen wie ich. Denken Sie daran.«

»Dann wäre es vielleicht geraten, ihn über unser wahres Verhältnis aufzuklären«, entgegnete sie gepreßt. »Ich schulde Ihnen nichts.«

»Außer der Rückgabe einer Reithose und eines Hemds«, konterte er mit einem Schmunzeln. »Wollen Sie ein Glas Milchpunsch?«

Schon von den bloßen Gedanken an etwas Warmes wurde sie ganz schwach.

Rupert deutete zum Topf auf dem Ofen. »Bedienen Sie sich. Im Regal finden Sie einen Krug.«

Octavia ließ sich das nicht zweimal sagen. Wenn er ihr ihre Eigenmächtigkeit offenbar nicht sonderlich übelnahm, warum sollte sie dann groß weiter mit ihm herumstreiten? Sie fand einen Humpen und füllte ihn mit der cremigen, herrlich duftenden Flüssigkeit aus dem Topf. Dann angelte sie sich mit dem Fuß einen Hocker, setzte sich so nah wie möglich ans wärmende Feuer und nippte an ihrem Punsch. Schon nach dem ersten Schluck wurden ihr die Knie weich. Nach dem zweiten fing es an, sich in ihrem Kopf zu drehen.

Die beiden Männer neben ihr schlürften ebenfalls genüßlich an ihrem Trank. Langsam begannen die Umrisse der Gegenstände im Zimmer zu verschwimmen, und eine angenehme Schläfrigkeit kroch Octavia von den Zehenspitzen aus den Körper hinauf. Ihr war, als schmölzen Muskeln und Sehnen wie Butter dahin. Kraftlos ließ sie sich nach hinten sinken und fand zwei Beine, die sich wunderbar als Rückenlehne eigneten, zwei Knie, auf die sie ihren Kopf betten konnte. Eine Hand fuhr ihr zärtlich durchs Haar und kraulte ihren Nacken.

»Ganz schön aufregende Nacht für ein neugieriges kleines Mädchen, nicht wahr?« raunte der Straßenräuber liebevoll. Vage dachte Octavia, daß sie jetzt widersprechen müßte, aber sie fand weder Worte noch Kraft dazu. Und so murmelte sie nur leise und dämmerte dann wieder vor sich hin.

Irgendwann nahm sie im Halbschlaf wahr, daß sie über seiner Schulter hing und er sie die schmale Holzstiege hochtrug. Sie protestierte nur mit schwacher Stimme. Jetzt, da sie nicht mehr am Feuer saß, fror sie auf einmal schrecklich. Doch schon sank sie in ein weiches Federbett, wurde in warme Decken gehüllt. Starke Hände entkleideten sie unter der Decke, damit sie nicht der Kälte ausgesetzt würde.

Dann schlüpfte er zu ihr. Seine nackte Haut überzog eine Gänsehaut, doch sie kuschelte sich schlaftrunken an ihn und wärmte ihn in ihrer Umarmung. Sie drückte ihre Nase an seinen Rücken, und sein Duft begleitete sie in ihre Träume.

9

»Beeindruckende Frau, diese Lady Warwick.« Der Duke of Gosford trat hinter seinen Schwiegersohn. Er nahm eine gewaltige Prise Schnupftabak und schneuzte ausgiebig in sein riesiges Taschentuch. »Man kann nur hoffen, daß sie sich in diesem Aufzug nicht die Ablehnung des Komitees einhandelt. Ganz schön gewagt, so in der Öffentlichkeit aufzutreten.«

»›Almack's‹ ist nicht der Hof«, gab sein Schwiegersohn zurück, ohne sein Lorgnon vom Auge zu nehmen. Der Duke hatte richtig vermutet, daß es Lady Warwick war, die Philip Wyndham schon seit mehreren Minuten beobachtete. Am Arm ihres Gatten hatte sie soeben den Ballsaal des ›Almack's‹ betreten.

In den drei eleganten Salons dieses prominenten Treffpunkts drängte sich die Crème de la crème der Londoner Gesellschaft, die hier ausschließlich Zutritt hatte. Ein Komitee von vierzehn Ladys entschied darüber, wer als Mitglied aufgenommen wurde und wer nicht. Ihren strengen Kriterien konnten nur die wenigsten entsprechen, und so klopften drei Viertel des Londoner Adels vergeblich an die Tür dieses Clubs.

Unter den gepuderten, geschminkten und kunstvoll frisierten Gästen dieses Balls fiel Lady Warwick durch ihre entwaffnende Natürlichkeit auf. Sie trug keine Perücke, ihre Wangen zierte kein Rouge, und ihre Lippen waren ungeschminkt.

Instinktiv hielt Octavia einen Augenblick inne, als sie den Ballsaal betrat, und Rupert, der dies als Wink verstand, tat es ihr gleich. Ein Tuscheln lief durch die Menge, und aller Augen richteten sich auf das Paar in der Flügeltür des Saals.

Zu Beginn hatte es Rupert lediglich amüsiert, als Octavia es glattweg verweigerte, sich für ihr Debüt in der Londoner Gesellschaft in der bei Hofe üblichen Weise aufzudonnern. Er hatte sie nicht zu überreden versucht, denn er sah keine Probleme, die ihnen daraus erwachsen könnten. Doch dann, als sie heute abend die Treppe ihres Hauses in der Dover Street herunterkam, hatte er ihren Dickkopf gepriesen. Dieser makellose Teint, diese ausgefallene Haarfarbe, und alles reine Natur, nichts Künstliches! Die Männer würden ihr in Scharen hinterherlaufen, und die Frauen würden sie mit Haß und Neid verfolgen. Octavia brauchte sich keine Schönheitsflecken ins Gesicht zu malen, um von häßlichen Pockennarben abzulenken. Sie hatte es auch nicht nötig, Rouge aufzutragen, um ein bleiches, von ausschweifendem Lebenswandel gezeichnetes Gesicht aufzufrischen, um Pickel oder verklebte Schminkreste zu übertünchen.

Nur über der Stirn hatte sie das Haar hochfrisiert, an den Seiten fiel es in sanften Wellen frei auf die Schultern. Im Schein des Kerzenlichts leuchtete es in seiner ganzen natürlichen Schönheit und umrahmte das ebenmäßige Gesicht, dessen blasser, durchscheinender Teint die dunklen, rehbraunen Augen ganz besonders strahlend zur Geltung brachte. Ihr anmutiges Kleid aus weißem und rosa Musselin öffnete sich in der Mitte und gab den Blick auf ein apfelgrünes seidenes Unterkleid frei. Im gleichen Grünton schimmerten die seidenen Streifen entlang der Ärmel, deren Manschetten zarte Spitzenrüschen schmückten. Im Dekolleté hatte sie ein Spitzentuch drapiert, das vorgab, ihre Blöße züchtig zu bedecken, in Wahrheit aber die Aufmerksamkeit erst recht auf ihren schwellenden Busen lenkte.

So betonte das Kleid die madonnenhafte Unschuld ihres Gesichts wie die Reize ihrer mädchenhaften Figur. Indem sie mit diesem Aufzug so unverblümt gegen die Konvention verstieß, demonstrierte Octavia gleichzeitig trotziges Selbstbewußtsein und eigenständigen Charakter.

Rupert hatte schon geahnt, daß ihr die Männer im Handumdrehen zu Füßen liegen würden, doch selbst er hatte Octavias Wirkung unterschätzt. Es war der Prince of Wales höchstpersönlich, der seinen gewaltigen Schmerbauch augenblicklich quer über die Tanzfläche schob und mit verschwitztem, gerötetem Gesicht auf sie zutrat, ein lüsternes Leuchten in den Augen.

»Madam.« Er verbeugte sich tief. »Was für ein Anblick... ein wahrhaft ungewöhnlicher, erfrischender Anblick! Wenn Sie die Güte hätten, Warwick, mich Ihrer Gattin vorzustellen!«

Rupert tat, wie ihm geheißen, und der Prinz ergriff Octavias Hand. »Woher, aus welchem Winkel dieser Welt sind Sie zu uns gekommen, Verehrteste? Ach, wenn ich an all die Monate der Qual denke, die wir hier geschmachtet haben, ohne durch die Labsal Ihres Anblicks getröstet zu werden! Wie konnten Sie nur so grausam sein, sich vor uns zu verstecken? ... Und wie konnten Sie es nur zulassen, daß dieser elende Schurke dort Sie entführte, ehe irgendein anderer die Chance dazu hatte!« Er hob seinen dicklichen Zeigefinger und wedelte damit Rupert drohend vor der Nase herum. Dann brach er in schallendes Gelächter aus.

»Wirklich zu gütig, Sir.« Octavia knickste höflich und warf einen schüchternen Blick auf den Kreis der Männer, die sich um den Prinzen geschart hatten.

»O nein, nein!« erklärte Seine Hoheit. »Ich bin alles andere als gütig... ich rase vor Zorn. Diese abscheuliche Kreatur dort! Warwick, Sie sind ein Verbrecher! Uns dermaßen zuvorzukommen! Wo haben Sie dieses Kleinod nur entdeckt?«

Octavia war die Szene zuwider. Sie kam sich wie ein seltenes Insekt vor, das von enthusiastischen Forschern unter die Lupe genommen wird. Doch sie ließ sich nichts anmerken.

»Auf dem Lande, Sir«, beantwortete Rupert die Frage des

Prinzen. »In Northumberland, wo ich kürzlich auf Reisen war.«

»Northumberland!« Verblüfft heftete der Prinz seine Schweinsäuglein wieder auf Octavia. »Gott, ist ja unglaublich! Ziemlich weit im Norden, nicht wahr?« Er warf einen hilfesuchenden Blick über die Schulter.

»Ja, Sir«, beeilte sich einer der Höflinge, »ziemlich weit im Norden. Ziemlich weit von London entfernt.«

»Gott!« wiederholte der Prinz und musterte Octavia durch sein Lorgnon. »Wenn es solche Schönheiten da oben gibt, dann muß ich da ja unbedingt mal vorbeischauen, nicht wahr?« Beifallheischend schaute er um sich und lachte wieder schallend über seinen Kalauer. Dann streckte er die Hand aus. »Kommen Sie, Sie hinreißende Schönheit, lassen Sie uns ein Tänzchen wagen!«

»Aber dazu hat mir noch keine der Damen des Komitees die Erlaubnis erteilt«, gab Octavia zu bedenken und wedelte nervös mit dem Fächer. »Ich möchte nicht gegen den Anstand verstoßen.«

Dröhnend lachte der Prinz auf. »Als wenn Sie das nicht schon längst getan hätten, Ma'am! Dolly… Dolly, kommen Sie her und geben Sie dieser atemberaubenden Erscheinung die Erlaubnis, mit mir zu tanzen!« Ungeduldig winkte er eine Lady in einem lila Seidentaftkleid herbei, auf deren monströser Perücke eine Reihe winziger Pelztierchen aus eigenartigen Grasnestern hervorlugten.

Die Duchess of Deerwater nähere sich majestätisch, ein distinguiertes Lächeln auf den Lippen. Mit unübersehbarem Tadel im Blick musterte sie Octavia und knickste dann unmerklich. »Lady Warwick.«

Octavia erwiderte den Knicks, doch mit tiefer, ausladender Bewegung und rauschenden Röcken. »Ma'am.«

»Wenn Sie einen fähigen Friseur suchen, Lady Warwick, kann ich Ihnen die eine oder andere Adresse empfehlen.«

Wieder knickste Octavia. »Zu gütig, Ma'am.«

»Ich weiß, daß man auf dem Lande andere Sitten pflegt«, bemerkte die Herzogin steif und rümpfte unmißverständlich die Nase. »Aber wir sind nicht daran interessiert, daß diese Sitten hier in London Einzug halten.«

»Ach, ich denke doch, daß sich der Fortschritt nicht aufhalten läßt«, erwiderte Octavia zuckersüß, »und auch London wird die Vorzüge des modernen Lebens noch schätzen lernen.«

Die Herzogin erstarrte. Hatte sie richtig gehört? Besaß diese Debütantin tatsächlich die Unverfrorenheit, die Londoner Lebensart altmodisch zu nennen.

Rupert zog irritiert eine Braue hoch. Offenbar unterschätzte Octavia den Einfluß dieser Lady. Eben wollte er die Entrüstung, die sich in den Gesichtern der Umstehenden breitzumachen begann, durch eine beschwichtigende Bemerkung dämpfen, als der Prinz in röhrendes Gelächter ausbrach.

»Bravo, Lady Warwick! Wie recht Sie haben!« prustete er los. »Wir sind hier wirklich grauenhaft zurückgeblieben. All diese Konventionen, dieses Protokoll! Fürchterlich! So abgestanden, so altmodisch! Aber warten Sie nur, bis ich dran bin... dann wird sich hier einiges ändern, darauf können Sie sich verlassen!«

Welch ein Fauxpas! Betretenes Schweigen breitete sich aus. Die schockierende Bemerkung des Kronprinzen konnte nur so interpretiert werden, daß er den Tod seines Vaters geradezu herbeisehnte. Angesichts dieser groben Taktlosigkeit geriet Octavias Ausrutscher augenblicklich in Vergessenheit.

Um der Situation die Peinlichkeit zu nehmen, ergriff der Prinz Octavia schnell an der Hand und zog sie mit sich auf die Tanzfläche, wo man sich gerade zu einem Volkstanz aufstellte.

»Seine Hoheit ist eben noch ein halbes Kind... und läßt sich deshalb manchmal zu unbedachten Äußerungen hinreißen«, wandte sich Rupert mit einer entschuldigenden Verbeugung an die Herzogin. Sein Lächeln schien sie einzuladen, mit ihm gemeinsam das Wohlwollen des reifen Alters walten zu lassen. »So ist nun einmal die Jugend.«

»Ja, natürlich«, pflichtete ihm die Herzogin bei und betupfte sich mit einem parfümierten Taschentuch diskret die Oberlippe. Sie musterte Lord Rupert Warwick und schien durch seinen Anblick besänftigt. Seine Lordschaft war ganz in schwarze Seide gekleidet. Das Haar trug er auf konventionelle Weise gepudert und im Nacken zusammengebunden. Eine goldene Taschenuhr und eine Anstecknadel mit bläulich funkelndem Diamanten setzten reizvolle Akzente auf dem blendend weißen Rüschenhemd. Sein aufmerksamer, ein wenig devoter Gesichtsaudruck sollte ihr signalisieren, daß Lord Rupert die Entgleisungen seiner jungen Frau und des Prinzen wie sie mißbilligte, jedoch eher geneigt war, mit Milde darüber hinwegzusehen.

»Jugend braucht Führung durch die Älteren, Lord Warwick«, erwiderte sie mit leisem Tadel in der Stimme. Ihre Augen wanderten zu der Tanzfläche hinüber. »Ihrer Gattin würde ein wenig Puder gut anstehen, Sir.«

»Oh, das sehe ich aber ganz und gar nicht so«, ertönte auf einmal die Stimme Lord Wyndhams aus dem Kreis der Zuhörer, die sich um die Herzogin und Lord Warwick geschart hatten. »Ich denke, Lady Warwick wagt es lediglich, sich von der Masse abzuheben. Was meinen Sie, Warwick?«

Rupert verbeugte sich leicht in die Richtung seines Zwillingsbruders. Seine Augen blitzten amüsiert. »Eine durchaus zutreffende Bemerkung, Wyndham.«

Die vollen Lippen des Earl wurden zu einem schmalen Strich. Sein Blick kehrte auf die Tanzfläche zurück, auf der der Prinz gerade wieder eine seiner zweifelhaften Possen riß. Angewidert verzog der Earl den Mund, doch beim Anblick der Partnerin des Prinzen flackerte in seinen kalten grauen Augen lüsternes Begehren auf.

Wie war es nur möglich, daß Philip überhaupt nichts merkte? Rupert konnte es nicht fassen. Jedesmal, wenn ihre Blicke sich kreuzten oder sie gar miteinander sprachen, geriet er in Erregung, und sein Herz raste, denn augenblicklich tauchte wieder die Erinnerung an all die Demütigungen in ihm auf. An Philip jedoch war nicht die geringste Spur von Irritation zu erkennen. Er schien nicht einmal unbewußt wahrzunehmen, daß sein Gegenüber sein leiblicher Bruder war. Vielleicht, weil er von dessen Tod einfach so überzeugt war, daß er nicht im Traum daran dachte, er könnte ihm eines Tages wieder von Angesicht zu Angesicht begegnen.

»Sie haben Lady Warwick in Northumberland kennengelernt?« fragte Philip beiläufig und bot Rupert seinen Schnupftabak an. Der winkte mit einem höflichen Lächeln ab. »Danke, ich nehme keinen parfümierten Tabak. Ja, ich war zu Besuch bei alten Freunden dort oben, als man sie mir vorstellte.«

»Dann ist dies sicher ihr erster London-Aufenthalt.«

»Ja. Wir haben unsere Flitterwochen auf die Zeit nach dem Geburtstag verschoben.«

Der Geburtstag des Königs im Juni markierte das Ende der Londoner Saison. Philip nickte geistesabwesend und starrte auf die Tanzfläche. »Wobei Flitterwochen in London auf dem Höhepunkt der Saison doch sicher auch ihren Reiz haben«, murmelte er süffisant, verbeugte sich kurz und entfernte sich.

Am Rande des Tanzgeschehens saßen in kleinen Gruppen die Gesellschaftsdamen, nippten an ihrem Glühwein und tauschten den neuesten Klatsch aus, unter ihnen die Countess of Wyndham, flankiert von zwei wuchtigen Matronen. Ein ängstliches Lächeln stahl sich auf ihre Lippen, als sie aufschaute und ihren Mann auf sich zukommen sah. Nervös zupfte sie sich ein paar Locken zurecht und glättete die Spitzenborte ihres Dekolletés in der bangen Erwartung, von ihm wieder einmal in aller Öffentlichkeit eine vernichtende Kritik ob ihres Äußeren einstecken zu müssen. Doch wider Erwarten schaute er durch sie hindurch, als wäre sie irgendein Wurm, den zu zertreten er nur im Augenblick keine Lust hatte. Achtlos ging er an ihr vorbei, ohne sie auch nur eines Blickes zu würdigen. Sie sank in sich zusammen und fühlte sich noch kleiner, als wenn er seinen üblichen Zorn über sie ausgeschüttet hätte.

Der Name Lady Warwicks war in aller Munde. Sie blieb den ganzen Abend Gesprächsthema Nummer eins. Der Prince of Wales wich nicht von ihrer Seite, und Rupert beobachtete aus einiger Entfernung, wie sie mehr und mehr zum Mittelpunkt der Clique verwöhnter Herrensöhnchen wurde, die im Kielwasser des Prinzen segelten.

Octavia wußte wie Rupert, daß, solange sie der Liebling des Prinzen blieb, die Londoner Gesellschaft sich zwar das Maul über sie zerreißen, sie aber nicht in Acht und Bann schlagen konnte. Damit ihr gemeinsamer Plan funktionierte, mußte sie sich der Gruppe junger Heißsporne um den Prinzen anschließen, zu deren Selbstverständnis es gehörte, viel zu trinken, hoch zu wetten und auf alle Konventionen zu pfeifen. Octavias Charme und Esprit verfingen auf Anhieb, und so hatte sie bis zum Ende des Abends bereits ein Dutzend zweideutiger Einladungen und vier unmißverständliche Angebote ablehnen müssen, von denen eines vom Prinzen höchstpersönlich kam.

»Aber ich bitte Sie, Sir, ich bin eine verheiratete Frau!« protestierte sie, als der Prinz ihre Hand zwischen seine heißen Patschhändchen preßte und sich tief vor ihr verbeugte. Der Prinz wieherte los und schien Octavias Einwand als pure Spitzfindigkeit zu betrachten. »Verehrteste! Ich hätte Ihnen niemals diesen Antrag gemacht, wenn sie unverheiratet wären, um Gottes willen! Ledige Mädchen – das gibt nur Ärger. Und Sie wollen mir doch nicht erzählen, daß Lord Rupert so ein Spielverderber ist, den eifersüchtigen Ehemann zu markieren?«

»Nun, Sir, er ist schließlich noch nicht allzulange Ehemann, so daß ich ihm diese Gefühle nicht verdenken würde«, gab sie spröde zurück. »Meinen Sie nicht, daß es für einen Seitensprung noch ein bißchen zu früh ist? Vor zwei Wochen erst standen wir vor dem Traualtar.«

Der Prinz lachte und tätschelte ihr die Wange. »Eine Frau mit

Grundsätzen, das gefällt mir! Tja, meine Liebe, dann warten wir einmal ab, wie lange es dauert, bis Ihr teurer Gatte beginnt, in Nachbars Garten zu spazieren. Und wenn es soweit ist«, fügte er mit vertraulichem Flüstern hinzu, »dann bin ich sicher, daß Sie die Angelegenheit mit ganz anderen Augen betrachten werden!«

»Vielleicht, Sir.«

Wo zum Teufel steckte Rupert bloß? Es war zwei Uhr früh. Suchend ließ Octavia ihren Blick durch den Saal schweifen. Nur noch wenige Gäste saßen an den Tischen, um an Austernpasteten zu knabbern oder Champagner zu trinken.

Dann entdeckte sie ihn. Er stand in einer Fensternische, in ein offenbar äußerst interessantes Gespräch mit einer auffällig geschminkten Dame in dunkelrotem Taftkleid vertieft. Glitzernd funkelten die Diamanten an ihrem Hals. Zwei herzförmige Schönheitsflecken schmückten ihren schwellenden Busen, und als sie den Arm bewegte, um sich ein Stück Buttertoast vom Tisch zu angeln, schob sich eine Brustwarze aus dem Dekolleté. Sie machte keinerlei Anstalten, sie wieder züchtig zu bedecken, und so sprang Rupert ein, der die empfindliche Knospe betont langsam wieder an ihren Platz rückte.

Die Lady lachte hell auf und schlug mit dem Fächer spielerisch nach Ruperts Hand. Der grinste anzüglich und lehnte sich lässig an die Wand zurück. Gedankenverloren drehte er den Stiel seines Champagnerglases zwischen den Fingern.

»Da, sehen Sie!« raunte der Prinz, der Octavias Blick gefolgt war. »Ihr guter Gatte hat es offenbar recht eilig. Warwick war schon immer ein Schürzenjäger, glauben Sie mir, meine Liebe. Oder haben Sie angenommen, daß ein Treueschwur vor dem Altar den Charakter eines Mannes ändert?«

Octavia lächelte schwach und zuckte in gespielter Gleichgültigkeit die Achseln.

Der Prinz lachte leise und schlang den Arm um ihre nackten Schultern. Seine Finger spielten mit ihrem Halstuch. »Was für ein unschuldiges kleines Ding«, murmelte er ihr ins Ohr. »Sie hätten doch sicher auch das eine oder andere zu enthüllen, was einen verschämten Blick wert wäre, oder nicht, Lady Warwick? So wie gerade eben Lady Drayton...?«

»Lady Drayton hat mehr zu bieten, Sir.«

»Och? Das meinen Sie doch nicht im Ernst!« Verblüfft kniff er die Augen zusammen. »Das bißchen mehr Oberweite.« Er tätschelte Octavias Busen.

»Sir, Sie mißverstehen mich. Ich meine –mehr zu bieten an Jahren!« Mit einem süffisanten Grienen entzog sich Octavia den königlichen Fingerspielen.

»Ja, so was Boshaftes!« Der Prinz lachte schallend. »So ein junges Kätzchen, und schon solche Krallen! Aber ich sage Ihnen eines, Ma'am.« Drohend hob er den Zeigefinger. »Lassen Sie das nie Lady Drayton zu Ohren kommen! Die kratzt Ihnen die Augen aus!«

»Verstanden, Sir. Ich schlottere vor Angst.« Sie zwang sich zu einem Lächeln. Warum gelang es ihr bloß nicht, das leise Zittern in ihrer Stimme zu unterdrücken? Sie wußte, daß Rupert Margaret Drayton nichts bedeutete. Er spielte lediglich seine Rolle in ihrem gemeinsamen Komplott, so wie sie die ihre spielte. Und dennoch schien er es genossen zu haben, der Lady an den Busen zu greifen. Aber warum auch nicht? Was ging sie das an? Trotzdem zerriß es sie innerlich. Warum bloß?

Wieder glitt ihr Blick zu ihm hinüber, und in dem Augenblick beugte sich Rupert zu Lady Drayton, um ihr etwas ins Ohr zu flüstern. Schrill lachte sie auf, daß man es im ganzen Saal hörte.

»Die beiden scheinen sich zu amüsieren.« Die Stimme hinter ihr sprach aus, was Octavia selbst dachte. Philip Wyndham hatte wie sie das Spiel auf der anderen Seite des Saales beobachtet. Ein Lächeln lag auf seinen Lippen. Doch es war ein Lächeln, das Octavia das Blut in den Adern gefrieren ließ.

Sie schaute in seine Augen und erschrak, als sie den Abgrund entdeckte, der sich hinter der schönen Larve auftat. Es war, als lauerte hinter der edlen, hohen Stirn, den klaren, grauen Augen und den ebenmäßigen Zügen die schiere Gemeinheit.

»Ja«, erwiderte sie kühl und spannte ihren Fächer auf. »Sie amüsieren sich. So wie alle hier in diesem Saal. Ich muß wirklich sagen, Sir, daß ich seit meiner Ankunft in London noch keinen amüsanteren Abend als den heutigen erlebt habe.«

»O ja, ›Almack's‹ ist die allererste Adresse in der Stadt, Ma'am!« lobte Philip mit ironischem Überschwang, um zu demonstrieren, daß seine Ansprüche auch von der Nummer eins der Londoner Clubs nicht zu befriedigen waren. »Zum Abonnementpreis von nur zehn Guineen jede Woche einen rauschenden Ball wie diesen hier, und das die ganze Saison lang ... und von dem köstlichen, atemberaubenden Bankett gar nicht erst zu reden!« Die Gruppe der Höflinge um ihn herum quittierten seinen Sarkasmus mit dem erwarteten Gelächter.

Octavia lächelte bescheiden. »Nun, Sir. Ich komme vom Land, und so ist mein Geschmack womöglich nicht so verfeinert wie der Ihre.«

»Aber das wird sich bald ändern, Ma'am, glauben Sie mir!« rief ein junger Mann mit anzüglichem Grinsen. »Ich hoffe doch, daß wir auf Sie rechnen können, Lady Warwick. Dover Street, nicht wahr?«

»Oh, es ist mir eine Ehre«, erwiderte sie. Dann knickste sie höflich zum Prinzen, um sich zu verabschieden. »Wenn Sie mich jetzt entschuldigen, Sir. Es ist spät geworden, und ich sollte jetzt wohl wieder an die Seite meines Mannes zurückkehren.«

»Erlauben Sie mir, daß ich Sie begleite.« Philip Wyndham hielt ihr den Arm hin.

»Danke, Mylord.« Sie legte ihre Hand auf seinen Brokatärmel und rauschte an seiner Seite von dannen.

»Mein Kompliment, Ma'am«, raunte der Earl of Wyndham ihr ins Ohr, während sie durch den Saal schritten. »Sie scheinen die Gunst Seiner Hoheit im Sturm erobert zu haben.«

»Ein eher zweifelhaftes Kompliment.« Sie lächelte süffisant.

»Seine Hoheit scheint in ihrem Geschmack nicht sehr wählerisch zu sein.«

Ein überraschter Ausdruck huschte über das Gesicht ihres Begleiters, und in seinen schiefergrauen Augen stand auf einmal aufrichtiger Respekt. Er lächelte, und dieses Mal war es ein warmes Lächeln voll ehrlichen Interesses für sie, das ihr signalisierte, daß er ihre Einschätzung des Prinzen teilte. Sie lächelte zurück, und es kostete sie Mühe, sich daran zu erinnern, daß es Ruperts Feind war, der vor ihr stand.

»Wie schön, Ma'am, daß Sie sich von seinen Schmeicheleien nicht haben einwickeln lassen«, bemerkte der Earl voller Bewunderung. »Der Prinz ist ein Idiot, aber er kann einem nützlich sein, wenn man ihn zu handhaben weiß.«

»Das dachte ich mir, Sir.«

Das Lächeln des Earl verschwand schlagartig, als sie die Fensternische erreichten, in der Rupert und Lady Drayton immer noch in ein angeregtes Gespräch vertieft waren.

»Ach, Sir, Sie haben aber ein freches Mundwerk!« rief sie gerade in gespielter Empörung und wandte sich den Neuankömmlingen zu. Ihre Augen strahlten, und ihre Wangen glühten. »Lord Wyndham!« rief sie überrascht. »Ich wußte gar nicht, daß Sie heute abend da sind! Lord Rupert hat mich so glänzend unterhalten, daß ich nicht eine Sekunde Zeit fand, mich im Saal umzuschauen.«

Philip verbeugte sich. »Dann wird ja unter Ihren zahllosen Verehrern Heulen und Zähneknirschen herrschen, Madam!« Er verstand es, in seinem Ton zum Ausdruck zu bringen, daß er selbst sich nicht zu dieser Schar zählte, und prompt flammten Lady Draytons porzellanblaue Augen zornig auf.

»Ich glaube, ich habe Ihnen noch nicht meine Frau vorgestellt, Ma'am«, schaltete sich Rupert ins Gespräch ein. »Octavia, ich darf Sie mit Lady Drayton bekanntmachen.«

»Eine alte Bekannte von Ihnen, Sir?« erkundigte sich Octavia lächelnd, während sie höflich vor der Lady knickste.

»O nein, im Gegenteil, eine brandneue«, verbesserte sie Rupert.

»Ach? Und ich hatte den Eindruck, daß Sie sich schon seit frühester Kindheit kennen«, gab Octavia spitz zurück. »Deshalb habe ich auch gehofft, daß Lady Drayton vielleicht die Güte hätte, mir zu zeigen, wie man sich in dieser Gesellschaft zu bewegen hat. Sie haben doch viel mehr Erfahrung als ich.«

Rupert hatte Mühe, ein Grinsen zu unterdrücken, als er den feindseligen Blick bemerkte, mit dem Lady Drayton ihr Gegenüber musterte, das sie mit entwaffnender Unschuld aus ungeschminkten Augen anlächelte.

»Ach, wissen Sie, Lady Warwick, ich denke, Ihr Gatte besitzt seinerseits genügend Erfahrung, um mich von diesem Liebesdienst zu entbinden«, erwiderte Margaret kühl. »Es wundert mich in der Tat, daß er es offenbar unterlassen hat, Sie über die Londoner Mode aufzuklären. Seine Frau in einem derartigen Aufzug debütieren zu lassen... das grenzt ja an seelische Grausamkeit.« Sie schürzte die Lippen und warf Rupert mit heftigem Wimperngeklimper einen empörten Blick zu.

»Oh, Sie sind ungerecht, Ma'am«, murmelte Rupert. »Ich denke, man lernt doch am besten aus den Fehlern, die man macht. Oder was meinen Sie, Wyndham?«

Die Frage kam unerwartet und in unverhoffter Schärfe. Octavia war gespannt, was der Earl antworten würde. Sie ärgerte sich über Rupert, hatte sie doch erwartet, daß er sie gegen den Angriff Lady Draytons in Schutz nehmen würde. Statt dessen hatte er sich mit ihr verbündet und war ihr in den Rücken gefallen.

»Ich denke, Lady Warwick weiß am besten, was ihr steht«, kam Philip ihr zu Hilfe. »Es ist so erfrischend, eine Frau mit Persönlichkeit zu erleben. Bei Hofe wimmelt es doch nur so von gesichtslosen Durchschnittstypen.« Mit eisigen Augen schaute er Lady Drayton ins Gesicht und verzog seine Lippen zu einem Lächeln. Er wartete genau eine Sekunde zu lange, bis er hinzufügte: »Anwesende natürlich ausgenommen.«

»Wie recht Sie haben«, pflichtete Rupert ihm bei, bevor er sich an Octavia wandte. »Wenn Sie diesen gastlichen Ort verlassen wollen, stehe ich zu Ihren Diensten.«

»Ich bin bereit, Sir.« Sie knickste höflich vor Lord Wyndham. »Sie waren sehr galant, Sir.«

»Ich spreche nichts als die Wahrheit«, entgegnete er, verbeugte sich und küßte ihr zum Abschied die Hand. »Es war mir ein Vergnügen, Ma'am.«

»Ganz meinerseits... Lady Drayton.« Ein letzter Knicks, und Octavia hängte sich bei Rupert ein.

Rupert wies einen Bediensteten an, ihre Umhänge zu holen, und einen weiteren, die Kutsche vorfahren zu lassen. Schweigend wartete sie in der Halle, die im Licht dreier Kronleuchter erstrahlte. Das Schweigen wurde immer drückender, und Octavia überlegte fieberhaft, was sie sagen könnte, um die unangenehme Spannung zwischen ihnen zu lösen. Doch es fiel ihr nichts ein. Sie fühlte sich verwirrt und verärgert, ohne recht zu wissen, warum. Rupert schien locker wie immer. Lässig schlug er mit einem Fuß den Takt zur Musik, die aus dem Ballsaal drang, während er anderen Gästen zuschaute, die sich ebenfalls auf den Heimweg machten.

»Oh, Lady Warwick! Sie wollen uns schon verlassen!« Der Prince of Wales kam leicht schwankend die Treppe herunter. Er mußte sich am Geländer festhalten. »Kommen Sie, gehen Sie mit uns eine Runde Karten spielen, Ma'am. Ich verspreche Ihnen einen krönenden Abschluß dieses Balls bei Lady Mount Edgecombe!« Er zwinkerte Rupert zu. »Ihr Gatte hat sicher nichts dagegen, sind ihm doch die Wonnen des Kartenspiels nicht fremd, was, Warwick?«

»An jedem anderen Abend, Sir, aber heute nicht mehr. Meine Frau ist sehr müde.«

»Ja, natürlich... natürlich.« Der Prinz nickte vielsagend und zwinkerte Rupert zu. »Es zieht die Frischvermählten ins Ehebett, ich verstehe. Wie bitte!... wie bitte!« äffte er den Tonfall seines gestrengen Herrn Vaters nach, und schon brachen mit ihm alle Höflinge in schepperndes Gelächter aus.

»Ich hoffe, wir können Seine Hoheit dazu überreden, uns einmal in der Dover Street auf eine Runde Karten zu besuchen«, schlug Rupert vor, als das Gelächter verebbte.

»Oh...! Was höre ich da? Lord Warwick macht eine neue Spielhölle auf. Bravo!« Der Prinz kniff die Augen zusammen, soweit er dazu noch in der Lage war. »Heißt das, daß sich auch Lady Warwick in die Front der Pharao-Töchter einreiht?«

»Ich kann Ihnen einen höchst unterhaltsamen Abend versprechen, Sir«, schaltete sich Octavia ins Gespräch ein. »Ich habe natürlich nicht vor, mit den Salons von Lady Buckinghamshire oder Lady Archer oder der Viscountes Mount Edgecombe zu konkurrieren, aber ich glaube dennoch, daß Seine Hoheit auch unter unserem Dach Zerstreuung finden wird.«

»Oh, famos, famos... habt ihr das gehört, Leute? Lady Warwick tritt ins Glied der Pharao-Töchter!« Er beugte sich zu ihr und gab ihr einen herzhaften Kuß auf die Wange. »Schicken Sie ein Kärtchen, wenn die Tische aufgestellt sind!«

»Lord Rupert Warwicks Kutsche!« ertönte eine laute Stimme am Empfangsportal. Der Lakai mit den Umhängen kam herbeigeeilt, und in dem allgemeinen Gedränge trollte sich der Prinz mit seinen Mannen unter lautem Gegröhle. Rupert legte Octavia den Umhang um und begleitete sie zum Ausgang.

Draußen in der King Street wimmelte es nur so von Kutschen und Sänften. Dienstboten eilten die Straße auf und ab, hielten Öllampen hoch, um den Herrschaften beim Einsteigen in ihre Equipagen zu leuchten. Aus einer Seitenstraße der King Street tauchten zwei Frauen mit gerafften Röcken und aufgedonnerten Frisuren auf. Lässig lehnten sie sich an die Hauswand und beobachteten die Szenerie.

In dem Augenblick kam mit glasigen Augen der Prince of Wales aus dem Ballhaus getaumelt. Als er die zwei Prostituierten erspähte, stolperte er sofort zielstrebig auf sie zu.

»Jawoll!« brüllte er, so laut er konnte, und hakte sich bei den beiden ein. »Ihr kommt mir gerade recht, ihr Schönen der Nacht! Laßt uns eurer Äbtissin einen kleinen Besuch abstatten!« Johlend folgten ihm seine Anhänger.

»Was für ein kranker Mensch!« Octavia schüttelte sich.

»Er wird sich endgültig anstecken, wenn er mit den beiden mitgeht«, knurrte Rupert. »Dabei gibt es genügend saubere Häuser in King's Place und Covent Garden. Aber aus einem unerfindlichen Grund zieht es unseren hochverehrten Thronfolger immer in die dreckigsten Absteigen.« Er trat einen Schritt zur Seite und half Octavia in die Kutsche.

Gerade, als sie einsteigen wollte, kam eine etwas mollige Lady in einem braunroten Samtumhang aus dem Ballhaus. Sie stolperte über einen losen Pflasterstein und fiel mit einem erschreckten Aufschrei zu Boden. Rupert ließ Octavias Hand los und eilte ihr zur Hilfe.

»Sind Sie verletzt, Ma'am?« fragte er besorgt und half ihr wieder auf die Beine. Dann hob er ihr Handtäschchen auf und reichte es ihr.

»Nein… nein, vielen Dank, Sir. Wie konnte ich nur so dumm sein… so ungeschickt.«

»Aber das ist doch Ihre eigentliche Natur, meine Liebe«, ertönte in dem Moment eine kalte Stimme hinter ihr. Philip Wyndham musterte seine Frau mit unverblümter Verachtung. »Dumm und klobig wie ein Ochse. So sind Sie doch, nicht wahr, Madam?«

Letitia senkte beschämt die Lider und wünschte, der Erdboden unter ihr würde sich auftun und sie gnädig verschlingen. Aller Augen waren auf sie gerichtet. Aller Ohren hatten die vernichtende Kritik ihres Gatten gehört.

»So sind Sie doch, nicht wahr, Madam?« wiederholte er mit eisiger Schärfe.

»Ja, Philip«, hauchte sie. »Ja. Ich bitte um Verzeihung.« Tränen füllten ihre Augen. Sie wagte es nicht aufzuschauen.

»Wollen Sie hier Wurzeln schlagen?« fragte ihr Ehemann ironisch. »Die Sänfte wartet, meine Liebe.« Er deutete auf die beiden stämmigen Träger, die neben der Sänfte mit dem Wappen der Wyndhams auf ihre Herrin warteten, den Blick diskret in die Ferne gerichtet.

»Ich bitte um Verzeihung«, entschuldigte sich Letitia abermals und trat auf das Gefährt zu. Unter den Augen aller Umstehenden kletterte sie über die Tragestangen, um von vorn einzusteigen. Ihr weiter Reifrock verhedderte sich dabei prompt an den Hölzern, so daß sie beinahe wieder gestrauchelt wäre, wie, um ein neues Beispiel ihrer Tolpatschigkeit zu liefern.

Rupert stand im Schatten der Hauswand und beobachtete fassungslos seinen Bruder, der keinerlei Anstalten machte, seiner Frau beim Einsteigen behilflich zu sein. Eiskalt beobachtete er sie, bis die Träger die Tür hinter ihr geschlossen hatten. Ein verächtliches Grinsen umspielte seinen Mund. Die beiden Träger wuchteten ihre nicht unbeträchtliche Last auf die Schultern und bahnten sich dann den Weg durch den Verkehr auf der King Street in Richtung der Wyndhamschen Stadtvilla.

Philip machte auf dem Absatz kehrt und ging schnurstracks in genau die andere Richtung. Als er, ohne ihn zu bemerken, an Rupert vorbeikam, wurde sein Gesicht vom Lichtschein einer Öllaterne erhellt. Und da sah Rupert ihn – so, wie er ihn in seiner Kindheit gekannt hatte. Unbeobachtet, wie Philip sich in dem Moment glaubte, hatte er seine Maske fallen lassen. Sein Gesicht war jetzt nicht mehr die schöne Larve, sondern spiegelte unverblümt seinen niederträchtigen Charakter. Die zusammengekniffenen Augen, die schmalen Lippen, auf denen ein zynisches Lächeln lag, verrieten den Triumph und die Befriedigung des Sadisten, der sich gerade wieder einmal an seinem Opfer vergangen hatte.

Rupert kehrte zu seiner Kutsche zurück, vor der Octavia immer noch wie angewurzelt stand. Sie hatte die Worte, die Philip und Letitia miteinander gewechselt hatten, aus der Entfernung nicht verstehen können, doch es war ihr nicht entgangen, mit welcher Bosheit, mit welcher Häme der Earl seine Frau vor den Augen aller bloßgestellt und gedemütigt hatte. Als sie Rupert auf sich zukommen sah, gefror ihr das Blut in den Adern. Aus seinen Zügen sprach eine solche Zerrissenheit, eine solche Qual, daß es ihr das Herz brach. Was sie aber am meisten aufrührte, war der unbändige Haß, der neben allem Schmerz aus seinen Augen loderte.

»Oh, Gott, was hat er Ihnen bloß angetan?« hauchte sie entsetzt.

Rupert schien wie aus einer anderen Welt zu ihr zurückzukehren. »Das geht Sie nichts an«, erwiderte er kühl. Er reichte ihr seine stützende Hand und schob sie mit der anderen sanft ins Innere der Kutsche.

»Er ist der Teufel selbst!« stieß Octavia mit zitternder Stimmer hervor, als sie sich in den lederbezogenen Sitz fallen ließ. »Ich spüre es, genauso wie Sie es spüren.« Fassungslos schüttelte sie den Kopf. »Und Sie verlangen von mir, diesen Mann zu verführen, weigern sich aber standhaft, mir zu erzählen, was Sie von ihm wissen! Finden Sie das eigentlich fair, Rupert?«

Rupert hatte ihr gegenüber Platz genommen. Mit gerunzelter Stirn betrachtete er Octavia in der Dunkelheit der Kutsche. »Hier geht es nicht um Fairneß«, bemerkte er gleichmütig. »Um Ihren Teil unseres Paktes zu erfüllen, brauchen Sie nicht zu wissen, was ich weiß. Es stimmt, was Sie sagen – Philip Wyndham ist der Teufel selbst. Aber Sie brauchen keine Angst vor ihm zu haben, denn ich werde nicht zulassen, daß er Ihnen auch nur ein Haar krümmt. Und Sie brauchen ihn auch nicht zu fürchten. Denn er kann nur die verletzen, die ihm ausgeliefert sind. Und das sind Sie nicht.«

»Wie können Sie so etwas behaupten?« brach es aus Octavia heraus. »Bin ich ihm etwa nicht ausgeliefert, wenn ich das Bett mit ihm teile? Wie kann ich mich gegen ihn schützen? Welche Macht besitze ich über ihn?«

»Oh, Sie werden überrascht sein, wieviel Macht Sie über ihn besitzen«, erwiderte Rupert mit einem anzüglichen Lächeln.

»Sparen Sie sich Ihr dummes Grinsen!« stieß sie wütend hervor. »Das Thema ist mir zu ernst! Sie wissen ganz genau, was ich meine... wie verletzbar eine Frau in dieser Lage ist. Und er ist ein Mensch, der geradezu danach giert, die Verletzbarkeit eines Menschen auszunutzen. Sie haben es selbst gesagt!«

»Sie sind aber nicht der Typ von Opfer, nach dem er giert, meine Liebe«, gab Rupert zu bedenken. »Philip will keine Körper verletzen, er will Seelen zerstören. Aber es wird ihm nicht gelingen, Ihre Seele in seine Gewalt zu bringen. Außerdem ist es ja noch nicht ausgemacht, daß Sie...«, er überlegte einen Augenblick, bevor er mit einem trockenen Grinsen fortfuhr, »...das letzte Opfer vollbringen müssen.«

Octavia verstummte. Wie konnte er sich nur darüber lustig machen? Wie konnte er nur eine Sache, die ihr so naheging, mit einem spöttischen Achselzucken abtun? War es ihm wirklich gleichgültig, ob sie sich prostituierte oder nicht? Aber vielleicht sah er diese Angelegenheit ja auch unter einem ganz anderen Blickwinkel. In dieser maroden Gesellschaft verschwendete kein Mensch auch nur einen Gedanken daran, ob ein Verhalten moralisch vertretbar war oder nicht. Hauptsache, es war von Nutzen. Alle spielten sie ihre schmutzigen kleinen Spielchen.

Rupert hatte die Augen geschlossen, als wollte er signalisieren, daß für ihn das Thema erledigt sei. Octavia las in seinen abweisenden Zügen, daß er zu keinem Kompromiß bereit war. Dieser Mann, dessen Bett sie teilte und dessen Körper sie inzwischen fast so gut wie ihren eigenen kannte, war ihr ein Buch mit sieben Siegeln. In Sekundenschnelle konnte er sich von einem liebenswürdigen, charmanten Kavalier in einen eisigen, unnahbaren Despoten verwandeln. Und bisher hatte sie sich jedesmal seinem Willen gebeugt. Immer wieder erlag sie seiner geradezu magnetischen Ausstrahlung. Es war ihm ein Leichtes, ihre Bedenken zu zerstreuen, wenn er sie nicht schlichtweg ignorierte. Sie war wie Wachs in seinen Händen.

»Ich glaube, das war ein guter Anfang heute abend, meinen Sie nicht auch?« wechselte sie in betont unverfänglichem Ton das Thema und zog sich fröstelnd ihren Umhang enger um die Schultern.

Rupert schlug die Augen auf und war wie verwandelt. Mit weichem, ein wenig schelmischem Blick schaute er sie an. »Das kann man wohl sagen«, stimmte er ihr zu. »Sie haben Wyndhams Interesse geweckt und die unverhüllte Begehrlichkeit des Prinzen erregt. Sie haben sich als eine selbstbewußte junge Lady eingeführt, die es nicht scheut, gegen Konventionen zu verstoßen, ja, Sie haben sogar die gesamte Belegschaft in Ihren Salon eingeladen, um gemeinsam dem Laster des Glücksspiels zu frönen.« Er grinste. »Was natürlich einer Aufforderung zum Gesetzesbruch gleichkommt. Richter Kenyon hat Lady Buckinghamshire bereits angedroht, sie öffentlich auspeitschen zu lassen, falls die Tatsache, daß sie in ihrem Hause einen Spielsalon betreibt, zur Anzeige käme.«

»Aber das hat er doch wohl nicht ernst gemeint?« Octavia riß entsetzt die Augen auf, als sie sich vorstellte, wie die wohlbeleibte Lady Buckinghamshire, mit dem Hinterteil nach oben auf einen Karren gebunden, zur öffentlichen Auspeitschung durch die Straßen Londons gezogen wurde.

»Nun, ich nehme nicht an, daß Kenyon es wagen würde, ein Mitglied des Hochadels in dieser Weise zu bestrafen«, pflichtete Rupert ihr schmunzelnd bei. »Aber die Androhung allein hat doch einigen Wirbel ausgelöst.« Er faltete die Hände im Schoß, und der Smaragd auf seinem Zeigefinger blitzte kurz auf.

»Und was haben Sie heute abend, in der Zeit, in der ich so beschäftigt war, erreicht, Sir?« fragte Octavia spitz, als sie an ebendiesen Zeigefinger dachte, der so genüßlich Lady Draytons Brustwarze wieder an die rechte Stelle gerückt hatte. »Haben Sie Ihre Opfer schon erspäht?«

»Ich glaube nicht, daß sie heute da waren«, erwiderte Rupert. »Zumindest habe ich sie nicht gesehen.«

»Ah ja. Und Lady Drayton? War sie Ihnen in irgendeiner Art nützlich?«

Rupert nahm Octavia mit scharfem Blick ins Visier. »Was soll eigentlich dieses Verhör, wenn ich fragen darf?«

Octavia ließ ihren Blick scheinbar desinteressiert über die Lederpolster der Kutsche gleiten. »Ich hab' mich nur gewundert«, merkte sie an und schaute betont gleichgültig aus dem Fenster. »Während es mich einige Überwindung gekostet hat, den Prinzen in meiner Nähe zu ertragen, schien Sie Ihr Beisammensein mit Lady Drayton durchaus zu amüsieren. Ich hatte den Eindruck, daß unsere Rollen etwas ungleich verteilt waren.«

»Ich habe Ihnen doch nur geholfen, meine liebe Octavia«, hielt Rupert dagegen. Er grinste ihr so frech ins Gesicht, daß sie ihm am liebsten irgend etwas an den Kopf geworfen hätte. »Margaret Drayton ist Philip Wyndhams Mätresse. Dadurch, daß ich mich so ausgiebig mit ihr beschäftigt habe, habe ich Philip praktisch auf Sie gehetzt. Auf diese Weise konnte er es mir ein bißchen heimzahlen.«

»Ich glaube kaum, daß Sie ihn erst auf mich hetzen mußten«, gab Octavia kühl zurück. »Er hatte schon ein Auge auf mich geworfen, lange bevor Sie anfingen, Lady Drayton am Busen herumzufummeln.«

Rupert lachte hell auf. »Das sind nun einmal die Spielchen, die gespielt werden, mein süßes Unschuldsmädchen. Ein kleiner Flirt bedeutet doch überhaupt nichts... vor allem nicht bei einer stadtbekannten Hure wie Margaret Drayton.«

»Gefällt sie Ihnen?«

»Oh, sie kann sehr amüsant sein, vor allem, wenn ihr eine Laus über die Leber gelaufen ist. Aber sie beginnt langsam zu verblühen. Ich mag die Frauen ein bißchen frischer.«

»Genau«, stieß Octavia gallig hervor. »Wie beim Metzger. Frischfleisch, bitte nicht zu lange abgehangen.«

Rupert ließ das Kinn fallen. »Moment mal, Octavia! Warum sind Sie denn auf einmal so mißmutig? Wir hatten beide einen höchst erfolgreichen Abend! Das Wild ist umzingelt. Jetzt müssen wir es nur noch vor unsere Flinten treiben. Und das wird uns nicht schwerfallen, wenn die Nachricht, daß in der Dover Street Spieltische aufgebaut sind, erst mal die Runde gemacht hat. Und *daß* diese Nachricht die Runde macht – dafür wird unser hochverehrter Thronfolger höchstpersönlich sorgen«, fügte er trocken hinzu.

Als sie keine Antwort gab, sondern nur weiter aus dem Fenster in die Finsternis hinausstarrte, beugte er sich vor und ergriff ihre Hand. »Was ist denn, Liebes?« Seine Stimme klang tief und weich und rief sofort all die sehnsuchtsvollen Bilder in ihr wach – Bilder von flackerndem Kerzenlicht, glänzenden Damastlaken, leidenschaftlichen Küssen und wollüstigen Umarmungen.

Sie konnte, sie wollte sich die Wahrheit nicht eingestehen. Eifersucht war ein qualvolles, ein demütigendes Gefühl.

»Ich glaube, ich bin müde«, antwortete sie mit einem kleinen Lachen, das nicht sehr überzeugend klang. »Überanstrengt. Sind schließlich keine alltäglichen Kleinigkeiten, von königlichen Hoheiten umschwärmt zu werden und mit Dragonerweibern wie der Duchess of Deerwater die Schwerter zu kreuzen.«

Rupert glaubte nicht, daß dies der wahre Grund für ihre Verstimmung war. Aber er drang nicht weiter in sie. »Und werden Sie weiterhin den Mut haben, sich so konsequent den höfischen Modevorstellungen zu widersetzen?« fragte er statt dessen. Er ließ ihre Hand los.

»Ich glaube nicht, daß es dazu Mut braucht«, erwiderte sie, erleichtert, daß er das Thema gewechselt hatte. »Wenn ich wie ein Scheusal ausgesehen hätte, dann vielleicht. Aber nachdem ja wohl eher das Gegenteil der Fall war...« Kokett zuckte sie die Achseln.

Rupert lehnte sich entspannt zurück. Ihr Selbstbewußtsein gefiel ihm. Sie war den ganzen Abend im Mittelpunkt des Interesses gestanden. Natürlich hatte sie nicht nur bewundernde, sondern auch manch feindselige Blicke auf sich gezogen, aber das war ja nicht anders zu erwarten, wenn man sich von der Masse abhob.
Alles in allem war es ein gelungenes Debüt gewesen. Gut – der kleine Ausrutscher zu Beginn des Balls und die nervöse Gereiztheit gerade eben. Aber das waren Unsicherheiten, die sie ablegen würde, je mehr ihre Souveränität auf dem glatten Parkett der Gesellschaft wüchse. Er konnte mit seinem Zögling wirklich zufrieden sein!

10

Die Kutsche hielt vor ihrem Haus in der Dover Street. Über der Eingangstür schaukelte die Öllaterne im Wind, und in den Fenstern des Erdgeschosses brannte Licht.
»Ob Papa wohl noch wach ist?«
»Wenn ja, dann sollten wir ihm noch einen kurzen Besuch abstatten, hm?« Rupert öffnete den Kutschenschlag und sprang hinaus. »Ich werde das dumme Gefühl nicht los, daß Ihr Herr Papa, was unsere Ehe betrifft, etwas ahnt.« Er half Octavia aus der Kutsche. »Was meinen Sie?«
»Vielleicht«, erwiderte sie beim Aussteigen. »Bei meinem Vater weiß man nie genau, woran man ist.«
Noch während sie die Stufen zum Portal emporschritten, öffnete sich die Tür. »Guten Abend, Griffin«, sagte Octavia freundlich. »Ist Mr. Morgan schon zu Bett gegangen?«
»Ich glaube nicht, Mylady«, erwiderte der Butler mit einer Verbeugung und ließ die Herrschaften eintreten. »Erst vor einer halben Stunde hat er nach neuen Kerzen geklingelt.«
»Dann können wir ja noch schnell bei ihm vorbeischauen und

gute Nacht sagen«, bemerkte Rupert und ließ sich den Umhang abnehmen. »Schließen Sie ab, Griffin.« Er folgte Octavia die Treppe hoch. »Wollen Sie Nell nicht zu Bett schicken?« flüsterte er ihr zärtlich ins Ohr, als sie an ihrem Schlafzimmer vorbeikamen. »Ich wüßte nicht, was sie für Sie tun kann, was ich nicht genausogut übernehmen könnte.«

Octavia warf ihm über die Schulter einen koketten Blick zu. Die Leidenschaft, die in seinen Augen glühte, ließ ihr die Knie weich werden. »Wie recht Sie haben, Mylord«, sagte sie mit belegter Stimme.

Sie öffnete die Tür zu ihrem Schlafzimmer. »Sie können schlafen gehen, Nell.«

Die Zofe, die im Sessel neben dem Kamin eingenickt war, fuhr erschrocken hoch. »Oh, Mylady, ich ... ich bin hellwach«, stieß sie hastig hervor und sprang auf. Schamröte schoß ihr in die Wangen.

»Ja, natürlich«, lächelte Octavia. »Trotzdem können Sie jetzt zu Bett gehen. Ich brauche Sie heute nicht mehr.« Sie warf dem Mädchen ein mitfühlendes Lächeln zu. Welche Ängste das arme Ding ausstand, wegen der kleinsten Unaufmerksamkeit gefeuert zu werden! »Gehen Sie schlafen, Nell. Wir sehen uns dann morgen früh wieder.«

»Ja, Mylady.« Die Zofe knickste artig. »Aber ich zünde noch schnell die Kerzen an und lege Holz im Kamin nach, ja?«

»Ja, das wäre nett.« Octavia schloß die Tür und trat in den Flur zurück. Gedankenverloren schüttelte sie den Kopf. Manchmal kam es ihr vor, als führten sie alle hier eine einzige Komödie auf. Jedes Mitglied dieses Hauses gehörte zur Truppe und spielte seine Rolle, doch nur Rupert und sie wußten davon. Eines Tages fiele der Vorhang, und das gesamte Ensemble würde mit einem Schlag auf der Straße stehen.

Aber nicht unbedingt, beruhigte sie sich. Wenn alles gut ginge, würden sie und ihr Vater wieder ihren Familiensitz beziehen und entsprechend Personal einstellen. Nein, sie brauchte sich nicht vorzuwerfen, mit dem Leben armer Menschen zu spielen, nur, weil sie sie nicht eingeweiht hatte, daß ihre Anstellungen befristet wäre. Außerdem hatten sie alle bei ihnen ihr täglich Brot, ein Dach überm Kopf und ein warmes Bett – etwas, wovon die meisten einfachen Leute in London nur träumen konnten.

Es war Octavia klar, daß ihr soziales Gewissen deshalb so heftig schlug, weil sie lange genug Not und Elend am eigenen Leibe erfahren hatte. Auch Rupert wußte, was Armut bedeutete, doch es schien ihm weniger Kopfzerbrechen zu bereiten, jetzt auf einmal als Hausherr über Boten und Dienstmädchen zu herrschen. Oder behielt er auch diese Gefühle für sich, wie er so vieles für sich behielt…?

Doch es war jetzt keine Zeit, über das Elend dieser Welt und Ruperts scheinbare Gleichgültigkeit diesem gegenüber nachzudenken. Octavia eilte den Flur entlang zum hinteren Teil des Hauses, wo ihr Vater wohnte. Durch die angelehnte Zimmertür konnte sie bereits von weitem Ruperts Stimme hören.

»Guten Abend, Papa.« Lächelnd betrat sie den warmen, hell erleuchteten Raum. »Warum bist du denn noch auf?!«

»Das gleiche könnte ich *dich* fragen«, schmunzelte Oliver. Er saß in seinem tiefen Ohrensessel am flackernden Kaminfeuer und betrachtete wohlwollend sein Töchterchen. Er sah gesund aus. Seine goldbraunen Augen blickten klar und hell, seine Haut schimmerte rosig und glatt, und die lange weiße Haarmähne glänzte im Kerzenlicht. Bekleidet mit einem pelzbesetzten Samtmorgenrock und pelzgefütterten Pantoffeln, hockte der zierliche Mann in einem Berg von Büchern. Sie waren zu seinen Füßen bis auf Kniehöhe gestapelt, türmten sich auf dem kleinen Tisch neben dem Sessel, lagen aufgeschlagen auf den breiten Armlehnen. Quer über seinem Schoß stand ein kleines Holzgestell mit einem Schreibbrett, darauf Feder und Tintenfaß sowie einige Seiten Pergament, die er bereits zum größten Teil mit seiner zierlichen, akkuraten Handschrift vollgekritzelt hatte.

»Wir hatten einen sehr unterhaltsamen Abend«, strahlte Octavia. »Du dagegen hast wieder die ganze Nacht gearbeitet. Wie geht's denn voran?«

»Sehr gut, mein Kind. Warwick, erinnern Sie sich noch an unsere letzte Diskussion über den Einfluß von Pythagoras auf die Philosophie Platons? Stellen Sie sich vor, jetzt habe ich endlich das Zitat gefunden, das ich schon die ganze Zeit gesucht hatte... hier, bei Sokrates... wo hab' ich's denn jetzt bloß wieder?« Er begann, seine Bücherberge durchzusuchen, die mit den Dutzenden von Lesezeichen, die überall aus den Bänden heraushingen, wie ein Haufen Stachelschweine aussahen.

Rupert griff sich einen Stuhl und nahm an der Seite des alten Herrn Platz. Octavia setzte sich auf die Lehne des Sofas gegenüber. Ihr Vater war von seinem quälenden Husten fast völlig genesen, und wie sie ihn so heiter vor sich sah, wirkte er, als wäre nie der kleinste Schatten auf sein sonniges Leben gefallen. Es war, als wäre jede Erinnerung an die drei Jahre gelöscht, die sie beide hungernd und frierend in ihrer Dachkammer im East End gehaust hatten. Auch im nachhinein hatte er nicht ein einziges Mal gefragt, wie es Octavia eigentlich gelungen war, sie beide über Wasser zu halten. Und ebenso für die näheren Hintergründe, die zu der schlagartigen Verbesserung ihrer beiden Lebensumstände geführt hatten, zeigte er nicht das geringste Interesse.

Die Tatsache, daß Octavia und Rupert ohne den väterlichen Segen geheiratet hatten, hatte Octavia ihm damit erklärt, daß er zu diesem Zeitpunkt so hohes Fieber gehabt hätte, daß er überhaupt nicht ansprechbar gewesen sei. Zu ihrer großen Verblüffung reagierte ihr Vater völlig gelassen. Octavia hatte erwartet, daß er gekränkt wäre, vor vollendete Tatsachen gestellt worden zu sein. Deshalb hatte sie sich in eine ausschweifende Suada von Rechtfertigungen und Entschuldigungen hineingesteigert, warum sie seine Eheerlaubnis nicht einholen konnte. Er wäre so schrecklich krank gewesen, deshalb sei ihnen seine Gesundheit mehr am Herzen gelegen als die Konvention. So hätten sie eilig im kleinsten Kreise geheiratet, um möglichst schnell in eine warme und trockene Wohnung ziehen zu können, in der er endlich von seinem chronischen Husten gesunden könnte.

Oliver Morgan lächelte nur. Sie wüßte schon, was gut für sie sei, sie hätte es ja immer gewußt. Und wenn sie glücklich wäre, dann wäre er es auch. Und damit zog er in seine großzügige Suite in der Dover Street ein, als hätte er niemals woanders gewohnt.

Rupert kümmerte sich rührend um ihren Vater – nicht nur aus Berechnung, weil ihr gemeinsames Komplott es erforderte, sondern offenbar aus einem echten, warmen Gefühl heraus. Er erwies sich auch als überraschend intimer Kenner der alten Sprachen, was Oliver Morgan entzückte. Ja, mehr noch, Rupert konnte sich für die Welt des klassischen Altertums regelrecht begeistern. Er schien die Ausführungen des Gelehrten, auch wenn sie sich in entfernteste Gefilde der Philosophie verirrten, genauso interessant und faszinierend zu finden wie der alte Herr selbst.

Sie selbst hatte das Interesse an den intellektuellen Spielereien ihres Vaters schon vor einiger Zeit verloren. Jahrelang hatte er sie mit strengem Regiment in den alten Sprachen unterrichtet, und so las und sprach Octavia Latein und Griechisch mit einer für Frauen seltenen Geläufigkeit. Rupert klang, als hätte er die übliche Ausbildung eines Jungen aus besserem Hause durchlaufen, in der die Kinder in den ersten Jahren des Gymnasiums nur Latein und Griechisch und kein einziges Wort Englisch sprechen durften. Jedenfalls war er mit der Welt der Antike bestens vertraut. Doch wie er sich diese Kenntnisse angeeignet hatte, verriet er nicht.

»Ach, ich mache ja solche Fortschritte mit meinem Artikel«, schwärmte Oliver. »Ich muß sofort meine Verleger benachrichtigen. Alderbury schrieb mir erst kürzlich, ich sollte ihn unbedingt über meine Arbeit auf dem laufenden halten.« Stolz tropfte der alte Herr seine Feder am Randes des Tintenfasses ab.

Octavia lächelte wehmütig. ›Kürzlich‹ – das war vor drei Jahren gewesen. Seitdem war der Briefkontakt abgerissen. Aber warum sollte sie ihrem Vater diese schmerzliche Tatsache in Erinnerung rufen? Es würde ihn nur verletzen. Und wer sagte denn, daß Mr. Alderbury seinem Brief nicht tatsächlich in gespannter Erwartung entgegensah?

Sie stand auf. »Ich glaube, ich gehe jetzt ins Bett, Vater«, erklärte sie. »Es war ein langer Abend. Hast du alles, was du brauchst?«

»Ja, mein Kind.« Er lächelte und gab ihr einen Kuß auf die Wange, als sie sich zum Abschied über ihn beugte. »Ich werd' noch ein bißchen aufbleiben. Vielleicht mag dein Mann mir ja Gesellschaft leisten?« Halb bittend, halb herausfordernd schaute er Rupert ins Gesicht. »Aber vielleicht ist er ja auch schon bettreif«, fügte er augenzwinkernd hinzu.

»Ja, es tut mir wirklich schrecklich leid«, gab Rupert mit einem verlegenen Lächeln zu. Der anzügliche Blick des alten Herrn irritierte ihn. »Ich bin wirklich ziemlich müde.«

»Natürlich, natürlich. Die Jugend von heute hat eben kein Durchhaltevermögen mehr.« Mit einem jovialen Wink entließ er sie. »Ja, ja, suchen Sie nur Ihr weiches Federbett auf und überlassen Sie mich meiner Philosophie!«

»Gute Nacht, Sir.« Rupert verbeugte sich und folgte Octavia aus dem Zimmer.

Als die Tür ins Schloß fiel, kicherte Oliver Morgan. Glaubten die beiden etwa wirklich, daß er den ganzen Schabernack nicht durchschaute? Hielt ihn Octavia tatsächlich für einen Trottel, der nicht wußte, daß die ganze Ehe ein einziger gigantischer Schwindel war? Aber Schwindel hin, Schwindel her – auf diese Weise nahm sie endlich wieder den gesellschaftlichen Platz ein, der ihr gebührte. Zugegeben, es war ein etwas anrüchiges Arrangement, das die beiden da getroffen hatten, aber es schien seiner Tochter zu gefallen, und es paßte auch irgendwie zu ihr. Und was sollte er tun? Schließlich hatte er sich ja auch nicht darum gekümmert, welch eigenartigen Geschäften sie in ihrer Zeit in Shoreditch nachgegangen war. Sie war oft für einen ganzen Tag verschwunden. Aber jedesmal, wenn sie dann wiederkam, brachte sie seine Bücher aus dem Pfandhaus zurück, sie dinierten ausgiebig an der Tafel von Mistress Forster, und im Ofen brannte wieder ein Feuer. Doch was immer sie tat, um diese kleinen Wunder zu vollbringen – es hatte seine Spuren hinterlassen.

Jetzt war die Besorgnis endlich aus ihrem Gesicht gewichen. Ihre Augen strahlten wieder, die Wangen glühten, und die knisternde Spannung zwischen ihr und Lord Rupert war fast körperlich spürbar.

Oliver Morgan ließ das Buch in seinen Händen sinken und lehnte sich in den Sessel zurück. Müßte er sich als Vater nicht Sorgen um den Ruf und die Ehre seiner Tochter machen? Doch was hatten diese Begriffe nach Harrowgate noch für eine Bedeutung? Wenn er ihr Treiben in Shoreditch nicht hinterfragt hatte, dann hatte er auch kein Recht, dies jetzt zu tun.

Wieder wurde ihm schwarz vor Augen, wie immer, wenn er an seine geradezu verbotene Ahnungslosigkeit dachte, als ihn die beiden Ganoven um sein Vermögen brachten. Aber es hatte keinen Sinn, sich ewig Vorwürfe zu machen. Was geschehen war, war geschehen.

Octavia war glücklich. Das war die Hauptsache. Oliver schüttelte sich kurz und kehrte dann wieder in die Welt seiner Bücher zurück.

»Sie haben mir noch gar nicht erzählt, wie Sie es eigentlich anstellen wollen, mir und meinem Vater unser Vermögen zurückzuholen«, bemerkte Octavia, während sie die Arme hob, um die Nadeln aus ihrem Haar zu lösen. Nackt stand sie vor dem Spiegel, und die Bewegung hob ihre Brüste und straffte die Haut auf ihrem Rücken.

Rupert hatte nur die Schuhe ausgezogen, lag auf dem Bett, die Arme hinter dem Kopf verschränkt, und schaute ihr zu. »Der Plan ist noch nicht ganz ausgereift«, sagte er.

»Aber irgendeine Vorstellung werden Sie doch hoffentlich haben?« fragte Octavia. Sie nahm das kleine Polster vom Kopf, über das sie ihre Haare hochfrisiert hatte und schüttelte die zimtbraunen Locken über die Schultern.

»Natürlich.«

»Und Sie wollen mich noch immer nicht in Ihren Plan einweihen?« Sie nahm die Haarbürste und schaute ihn im Spiegel an.

Rupert lachte und schwang sich vom Bett auf. »Kommen Sie, ich bürste Ihnen die Haare.« Er durchquerte den Raum und stellte sich hinter sie.

Die Berührung seines seidenen Hemdes jagte ihr einen Schauer über den Rücken, und sie konnte im Spiegel erkennen, wie ihre Nippel sich aufstellten.

Er nahm die Bürste, legte ihr eine Hand auf den Kopf und begann mit der anderen, ihre Locken zu bürsten.

»Sie wollen mir also nichts erzählen?« fragte sie beharrlich.

»Ach, da gibt es nichts zu erzählen. Und jetzt stören Sie mich nicht, ich zähle die Bürstenstriche, bis hundert.«

Octavia ließ es für dieses Mal gut sein und gab sich ganz dem Genuß seiner zärtlichen Hände hin. Sie schloß die Augen und lehnte ihren Kopf in den Nacken. Mit jedem Strich glitt sie tiefer in eine Art Trance. Wie Weidenzweige im Wind wiegte ihr Körper sanft hin und her.

Als er aufhörte, schlug sie langsam die Augen auf und begegnete seinem Blick im Spiegel. Ernst und aufmerksam schaute er sie an. Ruhig legte er die Bürste beiseite, hob ihr Haar über die Schultern nach vorne. Wie ein Schleier fiel es jetzt um ihre Brüste. Dann glitten seine Hände darunter und umspielten ihre Brustwarzen, bis diese sich aufrichteten und fest und rot durch die Locken ragten. Die ganze Zeit über ließ er sie nicht aus den Augen, die jetzt dunkel waren wie pechschwarze Kohle.

Dann wanderten seine Hände hinunter zu ihrer Taille, krochen wieder hoch, legten sich erneut zärtlich auf ihre Brüste, um wieder hinabzustreichen über ihren flachen Bauch.

Vor dem Schwarz seines Seidenhemdes schimmerte ihr Körper wie von Alabaster. Wie weich und verletzbar wirkte er doch in seiner Nacktheit! Octavia spürte, wie ihr Herz zu jagen begann, als Rupert sich gegen ihr Gesäß preßte, ihre Schenkel mit dem Knie sanft auseinanderschob. Die Seide seiner Hose knisterte, als er damit die empfindlichen Innenseiten ihrer Schenkel liebkoste. Dann drückte er das Knie hoch und bewegte es sanft über ihrer Scham hin und her. Sie stöhnte leise. Im Spiegel sah sie, wie ihre Augen sich weiteten, dann tauchte ihr Blick in einen eigenartigen Nebel ein. Die Wangen röteten sich. Sie fühlte den Höhepunkt nahen, erregt durch Ruperts Anblick, der sie im Spiegel beobachtete.

Er lächelte sie an – er schien ihre Leidenschaft zu teilen, genoß es zuzusehen, wie sich die Lust in ihrem Körper aufbaute. Als sie glaubte, es nicht mehr aushalten zu können, glitten seine erfahrenen Hände in ihren Schoß, und die Spannung in ihr entlud sich wie ein Vulkan. Stöhnend sank sie in seine Arme, und er umschlang sie zärtlich, lachte leise in ihr Haar.

»Wenn Sie wüßten, wie ich es liebe, mit Ihrem Körper zu spielen«, raunte er ihr ins Ohr. »Sie sind so wunderbar erregbar.«

»Ich bin nur Sklavin Ihrer Lust«, murmelte sie schwach. Ein Hauch von Spott schwang in ihren Worten mit. »Ihr Wille ist mir Befehl, Mylord.«

»Dies gilt wohl leider nur in Liebesangelegenheiten«, erwiderte er amüsiert, zog sie an sich und stützte sein Kinn auf ihren Kopf. »In anderen Bereichen gestatte ich mir, Zweifel anzumelden.«

Langsam faßte Octavia sich wieder. »Welche Zweifel?« fragte sie in gespieltem Unverständnis.

»Oh, das wissen Sie genau«, lachte er, hob sie hoch und trug sie zum Bett hinüber.

»Wenn Sie damit zum Ausdruck bringen wollen, daß ich Ihre absolute Meisterschaft gelegentlich in Frage zu stellen wage – nun, da kann ich Ihnen nicht hundertprozentig widersprechen«, kicherte sie.

Er warf sie lachend aufs Bett. Wie ein leuchtender Fächer breitete sich ihr Haar über das Kopfkissen.

»Tja, vielleicht sollte ich meine Anstrengungen dann doch auf den Bereich konzentrieren, in dem Sie meine Meisterschaft rückhaltlos anerkennen«, erklärte Rupert und begann sich auszuziehen. »Zumindest im Augenblick.«

Nackt legte er sich zu ihr aufs Bett und spreizte ihre Beine. »Nun, Madam, machen Sie sich bereit für meine weiteren Befehle!«

»Ich zittere vor Ihnen!« flüsterte sie, bevor sich sein Mund über ihrem schloß. Sie griff nach seinem aufgerichteten Glied, das ihren Bauch streifte. Zärtlich umspielte sie mit dem Daumen die feuchte Eichel.

»Was meinten Sie eigentlich gerade eben mit ›zumindest im Augenblick‹?« fragte sie, als sie begann, sein Glied heftiger zu liebkosen. Ihre Augen leuchteten auf, als sie fühlte, wie seine Erregung wuchs. Statt einer Erwiderung stöhnte er lustvoll.

Er drängte sich zwischen ihre Beine, und sie kam ihm entgegen. Schwer lastete sein Gewicht auf ihr. »Na gut«, murmelte sie, als er noch immer keine Antwort gab. »Vergessen wir's... zumindest im Augenblick.«

Die Uhr auf dem Kaminsims schlug vier. Das Feuer knackte und zischte. Ein Windstoß rüttelte am Fensterladen. Hinter dem Bettvorhang hörte man leises Keuchen. Gemeinsam steigerten sie sich in trunkene Verzückung, bis sie sich wollüstig aufbäumten und in einer Harmonie miteinander verschmolzen, die jeden Mißklang ihrer Seelen auslöschte.

»Laßt euch sagen, 's hat vier geschlagen!« Der Ruf des Nachtwächters verhallte in der King Street, als Margaret Drayton am Arm eines jungen Gentleman als einer der letzten Gäste das ›Almack's‹ verließ. Sie war ein bißchen beschwipst, und der glasige Blick ihres Begleiters verriet, daß auch er nicht mehr ganz nüchtern war.

»Wo ist denn meine Kutsche, Lawton?« fragte Margaret und starrte verdutzt auf die fast menschenleere Straße. »Ich bat Sie doch, sie vorfahren zu lassen.«

»Ich hab' dem Kutscher Bescheid gesagt, Ma'am«, beteuerte der junge Mann. »Ich schwör's Ihnen.« Mit magischem Blick stierte er in die Dunkelheit, als wollte er die verschwundene Kutsche wieder herbeizaubern.

»Warum ist sie dann nicht da?« beschwerte sich die Lady und kuschelte sich fröstelnd in ihren Mantel, als ein eisiger Windstoß die Straße entlangpfiff.

»Meine Kutsche steht zu Ihren Diensten, Margaret.«

Überrascht drehte sich die Angesprochene um. Der Earl of Wyndham stand lächelnd vor ihr. »Und ich dachte, Sie wären schon vor Stunden gegangen, Philip!« rief sie verblüfft.

»Ich hab' bei Mount Edgecombe gespielt«, erwiderte er und nahm eine Prise. »Aber der Abend endete ein wenig abrupt, als einer der Wächter plötzlich ›Polizei!‹ schrie.« Hart lachte Philip auf. »Natürlich stellte sich das Ganze als falscher Alarm heraus, aber der Schreck war allen so in die Glieder gefahren, daß danach keine rechte Stimmung mehr aufkam.«

»Das kann ich mir sehr gut vorstellen«, sagte Margaret. »Lawton, Sie haben sich als Niete erwiesen, ich glaube, es ist jetzt besser, wenn Sie zu Bett gehen.« Mit einer kühlen Handbewegung entließ sie den Unglücklichen.

»Aber ich habe Ihre Kutsche vorfahren lassen... ich schwöre es Ihnen!« wiederholte der Geschmähte. »Weiß der Himmel, wo sie steckt.«

»Wahrscheinlich hat sie sich in Luft aufgelöst«, grinste der

Earl verächtlich. »Madam, meine Kutsche wartet.« Er hielt ihr den Arm hin, und die beiden verschwanden ohne ein weiteres Wort. Verwirrt und enttäuscht starrte der ehrenwerte Michael Lawton ihnen hinterher.

»Ach, Sie verstehen es wirklich, einer Lady den nötigen Komfort zu verschaffen, Wyndham«, schwärmte Margaret selig, als ihr der Kutscher eine wärmende Decke über die Knie legte und unter ihre Füße einen heißen Ziegelstein schob. »An Ihrer Seite könnte es einem nie passieren, daß man plötzlich ohne Schirm im Regen steht, bei Wind und Wetter auf eine Sänfte warten muß oder im ›Piazza‹ an einen schlechten Tisch gesetzt wird. Sie haben eben ein ganz anderes Format als dieser kindische Lawton.«

»Ein neuer Flirt, Margaret?« erkundigte sich der Earl beiläufig. »Ich weiß nicht recht – er tut mir irgendwie leid. Noch ehe er etwas Böses ahnt, haben Sie das Jüngelchen doch schon zum Abendbrot verspeist.«

Margaret lachte hell auf. »Ach, er war ganz nett, Philip. Amüsante Kavaliere waren heute abend Mangelware ... zumindest nachdem der Prinz gegangen war. Ich weiß auch nicht, warum es mich immer noch auf diese stinklangweiligen Feste zieht.« Vorsichtig schob sie sich ein Schönheitspflästerchen auf dem Wangenknochen zurecht. »Aber man muß sich eben einfach sehen lassen.«

»Ja, natürlich«, stimmte ihr der Earl lächelnd zu. »Aber mit Rupert Warwick scheinen Sie sich doch recht gut amüsiert zu haben«, fuhr er plötzlich mit schneidender Stimme fort.

»Philip! Was soll denn das heißen?« fragte Margaret verdutzt. Sie lachte ein wenig gekünstelt. »Warwick ist ein höchst unterhaltsamer Gentleman.«

»Das mag sein, aber ich möchte trotzdem wissen, wer sich sonst noch in meinem Garten tummelt«, erklärte der Earl kalt. »Ich bin nun einmal ein wenig wählerisch, meine Liebe. Was man von Ihnen ja nicht gerade behaupten kann«, fügte er bissig hinzu.

Margaret erbleichte vor Wut unter ihrem Wangenrouge, so daß sie plötzlich einem angemalten Clown ähnelte. »Ich glaube, ich verstehe nicht richtig, Mylord.«

»Kommen Sie, Margaret, stellen Sie sich nicht dumm.« Der Earl beugte sich vor und hob ihr Kinn mit seinem Zeigefinger hoch. »Ich dachte, ich hätte es genügend deutlich gemacht, daß ich das ausschließliche Recht auf Ihren Körper beanspruche. Natürlich abgesehen von Ihrem Herrn Gemahl. Ich habe vollstes Verständnis dafür, daß Sie als gehorsames und liebendes Eheweib Draytons... Bedürfnisse erfüllen müssen, was immer das im einzelnen heißen mag.«

Ein gütiges Lächeln lag auf seinem engelsgleichen Gesicht, doch seine Finger preßten ihr Kinn schmerzhaft zusammen.

Sie japste und wollte sich seinem Griff entziehen, doch in dem Moment bremste die Kutsche scharf, so daß sie mit dem Gesicht vornüber in seinen Schoß fiel. Mit seiner freien Hand packte Philip sie am Nacken und hielt sie eine Weile in dieser Stellung. »Ich bin jederzeit bereit, unsere Affäre zu beenden, wenn Sie dies wünschen«, sagte er kühl. »Ich hoffe, wir haben uns verstanden.« Abrupt ließ er sie los und schubste sie in ihren Sitz zurück. »Ich benutze keine Huren.«

Wie vom Schlag getroffen starrte Margaret ihn an. Sein Gesicht war bleich, und die Augen glitzerten bedrohlich. Philips besitzergreifende Art war ihr schon seit einiger Zeit unangenehm aufgefallen, doch sie hatte diesen Charakterzug nicht weiter beachtet, dazu war ihre Aufmerksamkeit von den anderen Verehrern zu sehr in Anspruch genommen. Philip unterschied sich von ihnen. Das war es ja gerade, was sie an ihm so sehr faszinierte – mal abgesehen von seiner Großzügigkeit. Sie hatte geglaubt, ihn unter Kontrolle zu haben, wie die anderen auch. Doch sein Verhalten gerade eben verwirrte und erschreckte sie. In ihrer Zeit im Damenstift am King's Place hatte es immer wieder mal Männer gegeben, die ihr Angst einflößten. Doch in solchen Fällen hatte sie nur an einer versteckten Klingelschnur ziehen müssen, und schon war ein bulliger Lakai zu Hilfe gekommen. Hier, in der Dunkelheit von Wyndhams Kutsche, gelenkt von Wyndhams Bediensteten, gab es keinen Schutz.

»Rupert Warwick bedeutet mir nichts«, flüsterte sie tonlos. Ihre Augen starrten ängstlich in die Dunkelheit hinaus. Wo waren sie eigentlich? Vom ›Almack's‹ bis zu ihrem Haus in der Mount Street dauerte die Fahrt um diese Zeit ohne Verkehr höchstens fünfzehn Minuten. Aber es schien ihr plötzlich, als wären sie schon Stunden unterwegs.

Ihr Begleiter reagierte nicht auf ihre Beteuerung. Er lehnte sich in seinen samtbezogenen Sitz zurück und betrachtete sie. Seine Augen blickten leer und ausdruckslos, wie graue, stumpfe Löcher in einem ebenmäßigen Gesicht.

Margaret begann vor Angst zu zittern. Sie hatte ein Gefühl, als säße ihr der Leibhaftige gegenüber. »Warum sind wir denn immer noch nicht in der Mount Street?« fragte sie mit belegter Stimme und sank in ihrem Sitz zusammen.

»Oh, sind Sie so in Eile, nach Hause zu kommen, meine Liebe? Das tut mir aufrichtig leid, dachte ich doch, daß Ihnen der Sinn noch nach einem Tête-à-tête stünde.« Er lächelte.

Plötzlich kam ihr ein Verdacht, wurde augenblicklich zur Gewißheit. »Was ist mit meiner Kutsche?«

Sein Lächeln wurde breiter. »Wie ich Ihnen bereits sagte, dachte ich, daß Ihnen der Sinn nach einem Tête-à-tête stünde«, wiederholte er.

»Sie haben sie also weggeschickt?« Am liebsten hätte sie vor Angst losgeschluchzt.

»Eine exakte Schlußfolgerung«, bemerkte er trocken. »Es wunderte mich schon, daß Sie so lange dazu gebraucht haben.« Er hob den Arm und klopfte aufs Kutschendach. Der Kutscher reagierte sofort und bog nach rechts ein.

Margaret schob den Fenstervorhang zur Seite. »Bringen Sie mich nach Hause.«

»Aber was dachten denn Sie?« erwiderte der Earl in gespielter

Verwunderung. »In spätestens zwei Minuten sind wir vor Ihrer Haustür. Wir müßten uns jetzt ungefähr Höhe Audley Street befinden.«

Margaret kauerte sich in ihre Ecke und biß nervös auf einem Fingerling ihres Handschuhs herum. Sie wagte es nicht, zu sprechen, und als die Kutsche anhielt, riß sie die Tür auf und stürzte aus dem Wagen, noch ehe der Bedienstete das Trittbrett herunterklappen konnte.

Der Earl lehnte sich aus der offenen Kutsche. »Ich hoffe, Sie sehen es mir nach, daß ich Sie nicht an die Tür bringe, meine Liebe.«

»Ich will Sie nie mehr sehen, geschweige denn jemals wieder ein Wort mit Ihnen wechseln!« rief sie wütend. Noch immer zitterte ihre Stimme vor Angst, doch mit der Haustür in greifbarer Nähe kehrte auch ihr Mut wieder.

Der Earl legte seinen Kopf schief und verbeugte sich höflich. »Ich bin untröstlich, Teuerste!« Dann zog er sich wieder in die Kutsche zurück und schloß die Tür.

Margaret hastete die Stufen zum Eingang hoch und hämmerte wie wild gegen die Tür, bis der Nachtportier schlaftrunken herausgetorkelt kam.

Philip lächelte genüßlich in sich hinein, während die Kutsche in Richtung St. James Square schaukelte. Schon seit einiger Zeit hatte er Margaret satt, aber das war ihm erst in dem Moment klargeworden, als er sie mit Rupert Warwick flirten sah. Es war Zeit für ein neues Abenteuer. Und wer anders wäre dazu besser geeignet als die junge, frische und geistreiche Frau des Mannes, den er vom Augenblick ihrer ersten Begegnung an instinktiv gehaßt hatte?

Vor seinem Haus angekommen, sprang er mit einem Schwung und einer Energie aus der Kutsche, als wäre es früher Vormittag und nicht späte Nacht. Ohne, daß er hätte klopfen müssen, öffnete sich die Eingangstür. Der Portier im Hause des Earl of Wyndham wußte wohl, daß er es sich nicht leisten konnte, die

Ankunft seines Herrn zu verschlafen, und so hatte er sich die ganze Nacht lang wach gehalten, um augenblicklich auf seinem Posten zu stehen, wenn sein Herr vorfuhr. Er verschloß die Tür nicht mehr, als er den Earl eingelassen hatte, denn im Haushalt des Grafen hatte bereits der Tag begonnen.

Ein Stalljunge, der die Nacht auf den eiskalten Fliesen der Waschküche verbracht hatte, kam mit klappernden Zähnen aus der Küche und rieb sich schlaftrunken die Augen. Ihm folgte der zweite Lakai, sein unmittelbarer Vorgesetzter, dessen gehobene Stellung in der Hierarchie des Personals man an der Livree und der gepuderten Perücke ablesen konnte. Er hielt einen riesigen Schlüsselbund in den Händen und begann, die Türen zum Salon und den anderen herrschaftlichen Gemächern aufzuschließen, damit die Dienstmädchen mit ihrer täglichen Putzarbeit beginnen konnten.

Der zweite Lakai sah den Earl gerade noch rechtzeitig, um den Stalljungen am Schlafittchen zu packen und ihn ins Dunkle unter der Treppe zu stoßen, bis der Hausherr außer Sichtweite war. Die Augen des Earl of Wyndham sollten nicht durch den Anblick eines siebenjährigen Jungen in dreckverschmierter Schürze beleidigt werden, der sich mit verfilzten Haaren und pechschwarzen Fingernägeln im geheiligten herrschaftlichen Bezirk herumtrieb.

Philip eilte in sein Schlafzimmer, wo ihn der Kammerdiener bereits in strammer Haltung und mit wachem, beflissenen Gesichtsausdruck erwartete, obwohl auch er die ganze Nacht kein Auge zugetan hatte.

»Hatten Sie einen angenehmen Abend, Mylord?«

»Ja, danke.« Der Earl warf sich in einen Sessel und streckte seinem Diener die Beine hin. Der bückte sich sofort und zog ihm die Schuhe aus. Dann nahm er ihm den Umhang ab.

Ein diskreter Blick auf das Gesicht seines Herrn verriet dem erfahrenen Diener, daß der Earl nicht in Stimmung war, sich zu unterhalten, und so verrichtete er schweigend seine Dienste, bis

Seine Lordschaft ihr Schlafgewand anhatte, die Bettvorhänge beiseite gezogen und die Decke aufgeschlagen war. In devoter Haltung stellte er sich in Erwartung weiterer Anweisungen neben dem Bett bereit.

Unschlüssig schaute sich Philip in seinem Schlafzimmer um. »Sie können gehen, Fredericks.« Er winkte ihn davon. »Ich kann alleine ins Bett gehen.«

»Wie Sie wünschen, Mylord.« Fredericks verbeugte sich tief und zog sich sofort zurück. Als er die Tür hinter sich geschlossen hatte, seufzte er unhörbar und zog eine gequälte Miene. Der Earl war unberechenbar. Ob er jetzt sechs Stunden schlief oder nur zwei, wußten die Götter. Heute morgen wirkte er nervös und gereizt, was bedeutete, daß er ihn wahrscheinlich in ein, zwei Stunden wieder herbeiklingeln würde. Er mußte dann frisch und munter aussehen, konnte es sich also nicht einmal jetzt leisten, ein paar Stunden des versäumten Nachtschlafs nachzuholen. Höchstens ein kleines Nickerchen auf seinem Strohlager unter dem Dach würde er sich gönnen.

Philip schritt derweil unruhig in seinem Schlafzimmer auf und ab. Die Begegnung mit Lady Warwick und die Szene mit Margaret hatten ihn erregt, und das Blut pochte in seinen Lenden. Er brauchte jetzt eine Frau. Philip rief sich Lady Warwicks Bild ins Gedächtnis – ihre gertenschlanke Figur, ihr einladendes Lächeln, das so viel zu versprechen schien, den vollen Mund, den diskret verhüllten schwellenden Busen. Sie strahlte eine Frische und eine Sinnlichkeit aus, die in ihm ein wildes Begehren entfachte. Und es schien, daß sie alles andere als die Rolle der tugendhaften, treuen Ehefrau zu spielen gedachte.

Wie würde Rupert Warwick wohl reagieren, wenn er ihm Hörner aufsetzte? Philip grinste hämisch. Sein Blick wanderte zu der Tür, die sein Schlafzimmer mit dem seiner Ehefrau verband. Bei Letitia brauchte er nicht zu befürchten, daß ihm jemals jemand Hörner aufsetzte.

Immer heftiger pulsierte das Blut in seinem Geschlecht. Ein

hauchdünner Schweißfilm bedeckte seine Haut. Sein pralles Glied forderte Befreiung aus der engen Hose.

Er hatte eine Frau. Eine in jeder Beziehung unbefriedigende Frau. Aber ihr Körper stand ihm zur Verfügung, lag bereit, seinen Trieb zu befriedigen. Entschlossen riß er die Tür auf und trat in die Dunkelheit von Letitias Schlafzimmer. Krachend fiel sie hinter ihm wieder ins Schloß.

Mit einer einzigen Bewegung fegte er die Bettvorhänge zur Seite.

Letitia war vom Türenknallen aus dem Schlaf gefahren. Zitternd lag sie unter der Decke. Sie wußte, was er von ihr wollte und schloß die Augen, als die Vorhänge zur Seite gezerrt wurden und sie seine Nähe spürte. Es war immer die gleiche Art, wie er sie nahm, seit der ersten Nacht, in der sie Susannah empfangen hatte. Immer tauchte er völlig unvermittelt auf, immer mitten in der Nacht. Und immer riß er sie aus dem Schlaf, so daß sie oft nächtelang bis zum Morgengrauen in banger Erwartung wach lag und in die Dunkelheit lauschte.

Niemals sprach er zu ihr. Nur manchmal, wenn er sie, um seine Erregung aufzupeitschen, mit unflätigen Ausdrücken beschimpfte, während er hart und brutal in sie stieß. Niemals hatte sie das Gefühl, daß sie als Mensch, als Frau auch nur irgendeine Bedeutung für ihn hatte. Er hatte ein tierisches Bedürfnis, und sie war dazu da, dieses Bedürfnis zu befriedigen.

Das Bett ächzte, als er sich auf sie warf. Wortlos riß er ihr Nachthemd hoch, packte ihre Hände und drückte sie über dem Kopf in die Kissen. Mit einem brutalen Stoß drang er in sie ein. Tränen stürzten ihr aus den Augen, als der stechende Schmerz durch ihren Körper fuhr.

Als es vorbei war, verließ er sie – ohne ein Wort, ohne auch nur die Bettvorhänge wieder zurückzuziehen, so daß sie jetzt durch das Fenster die ersten rosa Streifen des Morgenlichts am Himmel sehen konnte. Ein neuer, strahlend schöner Tag kündigte sich an.

Letitia liefen die Tränen über die Wangen. Leise wimmernd lag sie in den Kissen. Sie fühlte sich so elend. Das also war ihr Leben. Und nichts und niemand auf dieser Welt würde daran etwas ändern. An wen sollte sie sich um Hilfe wenden? Ihr Vater würde sich heraushalten, wenn sie sich bei ihm über Philip beklagen würde. Der Mann war Herr und Gebieter seiner Frau, so geboten es die Kirche und das Gesetz. Und wie der Herr und Gebieter seine Frau behandelte, lag einzig und allein in seinem Ermessen. Nein, der Duke of Gosford würde ihr nicht helfen. Niemand würde ihr helfen. Niemand.

11

»Haben Sie denn heute abend gar nichts vor, Octavia?«

»Nein, ich dachte, heute abend bleibe ich mal daheim und mach's mir so richtig gemütlich.« Octavia hob den Kopf und schaute lächelnd über den Wannenrand. Durch den Dampf konnte sie Rupert, der im Türrahmen lehnte, nur vage erkennen. »Schnell, machen Sie die Tür zu, die Kälte kommt rein!«

Rupert trat ein und schloß die Tür hinter sich. »Nell, die Lady wird klingeln, wenn sie dich wieder braucht«, wandte er sich an Octavias Zofe.

Nell, die damit beschäftigt war, die Falten eines dunkelgrünen Seidenkleides zu glätten, verstand sofort. Lord Ruperts lasziver Gesichtsausdruck beim Anblick seiner nackten Frau hatte ihr gleich signalisiert, daß sie hier überflüssig war. So hing sie das Kleid schnell auf den Bügel, knickste artig und schlüpfte aus der Tür.

Rupert angelte sich mit dem Fuß den Hocker vom Frisiertisch und schob ihn an die Wanne, die gleich neben dem Kamin aufgestellt war. Er hatte sich inzwischen an Octavias Vorliebe für Wannenbäder gewöhnt, die genauso ungewöhnlich war wie ihre beharrliche Abneigung gegen Schminke und Puder.

»Sie werden sich den Samtumhang ruinieren, wenn Sie wie üblich Ihre Lust an Wasserspielen austoben wollen«, unkte sie, denn sie ahnte, was er vorhatte.

»Dem Problem ist leicht abzuhelfen«, grinste er und zog den glänzend schwarzen Umhang und die ebenfalls schwarze Seidenweste aus. Er legte die Sachen sorgfältig aufs Bett, ehe er die winzigen, in den Rüschen seiner Manschetten versteckten Knöpfe öffnete und die Ärmel des Leinenhemdes hochkrempelte.

»Und wenn Ihre Hosen Spritzer abbekommen?« fragte Octavia kokett und plätscherte aufreizend mit den Fingern an der Wasseroberfläche.

»Dieses gewaltige Risiko nehme ich in Kauf«, schmunzelte er. »Wo ist die Seife?«

»Oh, ich hab' mich bereits eingeseift«, erklärte sie betont gleichgültig.

»Dann werden Sie eben zweimal eingeseift«, gab er zurück. Er setzte sich auf den Hocker und bückte sich nach dem Lavendelstück in der Schale am Boden. »Wo soll ich anfangen?«

Kichernd ergab sich Octavia ihrem Schicksal. Rupert liebte es nun einmal, mit ihrem Körper zu spielen, besonders, wenn sie in der Wanne lag. Und sie liebte es, sich von seinen zärtlichen Fingern erregen zu lassen.

Ganz besonders aber liebte es Rupert, ihre Leidenschaft, kurz bevor sie ausgingen, zu entfachen, ohne ihr Befriedigung zu gönnen. So sollte sie der nächtlichen Erfüllung ihrer aufgestachelten Begierden den ganzen Abend lang entgegenfiebern. Er hielt das Feuer ihres Verlangens am Brennen, indem er ihr im Verlauf des Abends immer wieder begehrliche Blicke zuwarf, im Vorbeigehen scheinbar zufällig ihre Brüste streifte oder ihr Zärtlichkeiten ins Ohr flüsterte. Das ließ ihren Körper, dessen Fasern bereits erwartungsvoll gespannt waren, jedesmal wie unter einem elektrischen Schlag erbeben. Doch Rupert lächelte ihr nur ein wenig zu und ging wieder seines Weges. Er wußte –

wenn sie endlich allein wären, würde es ihn nur eine hauchzarte Berührung mit der Fingerspitze kosten, um sie zum Explodieren zu bringen.

»Und Sie?« fragte Octavia. »Wo gedenken Sie heute abend zu speisen?« Es gehörte zu ihrem Liebesspiel, dabei alltägliche Belanglosigkeiten auszutauschen.

»Viscount Lawton hat einen intimen Kreis von Freunden eingeladen«, antwortete er betont gleichmütig, während seine Hände sich auf Entdeckungsreise begaben. »Er meinte, es würde mit Sicherheit recht unterhaltsam werden.«

»Frauen also.«

»Ich nehme an. Eine Gesellschaft mit Hostessen. Der Prince of Wales frönt ja zum Teil recht sonderbaren Neigungen, und Malcolm hat drei Damen eingeladen, die dafür sorgen werden, daß er auf seine Kosten kommt.«

Er zog seine Hand aus dem Wasser und strich Octavia mit dem Finger über die Lippen. »Eine der drei ist Expertin für körperliche Züchtigungen, die ganz besondere Spezialität Seiner Hoheit.«

Octavia kicherte und leckte Ruperts Fingerspitze. »Schwingt er selbst die Peitsche oder hält er seinen königlichen Hintern hin?«

»Oh, wohl beides, je nach Stimmung. Unglücklicherweise erwartet er von den anderen Gästen, daß sie diesem Hobby mit der gleichen Begeisterung frönen.« Er grinste trocken. »Deshalb werde ich mich wohl besser höflich verabschieden, bevor die Schau beginnt.« Er angelte sich ein großes Handtuch und bettete es über seine Knie. »Kommen Sie.«

»Schauen Sie später noch zum Pharao vorbei?« Triefend stand Octavia auf, ließ das Wasser von ihrem Körper perlen, um dann aus der Wanne zu steigen und sich auf Ruperts Schoß zu setzen.

»Natürlich.« Er schlang das Handtuch um sie und begann sie abzutrocknen. »Wahrscheinlich werden mir die meisten von Lawtons Gästen auf dem Fuße folgen. Denn es langweilt doch auf die Dauer, einem Hurentrio bei seinen perversen Spielchen zuzuschauen.«

»Ich dachte immer, Hostessen wären etwas ganz Besonderes, keine gewöhnlichen Huren.« Genüßlich lehnte sich Octavia vor, damit er ihren Rücken trocknen konnte. »Ihre Körper verkaufen sie doch nicht, oder?«

»Nein, nur benehmen sie sich genauso ordinär und vulgär wie ganz normale Nutten. Stehen Sie auf, daß ich auch Ihre Beine abtrocknen kann.«

Octavia gehorchte. Es fiel ihr schwer, das vordergründig belanglose Gespräch in Gang zu halten, während er ihr mit dem Handtuch zärtlich über das Gesäß, dann zwischen die Schenkel fuhr. Ihr Atem beschleunigte sich. »Dieses verdammte Pack«, stieß sie mit heiserer Stimme hervor. »Und wir halten sie alle zum Narren!« Sie lachte, doch es klang wie ein Keuchen.

Er packte sie an den Hüften und drehte sie zu sich um. Als sie in sein Gesicht sah, dämmerte ihr, daß er sie auch dieses Mal wieder verhungern lassen würde.

Rupert, der ihre Gedanken zu lesen schien, legte den Kopf in den Nacken und schaute lachend zu ihr hinauf. »Soll ich Gnade walten lassen, mein Herz?« murmelte er mit laszivem Grinsen.

»Als hätten Sie auf meine Wünsche jemals Rücksicht genommen!« versuchte sie sich in Ironie, doch ihre Stimme klang belegt. Ihr Körper schrie nach Erfüllung, und sie begehrte nichts so sehr, als daß er in seinem wollüstigen Spiel fortfuhr. Auch wenn sie wußte, daß ihr dadurch das prickelnde Gefühl entgehen würde, einen ganzen Abend lang mit vibrierenden Nerven dem Augenblick der orgiastischen Entladung entgegenzufiebern.

»Oh, Ihre Wünsche sind mir Befehl«, erwiderte er in gespielter Galanterie. »Aber ich denke doch, daß ich es heute einmal ausnahmsweise dabei belassen werde.«

Octavia atmete schwer und entzog sich ihm mit einer heftigen Bewegung... So heftig, daß sie auf dem Seifenschaum ausrutschte, das Gleichgewicht verlor und rücklings wieder in die Wanne platschte. Das Wasser schwappte über und spritzte in alle Richtungen.

»Tolpatsch!« lachte Rupert und schüttelte vorwurfsvoll den Kopf. »Jetzt müssen wir wieder ganz von vorn anfangen.«

»Nein, unterstehen Sie sich!« protestierte sie und strampelte prustend aus dem Wasser. »Gehen Sie jetzt und rufen Sie mir Nell, Sir!«

Rupert amüsierte sich über ihre Empörung, die beinahe echt schien. Er nahm ihr Gesicht zwischen seine Hände und küßte sie zum Abschied, bevor er Weste und Umhang wieder anzog. »Bis elf Uhr bin ich sicher wieder zurück. Vorher wird noch kaum viel los sein. Zum Glück kann ich mich ja darauf verlassen, daß Sie unseren Gästen bis dahin auf Ihre eigene, unnachahmliche Weise Zerstreuung bieten!«

Octavia lächelte geschmeichelt und wickelte sich in ihr Handtuch. Der Salon der Warwicks in der Dover Street war für zwei Dinge berühmt: für die Dame des Hauses, die auf geistreiche und charmante Weise ihre Gäste zu unterhalten wußte und für den Hausherrn, dem am Spieltisch kein Einsatz zu hoch war. Diese Mischung machte ihr Haus zum Anziehungspunkt vor allem für die jüngeren Höflinge unter Führung des Prince of Wales.

Dabei hatte schon manch einer dieser Heißsporne unter ihrem Dach ein halbes Vermögen durchgebracht, dachte Octavia, als sich die Tür hinter Rupert schloß. Glücksspiel war verboten, und dennoch blühte dieses Laster in ganz London. Rupert war ein erfahrener, mit allen Wassern gewaschener Spieler. Einen großen Teil ihres aufwendigen Haushalts finanzierten sie mit dem Geld, das er seinen Gästen am Spieltisch mit galantem Lächeln abknöpfte. Octavia besaß weder Erfahrung noch reizte es sie, ihr Schicksal auf Spielkarten oder Würfel zu setzen. So beschränkte sie sich denn auf die Rolle der liebenswürdigen Gastgeberin, die mit Esprit ihren Charme spielen ließ, während ihr

Gatte in aller Ruhe die gemeinsamen Gäste aufs Kreuz legen konnte.

Gewissensbisse plagten sie nicht, im Gegenteil. Diese aufgeblasenen Kreaturen verdienten nichts anderes. Octavia war manchmal geradezu fasziniert von der Verblendung, mit welcher die Männer, mit denen sie flirtete, offenbar geschlagen sein mußten, um ihre maßlosen Schmeicheleien bereitwillig für bare Münze zu nehmen. Und auch den Damen keimte nicht einen Augenblick der Verdacht, daß die überschwenglichen Komplimente, mit denen Rupert sie überschüttete, vielleicht nicht immer ganz ernst gemeint sein könnten. Die Selbstgefälligkeit, Wichtigtuerei und Eitelkeit der Höflinge König Georgs III. kannten keine Grenzen. Und so hatten Octavia und Rupert nicht die geringsten Skrupel, ihren Gästen die Farce vorzuspielen, die sie sehen wollten. Das Spiel war zwar amüsant, aber auch anstrengend. Immer, wenn sie die letzten Gäste verabschiedet hatte, fühlte sie sich zerschlagen und ausgebrannt, wie nach einem ganzen Abend Schwerstarbeit.

Octavia warf einen Blick auf die Standuhr. Bis heute der Vorhang wieder aufging, blieben ihr noch ein paar Stunden, in denen sie sich nicht zu verstellen brauchte. Sie würde gemütlich mit ihrem Vater zu Abend essen. Seit sie nicht mehr in Shoreditch hausten, war er wieder ganz der alte – ein liebenswürdiger, geistreicher und witziger Zeitgenosse, so wie sie ihn aus ihrer Kindheit kannte. Und wenn dann Griffin den ersten Gast ankündigte, hatte sie wieder Kraft getankt, um auf die Bühne zu steigen.

Dirk Rigby und Hector Lacross waren für die Clique des Prince of Wales eigentlich schon zu alt, doch die beiden kleideten sich so jugendlich-geckenhaft, daß man ihr Alter auf den ersten Blick gar nicht bemerkte. Sie trugen gestreifte Westen, hoch aufgetürmte, gepuderte Perücken, goldbestickte Umhänge und waren mit einer Unmenge von Uhrkettenanhängern, Anstecknadeln und Broschen herausgeputzt. Wo immer sie den Prinzen sahen, stürzten sie sich auf ihn und umwedelten ihn wie zwei winselnde, speicheltriefende Möpse.

Octavia kostete es einige Mühe, den Blick von den beiden Männern zu lösen, die ihren Vater ruiniert hatten. Sie waren nur zwei der zahlreichen Gäste, die seit zehn Uhr in Scharen in ihr Haus strömten. Doch immer wieder schaute sie verstohlen zu ihnen hinüber, versuchte, Fetzen ihres Gesprächs zu erhaschen, während sie damit beschäftigt war, andere Gäste zu begrüßen und zu ermuntern, doch an den Spieltischen Platz zu nehmen.

»Ein wenig zerstreut heute abend, Octavia?« Sie erschrak, als sie Ruperts Stimme hörte. »Seit fünf Minuten schon winkt der Prinz zu Ihnen herüber, und Sie haben ihn noch nicht eines einzigen Blickes gewürdigt.«

Schuldbewußt schaute Octavia zu ihrem königlichen Gast hinüber, der an einem Pharao-Tisch saß und ihr mit seinem Fächer zuwedelte. Sie lächelte und winkte pflichtgemäß zurück. »Es tut mir leid«, murmelte sie dann, »aber heute sehe ich die beiden zum ersten Mal mit eigenen Augen...«

»Ich weiß«, unterbrach er sie ungeduldig, »aber die zwei sind *mein* Job, nicht Ihrer. Und wenn Sie die Kerle weiterhin so anstarren, ziehen Sie nur unnötig ihre Aufmerksamkeit auf sich.«

Sie nickte zerknirscht und rauschte dann zum Tisch des Prinzen hinüber, um sich nach seinen Wünschen zu erkundigen. Rupert mochte recht haben, wenn er sagte, daß die beiden sein Job waren und nicht der ihre. Andererseits hatte er bis jetzt noch keinen Versuch unternommen, sie in ein Gespräch zu ziehen oder auf andere Weise einen Kontakt herzustellen. Am Anfang hatte sie in ihrer Naivität geglaubt, Rupert würde versuchen, das Vermögen ihres Vaters am Spieltisch zurückgewinnen. Doch dann war ihr klargeworden, daß ein Mann wie Rupert, der in seinen Plänen mit eiskalter Berechnung vorging, ein so hohes Risiko nie eingehen würde. Lord Nick auf seinem Silberschimmel liebte die Gefahr, liebte es, das Schicksal herauszufordern.

Aber Lord Rupert Warwick ging auf Nummer Sicher. Er plante alles bis ins letzte Detail.

Rupert beobachtete Octavia aus dem Augenwinkel, wie sie hinter dem Sessel des Kronprinzen stand, mit ihm herumschäkerte und hin und wieder hell auflachte – wohl über seine alten, abgedroschenen Witze. Das Blut schoß ihm in die Lenden, als er an ihre gemeinsamen Wasserspiele am Nachmittag dachte und an die Verheißung, die sie versprachen.

Heute abend sah sie hinreißender aus denn je. Sie trug ein dunkelgrünes Seidenkleid mit elfenbeinfarbenem Spitzenbesatz. Ihr glänzendes Haar fiel in koketten Korkenzieherlocken auf die weißen Schultern herab. Das Smaragdcollier und die dazu passenden Ohrringe waren eine derart gelungene Fälschung, daß nur sie beide wußten, daß sie aus grünem Glas geschliffen waren.

Sie war in ihre Rolle geschlüpft, als ob sie ihr auf den Leib geschrieben wäre – die aufregend unkonventionelle junge Lady, die mit strahlendem Lächeln neue Gäste begrüßte und dezent, doch unübersehbar signalisierte, daß sie für alle Abenteuer offen war, so riskant sie auch sein mochten. Rupert spielte den großzügigen Ehemann, der mit den zahlreichen Damen, die bei ihm zu Gast waren, nicht weniger heftig flirtete als mit seiner Frau.

Octavia und er waren das attraktivste und meistumworbene Paar der Saison. Und die Klatschmäuler am Hofe kamen voll auf ihre Kosten.

Manchmal, wenn Rupert sah, wie sie lachte und flirtete, wenn er sah, wie die lüsternen Blicke der Männer auf ihrem schwellenden Busen ruhten, wenn er sah, wie diese eitlen Gecken mit gierigen Händen nach ihr grapschten, überkam ihn ein abgrundtiefer Zorn. Die Vorstellung war einfach zu abstoßend, daß Octavias zarte, duftende Porzellanhaut von den verschwitzten Pfoten dieser Lustmolche besudelt wurde. Schließlich hatte nur er allein das Recht, die atemberaubenden Vorzüge ihres Körpers zu genießen, und deshalb ertrug er die schamlose Gier in den Gesichtern von Octavias Verehrern nur mit äußerster Selbstbeherrschung. Aber dieses widerwärtige Spiel war Teil ihres Komplotts. Er mußte es erdulden. Und er mußte mitspielen.

Sein kalter Blick wanderte zu Philip hinüber, der am Kamin stand und Octavia über den Rand seines Weinglases beobachtete. Obwohl der Earl of Wyndham wenig Interesse am Glücksspiel hatte, war er doch ein ständiger Gast in ihrem Hause. Und Octavia hatte die Köder ausgeworfen. Sie war eine meisterhafte Verführerin und beherrschte alle Tricks. Es war nur eine Frage der Zeit, bis er anbiß.

Gegen die Vorstellung, daß die Hände seines Zwillingsbruders über Octavias Alabasterkörper gleiten würden, wehrte sich alles in Rupert, und er zwang sich, an etwas anderes zu denken. Zum Beispiel daran, daß eines Tages, wenn er endlich wieder der rechtmäßige Erbe der Wyndhams wäre, die echten Smaragde aus der Schmuckschatulle seiner Mutter auf Octavias Haut glitzern würden und keine billigen Fälschungen. Seine Hand fuhr in die Hosentasche. Mit zitternden Fingern betastete er das kleine Samttäschchen, durch das er den winzigen Ring fühlte, seinen Wyndham-Ring.

Es hieß, daß die Tradition der Wyndham-Ringe bis in die Zeit der Kreuzzüge zurückreichte, aber er hielt das für eine Übertreibung. Der Ursprung dieses Brauchs verlor sich im Nebel seiner Familiengeschichte. Jeder Sohn, der dem Earl of Wyndham geboren wurde, bekam diesen Ring im Moment, da die Nabelschnur durchtrennt war, auf das Fingerchen gesteckt. Von nun an war die Verteidigung der Familienehre für den jungen Earl oberste Verpflichtung, die er bis zur letzten Konsequenz zu erfüllen hatte. Und wenn ihm dann eines Tages selbst ein Sohn geboren wurde, gab er den Ring und die Verpflichtung an diesen weiter. Als sich seinerzeit abzeichnete, daß die junge Lady Wyndham Zwillinge gebären würde, ließ deren künftige

Großmutter, eine liebenswerte, etwas schrullige alte Dame, zwei identische Ringe mit einer ganz eigenwilligen Gravur anfertigen. Sie hoffte, diese zwei Ringe würden die beiden Brüder so innig aneinander binden, wie sie durch die Tradition der Ringe an die Familienehre gebunden waren. Ein Wunsch, der nie in Erfüllung gehen sollte.

Gervase hatte als Erstgeborener den Ring des alten Wyndham getragen, und da er kinderlos gestorben war, hatte man ihm nach altem Brauch den Ring mit ins Grab gegeben. Philip trug nun seinen Ring als der neue Earl of Wyndham.

Aber nicht mehr lange! Ruperts Mund verzog sich zu einem grimmigen Grinsen. Octavia würde ihm Philips Ring bringen. Nur sein Bruder und er kannten das Geheimnis der Gravur. Wenn er die Ringe hätte, würde Philip ihn wiedererkennen. Rupert stellte sich die Reaktion seines Zwillingsbruders vor, in dem Moment, da er ihm ins Gesicht sehen – und ihn erkennen würde. Welch süßer Augenblick der Rache! Ein Augenblick, der ihn für all die erlittenen Qualen seiner Kindheit entschädigen würde!

Und Octavia würde ihm diesen Triumph ermöglichen!

Rupert atmete tief durch. Die Eifersucht, die seine Sinne eben noch in Aufruhr versetzt hatte, war verflogen, und er hatte seine Fassung wiedergefunden. So konnte er sich jetzt wieder seiner Aufgabe zuwenden – Rigby und Lacross. Die beiden waren zum ersten Mal in seinem Haus, saßen am Pharao-Tisch und sprachen kräftig dem Weine zu. Zwei jüngere Spieler saßen mit am Tisch, und Rupert sah mit einem Blick, daß Rigby, der am Spiel war, den beiden das Fell über die Ohren zog.

Rupert hatte nichts gegen Gewinner, im Gegenteil. Damit sein Haus ein Erfolg würde, mußte man hier auch die Möglichkeit haben, satte Gewinne einzustreichen. Er hatte es sich zur Gewohnheit gemacht, wenn er nicht selbst spielte, jungen und unerfahrenen Spielern Tips zu geben und ihnen Trost zu spenden, wenn sie von einem der alten Hasen geschröpft worden waren. Was er jedoch nicht duldete, war Betrug. Und Dirk Rigby war ein mit allen Wassern gewaschener Betrüger – auch das sah Rupert mit einem Blick. Nun wollte er allerdings Rigby nicht bloßstellen. Denn die Gier dieses Mannes war die Waffe, die er gegen ihn zu richten beabsichtigte, deshalb mußte er sie auf kleiner Flamme am Köcheln halten. Nun aber galt es dennoch einzuschreiten.

Er schlenderte zu ihrem Tisch hinüber und schaute den beiden jungen Heißspornen diskret über die Schulter, die, vom vielen Wein ganz rot im Gesicht, gerade dabei waren, mit fahrigen Fingern Schuldscheine zu unterschreiben. Offenbar hatten sie ihre Barschaften bereits verspielt. »Gentlemen«, wandte er sich höflich an die beiden und legte jedem beruhigend eine Hand auf die Schulter. »Es ist in diesem Hause nicht üblich, Schuldscheine auszustellen. Es tut mir wirklich leid, aber hier wird nur um Bargeld gespielt.«

Verblüfft und irritiert schauten die beiden zu ihm auf. Als sie seinem freundlichen, aber unnachgiebigen Blick begegneten, rutschten sie ein wenig verlegen auf ihren Stühlen herum.

»Kommen Sie, Warwick«, versuchte Lacross den Hausherrn umzustimmen. »Seit wann akzeptiert ein Gentleman keine Schuldscheine?«

»Ich finde sie einfach lästig«, erklärte Rupert in sanftem Ton und nahm eine Prise Schnupftabak. »Es ist so ärgerlich, ständig seinen Schuldnern hinterherzulaufen.« Er warf den beiden jungen Männern einen gönnerhaften Blick zu. »Wenn Sie Geld haben, Gentlemen, sind Sie jederzeit willkommen, an diesem Tisch zu verweilen. Wenn aber nicht...«, er zog die Schultern hoch und machte eine hilflose Geste, »...dann muß ich Sie leider bitten, zu gehen.«

»Sie... Sie unterstellen mir, daß ich meine Schulden nicht bezahle?!« erregte sich einer der beiden jungen Burschen. »Sir, das ist eine Beleidigung! Ich verlange Satisfaktion!«

»Immer mit der Ruhe, junger Mann«, beschwichtigte ihn

Rupert. »Niemand beleidigt Sie. Ich kläre Sie lediglich über die Regeln auf, die in diesem Hause herrschen. Als Sie kamen, kannten Sie die Regeln noch nicht, jetzt kennen Sie sie. Sie haben die Wahl. Wenn Sie liquide sind, fahren Sie fort, wenn nicht, wünsche ich Ihnen einen guten Abend.«

Die beiden jungen Männer sprangen auf, daß die Stühle hinter ihnen fast zu Boden gekracht wären, verbeugten sich knapp und verließen mit hochrotem Kopf den Salon.

»Aber warum denn so streng?« murmelte Peter Carson mit leisem Tadel, während er den überstürzten Abgang der beiden beobachtete.

»Kleine, dumme Jungen«, erwiderte Rupert mit einem Achselzucken. »Sollten nicht mit Erwachsenen spielen. Sie werden's verwinden.«

Damit wandte er sich wieder Lacross und Rigby zu, die aus ihrer Enttäuschung und Verärgerung keinen Hehl machten.

»Sollen wir bei zweihundert Guineen einsteigen, Gentlemen?« fragte er sie mit seinem charmanten Lächeln. »Nachschenken!« rief er einem Diener über die Schulter zu und deutete auf die leeren Gläser seiner Mitspieler. »Fangen wir an? Lacross, spielen Sie mit? Peter, bist du dabei?«

Rigby sammelte die Schuldscheine ein, die auf dem ganzen Tisch verstreut lagen, und stopfte sie in seine Westentasche. »Recht eigenwillige Regeln, die in Ihrem Hause herrschen, Warwick«, knurrte er mißmutig.

Rupert lachte und nahm am Tisch Platz. »Junge Hitzköpfe werden nur dann zu hartgesottenen Spielern, Rigby, wenn man sie nicht gleich am Anfang ihrer Karriere ausnimmt wie eine Weihnachtsgans.« Damit schleuderte er eine Handvoll goldener Guineenstücke auf den Tisch, daß es im Schein des Kerzenlichts nur so blitzte und blinkte – ein Vermögen, scheinbar achtlos den habgierigen Hyänen Lacross und Rigby zum Fraße vorgeworfen.

Hector Lacross lachte lauthals los und stieß dabei mit einer fahrigen Bewegung sein Glas so heftig um, daß sich der Rotwein über den halben Tisch ergoß und über den Rand auf den gewachsten Boden tropfte. Sofort sprang ein Bediensteter hinzu und wischte die Pfütze auf, während ein anderer das Glas nachfüllte.

Rupert ignorierte den peinlichen Zwischenfall und plauderte mit freundlichem Lächeln weiter, während er die Karten austeilte. »Ich habe meine ganz eigene Methode, mein Vermögen zu mehren«, bemerkte er. »Ich muß nicht die Unerfahrenheit kleiner Jungen ausnutzen.«

»Ach, ja?« Interessiert beugte sich Lacross zu ihm über den Tisch. »Und was ist das für eine Methode?«

Rupert lächelte geheimnisvoll. »Tja, es gibt da so gewisse Pläne... Spielen wir, meine Herren?«

Octavia war die Szene am Spieltisch nicht entgangen. Verstohlen warf sie immer wieder einen Blick hinüber. Es fiel ihr schwer, dem Prinzen ihre ungeteilte Aufmerksamkeit zu widmen, da sie zusätzlich durch die bedrängende Gegenwart Philip Wyndhams abgelenkt wurde. Den ganzen Abend schon wich er ihr nicht von der Seite. Seltsamerweise versuchte er jedoch nicht im geringsten, sie in ein Gespräch zu ziehen oder gar mit ihr zu flirten. Er war nur ständig in ihrer Nähe, beobachtete sie schweigend, wie ein Jäger, der sein Wild einkreist. Im Augenblick stand er hinter ihr. Wie zwei glühende Kohlen fühlte sie seine Augen in ihrem Rücken. Warum sprach er sie nicht an? Erwartete er etwa, daß sie die Initiative ergriff, daß sie sich wegen seines unmißverständlichen Interesses geschmeichelt zeigte? Doch ihr Instinkt riet ihr, sich zurückzuhalten. Gleichgültigkeit würde sein Begehren viel eher erregen als das affektierte Getue, das die übrigen Damen in seiner Nähe an den Tag legten. Und vielleicht hielt sie sich auch deshalb so zurück – weil sie Angst vor ihm hatte.

»Lady Margaret Drayton«, kündigte in dem Augenblick Griffin den neuen Gast an. Octavia fuhr herum. Nur sehr selbstbewußte Frauen wagten sich ohne männliche Begleitung in ihre Spielhölle. Selbst Margaret Drayton, der man mangelndes Selbstbewußtsein weiß Gott nicht nachsagen konnte, hatte sich bisher noch nicht blicken lassen.

Rupert erhob sich augenblicklich von seinem Platz und ging mit ausgestreckten Armen quer durch den Raum auf Lady Drayton zu. »Madam! Welch eine Ehre, Sie in unserer armseligen Hütte begrüßen zu dürfen!« rief er strahlend und küßte ihr galant die Hand. »Sie sehen hinreißend aus wie immer!«

»Ja, Sir Rupert, Sie sind berühmt für Ihre Schmeicheleien«, lachte Margaret und kam dann gleich zur Sache. »Wie ich hörte, laufen hier die flottesten E-und-O-Runden in ganz London.«

»Sie werden auf Ihre Kosten kommen, Madam, dafür verbürge ich mich. Aber setzen Sie sich doch erst einmal zu mir an den Pharao-Tisch, ich muß noch eine Partie zu Ende spielen.«

Octavia warf Philip einen Blick zu. Seine Züge waren versteinert, und seine grauen Augen blickten starr geradeaus. Sein ebenmäßiges Gesicht unter der weißen Perücke wirkte edel wie immer, und dennoch mußte Octavia bei seinem Anblick an eine gotische Schimäre denken – eine verzerrte Fratze, abstoßend und verunstaltet.

»Ihr Gatte scheint an der Drayton ja einen Narren gefressen zu haben«, bemerkte er süffisant, als er Octavias Blick wahrnahm.

»Da ist er sicherlich nicht der einzige«, gab sie mit einem Achselzucken zurück.

»Ja, das kann man wohl sagen«, schaltete sich der Prinz in das Gespräch ein, lehnte sich genüßlich schmunzelnd in seinen Sessel zurück und ergriff Octavias Hand. »Margaret ist der Star von London. Aber glauben Sie mir, Teuerste«, fuhr er fort und senkte seine Stimme zu einem vertraulichen Flüstern. Seine Schweinsäuglein funkelten. »Sie kann Ihnen das Wasser nicht reichen, niemals!« Augenblicklich brach er in röhrendes Gelächter aus, als ob er einen verteufelt guten Witz gerissen hätte und beugte sich dann über ihre Hand, um sie zu küssen.

»Sie sind zu liebenswürdig, Sir«, murmelte Octavia und wartete geduldig, bis er ihre Hand abgeleckt hatte. Wieder warf sie einen Blick zu Rupert und Margaret hinüber. Rupert wisperte ihr gerade irgend etwas offenbar sehr Privates ins Ohr. Seine Hand ruhte dabei wie zufällig auf ihrer nackten Schulter. Dafür, daß sie ihm angeblich gleichgültig war, widmete er ihr überraschend viel Aufmerksamkeit. Mit keiner anderer Frau flirtete er dermaßen unverhohlen. Sein Techtelmechtel mit ihr vor kurzem im ›Almack's‹ hatte er damit begründet, Philip eifersüchtig zu machen, um so sein Interesse für Octavia zu provozieren. Inzwischen konnte sie sich über mangelndes Interesse des Earl of Wyndham nicht mehr beklagen. Warum also poussierte Rupert dann immer noch mit Margaret herum?

Andererseits – warum sollte er nicht? Wenn er mit ihr ins Bett gehen wollte – was hinderte ihn daran? Er hatte kein Ehegelöbnis abgelegt, das ihn zur Treue verpflichtete. Rupert und sie waren lediglich Geschäftspartner. Er war ein sinnlicher Mann mit gewaltigem sexuellem Appetit – vielleicht reichte ihm ja eine einzige Frau nicht, seinen Hunger zu stillen.

Die Vorstellung, Rupert könnte ihr untreu werden, war so unerträglich, daß Octavia sie augenblicklich aus ihrem Kopf verbannte.

»Ihr Gatte lustwandelt auf etwas ausgetretenen Pfaden...«, Philips spitze Bemerkung riß Octavia aus ihren düsteren Gedanken, »...und übrigens durch ziemlich eintönige Landschaften, wie er mit Sicherheit bald feststellen wird.«

»Gut möglich, Sir.« Ein Hauch von Herablassung schwang in ihrer Stimme mit. Philips etwas mitleidige Äußerung verletzte sie, und sie mußte mit aller Kraft an ihre Rolle im Komplott denken, um ein gleichgültiges Lächeln auf ihre Lippen zu zaubern.

»Spielen Sie eigentlich gar nicht, Lord Wyndham?« wechselte

sie das Thema und hakte sich bei ihm ein. »Kommen Sie, ich bin Ihre Glücksfee. Pharao oder E und O?«

»Um ehrlich zu sein – beide Spiele faszinieren mich nicht sonderlich, Madam. Aber vielleicht eine Runde Piquet?«

»Und wie wär's mit Backgammon?« Octavia warf ihm durch ihre langen Wimpern einen etwas schuldbewußten Blick zu. »Ich muß nämlich gestehen, daß ich mich beim Kartenspielen schrecklich dumm anstelle. Warwick schlägt jedesmal die Hände über dem Kopf zusammen. Aber in Backgammon bin ich ganz gut.«

Philip Wyndham mußte lachen, und diesmal kam es von Herzen, so daß seine Züge mit einem Schlag weicher wurden. Octavia hatte es schon ein- oder zweimal erlebt, daß eine ihrer Bemerkungen ein echtes Gefühl in ihm wachrief, das sich in seinem Lächeln widerspiegelte. In diesem Moment fühlte sie sich, ganz gegen ihren Willen, stark zu ihm hingezogen. Es war ein Moment, in dem Erinnerungen an erlebte Glückseligkeit in ihr auftauchten, doch sie konnte mit diesen Erinnerungen keine konkreten Bilder verbinden.

»Dann lassen Sie uns Backgammon spielen, Madam. Ich habe seit meiner Kindheit nicht mehr gespielt, so daß Sie mir mit Sicherheit ein Vermögen abknöpfen werden.«

»Ach, wir spielen doch nicht um Geld«, widersprach Octavia und schob ihn in eine verschwiegene Ecke am Fenster, in der ein kleiner Backgammon-Tisch stand.

»Aber wir sollten auf jeden Fall um etwas spielen, das man nicht gerne verlieren möchte«, wandte Philip ein, als er am Brett Platz nahm.

»Oder was man gewinnen möchte«, schlug Octavia vor und schüttelte die Würfel in den hohlen Händen. »Was würden Sie denn gerne gewinnen, Lord Wyndham?«

»Ich denke, Sie wissen es, Madam«, sagte er leise. Sein Blick ruhte auf ihren vollen Lippen. »Sagen wir – einen Kuß?«

Das also war die Eröffnung. Das Spiel hatte begonnen. Wenn

sie sich in einer zärtlichen Umarmung fest genug an ihn preßte, dachte Octavia, würde sie vielleicht auf Anhieb herausfinden, wo er den Ring verborgen hielt. Vielleicht könnte sie ihm das Kleinod dann sogar abnehmen, ohne ›das letzte Opfer bringen‹ zu müssen, wie Rupert es ausgedrückt hatte.

Sie betrachtete ihre schlanken Hände. Konnte sie sich auf ihre Fingerfertigkeit überhaupt noch verlassen? Es schien eine Ewigkeit her, daß sie das letzte Mal auf Diebestour gegangen war. Sie mußte wieder mehr üben. Gelegenheiten boten sich auf den überfüllten Bällen und Banketten genügend. Und sie brauchte ihre Beute ja nicht zu behalten. Sie konnte die Gegenstände einfach heimlich an einem zentralen Ort ablegen. Dort würde man sie finden und ihren Eigentümern zurückgeben, die dann annehmen würden, sie hätten sie lediglich aus Versehen liegengelassen.

Sie schaute zu Lord Wyndham auf, ein einladendes Lächeln auf den Lippen. »Ein ziemlich unsittlicher Einsatz, meinen Sie nicht, Mylord. Aber ich denke, ich kann ihn riskieren.«

»Und was wünschen Sie sich, wenn *Sie* gewinnen, Madam?« Er begradigte mit dem Zeigefinger die Linie der Spielsteine, ohne den Blick von ihren Lippen zu lassen.

»Ach, Sir«, überlegte sie, »vielleicht... daß Sie mich ins Theater ausführen? Ich hab' gehört, Mr. Sheridan's ›School for Scandals‹ sei sehr unterhaltsam, aber mein Mann hat für solch frivole Späße keine Zeit.« Sie warf einen Blick über die Schulter zum Pharao-Tisch hinüber. »Er sucht und findet andere Amüsements, wie wir bereits feststellen konnten.«

»Dann sieht es so aus, Ma'am, daß mir in jedem Fall das Glück winkt, egal, ob ich gewinne oder verliere.« Philip schaute ihr in die Augen. »Fangen wir an?«

Am Pharao-Tisch herrschte nervöse Spannung. Die Stapel Goldmünzen, die Rupert links und rechts neben sich auftürmte, wuchsen mit jeder Runde. »Was meinten Sie eigentlich vorhin, Warwick«, fragte Hector Lacross, »als Sie sagten, es gäbe ›so ge-

wisse Pläne‹, mit denen man sein Vermögen mehren könne?«
Er leerte sein Glas und lehnte sich zurück, um es sich von einem
Diener nachfüllen zu lassen.

»Ach, da sind so Planungen im Gange...«, erwiderte Rupert
betont beiläufig, »... da kann man sich 'ne goldene Nase verdienen, wenn man bereit ist, ein bißchen was zu investieren... für
mich ist die letzten Monate schon einiges herausgesprungen.«

»Was für Planungen?« Neugierig beugte sich Dirk Rigby vor.

»Bauvorhaben«, erwiderte Rupert lapidar. »Am Südufer ist
ein ganz neues Viertel mit großen, repräsentativen Villen geplant. Beste Lage, genau das richtige für gut betuchte Händler
und Kaufleute. Die reißen sich darum, ihr Kapital in solchen
Prachtbauten anzulegen, um zu demonstrieren, daß sie jetzt
auch zur besseren Gesellschaft gehören.«

Er schmunzelte und legte dreihundert Guineen neben den
Herz-Buben. »Natürlich zwackt der Bauherr hier und da ein
paar Ecken ab, Kleinigkeiten, die der Käufer gar nicht bemerkt.
Aber es reicht, um für ihn – und den Investor natürlich – ein
hübsches Sümmchen abzuwerfen.«

»Lord Rupert, Sie sind ein Schlitzohr!« rief Margaret
Drayton in gespielter Empörung und fächerte sich hektisch Luft
zu, um ihre erhitzten Wangen zu kühlen. »Diesen armen Hunden die Butter vom Brot zu nehmen!« Sie lachte höhnisch.

»Ach, die wollen's doch nicht anders. Die kriegen den Kragen
einfach nicht voll.« In dem Moment drehte der Kartengeber den
Herz-Buben um. »Ah!« rief Rupert freudestrahlend und schob
den Stapel Goldmünzen zu sich heran. »Ich hab' ja ein höllisches Glück heute abend!«

»Ich hätte da durchaus Interesse, mich zu beteiligen«, nahm
Lacross das Thema wieder auf. »Was ist mit Ihnen, Rigby?«

»O ja, ich auch!« erwiderte sein Freund. »Wer ist denn Ihr
Kontaktmann, Warwick?«

Rupert lehnte sich zurück und faltete die Hände. »Tja, meine
Herren, das ist ein wenig schwierig, wie Sie verstehen werden.

Das Projekt ist mit einer gewissen Diskretion zu behandeln. Es sollen ja nicht gleich die Spatzen vom Dach pfeifen, wo das Geld auf der Straße liegt...« Er zog eine Augenbraue hoch. »Ich möchte den Namen meines Freundes nicht preisgeben, ohne vorher mit ihm gesprochen zu haben. Er wird sich mit Sicherheit erst von der Ernsthaftigkeit Ihrer Beteiligungswünsche überzeugen wollen.«

»Ja, natürlich, natürlich.« Die beiden nickten heftig. »Dafür haben wir vollstes Verständnis. Vielleicht können wir morgen noch einmal in Ruhe darüber reden.«

Rupert deutete mit einer kurzen Kopfbewegung sein Einverständnis an und stand dann auf. »Ma'am«, wandte er sich an Lady Drayton. »Wollen Sie jetzt Ihr Glück bei ›Evens and Odds‹ versuchen?«

Sie legte die Hand auf seine, während sie aufstand. »Ach, wissen Sie, Sir, ich hab' heute abend schon so viel beim Pharao verloren, ich glaub', ich riskiere heute nichts mehr.«

»Dann darf ich mich als Ihr Kreditgeber anbieten«, erwiderte Rupert galant. Er griff sich ihr Handtäschchen, öffnete es und ließ klimpernd sämtliche Guineen, die er an diesem Abend gewonnen hatte, hineinpurzeln.

Margaret riß die Augen auf. »Mylord, wie großzügig von Ihnen!«

»Oh, keineswegs«, konterte er lachend, »ich bestehe auf fünfzig Prozent Ihrer Gewinne«, und geleitete sie mit einem charmanten Lächeln zum nächsten Tisch hinüber.

Octavia hatte das Gespräch am Pharao-Tisch nicht verstehen können, aber das Klingeln der Goldmünzen, die Rupert in Margarets Täschchen hatte fallen lassen, war ihr nicht entgangen. Ungläubige Empörung wallte in ihr auf. Wie konnte er nur seinen gesamten Gewinn einer Hure schenken? Beglich er damit seine Schulden für geleistete Dienste? Oder war es eine Vorauszahlung für kommende Liebesfreuden?

Es gelang ihr, sich ihre Wut nicht anmerken zu lassen. Mit

demonstrativer Gelassenheit überging sie das Verhalten ihres Gatten und widmete sich wieder der Partie mit Lord Wyndham. Doch als sie wenig später hinter ihrem Rücken Ruperts Lachen hörte und zu ihm aufschaute, schleuderten ihre Augen Blitze.

»Backgammon unter *meinem* Dach?« rief er entrüstet.

»Zu fade für Ihre Ansprüche, Mylord? Ich kann Sie beruhigen – der Preis, um den wir spielen, ist alles andere als fade, was meinen Sie, Lord Wyndham?«

»Alles andere als fade, Madam«, bestätigte Philip und deutete eine Verbeugung an, während er seine Schnupftabakdose hervorholte. »Darf ich?« fragte er und ergriff ihre Hand, häufte eine Prise Tabak auf ihr Handgelenk und führte es an seine Nase.

Octavia mußte sofort an die Szene denken, als Rupert genau das gleiche mit ihr gemacht hatte und wie sie schon damals gedacht hatte, daß eine richtige Lady so eine Vertraulichkeit niemals dulden durfte. Aber in diesem Hause spielte man nicht Lady und Gentleman, zumindest nicht so, wie es in den Benimmbüchern stand.

Rupert legte ihr wie zufällig die Hand in den Nacken – eine Berührung, die, so flüchtig sie auch erschien, doch seinen Besitzanspruch demonstrieren sollte. Prompt verengten sich Philip Wyndhams Augen. Er verschloß seine Schnupftabakdose und steckte sie wieder in die Westentasche. Octavia wußte, daß Ruperts Geste den Eroberungsdrang des Earl anstacheln sollte, denn dessen Interesse galt nur den Früchten, die schwer zu erreichen waren, nicht denen, die ihm in den Mund wuchsen.

Sie widerstand dem Impuls, sich wohlig zurückzulehnen, sich in Ruperts starke Arme zu schmiegen. Statt dessen richtete sie sich auf und schüttelte kurz ihr Haar. Augenblicklich ließ Rupert seine Hand sinken. Sie spürte die Leere und die Kälte an der Stelle, an der eben noch seine warme Hand geruht hatte. Unter anderen Umständen hätte seine Berührung ihre Leidenschaft entflammt, hätte sie sehnsüchtig dem Ende des Abends entgegenfiebern lassen, um endlich die Wonnen der Zweisamkeit zu genießen. Jetzt aber war sie so verbittert, daß die Aussicht, mit Rupert allein zu sein, in ihr keine Freude zu wecken vermochte.

Lässig schlenderte Rupert wieder zu den Spieltischen hinüber. Seine Verwirrung verbarg er geschickt. Die kalte Abweisung in Octavias Augen hatte ihn zutiefst erschreckt.

Es graute schon der Morgen, als die letzten Gäste gingen. Octavia stand am Kamin und ließ mit leicht angewidertem Ausdruck die Augen über die Tische schweifen, die mit schmutzigen Tellern, umgestürzten Weingläsern und leeren Flaschen übersät waren.

Rupert füllte zwei Schwenker mit Cognac und hielt ihr einen hin. »Hier. Den haben Sie sich verdient.«

Sie schüttelte den Kopf. »Nein, danke. Ich gehe ins Bett.«

»Setzen Sie sich, Octavia.« Seine Stimme klang freundlich und gelassen.

Sie warf ihm einen irritierten Blick zu. »Es ist fünf Uhr morgens, Rupert. Ich gehe ins Bett.«

»Setzen Sie sich, Octavia.«

Was war es bloß, daß sie ihm wie ein Kind gehorchte? Widerwillig kauerte sie sich auf die Sofalehne, wütend über sich selbst. »Was gibt's?« fragte sie mürrisch.

»Das frage ich Sie«, erwiderte er. »Irgend etwas hat Sie heute abend doch verärgert. War es Wyndham?« Er stützte sich mit einem Arm am Kaminsims ab. Seine Augen blickten warmherzig und besorgt.

»Nein.«

Rupert nippte an seinem Cognac. »Was war es dann?«

»Was glauben Sie wohl?« konterte sie bissig. »Ich habe mich, gelinde gesagt, gewundert, als ich sah, wie Sie Margaret Drayton ein halbes Vermögen in ihr Handtäschchen gekippt haben. Für welche Dienste haben Sie sie eigentlich bezahlt, wenn ich fragen darf?«

Abrupt setzte Rupert sein Glas ab. Die Besorgnis in seinen Augen war heller Empörung gewichen. »Was für eine törichte

Unterstellung!« herrschte er sie an. »Wenn Sie etwas nicht verstehen, dann fragen Sie gefälligst, bevor Sie irgendwelche absurden Schlüsse ziehen!«

»Was erlauben Sie sich für einen Ton!« Octavia sprang auf. Ihr Gesicht war bleich, und ihre Augen schossen goldbraune Blitze. »Ich ziehe keine absurden Schlüsse! Ich habe mit eigenen Augen gesehen, wie Sie diese Frau mit Geld überschüttet haben! Jeder hat es gesehen!«

»Eben!« gab er kalt zurück. »*Jeder* hat es gesehen.«

Verständnislos starrte Octavia ihn an. Dann begann es ihr zu dämmern. »Sie meinen... Sie meinen also, Sie *wollten*, daß es jeder sähe?«

»So ist es.« Er verschränkte die Arme vor der Brust. Aus seinen Worten sprach alle Verachtung, die er für geistig beschränkte Menschen empfand. »Hätten Sie nur eine Minute lang nachgedacht, dann wären Sie selbst darauf gekommen, daß mein Verhalten an diesem Abend vielleicht etwas mit der Anwesenheit von Dirk Rigby und Hector Lacross zu tun haben könnte. Es war doch meine bewußte Strategie, den Eindruck zu erwecken, daß ich im Geld schwimme!«

Octavia wäre vor Scham am liebsten im Boden versunken. Natürlich! Warum hatte sie nicht daran gedacht? Schon wieder hatte sie sich von Eifersucht, diesem qualvollsten aller Gefühle, zu einer blinden Attacke hinreißen lassen! Ob er ihren Beweggrund wohl ahnte? Welch eine Demütigung! Lieber würde sie sich als schwachsinnig beschimpfen lassen als zuzugeben, daß sie auf Margaret Drayton eifersüchtig war. Doch dann kam ihr eine Idee, wie sie ihr Verhalten rechtfertigen und die Aufmerksamkeit von ihrer Eifersucht auf Margaret Drayton ablenken konnte.

»Können Sie mir vielleicht verraten«, zischte sie, »wie ich Ihre Strategien durchschauen soll, wenn Sie sich beharrlich weigern, mich in Ihre Pläne einzuweihen? Sie sagen, ich sollte Sie fragen, wenn ich etwas nicht verstehe, aber jedesmal, wenn ich es tue, verweigern Sie jede Auskunft!«

Rupert nahm sein Glas wieder auf und starrte stirnrunzelnd hinein. »In diesem Punkt muß ich Ihnen recht geben«, räumte er ein. »Es stimmt – ich lasse mir nicht gern in die Karten schauen.«

»Dann brauchen Sie sich nicht zu wundern, wenn ich aus Ihrem Verhalten falsche Schlüsse ziehe!«

Er blickte auf, und in seinen Augen blitzte der Schalk. »O doch! Ihre Unterstellungen bezüglich Margaret Drayton zeugten leider von kaum zu überbietender Unbedarftheit!«

Octavia bog einen großen Zeh hoch und betrachtete verlegen ihre Satinslipper. »Wieso?« begehrte sie auf. »Ich denke, die Dame hat ihren Preis. Es gibt doch wohl kaum ein männliches Mitglied des Hofes, das noch nicht ihre Dienste in Anspruch genommen hat.«

»So? Und Sie glauben, daß ich mich auf derart abgegrasten Weiden tummele?« Er zog indigniert eine Augenbraue hoch, und ein anzügliches Lächeln huschte über seine Züge. »Octavia, Sie beleidigen mich! Ich denke... ja, ich sehe mich leider gezwungen, Satisfaktion zu fordern!« Er nahm einen Schluck Cognac, und ein gespanntes Schweigen breitete sich aus. Es knisterte im Raum. Aber es war nicht das Kaminfeuer.

Octavia schluckte und wollte irgendeine lockere Antwort geben, aber es fiel ihr beim besten Willen keine ein. Ihr Herz begann zu klopfen.

»Die Frage ist nur, welcher Art diese Satisfaktion sein könnte...« Mit lasziv gesenkten Lidern schaute er ins Feuer, in dem die letzten glühenden Scheite in sich zusammenfielen und Kaskaden von Funken sprühten. »Haben Sie eine Idee, Octavia?« Er warf ihr einen so leidenschaftlichen Blick zu, daß ihr die Knie weich wurden.

»Sie wollen also, daß ich mir meine Strafe selber aussuche?« erwiderte sie mit vor Erregung rauher Stimme.

»Ja, ich denke, auf diese Weise hinterläßt die Lektion nachhaltigere Wirkung«, erklärte er bedächtig. »Ich bin für alle Vorschläge offen, aber ich behalte mir das Recht vor, die endgültige Entscheidung zu treffen.«

Octavia fuhr sich mit der Zunge über die Lippen. In ihrem Kopf explodierten die Phantasien. Mit einem Schlag fiel alle Müdigkeit von ihr ab, und ein Feuerwerk der Leidenschaft begann in ihr zu brennen.

»Vielleicht sollten wir uns in die oberen Gemächer zurückziehen, Sir«, schlug sie vor und knickste demütig.

»Das sollten wir in jedem Fall. Dort wird die Umgebung Ihre Phantasie beflügeln.«

»Mit Sicherheit, Sir.« Wieder knickste sie tief und hielt diese Stellung eine Weile, wobei sie ihm über den Rand des Fächers glühende Blicke zuwarf. Ihre Augen leuchteten, die Lippen öffneten sich leicht, und ihr ganzer Körper war ein einziges Versprechen.

Mit majestätischem Schritt ging Rupert auf sie zu, reichte ihr die Hand und richtete sie auf. »Madam, kommen Sie ...«

12

»Der Earl of Wyndham, Mylady. Sind Sie zu Hause?« Griffins leicht affektierte Stimme ertönte an der Tür zu Oliver Morgans Wohnzimmer.

»Ja, Griffin. Führen Sie ihn in den Salon. Ich komme sofort hinunter.« Octavia ließ die Zeitung sinken, aus der sie ihrem Vater vorgelesen hatte. »Du entschuldigst mich, Papa.«

»Natürlich, mein Kind«, erwiderte er gutmütig. »Ich weiß, du mußt deinen Gastgeberpflichten nachkommen. Die Leute geben sich in der letzten Zeit ja geradezu die Klinke in die Hand. Ihr scheint ein äußerst beliebtes Paar zu sein, ihr beiden.«

»Ja, das sind wir wohl«, antwortete sie mit einem leisen Seufzen und strich ihr rosafarbenes Musselinkleid glatt. »Aber ich glaube, das liegt nur daran, daß wir neu in London sind. Die

Leute lechzen nun einmal nach Abwechslung.« Sie stellte sich auf die Zehenspitzen, um ihr Aussehen im Spiegel über dem Kamin zu überprüfen.

»Warwick lebt auf großem Fuße«, bemerkte Oliver. »Seine rauschenden Feste müssen ein Vermögen kosten.«

Octavia warf ihm im Spiegel einen irritierten Blick zu, während sie ihre Korkenzieherlocken ordnete. Hatte er Verdacht geschöpft? Nein, das war unmöglich. Ihr Vater war doch so ein harmloser alter Herr.

»Rupert ist ein wohlhabender Mann, Papa«, entgegnete sie leichthin, befeuchtete ihre Fingerspitzen mit Speichel und strich sich damit über die Augenbrauen. Dann wandte sie sich ihm wieder zu. »Hast du Lust, heute nachmittag ein wenig spazierenzufahren? Es ist ein wunderschöner Tag.«

»Nein, danke. Ich vertret' mir nach dem Mittagessen wie immer ein bißchen die Beine, das reicht mir. Und jetzt beeil dich, mein Kind. Dein Gast wartet.«

Sie hauchte ihm einen Kuß auf die Wange und hastete aus dem Raum, eine nachdenkliche Falte auf der Stirn. Ihr Vater hatte sich nie sonderlich um Alltagsangelegenheiten gekümmert, und nach der Tragödie von Harrowgate hatte er sich gänzlich in seine Welt der Antike zurückgezogen. In letzter Zeit aber schien sich sein Blick für die Wirklichkeit wieder zu schärfen. Es paßte Octavia überhaupt nicht in den Kram, daß er jetzt plötzlich anfing, seine Nase in ihre und Ruperts Geschäfte zu stecken. Es würde schwierig genug werden, eine halbwegs überzeugende Erklärung für das Ende ihrer Ehe zu finden sowie für die Tatsache, daß sie auf einmal ihr Vermögen wiederhätten und zurück nach Hartridge Folly könnten. Bisher hatte sie keinen Gedanken daran verschwendet, wie sie ihrem Vater die Zusammenhänge erläutern sollte, und sich darauf verlassen, daß er wie üblich keine Fragen stellen und die Tatsachen akzeptieren würde, wie sie waren. Wenn er jedoch schon jetzt, da alles nach Plan lief, mißtrauisch wurde, wollte sie gar nicht daran denken, was es erst für ein Theater gäbe, wenn sie hier schließlich ihre Zelte abbrachen.

Aber dieser Tag liegt in ferner Zukunft, dachte Octavia, während sie die Treppe hinuntereilte. Und die Gegenwart forderte all ihre Kraft und ihren Verstand.

Sie blieb auf dem unteren Treppenabsatz stehen und atmete tief durch. Wenn Philip Wyndham allein war – und sie nahm an, daß er allein war –, dann würde sie heute ihr erstes Tête-à-tête mit ihm haben.

Der dienstbereite Lakai in der Halle sprang auf, um ihr die Flügeltür zum Salon zu öffnen. Octavia setzte ihr liebenswürdigstes Gesicht auf und rauschte ins Zimmer.

»Lord Wyndham, was für eine Überraschung!« Sie knickste tief und versank in einem Meer von blaßrosa Musselin.

Philip, der am Fenster gestanden und das Treiben auf der Straße beobachtet hatte, drehte sich um. Er hob sein Lorgnon und betrachtete die Gastgeberin ausgiebig, ohne ein Wort an sie zu richten.

Unwillkürlich reckte Octavia das Kinn. Sie empfand sein Verhalten als geradezu beleidigend. Wenigstens ein Wort der Begrüßung könnte er erwidern.

In dem Moment lächelte der Earl und verbeugte sich vor ihr. »Bezaubernd!« rief er. »Ich bewunderte Ihren untrüglichen Instinkt für die Kleidung, die Ihnen steht, Madam!«

»Sie scheinen sich für einen Experten in Modefragen zu halten, Sir«, erwiderte sie spitz und trat mit leicht indigniertem Lächeln auf ihn zu.

»Ich weiß, was mir gefällt«, gab er bescheiden zurück und nahm ihre Hände in seine. »Bitte verzeihen Sie mir, sollte mein ungebührliches Betragen Sie verletzt haben«, entschuldigte er sich zuvorkommend. »Aber Ihr Anblick hat mich mit einem Schlag alle Konventionen vergessen lassen. Das einzige, was ich tun konnte, war schauen, nichts als schauen!«

»Und ich dachte, derartig platte Schmeicheleien wären unter Ihrem Niveau, Sir«, bemerkte sie mit leichtem Tadel. »Wir wissen doch beide, was von derartigen Komplimenten zu halten ist.« Sie wollte ihm ihre Hände entziehen, doch er hielt sie fest.

»Ich versichere Ihnen, daß das kein leeres Geplänkel war, Mylady«, rief er in beschwörendem Ton und durchbohrte sie geradezu mit seinen Augen, so daß sie sich unfähig fühlte, seinem Blick auszuweichen. Wieder überkam sie dieses eigenartige Gefühl von Vertrautheit, das doch in seinem Kern irgend etwas Falsches hatte.

»Dann nehme ich Ihr Kompliment, wie es gemeint war, Sir«, antwortete sie und unternahm einen zweiten Versuch, ihre Hände zu befreien. »Wollen Sie etwas trinken, Sir? Vielleicht ein Glas Sherry?«

»Gerne.« Er ließ ihre Hände los, und sie zog an der Klingelschnur neben dem Kamin. »Ich bin gekommen«, sagte er dann, »um meinen Spielgewinn abzuholen, Octavia... ich darf Sie doch so nennen?« Fragend hob er eine Braue.

»Natürlich... Griffin, bringen Sie bitte Sherry. Ist Seine Lordschaft zu Hause?«

»Nein. Ich glaube, er hatte einen Termin beim Herrenschneider.« Der Butler verbeugte sich und verschwand.

Hatte Lord Wyndham von Ruperts Abwesenheit gewußt? »So«, nahm Octavia ein wenig verwirrt das Gespräch wieder auf. »Ihren Gewinn, Lord Wyndham? Ich kann mich gar nicht mehr erinnern – hab' ich verloren?«

»O ja, Madam.« Er nahm eine Prise Schnupftabak und betrachtete sie aus undurchdringlichen grauen Augen. »Sie haben zwei von drei Spielen verloren.«

»Mein Gedächtnis ist wie ein Sieb...«, entschuldigte sie sich, »... danke, Griffin... stellen Sie alles auf den Tisch. Ich schenke Lord Wyndham selbst ein.« Sie füllte zwei Gläser, als sich die Tür hinter dem Butler geschlossen hatte. »Auf was trinken wir?«

»Auf verlorene und gewonnene Einsätze«, antwortete der Earl und hob das Glas. »Und auf künftige Spiele.«

Dieser Mann redete nicht vom Backgammon. Sie prostete ihm zu, ein kleines, undurchsichtiges Lächeln auf den Lippen.

Lord Wyndham stellte sein zur Hälfte geleertes Glas auf dem Teetisch ab und beugte sich zu ihr vor. »Sie wollen also Ihre Spielschulden nicht begleichen, Lady Warwick?«

»O doch, doch!« beteuerte sie und setzte ihr Glas ebenfalls ab. Als sie bemerkte, daß ihre Finger zitterten, ballte sie sie schnell zu kleinen Fäusten. Wie küßte man einen Mann nur mit dem Mund, ohne sein Herz mit ins Spiel zu bringen? Ohne die Reinheit seiner Seele zu beflecken?

Octavia wußte es nicht. Sie hatte in ihrem Leben nur einen einzigen Mann geküßt, und immer, wenn sie in Rupert Warwicks Armen lag, waren ihr Leib und ihre Seele unauflöslich miteinander verschmolzen.

Philip legte ihr seine Hände auf die Schultern und zog sie an sich. Dann hob er mit Daumen und Zeigefinger ihr Kinn zu sich hoch und senkte seine Lippen auf ihren Mund.

Octavia befahl sich, seinen Kuß zu erwidern. Sie würde ihr Ziel niemals erreichen, wenn sie einfach nur dastand wie ein Baumstamm und darauf wartete, daß es vorbei wäre. So löschte sie alle Gedanken aus ihrem Kopf, schloß die Augen und öffnete ihre Lippen. Sofort kam er ihrer Einladung nach, und sie schmeckte den Sherry auf seiner Zunge, die begierig ihren Mund erforschte. Er löste den Griff um ihr Kinn, schlang den Arm um ihre Taille und zog sie fester an sich. Octavia spürte sein pralles Glied in der dünnen Seidenhose gegen ihren Bauch pochen.

Streichle ihn! Betaste seinen Körper! Vielleicht fand sie das, was sie suchte, ja auf Anhieb irgendwo in einer Tasche.

Sie ließ ihre Hände über seinen Körper gleiten, unter seinen Rock schlüpfen, liebkoste ihn, drückte sich an ihn, als beantworte sie sein drängendes Begehren mit gleicher Heftigkeit. Ihre Hände fuhren über seinen Rücken, wanderten über sein Gesäß, suchten nach einer Tasche. Er stöhnte auf, und plötzlich, völlig unvermittelt, biß er sie in die Unterlippe. Als sie Blut schmeckte, fuhr sie zurück. Doch er hielt sie mit so eisernem Griff umfaßt, preßte sie so hart an sich, daß sie nicht einmal ihre Hand mehr zwischen ihre Körper schieben konnte. Seine Finger krallten sich in ihr Gesäß, und sie spürte seine maßlose Erregung, hörte sein stoßartiges Keuchen, fühlte seinen heißen Atem an ihrem Hals. Ihre Brüste schmerzten in der engen Umklammerung.

Angst ergriff sie. Sie glaubte, in der Hitze seiner Leidenschaft zu ersticken, flatterte wie ein gefangener Vogel. Wie von fern bemerkte sie, daß sich die Tür einen Spalt öffnete und nach einer Weile, die ihr wie eine Ewigkeit vorkam, fast lautlos wieder schloß.

Sie wußte, das mußte Rupert gewesen sein. Er war von seinen Besorgungen zurückgekehrt. Hatte gesehen, was sich hier abspielte. Hatte sich diskret zurückgezogen, weil sie genau das tat, was er von ihr erwartete. Sie verführte seinen Feind. Offensichtlich machte es ihm nichts aus, daß der Mund, der sich seinen Küssen so warm, so hingebungsvoll öffnete, gerade von dem Mann verwüstet wurde, den er haßte.

Es machte ihm nichts aus. Sonst hätte er eingegriffen.

Mit einer letzten Kraftanstrengung suchte sie sich zu befreien, und jetzt gab Philip endlich, wenn auch widerstrebend, nach. »Warum wehren Sie sich plötzlich gegen mich?« keuchte er und lehnte sich zurück. Seine Wangen glühten, seine Augen loderten. »Noch eben waren Sie von gleicher Leidenschaft ergriffen wie ich!« Mit einem gequälten Stöhnen entwand sie sich der Umklammerung ihres Peinigers.

»Sie haben mich erschreckt«, stammelte sie und befühlte verstohlen ihre geschwollene Lippe. »Dieses heftige Begehren, Mylord. Ich muß gestehen... ich kenne so etwas nicht...« Sie wandte sich ab, damit er den Ekel in ihrem Gesicht nicht sehen konnte.

»Ihr Gatte kennt keine Leidenschaft, hä?« Der Earl brach in Gelächter aus, ein Gelächter, in das sich Verachtung mit Überheblichkeit mischte. »Meine Liebe, ich werde Ihnen zeigen, wozu ein Mann fähig ist! In Ihnen brennt die gleiche Wollust, ich hab' es gespürt. Sie brauchen einen Mann, der diese Wollust befriedigen kann, der sich dieser Wollust würdig erweist!«

»Und Sie sind so ein Mann?«

»Ja, das bin ich.« Aus seinen Worten sprach eine solche Selbstgefälligkeit, eine solche Anmaßung, daß Octavia trotz des Widerwillens, der sie erfüllte, fast ihrerseits in Gelächter ausgebrochen wäre. Was war dieser Mensch nur für ein eitler, aufgeblasener Pfau! Glaubte er wirklich, er könnte Rupert Warwick auch nur in irgendeiner Hinsicht das Wasser reichen?

»Sie müssen sanfter mit mir umgehen, Mylord«, sagte sie leise. Noch immer hielt sie ihr Gesicht von ihm abgewandt. »Wenn Sie mich jetzt entschuldigen. Ich muß mich erst wieder fassen, bevor mein Mann zurückkehrt.«

»Natürlich«, erwiderte er gönnerhaft, als ob es nichts Naheliegenderes gäbe, als daß eine Frau, die soeben die gewaltigen erotischen Fähigkeiten Philip Wyndhams erleben durfte, eine gewisse Zeit brauchte, um ihre Fassung wiederzugewinnen. »Bis später, Teuerste.« Er strich ihr flüchtig über den Rücken, verweilte einen Augenblick mit der Hand an ihrem Gesäß. Dann verschwand er zur Tür hinaus.

Octavia taumelte zurück. Sie warf einen Blick in den Spiegel. Ihre Lippen waren geschwollen, ihr Haar zerwühlt. Ihre Glieder schmerzten, als hätte ein Python sie zermalmt. Philip Wyndhams gertenschlanke Figur täuschte. Er barst vor Kraft.

Sie fuhr auf dem Absatz herum, als die Tür aufging. Rupert schloß sie hinter sich und lehnte sich einen Augenblick dagegen. Sein Gesicht war ohne Ausdruck. »Sie haben also angefangen«, sagte er.

»Wie man sieht«, erwiderte sie ebenso leidenschaftslos. Sie griff nach ihrem Sherryglas und wollte nur daran nippen, doch es wurde ein großer, gieriger Schluck. Ihre verwundeten Lippen brannten.

»Das ist gut so«, stellte er fest. Er ging zu ihr hinüber und griff nach der Flasche, um sich ebenfalls ein Glas einzuschenken.

»Sind Sie vorher schon einmal hereingekommen?« Ein leises Zittern lag in ihrer Stimme. Sie nahm einen weiteren Schluck, in der Hoffnung, der Alkohol würde sie entspannen, würde den Aufruhr der Gefühle von Haß, Angst und Ekel in ihr zur Ruhe bringen.

»Ja«, sagte er. »Ich habe mich natürlich sofort zurückgezogen.« Er wandte ihr den Rücken zu, während er den Sherry ins Glas füllte. Noch immer hatte er sich nicht von dem Schock erholt, Octavia in den Armen seines Bruders gesehen zu haben. Auch jetzt erfüllte ihn der Anblick ihrer geschwollenen Lippen und ihres zerwühlten Haars mit solcher Wut und solcher Verzweiflung, daß er sich kaum beherrschen konnte. Aber er durfte sich nichts anmerken lassen. Es würde Octavia belasten, wenn sie wüßte, wie sehr er litt.

»Haben Sie bereits ein neues Treffen vereinbart?« fragte er so beiläufig wie möglich, während er sich zu ihr umdrehte.

»Nein. Aber ich glaube nicht, daß Wyndham lange auf sich warten lassen wird.« Octavia fühlte sich wie in einer Prüfung, in der sie über den Fortgang eines Projekts befragt wurde. »Ich hab' versucht herauszufinden, ob er den Ring an seinem Körper trägt, aber ohne Erfolg.« Sie schenkte sich ein weiteres Glas ein. »Es wäre mir eine Hilfe, wenn ich wüßte, wie der Ring genau aussieht.«

Rupert zog aus seiner Tasche einen kleinen Beutel aus Seide. Er öffnete ihn und schüttelte den Inhalt vorsichtig auf den Tisch. »Das hier ist der Ring, den Sie finden müssen.«

Neugierig trat Octavia zu ihm an den Tisch. Ein kleiner, aufwendig verzierter Silberring blinkte im matten Licht.

»Der ist ja winzig!« rief sie und nahm ihn zwischen Daumen und Zeigefinger hoch. »Und Sie sagen, Wyndhams Ring sieht genauso aus?«

»Ja. Es sind Zwillingsringe.« Er streckte den Arm aus, und sie ließ ihm den Ring auf die Handfläche fallen. »Es gibt einen Mechanismus, wie man ihn öffnen kann... versteckt im Auge des Vogels... hier.« Er deutete auf das Auge eines kunstvoll eingravierten Adlers. »Man kann ihn mit bloßen Fingern nicht aufmachen. Wir bräuchten etwas Spitzes, einen Zahnstocher oder einen Zirkel.«

»Vielleicht tut's auch eine Schere?« schlug sie vor und kramte in einem Nähkörbchen auf der Kommode. Schon hatte sie eine gefunden und hielt sie Rupert hin.

Rupert drückte mit der Spitze der Schere in das Adlerauge, und der Ring sprang auf. »Der Ring, den Wyndham besitzt, paßt genau in diesen hier hinein. Zusammen bilden sie einen Siegelring, der auf den Finger eines Erwachsenen paßt. Eines Erwachsenen mit schlanken Fingern«, fügte er hinzu.

»Und was für eine Bedeutung hat das?« fragte Octavia. Fasziniert schaute sie zu ihm auf, doch sein Gesicht verschloß sich augenblicklich bei ihrer Frage.

»Das brauchen Sie nicht zu wissen.« Er steckte den Ring wieder zusammen und ließ ihn in den Seidenbeutel verschwinden.

»Ich habe ein Recht darauf, es zu erfahren!« begehrte sie auf.

»Inwiefern?« entgegnete er kühl.

Seine plötzliche Kälte ließ Octavia verstummen. Es gab in der Tat nichts, worauf sie ein Recht hatte. Nichts.

»Hören Sie mir zu, Octavia.« Seine Stimme klang jetzt wieder weich und warm, fast schmeichelnd. Er nahm ihre Hand und zog sie zu sich aufs Sofa.

»Es ist besser für Sie, so wenig wie möglich zu wissen. Wenn ich Ihnen sagen würde, was zwischen Philip Wyndham und mir geschehen ist, würde Ihnen womöglich in seiner Anwesenheit irgendwann einmal ein unbedachtes Wort entschlüpfen. Und wenn er nur den leisesten, den allerleisesten Verdacht schöpft, ist alles aus. Deshalb möchte ich Sie immer nur in das Allernötigste einweihen. Vertrauen Sie mir, Octavia. Wenn alles vorbei ist, werde ich Ihnen die ganze Geschichte erzählen.«

Er nahm ihr Gesicht in seine Hände und lächelte sie so warmherzig an, als wolle er mit diesem Lächeln all den Ärger, all die Enttäuschung auf ihren Zügen zum Verschwinden bringen. Und die Zeichen, die der Mund seines Bruders auf ihren Lippen hinterlassen hatte. Er fuhr mit den Fingern durch ihre quirlige Lockenpracht. »Vertrauen Sie mir«, wiederholte er leise.

»Ja«, hauchte sie und verfluchte sich im gleichen Moment für ihre kindliche Hingabe. »Aber es ist so schwer. Ich tappe völlig im dunkeln, während Sie über alles im Bilde sind. Weshalb nur befürchten Sie, es könnte mir ein unbedachtes Wort entschlüpfen? Weshalb vertrauen Sie *mir* nicht?«

Rupert seufzte und ließ die Hände sinken. »In dieser Angelegenheit vertraue ich niemandem außer mir selbst«, erklärte er mit düsterem Blick. »Es ist mein Geheimnis, Octavia. Aber wenn Sie von unserem Vertrag zurücktreten wollen, habe ich vollstes Verständnis.«

»Wie können Sie nur auf einen solchen Gedanken kommen?« empörte sie sich. »Sie wissen, daß es kein Zurück mehr gibt. Dazu sind wir beide schon viel zu weit gegangen.«

»Ich hatte auf eine solche Antwort gehofft«, erwiderte er erleichtert. »Aber ich möchte Ihnen auch zu verstehen geben, daß ich Sie zu nichts zwinge.«

Nein, dachte sie bitter. Er zwang sie zu nichts. Aber wenn sie ihren Teil des Vertrags nicht erfüllte, würde er seiner Verpflichtung auch nicht nachkommen. Mit Schaudern erinnerte sie sich an die windigen, schmutzigen Gassen von Shoreditch, an den Kampf ums tägliche Brot, an ihre nervenaufreibenden Diebestouren. Nein, es gab kein Zurück mehr.

Sie schaute zu ihm auf, und es zerriß ihm fast das Herz, als er die Verzweiflung in ihren goldbraunen Augen sah. Er könnte sie von ihrer Aufgabe entbinden. Ein Wort würde genügen. Seinen Teil ihres Pakts könnte er trotzdem erfüllen. Hector Lacross und Dirk Rigby winselten geradezu darum, endlich in die Falle stolpern zu dürfen, die er für sie ausgelegt hatte. Es kostete ihn nichts, im Gegenteil. Es wäre ihm eine persönliche Genugtuung, zwei so habgierige, skrupellose Ganoven wie sie in den endgültigen Ruin zu stürzen.

Doch dann dachte er an seine Vagabundenjahre, an die Jahre, in denen er sich in den Metropolen Europas herumgetrieben und von der Hand in den Mund gelebt hatte, zusammen mit dem Mann, dessen Namen er jetzt trug. Der wahre Rupert Warwick war ein Ausgestoßener gewesen, ein Rebell, der sich das Recht einfach nahm, das ihm die anderen verweigerten. Er hatte ein weiches Herz, aber er kannte keine Skrupel, die Gier und die Eitelkeit der Menschen auszunutzen, um sich und seinen jungen Gefährten über Wasser zu halten.

Rupert Warwick hatte den jungen Cullum Wyndham davor bewahrt, sich in einer armseligen Hütte in Calais zu Tode zu hungern. Er hatte ihm neuen Lebensmut eingeflößt und ihm alle Tricks beigebracht, die man brauchte, um ohne Geld über die Runden zu kommen. Bei einer Wirtshausschlägerei in Madrid hatte er den Tod gefunden. Auf dem Totenbett hatte er seinem jungen Freund ein Versprechen abgenommen: Cullum solle in die Heimat zurückkehren und sich endlich das zurückholen, worauf er ein Recht hatte. Denn das Leben, das Rupert Warwick geführt hatte, war kein Leben.

So hatte Cullum den Namen seines Beschützers angenommen und war in die Heimat zurückgekehrt. Und jetzt brauchte er Octavias Hilfe, um Rache zu nehmen ... für Gervase, für die langen Jahre der Verbannung.

Als er die stumme Bitte in Octavias Augen sah, wandte er den Blick ab. Er wußte – sie würde das Opfer bringen, das sie ihm versprochen hatte. Sie würde ihn nicht im Stich lassen. Sie war eine mutige und entschlossene Frau, auf die er sich verlassen konnte.

»Halten Sie mich über all Ihre Verabredungen mit Wyndham auf dem laufenden«, sagte er in geschäftsmäßigem Ton. »Ich möchte wissen, wann und wo Sie sich mit ihm treffen.«

»Warum?«

»Damit ich ein Auge auf Sie haben kann.«

»Befürchten Sie, daß er mir etwas antut?« In ihrer Frage schwang leise Angst mit.

»Nein. Wenn ich das befürchten müßte, hätten wir uns einen anderen Weg überlegt.«

»Und wenn er mich beim Stehlen erwischt?«

Rupert runzelte die Stirn. »Das wird er nicht. Sie haben sich in London schon durch ganze Menschenmassen hindurchgearbeitet, ohne erwischt zu werden. Warum sollte es Ihnen ausgerechnet bei ihm passieren?«

Octavia zuckte die Achseln. »Das Risiko besteht immer. Und außerdem bin ich aus der Übung.«

»Dann müssen Sie eben wieder trainieren.«

»Und wo?« fragte sie mit gespielter Unsicherheit, denn sie war ja bereits auf den gleichen Gedanken gekommen und hatte auch schon einen konkreten Plan gefaßt.

»Sie könnten unsere Gäste ja um das eine oder andere erleichtern«, regte er an. »Ihre Beute legen Sie einfach irgendwo ab. Dann sieht es so aus, als hätten die Besitzer sie versehentlich dort liegengelassen.«

»Oh!« rief sie, amüsiert, daß er ihr haargenau ihre eigene Idee vorschlug.

»Gute Idee, nicht wahr?« Anerkennung heischend zog er eine Braue hoch.

»Hmm«, pflichtete sie ihm bei, konnte sich ein kleines Schmunzeln jedoch nicht verkneifen. »Es ist allerdings nicht gerade die feine Art, die eigenen Gäste zu bestehlen.«

»Sie bestehlen sie nicht, Sie leihen sich nur kurz etwas aus«, verbesserte er sie. Er nahm ihr Gesicht wieder in seine Hände und strich ihr zärtlich mit der Fingerspitze über die Lippen. »Gehen Sie und machen Sie sich ein bißchen frisch«, sagte er.

»Die Spuren einer ungewollten Umarmung scheinen Ihr Auge zu beleidigen«, gab sie gekränkt zurück.

Ruperts Züge verhärteten sich. »Ich wiederhole mich, Octavia: Niemand zwingt Sie! Sie waren doch mit dem Plan einverstanden. Warum ist es auf einmal ein Problem für Sie?«

Weil Ihnen das, was ich tun muß, offenbar nichts ausmacht. Weil ich keine Hure bin. Als ich mich bereit erklärte, Philip Wyndham zu verführen, wußte ich doch nicht, was Liebe ist... dieses Gefühl, miteinander eins zu sein. Deshalb ist es ein Problem für mich.

Doch all das sagte Octavia nicht. Wortlos stand sie auf und strich sich das Kleid glatt. »Nein, es ist überhaupt kein Problem für mich. Ich bin lediglich ein bißchen... nervös. Jetzt, wo das Spiel begonnen hat.«

Rupert verbarg seine Erleichterung. »Je früher es beginnt, desto schneller ist es vorbei«, antwortete er und erhob sich ebenfalls. »Ich werde jetzt Ihrem Herrn Papa einen kleinen Besuch abstatten. In einem Antiquariat in der Charing Cross Road hab' ich die *Memorabilia* von Xenophon aufgestöbert. Da wird er sich bestimmt freuen.«

»Daß Sie sich so um meinen Vater kümmern!«

»Sollte ich das nicht?« Verblüfft schaute er sie an.

Sie zuckte die Achseln. »Doch, natürlich... es überrascht mich nur.«

»Sie scheinen mich für wenig fürsorglich zu halten«, erwiderte er, verwirrt und gekränkt zugleich.

»Nun, sagen wir – Sie sind sehr zielstrebig.« Sie knickste kurz und rauschte dann aus dem Zimmer.

Rupert sah ihr nach. Sie hatte die Tür angelehnt gelassen. Noch immer erfüllte der betörende Duft ihres Orangenblütenparfums die Luft.

Offenbar war Octavia überzeugt, daß ihn ihre Sorgen kaltließen. Von wegen! Wenn sie wüßte, wie es ihm das Herz zerriß bei dem bloßen Gedanken an das Opfer, das sie erbringen mußte. Aber wie sollte sie seine Gefühle auch ahnen, wo er sich doch so fest vorgenommen hatte, sie sich nicht anmerken zu lassen. Am Anfang war ihr Verhältnis für ihn tatsächlich nur nüchternes Kalkül gewesen. Aber seit er Octavia kannte, war es mehr, viel mehr.

Unruhig ging er im Zimmer auf und ab und versuchte, sein Gewissen zu beschwichtigen. Schließlich hatte er Octavia zu nichts überredet, was sie hinterher bereuen mußte. Wußte sie nicht genau, worauf sie sich eingelassen hatte? Sie hatte seinem Plan zugestimmt. Zugestimmt aus freier Willensentscheidung.

Oder doch nicht?

Wie war das beim ersten Mal... wie war das mit dem Mittel, das er ihr zusammen mit den Nelken in den Punsch geträufelt hatte? Damals war sie noch eine Fremde. Wenn er sie damals schon gekannt hätte, wie er sie heute kannte, hätte er sie dann auch so hinters Licht geführt?

»Gottverflucht noch mal!« stieß er zwischen den Zähnen hervor und umklammerte mit beiden Händen den Kaminsims, bis die Knöchel kalkweiß hervortraten. Verbissen kämpfte er darum, daß sein kühler, unbestechlicher Verstand wieder die Oberhand gewann. Der Stein war ins Rollen geraten. Bis jetzt hatte niemand einen Schaden erlitten. Und auch Octavia würde keinen Schaden erleiden. Er schwor einen unhörbaren Eid beim Grabe Rupert Warwicks, daß er es nicht zulassen würde, daß Octavia durch ihn jemals wieder einen Schaden erlitt.

Er atmete auf und verließ beruhigt den Raum, um Oliver Morgan zu besuchen.

13

Frühlingsduft lag in der Luft, Octavia blieb stehen und brach sich einen Zweig goldgelber Forsythien von dem üppig blühenden Busch vor dem Portal. Sie war in einer seltsamen Stimmung, hin- und hergerissen zwischen froher Erwartung und böser Ahnung. Heftig schlug ihr Herz.

Wieder einmal hatte sie einen Nachmittag mit dem Earl of Wyndham verbracht. Es war wie ein Tanz auf dem Vulkan gewesen. Sie hatte all ihren Esprit aufgeboten, während sie die Klingen mit ihm kreuzte. Ein einziger sprühender Schlagabtausch, der sich über Stunden hinzog.

Sie flirtete mit ihm, erwiderte seine Küsse mit der Leidenschaft, die er von ihr zu erwarten schien. Jedesmal versprach sie mehr, doch fand sie immer wieder einen Weg, die Einlösung ihres Versprechens aufzuschieben. Bisher hatte er ihr Spiel mitgespielt, doch von Mal zu Mal wuchsen sein Ärger und seine Enttäuschung. Und noch immer hatte sie das kleine Seidentäschchen nicht gefunden. Es war so winzig, daß es wohl bei oberflächlichen Berührungen nicht aufzuspüren war. Der Tag, an dem sie, um ihr Ziel zu erreichen, das äußerste Opfer bringen mußte, rückte unerbittlich näher.

Doch noch immer hoffte sie, diesen letzten Schritt irgendwie vermeiden zu können. Sie mußte sich nur etwas einfallen lassen.

»Danke, Griffin. Ist es nicht ein wunderschöner Tag?« Lächelnd begrüßte sie den Butler, der ihr die Tür aufhielt.

»Jawohl, Mylady.«

»Weisen Sie doch einen der Dienstboten an, er solle einen Strauß Forsythien abschneiden und in den Salon stellen«, sagte sie und zog die Handschuhe aus. »Sie verblühen so schnell.«

»Jawohl, Mylady.«

»In die kupferne Vase«, fügte sie hinzu und ging zur Treppe. »Ist Seine Lordschaft zu Hause?«

»Nein, Mylady. Lord Rupert hat vor ungefähr einer Stunde das Haus verlassen. Er sagte, er würde zum Abendesssen nicht zurück sein.«

»Ach?« Überrascht blieb Octavia auf dem Treppenabsatz stehen. Rupert hatte dem Koch eigens aufgetragen, zum heutigen Dinner sein Lieblingsgericht zu kochen – Kalbsröschen.

»Hat er gesagt, wo er hingeht, Griffin? Hat er eine Nachricht hinterlassen?«

»Ich glaube nicht, Mylady. Er hatte einen Besucher und ist kurz darauf gegangen.«

Eine leichte Mißbilligung im Ton des Butlers wies darauf hin, daß er diesen Besucher für eine etwas zwielichtige Figur hielt.

»Was war das für ein Besucher?« Sie warf Griffin einen Blick über die Schulter zu.

»Ich weiß nicht, Mylady. Wohl eher kein Gentleman, würde ich sagen... nein, ganz gewiß kein Gentleman.«

»Ich verstehe. Danke, Griffin.« Mit gerunzelter Stirn stieg Octavia die Treppe hoch. Ben. Womöglich war es Ben.

Aber was wollte Ben in der Dover Street? Wahrscheinlich besaß er eine Information, die für Lord Nick interessant war. Vor ein paar Tagen hatte Rupert angedeutet, daß ihre Finanzquellen langsam versiegten, doch nicht verraten, wie er sie wieder zum Sprudeln zu bringen gedachte. Sie hatte angenommen, daß er sich wieder an den Spieltisch setzen würde. Aber vielleicht zog es Lord Nick ja auch wieder auf die Straße.

Sie schloß die Tür des Schlafzimmers hinter sich und ging ans Fenster. Nachdenklich schaute sie auf die Straße hinunter. Eine nervöse Unruhe überkam sie.

Sie wollte nicht däumchendrehend in der Dover Street sitzen, während Rupert über die Weiten von Putney Heath galoppierte. Warum schloß er sie so sehr aus seinem Leben aus? Wenn sie die Früchte seiner Raubzüge genoß, konnte sie doch auch die Gefahren teilen... und das Abenteuer.

Mit einem spitzbübischen Lächeln dachte sie an die Szene im Wald, als er die alte Vettel Cornelia und den Earl of Gifford ausgenommen hatte. Wahrscheinlich hatte Ben eine neue Kutsche ausgekundschaftet, die mit kostbarer Fracht beladen das Heideland von Putney Heath passieren würde.

Octavia verlor keine Minute mit weiterem Nachdenken. Sie rannte zum Schrank, holte den Reitanzug hervor, Stiefel und Umhang. Fünf Minuten später war sie angezogen. Das Haar steckte sie zu einem Dutt hoch und zog die Kapuze darüber.

An der Tür blieb sie stehen. Straßenräuber trugen Masken. Kichernd griff sie sich einen schwarzen Seidenschal aus dem Schrankfach und stopfte ihn in die Tasche des Umhangs. Dann hastete sie die Treppe hinunter.

»Griffin, ich werde zum Abendessen heute nicht da sein. Mr. Morgan ist noch in der Stadtbibliothek, lassen Sie mich bitte entschuldigen, wenn er zurückkommt. Sagen Sie ihm, daß Lord Rupert und ich eine dringende Verabredung haben.«

»Sehr wohl, Mylady.« Er hielt ihr, seine Verblüffung nur mühsam verbergend, die Haustür auf.

»Danke.« Ohne weitere Erklärung verließ sie das Haus, huschte die Stufen hinunter und eilte zum Pferdestall. Ihre gescheckte Stute war ein elegantes Tier, mit dem man im Park Eindruck schinden konnte. Aber ob sie sich auch für einen nächtlichen Raubzug eignete? Sie würde Peter nehmen. Rupert war natürlich mit Lucifer unterwegs.

Sie wartete, bis der Stallbursche den kräftigen Rotschimmel gesattelt hatte. Rupert ritt sehr oft auf Lucifer in die Stadt – ein unvorstellbarer Leichtsinn, den sie, da er doch sonst immer so planvoll und besonnen vorging, nicht verstehen konnte. Nicht auszudenken, was geschähe, wenn eines der Opfer Lord Nicks den auffallenden Hengst wiedererkennen würde.

Rupert hatte nur gelacht, als sie ihm ihre Befürchtung mitgeteilt hatte. Ohne hin und wieder etwas zu riskieren, sei das Leben langweilig, hatte er erwidert, und die Abenteuerlust funkelte in seinen Augen. Octavia fand, daß das Leben eines Straßenräubers schon riskant genug war, doch sie kam nicht an gegen Ruperts unbändiges Draufgängertum. Und wenn sie ehrlich war – stellte sie ihr Glück nicht ebenfalls auf die Probe, jetzt, in diesem Augenblick?

Sie schwang sich in den Sattel und lenkte Peter aus dem Stall. Noch nie hatte sie ihn im Damensitz geritten, doch der kräftige Hengst ließ sich durch die ungewohnte seitliche Belastung nicht irritieren, ebensowenig, wie es ihn damals aus der Ruhe gebracht hatte, als sie ohne Sattel, die Hände in die Mähne gekrallt, auf seinem Rücken durch die Nacht geflogen war.

Es dämmerte bereits, als sie nach fünf Meilen die Kreuzung erreichten, von der aus die schmale Straße zum ›Royal Oak‹ abzweigte. Peter hob kurz den Kopf und witterte in den Wind. Dann schlug er, ohne auf Octavias Kommando zu warten, selbständig den Weg zu dem vertrauten Gasthof ein.

»Nein, Peter, nein!« Octavia zog die Zügel an. Sofort stand der Rotschimmel still und wartete geduldig auf weitere Anweisungen. Octavia überlegte. Daß man sie im ›Royal Oak‹ alles andere als begeistert empfangen würde, konnte sie sich ausrechnen. Wenn Rupert dort war, würde er darauf bestehen, daß sie, während er auf Tour ging, dort bliebe. Und wenn er nicht da war, würden Ben und Bessie todsicher Schwierigkeiten machen.

Außerdem zweifelte sie, Rupert in seinem Stammlokal zu finden. Es war noch nicht wirklich finster, und es gab immer noch Verkehr auf der Straße, die über die Heide führte. Lord Nick würde wahrscheinlich in seinem Versteck hinter der Kurve Position bezogen haben, um auf die ganz bestimmte Kutsche zu warten, auf die er es abgesehen hatte.

Octavia band sich den Seidenschal vors Gesicht. Augenblicklich fühlte sie sich wie verwandelt – als ob sie in eine andere Haut geschlüpft wäre. Auf einmal war sie eine Räuberbraut, die an einem wilden, abenteuerlichen, gefährlichen Spiel teilnahm.

»Hier entlang, Peter.« Sie ritt mit ihm auf die Heide hinaus.

Rupert saß, die schwarze Maske vors Gesicht gezogen, auf Lucifers Rücken, verborgen hinter dem silberweißen Birkengehölz. Eine kleine Personenkutsche und ein schwerer Fuhrmannswagen waren bereits an ihm vorübergerollt. Doch er wartete auf die fettere Beute – auf die verspätete Postkutsche, die, wie Morris ihm zugetragen hatte, wegen eines Radbruchs in Farnham aufgehalten worden war und nun jeden Moment hier vorbeikommen mußte.

Der Abendstern war schon aufgegangen. Rupert rührte sich nicht, ebensowenig wie Lucifer, der keine Befehle brauchte, um zu wissen, was er zu tun hatte. Da ertönte von ferne das Posthorn. Lucifer stellte die Ohren auf. Noch einmal überprüfte Rupert den Sitz der Seidenmaske. Gelassen wartete er, bis das Donnern der Hufe und das Rattern der Eisenräder so nahe gekommen waren, daß die Erde von dem ohrenbetäubenden Lärm zu beben schien. Er zog die Pistolen. Dann erst ritt er hinter den Bäumen hervor auf die schmale Straße, die sich im matten Licht des aufgehenden Mondes wie ein silbernes Band durch das schwarze Heideland schlängelte.

In diesem Moment hörte er in seinem Rücken plötzlich Pferdehufe klappern. Erschrocken fuhr er herum und wollte sich hastig wieder in den Schutz der Birken zurückziehen, ehe der unerwartete Störenfried ihn ausmachen konnte. Da erkannte er Peter.

»Ich bin gekommen, um Ihnen zu helfen«, rief ihm Octavia aufgeregt entgegen. Begeistert leuchteten ihre Augen über dem schwarzen Seidenschal. »Ich hab' zwar keine Waffen, aber vielleicht kann ich die Beute einsammeln, während Sie die Leute mit Ihren Pistolen in Schach halten.«

»Weg von der Straße!« bellte er sie in barschem Ton an, und sie gehorchte sofort. Sie huschte mit Peter hinter die Birken. Ein zweites Mal stieß der Postillion ins Horn, als wolle er mit seiner trotzigen Fanfare den Reisenden, so kurz vor dem berüchtigten Hinterhalt, Mut einflößen. Und da kam das knallgelbe Gefährt auch schon um die Kurve gedonnert.

Rupert löschte jeden Gedanken an Octavia aus seinem Kopf. Er gab zwei Warnschüsse ab, doch der Kutscher hatte die Zügel bereits zurückgerissen, als plötzlich wie aus dem Nichts die schwarze Gestalt auf dem silberweißen Schimmel auftauchte.

Schnaubend und stampfend kamen die Pferde zum Stehen. Einen Augenblick lang herrschte Stille – eine ungewöhnliche Stille, die Rupert irritierte. Sonst ertönte immer das aufgeregte

Schreien der zu Tode erschrockenen Fahrgäste. Doch diesmal blieb alles ruhig. Bewegungslos saß der Kutscher auf dem Bock, ebenso wie die Postillione auf den Sattelpferden. Die Passagiere, die in halsbrecherischer Lage oben zwischen den Gepäckstücken auf dem Dach saßen, hüllten sich tiefer in die Umhänge, gaben jedoch keinen Laut von sich. Sie schienen auf etwas zu warten.

Und dann sah Rupert, worauf sie warteten. Wie Schatten lösten sich fünf Gestalten aus dem hinteren Teil der Kutsche und schwärmten auf die Straße aus – schwer bewaffnete Polizisten, die Pistolen im Anschlag.

Octavia hatte keine Zeit zu denken. Mit einem markerschütternden Schrei, der weit über die Heide hallte, sprengte sie mit Peter von hinten auf die Polizisten zu, die wie ein Mann erschrocken herumfuhren. Schnaubend, mit gebleckten Zähnen und wild rollenden Augen bäumte sich der riesige Rotschimmel auf und schlug mit den Vorderhufen gefährlich nach den Bewaffneten aus. Die wichen ängstlich zurück. Im gleichen Moment pfiff eine Kugel aus Ruperts Pistole durch den Hut eines der Polizisten.

Es war nur die Schrecksekunde, aber die reichte, um Rupert und Octavia den nötigen Vorsprung zu geben. Mit einem mächtigen Sprung hechtete Lucifer in das Ginstergebüsch neben der Straße und war auf und davon. Ihm folgte Peter, ohne auf Octavias Kommando zu warten. Dicht hielt er die Nase am silbernen Schweif des Schimmels, der vor ihm über das Grasland jagte. Hinter ihnen erscholl ein aufgeregtes Stimmengewirr. Instinktiv duckte sich Octavia, doch sie wußte, daß sie bereits außer Reichweite der klobigen Waffen waren.

Ihr Puls raste, fast im gleichen Takt wie Peters Hufe, die über die Heide donnerten. Sie heftete den Blick auf die silberne Gestalt vor ihren Augen und ließ dem Hengst freien Lauf.

Dann plötzlich war Lucifer verschwunden. Eben noch war er vor ihr dahingestoben, jetzt sah sie nur noch schwarze Schatten um sich herum und kahle Bäume, die ihre knorrigen Äste in den finsteren Himmel reckten. Octavia blieb das Herz stehen. Panik kroch in ihr hoch. Sie war mutterseelenallein in der Heide. Lord Nick und Lucifer hatte der Erdboden verschluckt.

Doch Peter stürmte unbeirrt voran, mitten hinein in ein wild wucherndes Dickicht grünen Farnkrauts. Eine weiße Felswand blitzte kurz vor ihren Augen auf, dann schien sich Peter mit ihr in eine Felsspalte zu stürzen. Schlagartig kam er zum Stehen. Um Octavia herum war es stockdunkel. Sie roch Pferdeschweiß und hörte Peters keuchenden Atem, begleitet vom Schnauben Lucifers.

»Welch eine Überraschung!« vernahm sie Ruperts Stimme aus der Finsternis.

»Das kann man wohl sagen«, stieß sie hervor. »Die haben Sie erwartet. Die müssen gewußt haben, daß Sie da sein werden.«

»Sehr richtig«, erwiderte er. »Das war aber nicht die Überraschung, die ich gemeint habe.«

Seine Stimme irritierte sie. Sie klang so kühl und sachlich, als säßen sie am Kamin in der Dover Street und besprächen den Ablauf des Abendessens.

Octavia entschied, daß dies nicht die richtige Gelegenheit war, ihr überraschendes Auftauchen zu diskutieren.

»Wo sind wir eigentlich?« lenkte sie so harmlos wie möglich von diesem Thema ab.

»In einer Höhle.«

»Einer Höhle? In Putney Heath?«

»›Höhle‹ ist vielleicht etwas übertrieben. Eher ein Felsen mitten in der Wildnis, mit einem Loch in der Mitte.«

»Oh.« Langsam begannen sich Octavias Augen an die Dunkelheit zu gewöhnen. Sie konnte jetzt die Umrisse Lucifers und seines Reiters ausmachen. Die pumpenden Flanken des weißen Hengstes berührten bei jedem Atemstoß ihre Beine. »Und wie lange werden wir hierbleiben?«

»Bis ich sage, daß wir aufbrechen«, lautete die lapidare Antwort.

»Und wenn sie uns zu Fuß weiter verfolgen?«

»Sie scheinen sich ja mit den Fahndungsmethoden der örtlichen Polizei bestens auszukennen«, bemerkte er sarkastisch.

Sie schwieg beschämt.

»Ich wäre Ihnen sehr dankbar«, nahm er das Gespräch wieder auf, »wenn Sie mir ein paar Fragen beantworten würden, während wir hier warten. Zum Beispiel, wie Sie auf die zweifellos brillante, um nicht zu sagen, geniale Idee gekommen sind, mich hier draußen mit Ihrer Anwesenheit zu beglücken.«

»Meinen Sie, daß jetzt der richtige...«

»Moment, Sie haben mich mißverstanden«, unterbrach er sie. »*Ich* stelle hier die Fragen, und *Sie*, Octavia, antworten. Um es deutlicher auszudrücken: Was zum Teufel haben Sie hier zu suchen?«

»Ich dachte, ich könnte Ihnen helfen«, erwiderte sie kleinlaut. Sie erschauerte. Erhitzt von der Jagd, begann sie nun in der feuchtkalten Höhle zu frieren.

»Falsch«, erwiderte er knapp. »Nächster Versuch.«

»Das ist aber die Wahrheit!« beteuerte sie.

»Nein. Ich denke, Sie sind intelligent genug, um den richtigen Ausdruck für das zu finden, was Sie hier angerichtet haben.«

Octavia strengte sich an, in der Dunkelheit seinen Gesichtsausdruck zu erkennen, doch ohne Erfolg. Sie konnte seinen Gemütszustand nur am Klang der Stimme erahnen, und der verhieß nichts Gutes.

»Ich weiß wirklich nicht, was Sie meinen«, antwortete sie hilflos. Wieder lief ihr ein Kälteschauer über den Rücken. »Ich hab' mir einfach gedacht, da wir dieses ganze Theater schon als Team abziehen, hätte ich einen Anspruch darauf, auch in dieser Szene mitspielen zu dürfen.«

»Unerwünschte Einmischung«, brach es aus ihm heraus. »Unerwünschte Einmischung in Angelegenheiten, die Sie nichts angehen! Das ist der Ausdruck, den Sie suchen, Octavia, und das ist der Ausdruck, den ich von Ihnen hören will! Würden Sie mir jetzt bitte sagen, was Sie hier gemacht haben? Und diesmal bitte richtig!«

»Verflucht noch mal«, stieß sie ärgerlich hervor. Dann seufzte sie. »Also gut – ich habe mich in Angelegenheiten eingemischt, die mich nichts angehen. Sind Sie jetzt zufrieden?«

»Ich dachte wirklich, ich hätte mich das erste Mal, als Sie mich bei dieser Arbeit gestört haben, klar und deutlich genug ausgedrückt!« ereiferte er sich. »Aber Ihnen muß man es offensichtlich mit dem Holzhammer einbleuen!«

Octavia versuchte gar nicht erst eine entsprechende Antwort zu finden. Er schien viel zu sehr in Rage, um Einwände ernsthaft in Erwägung zu ziehen.

»Wie töricht von mir, auf Ihre Einsicht zu hoffen«, fuhr er resigniert fort. »Ich hätte von vornherein andere Saiten aufziehen müssen!«

Lucifer spannte die Muskeln an und wieherte leise. Lord Nick tätschelte ihm den Hals. »Na, alter Junge? Meinst du, wir haben lange genug gewartet?«

Er lenkte sein Pferd auf den schmalen Spalt zu, durch den der Mond einen milchigen Strahl schickte. Roß und Reiter verschwanden durch den Höhleneingang und ließen Octavia und Peter zurück. Zu ihrer Überraschung machte der Rotschimmel keine Anstalten, Lucifer zu folgen, und Octavia selbst zögerte, ihn hinauszutreiben. In Anbetracht der angespannten Stimmung zog sie es vor, sich nicht von der Stelle zu rühren, bis Rupert weitere Anweisungen gab.

Nach ein paar Minuten hörte sie seine Stimme. »Kommen Sie«, flüsterte er.

Peter wartete ihren Schenkeldruck nicht ab. Sofort setzte er sich in Bewegung und verließ die Höhle. Draußen lag die Heidelandschaft, von fahlem Mondlicht gespenstisch beleuchtet. Die Luft war erfüllt von nächtlichen Geräuschen: dem Rascheln kleiner Tiere, den Klagen eines Käuzchens, dem Rauschen des Windes im jungen Grün der Bäume.

»Ob sie die Verfolgung aufgegeben haben?« wisperte Octavia.

»Ich glaube nicht. Aber in diesem Teil der Heide werden sie nicht nach uns suchen.« Rupert setzte Lucifer die Fersen in die Flanken, und der Hengst trabte los, gefolgt von Peter.

»Reiten wir zum ›Royal Oak‹?« wollte Octavia nach einer Weile wissen.

»Nein. Ich werd' doch die Ratten nicht in die Speisekammer meines Freundes locken.«

Wie dumm von ihr, auch nur auf so eine Idee zu kommen! Ärgerlich biß sich Octavia auf die Lippe. »Dann in die Hütte?« fragte sie.

»Nein. Wir reiten nach Hause, wenn auch auf einem kleinen Umweg. Ich darf Sie erinnern, daß wir heute abend Gäste erwarten.«

»Oh, verdammt!« fluchte sie. Das hatte sie ganz vergessen. »*Sie* haben an diese Tatsache offenbar auch keinen Gedanken verschwendet, als sie sich ohne ein Wort aus dem Staube machten.«

»O doch, das habe ich wohl. Ich war nur dumm genug, mich darauf zu verlassen, daß Sie die Stellung halten würden, bis ich zurück bin.«

»Oh.«

»Wenn man seine Nase ständig in fremde Angelegenheiten stecken muß, hat man natürlich keine Zeit zum Überlegen.«

Langsam gingen ihr die ständigen Vorwürfe auf die Nerven. »Jetzt haben Sie mich mit Ihrem Gestänker genug bestraft. Können Sie nicht langsam aufhören?«

»Ich denke nicht daran. Außerdem: Was heißt hier ›bestraft‹? Die Strafe wartet noch auf Sie!«

»Ach. Und was schwebt Ihnen da vor?«

»Nun, zunächst werde ich Sie nackt auspeitschen und dann eine Woche lang bei Wasser und Brot in die Dachkammer sperren.«

»Finden Sie das nicht ein wenig hart?«

»Nein.«

Octavia feixte in der Dunkelheit. Sie betrachtete von der Seite sein unbewegtes Profil. Dann wurde ihr Grinsen breiter, als sie an den Überfall dachte. »Meinen Sie nicht, daß zwei gegen fünf bessere Chancen haben als einer allein?«

Er antwortete nicht.

»Also, ich finde, Peter und ich haben uns wirklich tapfer geschlagen«, sagte sie stolz. »Wir haben uns dem Feind todesmutig entgegengeworfen, ohne auch nur eine Sekunde zu zögern. Natürlich wäre es besser gewesen, wenn ich eine Pistole dabeigehabt hätte. Nächstes Mal muß ich auf eine angemessene Bewaffnung achten.«

Noch immer antwortete er nicht.

»Leider weiß ich nicht, wie man mit einer Pistole umgeht, aber das könnte ich ja lernen... was meinst du, Peter? Meinst du, ich könnte schießen lernen? Meinst du, ich könnte Lord Nick überreden, es mir beizubringen?... Ach, ich bin so froh, daß du meiner Meinung bist. Im übrigen wäre es ja auch grundsätzlich viel vernünftiger, uns vor diesen nächtlichen Raubzügen jeweils zu informieren, nicht wahr? Ach, du meinst, es wäre sogar noch klüger, sie gleich von vorneherein gemeinsam zu planen... eine Taktik abzusprechen, damit man nicht gezwungen ist zu improvisieren? Stimmt – Improvisationen kommen bei dem Herrn auch äußerst schlecht an. Ja, ich verstehe, das klingt sehr vernünftig... Könnte es sein, daß wir den Herrn nebenan zum Lachen gebracht haben, Peter? Ist da nicht die Andeutung eines klitzekleinen Lächelns zu erkennen...«

»Octavia, ich werde Ihren Vater ernsthaft zur Rede stellen müssen«, unterbrach sie Rupert streng. »Ich hatte von jeher den Eindruck, daß er Sie zu freizügig erzogen hat, aber jetzt muß ich sehen, daß Sie völlig mißraten sind.«

Octavia kicherte. »Ja, in Fragen der Kindererziehung hegt mein Vater äußerst exzentrische Vorstellungen.«

»Kindesvernachlässigung, genau gesagt«, verbesserte er sie.

»Spaß beiseite ...«

»Wer macht hier Spaß?«

Octavia kratzte sich am Ohr und unternahm einen zweiten Versuch. »Um das Thema zu wechseln – könnte es sein, daß die Polizei Sie in eine Falle gelockt hat? Normalerweise haben Postkutschen doch keinen Polizeischutz, oder?«

»Soweit ich weiß, nicht.«

Sie ritten inzwischen am Südufer der Themse entlang, durch schmale Gassen, die Octavia nicht kannte. In der Ferne blinkte ein schwaches Licht in der Dunkelheit. Das mußte Westminster Bridge sein. Eine eigenartige Route, die Rupert da gewählt hatte.

»Die haben Sie mit Ihrem Überfall also erwartet«, beharrte Octavia.

»Die Intelligenz der Straßenpolizei reicht meiner Erfahrung nach nicht aus, jemandem eine Falle zu stellen.«

»Sehen Sie – deshalb muß Sie jemand verpfiffen haben. Hat Ben Ihnen den Tip mit der verspäteten Postkutsche gegeben?«

Sie überquerten die Brücke. Rupert nickte kurz.

»Wäre es möglich, daß ...«

»Nein.«

»Von wem hatte *er* denn die Information?«

»Von Morris wahrscheinlich.«

»Könnte der ...«

»Möglich.«

Octavia schwieg. Den Rest konnte er sich selber denken. Rupert führte sie auf unbekannten Schleichwegen in heimatliche Gefilde. Sie näherten sich der Dover Street von hinten, über unbelebte Straßen und Plätze. Es war zwar nicht anzunehmen, daß die Polizei hier in London nach ihnen fahndete, aber er wollte offenbar kein Risiko eingehen.

»Sind wir eigentlich knapp bei Kasse?« wechselte sie wieder das Thema.

»Ein wenig, aber das hole ich am Spieltisch leicht wieder herein.«

»Aber Sie werden sich nicht wieder zu einem neuen Überfall entschließen, ehe Sie herausgefunden haben, ob es im ›Royal Oak‹ einen Spion gibt, nicht wahr?« Sie konnte das ängstliche Zittern in der Stimme nicht unterdrücken.

Rupert drehte sich nach ihr um. Sein Gesicht war vom Schein einer Straßenlaterne erhellt, so daß sie das amüsierte Funkeln in den schiefergrauen Augen deutlich erkennen konnte. »Sollte in dieser Frage wieder einmal eine Entscheidung zu treffen sein, Teuerste, dann werden Sie die erste sein, die ich davon in Kenntnis setze. Das versichere ich Ihnen hiermit.«

»Oh«, erwiderte sie verblüfft. »Dann heißt das also, daß ich... mich habe verständlich machen können.«

»Was ich meinerseits nicht gerade behaupten kann«, seufzte er, während sie in den heimatlichen Pferdestall trotteten.

»Och, ich dachte, wir hätten Frieden geschlossen«, antwortete sie und schwang sich aus dem Sattel.

Statt einer Antwort sah Rupert sie lediglich von der Seite an und zog eine Augenbraue hoch. Dann stieg er ab und reichte dem Stallburschen die Zügel. Das Haus war hell erleuchtet.

»Sieht so aus, als ob das Fest voll im Gang ist, ganz ohne die Gastgeber«, bemerkte er stirnrunzelnd und ging eilig zum Seiteneingang, gefolgt von Octavia.

Griffin begrüßte sie in der Halle. »Mylord..., Lady Warwick.« Er verbeugte sich. »Mr. Morgan kümmert sich um die Gäste im Salon.«

»Mein Vater?« Entsetzt schaute Octavia in Ruperts Gesicht. »Und wenn Rigby und Lacross hier sind?«

Er nahm sie am Arm und zog sie energisch zur Treppe, so daß Griffin sie nicht mehr hören konnte. »Gehen Sie hoch und ziehen Sie sich um«, befahl er. »Sie können nicht im Reitanzug erscheinen.«

»Ja ja, aber was ist, wenn sie...«

»Gehen Sie hoch und ziehen Sie sich um!« wiederholte er barsch.

Eine Sekunde zögerte Octavia, dann hastete sie die Treppe hoch. Von unten erklangen Stimmengewirr, Gelächter und Gläserklingen, als sie ins Schlafzimmer stürzte. Ihre Gedanken rasten. Wenn Dirk Rigby und Hector Lacross ihren Vater gesehen und wiedererkannt hätten, dann wußten sie auch, wer sie, Octavia, war. Sie würden mit Sicherheit Verdacht schöpfen und auch Rupert nicht mehr über den Weg trauen.

Und ihr Vater? Wie mochte der wohl reagiert haben, als er sie erkannt hatte? Und er mußte sie einfach wiedererkennen – die Katastrophe war ja erst drei Jahre her.

Sie klingelte nach Nell und riß sich hektisch ihre Reitsachen vom Leib. Was war bloß in ihren Vater gefahren, daß er meinte, den Gastgeber spielen zu müssen? Bisher hatte ihn das gesellschaftliche Leben im Haus nicht im geringsten interessiert. Er lebte still und zurückgezogen in seiner Suite, kam höchstens hin und wieder in den Salon hinunter, um gemeinsam mit ihr und Rupert zu Abend zu essen. Auch in Hartridge Folly waren ihm gesellschaftliche Verpflichtungen immer gleichgültig gewesen, hatte er nur zu einer Handvoll persönlicher Freunde Kontakt gepflegt. Octavias Teilnahme am sozialen Leben war nur über eine gleichaltrige Freundin möglich gewesen, deren Mutter sie beide als Anstandsdame begleitete.

»Nell, bring mir schnell das lila Seidenkleid«, rief sie, als die Zofe mit einem Eimer warmen Wassers hereinkam. Schnell wusch sie sich das Gesicht. Ihr knurrte der Magen, und sie erinnerte sich, daß sie seit Mittag nichts mehr gegessen hatte. Aber zum Essen war jetzt keine Zeit. Sie mußte so schnell wie möglich nach unten, um den Schaden zu besehen, den der Vater angerichtet hatte und um möglicherweise Schlimmeres zu verhüten. Sie machte sich Vorwürfe. Wenn sie Rupert nicht hinterherspioniert hätte, wäre das alles nicht passiert.

Und wenn sie daheim geblieben wäre, tröstete sie sich, hätten sie ihn vielleicht erwischt, und er säße jetzt hinter Gittern in Newgate.

Ungeduldig wartete sie, bis Nell das lila Seidenkleid mit den dunkelgrünen Samtbändern aus dem Schrank geholt hatte. »Nein, heute gibt's keine große Frisur«, winkte sie ab, als das Mädchen nach dem Kamm und den dicken Roßhaarpolstern griff, um ihrer Herrin eine Hochfrisur zu zaubern. »Ich trage mein Haar offen, vielleicht mit einem silbernen Stirnband.«

Sie brauchte nur eine Minute, bis sie sich das Band um den Kopf gelegt, die glänzenden Locken durchgekämmt und um die Schultern drapiert hatte. Die Frisur wirkte ein wenig mittelalterlich. Aber sie hatte jetzt keine Zeit, sich über ihr Erscheinungsbild große Gedanken zu machen.

»Danke, das reicht, Nell.« Sie zog die langen Seidenhandschuhe an, nahm den Fächer und eilte aus dem Zimmer. Aus dem Salon scholl immer noch frohes Gelächter, und sie konnte Ruperts Stimme ausmachen, während sie die Stufen hinuntereilte. Vermutlich hatte auch er sich schnell umgezogen, denn zu einem abendlichen Empfang im Reitkostüm zu erscheinen, noch dazu als Gastgeber, wäre ein unverzeihlicher Fauxpas.

Octavia betrat den Salon mit zitternden Knien. Ängstlich musterte sie die Runde der Gäste – und ein Stein fiel ihr vom Herzen. Von Dirk Rigby und Hector Lacross war weit und breit keine Spur. Oder waren sie dagewesen, hatten sich aber sofort wieder verzogen?

Oliver Morgan stand am Fenster, in ein angestrengtes Gespräch mit dem Earl of Wyndham vertieft. Ihr Vater trug einen weinroten Samtrock. Brust und Manschetten des schneeweißen Hemdes schmückte aufwendige Mechlinspitze – eine Eleganz der alten Schule, die dem alten Herrn mit den vornehmen Zügen und der schlohweißen Mähne gut zu Gesicht stand.

»Ah, da kommt ja meine Tochter!« rief er und breitete mit väterlicher Geste die Arme aus. »Meine liebe Octavia, der Earl of Wyndham ist mit den pythagoräischen Theorien ebenso vertraut wie dein Ehemann, wie ich mit Freude feststellen konnte.«

Octavia ging quer durch den Raum auf ihren Vater zu. Sie

hoffte, daß ihr Lächeln nicht ebenso verspannt wirkte wie sie sich fühlte. »Papa«, antwortete sie, »was gibt uns denn die unverhoffte Ehre, dich im Salon anzutreffen?«

»Nun, mein Kind«, versetzte er nicht ohne Ironie, »ich habe gedacht, daß es meine Pflicht sei einzuspringen, wenn die Gastgeber verhindert sind. Dein Mann hat uns ja bereits von euren Abenteuern berichtet.«

Sie warf Rupert einen irritierten Blick zu. »Ach, ja?«

»Die Geschichte mit den Räubern, Madam«, klärte Rupert sie auf. »Ich hab' gerade erzählt, wie wir heute nachmittag auf unserem Ausritt nach Hampstead Heath überfallen worden sind.«

»O ja... Hampstead Heath«, nahm sie das Thema auf. »Ich habe wahre Todesangst ausgestanden. Zum Glück hatte Rupert seine Pistolen dabei und konnte sie in die Flucht schlagen. Es waren bestimmt fünf Verbrecher, nicht wahr, Warwick?«

»Fünf... nun, ich glaube, Sie übertreiben, meine Liebe. Mehr als drei waren es bestimmt nicht.«

»Da kann man ja nur gratulieren, daß Sie so heil davongekommen sind, Madam«, schaltete sich einer der Gäste am Pharao-Tisch in das Gespräch ein. »Räuber und Ganoven sind wirklich die Geißel unserer Zeit. Man kann nicht mehr reisen, ohne sein Leben zu riskieren.«

»So ist es!« stimmte ein anderer zu und nahm eine gewaltige Prise Schnupftabak. »Die Straßen werden erst wieder sicher sein...«, er nieste heftig, »...wenn sie alle am Galgen aufgeknüpft sind.« Wieder mußte er niesen. »Alle, bis auf den letzten Mann.«

»Lady Warwick scheint ja Nerven wie Drahtseile zu haben«, bemerkte Philip. »Jede andere Dame hätte sich nach einem solchen Schockerlebnis eine Woche lang ins Bett gelegt. Aber Sie kommen hier hereingerauscht, bezaubernd und strahlend, als ob nichts geschehen wäre.«

»Oh, ich kann einiges ertragen, Sir«, gab Octavia kokett zurück, wechselte dann aber lieber das Thema. »Ich muß allerdings zugeben, daß ich vor Hunger sterbe. Nach all der Aufregung bin ich gar nicht zum Abendessen gekommen.«

Sie klingelte nach dem Butler. »Lassen Sie im Speisesaal auftragen, Griffin. Wir warten heute nicht bis elf Uhr.«

»Ja... ich darf mich dann entschuldigen und Ihnen für den Rest des Abends viel Vergnügen wünschen«, wandte sich Oliver an die Umstehenden und verbeugte sich zum Abschied. »Ich muß noch ein paar wichtige Sachen lesen.«

Octavia begleitete ihn bis zur Tür. »Danke, Vater, daß du für uns in die Bresche gesprungen bist.«

»Um ehrlich zu sein... ich habe lange keinen so unterhaltsamen Abend mehr erlebt«, gestand er lächelnd. »Ich bin selbst überrascht. Aber du und Warwick... ihr solltet ein bißchen mehr achtgeben, wenn ihr euren Geschäften nachgeht.«

Octavia warf ihm einen scharfen Blick zu. Bezog er sich auf den Überfall, oder meinte er etwas anderes? Hatte er Rigby und Lacross gesehen? Doch die goldbraunen Augen ihres Vaters blickten treu und harmlos, und in seinem Lächeln lag nichts als väterliche Fürsorge.

»Waren noch andere Gäste da, die schon wieder fort sind, Papa?«

»Nicht daß ich wüßte, es sei denn, sie wären schon gegangen, bevor ich heruntergekommen bin.«

Nein, er würde sie nicht anlügen. »Dann gute Nacht, Papa.«

Sie gab ihm einen Kuß und knickste, als er den Salon verließ. Ihre Augen suchten Rupert. Hatte er herausgefunden, ob Rigby und Lacross hier gewesen waren? Er schaute in ihre Richtung und schüttelte unmerklich den Kopf. Dann wandte er sich wieder seinem Spiel zu.

Octavia schlenderte zu Philip Wyndham hinüber. Auf ihrem Weg streifte ihre Hand wie zufällig über den Mantel des Viscount Ledham. Der starrte gebannt ins Kaminfeuer, denn er hatte gerade darauf gewettet, daß als nächstes eine blaue und keine rote Flamme emporzüngeln würde. So bemerkte er gar nicht, daß die Gastgeberin einen Augenblick ganz nah bei ihm stand, weil sie offenbar interessiert war, wie die aufregende Wette ausgehen würde.

Doch Octavia wartete das Ergebnis nicht ab und schlenderte weiter. In ihrer Hand hielt sie die Taschenuhr des Viscount. »Lord Wyndham, wieso schließen Sie eigentlich keine Wetten über die Farbe der Flammen im Kamin ab?« fragte sie spöttisch. Sie lehnte sich kurz gegen ein Marmortischchen und schob ihre Hand hinter den Rücken, bevor sie auf den Earl zutrat. Unbeachtet von allen lag auf der Marmorplatte einsam und verwaist die Uhr des Viscount.

Leicht angewidert zog Wyndham die Brauen hoch. »Ledham wettet auch darum, welcher von zwei Regentropfen auf der Scheibe als erster den Fensterrahmen erreicht.«

»Da ist er aber nicht der einzige. Es gilt als schick, sich immer verrücktere Wetten auszudenken.« Sie lächelte ihn vielsagend an. »Es imponiert mir, Mylord, daß Sie Individualist genug sind, um nicht jede Modetorheit mitzumachen.«

Sie berührte seine Hand und lehnte einen Augenblick lang den Kopf an seine Schulter, so daß ihm der Duft ihres Haars und ihres Körpers betörend in die Nase stieg. Bewundernd schaute sie zu ihm auf. »Es braucht Charakter, dem Sog der Masse zu widerstehen.«

Philip lächelte geschmeichelt. Die natürliche Frische von Octavias Körpergeruch war ihm eine Wohltat, bei all dem Gestank von Puder, Pomade, schwerem Parfum, verschwitzter Unterwäsche und verstaubtem Samt und Brokat, der ihn umgab.

Sie ist wirklich eine Persönlichkeit, dachte er. Selbst die Art und Weise, wie sie mit ihm flirtete, war einzigartig. Octavia war charmant, geistreich und überhaupt nicht vulgär oder lüstern. Zu seiner eigenen Überraschung machte es ihm auch gar nichts aus, daß sie das Spiel ihrer Annäherung in so kleinen Schritten zelebrierte. Jede andere Frau, die sich soviel Zeit ließ, hätte er irgendwann mit Gewalt genommen oder aber angewidert verlassen. Doch ihre Art, die Fäden zu spinnen, ihn damit zu umgarnen, mit verführerischen Blicken und Küssen zu becircen, bezauberte ihn. Die verhaltene Leidenschaft dieser Frau schien ihm um so mehr zu versprechen.

Sein Blick wanderte zu ihrem Gatten auf der anderen Seite des Raums. Mit unbeweglicher Miene saß Rupert Warwick am Tisch, ganz auf das Spiel konzentriert. Der Mann war ihm zutiefst zuwider. Allein schon sein Lächeln erfüllte ihn mit einer ihm selbst unerklärlichen, unbändigen Abneigung. Die schlichte körperliche Anwesenheit dieses Menschen brachte ihn fast zur Raserei. Und dennoch mußte er sie ertragen, wollte er seine Frau für sich gewinnen.

Nur der Gedanke daran, schließlich die Frau dieses Mannes zu verführen, den er so abgrundtief haßte, ließ ihm die Stunden in seinem Hause ertragen.

Octavia lächelte ihn an, strich ihm zärtlich über die Hüften. Erregung ließ sein Blut in die Lenden schießen. Er schaute auf das wunderschöne, ebenmäßige Oval hinab, in dem zwei goldbraune Sterne wie Tigeraugen funkelten.

»Abendessen!« rief sie, als Griffins Gestalt in der Tür erschien. »Ich sterbe vor Hunger, Mylord. Wollen Sie mich begleiten?«

»Es ist mir ein Vergnügen, Madam.« Er verbeugte sich und reichte ihr den Arm.

Während sie den Salon verließen, flatterte Philip Wyndhams spitzengesäumtes Seidentaschentuch unbeachtet zu Boden, und mit leisem Klingeln fiel ein goldenes Zwanzigschillingstück auf einen Tisch im Korridor.

14

Das Lagerhaus, ein wuchtiger roter Backsteinbau mit zugenagelten Fenstern, erhob sich gleich neben der London Bridge am Südufer der Themse. Zu seinen Füßen floß träge der Fluß und hinterließ an der Ziegelmauer eine schleimige, grüne Spur.

Die Mietdroschke entließ ihre beiden Passagiere vor einem schweren Eisentor am rückwärtigen Teil des Gebäudes. Finster schaute der Kutscher unter den buschigen Brauen hervor. »Woll'n Sie, daß ich warte, Gentlemen?«

Angewidert rümpfte Dirk Rigby die Nase, als ihm der Gestank von Aas, faulem Fisch und Fäkalien in die Nase stieg. Er warf Hector, der nervös an seiner blütenweißen Halsbinde nestelte, einen fragenden Blick zu. Für ein Investorentreffen weiß Gott keine sehr einladende Gegend.

»Ja«, antwortete Hector knapp. »Warten Sie.«

»Wenn ich dann höflichst den Preis für die Herfahrt kassieren dürfte«, bemerkte der Kutscher, als sich die beiden zum Gehen wandten. »Nur für den Fall, daß was passiert.« Er lachte trocken auf und putzte sich dann umständlich mit einem großen, rotkarierten Taschentuch die Nase.

»Machen Sie keine Witze, Mann«, blaffte Dirk ihn an. »Wir sind geschäftlich unterwegs, und Sie warten gefälligst, bis wir fertig sind.« Damit folgte er Hector, der schon vorausgegangen war und mit dem silbernen Knauf seines Spazierstocks an das große Eisentor pochte.

Der Kutscher fluchte leise. Diese Kunden waren ihm die allerliebsten. Erst mußte man den halben Tag auf sie warten, während einem andere lukrative Fahrten entgingen, und wenn sie dann endlich wieder auftauchten, konnte man froh sein, wenn sie einem für die Wartezeit großzügig einen Extraschilling zuwarfen.

Die Türangeln quietschten und kreischten, als sich nach einer

Weile das riesige Tor langsam öffnete und den Blick auf einen dunklen, höhlenartigen Innenraum freigab. Ein alter, gebeugter Mann stand mit flackernder, tropfender Kerze im Eingang. Er trug einen zerschlissenen schwarzen Mantel mit speckigen Aufschlägen, und seinen Kopf zierte eine schäbige Perücke.

»Da sind Sie ja endlich!« rief er mit schnarrender Stimme. »Reichlich spät. Der gnädige Herr wollte schon gehen.« Er warf einen Blick auf die Droschke. »Am besten, Sie lassen ihn warten. Hier draußen ist wenig Verkehr. Und zu Fuß kann ich die Gegend nicht empfehlen. Zumindest nicht für so feine Herren wie Sie.« Er lachte keckernd und wandte sich mit einer einladenden Geste dem Innern des Lagerhauses zu.

Hector und Dirk gingen zaghaft vorwärts. Plötzlich stieß der Alte mit einer Kraft und Schnelligkeit, die man von einem so betagten und gebrechlich wirkenden Greis nicht erwartet hätte, mit dem Fuß nach hinten gegen das Tor, das daraufhin krachend ins Schloß fiel. Die Kerze in seiner Hand flackerte noch heftiger und erlosch, so daß die drei Männer schlagartig im Finstern standen.

»Zum Teufel! Was wird hier gespielt, Mann?« schnauzte Hector, doch die Angst in seiner Stimme war unüberhörbar.

»Nur der Wind ... nur der Wind«, murmelte der Greis. »Das haben wir gleich.« Man hörte das Schlurfen seiner Pantoffeln, dann das Schlagen von Feuersteinen, und schon flammte die Kerze wieder auf.

Sie befanden sich in einer riesigen, gähnend leeren Lagerhalle mit einer enorm hohen Decke, die irgendwo oben in der Dunkelheit verschwand. Nur an den Wänden konnten Dirk und Hector in dem trüben Licht ein paar Stapel mit undefinierbaren Waren erkennen. Es war kalt und feucht, die Luft voller Staub und Sägespäne.

»Verdammt stickig hier«, flüsterte Hector seinem Gefährten zu, während sie ihrem etwas unheimlichen Führer quer durch den Raum zu einer eisernen Wendeltreppe folgten. »Bist du auch sicher, daß das die Adresse ist, die Warwick uns gegeben hat?«

»Der will uns doch hier höchstpersönlich erwarten«, erinnerte ihn Dirk, doch insgeheim hegte er die gleichen Zweifel wie sein Freund. Sie hatten sich hier verabredet, um ein riskantes Spekulationsgeschäft zu besprechen, das enorme Gewinne versprach. Diese heruntergekommene, ungemütliche Umgebung war jedoch alles andere als geeignet, ihr Vertrauen in dieses Geschäft zu erhöhen.

Sie folgten dem flackernden Licht die Wendeltreppe hoch, während ihre Schatten in grotesken Verzerrungen über die Wände des Lagerhauses geisterten. Die Treppe führte auf eine schmale Galerie, die an der Wand der Halle entlangführte. Die Holzdielen waren verrottet und wiesen gefährliche Löcher auf.

»Da sind wir, meine Herren.« Der Alte klopfte an einer Tür am Ende der Galerie. Er legte das Ohr an das schwere Eichenholz und lauschte einen Moment, nickte dann befriedigt und hob den Riegel.

»Die beiden Gentlemen, die Sie erwartet haben, gnädiger Herr.«

»Führ sie rein.«

Die Stimme klang laut und gebieterisch. Rigby und Lacross folgten dem alten Mann in ein kleines Zimmer, das von einer Petroleumlampe und dem Feuer eines Kanonenofens erhellt wurde, der in einer Ecke gemütlich vor sich hin bullerte. Schwere Holzläden verdunkelten die Fenster, die nach Norden zum Fluß hin lagen.

Ein hochgewachsener, imposanter Herr mit schlohweißem Haar erhob sich hinter einem Schreibtisch an der gegenüberliegenden Wand und musterte die Ankömmlinge kritisch durch sein Lorgnon.

»Kommen Sie herein, meine Herren«, krächzte er mit heiserer Stimme. Er schien erkältet, denn er hatte sich einen dicken Schal um den Hals geschlungen. Das Hemd war schmutzig, und an dem braunen Wollmantel konnte man die Speisekarte der letzten Tage ablesen. Er trug fingerlose Handschuhe, und die Ärmelaufschläge waren verschlissen. Ein ausgefranstes schwarzes Band hielt die weiße Mähne im Nacken zusammen.

Das war weiß Gott nicht die Aufmachung eines seriösen Geschäftsmannes, der einem bei einer Investition von zehntausend Guineen einen Gewinn von zwanzigtausend garantieren konnte.

»Ned, schaff Wein herbei«, befahl ihr Gastgeber. »Lassen Sie uns auf unser gemeinsames Geschäft anstoßen, meine Herren. Nur zu, kommen Sie herein. Wärmen Sie sich erst einmal auf. Ist ja wirklich schweinekalt hier. Immer das gleiche, ob Sonne, ob Regen. Die Feuchtigkeit vom Fluß geht aus den Wänden einfach nicht heraus.«

Er kam mit ausgestreckter Hand auf sie zu. Eine zackige Narbe lief ihm quer über die Wange und verunstaltete sein Gesicht.

»Nicht ganz das, was Sie erwartet haben, meine Herren, nicht wahr?« Er lachte. »Wissen Sie, wir wollen keine Aufmerksamkeit auf uns ziehen. Wir wollen sozusagen unser Inkognito wahren, Sirs.« Er schüttelte ihnen mit einer Kraft die Hände, die sie beide erstaunte. »Kommen Sie zum Ofen. Ned, wo bleibt denn der Wein?«

Fast mit Gewalt drückte er sie in die Armsessel neben dem Ofen. Eines der hölzernen Beine krachte verdächtig unter Hectors Leibesfülle.

»So, da wären wir also... da wären wir also.« Ihr Gastgeber rieb sich die Hände und füllte dann aus einer staubigen Flasche Wein in drei Gläser. Er schnüffelte am Hals der Flasche. »Nicht schlecht... wirklich nicht schlecht.«

Er reichte ihnen die Gläser, sah ihnen aus grauen Augen aufmerksam zu, wie sie daran nippten und wartete gespannnt auf ihr Urteil »Gut, ja... behagt Ihnen, ja, Sirs?«

»Ja, danke«, erwiderte Dirk. Der Wein war passabel, aber das

Glas war von einem ekelerregenden Staub- und Fettfilm überzogen.

»Also, Lord Rupert meinte...«

»Bitte keine Namen, meine Herren«, unterbrach sie ihr Gastgeber entsetzt. »Wir behandeln die Namen unserer Teilhaber mit absoluter Diskretion. Ich achte die Privatsphäre meiner Klienten so wie ich erwarte, daß sie die meine achten.«

»Aber wir kennen doch beide Lord Rupert Warwick«, versetzte Dirk ungehalten. »Da brauchen wir doch kein Geheimnis draus zu machen.«

»Vielleicht... vielleicht aber auch nicht.« Ihr Geschäftspartner zog sich einen Stuhl heran und setzte sich neben sie. Seine Stimme klang auf einmal barsch und gebieterisch. »Nun, wenn ich Sie recht verstanden habe, wollen Sie sich an dem Projekt beteiligen, das wir in Clapham planen.«

»Falls wir mit den Konditionen einverstanden sind«, erwiderte Rigby kühl.

»Und was für eine Rendite erwarten Sie, Sir?« Ihr Partner lehnte sich in den Stuhl zurück und musterte sie prüfend. »Hundert Prozent? Zweihundert Prozent? Fünfhundert?«

»Können Sie so viel garantieren?« Hector atmete schwer. Seine Augen begannen fieberhaft zu flackern.

»Vielleicht... vielleicht.«

Ihr Partner erhob sich und ging zu einem altersschwachen Schrank in der gegenüberliegenden Ecke des Zimmers. Er kramte eine Weile in den Fächern herum und kam dann mit einer Pergamentrolle wieder.

»Hier, wenn ich Ihnen das zeigen darf. Könnten Sie, Sir, bitte die Ecke festhalten? Ja, so ist's recht.« Jetzt lag die Rolle ausgebreitet vor ihnen. Es war der Plan eines Architekten.

»Das hier sind die Villen, die wir bauen. Drei sind schon fertiggestellt und verkauft. Die Eigentümer können es gar nicht erwarten einzuziehen. Die anderen drei hier sind noch im Rohbau. Hier können Sie sich beteiligen, wenn Sie Interesse haben.«

Er deutete auf drei imposante Herrenhäuser auf der rechten Seite des Plans. »Was halten Sie davon?«

»Hm«, antwortete Hector, »ich brauche detaillierte Informationen. Zum Beispiel – wie erklärt sich diese außerordentlich hohe Rendite?«

»Nun... durch gewisse Einsparungen.« Ihr Partner tippte mit dem Zeigefinger auf das Pergament. »Durch Einsparungen beim Baumaterial und bei der Innenausstattung. Die Leute wollen nun einmal stets das Teuerste – um ihre Nachbarn zu übertrumpfen.«

Er brach in ein unangenehmes, eigenartig bedrohlich wirkendes Gelächter aus. »An der Oberfläche zumindest muß alles vom Feinsten sein. Aber wie's darunter aussieht... das steht auf einem anderen Blatt.« Er rollte den Plan wieder zusammen.

»Zum Beispiel Eichenparkett. Jeder, der etwas auf sich hält, will natürlich Eichenparkett. Aber das ist extrem teuer. Eichenfurnier auf schlichter Fichte dagegen kostet fast nichts. Und wenn es schön gewachst ist – wer erkennt den Unterschied? Niemand, zumindest nicht in den ersten paar Monaten.«

»Und was ist mit der Statik?« fragte Hector.

Ihr Partner zuckte die Achseln. »So sicher wie die eines Kartenhauses, Sir.«

Dirk nippte an seinem Weinglas. »Und Sie können uns diese Rendite tatsächlich garantieren?«

»Sicher. So sicher wie die Häuser. Oh, das ist ein etwas unglücklicher Vergleich.« Er lachte dröhnend auf und lehnte sich in den Stuhl zurück. »Nein, Spaß beiseite, Gentlemen. Ich habe bereits einige Investoren für die drei Häuser, die noch zur Disposition stehen. Die Leute reißen sich geradezu darum. Wenn Sie zum jetzigen Zeitpunkt einsteigen wollen, kann ich Ihnen garantieren, daß Sie in einem halben Jahr Ihre Investition dreifach wieder hereinhaben.«

Hector leckte sich nervös die Lippen. »Und wieviel müßte man da mindestens investieren?«

»Zehntausend Guineen pro Haus, Sirs.«

»Und welche Garantien können Sie uns geben?«

»Wir machen alles mit Brief und Siegel«, erwiderte ihr Gastgeber und stand auf. »Ich kann Ihnen die Verträge zeigen, wenn Sie wollen. Alles beurkundet. Wir haben viele Klienten. Sie sind samt und sonders hochzufrieden.«

Er kehrte zum Schrank zurück und holte einen Aktenordner hervor. »Hier, schauen Sie sich das in Ruhe an.«

Die beiden Männer blätterten die Unterlagen durch. »Ist das hier Ihr Name ... Thaddeus Nielsen?« Hector tippte auf den Namen, mit dem die Dokumente unterzeichnet waren.

»Ja, das bin ich, Sir.« Thaddeus nickte und faltete die Hände über seinem beachtlichen Bauch, über den sich eine schäbige graue Weste spannte. »Thaddeus Nielsen, Bauträger für elegante Domizilie höchster Kategorie. Eine Eleganz, wie sie das aufstrebende Bürgertum erwartet. Eine Eleganz, die Sie sonst nur am Grosvenor Square oder in der Mount Street antreffen.«

»Und es finden vierteljährliche Gewinnausschüttungen statt?«

»So wie es dort schwarz auf weiß steht, Sirs. Wie Sie sehen, gehören zu unserem Konsortium nur Gentlemen mit bester Reputation und Finanzkraft. Banker Moran zum Beispiel. Oder Richter Lord Greenaway.« Er beugte sich über den Tisch, um mit dem Finger auf die betreffenden Unterschriften zu zeigen. »Einmal monatlich treffen sich die Investoren zur Vorstandssitzung. Sie sind herzlich eingeladen.«

Er zog eine Tonpfeife aus der Westentasche und stopfte sie umständlich. Dann hielt er einen Kienspan in die Kerzenflamme und zündete die Pfeife an.

Der Rauch stieg in bläulichen Ringen in die Luft. »Unsere Partner möchten verständlicherweise unter sich bleiben.« Er zog nachdenklich an der Pfeife. »Aber bei der Vorstandssitzung machen wir eine Ausnahme. Wir möchten die Zahl der Investoren möglichst klein halten, weil auf diese Weise für jeden der Gewinnanteil steigt.«

»Verstehe.« Dirk starrte auf die Spitzen seiner blankpolierten Schuhe. Aus dem trüben Dunkel blickten die Silberschnallen verheißungsvoll zu ihm hoch. Rupert Warwick hatte sich für Thaddeus Nielsen verbürgt. Rupert Warwick lebte auf großem Fuße. Erst kürzlich hatten sie alle miterlebt, wie er aus Jux und Tollerei Lady Margaret Drayton ein kleines Vermögen ins Handtäschchen geschüttet hatte. Und es leuchtete ein, daß Geschäfte wie dieses hier nicht an die große Glocke gehängt wurden.

»Können wir diese Villen, die Sie bauen, einmal besichtigen?« fragte er nach einer Weile.

»Aber sicher doch. Schauen Sie sich die Prachtstücke nur an. Sie finden die Objekte in der Acre Lane. Verstehe, daß Sie nicht die Katze im Sack kaufen wollen.« Er lächelte mit zuckender Narbe und paffte bedächtig vor sich hin.

»Wir lassen Sie dann wissen, ob wir an einer Beteiligung interessiert sind, sobald wir die Objekte gesehen haben.« Dirk schaute sich ein wenig hilflos nach einer Gelegenheit um, das Glas abzustellen. Schließlich setzte er es auf dem Boden ab und stand auf.

»Ja, ja, lassen Sie sich nur Zeit«, erwiderte Thaddeus und schmauchte seine Pfeife. Er machte keinerlei Anstalten, sich ebenfalls zu erheben. »Ned, zeigen Sie den Herren den Weg hinaus. Und bleiben Sie gleich unten, ich erwarte noch ein paar Besucher.«

»Weitere potentielle Investoren?« fragte Hector scharf.

Thaddeus zuckte die Achseln. »Die rennen uns die Tür ein. Ich kann sie mir aussuchen. Verstehe – Sie wollen sich die Sache noch mal gründlich überlegen. Aber ich muß mich natürlich darum kümmern, daß das Geschäft in Gang bleibt und der Rubel rollt.« Er schaute versonnen in das Ofenfeuer.

Die beiden Männer blieben einen Augenblick unschlüssig stehen. Thaddeus' letzte Worte gaben ihnen zu denken. Schon wollte Dirk etwas sagen, als Hector ihn energisch am Arm faßte und mit einer Kopfbewegung zur Tür deutete. So verließen sie ohne ein weiteres Wort den Raum. Der alte Ned schlurfte ihnen tatterig hinterher.

Der Mann, den sie in dem Zimmer zurückließen, wartete, bis er das Krachen des Tores hörte, das hinter seinen Besuchern wieder ins Schloß fiel. Dann stand er auf, klopfte am Ofen hämisch grinsend die Pfeife aus und ließ die Tabakreste ins Feuer fallen. Er räkelte und streckte sich und zog schließlich das Lumpenbündel hervor, mit dem er seine Weste ausgestopft hatte, um sich den Eindruck behäbiger Rundlichkeit zu geben.

»Mein Gott, war'n das Idiot'n!« Kopfschüttelnd, aber mit schwungvoller Bewegung kam in dem Moment der Diener ins Zimmer zurück. Sein gebeugter Rücken hatte sich gestreckt, seine eben noch trüben Augen blickten wach und lebendig um sich. Der greise, gebrechliche Diener hatte sich in einen kräftigen Mann mittleren Alters verwandelt.

»Gnadenlose Idioten, Ben!« pflichtete Rupert ihm bei. »Kannst du mir warmes Wasser und ein Handtuch bringen?« Er schaute in die schmutzige Fensterscheibe und betastete die bläulich-rote Narbe. »Wirkt täuschend echt, was?«

»Mmmh«, grinste Ben. Er nahm den Kessel vom Ofen und goß heißes Wasser in eine Schale. »Soll ich's dir abwisch'n?«

»Nein, nein, laß man. Das mach' ich selber.« Rupert nahm das Handtuch, das Ben ihm reichte, befeuchtete es mit dem warmen Wasser und begann dann, sich abzuschminken.

»Meinst, daß die wiederkomm'n?« fragte Ben und sammelte die leeren Gläser ein.

»Klar kommen die wieder. Noch heute abend, ich schwör's dir. Mein letzter Hinweis, daß mir die Investoren hier die Bude einrennen – das hat gesessen, glaube ich. Deshalb würde ich dich auch bitten, daß du noch dableibst, damit sie jemanden antreffen. Gib ihnen einen Termin für Freitag abend. Sag ihnen, daß da die Vorstandssitzung stattfindet und sie bei dieser Gelegenheit die Möglichkeit haben, die anderen Investoren kennenzulernen.«

»Und wo willst du deine Investor'n herzaubern?« Ben stand vor dem Ofen und zerschlug mit dem Feuerhaken die glühenden Kohlenreste, damit das Feuer schneller ausgehen würde.

Rupert schmunzelte. »Ich denke, gegen ein angemessenes Honorar werden der alte Fred Grimforth und Terence Shortley gerne eine Probe ihres schauspielerischen Könnens ablegen.«

Bens Gesicht verzog sich zu einem breiten Grinsen. Die beiden Stammkunden aus dem ›Royal Oak‹ waren berühmt für ihre komödiantischen Einlagen. »In Ordnung, dann wart' ich hier noch 'n bißch'n.«

»Danke.« Rupert nahm die schmutzige weiße Perücke ab und fuhr sich mit den Fingern durchs Haar. Er legte die schäbige Verkleidung ab und zog sich um.

»Zur Vorstandssitzung werde ich mich, anders als heute, schwer in Schale werfen«, überlegte er laut. »Wir müssen unseren potentiellen Investoren schließlich zeigen, daß der Mann, dem sie ihr Vermögen anvertrauen, das nötige Kleingeld im Hintergrund hat.«

»Auch wenn du dich herausputzt, siehst du wie der letzte Ganove aus«, bemerkte Ben sarkastisch, während er Ruperts Kleider ausschüttelte. »Denn die Narbe entstellt dich wirklich fürchterlich.«

»Die Herren erwarten doch nichts anderes als einen Ganoven. Oder meinst du, daß die sich vorstellen können, so krumme Geschäfte drehe jemand, der kein ausgekochter Ganove ist? Daß die wirklich großen Ganoven bei Hofe sitzen, wollen die doch nicht wahrhaben.«

»Wem sagst du das, wem sagst du das«, murmelte Ben.

Rupert überprüfte in der Fensterscheibe ein letztes Mal sein Äußeres, setzte dann den Hut auf und ergriff seinen Spazierstock. Prüfend drückte er einen versteckten Knopf am Griff, und eine gefährliche Klinge sprang heraus.

»Hast noch was vor heute abend?« fragte Ben lakonisch.

»In der Gegend hier muß man auf alles gefaßt sein.« Rupert

drückte wieder auf den Knopf, und die Klinge verschwand. »Ich bin spät dran, und heute abend sind wir bei Hofe zum Ball geladen. Octavia wird mir die Augen auskratzen, wenn ich nicht pünktlich zur Stelle bin, um sie zu begleiten.«

»Wußt' gar nicht, Nick, daß du dir von 'nem Frauenzimmer so einheiz'n läßt«, knurrte Ben, während er mit Rupert zusammen die Wendeltreppe hinunterstieg.

Rupert lächelte. »Ach, so würde ich unser Verhältnis nicht beschreiben. Ich würde es so ausdrücken: Sie zwingt niemandem ihre Meinung auf, kümmert sich aber auch nicht um die der anderen.«

»Also auch nich' um deine.«

»Auch nicht um meine«, pflichtete er Ben bei. Am unteren Treppenabsatz wandte er sich einer unscheinbaren Tür in der Wand zu. Er schob die schweren Riegel zurück, und sie sprang auf. Ein paar mit glitschigem Moos überzogene Stufen führten direkt zum Fluß hinunter, wo ein kleines Ruderboot auf dem Wasser schaukelte.

»Paßt gar nicht zu dir, daß du mit jemand'n zusammenarbeitest.« Ben gab nicht auf. »Noch dazu mit 'ner Frau. Dachte, du hältst nichts von Frau'n, außer in der Küche und im Bett.«

»Tja, hin und wieder ändert man eben seine Meinung«, erwiderte Rupert schmunzelnd. »Außerdem paßt Octavia nicht in die üblichen Klischees.« Er stieg ins Boot und steckte die Ruder in die Dollen.

»Hältst sie also für zuverlässig?« Ben warf die Leine ins Boot. »Bessie macht sich nämlich Sorg'n.«

»Ach, wirklich?« Rupert schaute mit gehobenen Brauen zu seinem Freund hoch. »Dann richte doch Bessie bitte aus, sie soll sich um ihre eigenen Angelegenheiten kümmern, Ben. So sehr ich ihre Fürsorge zu schätzen weiß – mein Verhältnis zu Miß Morgan geht nur mich allein etwas an.«

»Schon gut, schon gut. Wollte dir nicht zu nahe treten.«

»Nichts passiert. Schick mir eine Nachricht in die Dover

Street, wenn du mit unseren Freunden gesprochen hast. Wir sehen uns dann am nächsten Freitag hier.«

»Alles klar ... ach, übrigens, wegen der Sache in der Heide ...«

Rupert runzelte die Stirn. Er hatte Ben von dem unerwarteten Auftauchen der Straßenpolizisten nur ganz am Rande erzählt, und Ben hatte keinen Kommentar dazu abgegeben.

»Werd' mal 'n Wörtchen mit Morris reden. Vielleicht 'n paar Jungs auf ihn ansetzen. Was meinst du?«

»Ich will nicht noch einmal eine solche Überraschung erleben«, erwiderte Rupert knapp. »Und vor allem nicht, wenn Octavia dabei ist.«

Ben riß die Augen auf. »War sie schon wieder mit dabei?!«

»Ja. Einer dieser Fälle, bei denen sie sich nicht um meine Meinung geschert hat«, seufzte Rupert. »Und nachdem ich mich wohl damit abfinden muß, daß sie in diesem Punkt meine Wünsche weiterhin ignorieren wird, möchte ich keine unangenehmen Überraschungen mehr erleben.«

»Mann o Mann.« Ben kratzte sich am Kopf. »Die Straße ist einfach kein Platz für 'ne Frau.«

»Wem sagst du das.« Rupert lächelte ihn resigniert an, dann legte er sich in die Riemen und kämpfte sich über den Fluß ans andere Ufer.

Sein Versuch, Octavia ein für allemal zu verbieten, ihn auf seinen nächtlichen Touren zu verfolgen, war kläglich gescheitert. Er sah sie noch vor sich, wie sie am Frisiertisch saß, ihre Fingernägel polierte und mit schuldbewußt gesenktem Haupt seiner Standpauke lauschte, ohne ihm zu widersprechen. Doch als er geendet hatte, erwiderte sie mit ihrem charmantesten Lächeln, er solle sich nur keine Sorgen machen. Sie wüßte sehr wohl, was sie täte, und nachdem sie ihm beide Male doch recht nützlich gewesen wäre, sollte er sich doch freuen, daß sie ihm auch in Zukunft beistehen würde. Und wenn sie schon die Früchte seiner Raubzüge mit verzehrte, wäre es doch nur recht und billig, daß sie auch die Risiken mit ihm teilte.

Irgend etwas an ihrem sonnigen Gemüt und ihrer unglaublichen Sturheit hatte ihn zum Lachen gebracht. Und in gewisser Hinsicht leuchtete ihm ihr Standpunkt auch ein. Octavia und er ergänzten sich eben in jeder Beziehung. Er mußte auch zugeben, daß es ihr als langjähriger Diebin ja weiß Gott nicht an krimineller Erfahrung fehlte. So hatte er denn wohl oder übel eingewilligt, wenn auch mit der Auflage, daß sie ihm bei ihren zukünftigen gemeinsamen Überfällen absolut gehorchen müßte. Das hatte sie ihm auch hoch und heilig versprochen. Doch ehe geklärt war, wer ihn im ›Royal Oak‹ verpfiffen hatte, würde er ohnehin keinen weiteren Fischzug riskieren.

Das Boot legte an der gegenüberliegenden Ufermauer an, von der aus ein paar Stufen hinaufführten. Schon tauchte der Bootsverleiher auf, um ihm herauszuhelfen. Rupert warf ihm die Leine zu. »Ganz schön frisch heute, was?« grinste der Mann.

»Stimmt. Wird auch noch 'n paar Wochen dauern, bis der Frühling einzieht.« Rupert sprang aus dem Kahn und gab dem Mann einen Schilling. Hinter der Ufermauer hörte man plötzlich lautes Geschrei und Füßestampfen. »Was ist denn da los?«

»Ach, die Protestantische Gesellschaft demonstriert mal wieder gegen die Papisten«, lachte der Bootsmann und band die Leine an einem Eisenring in der Mauer fest. »Haben nichts Besseres zu tun, als Lord George Gordon in die Hölle zu folgen. Sind alle stockbesoffen.«

Er begleitete Rupert die Stufen hoch. »Nicht, daß ich mit den Papisten was am Hut habe. Und der Catholic Relief Act ist mir auch ziemlich schnuppe. Aber dieser Lord George quatscht schon 'n ganz schönen Unsinn. Hab' zu meiner Frau gesagt...«

»Schönen Abend noch, guter Mann.« Rupert unterbrach den Redeschwall ein wenig rüde und eilte davon.

Vor ihm marschierte eine Horde junger Leute, die halbherzig »Nieder mit den Papisten!« grölten. Als auf der linken Seite eine Kneipe auftauchte, stürmten sie, angelockt vom frischen Ale-Geruch, sofort begeistert darauf zu. Nachdenklich lief Rupert weiter. Diese antikatholische Bewegung entwickelte sich zu einem öffentlichen Ärgernis. Aus unerfindlichen Gründen entzündete sich der Volkszorn daran, daß die Regierung der katholischen Minderheit politische Zugeständnisse machte. Das nutzte ein fanatischer Redner wie Lord George Gordon schamlos aus und schürte diesen Volkszorn noch zusätzlich.

Es war das alte Lied: nach oben buckeln, nach unten treten. Je schlechter es den breiten Massen ging, desto verzweifelter suchten sie nach einem Sündenbock, der noch schlechter dran war. Und dem schoben sie dann die Schuld für ihr trauriges Los in die Schuhe. In den Katholiken schienen sie ihren Sündenbock gefunden zu haben. Lord George verstand es wie kein anderer, den Pöbel aufzuhetzen. Die offene Diskriminierung der Katholiken, die das Parlament durch den Catholic Relief Act ein wenig zurückgenommen hatte, wußte er in seinen aufrührerischen Reden als ein ketzerisches Edikt zu brandmarken, das der Leibhaftige selbst diktiert hätte.

Als die nahe Kirchturmuhr gerade sieben schlug, hastete Rupert die Stufen zu seinem Haus empor. Die königliche Familie gab heute abend im St. James Palace einen Empfang – ein absolutes Muß für jeden, der dazugehören wollte. Octavia hatte geflucht und getobt. Nachdem sie Ihrer Majestät der Königin unmöglich in ungepuderten Haaren unter die Augen treten konnte, hatte sie diesmal wohl oder übel den Dienst eines Friseurs in Anspruch nehmen müssen.

Rupert, der mit dem Schlimmsten rechnete, rannte die Treppe hoch und stürmte in ihr Schlafzimmer, ohne anzuklopfen. Sie saß, immer noch in den Frisierumhang gehüllt, auf dem Stuhl und betrachtete im Spiegel mit grimmigem Gesicht das Ergebnis der Bemühungen des Friseurs. »Ach, da sind Sie ja!« zischte sie ihn wütend an, als Rupert den Raum betrat. »Wo haben Sie denn bloß gesteckt, während ich hier diese Folter erdulden mußte?«

»Ich war geschäftlich unterwegs«, antwortete er knapp und

beugte sich über sie, um ihren Nacken zu küssen. »Und jetzt beruhigen Sie sich wieder. Lassen Sie sich erst einmal anschauen.«

»Bloß nicht!« Sie zog eine Fratze im Spiegel. »Ich sehe aus wie ein Scheusal. Einfach gräßlich! Ich erkenne mich selbst nicht wieder!«

»Ja, ein etwas ungewohnter Anblick«, stimmte er ihr zu und betrachtete stirnrunzelnd den gewaltigen gepuderten Haarturm, der über ihrem schmalen Gesicht schwankte. »Aber das ist nun einmal die Etikette, meine Liebe.« Damit ließ er es bewenden und eilte zur Tür, die in sein Zimmer führte.

»Und was für Geschäfte waren das?« wollte Octavia wissen. Sie stand auf, folgte ihm und beäugte ihn mißtrauisch. »Soll ich Jameson rufen?« bot sie sich an, als sie sah, daß er sich hastig umzuziehen begann. »Sie brauchen ihn doch sicher für Ihre Haare, oder?«

»Ach was, ich setze eine Perücke auf, das ist einfacher.« Eilig spritzte er sich ein wenig Wasser aus der Waschschüssel ins Gesicht.

»Ich werde die ganze Nacht brauchen, bis ich diesen Dreck wieder aus meinen Haaren heraus habe«, schimpfte sie. Ihre Frage nach seinen Geschäften hatte sie offenbar wieder vergessen. Verzweifelt zupfte sie an einer der weißen Ringellocken, die ihr auf die Schultern fielen. »Meine Haare sind zu lang, um sie unter einer Perücke zu verstauen. Vielleicht sollte ich sie abschneiden.«

»Unterstehen Sie sich!« rief er entrüstet.

»Wieso denn?« Amüsiert betrachtete sie sein entsetztes Gesicht. »Lady Greenson hat sich den Kopf kahl rasiert... munkelt man zumindest. Die meisten Damen bei Hofe lassen sich die Haare zentimeterkurz schneiden«, fügte sie grinsend hinzu. »Erscheint mir sehr vernünftig. Männer rasieren sich doch auch ständig den Schädel. Das hilft gegen den Juckreiz, hab' ich mir sagen lassen. Keine Chance für die Läuse, ihre Nester zu bauen.«

Aus ihren Augen blitzte der Schalk. Die schlechte Laune war wie weggeblasen. Allein Ruperts schlichte Gegenwart genügte, um schlagartig ihre Stimmung zu heben. Noch nie war es ihr gelungen, einen Groll, den sie gegen ihn hegte, in seiner Nähe länger als ein paar Minuten aufrechtzuerhalten.

Ja, seine Nähe. Sie bedeutete ihr jeden Tag mehr. Um ehrlich zu sein – sie konnte sich ein Leben ohne ihn gar nicht mehr vorstellen.

Abrupt wandte sie sich von ihm ab und kehrte in ihr Zimmer zurück, in dem Nell bereits mit dem Korsett auf ihre Herrin wartete. Nein, alles Unsinn, bloß keine Rührseligkeit! Natürlich könnte sie – und würde sie auch – ohne Rupert Warwick leben... oder wer immer er in Wirklichkeit sein mochte. Ebensogut wie er ohne sie leben würde. Sie würde ihre Hand dafür ins Feuer legen, daß er noch nie auch nur einen einzigen Gedanken daran verschwendet hatte, ob ihm die Trennung von ihr schwerfallen würde.

Sie kehrte der Zofe den Rücken zu, umklammerte mit beiden Händen den Bettpfosten und atmete mit verbissenem Gesicht ein. Nell zog an den Schnüren.

»Um Gottes willen, das reicht, Nell!« ertönte plötzlich Ruperts besorgte Stimme hinter ihr. »Octavia, was ist denn los? Wollen Sie sich die Rippen brechen lassen?«

Erschrocken fuhr Octavia auf. Sie war so sehr in ihre melancholischen Gedanken versunken gewesen, daß sie ganz und gar vergessen hatte, Nell ein Zeichen zu geben. Mit einem Seufzer ließ sie die Luft aus ihren Lungen strömen. »Laß aus, Nell, ich bitte dich!« ächzte sie.

»Ich hab' ja die ganze Zeit darauf gewartet, daß Sie etwas sagen, Madam«, rechtfertigte sich die Zofe und ließ die Schnüre augenblicklich nach.

»Ach, ich habe gerade an etwas anderes gedacht«, murmelte Octavia und rieb sich die schmerzenden Rippen.

»Woran denn?« wollte Rupert wissen.

An Sie. »Ach, nur an den Abend«, erwiderte sie betont beiläufig und stieg in den Unterrock, den Nell ihr hinhielt. »Wie lange müssen wir eigentlich dortbleiben?«

»Bis Ihre Majestät sich zurückzieht. Das wissen Sie doch.«

Rupert furchte die Stirn. Irgendein Schatten war ihr auf die Seele gefallen. Er konnte es genau erkennen – an der versteckten Spannung, die um ihre Augen und um ihren härter gewordenen Mund lag.

Octavia rührte sich nicht, während Nell das Reifrockgestell aus Fischbein an ihrer Taille befestigte. Dann streifte ihr die Zofe das strohfarbene Taftkleid im Polonaisestil über, hakte es zu und trat mit bewunderndem Blick zurück.

Der Stoff war von unsichtbaren Fäden gerafft, fiel links und rechts in drei kunstvoll drapierten Rüschen über das Reifrockgestell und gab den Blick auf den darunter liegenden, reich verzierten, bronzefarbenen Taftunterrock frei. Dieser war so kurz, daß man hin und wieder einen Blick auf Octavias schlanke Fessern und ihre zierlichen Füße in den strohfarbenen Satinslippern würden erhaschen können.

Nell stippte eine Hasenpfote in die Puderdose und betupfte damit die schwellenden Brüste ihrer Herrin, die in dem tief ausgeschnittenen Dekolleté voll zur Geltung kamen.

Über dem faszinierenden Anblick vergaß Rupert die Besorgnis, die er eben noch verspürt hatte. Noch nie hatte er Octavia in einem förmlichen Abendkleid gesehen. Der Gedanke daran, welche Schönheit unter diesem Rausch von Taft und Rüschen lag, versetzte ihn in heftige Erregung.

Um sich abzulenken, öffnete er ein kleines Kästchen und entnahm ihm zwei kleine sichelförmige Schönheitspflästerchen.

»Darf ich?« fragte er höflich und heftete sie Octavia jeweils auf den linken und rechten Busen, und zwar kurz über der Stelle, an der sich, nur halbherzig unter Rüschen verborgen, ihre Brustwarzen erhoben. »Ja, das ist ein schöner Blickfang«, murmelte er und betrachtete wohlgefällig sein Werk.

Wahrscheinlich denkt er doch nur an Philip Wyndham, dachte Octavia bitter und beobachtete Ruperts Finger, die an ihrem linken Busen ein wenig Mühe hatten, den richtigen Fleck zu finden. Er staffierte sie aus, damit sie seinen Feind in die Falle locken und verführen konnte. In diesem Aufzug übertrumpfte sie wahrscheinlich sogar noch Margaret Drayton an Schamlosigkeit. All ihre körperlichen Vorzüge trug sie wie auf dem Präsentierteller zur Schau.

Rupert kramte wieder in dem Kästchen und entschied sich diesmal für ein rundes Pflästerchen. Er hob ihr Kinn zwischen Daumen und Zeigefinger zu sich hoch und überlegte einen Moment, wo er das winzige Stück Seide hinsetzen sollte.

»Ja, hier wirkt es besonders kokett«, sagte er und tupfte es auf den oberen Teil ihres Wangenknochens.

»Sonst noch was?« stieß sie kalt hervor. »Wollen Sie mich vielleicht noch mit irgendeinem Firlefanz behängen, damit mir der richtige Fisch auch ganz sicher ins Netz geht?«

Er ließ die Hand sinken und schaute sie sprachlos an, und als sie die Verwirrung und Wut in seinen Augen sah, verwünschte sie sich augenblicklich. Hätte sie diese Worte doch nie ausgesprochen, und vor allem nicht in diesem Ton!

»Was wollen Sie damit sagen?« fragte er scharf und deutete mit den Augen demonstrativ zu Nell hinüber, die im Hintergrund am Schrank beschäftigt war.

Octavia zuckte die Achseln und versuchte, die Angelegenheit mit einem Lachen abzutun. Sie griff nach der Hasenpfote, betupfte sich damit die Wangen und schaute angestrengt in den Spiegel.

»Ach, nichts Besonderes. Ich fühl' mich nur nicht wohl in dieser Maskerade. Ich sehe aus wie alle anderen Frauen bei Hofe. Wie ein Pfau, der ein Rad schlägt, um das andere Geschlecht anzulocken.«

»Es ist das Männchen, das das Rad schlägt«, erinnerte sie Rupert mit gerunzelter Stirn.

»Na wenn schon. Sie wissen genau, was ich meine.« Sie befeuchtete ihre Zeigefingerspitze mit Speichel und fuhr damit die Augenbrauen entlang, immer noch bemüht, seinem Blick im Spiegel auszuweichen.

»O nein, ich weiß überhaupt nichts«, beharrte Rupert. »Ich hege lediglich einen leisen Verdacht, von dem ich allerdings stark hoffe, daß er sich als unbegründet erweisen wird, Octavia.«

Er lehnte sich über ihre Schulter, stützte sich mit den Händen auf die Frisierkommode und hielt sein Gesicht dicht neben ihres. Sein Blick im Spiegel zwang sie, ihn anzuschauen. »Könnte es sein, Octavia«, sagte er gefährlich leise an ihrem Ohr, »daß Sie mir vorwerfen, ich würde Sie für Wyndhams Bett präparieren?«

Schamröte überzog ihr Gesicht. Ihre Zunge klebte am Gaumen. Das waren die Momente, in denen sie regelrecht Angst vor Rupert bekam.

»Ich weiß nicht, wie Sie auf diesen Gedanken kommen«, erwiderte sie mit belegter Stimme und räusperte sich dann. »Und ich weiß auch nicht, warum Sie mich so anstarren. Ich hasse es einfach, mich derart aufzudonnern, weil ich dann wie eine Hure aussehe. Und daß die anderen Frauen genauso aussehen, tröstet mich nicht im geringsten. Denn ich will nun einmal nicht wie die anderen Frauen aussehen.«

Zu ihrer großen Erleichterung schienen ihn ihre Worte zu überzeugen. Langsam richtete er sich wieder auf und legte ihr beruhigend die Hände auf die Schultern. Rupert nickte stumm. »Glauben Sie mir, Octavia«, erklärte er dann, »Sie sehen nicht im mindesten wie die anderen Frauen aus. Sie sind absolut einzigartig.«

Er ließ die Hände von ihren Schultern gleiten und lächelte sie im Spiegel an. »Ich schwöre Ihnen – selbst der König wird Ihnen zu Füßen liegen. Und Sie wissen ja, was der für ein prüder Kerl ist.«

Mit einer plötzlichen Bewegung wandte er sich von ihr ab und eilte in sein Zimmer hinüber. »Ich muß ja auch noch mein Pfauenrad aufschlagen«, lachte er. »Und lassen Sie die Finger von meinem Kunstwerk!« rief er ihr von der Tür aus zu, als er sah, wie sie nervös das Schönheitspflästerchen auf ihrer Wange betastete. »Glauben Sie mir – ich weiß, was Ihnen steht.«

Wahrscheinlich hatte er recht. Was Frauen betraf, kannte er sich wirklich aus. Warum bloß hatte sie eben so töricht reagiert? Octavia seufzte unhörbar. Sie fühlte sich wie gerädert, als ob ihre Nerven bloßlägen. All die Leichtigkeit, mit der sie sonst dieses Spiel spielte, war verflogen. Sie konnte keinen Charme mehr versprühen. Sie war wie ausgebrannt.

Und Octavia wußte auch, warum.

Unruhig ging sie zum Fenster hinüber. Doch sie konnte sich nicht in den gemütlichen Sessel setzen. Ihr Kleid war nicht zum Sitzen gemacht, wenn auch der hintere Teil des Fischbeingestells ein wenig auseinanderzuschieben war, um wenigstens zwischendurch einmal kurz auf dem äußersten Rand einer Lehne auszuruhen. Doch selbst dazu würde sich heute abend wenig Gelegenheit bieten. In Anwesenheit Ihrer Majestät der Königin saß man einfach nicht.

Sie wußte genau, warum sie auf Ruperts gutgemeinte Verschönungsvorschläge mit soviel Bitternis reagiert hatte. Heute abend würde sie die Tat vollbringen. Heute abend würde sie dem Werben Philip Wyndhams nachgeben.

Den Entschluß hatte sie gefaßt, als sie auf dem Friseurstuhl saß und im Spiegel zusah, wie der Meister sie mehr und mehr in eine groteske Monströsität verwandelte. Ja! hatte sie gedacht. Diese absurde Kreatur da konnte sich im Bett des Earl of Wyndham tummeln, ohne auch nur im mindesten davon berührt zu werden. Diese Larve, diese lächerliche Verkleidung hatte mit Octavia Morgan nichts zu tun.

Und wenn es vollbracht war, wenn sie den Ring hatte, dann würde Rupert seinen Teil des Pakts erfüllen, und die Zeiten des

Schmerzes, der Qual wären endlich vorüber. Sie bräuchte nicht mehr die Sorglose, Heitere zu spielen, sie bräuchte nicht mehr vorzutäuschen, daß die Härte und Grausamkeit dieses Paktes sie kalt ließen. Sie könnte sich in irgendein dunkles Loch verkriechen und endlich so elend sein, wie sie sich im Innersten fühlte.

»Sind Sie soweit, Octavia?«

Sie fuhr zusammen und schloß eine Sekunde lang die Augen, bis sie sich wieder in der Gewalt hatte. Dann schaute sie wie beiläufig über die Schulter.

Was sie sah, verschlug ihr den Atem. Rupert wirkte wie verwandelt. Er trug seinen schwarzen Seidenanzug, doch diesmal mit einer goldbestickten Weste sowie schwarzen Strümpfen, die ebenfalls an der Seite mit Goldstickereien verziert waren. Ein Diamant funkelte an der schwarzen Halsbinde, und die gepuderte Perücke türmte sich so hoch wie ihr eigenes Haar. Ein Schönheitspflästerchen nahe dem Mundwinkel betonte den spöttischen Zug um seine Lippen.

»Haben Sie Rouge aufgelegt, Mylord?« fragte sie ungläubig.

»Ein Hauch muß sein.« Halb spöttisch, halb vertraulich zwinkerte er ihr zu. »Manchmal muß man mit den Wölfen heulen, wenn man seine Ziele erreichen will.«

Er hielt ihr den Arm hin. »Kommen Sie, Madam. Stürzen wir uns ins Getümmel!«

15

Queen Charlotte hatte die Güte, Lady Rupert Warwick persönlich zu empfangen, obwohl Octavia gar nicht wußte, wie sie zu dieser Ehre kam. Ein königlicher Hofbeamter hatte ihr ins Ohr geflüstert, daß Ihre Majestät Lady Warwick zu sprechen wünsche, und schon wurde sie durch die dichte Menge der wartenden Höflinge geschoben, gefolgt von den neidischen Blicken derer, denen diese Gunst nicht vergönnt war.

Als erstes Mitglied der königlichen Familie bemerkte Octavia den Prince of Wales, der ganz in der Nähe seiner Mutter und ihrer Hofdamen stand. Er nickte kurz und zwinkerte ihr vielsagend zu, woraufhin sie sofort Bescheid wußte. Seine Majestät wollte offenbar die Damen kennenlernen, unter deren Dach ihr mißratener Sohn so auffällig viel Zeit verbrachte.

Octavia machte einen tiefen Hofknicks, der von Queen Charlotte mit einer Andeutung erwidert wurde. »Lady Warwick, ich glaube, wir hatten noch nicht das Vergnügen, Sie kennenzulernen.« Ohne auch nur die Andeutung eines Lächelns glitt ihr Blick über Octavias Kleid, blieb kurz an ihrem Dekolleté hängen. »Wie wir erfahren haben, ist unser Sohn ein Freund Ihres Hauses.«

»Es ist mir eine Ehre, Madam«, erwiderte Octavia untertänig. »Seine Hoheit hat eine Schwäche für Glücksspiele. Ich dagegen kann kaum die Karten auseinanderhalten, und um ehrlich zu sein, sie üben auf mich auch nicht den geringsten Reiz aus.«

Die Königin kniff kurz die Brauen zusammen, dann trat unerwartet ein Hauch von Wohlwollen in ihre Augen. »Ach, ist das wahr, Lady Warwick? Dann gehören Sie aber einer deutlichen Minderheit an.«

»O ja, Madam.« Octavia lächelte. »Mein Gatte wundert sich auch immer. Aber ich bringe einfach kein Verständnis dafür auf, daß ein erwachsener Mann sein Vermögen auf so haarsträubende Weise dem Zufall ausliefern kann.«

Octavia schien den richtigen Ton getroffen zu haben. Auf dem Gesicht der Königin machte sich ein fast gütiges Lächeln breit. Sie schien die Frau, von der sie erfahren hatte, daß sie einen der begehrtesten Spielsalons in der ganzen Stadt betrieb, falsch eingeschätzt zu haben.

»Ich wünschte, Sie könnten meinen Sohn von Ihrer Sicht der Dinge überzeugen, Lady Warwick«, sagte Queen Charlotte. »Am liebsten wäre es mir natürlich, Sie würden Spieltische gänzlich aus Ihrem Hause verbannen.«

Octavia machte erneut einen tiefen Knicks. »Mein Gatte spielt, Madam«, erwiderte sie mit demütig gesenktem Haupt. Sie warf der Königin einen mitleidheischenden Blick von unten zu, als wollte sie zu verstehen geben, daß sie wie alle Frauen, Queen Charlotte eingeschlossen, unmöglich Einfluß auf das Handeln ihres Mannes nehmen könnte, sondern sich seinen Anordnungen als stumme Dienerin zu unterwerfen hätte.

»Ach, ja.« Die Königin seufzte und fächelte sich Luft zu. »Männer scheinen an diesen Dingen maßloses Gefallen zu finden.« Sie verzog ihr Gesicht zu einem Lächeln, das Octavia signalisierte, daß sie damit entlassen war. »Sind Sie eigentlich mit der Countess of Wyndham bekannt?«

Sie deutete auf Letitia Wyndham, die still an der Seite stand, bevor sie ihre Aufmerksamkeit einer neuen Dame widmete, die in dem Moment von einem der Hofbeamten aufgefordert wurde vorzutreten.

Octavia knickste zum Abschied und zog sich diskret zurück. Sorgfältig achtete sie darauf, der Königin dabei auf keinen Fall den Rücken zuzukehren.

»Ich glaube, wir wurden einander bereits vorgestellt, Lady Wyndham«, wandte sich Octavia mit einem warmen Lächeln der blassen, dicklichen Frau zu. Sie trug ein primelgelbes, mit rotbraunen Rosen verziertes Kleid. Die gleichen Rosen schmückten ihr Haar, das so hoch aufgetürmt war, daß dadurch ihre untersetzte Statur noch gedrungener wirkte.

»Ihre Majestät erachtet es als unhöflich, jemanden einfach stehenzulassen, mit dem sie sich eben noch unterhalten hat«, erwiderte die Gräfin ein wenig steif. »Deshalb reicht sie die betreffende Person einfach weiter, um der Entlassung die Härte zu nehmen.«

»Wie einfühlsam.«

Lady Wyndham war sehr nervös, und auch Octavia fühlte sich an ihrer Seite auf einmal ein wenig befangen. Sie warf einen verstohlenen Blick auf das grell geschminkte Gesicht der Gräfin. Letitia hatte reichlich Pueder aufgetragen und sich knallrote Rougeflecken auf ihre Wangen gemalt. Auf einmal stutzte Octavia. Irgend etwas an Lady Wyndhams rechtem Auge stimmte nicht. Das Lid war geschwollen, und unter der dicken Schicht Puder konnte man einen blauroten Schatten erahnen.

»Entschuldigen Sie, Madam«, entfuhr es Octavia spontan, »haben Sie sich verletzt? Ihr Auge...«

Eine Welle der Schamröte überflutete Letitias Gesicht, eine so heiße Röte, daß Octavia glaubte, sie müßte augenblicklich den weißen Pudermantel, der sie nur unbeholfen verdecken konnte, zum Schmelzen bringen. Mit zitternden Fingerspitzen betastete Lady Wyndham ihr Auge.

»Ich bin gestolpert... wirklich zu dumm von mir. Über die Ecke eines Läufers... bin mit der Schuhspitze an der losen Webkante hängengeblieben. Ich bin ein unheilbarer Tolpatsch.«

Octavia erinnerte sich an die Szene, als Letitia vor dem ›Almack's‹ gestürzt war. Sie hatte das Gespräch zwischen ihr und Philip nicht mitbekommen, aber daß es alles andere als ein freundlicher Dialog war, war auch von weitem zu erkennen gewesen. Vielleicht war Letitia Wyndham ja tatsächlich ein unheilbarer Tolpatsch. Es gab solche Menschen.

»Ach, so etwas ist doch jedem schon einmal passiert«, tröstete sie Octavia. »Ich bin einmal eine ganze Treppe hinuntergesegelt und unten mit hochgeschlagenen Unterröcken gelandet. Und als ob das noch nicht gereicht hätte, betrat in diesem Augenblick eine Gruppe von Gästen unser Haus.«

Um Letitias Mund zuckte es, als wäre sie unschlüssig, ob sie jetzt lachen dürfte oder nicht. Sie hob ihre Hand und zupfte sich nervös ein paar Haarsträhnen zurecht.

Erschrocken starrte Octavia auf den blauroten Bluterguß an ihrem Handgelenk. Der rührte ja wohl kaum von einem Sturz über die Teppichkante. Vielleicht war Letitia doch kein unheilbarer Tolpatsch. Unwillkürlich wanderten Octavias Augen zu Philip Wyndham hinüber, der im Kreis um den König stand und sich unterhielt. Dann wandte sie sich wieder seiner Frau zu.

Letitia Wyndham war Octavias Blick gefolgt. Ihre Stimme klang auf einmal leise und gepreßt.

»Sie kennen meinen Mann, nicht wahr, Lady Warwick?«

»Ja«, erwiderte Octavia.

»Recht gut sogar, nicht wahr?«

Octavia wurde mißtrauisch. Wollte die Gräfin ihr auf den Zahn fühlen? Oder wollte sie ihr nur vermitteln, daß sie bereits wußte, was alle Welt wußte: daß Lady Warwick vielleicht jetzt noch nicht, aber in allernächster Zukunft Philip Wyndhams Geliebte werden würde.

»Er kommt gerne zu den Spielabenden meines Mannes, Madam.«

»Aber mein Mann macht sich nichts aus Glücksspiel. Er muß also einen anderen Grund haben.« Etwas Gehetztes war in Lady Wyndhams Augen getreten. Die Röte ihres Gesichts war wieder einer bleichen, maskenhaften Starrheit gewichen. Nur ihre dunkelgrünen Augen brannten mit einer Intensität und Besessenheit, die Octavia zugleich erschreckte und faszinierte.

Was hatte diese Frau nur für wunderbare Augen! Geradezu verblüffend in diesem sonst so unscheinbaren Durchschnittsgesicht.

»Was wollen Sie mir sagen?« fragte Octavia ganz direkt.

Die Gräfin betupfte ihre Lippen mit einem Taschentuch. »Ich weiß, was man munkelt«, stieß sie in leisem atemlosen Ton hervor. »Damit Sie mich nicht falsch verstehen – ich will mich nicht mit Ihnen anlegen, im Gegenteil. Alles, was mir meinen Mann vom Leibe hält, ist mir willkommen. Und ich bin dankbar für alles, was seine Aufmerksamkeit von meiner Tochter ablenkt.«

Octavia starrte sie an. Was für ein merkwürdiges Gespräch mitten im Gedränge eines königlichen Empfangs im St. James Palace! Und dennoch bestand keine Gefahr, daß irgend jemand Zeuge dieses ungewöhnlichen Dialogs wurde. Die übrigen Anwesenden waren vollkommen damit ausgelastet, miteinander zu brabbeln, zu quasseln und sich vor den Höhergestellten zu produzieren.

Wieder schaute sie zu Philip Wyndham hinüber. Diesmal fing er ihren Blick auf. Ein kalter Schauer lief ihr über den Rücken, und ihre Kopfhaut kribbelte, als würde sich in dem Augenblick ein ganzes Heer von Läusen unter der dicken Schicht von Puder und Pomade auf ihrem Schädel häuslich einrichten. Sie lächelte Philip gezwungen zu. Dann wandte sie sich wieder an seine Frau.

Letitia wirkte auf einmal niedergeschlagen und verzweifelt, als bedaure sie ihre Offenheit. »Verzeihen Sie mir«, murmelte sie. »Ich weiß auch nicht, was in mich gefahren ist... so etwas Ungeheuerliches zu sagen.«

»Erzählen Sie mir von Ihrer Tochter«, wechselte Octavia taktvoll das Thema.

Letitias Gesicht leuchtete auf, und einen Moment lang glänzte durch die Angst und Scham ein Strahlen, das dieser unscheinbaren Frau eine ganz eigene Schönheit verlieh. Sie sah die Frau, wie sie hätte sein können, wenn das Schicksal sie nicht an Philip Wyndham gekettet hätte.

»Susannah«, sagte sie. »Sie ist erst drei Monate alt, aber schon der reinste Sonnenschein. Wie sie lächelt! Die Kinderschwester meint, sie hätte noch nie ein Kind mit einem so heiteren Gemüt erlebt. Die Kleine erkennt mich schon an meinem Schritt auf der Treppe. Dann fängt sie an zu gurren wie ein Täubchen...«

Unvermittelt brach sie ab. Wieder wurde die feuerrot bis unter die Haarwurzeln. »Verzeihen Sie. Was plappere ich da nur für dummes Zeug. Ich muß wieder zur Königin.«

Sie wollte sich schon abwenden, als Octavia sie am Ärmel zurückhielt. »Und was ist mit Ihrem Mann?« wollte sie wissen. »Macht er sich gar nichts aus seinem Töchterchen?«

»Er hat kein Interesse an Töchtern«, erwiderte Letitia. Ihr Blick traf Octavias, und in den strahlend grünen Tiefen brannte eine unheilvolle Botschaft.« »Mein Mann verachtet Frauen, Lady Warwick.«

Damit huschte sie mit einem Ausdruck leiser Verzweiflung davon.

Stirnrunzelnd zog sich Octavia in eine Fensternische zurück. Philips Frau hatte sie gewarnt. Doch sie hatte ihr nichts erzählt, was sie nicht schon gewußt hätte. Es reichte ein oberflächlicher Kontakt mit Philip Wyndham, um den Abgrund von Gewalt in seiner Seele zu spüren.

»Wehleidige kleine Schlampe, was?« sagte eine tiefe, rauchige Stimme hinter ihr und ließ ein Lachen folgen. Margaret Drayton stand neben Octavia und fächelte sich Luft zu. Die vergoldeten Federn in ihrer Frisur wippten in der sanften Brise auf und nieder. »Kein Wunder, daß ihr Mann in Nachbars Garten wildert.«

»Tun das nicht alle Männer?« erwiderte Octavia trocken.

Margarets grellrot geschminkter Mund verzog sich zu einem breiten Grinsen. Nicht ohne Genugtuung stellte Octavia fest, daß die Lady ein unschönes Gebiß hatte. Ihr fehlten etliche Zähne.

»Meiner nicht«, konterte Margaret. »Er weiß ja kaum noch, was er in seinem eigenen Garten treiben soll.« Sie lachte heiser. »Wenn ich Ihnen einen Rat geben darf: Heiraten Sie einen Greis. Ihn zu befriedigen, ist zwar manchmal eine ganz schöne Schinderei...« Sie zuckte ihre atemberaubenden Schultern. »Aber dafür hat man seine Freiheit. Und man braucht sich nicht den Kopf zu zerbrechen, wen er vorher gerade bestiegen hat, wenn er zu einem ins Bett kriecht.«

Octavia gelang es nur mühsam, ihren Widerwillen zu verbergen. Was fand Rupert bloß an dieser vulgären Kreatur? Auch wenn sie zugeben mußte, daß sie immer noch eine überwältigend erotische Vitalität ausstrahlte.

»Ihr geschätzter Rat kommt für mich leider ein wenig spät, Lady Drayton.«

»Nun gut, aber Sie Ihrerseits spielen doch auch Ihre Spielchen, Lady Warwick.« Ihre Augen lächelten ihr über den Rand des Fächers zu und schossen dann kurz durch den Raum zu Philip Wyndham hinüber und wieder zurück. »Ich weiß zwar nicht, was Sie sich von dem Earl of Wyndham erwarten, aber ich kann Ihnen versichern, meine Liebe, daß er nicht hält, was er verspricht.« Der Fächer klappte zu, und mit ihm fiel ihr Gesicht einen Augenblick in sich zusammen, so daß es regelrecht häßlich wirkte, gezeichnet von Angst und Ekel.

»Der Earl of Wyndham verachtet Frauen... hab' ich mir sagen lassen«, antwortete Octavia leichthin.

Margaret schlug den Fächer wieder auf. Sie lächelte, und jetzt trat wieder der bekannte Ausdruck von süffisantem Spott und leiser Bosheit auf ihre Züge. »Wer immer Ihnen das gesagt hat, weiß, wovon er spricht. Gerade wollte ich Ihnen ebenfalls diesen kleinen Tip geben. Frauen wie wir, die ihr eigenes Spiel spielen, sollten meiner Meinung nach zusammenhalten.« Sie machte einen ironischen Knicks. »Ich wäre Ihnen sehr verbunden, wenn Sie mir für meine kleine Partie auch den einen oder anderen Rat zukommen lassen würden.«

Sie schaute kurz zu Lord Warwick hinüber, bevor sie Octavia ein breites Lächeln schenkte. Dann rauschte sie davon.

Octavia hätte ihr am liebsten ihren Schuh in den makellos weißen Rücken geschleudert. Dieses Weibsbild besaß doch glatt die Frechheit, sie um einen Tip zu bitten, wie sie ihren, Octavias, Ehemann verführen könnte! Doch der beste Rat dieser Welt half nicht in diesem Fall. Rupert ließ sich von einer Frau nicht verführen. Wenn, dann übernahm er selbst die Initiative.

Dennoch bäumte sich alles in ihr auf, wenn sie Margaret dabei beobachtete, wie sie Rupert gegen den Ellbogen stupste, ihm die Wange tätschelte oder ihm mit dem zusammengefalteten Fächer spielerisch auf die Finger schlug. Und wenn sie dann noch miterleben mußte, wie er heiser lachte, seinen Mund zu einem schlüpfrigen Lächeln verzog und als Reaktion auf ihre schelmischen Neckereien verführerisch die Lider senkte!

Er schien seinen Spaß daran zu haben. Wie sehr sein Flirt auch kühlem Kalkül entsprechen mochte, empfand er ihn doch offenbar nicht als Frondienst. Allerdings besaß Margaret unbestritten eine geradezu magnetische Ausstrahlung.

Octavia biß die Zähne zusammen. Sie ärgerte sich weniger über Margaret und Rupert als über sich selbst. Warum war sie nur so verdammt besitzergreifend? Wenn sie ihre vertragsmäßigen Verpflichtungen erfolgreich erfüllen wollte, durfte sie sich nicht von Eifersuchtsanfällen hinreißen lassen.

Unvermittelt fühlte sie einen Blick in ihrem Rücken, und sofort wußte sie – es war Philip, dessen Augen sie verfolgten. Sie drehte sich um. Diese grauen Augen gaben einen eindeutigen Befehl, und wieder einmal empfand sie diese eigenartige, beunruhigende Vertrautheit, die sie mit Philip verband. Stumm gehorchte sie und ging quer durch den Raum auf ihn zu.

»Sie haben sich gerade mit meiner Frau unterhalten«, empfing sie Philip. »Eine anregende, geradezu sprühende Gesprächspartnerin, finden Sie nicht auch?«

Die Verachtung, die aus seinen Worten sprach, verschlug ihr einen Moment lang die Sprache, doch sie wußte, daß sie jetzt auf diesen Tonfall einsteigen mußte.

Sie lachte kurz auf – hart und voller Spott. »Ich denke, Mylord, Sie können die rhetorischen Qualitäten Ihrer Frau besser beurteilen als ich.«

Philip verbeugte sich leicht und führte ihre Hand zum Mund. »Das kann ich sehr wohl, Madam. Wollen Sie mir jetzt in den hinteren Salon folgen?«

Die Frage wurde im Befehlston vorgetragen. Octavia deutete zum Zeichen ihres Einverständnisses einen Knicks an und legte ihre Hand auf den angebotenen Arm. Zu zweit schritten sie durch den überfüllten Raum in eines der Vorzimmer, in dem sich unbeschäftigte Lakaien und Hofbeamte ein wenig gelangweilt herumdrückten. Hier und dort standen Höflinge in kleinen Gruppen zusammen, unterhielten sich und genossen die

Luft, die hier deutlich besser war als in dem stickigen, überheizten Empfangssalon.

Philip Wyndham führte seine Begleiterin zu einem hohen Fenster. Die schweren Samtvorhänge waren zugezogen, als wollte man verhindern, daß auch nur der leiseste Hauch kühler Nachtluft hineinströmen könnte. Energisch zog der Earl einen der Vorhänge zurück und öffnete die französische Tür, die auf eine Terrasse hinausführte.

»Die Luft hier ist viel angenehmer, finden Sie nicht?« fragte er.

»Ja.« Sie fröstelte leicht, als ihr eine frische Brise über die nackten Schultern strich.

Wenn Philip ihr augenblickliches Unbehagen bemerkte, so kümmerte er sich doch nicht darum. Jeder andere Mann hätte versucht, ihr einen Schal oder etwas Ähnliches zu besorgen, dachte Octavia. Rupert hätte auf der Stelle seinen Gehrock ausgezogen, um ihn wärmend um ihre Schultern zu legen.

»Kommen Sie, schlendern wir ein wenig die Terrasse entlang.« Er tätschelte ihre Hand, die immer noch auf seinem Arm lag – eine freundliche, beschützende Geste, doch Octavia hatte das Gefühl, als ob er ihr Handschellen anlegte.

Sie entfernten sich von der Tür, bis das Stimmengewirr aus dem Vorzimmer nur noch leise zu ihnen heraufklang. Im dunklen Schatten einiger Buchsbäume am äußersten Ende der Terrasse riß Philip sie plötzlich an sich. Sie erschrak. Seine Hände packten sie am Hals, seine Daumen preßten ihr Kinn nach oben, zwangen sie, ihm in die grauen, dunkel umschatteten Augen zu schauen, in deren abgründiger Tiefe jetzt etwas Metallisches bedrohlich glitzerte.

»Ich begehre Sie«, sagte er. Doch es war kein Ausbruch von Leidenschaft, eher eine kühle Feststellung. »Ich begehre Sie, so wie Sie mich begehren.«

Er küßte sie, preßte ihre Lippen gegen ihre Zähne, dann drängte sich seine Zunge dazwischen, stieß bis tief hinunter in ihren Rachen, daß sie würgen mußte und ihr die Tränen in die Augen schossen. Doch sie kannte diese brachialen, überfallartigen Küsse schon, und sofort fingen ihre schlanken Hände an, seinen Körper zu streicheln, seinen Rücken und seine Brust zu liebkosen.

Und da plötzlich spürte sie es. Unter der eng anliegenden Weste fühlte sie etwas Kleines, Hartes. Etwas Rundes. Aber es lag direkt unter der Weste. In einer Innentasche? Oder einer Hemdtasche? Unmöglich zu sagen. Und unmöglich herauszufinden, ohne die Weste auszuziehen.

Sie ließ die Hände sinken. Ihr Kopf fiel in den Nacken. Wie ein Opferlamm hielt sie still, während er sich über ihren Mund hermachte, ihre Lippen verwüstete. Seine Finger umklammerten für eine Sekunde ihren Hals, wanderten dann lüstern hinab zu den Brüsten. Instinktiv wußte Octavia, daß er diese passive Unterwerfung genoß, daß sie ihn mehr erregte als wenn sie seine Leidenschaft inbrünstig erwidert hätte. Und dazu kam, daß diese Haltung ihr mit Philip auch deutlich leichter fiel.

Ihre Gedanken rasten. Wie könnte sie bloß an dieses kleine Täschchen herankommen? Vielleicht, indem sie sich in einem gespielten Anfall orgiastischer Wollust auf ihn stürzte, um ihm die Kleider vom Leib zu reißen? Aber das war unmöglich, zumindest hier. Nicht auf der Terrasse des St. James Palace inmitten eines königlichen Empfangs.

Philip riß seinen Kopf hoch, und wieder fuhren seine Hände gierig an ihren Hals, drückten ihn zu, daß sie kaum noch Luft bekam.

»Es reicht, Octavia«, stieß er hervor. »Ich war geduldig... sehr geduldig. Aber wir haben das Spiel bis zum letzten ausgereizt. Ich kann nicht länger warten.«

»Ich auch nicht, Mylord«, flüsterte sie atemlos, spürte, wie seine Daumen ihren Hals massierten.

Er nickte, und in seinen Augen flammte ein Triumph auf, der ihr das Blut in den Adern gefrieren ließ. »Ich werde Ihnen morgen nachmittag um zwei eine Kutsche vorbeischicken, die Sie zum St. James Square bringt.«

»Zu Ihnen nach Hause?« fragte sie schockiert.

»Warum nicht?«

»Aber... aber Ihre Frau... Ihre Bediensteten?«

»Ich bezahle meine Bediensteten nicht dafür, daß sie ihre Nase in meine Angelegenheiten stecken. Und meine Frau weiß auch Besseres zu tun.« Aus jedem seiner Worte sprach eine solch eiskalte Verachtung, daß Octavia sie unwillkürlich auch auf sich selbst bezog.

»Außerdem«, fügte er hinzu und lachte kurz auf, »ist Ihr guter Ruf nirgends sicherer als in meinem Haus. Sie kommen und gehen in einer geschlossenen Kutsche, und außer dem Personal bekommt Sie niemand zu Gesicht. So kann überhaupt kein Gerede entstehen.«

Octavia schwieg. Noch immer hielt er ihren Hals mit den Händen umfaßt, und sie schaute ihm so furchtlos in die Augen wie es ihr unter den gegebenen Umständen nur möglich war. Es blieb ihr nichts anderes übrig, als in seinen Vorschlag einzuwilligen. Mit Sicherheit würde ihr noch irgend etwas einfallen, um das allerletzte Opfer zu vermeiden. Zumindest wußte sie jetzt genau, daß er den Ring auch tatsächlich bei sich trug. Daß sie keinem Phantom auf der Spur war.

»Wir sollten wieder hineingehen«, schlug sie vor, überrascht, wie ruhig ihre Stimme klang. »Wenn Sie so besorgt um meinen Ruf sind, daß Sie morgen derartige Vorsichtsmaßnahmen treffen, wäre es doch höchst unklug, ihn schon heute zu ruinieren.«

Er lächelte und ließ ihren Hals los. »Wie recht Sie haben, Madam. Außerdem könnte es ja sein, daß Ihr Gatte inzwischen Lady Draytons überdrüssig geworden ist.«

Octavia quittierte seine Bemerkung nur mit einem Achselzucken. Doch der Earl ließ nicht locker. »Ich habe den Eindruck, daß Ihnen der Flirt zwischen Lady Drayton und Ihrem Gatten mehr zusetzt, als Sie wahrhaben wollen.«

»Wie kommen Sie darauf?« Sie lachte ein wenig gekünstelt, bemüht, ihr Erschrecken zu verbergen. Hatte sie sich tatsächlich so deutlich verraten?

»Nun, wenn ich allein an die Blicke denke, die Sie den beiden hin und wieder zuwerfen... Aber ich kann Sie trösten: Margaret Drayton kann Ihnen das Wasser nicht reichen. Das Dumme ist nur, daß Ehemänner in der Regel nicht zu schätzen wissen, welch ein Juwel sie daheim haben.«

Er trat zur Seite, um Octavia den Vortritt durch die Flügeltür zu lassen. Während sie an ihm vorbeirauschte, senkte er den Kopf und flüsterte ihr ins Ohr: »Ihrem Gatten Hörner aufzusetzen, ist doch eine angemessene Entschädigung für diesen beklagenswerten Mangel an Wertschätzung, finden Sie nicht?«

Octavia lächelte geheimnisvoll. Die eigentliche Entschädigung war die, daß Philip Wyndham es war, der hier zum Narren gehalten wurde. Daß er es war, der in Rupert Warwicks Falle gestolpert war.

Rupert hatte sehr wohl wahrgenommen, daß Octavia und Philip miteinander verschwunden waren. Die ganze Zeit, während er mit Margaret Drayton parlierte und am Rande noch mit einigen anderen Damen flirtete, die ihm kokette Blicke zuwarfen, saß er wie auf Kohlen.

Was die beiden wohl gerade trieben? Die Frage ging ihm nicht aus dem Kopf. Er stellte sich Octavia in den Armen seines Bruders vor. Sah ihre Lippen rot und zerbissen von seinen Küssen. Sah, wie seine Zunge gierig in sie stieß. Sah, wie er mit seinen groben Händen ihre zarte Damasthaut lüstern befingerte. Die Bilder rasten in seinem Kopf, ließen ihn nicht mehr los. Nein, das konnte er nicht länger ertragen. Es mußte einen anderen Weg geben, zum Ziel zu gelangen.

»Ah, Warwick, wir haben heute nachmittag Ihren Freund getroffen!« Dirk Rigby kam durch das Gedränge auf ihn zu,

Hector in seinem Schlepptau. »Komischer Kauz, dieser Thaddeus Nielsen.«

Rupert hob sein Augenglas und nahm den vom Wein erhitzten Dirk mit kritischem Blick ins Visier.

»Tut mir leid, Rigby, aber Sie sprechen in Rätseln«, erwiderte er. »Sie haben heute nachmittag einen Freund getroffen?« Er hob die Brauen, und seine Augen blickten kühl und distanziert.

Doch Dirk stand auf der Leitung. »Ja, na klar doch«, rief er verwirrt. »Diesen Mann, den Sie uns empfohlen haben. Können Sie sich nicht an unser kleines Gespräch erinnern...?« Er zwinkerte mehrmals demonstrativ mit den Augen.

Ruperts Blick wurde noch kälter. »Entschuldigen Sie«, sagte er, »aber ich habe nicht die leiseste Idee, wovon Sie reden.«

»Nein, nein, natürlich nicht!« warf Hector hastig dazwischen und knuffte seinen Freund verstohlen in die Rippen. »Dirk hat Sie mit jemandem verwechselt... er bringt immer alles durcheinander. Nicht wahr, so ist es doch, alter Junge?«

Jetzt war der Groschen gefallen. Dirks Gesicht hellte sich auf. »O ja, natürlich!« pflichtete er Hector eilig bei und trocknete sich mit einem Taschentuch die schweißbedeckte Stirn. »Ich bringe wirklich immer alles durcheinander. Muß Sie verwechselt haben, Warwick. Ja, natürlich, das waren ja überhaupt nicht Sie...«

»Aber doch offenbar jemand, der mir sehr ähnlich sieht?« erkundigte sich Rupert höflich.

»O ja... das ist es.« Erleichtert nahm Dirk die Erklärung an, die Rupert ihm bot. »Wirklich eine verblüffende Ähnlichkeit. Könnte ein Zwilling von Ihnen sein. Finden Sie nicht auch, Lacross? Ein echter Zwilling. Eine geradezu unglaubliche Ähnlichkeit.«

»Du lieber Gott«, warf Rupert ein. »Möchte wirklich wissen, wer dieser Doppelgänger ist. Kenne ich ihn?«

»Oh... oh... nein, das glaube ich nicht... ähm, wie hieß er doch gleich, Hector?« Nervös suchte Dirk Hilfe bei seinem Freund.

»Nein, nein, den kennen Sie nicht, Warwick«, beschwichtigte Lacross. »Jemand, den wir beim Pferderennen vor ein paar Tagen kennengelernt haben. Der Mann hatte geschäftliche Kontakte, die uns interessiert haben.« Er nahm eine Prise Schnupftabak. »Ja, ein höchst interessantes Geschäft.«

Rupert deutete eine Verbeugung an. »Ah, gratuliere. Mit ›interessant‹ meinen Sie sicherlich ›lukrativ‹?«

»Ja, durchaus, durchaus möglich.« Hector verbeugte sich zum Abschied und trollte sich. Dirk stutzte einen Augenblick und eilte ihm dann hinterher.

Wirklich unglaublich, dachte Rupert, daß ein so hochintelligenter Mensch wie Oliver Morgan sich von zwei solchen Schwachköpfen hatte reinlegen lassen. Aber wie Octavia ihm ja erklärt hatte, lebte Oliver in seiner eigenen Welt. Davon, was in der harten Wirklichkeit passierte, hatte er keine blasse Ahnung.

In dem Augenblick kehrten Octavia und Philip Wyndham in den Salon zurück. Sie blieben kurz stehen und redeten miteinander, dann verabschiedete Octavia sich mit einem Knicks und rauschte davon. Doch bevor sie Rupert erreichen konnte, hatte sie schon der Prince of Wales erspäht und sich auf sie gestürzt. Wie eine Trophäe schleppte er sie in seinem Arm ab.

Rupert runzelte die Stirn. Octavia wirkte müde und angestrengt, als könnte sie sich kaum noch auf den Beinen halten. Und dennoch konnten sie unmöglich diesen Saal verlassen, bevor sich Ihre Hoheiten zurückgezogen hatten. Was hatten Octavia und Philip draußen getrieben? Wie weit waren sie gegangen? Diese bohrende Frage ließ ihm keine Ruhe.

Endlich kam Bewegung in die königliche Gesellschaft, und die Gespräche verebbten. Queen Charlotte und King George erhoben sich und schritten durch das Spalier der Höflinge, die ihnen mit tiefer Verbeugung ihre Ehrerbietung bezeugten, dem Ausgang zu. Dem Prince of Wales blieb diesmal nichts anderes übrig, als sich an das Protokoll zu halten und seinen Eltern zu folgen.

»Gott sei Dank!« Mit einem Seufzer der Erleichterung kam Octavia auf Rupert zu, als das königliche Paar den Saal verlassen hatte. »Ich hab' gedacht, ich fall' jeden Moment um. Bringen Sie mich heim? Oder soll ich alleine gehen?«

Um ihre Augen lagen tiefe Schatten. Rupert konnte nur mit Mühe dem Impuls widerstehen, ihr ermattetes Gesicht in seine Hände zu nehmen und ihre Lider zu küssen. »Ich bringe Sie heim.«

»Müssen Sie hinterher wieder fort?« Sie gab sich Mühe, unbeschwert zu klingen, als frage sie nur der Information halber, und versuchte, den wahren Grund zu verheimlichen – daß ihr ganzes Sein sich nach seiner körperlichen Nähe verzehrte. Sie wußte selbst nicht, was sie mehr ersehnte – nur sicher und geborgen in seinen starken Armen zu ruhen oder sich im Strudel der Leidenschaft zu verlieren, diesem Rausch der Wollust, der die drohenden Schrecken des morgigen Tages für ein paar Stunden verjagen könnte.

»Nein.« Besorgt schaute er ihr ins Gesicht, denn er hörte aus ihrer Frage heraus, was sie zu verbergen suchte. »Sie machen mir den Eindruck, als bräuchten Sie ein bißchen Trost und Wärme, mein Herz«, murmelte er sanft.

Seine mitfühlenden Worte waren Balsam für ihre Seele, und all die Spannung der letzten Stunden löste sich. »Wie kommen Sie darauf?«

»Ich kenne Sie eben inzwischen ziemlich gut.« Zärtlich blickte er ihr in die Augen, dann wandte er sich in freundlichem Ton an die Umstehenden: »Meine Damen und Herren, wir bedauern es außerordentlich, daß wir Sie nun all den Vergnügungen, die dieser Abend noch bereithalten mag, ganz allein überlassen müssen.«

Die Anspielung wurde mit lautem Gelächter quittiert, und Margaret Drayton fühlte sich prompt berufen, sich in Pose zu werfen und ihm vertraulich ein paar Fusseln von den Schultern zu zupfen. »Die Nacht ist noch jung, Sir«, zwitscherte sie mit verführerischem Lächeln. »Und ich kann mir aufregendere Zerstreuungen vorstellen als die Wärme des heimischen Herdes zu genießen.«

»Ach, da haben Sie schon wieder recht, Madam.« Rupert beugte sich über ihre Hand zum Kuß. »Aber so leid es mir tut – ich kann nicht.«

Es war ein unverhohlener Korb, den er ihr da vor allen anderen gab, und einen Augenblick lang glaubte Margaret, nicht richtig gehört zu haben. Sie hatte in Erwartung eines Kompliments die Lippen schon zu einem Lächeln geöffnet, das nun schlagartig in sich zusammenfiel. Irgend jemand kicherte hämisch.

Rupert wandte sich an Octavia. »Gehen wir?« Er nahm ihre Hand und legte sie sich auf den Arm.

»Die haben Sie aber ganz schön abblitzen lassen«, murmelte Octavia, als sie im Vorzimmer auf ihre Kutsche warteten. »Wie konnten Sie nur so direkt sein!«

»Die Frau geht mir langsam auf die Nerven«, erwiderte er gereizt.

»Ist sie Ihnen vielleicht nicht mehr von Nutzen?« fragte Octavia. Auch wenn sie Margaret Drayton nicht ausstehen konnte, hatte sie die rüde Abfuhr, die Rupert ihr erteilt hatte, doch geradezu schockiert.

Eines Tages würde sie ihm auch nicht mehr von Nutzen sein.
Er lächelte geringschätzig. »Vielleicht.«

»Und Ihre Pläne?«

»Oh, ich kann nicht klagen. Sie wachsen, blühen und gedeihen!«

Octavia ordnete die Falten ihres Satinumhanges. Sie hatte noch immer nicht die geringste Ahnung, was Rupert mit Dirk und Hector vorhatte.

»Und was machen *Ihre* Pläne?« fragte er zurück. Seine Augen verengten sich, und seine Stimme klang angespannt.

Aus irgendeinem Grund zögerte Octavia die Antwort hinaus.
»Eure Kutsche, Lord Rupert«, kam ihr ein Lakai zu Hilfe.

»Danke.« Rupert nickte kurz und begleitete dann Octavia hinaus. Er half ihr in den Wagen und kletterte hinterher.

»Machen Sie Fortschritte?« nahm er das Thema wieder auf und lehnte sich mit verschränkten Armen in die weichen Kissen zurück. »Gibt's was Neues zu berichten?«

»Ich weiß jetzt, wo er den Ring trägt. In einer Innentasche seiner Weste.« Sollte sie es dabei belassen oder ihm noch mehr erzählen? Auf einmal breitete sich Verwirrung in ihrem Kopf aus.

»Innentasche? Wie ärgerlich!« Er war alles andere als begeistert, obwohl er sich eigentlich hätte freuen müssen, daß Octavia den Ring endlich aufgespürt hatte. Zwar hatte er darauf vertraut, daß sein Bruder ihn bei sich tragen würde, aber nachdem sie so lange nicht fündig geworden war, hatten ihn zunehmend Zweifel beschlichen.

»Ich muß ihn irgendwie dazu bringen, seine Weste auszuziehen«, sagte Octavia nachdenklich.

»Na, das dürfte Ihnen ja bei passender Gelegenheit nicht schwerfallen«, erwiderte er mit einem trockenen Grinsen, auch wenn augenblicklich die peinigenden Bilder wieder in ihm auftauchten, die ihn schon den ganzen Abend gequält hatten.

»O doch«, versetzte Octavia kühl. Sie faltete die Hände in ihrem Schoß. »Er schlägt seine Frau.«

»Das machen viele Männer.«

»Ich glaube, das ist kein Thema zum Witzereißen«, schoß sie ärgerlich zurück.

»Ich reiße keine Witze. Es überrascht mich nicht im geringsten, daß Philip seine Frau schlägt. Es würde mich eher wundern, wenn er es nicht täte.« In der Dunkelheit konnte Octavia seinen Gesichtsausdruck nicht erkennen, doch aus seiner Stimme klang kalte Verachtung.

»Sie scheinen ihn gut zu kennen.«

»Fast so gut wie mich selbst.«

Sie witterte eine Gelegenheit und faßte nach. »Wie lange kennen Sie ihn?«

»So lange wie mich selbst.«

Stirnrunzelnd lehnte sie sich zurück. Dieser Mann sprach in Rätseln. »Aber er kennt *Sie* doch nicht!«

»Das glaubt er nur.« Rupert zog den Fenstervorhang der Kutsche zur Seite, um hinauszuschauen. »Er wird Sie nicht schlagen, Octavia.«

»Ach, da bin ich ja beruhigt«, entgegenete sie ironisch. »Was macht Sie so sicher?«

»Weil er keinen Grund dazu hat. Und weil Sie wieder zu mir zurückkehren werden. Auch wenn er unser Verhältnis als sehr locker einschätzt, weiß er doch, daß Sie unter meinem Schutz stehen. Philip läßt sich niemals auf einen Kampf mit einem ebenbürtigen Gegner ein ... und mit einem stärkeren schon gar nicht.«

Die kühle, nüchterne Art, seine Überlegenheit vorzutragen, brachte sie zur Weißglut. Spontan entschloß sie sich, ihm nichts von ihrer morgendlichen Verabredung zu erzählen. Er hatte offenbar kein Verständnis für ihre Ängste. Er weihte sie nicht in seine Pläne mit Dirk und Hector ein. Warum sollte sie dann ihm Rapport erstatten wie ein Soldat seinem Vorgesetzten? Für ihn schien ihr Part offenbar eine schlichte Hurenarbeit zu sein.

Und wenn sie die Hurenarbeit geleistet hätte, würde sie ihm wortlos und mit spitzen Fingern den Ring in die Hand fallen lassen. Und er würde nie erfahren, was es sie an Qual und Selbstverleugnung gekostet hatte, diese Trophäe zu erringen.

16

Die Kutsche hielt vor ihrem Haus in der Dover Street. Octavia ging eilig in die Halle. Sie fühlte sich müde und zerschlagen.

»Ich geh' ins Bett.«

»Schicken Sie Nell weg, sobald sie Ihnen das Mieder gelöst hat«, antwortete Rupert und reichte Griffin seinen Umhang.

»Ich bin sehr müde.«

Er lächelte. »Trotzdem ...«

Es fiel ihr schwer, seinem Lächeln zu widerstehen, seiner lockenden Stimme, dem Versprechen in seinen Augen. Nicht ihr Körper sehnte sich nach Ruhe, sondern ihre Seele. Zögernd blieb sie stehen, eine Hand auf dem Geländer. Dann zuckte sie unmerklich die Achseln und ging die Treppe hoch. Sie wollte ihr Problem nicht vor dem Personal ausbreiten. Wenn Rupert zu ihr käme, würde sie ihn fortschicken.

»Bringen Sie mir einen Cognac, Griffin.« Der Butler nickte höflich und kehrte nach zwei Minuten mit dem Gewünschten zurück. »Sonst noch etwas, Mylord?«

»Nein, danke. Sie können abschließen.« Rupert nahm das Glas vom Tablett und nippte daran. Nicht nur Octavia, sondern auch er war erschöpft. Wie Feuer rann der Cognac durch seine Kehle, brannte wie das Feuer der Leidenschaften in seinem Innern.

Octavia hatte also wieder in Philips Armen gelegen, anders konnte sie ja nicht herausgefunden haben, wo er den Ring verbarg. Bald war es soweit. Philip würde die verschwenderischen Reize von Octavias Körper genießen. Seine Hände würden über ihre Haut streichen, sein Geschlecht in sie eindringen.

Mit lautem Krachen landete der Cognac-Schwenker im Feuer und zerbarst in tausend Stücke.

Rupert konnte die Vorstellung nicht ertragen, daß sie sich für ihn so schändlich prostituierte. Ja, das war es, was er von ihr verlangte: sich zu prostituieren. Es hatte keinen Zweck, sich länger etwas vorzumachen. Mit einem ziemlich miesen Trick hatte er ihr die Unschuld geraubt, um sie für seine Zwecke zu mißbrauchen. Daß sie den Verlust ihrer Unschuld nicht bedauert, sondern sich ihm mit Lust hingegeben und schließlich auch in seinen Plan aus freien Stücken eingewilligt hatte, machte seine Schuld nicht kleiner. Octavia wußte nicht, worauf sie sich damit eingelassen hatte.

Er durfte es nicht bis zum Äußersten kommen lassen!

Auf einmal kam eine große Ruhe über ihn. Nun war ihm plötzlich bewußt, was schon seit Wochen auf seinem Gewissen lastete, er aber einfach nicht wahrhaben wollte. Er mußte seinen Plan ändern – um Octavias willen. Vielleicht ein Überfall in der Heide?

Er grinste bei der Vorstellung. Eine verrückte Idee – aber warum nicht? Sein Vertrauen in Morris war erschüttert. Aber er brauchte sich ja nicht nur auf dessen Tips allein zu verlassen. Er selbst konnte bei seinen Streifzügen durch London Augen und Ohren offenhalten, um mitzukriegen, wenn ein reicher Gentleman beabsichtigte, eine nächtliche Fahrt durch die Heide zu unternehmen. Und warum sollte er seinen Zwillingsbruder nicht auf die gleiche Weise wie seine bisherigen Opfer aufs Kreuz legen?

Genau! Octavia würde ihm als Lockvogel dienen. Ein Stelldichein in der Heide. Und statt der Geliebten würde sein liebender Bruder auf Philip warten.

Die Idee faszinierte ihn. Er wußte – er mußte den Gedanken loslassen, mußte ihn in sich arbeiten lassen, dann würde er ganz von allein an Kontur gewinnen. Und derweil würde er Octavia, die oben auf ihn wartete, einen Besuch abstatten.

Mit leichten Schritten verließ er die Bibliothek und eilte, zwei Stufen auf einmal nehmend, die Treppe empor.

Als er das Schlafzimmer betrat, fand er Octavia bereits im Nachthemd. Sie stand mitten im Zimmer und starrte angewidert auf ihr Bett.

»Sehen Sie nur, was Nell da angeschleppt hat!« rief sie ihm entrüstet zu und deutete auf ein Holzbrett mit einem ausgesägten Loch in der Mitte, das anstelle des Kopfkissens lag. »Sie hört nicht auf, mir einzureden, ich sollte meinen Kopf in dieses Loch legen. Dann würde meine Frisur nicht beschädigt, und der Friseur bräuchte erst in drei Wochen wiederzukommen. Drei Wochen mit dem Dreck in den Haaren!«

»Aber, Mylady«, beteuerte Nell, »in meiner letzten Stellung hat die Herrin jede Nacht auf so einem hölzernen Kopfkissen geschlafen! Sie hat sich ein Haarnetz umgebunden, und am nächsten Morgen hätte man meinen können, sie käme frisch vom Friseur!« Nell schien deutlich gekränkt darüber, daß ihr Vorschlag auf so wenig Gegenliebe stieß.

Octavia betrachtete ihre Zofe in gelinder Verzweiflung. Sie wußte, daß Nell Schwierigkeiten hatte mit der unkonventionellen Art ihrer Herrin, sich zu kleiden. Wahrscheinlich befürchtete sie, daß der Skandal dieser Unschicklichkeit letztlich auf sie, Nell, zurückfiel. Sie betrachtete es schließlich als ihre Aufgabe, Lady Warwick standesgemäß gekleidet und geschminkt in die Welt hinaus zu entlassen. So war Nells Entzücken über die gepuderte Hochfrisur ihrer Herrin nur noch von deren Widerwillen gegen dieses Ungetüm übertroffen worden.

»Nell, du solltest inzwischen wissen, daß ich nicht vorhabe, meine Haare auch nur eine Sekunde länger als unbedingt nötig in diesem verschandelten Zustand zu belassen. Morgen früh wirst du sie mir waschen. Für den Augenblick bitte ich dich, die Nadeln und Polster herauszunehmen und das Haar wenigstens gründlich durchzubürsten, bis der schlimmste Dreck draußen ist.«

Nell zog einen beleidigten Schmollmund, nahm aber dann gehorsam die silberne Bürste vom Frisiertisch.

»Schon gut, Nell, ich mach' das schon«, schaltete sich Rupert in das modische Streitgespräch der Damen ein und nahm belustigt dem Mädchen die Bürste ab. »Du kannst zu Bett gehen.«

Nell knickste artig und rauschte hinaus. Sie war sichtlich gekränkt, weil Octavia ihre Ratschläge in Modefragen so wenig beherzigte.

»Ich dachte, Sie schicken sie gleich wieder weg, wenn sie Ihnen das Korsett aufgebunden hat«, wunderte sich Rupert und setzte sich in den tiefen Ohrensessel am Fenster. Er betrachtete Octavia durch halbgeschlossene Lider.

»Ich bin ziemlich müde«, gestand sie und massierte, ohne sich dabei etwas zu denken, ihren Hals. Plötzlich erinnerte die Bewegung ihrer Hände sie an Philip, der ihren Hals genau an dieser Stelle umklammert hatte. Sofort hielt sie inne.

»Haben Sie etwas dagegen, wenn wir heute nicht... ich meine... ich würde gern zu Bett gehen«, beendete sie den Satz mit einem hilflosen Achselzucken. Noch nie hatte sie sich Rupert verweigert, und bis zum heutigen Abend hatte sie sich auch nicht vorstellen können, es jemals zu tun.

»Wie Sie wünschen«, erwiderte er gleichmütig. »Holen Sie mir den Hocker und setzen Sie sich hier vor mich hin, daß ich Ihnen die Haare ausbürsten kann.«

Irgend etwas an Octavia alarmierte ihn – eine unausgesprochene Abwehr. Als ob sich alles in ihr gegen ihn sträubte.

Ein Mann wie er, der sich seinen Weg durchs Leben nur mit der Macht seiner Persönlichkeit erkämpft hatte, sah nur eine einzige Möglichkeit, Octavias eigenartige Gemütsverfassung zu überwinden: mit der Kraft seines unbändigen Willens.

Widerstrebend schob Octavia mit dem Fuß den Hocker vor Ruperts Sessel und hockte sich darauf.

Sie schwiegen, während er ihre Haarnadeln löste und begann, sich mit der Bürste durch die mit Puder und Pomade verklebten Haare zu arbeiten.

»Was haben Sie heute nachmittag dem Friseur eigentlich bezahlt?« fragte er schließlich so beiläufig wie möglich.

»Fünf Guineen. Warum?«

»Kein Wunder, daß die Damen bei dem Preis versuchen, ihre Frisur so lange wie möglich intakt zu halten«, schmunzelte er.

»Wollen Sie mir Verschwendung vorwerfen?« Sie versuchte, ihn über die Schulter anzuschauen.

Mit sanftem Druck beugte er ihren Kopf wieder nach vorn. »Aber nicht doch. Es war lediglich eine Feststellung.«

Er glitt jetzt leichter durch das Haar, und trotz ihres Unmuts begann Octavia, sich zu entspannen. Dichte Wolken von weißem Puder wirbelten auf, sanken dann langsam zu Boden. Rupert liebte es, ihr Haar zu bürsten, er machte daraus ein sinnliches Ritual.

Allmählich sank ihr Kopf in den Nacken, und eine Welle wohliger Müdigkeit durchflutete sie.

Rupert hörte nicht auf, ehe ihr Haar wieder wie ein glänzender Seidenvorhang über ihre Schultern fiel. Dann erst legte er die Bürste auf den Boden und massierte Octavias Nackenmuskeln sanft mit den Fingern.

»Ich kann Sie nicht richtig massieren, wenn Sie das Nachthemd anhaben.« Seine Stimme klang nach dem langen Schweigen unwirklich. »Ziehen Sie es aus.«

Octavia tauchte aus ihrer Trance auf. Sie *wollte* heute nacht allein schlafen. Sie wollte sich *nicht* verführen lassen. Nicht, wenn sie die ganze Zeit daran denken mußte, daß sie morgen auf Ruperts Geheiß mit einem fremden Mann schlafen mußte!

»Ich bin sehr müde, Rupert«, sagte sie, aber es klang nicht so entschlossen, wie sie beabsichtigt hatte.

»Ich weiß. Tun Sie, was ich Ihnen sage.«

Widerspruch flammte in ihr auf, offene Rebellion. Dieser kühle Befehlston! Wie sie den haßte! Sie straffte ihren Rücken und richtete sich auf. »Rupert, ich habe heute abend keine Lust, mit Ihnen zu schlafen!« erklärte sie mit fester Stimme.

»Hab' ich etwas von Miteinanderschlafen gesagt?« fragte er unschuldig. Er schob ihr die Hände unter die Achseln und stellte sie auf die Füße. »Wenn Sie nicht mit mir schlafen wollen, dann will ich das auch nicht, Octavia. Ohne Ihre Lust macht es mir keinen Spaß, soweit sollten Sie mich doch inzwischen kennen.«

Er wies sie wie ein dummes Schulmädchen zurecht, während er ihr mit einer schnellen Bewegung das Nachthemd über den Kopf zog. »Ich weiß, daß Sie müde und vor allem schrecklich verspannt sind. Und diese Verspannung zu lösen will ich Ihnen ein wenig helfen. Seien Sie also jetzt brav und tun Sie, was ich Ihnen sage.«

Als er in ihr trotziges Gesicht schaute, mußte er lachen. »Los, Octavia.« Mit einem aufmunterndem Klaps drehte er sie zum Bett hin, und als sie ihm über die Schulter einen wütenden Blick zuwarf, nahm er sie einfach auf den Arm und warf sie sanft in die Kissen.

Sie bäumte sich auf. »Hören Sie nicht, was ich sage?« schrie sie ihn an. »Ich möchte gern allein sein!«

»Haben Sie irgendwelche Öle oder Cremes?« fragte er ungerührt, als ob sie sich nur kurz geräuspert hätte, und schlenderte zum Frisiertisch hinüber. »Ich brauche was, um meine Hände zu schmieren.«

»Jetzt reicht's aber!« empörte sie sich. Sie hatte das Gefühl, gegen eine Gummiwand anzurennen. »Zum Teufel mit Ihren Händen! Sind sie rissig, oder was?«

»Nein, Sie Dummerchen... ach, das hier schaut gut aus.« Er nahm ein Alabasterfläschchen mit duftendem Badeöl aus der Schublade.

»Was haben Sie vor?« Sie saß immer noch aufrecht auf dem Bett. Wie ein wehender Vorhang fiel ihr Haar über den nackten Körper. Ihre goldbraunen Augen blickten jetzt nicht mehr müde, sondern wach und angriffslustig.

»Sie in siedendem Öl zu braten, wenn Sie nicht brav sind«, grinste er und stellte das Fläschchen auf den Nachttisch. Noch während sie ihn stirnrunzelnd betrachtete, fing er plötzlich an, sich auszuziehen und seine Kleider sorgfältig auf der Chaiselongue zusammenzulegen. Als er nackt zu ihr ans Bett kam, stellte Octavia mit großer Verwirrung fest, daß er nicht im mindesten erregt war.

»Ich habe keine Lust, meine Kleider mit Öl zu parfümieren«, erklärte er sein Verhalten und entkorkte das Fläschchen. Mit herrischer Geste machte er eine kreisende Bewegung mit dem Zeigefinger. »Umdrehen, marsch! Auf den Bauch!«

»Nein... ich meine, warum denn bloß?«

»Weil Sie doch jetzt schlafen wollen, oder? Und ich helfe

Ihnen beim Einschlafen«, sagte er geduldig. »Und damit Sie jetzt schön entspannt in süße Träume sinken können, bitte ich Sie, mir nicht mehr zu widersprechen.«

»Der Teufel soll Sie holen!« fluchte sie. »Sie sind ein... ein... ein Barbar!« Wütend warf sie sich ohne jede weibliche Anmut auf den Bauch.

»Oh, Sie tun mir unrecht«, beschwerte er sich und schwang sich rittlings auf ihren Allerwertesten. »Ich kümmere mich lediglich um Ihr körperliches und seelisches Wohlbefinden. Das würde ich keinen barbarischen Akt nennen.«

»Ich schon«, grummelte Octavia ins Kopfkissen und preßte ihre Pobacken zusammen in dem aussichtslosen Versuch, ihren unliebsamen Reiter abzuwerfen.

Er lachte nur und goß sich ein wenig Öl in die Hand. »Wir werden sehen, ob Sie in ein paar Minuten noch genauso denken.«

Seine Hände glitten über ihre Schultern und verteilten das duftende Öl über die Haut. Dann begannen seine kraftvollen Finger mit sanftem Druck ihre verspannten Muskeln zu massieren, walkten den Nacken, fuhren in rhythmischen Bewegungen an der Wirbelsäule entlang. Octavia sank ins Federbett, all ihr Widerstand schmolz dahin wie Butter unter der Sonne.

Rupert lächelte in sich hinein, als er die Veränderung bemerkte. Wie oft hatte er seinem Beschützer in ihren gemeinsamen Vagabundenjahren diese Wohltat erwiesen! Der alte Rupert Warwick, der sein Leben lang in feuchten Kellern und zugigen Baracken gehaust, der seinen Körper durch Alkohol und ausschweifenden Lebenswandel ruiniert hatte, war am Ende seines Lebens nur noch ein Wrack gewesen, geplagt von Gicht und Rheuma. Durch Massagen war es Rupert gelungen, ihm gelegentlich ein wenig Erleichterung zu verschaffen. Doch dieser zarte Körper, der jetzt unter ihm lag, war etwas ganz anderes. Und wenn er es recht bedachte, gab es eigentlich auch keinen Grund, die kleine Behandlung auf Nacken und Schultern zu beschränken.

Seine Finger wanderten die Wirbelsäule hinab, rührten sanft in die beiden Mulden über dem Gesäß. Octavia stöhnte, doch er spürte jetzt keinen Widerstand mehr von ihrer Seite. Er rutschte ein wenig nach hinten, so daß er auf den Oberschenkeln zu sitzen kam, und walkte ihren Po, kreiste mit den Händen über die festen, runden Backen.

Er achtete darauf, es bei der Massage zu belassen und ihre erogenen Zonen zu meiden, denn er wollte sie nicht bedrängen, wollte ihr zeigen, daß er ihren Willen respektierte. So mied er die sensible Gesäßfalte, ebenso die empfindlichen Innenseiten der Schenkel, als er diese zu massieren begann. Doch so sehr er sich auch dagegen zu wehren versuchte – das Blut schoß ihm in die Lenden, ob er wollte oder nicht.

Mit kräftigem Knöcheldruck bearbeitete er Waden und Fußsohlen. Auch wenn Octavia völlig entspannt dalag – an den wiederkehrenden Schauern, die ihr über den Rücken liefen, erkannte er, daß sie noch nicht schlief.

Octavia schwebte wie auf Wolken. Als er sie behutsam auf den Rücken drehte, hing sie locker in seinen Armen, war wie Wachs in seinen Händen. Wie durch einen Nebelschleier nahm sie wahr, daß er jetzt über ihr kniete und ihr Gesicht massierte. Seine Fingerkuppen kreisten vorsichtig über ihre Lider, die Wangenknochen, die Stirn. Dann glitten seine Hände über die Brüste, bearbeiteten mit zartem und doch festem Griff den Bauch und schickten ihr Ströme träger Lust durch die Glieder.

Er hob eine ihrer Hände hoch und zog sacht an den Fingern. Kraftvoll preßten seine Daumen die Muskeln ihrer Handflächen. Dann strich er über die Handgelenke, wanderte die Arme empor, berührte hauchzart die Innenseite ihrer Oberarme.

Wie in Trance nahm Octavia wahr, daß sie lächelnd dahinschwebte, wie aufgelöst in selbstvergessenem Wohlbefinden. Als er sie wieder auf den Bauch drehte, sank sie noch tiefer in die Kissen. Dann fühlte sie, wie sein nackter Körper sich neben ihr ausstreckte.

»Ich kann mich doch nicht so gut beherrschen, wie ich gedacht hatte, Liebes«, murmelte er leise in ihr Ohr. »Stört es Sie, wenn...«

»Nein«, flüsterte sie. »Kommen Sie!« Sie spreizte die Schenkel, um ihn leichter zu empfangen. Er fuhr mit der Hand unter ihren Bauch, hob sie hoch und glitt in sie.

Wollüstig stöhnte sie auf, als sie sein Geschlecht in sich spürte. Sie tauchte in eine Woge der Lust, die alles Elend, allen Jammer von ihrer Seele wusch. Ein unendlicher Friede kam über sie. Jetzt gab es keine Einsamkeit mehr, keine Angst vor der Zukunft – nur das unsagbare Glück der Gegenwart.

Sie war eingeschlafen, noch ehe er sich aus ihr zurückzog. Rupert lag entspannt und hörte sie ruhig und regelmäßig atmen. Seine Hand ruhte auf ihrem Rücken. Er würde einen Weg aus diesem Wirrwarr finden. Er mußte sein Ziel erreichen, doch er durfte nicht zulassen, daß Octavia sich dafür opferte.

Pünktlich um zwei Uhr hielt Philip Wyndhams Kutsche vor dem Haus in der Dover Street. Octavia stand im ersten Stock hinter der Gardine, und obwohl sie sich seit Stunden seelisch auf diesen Moment vorbereitet hatte, krampfte sich ihr Magen zusammen, als das Gefährt auftauchte. Der Bedienstete, der sich hinten auf dem Wagen bereithielt, sprang ab, öffnete den Schlag und klappte das Trittbrett aus. Dann lief er die Stufen zur Eingangstür hoch und läutete bei den Warwicks.

Sie fühlte sich elend wie nie. Kalter Schweiß stand ihr auf der Stirn. Rupert war außer Haus, wurde jedoch um halb fünf zum Dinner zurückerwartet. Wie lange dauerten solche nachmittäglichen Verabredungen gewöhnlich? Waren zweieinhalb Stunden genug? Philip, der sich in diesen Angelegenheiten offensichtlich auskannte, hatte die Zeit festgesetzt. Er schien anzunehmen, daß die beiden Stunden von zwei bis vier Uhr reichen würden, um sich Befriedigung zu verschaffen.

Wie würde sie Rupert beim Abendessen gegenübertreten?

Würde sie ihm beiläufig den Ring reichen und dann einen weiteren Bissen Rebhuhn nehmen, als ob nichts geschehen wäre? Und er – würde er sein Rotweinglas leeren, den Ring mit einem Dankeschön einstecken und einfach zur Tagesordnung übergehen?

Octavia zog die Handschuhe an und strich gedankenverloren über das weiche York-Leder. Dann stieg sie die Treppe hinunter. Unten stand Griffin mit ihrem Umhang bereit. Sie lächelte geistesabwesend, als er ihr eine angenehme Ausfahrt wünschte. Draußen in der warmen Sonne erwartete sie mit unbewegtem Gesicht der Bedienstete des Earl of Wyndham.

Sie kletterte in Philips Kutsche. Der Mann klappte das Trittbrett wieder hoch und schlug die Tür zu. Dann knallte die Peitsche des Kutschers, und der Wagen setzte sich langsam in Bewegung.

Nein, dachte Octavia auf einmal. Wenn das Geschäft mit Philip Wyndham erledigt war, war auch ihre Beziehung mit Rupert Warwick beendet. Nie mehr konnte sie mit ihm gemeinsam einen Liebesrausch wie gestern nacht erleben. Nein, das war unmöglich, wenn sie erst mit Philip Wyndham geschlafen hatte. Auch wenn sie dies mit dem Einverständnis, mehr noch, mit der ausdrücklichen Ermutigung durch ihren Liebhaber tat. *Auch wenn...* mußte es nicht eher heißen: *weil?*

Sie lehnte den Kopf in die Kissen zurück und schloß die Augen. Wie dem auch sei – wenn sie erst den Ring hatte, war ihr Teil des Pakts erfüllt. Aber sie könnte es nicht ertragen, daß Rupert sie je wieder berührte.

Die Kutsche hielt an, und Octavia wartete. Ihr Herz klopfte bis zum Hals, sie schwitzte vor Angst und hatte eiskalte Hände. Dann öffnete sich die Kutschentür, und das plötzlich gleißende Sonnenlicht blendete sie.

Octavia warf die Kapuze ihres Umhangs über den Kopf und stieg aus. Sie stand vor der imposanten Fassade des Wyndhamschen Herrenhauses am St. James Square. Als der Bedienstete sie die blankgescheuerten Stufen zum Eingang geleitete, öffnete sich geräuschlos die Tür. Ihre Hand streifte im Vorübergehen das kunstvoll geschmiedete Geländer, und sie widerstand dem Impuls, die Finger um das kalte Eisen zu schließen, sich daran festzukrallen wie ein Ertrinkender an einem Stück Treibholz.

Sie betrat die marmorne Empfangshalle. Der Butler verbeugte sich, eine Zofe knickste. Niemand sprach ein Wort. Es war wie in einem Traum, wie in einer Geisterwelt. Die Zofe wies mit einer Handbewegung auf die Stufen, die in sanftem Schwung zu einem runden Treppenabsatz im ersten Stock führten.

Als Octavia den Fuß auf die erste Stufe setzte, vernahm sie das leise Rascheln von Seide. Sie fuhr herum und entdeckte Letitia Wyndham, die bewegungslos im Schatten eines Türrahmens stand. Die smaragdgrünen Augen in ihrem bleichen Gesicht leuchteten aus der Dunkelheit.

Octavia riß ihren Blick von diesen Augen los und folgte der Zofe. Sie fühlte sich wie in einem luftleeren Raum – einem stillen, kühlen Vakuum, in dem sie sich bewegte, ohne in ihrer Umgebung irgendeine Reaktion auszulösen. Die Füße berührten nur scheinbar die Stufen, die Hand lief nur scheinbar das Geländer entlang. Die Beine trugen sie nicht wirklich den mit einem dicken Läufer ausgelegten Flur entlang, dort auf die weiße, vergoldete Flügeltür zu. Eine Tür, die sich auf eine unsichtbare Berührung der Zofe hin lautlos öffnete.

Das Mädchen blieb stehen und knickste. Octavia rauschte an ihr vorbei ins Zimmer. Ihre Röcke knisterten. Hinter ihr schloß sich die Tür.

Es war ein Schlafzimmer. Ein großer, elegant eingerichteter Raum. Philip Wyndham saß, ein Buch auf den Knien, in einem tiefen Sessel nahe dem Kamin, in dem kein Feuer brannte. Er stand auf und verbeugte sich, als er Octavia anblickte.

»Meine Liebe, Sie sind also gekommen.« Seine Stimme klang eigenartig heiser, wie sie es bei ihm noch nie wahrgenommen hatte.

Octavia knickste. »Wie Sie sehen, Sir.« Sie zog die Handschuhe aus.

Mit tänzelnden Schritten kam er auf sie zu. Wieder fiel ihr auf, mit welcher Anmut er seinen schlanken Körper bewegte. Er schlug die Kapuze zurück und nahm ihr Gesicht in die Hände. Dann, in einer plötzlichen Aufwallung, schloß er seinen Mund über ihrem und küßte sie mit der Brutalität, die sie seit seinem ersten Kuß kannte.

Er ließ sie los, nahm ihr den Umhang ab und warf ihn achtlos in den Sessel. Dann trat er einen Schritt zurück und betrachtete sie ohne jedes Lächeln, mit einem gierigen Ausdruck. Seine Augen tasteten ihren Körper ab, glitten über das hellblaue Seidenmieder, den dunkelblauen, gemusterten Baumwollrock. Einen Moment lang blieb sein Blick an der geschnürten Korsage hängen, dann zog er mit einer schnellen, lässigen Handbewegung an der Schnur und löste sie, so daß ihre Brüste nun frei unter dem Oberteil lagen.

Octavias Herz schlug bis zum Hals. Sie saß wie das Kaninchen vor der Schlange und wartete gebannt, was er als nächstes tun würde.

Ein kleines, befriedigtes Lächeln stahl sich auf seine Lippen. Er ging auf einen Beistelltisch in der Fensternische zu, auf dem eine Karaffe mit zwei Gläsern standen. »Madeira.«

Es war eine Feststellung, keine Frage, so daß Octavia nichts anderes übrigblieb, als zum Zeichen der Zustimmung kurz zu nicken. Sie nahm aus seinen Händen das Glas entgegen und nippte daran, in der Hoffnung, der Wein möge ihr Mut einflößen.

Philip war lässig gekleidet. Über Hemd, Weste und Hose trug er weder Gehrock noch Halsbinde, sondern nur einen brokatbesetzten Satinmorgenrock. Octavia starrte auf seine Weste, als könnten ihre Augen die beigegestreifte Seide durchdringen und die Innentasche mit dem kleinen Beutel darin erspähen.

Sie stellte das Glas ab und ging auf ihn zu. Mit geschmeidigen

Fingern fuhr sie unter seinen Morgenrock und streifte ihn über seine Schultern.

Er rührte sich nicht, nippte an seinem Weinglas und beobachtete sie aus schmalen Augen. Sie wanderte mit den Händen über seinen Oberkörper, und ihre Finger entdeckten sofort, was sie suchten. Ihr Herz machte einen Freudensprung. Jetzt, da sie wußte, wo es war, fand sie es auf Anhieb.

Vorsichtig begann sie seine Weste zu öffnen, langsam, Knopf für Knopf. Sie hoffte inständig, daß er ihre Aufregung nicht bemerkte oder sie für leidenschaftliche Erregung hielt.

Plötzlich packte er sie an den Handgelenken und hielt sie einen Augenblick fest. »Nein, ich kann Frauen nicht leiden, die auf diese Art die Initiative ergreifen.« Seine Stimme klang kalt, und seine Augen blickten wie arktisches Eis.

Wie vom Schlag getroffen ließ sie die Hände sinken. Sie fühlte sich wie eine Hure, die ihren Kunden beleidigt hatte. »Bitte um Verzeihung, Philip, aber ich kann mich nur noch mit Mühe zurückhalten«, murmelte sie, biß sich auf die Unterlippe und schaute von unten durch ihre langen Wimpern zu ihm empor.

Er lächelte so arrogant, daß eine kalte Wut sie ergriff. Am liebsten hätte sie ihm etwas an den Kopf geworfen, um dieses selbstgefällige, triumphierende Grinsen aus seinem Gesicht zu wischen.

Mit der freien Hand hielt er sein Glas, mit der anderen vollendete er ihr Werk und öffnete die letzten Knöpfe seiner Weste. Dann warf er sie mit einer graziösen Bewegung von den Schultern, so daß sie zu Boden glitt. Achtlos schob er sie mit dem Fuß beiseite.

Sie mußte einen Vorwand finden, die Weste aufzuheben... vielleicht sollte sie die ordentliche Hausfrau spielen... sie fein säuberlich zusammenlegen und dabei...

»Ziehen Sie Ihr Kleid aus.« Sein Befehl riß sie aus ihren fieberhaften Überlegungen. Mit zitternden Fingern zog sie an den losen Enden der Korsage, löste die Haken, stieg aus dem Fischbeingestell des Reifrocks.

Er riß sie an sich. Mit groben Händen griff er nach ihren Brüsten unter dem Hemdchen, erforschte ihr Geschlecht unter den Unterröcken. Octavia erstarrte. Ihr Körper fühlte sich wie taub an. Sie löschte alle Gedanken aus ihrem Kopf, konzentrierte sich nur auf die Weste, die am Boden lag, auf die eine Bewegung, mit der sie sie beiläufig aufheben, flink über das Innenfutter streichen, die Tasche erspüren, das Beutelchen herausfischen würde.

Sie merkte, daß er sie rückwärts drängte. Sie spürte die harte Bettkante in ihren Kniekehlen. Dann wurde sie rücklings aufs Bett geworfen, lag da mit gespreizten Beinen. Er stand über ihr, löste mit ruhigem Griff die Gürtel.

Bei ihm gab es keinen Liebestanz, kein Schüren des Feuers, kein ausgiebiges, zärtliches Vorspiel. Er ging schnurstracks zur Sache.

Sie versuchte, nicht hinzusehen, als er seine Hose über die Hüften gleiten ließ, aus ihr heraussstieg, sie lässig zur Seite schob. Dann riß er an den Hemdknöpfen, und zum ersten Mal entdeckte sie eine gewisse Nervosität in seinen Bewegungen. Mit nacktem Oberkörper, nur noch mit wollenen Unterhosen bekleidet, kniete er sich aufs Bett. Er schlug ihr die Unterröcke hoch. Seine Finger nestelten an ihren Strumpfbändern. Noch eine kleine Bewegung, und unter den seidenen Strümpfen würde die zarte Haut ihrer Schenkel zum Vorschein kommen. Ihr nackter, verletzlicher Körper wäre diesen kalten, grauen Augen ausgesetzt, dem Angriff seines harten, pochenden Geschlechts, das sich bedrohlich groß unter der grauen Wolle abzeichnete...

In dem Moment krachte es fürchterlich. Ohrenbetäubendes Gepolter folgte. Ein schriller Schrei, dann ein langgezogenes schmerzgequältes Heulen – und im Zimmer breitete sich eine gewaltige, dicke, schwarze Rußwolke aus.

»Um Himmels willen!« Erschrocken flatternd wie ein aufgescheuchtes Huhn fuhr der Earl of Wyndham hoch. Angst und Entsetzen standen ihm ins Gesicht geschrieben. Dann sprang er aus dem Bett, und auch Octavia rappelte sich aus den Kissen hoch. Sie mußte husten und kämpfte gegen die dichten Rußschwaden an, die auf die weißen Laken niedersanken. Dann brach sie in fast hysterisches Gelächter aus. Ihre Augen tränten. Was war es nur, das die leidenschaftliche Erregung des Earl of Wyndham auf so schlagartige, verheerende Weise zunichte gemacht hatte?

Der Earl stand vornübergebeugt am Kamin, sprachlos vor Wut. Zu seinen Füßen kauerte auf allen vieren etwas, das wie ein kleines Tier aussah und jämmerlich wimmerte.

Octavia schüttelte kurz ihre Unterröcke und kümmerte sich nicht weiter um die Szene. Ihre Gedanken galten einzig und allein der Weste. Als sie sich eben danach bücken wollte, hörte sie das Geräusch schnalzenden Leders auf nackter Haut. Es gellte ein herzzerreißender Schrei, der nur von einem Kind stammen konnte.

»Nein!« Sie fuhr herum und stürzte zum Kamin. Der Graf holte gerade aus, um dem winselnden kleinen Würmchen einen zweiten Schlag mit der Reitpeitsche überzuziehen.

»Nein! Er kann doch nichts dafür!« Sie hechtete hoch und packte den Earl am Arm. »Er ist doch noch ein Kind! Er muß sich irgendwie in den Kaminen verirrt haben!«

Zornbebend schüttelte der Earl sie ab und peitschte den Jungen ein zweites Mal. Der Kleine jaulte auf und hielt sich schützend die Ärmchen über den Kopf.

Octavia vergaß, warum sie hier war. Vergaß die Weste, die achtlos am Boden lag. Vergaß, daß sie nur Hemd und Unterrock trug. Vergaß, daß der Earl in Unterhosen vor ihr stand. Mit aller Kraft, deren sie fähig war, entriß sie dem Unhold die Peitsche.

»Nein! Ich lasse das nicht zu, Wyndham!« schrie sie.

Philip starrte sie an. In ihrem rußverschmierten Gesicht brannten die Augen wie glühende Kohlen. Sie hielt die Peitsche in der Hand, als würde sie ihm jeden Moment eins überziehen. Plötzlich wurde ihm die ganze Absurdität der Situation bewußt. Er sah ein, daß seine erotischen Pläne für diesen Nachmittag wohl zunichte gemacht waren.

Mit einem gequälten Seufzer wandte er sich ab, sammelte seine Kleider auf, und erschrocken ernüchtert mußte Octavia zusehen, wie er sich auch die Weste wieder anzog. Doch sie ließ sich ihre Enttäuschung nicht anmerken und beugte sich über das Häufchen Elend zu ihren Füßen, um es sich genauer anzusehen.

Es war höchstens vier oder fünf Jahre alt und so dünn, daß es ihr das Herz brach. Auf seinem schorfübersäten Rücken, der aus dem zerrissenen, verdreckten Hemd herausschaute, hatte Philips Peitsche zwei rote, blutige Striemen hinterlassen, und aus den Wunden der aufgeschlagenen Knie und Ellbogen sickerte ebenfalls Blut durch die schwarze Rußschicht, die den kleinen Körper bedeckte. Als Octavia ihm hochhelfen wollte, schrie er vor Schmerz auf. An seinen nackten Füßen schwärten Schnitt- und Brandwunden.

»Ach, du armes Kerlchen!« tröstete sie ihn. Octavia kannte diese kleinen Kletterjungen aus Shoreditch. Es waren die Gehilfen der Schornsteinfeger. Sie wußte, daß die Meister im Kamin manchmal Feuer machten, um die Jungen, die sich nicht in die Kamine hochwagten, mit Gewalt in die dunklen Röhren zu treiben, in denen es von Ratten nur so wimmelte. Bisweilen schickten sie den Kleinen auch größere Kinder hinterher, die sich einen Spaß daraus machten, die Fußsohlen ihrer kleinen Kollegen über ihnen mit Messern und scharfen Stöcken zu verletzen, um sie zu schnellerem Klettern zu bewegen. Sie kannte diese Horrorgeschichten, aber sie hatte die Opfer dieser Praktiken noch nie so nah vor Augen gesehen.

Sie schaute auf und sah Philip, inzwischen wieder korrekt gekleidet, der sie mit dem Ausdruck äußersten Widerwillens betrachtete.

»Lassen Sie ihn, und ziehen Sie sich an«, befahl er. »Ich kann seinen Meister nicht hierher zitieren, solange Sie noch im Unterrock herumstehen.«

Das leise Wimmern des Jungen steigerte sich zu lautem Weinen, als das Gespräch auf seinen Meister kam. »Er bringt mich um, bringt mich um«, schluchzte er, »weil ich mich verirrt hab'.« Er wußte, daß er die unverzeihliche Sünde begangen hatte, durch einen falschen Kamin in ein Zimmer zu geraten und dadurch die Hausbewohner zu stören.

»Er wird dir nichts tun«, beruhigte ihn Octavia. Sie stieg wieder in ihr Reifrockgestell und streifte sich hastig den Baumwollrock über. »Mylord, ich nehme den Jungen mit«, erklärte sie dann. »Wenn sich sein Meister beschwert, soll er zu mir in die Dover Street kommen, dort regle ich die Angelegenheit mit ihm.«

Wie vom Donner gerührt starrte Philip sie an. Sein Mund stand offen. »Mitnehmen?« wiederholte er leise, als ob er nicht richtig gehört hätte. »Frau! Sie sind wohl nicht mehr ganz bei Sinnen! Dieses Balg gehört dem Kaminkehrer.«

»Ich weiß.« Octavia schnürte ihr Mieder zu.

»Und was wollen Sie sagen, wo Sie ihn gefunden haben?« wollte er wissen und trat mit drohendem Blick auf den Jungen zu, der sich jetzt in die hinterste Ecke des Kamins verzogen hatte. Ängstlich schossen seine Augen zwischen der Frau und dem Mann hin und her.

»Ach, das ist doch egal«, winkte Octavia ab und schlüpfte in ihre Sandalen.

»Das ist alles andere als egal!« Philip packte den Jungen, riß ihn hoch, schüttelte ihn und hielt den schreienden Kleinen ein paar Sekunden lang an einem Arm in der Luft, bevor er ihn mit angewidertem Gesichtsausdruck wie ein Stück Dreck wieder fallen ließ.

Octavia verstand plötzlich. Als Ehemann ein amouröses Abenteuer zu haben, konnte in dieser Gesellschaft das soziale Ansehen nicht beschädigen. Aber die Geschichte, daß Philip

Wyndhams Wonnen der Wollust in einer Wolke von Ruß, begleitet vom Geschrei eines Kletterjungen, ein klägliches Ende fanden, würde ganz London in homerisches Gelächter ausbrechen lassen. Der Earl of Wyndham würde mit einem Schlag zum Gegenstand öffentlicher Belustigung. So etwas könnte er bis ans Ende seiner Tage nicht verwinden.

Bei dem Gedanken verspürte Octavia ihrerseits ein Kitzeln im Zwerchfell, und so schaute sie schnell zu Boden und beschäftigte sich angestrengt mit ihrer Sandale, um nicht laut loszuprusten.

»Mylord, Sie können sicher sein, daß der Name Ihres Hauses in dieser Angelegenheit nicht erwähnt wird. Ich werde sagen, ich hätte den Jungen in meinem eigenen Haus gefunden.«

»Und wenn sein Meister bei Ihnen anklopft und sein Eigentum herausfordert?« Nervös tupfte sich der Earl den Schweiß von der Oberlippe. »Was dann, Madam?«

»Dann werde ich mit seinem Meister verhandeln«, erklärte Octavia zuversichtlich, als aus der Kaminecke neues Wimmern ertönte.

»Und was ist mit Ihrem Gatten?« Noch immer konnte es Philip nicht fassen. »Wie pflegt er auf diese Ihre Akte der Humanität zu reagieren?« Hohn und Spott klangen aus seinen Worten.

»Lassen Sie das meine Sorge sein«, antwortete sie mit selbstbewußtem Lächeln und warf ihren Umhang über. »Die Führung des Haushalts obliegt *mir*, Sir. Mein Mann läßt mir völlig freie Hand und kümmert sich nur um seine Angelegenheiten. Er wird keine Fragen stellen, das kann ich Ihnen versichern.«

Philip ließ seine Augen über den Ort der mißglückten Verführung schweifen. Er versuchte zwar nicht, vor seinem Personal zu verheimlichen, daß er eine Dame in seinem Schlafzimmer empfing, doch allein die Vorstellung, irgend jemand sähe Octavia im Chaos dieses Zimmers und zöge die entsprechenden Schlüsse daraus, trieb ihm die Schamröte ins Gesicht. Je eher

Octavia sein Haus verließ, desto weniger würde man die Verschmutzung des Schlafzimmers mit ihrem Besuch in Zusammenhang bringen. So gesehen war es ein Glück, daß Octavia idiotisch genug war, den Verursacher des peinlichen Zwischenfalls mitzunehmen und auf diese Weise verschwinden zu lassen.

Daß sie die Geschichte publik machen würde, brauchte er nicht zu befürchten, denn sie würde sich doch nicht selbst zum Gespött der Leute machen. Er mußte das schmutzige Zimmer so schnell wie möglich reinigen lassen, und damit war die Sache aus der Welt.

»Beeilen Sie sich«, befahl er knapp und ging zur Tür.

Octavia nahm den Kleinen auf den Arm. »Nur weiter, immer voran, Mylord«, sagte sie ironisch.

Philip war so sehr damit beschäftigt, Octavia möglichst schnell und heimlich aus dem Haus zu schleusen, daß er den Spott in ihrer Stimme völlig überhörte. »Ich möchte, daß Sie das Haus durch den Personaleingang verlassen. Ich hoffe, Sie haben nichts dagegen, sich draußen eine Mietdroschke zu nehmen. Wenn Sie meine Kutsche benutzen, macht das nur unnötiges Aufsehen. Außerdem will ich mir meine Lederpolster von dieser Ratte nicht ruinieren lassen.«

»Ich nehme eine Mietdroschke, kein Problem, Sir.« Auf ihren Zügen lag ein undurchschaubares Lächeln, hinter dem sie den Hohn und die Verachtung verbarg, die sie für Philip Wyndham empfand. Stumm und bewegungslos kauerte das Kind in ihren Armen. Wahrscheinlich stand es noch immer unter Schock.

Philip eilte voran, führte sie in einen Seitenflur, durch eine Tür, dann eine schmale Stiege hinunter in einen Bereich des Hauses, in dem, den vergilbten Tapeten und ausgetretenen Teppichen nach zu urteilen, offenbar das Personal wohnte. Er öffnete den Seiteneingang, der auf eine schmale Nebenstraße der York Street hinausging.

»Mietdroschken gibt es in der York Street, Madam«, erklärte er steif.

»Sie sind zu großzügig, Mylord.« Mit dem Kind auf dem Arm knickste Octavia tief und ehrerbietig. Philip entging auch die Ironie ihres Abschieds, denn er wollte sie nur so schnell wie möglich loswerden und einen Schlußstrich unter dieses peinliche Kapitel ziehen.

Mit einer angedeuteten Verbeugung schubste er sie fast auf die Straße hinaus und schlug hastig die Tür hinter ihr zu.

»Oh, was für ein Gentleman«, murmelte Octavia, als sie sich auf den Weg machte. »Was für ein elender, feiger Hund! Ach, was gäbe ich darum, die Geschichte in der ganzen Stadt herumzuerzählen!« Sie seufzte. »Aber leider ist das nicht möglich.«

Sie warf einen Blick auf den Jungen. »Wie heißt du eigentlich?«

»Frank.«

»Schön, Frank. Dann laß uns jetzt nach Hause gehen. Du bist zwar nicht ganz die Trophäe, die ich heute nachmittag zu erringen trachtete, aber das macht nichts. Es gibt immer eine neue Chance.«

Und während sie mit leichtem Schritt über das Pflaster schwebte, vorbei an stinkenden Fäkalien und einer toten Katze, wurde ihr klar, was ihre Stimmung so beflügelte – es war die Gnadenfrist, die sie gewonnen hatte. Sie würde nur kurz sein, aber dennoch frohlockte ihr Herz.

17

»Ja, um Gottes willen! Wen haben Sie denn da mitgebracht!« rief Rupert verblüfft, als Octavia mit Frank auf dem Arm die Halle betrat.

»Das ist Frank«, stellte sie ihren Schützling vor. Ihre Augen funkelten vergnügt, und sie lächelte spitzbübisch.

Rupert kam näher. Er hob sein Lorgnon und betrachtete prüfend ihre süße Last. »Ein Kletterjunge?«

»So ist es. Armer kleiner Kerl. Er ist schrecklich mißhandelt worden.«

Sie strich dem Jungen eine Haarsträhne aus der mit Dreck und Blut verklebten Stirn.

»Und wo haben Sie den aufgegabelt?« Als Rupert die Hand hob, um die Wange zu tätscheln, zuckte der Kleine ängstlich wimmernd zurück.

»Ach, das ist eine lange und sehr unterhaltsame Geschichte«, kicherte Octavia. »Ich werd' sie Ihnen in aller Ausführlichkeit erzählen, aber erst muß ich mich um Frank kümmern und saubere Kleider anziehen. Ich seh' wahrscheinlich aus, als ob ich selbst die Kamine rauf- und runtergeklettert wäre.«

Irgend etwas an ihrer übersprudelnden Heiterkeit irritierte ihn. War es das Flackern in ihren Augen, die Verspanntheit ihres Lächelns.

»Griffin, würden Sie den Kleinen bitte in die Küche bringen? Er muß gebadet werden. Aber vorsichtig bitte – sein Körperchen ist von oben bis unten mit Wunden übersät. Vielleicht finden Sie auch irgendwo frische Sachen, die Sie ihm anziehen können. Geben Sie ihm gut zu essen, und bringen Sie ihn mir dann wieder.«

Sie schenkte Griffin ihr strahlendstes Lächeln, löste dann den Jungen, der sich ängstlich an ihr festzuklammern suchte, aus ihren Armen und übergab ihn dem Butler. »Wie Sie wünschen«, murmelte Griffin und hielt den dreckigen Lümmel auf Armeslänge von sich. Er weigerte sich, den Jungen auch nur anzuschauen.

»Danke.« Sie strich mit der Hand über ihren Rock. »Und schicken Sie mir bitte Nell nach oben«, wies sie ihn an. »Mein Kleid ist wahrscheinlich endgültig ruiniert.«

Sie sprang die Treppe hoch, ohne sich um die verwirrten und leicht indignierten Gesichter zu kümmern, die sie hinter sich zurückließ.

Griffin machte auf dem Absatz kehrt und stapfte in die

Küche. Dabei hielt er das unappetitliche Bündel immer noch möglichst weit vom Körper ab. Rupert sah ihm einen Augenblick stirnrunzelnd zu, dann folgte er Octavia die Treppe hoch in ihr Schlafzimmer.

»Ich glaube, Griffin hat während seiner gesamten Dienstzeit noch nie eine Aufgabe als derartige Zumutung empfunden wie diesen Jungen in die Küche zu tragen.« Mit verschränkten Armen lehnte sich Rupert gegen den Türrahmen und beobachtete Octavia, wie sie sich ihr Mieder aufschnürte. »Wo zum Teufel haben Sie dieses kleine Scheusal bloß aufgetrieben?«

»Er fiel aus dem Kamin.« Sie lachte kurz auf, konzentrierte sich dann aber auf die Schnüre ihrer Korsage, die sich verheddert hatten. »Der Kleine ist allerdings höchstens fünf Jahre, und er ist so ausgemergelt wie eine halbverhungerte Katze.«

»Darf ich wissen, aus wessen Kamin er gefallen ist?« fragte Rupert so beiläufig wie möglich. Irgend etwas stimmte nicht. Es mußte etwas passiert sein. Dieser Fieberglanz in ihren Augen, dieses künstliche Lachen, das mehr wie Weinen klang…

»Das ist eine lange Geschichte… ah, da kommt ja Nell.« Lächelnd wandte sich Octavia ihrer Zofe zu. »Versuch es irgendwie wieder hinzukriegen, Nell«, bat sie und deutete auf ihr verschmutztes Gewand. »Es ist eines meiner Lieblingskleider. Und bring mir heißes Wasser. Dieser Ruß fettet dermaßen, der geht mit einmal Waschen wahrscheinlich gar nicht ab. Sicher sind auch meine Haare völlig verdreckt.« Während ihres aufgeregten Geredes hatte sie ihre Hochfrisur gelöst.

Rupert ließ sich seine Besorgnis nicht anmerken. »Ich überlasse Sie jetzt am besten Nell«, meinte er. »Soll ich Griffin bitten, das Abendessen um eine halbe Stunde zu verschieben?«

»Nein, nein, das ist nicht nötig«, erwiderte sie, immer noch in dieser eigenartig aufgedrehten Stimmung. »Ich bin sicher gleich fertig. Müssen wir nach dem Essen nicht in die Oper?«

»Nun, wenn wir die Vorstellung versäumen, ist auch nichts passiert«, entgegnete er milde.

»Was wird denn gespielt... Iphigenie auf Tauris, nicht wahr?« Ihre letzten Worte konnte er nur erahnen, da Nell ihrer Herrin gerade den Rock über den Kopf zog.

»Ihre Lieblingsoper von Gluck«, erinnerte er sie.

»Na ja, wir können ja vielleicht den ersten Akt ausfallen lassen.« Sie setzte sich an die Frisierkommode und betrachtete erschrocken ihr rußverschmiertes Gesicht im Spiegel. »Großer Gott! Kein Wunder, daß mich der Droschkenfahrer so eigenartig angestarrt hat. Ich schwöre, er war drauf und dran, die Fahrt abzulehnen.«

»Wieso fahren Sie denn mit einer Mietdroschke in der Stadt herum?« wunderte sich Rupert. »Ich dachte, wir besäßen eine Kutsche und eine Sänfte. Oder bilde ich mir das nur ein?«

»Ach, Mylord«, lachte sie und begann, sich mit einem Waschlappen das Gesicht abzureiben. »Ich erzähle Ihnen die ganze Geschichte beim Abendbrot, falls Papa nicht mitißt. Sie werden sich köstlich amüsieren, das schwöre ich Ihnen! Aber lassen Sie mich jetzt meine Toilette machen, sonst sitzen wir um Mitternacht noch immer beim Dinner.«

»Natürlich, Madam.« Er verbeugte sich und verließ den Raum. Eine tiefe Falte stand zwischen seinen Brauen, als er die Treppe hinab in die Bibliothek ging.

»Mylord?«

»Ja, Griffin.« Er schaute auf, als der Butler die Bibliothek betrat. Rupert erkannte sofort, daß es dem Mann nur mit größter Mühe gelang, seine übliche stoische Ruhe zu wahren.

»Lady Warwicks... ähm... Schützling, Mylord.«

»Was ist mit ihm?«

»Er weigert sich, zu baden.«

»Lady Warwick sagte mir, er wäre höchstens fünf Jahre alt und so ausgemergelt wie eine halbverhungerte Katze. Ich kann mir nicht vorstellen, daß es zwei kräftigen Männern nicht gelingen sollte, ihn mit vereinten Kräften in die Wanne zu tauchen.«

»Leider nicht, Mylord. Er beißt.«

»Dann knebeln Sie ihn, Griffin.«

»Die Lady meinte, wir sollten sanft mit ihm umgehen, Mylord.«

»Die Lady wird nichts davon erfahren.«

»Gut, Mylord.« Der Butler verbeugte sich zum Abschied. Jede Faser seines Körpers signalisierte helle Empörung.

Rupert goß sich ein Glas Sherry ein. Octavias unerwarteter Akt von Menschenliebe überraschte ihn nicht. Ihre eigene Erfahrung von Armut hatte sie für das Elend der Menschen sensibilisiert. Doch hier ging es um mehr als nur um Menschenliebe. Sie sagte, die Geschichte wäre amüsant, doch dabei wirkte Octavia wie ein gehetztes Reh. Aus einem Kamin sei der Junge gefallen. Nun, das war bei dem Gewirr von Kaminen, die die Herrenhäuser der Reichen durchzogen, keine Seltenheit. Doch aus wessen Kamin bloß? Nicht aus ihrem eigenen. Aus dem eines Freundes? Aber sie hatte nicht erzählt, daß sie einen Freund besuchen wollte. Warum diese Heimlichtuerei? Und warum diese hektische Überdrehtheit?

Octavia, die in diesem Moment die Bibliothek betrat, riß ihn aus seiner Grübelei. Sie war für die Oper gekleidet, trug ein eng anliegendes Mieder aus gelber Seide über einem weiten Reifrock aus orangegemustertem Taft.

Lächelnd kam sie auf ihn zu. Ihre zimtbraunen Locken umspielten die nackten Schultern. Ein schwarzes Samtband, dicht bestickt mit täuschend echt wirkenden Diamantimitaten und falschen Perlen betonte die herrlich blasse Haut ihres schlanken Halses.

»Ein Glas Sherry, bitte, Rupert. Möcht' ja zu gern wissen, wie sie in der Küche mit Frank zurechtkommen.«

»Schlecht, hab' ich mir sagen lassen«, erwiderte er trocken, während er ihr ein Glas einschenkte. »Er beißt.«

»Er hat eben Angst«, erklärte Octavia, als ob es das Selbstverständlichste von der Welt wäre, um sich zu beißen. Lächelnd nahm sie das Glas aus Ruperts Hand. »Vielleicht können wir ihn ja so weit zähmen, daß ein anständiger Botenjunge aus ihm wird.«

»Wo haben Sie ihn aufgetrieben?«

»Oder ich gebe ihn in die Obhut meines Vaters«, überlegte sie weiter, ohne auf seine Frage einzugehen. »Papa ist ein hervorragender Pädagoge. Vielleicht kann er Frank Lesen und Schreiben beibringen. Ob er wohl mit uns zu Abend ißt? Er sagte, er käme herunter, sobald er sein tägliches Arbeitspensum erfüllt hätte.«

Sie klingelte nach Griffin, noch bevor Rupert seine Frage wiederholen konnte.

»Griffin, nimmt Mr. Morgan am Dinner teil?«

»Ich denke doch, Mylady.« Immer noch merkte man ihm seine Verärgerung an, auch wenn er die übliche neutrale Miene zur Schau trug. »Wann wünschen Sie den Kletterjungen zu sehen, Madam?«

»Ist er schon in einem vorzeigbaren Zustand?«

»Nun, das würde ich nicht behaupten, Madam. Aber wir haben ihn so saubergeschrubbt, wie wir konnten. Da wir für ihn keine passenden Kleider fanden, haben wir ihn in ein Laken eingewickelt.«

»Und er hat schon gegessen?«

»Reichlich, Madam, reichlich. Er hat den Appetit einer Boa Constrictor. Hoffentlich hat er sich nicht den Magen verdorben.«

»Ich denke, ich schaue ihn mir nach dem Dinner an«, entschied Octavia, als Oliver Morgan die Bibliothek betrat. »Papa, ich habe eine Überraschung für dich!« rief sie aufgeregt. »Einen Kletterjungen!«

Griffin zog sich zurück, und Rupert hätte wetten können, ein leises, mißbilligendes Schnauben gehört zu haben.

»Guter Gott, mein Kind. Was soll ich denn mit einem Kletterjungen?« fragte Octavias Vater. Seine Begeisterung schien sich in Grenzen zu halten. Dankend nahm er von Rupert ein Glas Sherry entgegen.

»Ich dachte, du könntest ihm Lesen und Schreiben beibringen. Der kleine Knirps ist so grün und blau geschlagen, daß er unmöglich arbeiten kann. Da könnte er dir doch Gesellschaft leisten, was meinst du?«

»Hat er noch nie irgendeinen Unterricht bekommen?« In Olivers Augen flammte plötzlich Interesse auf.

»Bestimmt nicht.«

»Dann nehme ich ihn gerne unter meine Fittiche. Ich wollte schon immer einmal ein sprachpädagogisches Experiment durchführen. Ein Kind, das noch nie etwas gelernt hat, ist wie ein leeres, unbeschriebenes Blatt. Sein Gehirn ist noch nicht mit unnützem Zeug vollgestopft, und wenn es auch nur eine durchschnittliche Intelligenz besitzt, versichere ich euch, daß es unter meiner Anleitung in nur sechs Monaten Latein und Griechisch spricht!«

»Vielleicht würde es ihm mehr nützen, in seiner Muttersprache Lesen und Schreiben zu lernen«, gab Rupert zu bedenken. Der arme Junge drohte aus der Hölle der Kamine geradewegs unter die Knute des Schulmeisters zu geraten.

»Psst, Warwick«, wies Oliver seinen Schwiegersohn zurecht. »Es geht hier nicht um praktischen Nutzen, sondern um die Frage, wie der Mensch auf natürliche Art die Sprache erwirbt.«

Freudig rieb sich der alte Herr die Hände. »Ich werde das Experiment dokumentieren, und irgendeine wissenschaftliche Zeitschrift wird mit Sicherheit begeistert sein, die Ergebnisse zu veröffentlichen.«

Griffin erschien wieder in der Tür. Seine Stimmung schien sich nicht gebessert zu haben. »Die Tafel ist bereit, Mylady.«

»Danke.« Sie hakte sich bei ihrem Vater ein. Das endgültige Urteil über das Schicksal des kleinen Frank war noch nicht gefällt, doch sie hatte nicht vor, ihrem Vater seinen Plan auszureden. Sie selbst fand es als verfrüht, einen Fünfjährigen mit den alten Sprachen zu traktieren, aber das würde Oliver Morgan womöglich schon von allein herausfinden.

Das ganze Dinner über plauderte Rupert scheinbar sorglos mit Octavia, doch er beobachtete sie genau, nahm jede Nuance, jeden Unterton wahr. Sie schien immer noch glänzender Laune, doch ihr Lachen wirkte ein wenig zu laut, ihre Gesichtsfarbe wechselte ständig, ihre Augen schossen unruhig hin und her. Sie aß nur wenig und sprach um so kräftiger dem Wein zu.

Die Gegenwart ihres Vaters verbot, nähere Fragen zu stellen, und so mußte er sich in Geduld üben.

»So«, sprach sie, als der letzte Gang abgetragen war, »jetzt überlasse ich euch eurem Portwein und schau' einmal nach meinem Schützling.«

Rupert und ihr Vater erhoben sich gemeinsam.

»Ich komme in die Küche«, erklärte Octavia dem Butler, der gerade mit einem Tablett hereinkam. »Wahrscheinlich fühlt sich Frank dort sicherer. Er ist ja die Ängstlichkeit in Person.«

»Er ist der Teufel in Person, Madam«, stieß Griffin hervor. Zum ersten Mal machte sich offene Empörung in seinem Gesicht breit. »Er zieht ständig die Katze am Schwanz, hat der Köchin ein ganzes Faß Salz in die Suppe geschüttet und das frisch gebügelte Damasttischtuch mit schwarzer Schuhcreme vollgeschmiert.«

»In drei Stunden!« staunte Octavia.

»Sind es erst drei Stunden, Mylady?« wunderte sich Griffin.

Vom oberen Tischende, an dem Rupert seinen Portwein zu sich nahm, ertönte schallendes Gelächter. »Octavia, meine Liebe, da haben Sie uns ja eine schöne Laus in den Pelz gesetzt!«

Sie machte ein etwas schuldbewußtes Gesicht. »Besser, ich schau selbst einmal nach dem Rechten.«

In der Nähe der Küchenspüle saß ein winziger Junge, eingewickelt in ein riesiges Laken. Er war umringt von einer aufgeregt gestikulierenden Köchin, einer verzweifelten Wäscherin, die lauthals den Zustand ihres frisch gebügelten Damasttischtuchs beklagte, sowie einer entnervten Küchenhilfe, die mit einer eigenartig riechenden Lauge die Kochtöpfe schrubbte.

Alle fuhren überrascht herum, als die Lady des Hauses so selbstverständlich hereingerauscht kam, als wäre die Küche ihr ureigenstes Revier. Sie wußten ja nicht, daß Mistress Forsters Küche in Shoreditch lange Jahre Octavias Heimat gewesen war.

»Oh, Frankiboy. Was hast du bloß alles angerichtet!« Kopfschüttelnd, aber mit lächelndem Gesicht kam sie auf den Kleinen zu. Ihre schwingenden Seidenröcke raschelten aufregend. Der Junge mit dem bleichen, gnomenartigen Gesicht riß die Augen auf, als diese strahlende Erscheinung auf ihn zuschwebte.

»Nix.« Ängstlich zog er den Kopf zwischen die Schultern, als sie sich über ihn beugte. »Is Ol' Bimbo kommen, mich holen?«

»Ist das dein Meister?«

Der Bub nickte schwach. Seine Augen füllten sich mit Tränen. »Bringt mich um. Darf mich nich inne Kamine verirren. Konnte nix dafür.«

»Old Bimbo, oder wie immer er heißt, wird dich nicht mitnehmen«, beruhigte ihn Octavia und strich ihm fürsorglich übers Haar.

Er zuckte zurück und schaute sie mißtrauisch an. »'türlich nimmta mich mit.« Seine Augen schossen zum großen Küchentisch hinüber, auf dem die Reste des Abendbrots auf ihre Beseitigung warteten. »Kann ich noch 'n Stück Appelkuchen?«

»Du lieber Himmel, Mylady, er hat schon sechs Stück verputzt!« Die Köchin stürzte herbei und wischte sich die Hände an der Schürze ab. »Er wird Bauchschmerzen bekommen, wenn er nicht aufhört zu essen.«

»Nur noch eins, bis Ol' Bimbo kommt«, bettelte der Junge. Unruhig blickte er zwischen den beiden Frauen hin und her.

»Aber der kommt doch nicht«, versuchte Octavia wieder, ihm seine Angst zu nehmen. »Und außerdem ist es jetzt Zeit, ins Bett zu gehen. Morgen früh kriegst du auch richtige Sachen zum Anziehen.«

»Darf ich ihn zu mir hoch unters Dach nehmen, Mylady?«

Die Küchenhilfe knickste artig und wischte sich mit dem Rücken ihrer roten, schwieligen Hand den Schweiß von der Stirn. »Er ist so alt wie mein kleiner Bruder. Und mit dem schlaf' ich auch immer im gleichen Bett.«

Das Mädchen war selbst noch ein halbes Kind, und in ihrer Bitte schwang ein Hauch von Heimweh mit.

»Wenn du meinst, daß du mit ihm klarkommst«, erwiderte Octavia wohlwollend. Doch sie hegte da gewisse Zweifel. Frisch gewaschen und mit vollem Bauch wirkte Frank beileibe nicht mehr so elend und harmlos wie in dem Moment, als er in einer großen, schwarzen Rußwolke durch den Kamin ins Schlafzimmer des Earl of Wyndham getrudelt war.

Bei dem Gedanken an die groteske Szene spürte sie wieder ein gefährliches Kitzeln im Zwerchfell, und um vor dem Küchenpersonal nicht unkontrolliert loszuprusten, verabschiedete sie sich hastig und verließ die Küche.

Wie auf Wolken schwebte sie durch die Empfangshalle. Sie fühlte sich so leicht, so befreit von allem. Fast hätte das Schicksal seinen grausamen Lauf genommen, doch dann war in letzter Minute ein rettender Geist in Gestalt des kleinen Frank erschienen und hatte sie erlöst. Welcher Mensch würde angesichts einer solchen Rettung in letzter Sekunde nicht ein wenig aus der Fassung geraten?

Rupert saß allein im Speisezimmer. Oliver, von jeher kein großer Portweintrinker, hatte sich in seine Gemächer zurückgezogen, um an seinem neuen Projekt zu arbeiten.

Kichernd kam Octavia herein. »Ist Papa schon gegangen? Dann werd' ich seinen Platz einnehmen und mir ein Gläschen Port genehmigen.«

Sie setzte sich auf den leeren Stuhl neben Rupert und schob ihm über die glänzend polierte Tischplatte ein leeres Glas hin. Im schrägen Licht der untergehenden Sonne warfen die Kerzenflammen goldene, tanzende Flecken auf das spiegelglatt polierte Holz.

Rupert schenkte ihr aus der Karaffe das Glas voll. Dann lehnte er sich erwartungsvoll zurück. Sein rechter Arm lag lässig auf dem Tisch, die Finger spielten mit dem Stiel seines Glases.

»Darf ich jetzt Ihre Geschichte hören, Octavia? Sie sind ja schon den ganzen Abend so aufgekratzt, daß ich es doch sehr unfair fände, wenn Sie Ihre amüsanten Erlebnisse für sich behielten.«

»Aber nicht doch! Ach, es war wirklich eine verrückte Geschichte!« Sie brach in Gelächter aus und verschluckte sich sofort an ihrem Wein.

Rupert lehnte sich vor und klopfte ihr sanft auf den Rücken, um ihren Hustenanfall zu beruhigen. »Fangen wir von vorne an, ja?«

Octavia riß sich zusammen. Sie wischte sich mit der Fingerspitze eine Träne aus dem Augenwinkel. »Also, wir waren in Wyndhams Schlafzimmer und...«

»Sie waren wo?!« unterbrach er sie. Alle Farbe war aus seinem Gesicht gewichen. Seine Augen blickten starr.

»Na, in Wyndhams Schlafzimmer, beim Rendezvous«, erklärte sie und nahm einen Schluck Wein. »Und während wir also... na ja, wie sagt man so schön... ›in medias res‹... waren, plötzlich ein donnernder Krach und ein schriller Schrei und...«

Wieder mußte sie losprusten. »Und dann kommt da diese Riesenwolke von Ruß herab!« japste sie. »Eine Riesenwolke, die sich im ganzen Zimmer ausbreitet und wie ein schwarzer Regen über das Bett niedergeht...«

»*Hören Sie auf!*« brüllte er und schlug krachend mit der Faust auf den Tisch, daß die Kerzen flackerten und das Silberbesteck klapperte.

Verblüfft schaute Octavia ihn an. Sein Gesicht war kalkweiß. In ihrem Bauch begann ein leises Zittern.

»Es war wirklich sehr witzig«, erklärte sie, fast entschuldigend. Was ärgerte ihn nur so? »Sie hätten Philip sehen sollen, in Unterhosen, wie vom Donner gerührt...« Sie wieherte los, doch je mehr sie lachte, desto stärker wurde das Zittern im Bauch und desto mehr wuchs der Kloß in ihrem Hals.

Ruperts Stuhl fiel polternd zu Boden. Er lehnte sich zu ihr hinüber, packte sie an den Handgelenken, zog sie über den halben Tisch zu sich her und schüttelte sie wie ein Besessener.

»*Hören Sie auf!*« zischte er gefährlich leise. »*Hören Sie in Gottes Namen endlich auf zu lachen!*«

Doch sie konnte nicht aufhören. Tränen liefen ihr über die Wangen, und immer wieder überkamen sie hysterische Lachkrämpfe. Rupert schüttelte sie so lange, bis sie völlig außer Atem war und nur noch keuchend und hilflos in seinen Armen hing.

Er ließ sie los, und sie fiel auf ihren Stuhl zurück, sackte in sich zusammen, rang mit hängendem Kopf nach Luft.

Rupert stand am Tisch, hatte die Tischkante umklammert, daß die Knöchel weiß hervortraten, und wartete, bis sich Octavia wieder beruhigt hatte. In ihm tobten Wut und Enttäuschung. Sein Bruder – ›in medias res‹. Verflucht noch mal, wie zum Teufel konnte Octavia sich darüber auch noch so amüsieren?! Wenn er sich seinen Bruder vorstellte, drauf und dran, sie zu …

Er preßte den Handrücken an den Mund. Einen schrecklichen Moment lang befürchtete er, sich übergeben zu müssen.

»Warum haben Sie mir nichts von Ihrem Rendezvous erzählt?« brach es aus ihm heraus. »Ich hatte Sie doch klar und deutlich angewiesen, mich über jeden Schritt, den Sie mit Wyndham planen, auf dem laufenden zu halten. Ich habe Ihnen ausdrücklich verboten, auch nur einen Spaziergang mit ihm zu machen, ohne mir vorher Bescheid zu sagen.«

Langsam hob Octavia den Kopf. Ihre Augen blickten stumpf, und ihre Stimme klang eigenartig monoton. Hatte sie ihn überhaupt gehört? Sie ging auf keinen seiner Vorwürfe ein.

»Der Ring – er war zum Greifen nahe! Er steckte in seiner Weste. Philip ließ sie auf den Boden fallen, als er sie auszog …«

»*Hören Sie auf!*« Drohend hob er eine Hand. Diese Bilder, die in seinem Kopf rasten – er konnte sie nicht ertragen!

Doch sie fuhr fort, als ob er sich nur geräuspert hätte. »Ich lauerte auf den Moment, sie blitzschnell aufzuheben, und als Frank aus dem Kamin fiel, dachte ich: Das ist deine Chance! Aber dann fing er an, den Jungen mit seiner Reitpeitsche zu verprügeln, und so vergaß ich die Weste. Es tut mir leid.«

Beiläufig hob sie die Schultern, als würde sie sich dafür entschuldigen, daß sie ein Taschentuch verloren hatte. »Das nächste Mal...«

Sie brach ab, als er sich wieder zu ihr hinüberlehnte und sie an den Schultern packte. Wie Krallen bohrten sich seine Finger in ihr Fleisch. Sein Gesicht war jetzt ganz nahe.

»Schweigen Sie jetzt und hören Sie mir gut zu!« befahl er. »Ich wiederhole: Warum haben Sie mich nicht in Ihre Pläne eingeweiht? Ich hatte Ihnen das ausdrücklich aufgetragen! Warum haben Sie mir nicht gehorcht?«

Octavia blinzelte ihn an. Nur langsam drang seine Stimme durch den Nebel des Alptraums, den sie gerade wieder durchlebt hatte. »Warum hätte ich Sie einweihen sollen?« fragte sie. »Sie erzählen mir ja auch nichts von Ihren Plänen.«

»Das ist etwas anderes«, fuhr er ihr über den Mund und schüttelte sie wieder. »Es war von Anfang an abgemacht, daß Sie sich unter allen Umständen an meine genauen Anweisungen halten. Warum haben Sie diese Abmachung gebrochen?«

Der eiserne Griff seiner Finger in ihren Schultern schmerzte. Doch seine Wut, seine Verzweiflung erreichten sie nicht, prallten an ihr ab. Das einzige, was sie spürte, war die Wucht ihrer eigenen unterdrückten Gefühle, die nun, da der Damm ihrer hysterischen Abwehr gebrochen war, wie eine Sturmflut über sie hereinbrachen. Dieses Grauen, dem sie um Haaresbreite entgangen war! Und dabei war es noch nicht ausgestanden. Nicht aufgehoben, nur aufgeschoben.

»Was hätte es für einen Unterschied gemacht, wenn ich Sie in meine Pläne eingeweiht hätte?« fragte sie bitter. »Am Ende habe ich das Opfer zu erbringen, wie es unser Vertrag vorsieht.« Auf einmal ergriff sie ein rasender Haß. »Sie wußten doch, daß es eines Tages geschehen würde!« schleuderte sie ihm wutentbrannt ins Gesicht. »Warum wollten Sie unbedingt wissen, wann? Damit Sie hier sitzen und es sich in allen Details ausmalen könnten? War es das, was Sie wollten? Haben Sie sich deshalb eine Hure gekauft, damit Sie sich, wenn sie ihre Arbeit tut, in Ihrer Phantasie daran aufgeilen können?«

Erschrocken fuhr sie zurück. Aus welchen Abgründen ihrer Seele brachen nur diese Haßtiraden hervor? Wie tödliches Gift schossen sie über ihre Lippen, ohne daß sie etwas dagegen tun konnte.

Rupert antwortete nicht. Mit aschfahlem Gesicht saß er ihr gegenüber, unfähig zu reagieren.

Ein quälendes Schweigen breitete sich zwischen ihnen aus. Die Sonne war untergegangen, und von draußen krochen die Schatten der Nacht ins Zimmer.

Langsam, ganz langsam löste Rupert die Hände von ihren Schultern. Er lehnte sich zurück und schwieg. »Wie können Sie nur so etwas sagen?« flüsterte er schließlich. Er schaute sie an wie ein waidwundes Tier.

»Sie haben doch schon ganz am Anfang erklärt, daß es eine rein körperliche Angelegenheit sein würde«, erwiderte sie schwach. »Meine Seele wäre nicht davon betroffen. Das ist genau das, was die Huren machen. Sie haben eine Hure in Ihren Dienst genommen. Und ich kann es Ihnen nicht einmal verübeln, wenn ich daran denke, daß ich mich in der ersten Nacht auf so unanständige Art in Ihr Bett geschlichen habe.«

Betreten schaute sie zur Seite, als seine grauen Augen sie durchbohrten. Gefühle der Scham und der Reue überwältigten sie, jetzt, nachdem sie ausgesprochen hatte, was sie vorher nicht einmal zu denken gewagt hatte!

Rupert atmete tief durch. Dann sagte er: »In dieser ersten Nacht, Octavia – da ist überhaupt nichts Unanständiges geschehen.«

»Natürlich!« begehrte sie auf. »Wie eine Dirne hab' ich mich Ihnen an den Hals geworfen! Sie wissen so gut wie ich, daß Sie mir niemals den Vorschlag gemacht hätten, Ihren Feind zu verführen, wenn ich mich nicht derartig hätte gehen lassen!«

Rupert fuhr sich mit den Fingern durchs Haar und zerstörte seine sorgfältig gelegte Lockenpracht. Er ging zum Fenster und schaute hinaus in die Finsternis.

Octavia begann zu grübeln. Stimmte das eigentlich, was sie gerade gesagt hatte? Auch wenn sie sich unanständig benommen hatte, so hatte sie es doch keinen Augenblick bereut. Doch bevor sie ihre Gedanken in Worte kleiden konnte, sprach Rupert mitten in die Stille hinein.

»Mit dem, was in dieser Nacht im ›Royal Oak‹ passiert ist, haben Sie nichts zu tun.«

»Und ob ich etwas damit zu tun habe!« beharrte sie. »Sie haben selbst gesagt, ich hätte Sie dazu eingeladen.«

»Das haben Sie auch, aber Sie waren für Ihr Handeln nicht verantwortlich«, erwiderte er mit unbeteiligter Stimme und starrte weiter in die Nacht hinaus.

»Das verstehe ich nicht.« Sie fröstelte auf einmal. Ihre Hände fühlten sich wie Eis an. Irgend etwas Abscheuliches, Niederträchtiges war im Raum, gräßlicher als die Haßtiraden, die sie ihm eben erst an den Kopf geworfen hatte.

»Erinnern Sie sich, daß wir zusammen Punsch getrunken haben?« fragte er, immer noch in demselben emotionslosen Ton.

»Ja.« Ahnungsvoll blickte sie zu ihm hinüber.

»Sie meinten damals, es würden Nelken fehlen. Aber dieses Detail ist Ihnen sicher entfallen.«

»Nein, nein, ich entsinne mich gut.« Ihre Ahnung wuchs wie ein unsichtbares, dunkles Ungeheuer, das sich wie die Schatten der Nacht im ganzen Raum ausbreitete.

Er drehte sich zu ihr um. Sein Gesicht war kreidebleich vor dem schwarzen Hintergrund des Abendhimmels. Die Augen glitzerten silbrig.

»Die Nelken waren mit einem Mittel getränkt, das entspannend wirkte, das einem die Hemmungen nimmt... das sexuell stimuliert.«

Octavia erstarrte. Sie dachte an die seltsame Erregung, die eigentümliche Ruhelosigkeit, die in dieser Nacht von ihr Besitz ergriffen hatte. An dieses Gefühl, durch eine endlose, sinnliche Traumlandschaft zu schweben, in der es nur rückhaltlose Hingabe und keine Grenzen, keine Schranken gab.

»Dann haben Sie mich also betäubt?« Sie wollte es nicht glauben.

»Ja.«

»Dann... dann haben Sie mich ja *vergewaltigt*.«

Er machte eine vage Handbewegung, die Zustimmung wie Ablehnung bedeuten konnte. »So könnte man es nennen.«

»Aber warum bloß?« fragte sie mit brüchiger Stimme.

Rupert setzte sich wieder zu ihr an den Tisch. Das Kerzenlicht beleuchtete gespenstisch sein Gesicht, betonte die tiefen Falten um Mund und Augen.

»Ich brauchte Sie einfach für meinen Plan«, eröffnete er ihr. Er hätte es schonender ausdrücken können, aber er hatte sie lange genug getäuscht. »Ich mußte Sie in irgendeiner Weise an mich binden.«

»Ich verstehe.« Octavia nahm einen Schluck Portwein. Vielleicht würde der ihr den Kloß im Hals lösen. »Und es hat funktioniert, nicht wahr?«

Er wollte ihre Hand ergreifen, die auf dem Tisch lag, doch sie riß sie weg, als hätte sie sich verbrannt.

Augenblicklich zog auch er die Hand zurück. »Ich möchte Ihnen sagen, daß sich mein Verhältnis zu Ihnen seit damals grundlegend verändert hat.«

»Was macht das noch für einen Unterschied«, erwiderte sie matt. Sie wollte heulen und schreien und ihm alles mögliche um die Ohren hauen. Sie wollte ihm die Augen auskratzen. Ihre zitternden Hände waren eiskalt.

Mit einem heftigen Ruck stieß sie den Stuhl zurück und sprang auf. »Entschuldigen Sie, aber ich gehe jetzt zu Bett. Und nachdem es für Sie so wichtig zu sein scheint, werde ich Sie über mein nächstes Rendezvous mit Ihrem Erzfeind rechtzeitig in Kenntnis setzen.«

»Octavia...«

Doch sie war schon auf und davon. Laut knallte die Tür hinter ihr zu.

Rupert stieß nacheinander alle Flüche aus, die er kannte. Dann füllte er sein Glas und schüttete es in einem Zug hinunter. Die häßliche Wahrheit war nun heraus. Und sie war auf keine Weise schönzureden. Wenn Octavia ihm nicht verzieh, sah er keine Chance mehr für sich. Daß er sie von ihrer Verpflichtung entbinden würde, verstand sich von selbst.

Er stand auf und ging hoch zu Octavias Schlafzimmer. Vor der Tür blieb er stehen, um anzuklopfen. Doch er wollte kein »Nein!« riskieren, und so hob er den Riegel und trat einfach ein.

Sie saß am Fenster, immer noch im festlichen Operngewand. Als sie beim Geräusch der Tür aufschaute, sah er, daß ihre Auen schwammen. Die Wangen waren rot und tränennaß.

»Ach, mein Herz«, murmelte er leise und voller Schuldgefühle. Mit ausgestreckten Händen eilte er auf sie zu, um sie zu trösten.

»Fassen Sie mich nicht an!« zischte sie und hob abwehrend die Hände.

Rupert ließ die Arme sinken. Hilflos wie ein kleiner Junge stand er vor ihr. So hilflos, wie er sich einst gefühlt hatte, wenn Philip wieder einmal eins seiner grausamen Spiele mit ihm gespielt hatte. Und das, was er Octavia angetan hatte, war weiß Gott Philips würdig.

»Ich werde Sie nicht anfassen«, sagte er nach einer Weile. »Ich bin nur gekommen, um Ihnen zu sagen, daß Sie sich an unseren Vertrag nicht mehr gebunden zu fühlen brauchen. Ich werde meinen Teil selbstverständlich erfüllen, aber Sie sind von allen

Verpflichtungen frei. Wenn Sie hier ausziehen wollen, werde ich mich um eine angemessene Wohnung für Sie und Ihren Vater kümmern, bis ich Ihnen Ihr Vermögen zurückgeben kann. Sie können natürlich auch unter diesem Dach wohnen bleiben, bis ich mein Geschäft mit Rigby und Lacross erledigt habe. Ich versichere Ihnen, daß ich keine weiteren Ansprüche an Sie stellen werde.«

Octavia schüttelte den Kopf. Was hätte sie einst darum gegeben, diese Worte aus seinem Mund zu hören! Doch jetzt war es zu spät. Jetzt wußte sie – diese Worte kamen nicht freiwillig und nicht von Herzen, entsprangen nicht seinem Respekt und seinem Gefühl für sie, sondern einzig und allein seinem schlechten Gewissen – wenn er überhaupt ein Gewissen hatte. Nein, so billig kam er ihr nicht davon. Er sollte ruhig noch eine Weile in seinen Schuldgefühlen schmoren.

»Nein. Ich werde meinen Verpflichtungen nachkommen und werde Ihnen Philip Wyndhams Ring besorgen, so wie wir es vereinbart haben. Uns verbindet schließlich ein Geschäft auf Gegenseitigkeit. Allerdings ist dies ab heute das einzige, was uns verbindet, Sir.«

Ihr Gesicht war gefaßt, die Stimme klar, die Augen kalt. Ihre Tränen waren versiegt.

»Gut.« Rupert atmete tief durch. Er hatte sie verletzt, und er hatte jedes Recht verloren, ihr Vorschriften zu machen. Mehr gab es nicht zu sagen.

Es hatte ihn viele Jahre gekostet, bis an diesen Punkt zu gelangen. Wenn Octavia darauf bestand, ihren Teil des Pakts nach wie vor zu erfüllen, dann würde er dieses Angebot in der gleichen kühlen, geschäftsmäßigen Weise annehmen wie sie es ihm gerade aufgezwungen hatte. Schließlich hatte er ja bereits einen Plan gefaßt, wie sie ihr Ziel mit deutlich geringerem Einsatz erreichen könnte.

»Aber wir werden einen anderen Weg einschlagen«, entgegnete er knapp. Es kostete ihn Kraft, den sachlichen Ton durchzuhalten. Sein Herz blutete, aber er hatte kein Recht, Octavia mit seinem Schmerz zu belasten.

»Vor ein paar Tagen bereits habe ich meine Pläne geändert«, gab er bekannt. »Ihr heutiges Rendezvous hätte überhaupt nicht stattfinden müssen, wenn Sie mich davon in Kenntnis gesetzt hätten.«

»Bitte untertänigst um Vergebung«, stieß sie ironisch hervor. »Aber da Sie in Ihrer Machtvollkommenheit es Ihrerseits wie üblich unterlassen haben, mich von Ihrem Sinneswandel in Kenntnis zu setzen, können Sie mir dafür schlecht die Schuld in die Schuhe schieben.«

»Das Gegenteil ist der Fall. Wenn Sie sich an unsere Abmachung gehalten hätten, hätte ich Sie davon in Kenntnis gesetzt.« Seine Stimme klang kalt, sein Mund war ein schmaler Strich. »Wie dem auch sei...«, er hob abwehrend die Hand, als sie den Mund öffnete, um ihm zu widersprechen, »...das ist Schnee von gestern. Ihre Aufgabe ist es jetzt, Wyndham unter einem Vorwand nach Putney Heath zu locken, wo ich auf ihn warten werde.«

»Sie wollen ihn überfallen?«

»So ist es.«

»Aber wenn er Sie erkennt?«

»Das wird er nicht.«

»Da riskieren Sie aber einiges.«

»Nicht mehr als sonst. Und vor allem laufen *Sie* kein Risiko.«

Als sie nichts erwiderte, verbeugte er sich kurz und ging zur Tür. »Gute Nacht, Octavia.«

Octavia starrte auf ihre geballten Fäuste, als die Tür ins Schloß fiel. Hatte er tatsächlich seinen Plan geändert, *bevor* heute beinahe diese Katastrophe passiert war?

Aber selbst wenn, was tat das noch zur Sache? Was konnte sie jetzt noch damit anfangen, daß er ihr seinen miesen Trick mit dem Punsch wenigstens freiwillig gestanden hatte? Ein Mann, der so eine Gemeinheit begehen konnte, war jedenfalls zu allem fähig.

18

Die Kutsche verlangsamte ihr Tempo und kam schließlich an der Kreuzung Gracechurch Street/Cannon Street zum Stehen. Dirk Rigby und Hector Lacross griffen fast gleichzeitig an den Griff ihrer Degen, als das heisere Gebrüll der aufgebrachten Menge in den Straßen anschwoll. Gesichter tauchten vor den Kutschenfenstern auf, alte und junge, vom Alkohol aufgeschwemmte, wutverzerrte, lachende, johlende Gesichter.

»Nieder mit den Papisten ... nieder mit den Papisten.« Immer die gleiche Parole, gegrölt aus Hunderten von Kehlen, erfüllte die schwüle, frühsommerliche Abendluft. Die Kutsche kam ins Schwanken, als der Mob sie von beiden Seiten einkeilte.

»Verflucht, das kann noch blutig enden«, knurrte Hector und setzte an, seinen Degen zu ziehen.

»Steck das Ding weg«, forderte ihn Dirk auf. »Das provoziert sie nur.« Dann beugte er sich aus dem Fenster. »Nieder mit den Papisten!« brüllte er und winkte den Demonstranten zu. »Nieder mit dem Catholic Relief! Nieder mit den Papisten!«

Begeistert röhrte der Mob zu ihm hoch. »Laßt sie vorbei!« rief einer.

Jetzt stand auch der Kutscher vom Bock auf und schrie aus Leibeskräften: »Nieder mit den Papisten!« Wieder ging ein anerkennendes Johlen durch die Menge, und man begann unter großem Geschiebe und Gepuffe eine schmale Gasse vor der Kutsche zu bilden, so daß die Pferde ihren Weg in Richtung London Bridge fortsetzen konnten. Der Kutscher peitschte sofort wie besessen auf die Tiere ein, so daß sie die brodelnde Menge bald hinter sich gelassen hatten. Nur der dumpfe Rhythmus der Parole verfolgte sie noch bis ans andere Flußufer.

Hector ließ sich in die Kissen zurücksinken und wischte sich mit einem parfümierten Taschentuch den Schweiß von der Stirn. »Dreckspöbel. Wagt es, die Elite herauszufordern.«

Dirk machte das Fenster wieder zu. Die Luft in der Kutsche war stickig, doch der Gestank von London in der Mittagshitze war schlimmer.

»Höchste Zeit, daß die Armee einschreitet«, erklärte er. »Dieser Lord George gehört hinter Schloß und Riegel. Der Mann ist doch völlig übergeschnappt.«

»Aber er versteht es, den Mob aufzuhetzen«, gab Hector zu bedenken. »Wo immer er auftaucht, laufen die Leute zusammen und jubeln ihm zu.«

Dirk zuckte die Achseln und schwieg. Er beugte sich vor und spähte aus dem Fenster. Vor ihnen tauchte das wuchtige rote Backsteingebäude auf, dessen Fundament das ölig glänzende Wasser der Themse im diesigen Sonnenlicht träge umspülte. Die Kutsche kam ratternd von der Brücke herab und hielt vor dem eisernen Tor.

Die beiden Fahrgäste atmeten auf und schauten sich um. Auch heute war es wieder so still und friedlich wie bei ihren früheren Besuchen. Letztes Mal hatten sie an dem Investorentreffen unter Leitung von Thaddeus Nielsen teilgenommen, heute hatte man sie zu einer außerplanmäßigen Sitzung geladen, um gewisse Veränderungen zu diskutieren, die sich bei dem Projekt in der Acre Lane ergeben hatten.

»Woll'n Sie, daß ich warte, Gentlemen?« Der Kutscher beugte sich vom Bock und spuckte eine Ladung Kautabak in die Gosse.

»Es dauert nur eine halbe Stunde«, erwiderte Hector und verzog angewidert das Gesicht.

»Na gut, dann wart' ich.« Der Kutscher lehnte sich zurück und begann sich gemütlich ein Pfeifchen zu stopfen, während seine Gäste ausstiegen. »Woll'n wir hoff'n, daß sich der Trubel bis dahin gelegt hat.« Er zündete den stechend riechenden Tabak an. »Gibt noch 'n gewaltigen Ärger, kann ich Ihn'n sag'n. Dieser Lord George Gordon hat einfach 'n Arsch offen.« Er grinste. »tschulligung, aber is' doch wahr.«

Keiner der beiden Männer hatte Lust, sich mit dem Kutscher

auf ein Gespräch einzulassen, und so klapperten sie denn auf ihren glänzend polierten, hochhackigen Schuhen über das holprige Pflaster zum Tor.

Als sie klopften, öffnete Ned wie gewohnt und blinzelte aus seiner dunklen Höhle in das gleißende Sonnenlicht.

»Da sind Sie ja endlich.« Mit einer herrischen Kopfbewegung winkte er sie herein. »Sie sind die letzten. Der gnädige Herr wartet oben.«

Rigby und Lacross folgten ihm in das Innere der Höhle, das ihnen jetzt schon fast vertraut vorkam. Wieder fiel das Eisentor krachend ins Schloß. Trotz des warmen Maitages war es feucht und kalt in der Lagerhalle.

Leise vor sich hin brummelnd marschierte Ned mit der Öllaterne voran und führte sie die schmale Wendeltreppe hoch. Immer wieder mußte er zwischendurch niesen, denn mit jedem Schritt wirbelten die drei gewaltige Staubwolken auf.

Am oberen Treppenabsatz blieb er stehen. »Ich denke, Sie finden den Weg allein, hm?« Er wischte sich die tropfende Nase mit dem Ärmel ab.

Hector warf ihm einen mißmutigen Blick zu, doch Ned hielt die Laterne hoch, so daß der Weg bis zur Tür am Ende der Galerie genügend beleuchtet war. Hector bummerte mit der Faust gegen das Türholz. Der kräftige Klang machte ihm Mut, und so hob er, ohne eine Antwort abzuwarten, den Riegel und stieß die Tür mit Schwung auf.

»Ah, Mr. Lacross... ist Mr. Rigby auch... ah, da ist er ja, da ist er ja. Wie schön, daß Sie da sind. Kommen Sie nur herein... nur herein... nehmen Sie erst einmal ein Gläschen. Sie erinnern sich bestimmt an Ihre Herren Mitinvestoren, nicht wahr?« Mit ausgestreckten Händen kam Thaddeus Nielsen auf sie zu, um sie zu begrüßen. Er trug einen abgetragenen grauen Samtcut über einem kragenlosen Hemd und einer Weste aus Maulwurfsfell. Um den Hals hatte er sich ein fleckiges Tuch geknotet. Er verbeugte sich tief.

Zur Ehre seiner Gäste hatte er sich diesmal eine Perücke aufgesetzt, die allerdings schief auf dem Kopf saß und ungekämmt war. Trotz seines heruntergekommenen Äußeren umgab ihn ein Fluidum, das seinen beiden Besuchern auch heute wieder Respekt abnötigte. War es das jugendlich unternehmungslustige Blitzen in seinen grauen Augen oder die beeindruckend große Statur, die trotz der gebeugten Schultern Kraft ausstrahlte?

Vier ältere Herren saßen in der Mitte des Raums um einen alten, zerkratzten Tisch versammelt. Sie wirkten sehr würdig und ein wenig gebrechlich, zwei von ihnen schienen eingenickt zu sein. Als Rigby und Lacross näher traten, um sich zu setzen, rissen die beiden Schläfer die Augen auf, und wie ein Mann verbeugten sich alle vier vor den Neuankömmlingen und murmelten unverständliche Begrüßungsfloskeln. Mit einem angeekelten Gesichtsausdruck wischte Hector schnell die dicke Staubschicht von seinem Stuhl, bevor er Platz nahm.

»Wein, Genlemen.« Ihr jovialer Gastgeber füllte zwei fettverschmierte Gläser und stellte sie vor ihnen auf den Tisch, bevor er den anderen Herren nachschenkte. »Kommen wir zur Tagesordnung«, sagte er dann.

»Sagen Sie uns einfach, wo wir unterschreiben sollen, Thaddeus. Sparen wir uns die langen Vorreden«, brummelte der Älteste der Männer in seinen langen, weißen Bart.

»Ich vertrau' Ihnen blind«, erklärte ein anderer und schlug zur Bekräftigung mit der flachen Hand auf den Tisch, daß die Gläser klirrten.

Der Angesprochene senkte die Lider und warf ihm einen kurzen warnenden Blick zu. Das schauspielerische Talend des alten Thomas in allen Ehren, aber wenn er so übertrieb, wirkte das eher unglaubwürdig.

»Nun, Banker Moran, ich weiß Ihr Vertrauen zu schätzen.« Thaddeus verbeugte sich kurz und nippte an seinem Glas. »Aber ich betrachte es als meine Pflicht, Sie ausführlich über die Sachlage zu informieren.«

»Natürlich, natürlich«, pflichtete ihm der Pseudobanker hastig bei. »Das meinte ich ja auch ... nichts anderes wollte ich zum Ausdruck bringen.« Nervös hustend zog er sich hinter sein Weinglas zurück.

»Also, worum geht es jetzt, Nielson?« drängte Hector ungehalten. »Sie brauchen mehr Geld, ist es das?«

Nachdenklich rieb Thaddeus das Kinn. »Nun, wie ich den anderen, bevor Sie kamen, bereits erzählte, gibt es da eine kleine Schwierigkeit mit dem Aktienfond, in den ich Ihr Geld angelegt habe. Man hat uns sieben Prozent in Aussicht gestellt, doch jetzt sieht es so aus, als ob für dieses Quartal nur fünf Prozent ausgeschüttet werden.«

Er schaute in die Runde, doch die Herren schienen – außer Hector und Dirk – durch diese Tatsache in keiner Weise beunruhigt.

»Wie ist das möglich?« Dirk runzelte mißtrauisch die Stirn. Warum machte hier eigentlich niemand die Fensterläden auf, um das Tageslicht hereinzulassen? Draußen war ein sonniger Maitag. Diese Versammlung im Dunkeln hatte schon etwas sehr Merkwürdiges, um nicht zu sagen, Verdächtiges, an sich.

»Tja, Aktienfonds unterliegen nun einmal, wie an der Börse üblich, gewissen Schwankungen des Marktes«, erklärte Thaddeus. »Nicht wahr, Mr. Moran?«

»Sehr richtig ... sehr richtig«, stimmte ihm der Banker zu.

»Aber das ist kein Grund zur Besorgnis«, bemerkte der dritte Herr. Der Gentleman trug eine kunstvoll frisierte Perücke und war in einen pupurroten Satinrock mit goldenen Knöpfen gewandet. Er unterdrückte ein gelangweiltes Gähnen.

Ehrfürchtig schaute Hector ihn an. »Ach ja, meinen Sie, Richter Lord Greenaway?«

»Ja, ja, keine Angst ... keine Angst«, beruhigte ihn der Richter und gähnte wieder verstohlen. »Wollen Sie sich dazu äußern, Bartram? Sie sind doch Experte.« Er knuffte seinen Nachbarn in die Seite, der bisher geschwiegen hatte.

»Hm, ich weiß nicht recht«, sagte der und stützte sich nachdenklich auf den Ellbogen. Er war dünn wie eine Bohnenstange, und unter seiner verrutschten Perücke wurde eine polierte Glatze sichtbar. »Wenn es ursprünglich sieben Prozent hieß, und jetzt sind es nur fünf, ist das natürlich schon ein Problem. Denn dann hat Thaddeus weniger Geld flüssig für die Villen... das heißt, wir können weniger investieren. Verstehen Sie, meine Herren?« Er schob das Kinn vor und schaute fachmännisch in die Runde.

»Genauso ist es, Bartram«, erwiderte Thaddeus gleichmütig. »Ich kann weniger investieren... das heißt, mir fehlt schlichtweg das nötige Kapital, um die Bauarbeiten zu finanzieren.«

Er griff hinter sich und holte eine zweite Flasche Wein hervor. Sie war schon entkorkt, und so schob er sie quer über den Tisch dem Richter hin. »Noch ein Glas, mein Freund?«

»Kapital... Kapital«, murmelte der Richter und schenkte sich ein. »Also rück raus mit der Sprache. Was brauchst du, alter Junge?«

»Noch einmal zwanzigtausend von jedem«, erklärte Thaddeus knapp. »Dann kann ich die Häuser in der Acre Lane fertigstellen und das nächste Projekt angehen. Ich hab' nämlich schon wieder sechs neue Interessenten für schmucke Villen, meine Herren. Sie können sich gar nicht vorstellen, wie mir in letzter Zeit Kaufleute und Händler aus der Stadt die Tür einrennen. Jeder Aufsteiger will heutzutage ein repräsentatives Heim. Denn, gibt es für einen aufstrebenden Bürger eine bessere Visitenkarte als eine elegante Residenz? Dann noch gute Gouvernanten, Eton und Harrow für die Jungen – und schon ist eine neue Dynastie gegründet.« Er lächelte herablassend. »Klar, es sind Emporkömmlinge, doch steht es uns zu, sie für ihren Drang nach oben zu verurteilen?«

»Aber welche Garantie können Sie uns geben, daß diese Zwanzigtausend nicht die gleichen Verluste einbringen wie unsere erste Investition?« fragte Dirk und füllte sich sein schmutziges Glas nach.

»Ich bitte Sie, Sir«, protestierte Richter Greenaway. »Ein bißchen Vertrauen müssen Sie schon haben. Es ist ja schließlich nicht Nielsens Schuld, daß die Aktien im letzten Monat gefallen sind. Nächsten Monat steigen sie wieder.«

»Leider kann ich aber nicht bis nächsten Monat warten«, nahm Thaddeus das Stichwort auf, »weil ich das Material für die im Bau befindlichen Villen bezahlen muß. Wenn wir sie nicht termingerecht fertigstellen, verlieren wir unsere Kunden. Und wenn unsere Kunden abspringen, müssen wir ihnen ihre Vorauszahlungen zurückerstatten ... und das, meine Herren, dürfte im Augenblick ein bißchen schwierig sein.«

»Für Sie vielleicht«, konterte Dirk selbstbewußt. »Aber nicht für uns. Wenn Sie Schwierigkeiten mit Ihren Kunden haben, ist das nicht unser Problem.«

»Oh, doch, so leid es mir tut.« Thaddeus blätterte in dem Stapel Papiere, der vor ihm lag. »Ich nehme doch an, daß Sie die Verträge gelesen haben, bevor Sie sie unterschrieben haben, Gentlemen. Hier steht schwarz auf weiß, daß Sie als Mitglied des Konsortiums für alle vertraglichen Verpflichtungen, die sich aus den gegenwärtigen Bauvorhaben ergeben, persönlich haften.« Er schob Hector und Dirk die Unterlagen zu. »Wenn Sie Ihr Gedächtnis auffrischen wollen, Sirs.«

Die beiden beugten sich über die Papiere, doch das zierliche Gekritzel war in dem schummerigen Licht kaum zu entziffern. Ärgerlich riß Hector die Kerze zu sich her, daß ihm das heiße Wachs auf die Finger tropfte.

»Verflucht noch mal!« Er riß seinem Freund die Seite aus den Fingern und hielt sie direkt neben die Flamme. Er überflog die Zeilen. »Soll das etwa bedeuten, daß wir hinter Gittern landen, wenn Sie die Verträge mit Ihren Kunden nicht erfüllen können?« rief er schließlich aufgebracht.

»Meine Herren, ich bitte Sie...«, versuchte Thaddeus ihn zu

beruhigen. »Zu dieser Besorgnis besteht nicht der geringste Anlaß. Es handelt sich lediglich um einen kurzfristigen... Liquiditätsengpaß. Sobald die Villen verkauft sind, stehen wir finanziell wieder glänzend da.«

»Sie werden diese Zwanzigtausend also nicht wieder anderweitig anlegen, sondern damit direkt den Bau finanzieren?«

»Natürlich! Für eine Geldanlage ist gar keine Zeit. Ich brauche die Mittel sofort, um mit den Bauarbeiten nicht in Verzug zu geraten. Deshalb brauchen Sie also nicht zu befürchten, auch nur einen Penny zu verlieren.«

Dirk kratzte sich am Kopf. Eigentlich klang das ganz vernünftig, und alle außer Hector nickten zustimmend. »Was meinen Sie, Lacross?«

»Uns bleibt schließlich nichts anderes übrig«, knurrte der. »Können nur hoffen, daß wir das Geld nicht zum Fenster rausschmeißen!«

»Verehrter Herr, Sie beleidigen mich!« Thaddeus Nielsens Stimme war ein kaum hörbares Flüstern. Als Hector den Ausdruck in seinem Gesicht sah, wich er unwillkürlich zurück, als stünde eine gefährlich züngelnd aufgerichtete Kobra vor ihm.

»Sie wollen doch nicht etwa meine Integrität in Frage stellen, Mr. Lacross?«

»Aber nicht doch, Thaddeus«, griff der Banker schlichtend ein und schlug Hector krachend auf die Schulter. »Das hat er doch nicht so gemeint. Der junge Mann kennt sich an der Börse eben noch nicht so aus, mit Aktien und dem ganzen Zeug.« Er lächelte Hector gönnerhaft zu. »Neu im Geschäft, was, mein Junge?«

Hector war immer noch damit beschäftigt, sein seelisches Gleichgewicht wiederzufinden, denn diese Seite des Thaddeus Nielsen, die da eben aufblitzte, war ihm schwer an die Nieren gegangen.

»Ja, vielleicht.« Verlegen rutschte er auf seinem Stuhl hin und her. »Aber ich für meinen Teil *habe* diese zwanzigtausend einfach nicht. Ich werde irgendeine meiner Immobilien beleihen müssen, um an das Geld zu kommen. Ich denke, wenn ich eine Sicherheit biete, wird Ihre Bank mir doch einen kurzfristigen Überbrückungskredit bewilligen, oder?«

»Ich müßte auch einen Kredit aufnehmen«, gab Dirk zu.

»Aber natürlich, das ist ganz normal«, sagte Richter Greenaway. »Gegen Sicherheiten gibt doch jede Bank einen Kredit, nicht wahr?« Er schaute in die Runde und lächelte freundlich, bevor er sich mit altväterlicher Pose wieder an den verunsicherten Rigby wandte. »Man muß eben auch etwas riskieren in diesem Spiel, mein Freund! Es ist eine Art Glücksspiel!«

»Ja, das ist es wohl«, seufzte Dirk. »Ein Glücksspiel, wie Pharao. Man setzt was ein, nimmt die Karten auf und wartet ab, was dabei herauskommt.«

Hector schaute seinen Freund entsetzt an. »Nur mit dem kleinen Unterschied, daß wir bei diesen Dimensionen riskieren, im Schuldturm zu landen!« empörte er sich.

»Das kann dir, wenn du Pech hast, beim Glücksspiel auch passieren.« Dirk zuckte die Achseln. »Ich hab' sogar schon mal 'ne Nacht hinter Gittern verbracht.«

»Mr. Rigby, Sie haben den richtigen Unternehmergeist!« Mit jovialer Geste beugte sich Thaddeus zu ihm hinüber, um ihm das Glas nachzufüllen. »Man muß etwas riskieren im Leben! Und ich versichere Ihnen, ich hab' bisher immer nur gewonnen. Genauso wie diese Herren hier!« Er deutete herausfordernd in die Runde, die ihm mit begeistertem Kopfnicken zustimmte.

»Trinken wir also auf die neue Phase unseres Projekts!« Er hob das Glas und lächelte Hector so gönnerhaft zu, daß der sich fragte, ob er sich die Kobra von gerade eben nur eingebildet hatte.

Die Männer in der Runde hoben die Gläser. Mit leichtem Zögern schloß Hector sich ihnen an.

»Ich unterschreibe meinen Wechsel gleich, Thaddeus«, erklärte der Banker. »Wenn Ihr Adlatus vielleicht Feder und Papier bringen könnte?«

»Ach, ich hab' doch alles hier im Schreibtisch.« Thaddeus schob seinen Stuhl zurück und ging zu dem schäbigen Eichentisch hinüber. Er brachte Papier, Tintenfaß und Feder und stellte Banker Moran alles hin. »Bedienen Sie sich, meine Herren.«
Er nahm wieder Platz, zog seine Pfeife hervor, stopfte und entzündete sie umständlich, während am Tisch Tinte und Papier kreisten. Schließlich lehnte er sich in den Stuhl zurück, pafte gemütlich und nahm nacheinander von jedem einen Bankwechsel in Höhe von zwanzigtausend Guineen entgegen.

Dirk und Hector stellten ebenfalls je einen Wechsel aus und unterschrieben ein weiteres Dokument, in dem sie sich damit einverstanden erklärten, als Sicherheit für den Kreditgeber ihren gemeinsamen Besitz an Hartridge Folly zu verpfänden.

Sie überreichten die Schriftstücke Thaddeus, der sie dankend in Empfang nahm. Dann hielt er die Kerze über das Papier, ließ Wachs über die Unterschriften tropfen und gab sie den beiden zurück. »Wenn Sie bitte noch so freundlich wären, Ihre Siegelringe einzudrücken, Sirs. Richter Lord Greenaway beglaubigt dann Ihre Unterschrift.«

»Das mußten die anderen aber nicht«, murrte Hector.

»Aber die haben mir Bankwechsel gegeben, die bares Geld wert sind«, erwiderte Thaddeus mit dem liebenswürdigsten Lächeln. »In Ihrem Fall sind die Wechsel ja nicht gedeckt, und ich bekomme den Kredit von meiner Bank nur dann, wenn die Unterschriften auf Ihrer Verpfändungserklärung besiegelt und von einer dazu legitimierten Person beglaubigt sind. Tut mir leid, aber so sind nun einmal die Vorschriften.«

Hector zögerte kurz, dann drückte er entschlossen seinen Ring in das weiche Wachs. Dirk tat es ihm nach. Richter Greenaway murmelte irgend etwas Unverständliches, während er die Unterschrift beglaubigte, und damit wanderten die Dokumente wieder zurück zu Thaddeus Nielsen, der die ganze Prozedur mit unbewegtem Lächeln verfolgt hatte.

»Danke, Sirs. Ich muß sagen, es ist mir ein außerordentliches

Vergnügen, mit Ihnen Geschäfte zu machen.« Sorgfältig faltete er die Papiere zusammen, legte sie in die Schublade des Eichenschreibtisches, verschloß sie und steckte den Messingschlüssel in die Tasche.

»Noch ein Glas Wein, um diesen denkwürdigen Tag zu feiern?« fragte er und schenkte lächelnd nach.

Hector stieß seinen Stuhl zurück. Auf einmal wollte er nichts wie weg. Weg aus diesem dunklen, staubigen Loch. Keinen Tropfen mehr von diesem schalen Burgunder aus diesen eklig fettigen Gläsern! Doch gerade als er sich zum Abschied verbeugen wollte, richtete Lord Greenaway eine persönliche Frage an ihn und verwickelte ihn in ein Gespräch über seine Erfahrungen im Parlament, dem sich Hector nicht entziehen konnte, ohne grob unhöflich zu sein. Und nicht zuletzt schmeichelte es ihm, daß ein so einflußreicher und mächtiger Mann wie Lord Greenaway sich für ihn interessierte.

So begann er denn, breit und ausführlich von seinen gewaltigen politischen Reden im Parlament als Abgeordneter der Whigs für den Bezirk Broughton zu erzählen. Dirk unterhielt sich inzwischen mit Banker Moran und war begeistert, in ihm einen ebenso leidenschaftlichen Liebhaber des Pferderennsports gefunden zu haben, wie er selbst einer war.

Thaddeus Nielsen saß allein, drehte den Stiel seines Weinglases zwischen den Fingern und lauschte den Gesprächen am Tisch. Genüßlich beobachtete er aus halbgeschlossenen Augen, wie seine Opfer unter den schmeichelnden Komplimenten vermeintlich prominenter Männer des öffentlichen Lebens aufblühten und offenbar ihre letzten Bedenken, die sie diesem Geschäft gegenüber hegten, über Bord warfen.

Irgendwann einmal, als Dirk zu seinem Gastgeber hinübersah, meinte er, in dessen Lächeln eine Spur von höhnischem Spott zu entdecken. Aber das lag sicherlich an der Narbe. Armer Mann. Sein Gesicht war wirklich grauenhaft entstellt.

»Gentlemen, ich bitte Sie nun, mich zu entschuldigen. Aber

ich habe noch eine andere wichtige Verabredung«, sagte Thaddeus schließlich, als in den Gesprächen am Tisch eine kurze Pause eintrat.

Er schob seinen Stuhl zurück. »Ned wird Sie hinausbegleiten.« Thaddeus ging zur Tür und rief in barschem Ton nach seinem alten Diener.

»Komm' ja schon, komm' ja schon. Was wünschen der Herr?« krächzte Ned auf dem Flur.

Und schon kam er hereingeschlurft. »Der Fiaker draußen sagt, daß er keine Minute länger wartet. Bittet darum, daß die Herren ihm den Preis für die Herfahrt zahlen.«

Hector und Dirk standen auf. »Unverschämter Kerl«, beschwerte sich Hector.

»Ja, ja, der Pöbel wird immer frecher«, stimmte ihm der Richter zu und nickte weise, während er seinen purpurroten Rock glattstrich. »Möcht' nicht wissen, was noch alles passiert, wenn Gordon seine Kundgebung auf dem St. George's Field abhält.«

»Seine Anhänger erwarten Tausende von Teilnehmern«, sagte der Banker auf dem Weg zur Tür. »Dieser Volksverhetzer braucht bloß eine Stunde lang auf sie einzureden, dann stürmt die Meute entfesselt los. Und dann sind wir nicht einmal mehr in unserem eigenen Bett vor dem Mob sicher.«

»Hängen Sie ein Schild mit der Aufschrift ›Nieder mit den Papisten!‹ an Ihre Haustür, dann können Sie ruhig schlafen«, grinste Thaddeus. »Auf Wiedersehen, Sirs.«

Er verbeugte sich, als seine Gäste, angeführt von Ned, das Zimmer verließen. Dann schloß er die Tür hinter ihnen.

Rupert streckte sich und ging zum Fenster, um die Läden zu öffnen und das strahlende Sonnenlicht hereinzulassen. Tief zog er die warme Frühlingsluft in seine Lungen.

»Sind sie weg?« fragte er, als Ben mit beschwingtem Schritt zurückkam.

»Ja, Nick. Hab' Will gesagt, daß du nächsten Sonnabend im ›Royal Oak‹ 'ne große Runde schmeißt.«

Rupert grinste und zog die Lumpen unter seiner Weste hervor. »Hervorragende Schauspieler, die vier, vor allem Will und Thomas. Will spielt diesen Richter einfach hinreißend.«

Er kicherte und tauchte einen Handtuchzipfel in die Schale mit warmem Wasser, die Ben ihm hinhielt. »Und Fred und Terence waren ein herrliches Paar verpennter, alter Tattergreise, denen alles einfach egal ist, was auf der Welt passiert.«

»Hast gekriegt, was du wolltest?«

»O ja.« Rupert rieb an seiner Narbe. »Genau das, was ich wollte. In ein paar Wochen werden unsere Freunde ein Schreiben von der Bank erhalten, in dem sie gebeten werden, ihren fälligen Kredit zurückzuzahlen. Dann werden unsere lieben Freunde nach Thaddeus Nielsen suchen. Aber der wird sich in Luft aufgelöst haben.« Sein Mund verzog sich zu einem harten Lächeln, und seine Augen waren von erbarmungsloser Kälte.

»Manchmal glaub' ich, daß du tatsächlich der Leibhaftige bist, Nick«, sagte Ben mit gerunzelter Stirn. »Was haben dir denn die zwei bloß getan?«

»Mir gar nichts, Ben.« Er nahm die lästige Perücke vom Kopf, knotete das Halstuch auf und schleuderte den Samtcut samt Fellweste in die Ecke.

Ben reichte ihm seinen Rock und die dunkelblaue Seidenweste. Trotz seiner Neugier verkniff er sich weitere Fragen. Er kannte Lord Nick lang genug, um an seinem Gesicht abzulesen, daß er dieses Thema nicht weiter vertiefen wollte.

»Hast du in der Zwischenzeit ein Auge auf Morris gehabt?« fragte Rupert beiläufig, während er den Rock zuknöpfte.

»Scheint 'ne schneeweiße Weste zu haben«, erwiderte Ben. »Geht nirgendwohin, wo er sonst nicht auch hingeht, redet nur mit den alten Kumpeln. Keine neuen Gesichter. Zumindest ich kann nichts Auffälliges entdecken. Warum fragst du? Planst du 'nen neuen Coup?«

»Möglich«, gab Rupert knapp zurück. »Eine persönliche Angelegenheit.«

»Du riskierst deinen Hals aus rein privaten Gründen?« Ben war sein Mißfallen deutlich anzusehen.

»Nur dies eine Mal«, antwortete Rupert und griff nach seinem Stock. »Ich brauche nach dem Coup die Hütte.«

»Geht in Ordnung. Aber sag mir rechtzeitig Bescheid.«

»Mmmh.« Rupert zog den großen Messingschlüssel aus der Hosentasche, schloß die Schublade auf und entnahm ihr die zwei Verpfändungserklärungen. Morgen würden Lacross und Rigby von Ruperts Bank ein Schreiben erhalten, in dem sie aufgefordert würden, die notariellen Urkunden, aus denen ihr Eigentum an Hartridge Folly hervorging, bei der Bank zu hinterlegen. Die beiden würden dieser Aufforderung nachkommen, denn zum einen entsprach sie den Usancen der Banken im Rahmen von Kreditgeschäften, zum anderen waren sie schon zu weit in die ganze Sache verstrickt, um noch einen Rückzieher machen zu können.

Er faltete die beiden Dokumente zusammen, steckte sie in seine Westentasche und hielt dann die Kerze an die vier Pseudo-Wechsel seiner Kameraden, bis sie in Flammen aufgingen.

Das Spiel neigte sich seinem Ende zu. Jetzt brauchte Octavia nur noch Philip in den Hinterhalt auf der Heide zu locken, dann war alles vorüber.

Die Asche der Papiere schwebte schwarz herab, und mit einer Handbewegung wischte Rupert sie vom Tisch. Als er aufschaute, lief Ben eine Gänsehaut über den Rücken. Er hatte Lord Nick schon in manch abenteuerlichen Situationen erlebt, aber eine solche Kälte, eine solche Entschlossenheit hatte er in den Augen seines Freundes noch nie gesehen.

»Ich geh' jetzt, du kannst dann hinter mir abschließen.« Rupert ging zur Tür. Noch immer lag dieser furchteinflößende Ausdruck auf seinen Zügen, der auch dann noch nicht wich, als er wieder im Boot saß, um zurückzurudern, und Ned zum Abschied ein letztes Mal zuwinkte.

Am anderen Ufer überließ er den Kahn dem Bootsverleiher

und lief die Stufen hoch. Dann ging er ruhig zur Angel Tavern hinüber, vor der sein Pferd angebunden stand. In den Straßen, die er auf seinem Heimritt passierte, herrschte eine eigenartig erregte, rebellische Stimmung. Die Massen, die hier noch vor kurzem entlangmarschiert waren, hatten nicht nur jede Menge Dreck hinterlassen, sondern die Bewohner der windigen Reihenhäuschen offenbar mit ihrer Aufmüpfigkeit angesteckt. Sie hingen in Trauben vor den Haustüren herum und diskutierten, andere hatten es sich im Fenster bequem gemacht, hörten zu und riefen ihre Kommentare dazwischen.

Doch Rupert beachtete den Trubel kaum. Er war in sich gekehrt. Die Papiere in seiner Brusttasche, die Octavia Morgan und ihrem Vater endlich wieder zu ihrem angestammten Landsitz verhelfen würden, knisterten verheißungsvoll. Doch es wollte keine rechte Freude über den erfolgreichen Nachmittag in ihm aufkommen. Die ganze Zeit mußte er an Octavia denken, die ihn in der Dover Street erwartete.

Sie empfing ihn stets mit einem höflichen Lächeln. Doch das Lächeln kam nicht von Herzen, und aus ihren goldenen Augen sprach kühle Distanz. Anfänglich hatte er sie manchmal einfach in den Arm nehmen wollen, doch sie hatte sich seiner Umarmung entzogen, zuckte sogar zurück, wenn er sie nur im Vorübergehen flüchtig berührte. Schließlich hatte er jeden Versuch körperlicher Annäherung aufgegeben.

Er hatte es auch aufgegeben, zu ihr ins Bett zu kriechen, aufgegeben, die verhaltene Glut der Leidenschaft in ihren Augen zu suchen. Er konnte sich glücklich preisen, wenn es ihm gelang, sie nur in ein belangloses Gespräch zu verwickeln. Octavia lachte auch nicht mehr. In seinen Ohren hallte noch immer ihr gespenstisches Gelächter von jenem Nachmittag nach – ein Gelächter, das schwerer zu ertragen war als Schreie der Angst.

Octavia war zutiefst verletzt. Sie hatte sich zurückgezogen, hatte sich wie ein angeschossenes Reh in einen Winkel verkrochen, um ihre Wunden zu lecken. Er konnte das alles verstehen, doch leider gelang es ihm nicht, sie wieder aus ihrem Versteck herauszuholen.

Er hatte gedacht, er könnte mit dieser Situation leben. Könnte sich daran gewöhnen, daß sie weiter die Rolle der charmanten Gastgeberin spielte, daß sie ihren Teil des Pakts erfüllte und damit genug. Doch er hatte sich getäuscht. Nein, er konnte sich mit dieser Situation nicht abfinden. Sein Herz sehnte sich nach ihr, und jedesmal, wenn er ihren Schmerz und ihre Trauer spürte, verachtete er sich mehr.

Rupert führte Peter in den Stall und ging dann zum Portal. Wenn Octavia und Rupert außer Haus waren, postierte Griffin gewöhnlich einen Dienstboten an dem kleinen Fenster neben der Haustür, der ihn rief, wenn die Herrschaften zurückkamen. So war der Butler jedesmal pünktlich zur Stelle, um sie zu empfangen. Diesmal jedoch öffnete auf Ruperts Klopfen hin niemand, so daß er schließlich, leicht verwundert, eigenhändig die Tür öffnete.

Als er in die Halle trat, bot sich ihm ein Bild des Chaos. Auf der Treppe stand ein Dienstmädchen, schrie wie am Spieß und starrte mit angstvoll aufgerissenen Augen hinunter in die Diele. In der Küchentür hielt sich die Haushälterin am Riegel fest und kreischte hysterisch. Rupert schien, als stünde das ganze Haus auf dem Kopf. Vom kleinsten Stiefelknecht bis zum sonst stets so gefaßten Griffin war alles in heller Aufregung.

Wie wild schoß ein riesiger Kater dem erschrockenen Rupert plötzlich durch die Beine, sprang mit ausgefahrenen Krallen, alle viere von sich gestreckt, in die Luft, drehte sich im Sprung um seine eigene Achse und raste mit angelegten Ohren und gesträubtem Schwanz wieder wie ein Pfeil davon.

»Himmel und Hölle!« Rupert schlug die Tür hinter sich zu. »Griffin, was zum Teufel geht hier vor?!«

»Dieses *Balg*, Mylord!« erklärte der Butler mit vor Empörung bebender Stimme. »Hat einen Sack voll Schlangen und Mäusen gefangen und sie im Haus losgelassen!«

»Da ist ein... da, da!« kreischte eine Küchenhilfe los und zeigte mit zitterndem Finger unter den Tisch in der Halle. »'ne Schlange... 'ne Schlange!«

»Ruhe!« donnerte Lord Warwick. »Griffin, schicken Sie die Leute hier augenblicklich wieder an ihre Arbeit!«

Er ging zum Tisch, an dem der Kater gerade in Lauerstellung ging. Eine harmlose kleine Ringelnatter schlängelte eilig davon, als Ruperts Schritte den Boden erschütterten.

Der Kater preßte sich noch tiefer an die Fliesen und setzte zum Sprung an. Sein buschiger Schwanz zitterte, und seine Krallen spreizten sich bedrohlich. Wieder schrie die Küchenhilfe auf, und wie ihr Echo kreischte das ganze Personal los.

Entnervt wandte sich Rupert um und sah in dem Moment eine Maus über das Parkett huschen. Schon war sie durch die angelehnte Tür in der Bibliothek verschwunden, gerade noch rechtzeitg, bevor eine schwarz-weiße, einäugige Katze, die eben um die Ecke bog, sie schnappen konnte.

»*Wo ist Frank?*« brüllte Rupert.

»Hier«, ertönte Octavias Stimme vom oberen Treppenabsatz. In ihrer Stimme klang ein unterdrücktes Kichern mit, und Ruperts Herz machte einen Freudensprung, als er sie zum ersten Mal seit Wochen wieder lachen hörte.

»Sie brauchen ihn nur mir zu überlassen, Mylady«, eiferte sich der sonst so beherrschte Griffin. »Ich nehm' ihn mit in den Stall und verpasse ihm eine Lektion, die er so schnell nicht vergessen wird.«

»Ich bezweifle, daß Sie mit dieser Lektion Erfolg haben werden, Griffin«, erwiderte Octavia und kam mit Frank am Schlafittchen die Treppe herunter, der sich gegen ihren festen Griff nach Kräften sträubte. »Er hat in seinem kurzen Leben schon so viele Schläge bekommen, daß eine weitere Tracht Prügel ihn wohl wenig beeindrucken wird.«

»Hab' nix gemacht, Miß Tavi!« protestierte Frank und versuchte, ihr zu entwischen.

»Oh, das hast du doch«, antwortete sie, hob ihn am Hemdkragen hoch und setzte ihn mit Schwung am unteren Treppenabsatz ab, ohne ihn jedoch loszulassen. Ihre Mundwinkel zuckten, und ihre Augen blitzten amüsiert.

»Nach seiner Darstellung«, klärte sie Rupert auf, »hat Papa ihm die Hausaufgabe gegeben, Schlangen und Mäuse für die Unterrichtsstunde zu sammeln. Frank meint, er hätte also nur getan, was man ihm aufgetragen hat.«

»Und hat Vater das wirklich?« Rupert blickte skeptisch. Andererseits war dem eigenwilligen alten Herrn durchaus zuzutrauen, zu solch exzentrischen Unterrichtsmethoden zu greifen.

»Nun, nicht direkt«, schmunzelte Octavia. »Frank sollte eine Schlange und eine Maus aus einem Bilderbuch abmalen, um anschließend deren lateinische Namen zu lernen. Und Frank meinte offenbar, es wäre realistischer – oder auch unterhaltsamer –, die Tiere aus der lebendigen Anschauung zu zeichnen.«

Rupert preßte die Lippen zusammen. Frank drehte und wand sich noch immer in Octavias Griff. »Und wieso laufen sie jetzt alle in der Wohnung herum?« fragte er grimmig.

»Sind ausser Kiste gehüpft«, rechtfertigte sich Frank. »Kann nix dafür.«

»Du verlogener Bengel!« brach es aus Griffin heraus. »Du hast sie mit Absicht mitten in der Küche ausgesetzt, um zuzuschauen, wie die Katze sie fängt!«

»Ich denke, Griffin«, sagte Rupert sanft, doch mit leicht hochgezogener Augenbraue, »es ist wirklich besser, wenn Sie das Personal jetzt wieder an die Arbeit schicken.«

Das zornrote Gesicht des Butlers wurde noch dunkler. Er verbeugte sich kurz und scheuchte dann mit einer wedelnden Handbewegung die Bediensteten davon, die innerhalb von Sekunden verschwunden waren.

Ängstlich schoß der Blick des Jungen zwischen Octavia und Rupert hin und her, die jetzt allein mit ihm in der Halle standen.

»Was machen wir mit ihm?« fragte Octavia und trat zur Seite, um der schwarz-weißen Katze auszuweichen, die in dem Moment aus der Bibliothek gelaufen kam.

»Wie viele sind es?«

»Was – Mäuse oder Schlangen?«

»Beides.«

»Frank meint, es wären nur drei Schlangen und vier Mäuse. Aber wie wir die jetzt finden sollen, ist mir ein Rätsel.« Wieder zuckte ihr Mund, bis sie sich nicht mehr beherrschen konnte und laut losprustete.

Atemlos lauschte Rupert ihrem hellen Lachen. Wie Glockenläuten! Er hatte das Gefühl, dieser Klang würde die schreckliche Erinnerung an ihr gequältes, hysterisches Gelächter neulich für immer auslöschen. Plötzlich fing es in seinem Zwerchfell an zu kribbeln, und seine Schultern begannen zu zucken.

Frank grinste von einem Ohr zum anderen, als er sah, wie sich der Herr von Miß Tavi anstecken ließ und schließlich ebenfalls in lautes Gewieher ausbrach. Was fanden die beiden nur so lustig? Er selbst fand seinen Streich natürlich extrem lustig, doch bisher hatte er die Erfahrung gemacht, daß Erwachsene seinen Sinn für Humor nicht teilten. Anscheinend waren diese beiden hier anders. Griffin, die Haushälterin und die Köchin waren die Art von Erwachsenen, die er kannte. Aber die beiden hier – seltsam. Ganz zu schweigen von dem Opa da oben. Der hatte nicht mehr alle Tassen im Schrank, war aber harmlos.

»Also, was jetzt?« gluckste Octavia schließlich, als der Anfall verebbte. »Was machen wir jetzt mit ihm?«

»Das entscheiden wir, wenn unser Unschuldsengel all seine lieben Tierchen wieder eingefangen hat«, lachte Rupert. Er zog sein Taschentuch heraus, nahm, ohne darüber nachzudenken, Octavias Kinn zwischen die Finger und trocknete ihr die Lachtränen.

Augenblicklich erstarb das Leuchten in ihren Augen. Ihr Gesicht fiel in sich zusammen, und sie wandte sich ab. Erschrocken ließ Rupert die Hand sinken.

Abrupt drehte er sich zu dem Jungen und blickte ihn streng an. »Frank«, befahl er, »du gehst jetzt und sammelst die Mäuse und Schlangen wieder ein. Ich will alle wieder in deiner Kiste sehen. Vorher gibt es kein Abendbrot.« Nichts motivierte den Bengel mehr als der drohende Entzug von Essen.

In Franks Gesicht kehrte wieder der typische Ausdruck des ängstlichen, geprügelten Kindes zurück. Kaum hatte Octavia ihn losgelassen, drückte er sich mit eingezogenem Genick an der Wand entlang aus der Diele.

»Der findet die doch nie wieder«, überlegte Octavia. »Die können überall sein... in einem Loch in der Holzverkleidung, unter dem Teppich...«

»Er muß es wenigstens versuchen«, beharrte Rupert und ging auf die Tür der Bibliothek zu.

Octavia folgte ihm. »So wie ich Frank kenne, sucht er sich draußen einfach ein paar neue und präsentiert sie uns dann als die angeblichen alten«, schmunzelte sie.

Warum trottete sie Rupert denn so blind hinterher? Irgend etwas zog sie zu ihm. War es der kurze Moment der Vertrautheit, die eben zwischen ihnen aufgeblitzt war und ihre Sehnsucht schürte?

Doch auch wenn etwas in ihr sie drängte, sich wieder mit ihm zu versöhnen – sie konnte es einfach nicht.

Zu stark blutete die Wunde. Er hatte sie mit eiskalter Berechnung unter Drogen gesetzt, hatte sie mißbraucht und dabei in dem Glauben gelassen, sie hätte sich ihm aus freien Stücken geschenkt.

Welche Demütigung! Welcher Verrat! Welcher Betrug!

Die Scham, die Enttäuschung – sie kam einfach nicht darüber hinweg.

»Na ja, ich werde seine Tiersammlung nicht allzu genau unter die Lupe nehmen.« Seine Antwort riß sie aus ihren Gedanken. »Sherry?«

»Danke.« Sie nahm das Glas aus seinen Händen und lächelte

kühl und distanziert wie immer. »Sollte mich nicht wundern, wenn wir demnächst von einer Mäuseplage heimgesucht werden. Wenn die erst einmal anfangen, sich zu vermehren...«

Ihre Stimme klang so künstlich, und der Versuch, das Gespräch am Plätschern zu halten, war so offensichtlich, daß Rupert die Lust verlor. Der gemeinsame Pakt war das einzige, was sie noch verband, und so kam er ohne Umschweife zur Sache, nüchtern und geschäftsmäßig.

»Wann, glauben Sie, haben Sie Philip Wyndham so weit, daß er sich auf ein Rendezvous außerhalb der Stadt mit Ihnen einläßt?«

»Hmm. Seit dem Debakel mit Frank ist er etwas mißtrauisch«, antwortete sie in ebenso sachlichem Ton. »Ich vermute, er befürchtet noch immer, ich könnte die Geschichte herumerzählen. Aber wir haben Kontakt, und er ist nach wie vor sehr interessiert. Nennen Sie mir Ort und Zeit, und ich serviere Ihnen Ihr Opfer auf dem Silbertablett.«

Octavia hatte ihm den Rücken zugewandt. Rupert betrachtete sie schweigend, während er am Sherry nippte. Sie erzählte ihm keine Details mehr von ihrer Beziehung zu seinem Zwillingsbruder, und er fragte auch nicht mehr nach. Er hatte das Recht dazu verwirkt.

»Sagen wir dann... nächsten Mittwoch?« schlug er vor, als handle es sich um ein Treffen zum Tee. »Ich geb' dann auch Ben Bescheid.«

»Und was ist mit dem Spion?« fragte sie. Noch immer schaute sie aus dem Fenster, aber ihre Finger krampften sich ängstlich um den Stiel ihres Glases.

»Ich glaub', es gibt keinen.«

»Morris?«

»Ben sagt, nein.«

»Dann also nächsten Mittwoch.«

»Gut.« Rupert stellte sein leeres Glas ab und verließ die Bibliothek.

Leise schloß er die Tür hinter sich. Der schlanke Stiel des Sherryglases brach entzwei, und aus Octavias Finger tropfte Blut.

19

Beschwingt entstieg Philip Wyndham der Kutsche. Er stutzte, als er vor seinem Haus am St. James Square einen unbekannten Landauer bemerkte. Es war früher Morgen, und der Platz war bis auf einen Bediensteten, der einen fetten Mops Gassi führte, menschenleer.

Ein Junge hielt die Pferde des Landauers am Halfter, doch es war unter der Würde des Earl of Wyndham, einen fremden Dienstboten zu fragen, wer seinem Haus in aller Herrgottsfrühe einen Besuch abstattete.

»Wer ist da gekommen, Bennet?« wollte er wissen, als ihm der Butler öffnete.

»Der Arzt, Mylord«, erklärte dieser. »Lady Susannah hat Diphtherie. Die Schwester meint, sie hat hohes Fieber. Die Lady ist in größter Sorge.«

Philip runzelte die Stirn. Dann zuckte er ungeduldig die Achseln. »Hysterisches Getue. Wehleidige Weiber. Ich hab' keine Lust, daß das ganze Haus kopfsteht, bloß weil die Göre krank ist. Sagen Sie dem Arzt, er soll mit seinem ganzen Troß verschwinden.«

»Jawohl, Mylord.« Bennet verbeugte sich steif vor seinem Herrn, den es ins Frühstückszimmer im hinteren Teil des Hauses zog.

Philip warf einen Blick auf die Titelseite der *Morning Post* und machte sich dann über Lammkotelett und gebratene Nieren her. Seine gewohnte Ruhe beim Frühstück wurde heute empfindlich gestört. Schritte hasteten an der Tür vorbei, Stimmen flüsterten aufgeregt. Schließlich platzte ihm der Kragen, und er stürmte wütend in die Halle, um ein Machtwort zu reden. In diesem Moment kam gerade der Arzt mit seinem schwarzen Köfferchen und dem Hut unter dem Arm die Treppe herunter. Mit verweinten, angstvoll geweiteten Augen huschte Letitia ihm hinterher.

»Werden die heißen Kompressen auch tatsächlich helfen, Doktor?« fragte sie bang. »Die Kleine schreit so sehr, wenn wir sie auflegen. Ich hab' Angst, ihr die Haut zu verbrennen.

»Meine liebe Lady Wyndham, wie ich Ihnen bereits erklärt habe, leidet ihre Tochter an schwerer Diphtherie. Es besteht die Gefahr einer Lungenentzündung.« Der Arzt winkte ungeduldig und schien sich wenig in die Ängste einer Mutter einfühlen zu können. »Die Kompressen müssen so heiß sein, daß sich Brandbläschen bilden. Nur so kann die Krankheit eingedämmt werden. Sie darf auf keinen Fall eine Lungenentzündung bekommen. Ich kann nicht oft genug betonen, wie verheerend dies wäre, gerade für einen Säugling.«

»Was ist eigentlich los hier?« blaffte Philip.

»Lady Susannah hat schwere Diphtherie, Mylord.« Der Arzt verbeugte sich so tief, daß seine Nasenspitze fast die Knie berührte.

»Oh, Mylord, es geht der Kleinen so schlecht«, jammerte Letitia. Nervös nestelte sie an ihrer Schürze. Tränen benetzten ihre Wangen. »Die Schwester und ich haben die ganze Nacht kein Auge zugetan. Wir wußten einfach nicht, wie wir dem Kindchen helfen sollten.«

»Nun, jetzt hat Ihnen der Doktor ja gesagt, was Sie tun müssen«, knurrte ihr Ehemann. »Mit Sicherheit nicht billig, so ein Hausbesuch«, fügte er ärgerlich hinzu.

»Oh, aber das spielt doch in so einem Fall keine Rolle...«

Sie brach erschrocken ab. Einen Moment lang war die Sorge um ihr Kind stärker gewesen als die Angst vor ihrem Mann. Doch kaum richtete er seine eisigen grauen Augen auf sie, hat die Furcht vor ihm sie wieder gepackt.

»Ich bitte um Vergebung«, flüsterte sie. »Wenn Sie mich jetzt entschuldigen. Ich muß zurück ins Kinderzimmer.«

Schon wollte sie sich entfernen, als ihr Gatte sie in scharfem Ton zurückrief. »Warten Sie«, befahl er. »Ich habe ein Wörtchen mit Ihnen zu reden.«

Mit einer kurzen Handbewegung entließ er den Arzt. »Guten Tag, Sir.«

»Mylord... Mylady.« Der Doktor verbeugte sich und eilte zur Tür, die ihm der Butler aufhielt.

»Und sollten wir Ihre Dienste noch einmal in Anspruch nehmen«, rief ihm Philip nach, »dann benutzen Sie bitte den Dienstboteneingang.«

Der Arzt erbleichte, dann schoß ihm Schamröte ins Gesicht. Er nickte kurz, und der Butler schloß die Tür hinter ihm.

Letitia stand auf der Treppe. Ihre Hände umklammerten das Geländer, daß die Knöchel weiß hervortraten. Philip würde sie doch nicht dafür züchtigen, daß sie den Arzt gerufen hatte?

Mit kaltem Blick schaute ihr Gatte sie an. »Ich wünsche es nicht, daß die Ruhe meines Hauses durch irgendwelchen Kinderkram gestört wird«, erklärte er gleichmütig. »In Zukunft sorgen Sie dafür, daß alles, was das Kind betrifft, sich auch ausschließlich im Kinderzimmer abspielt, verstanden? Und sobald sie wieder halbwegs gesund ist, kommt sie nach Wyndham Manor. Die Landluft wird ihr guttun, so wie mir ihre Abwesenheit guttun wird.«

Er deutete eine Verbeugung an und zog sich, ohne eine Antwort abzuwarten, wieder in den Frühstücksraum zurück.

Letitia brauchte ein paar Sekunden, um aus ihrer Erstarrung zu erwachen. Dann stürzte sie ihrem Mann hinterher. »Sie wollen also, daß wir noch vor dem Geburtstag des Königs aufs Land nach Wyndham Manor ziehen, Mylord?«

»Das Kind«, antwortete er. »Von Ihnen habe ich nichts gesagt, Madam.«

Letitia erblaßte. »Aber... aber sie kann nicht ohne mich gehen, Mylord.«

»Natürlich kann sie das. Sie hat eine fähige Kinderschwester.« Er nahm die Morgenzeitung vom Tisch und vertiefte sich in den Leitartikel.

»Aber, Philip...«, begann Letitia.

Unwirsch blickte er auf. »Ja?«

Letitia schluckte. Man hörte die Knöchel knacken, so sehr verkrampften sich ihre Hände. Das unangenehme Geräusch schien in dem totenstillen Zimmer von den Wänden widerzuhallen.

»Sie können die Kleine nicht ohne mich wegschicken«, flüsterte sie. »Sie ist meine Tochter. Ich bin ihre Mutter.«

»Wollen Sie meine Anweisungen in Frage stellen, Madam?« fragte er sanft.

Sie erschauerte. Da war wieder dieses Flackern in seinen Augen, das sie so gut kannte. Angst kam in ihr hoch. Er würde sie züchtigen.

»N...nein, Mylord«, stammelte sie und wich zurück.

Das Flackern wurde zu lodernden Flammen. Er ließ die Zeitung auf den Tisch fallen. »Sind Sie sicher, meine Liebe? Das klang aber sehr danach!«

»Nein, Mylord. Nein, wirklich nicht!« stieß sie verzweifelt hervor und hastete zur Tür.

»Sie sind also wie ich der Meinung, daß dem Kind ein Landaufenthalt nur guttun würde?« Er rieb sich genüßlich die Hände. »Ohne seine Mutter«, fügte er freundlich hinzu.

»Ja«, erwiderte Letitia. Wie haßte sie sich für ihre Feigheit! Aber es hatte keinen Zweck, ihm zu widersprechen. Er würde sie wie eine Ameise unter dem Absatz zertreten. »Wenn Sie mich jetzt entschuldigen, Sir. Ich muß wieder ins Kinderzimmer.« Sie flüchtete aus dem Zimmer, bevor er sie zurückhalten konnte.

Philip brach in teuflisches Gelächter aus. Dann griff er wieder nach der Zeitung. Es lohnte sich wirklich nicht, um Letitia irgendein Aufhebens zu machen. Sie war so unbedeutend. Ein erbärmlicher Wurm.

Octavia Warwick dagegen besaß ein ganz anderes Format. Er dachte an ihr schönes Gesicht, an den blassen, zarten Teint. An die sprühenden, goldbraunen Augen, ihr üppiges, zimtbraunes Haar. Was hatte sie nur für eine Stimme – tief und gurrend, so verführerisch und immer ein ganz klein wenig amüsiert.

Und mit welcher Diskretion hatte sie den peinlichen Zwischenfall mit dem Kletterjungen behandelt! Nicht mit einem einzigen Wort hatte sie den Vorfall je wieder erwähnt. Wo immer sie sich trafen, flirtete sie mit ihm, als ob nie etwas geschehen wäre, betörte ihn mit ihrem Charme, raunte ihm im Vorübergehen zärtliche Worte zu, strich ihm wie zufällig über den Arm, lockte ihn mit kokettem Lächeln.

Er dachte an den Moment, als er über ihr auf dem Bett kniete, und das Blut schoß ihm in die Lenden. Er war so kurz davor gewesen, das letzte Geheimnis ihres Körpers zu lüften, so kurz davor, sie endgültig ganz zu besitzen!

Es war Zeit für ein neues Rendezvous.

Er schleuderte die Zeitung auf den Tisch und verließ mit energischen Schritten den Raum. »Satteln Sie mir auf der Stelle mein Pferd!« befahl er einem Bediensteten im Vorbeigehen und eilte, zwei Stufen auf einmal nehmend, die Treppe hoch. Zu dieser Stunde pflegte sich die bessere Gesellschaft Londons im Hydepark zu vergnügen, zu Fuß, zu Pferde oder in der Kutsche. Deshalb war er sicher, daß er an so einem schönen Morgen Octavia Warwick dort antreffen würde.

Nach einer halben Stunde kam er im Reitkostüm wieder herunter. Im Haus herrschte die übliche Stille, wie er befriedigt feststellte. Kein lästiges Geschrei aus dem Kinderzimmer. Mit leichtem Schritt trat er hinaus ins gleißende Sonnenlicht und schwang sich auf seinen eleganten schwarzen Wallach.

Die Stadt war inzwischen zum Leben erwacht, und in den

Straßen und Gassen tummelte sich das Volk. Im Park bot sich dem Auge eine bunte, pittoreske Szene dar. Bauern vom Land boten ihre Waren feil, junge Mädchen, die Kuh am Strick, verkauften frisch gemolkene, noch warme Milch an durstige Spaziergänger.

»Guten Morgen, Wyndham.« Eine freundliche Stimme ertönte hinter ihm. Doch beim Klang dieser freundlichen Stimme stellten sich Philip alle Nackenhaare auf.

Als er sich umdrehte, sah er Rupert Warwick auf einem auffallenden silberweißen Hengst herantraben. Lord Rupert lächelte und zog mit einer höflichen Verbeugung den Hut.

Philip erwiderte die Begrüßung mit einem kurzen, steifen Nicken. »Warwick.«

»Ein wunderschöner Morgen, nicht wahr?« bemerkte Lord Rupert. »Fast hätte ich einer dieser rotwangigen Bauerndirnen ein Glas Milch abgekauft. Was für ein hübsches, ländliches Bild!«

Philip antwortete nicht, sondern ritt seines Weges, als würde er diesem Mann, der ihm von Herzen zuwider war, keinerlei weitere Beachtung schenken. Doch Lord Rupert ließ sich so leicht nicht abschütteln und ritt schweigend neben ihm her.

Nach einer Minute schaute Philip verstohlen zur Seite und musterte aus dem Augenwinkel Lord Ruperts Profil. Was störte ihn nur so an diesem Mann? Eine unbestimmte Bedrohung schien von ihm auszugehen. Aber dieser Kerl konnte ihm, Lord Wyndham, doch nichts anhaben! Trotzdem wurde er das Gefühl nicht los, daß Lord Rupert ein Geheimnis kannte, das ihn betraf. Dieser Mann führte etwas gegen ihn im Schilde. War es möglich, daß er mit ihm noch eine böse Überraschung erleben würde?

Philip schüttelte unmerklich den Kopf, als wollte er seine düsteren Gedanken verscheuchen. Das waren doch alles Hirngespinste! Wenn hier jemand eine böse Überraschung erleben würde, dann war das Rupert Warwick. Denn er, Philip, hatte vor, diesem Mann in allernächster Zukunft zwei gewaltige Hörner aufzusetzen! Mit einem kurzen, höhnischen Auflachen galoppierte er auf seinem stolzen Pferd davon, ohne dem verhaßten Begleiter auch nur ein Wort des Abschieds zuzurufen.

Rupert lächelte. Sein Zwillingsbruder begann etwas zu ahnen. Nun, sollte er mit dieser Ahnung ruhig ein bißchen schmoren! Er beugte sich vor und tätschelte Lucifer den Hals. Am Mittwoch blieb sein Superhengst jedenfalls im Stall. Für den Ausritt nach Putney Heath würde er Peter nehmen. Nur kein Risiko eingehen.

Philip erspähte Octavia etwas abseits des Getümmels. Sie war zu Fuß unterwegs, umschwärmt von drei Verehrern, die zum engsten Kreis um den Prince of Wales zählten. Diskret folgte ihr ein Diener, der einen Sonnenschirm sowie etliche Bücher trug, die Octavia unterwegs in der fahrbaren Bibliothek ausgeliehen hatte.

»Guten Morgen, Lord Wyndham.« Octavia begrüßte Philip mit strahlendem Lächeln. »Ist es nicht ein herrlicher Morgen?«

»Ihre Schönheit, Lady Warwick, läßt die Schönheit dieses Morgens erblassen!« erklärte einer ihrer Begleiter theatralisch und zog mit einer ausladenden Bewegung seinen großen, federgeschmückten Hut.

»Ach, Mr. Cartwright, wie Sie mir wieder schmeicheln«, erwiderte Octavia mit einem gönnerhaften Lächeln. »Wollen Sie nicht absteigen und uns ein Stück begleiten, Lord Wyndham?«

»Wenn Komplimente der Preis sind, Sie zu begleiten, dann fürchte ich, daß ich nicht mithalten kann«, erwiderte der Earl in gespielter Verzweiflung und schwang sich aus dem Sattel. Voller Genugtuung dachte er daran, daß er allein wußte, wie sehr Lady Warwick leere Schmeicheleien verachtete.

»Sir, von Ihnen brauche ich keine Komplimente«, lachte Octavia kokett und hängte sich bei ihm ein, »da werde ich anderweitig ausreichend bedient.«

Sie lächelte in die Runde ihrer Verehrer. »Gentlemen, ich habe mit Lord Wyndham etwas höchst Privates zu besprechen, deshalb bitte ich Sie, uns zu entschuldigen.«

Ein Chor der Entrüstung erhob sich. »Oh! Welche Grausamkeit! Ich bin ins Mark getroffen!« rief ein Herr in goldgestreifter Weste und kunstvoller Perücke. »So barsch entlassen zu werden!«

Lady Warwick lächelte und winkte zum Abschied. »Ich verspreche Ihnen, Lord Percival, daß ich mit Ihnen dafür beim nächsten Ball die Quadrille tanze!«

»Und was ist mit uns?« beschwerten sich die zwei anderen. »Was kriegen wir zur Entschädigung?«

»Ach«, lächelte Octavia, »ich werde mich heute abend am Pharao-Tisch zwischen Sie beide stellen und Ihnen Glück bringen.«

Nur halb zufriedengestellt zog ihr Anhang sich unter leisem Protest zurück und ließ sie mit Philip allein.

»Lassen Sie uns einen Seitenweg wählen«, schlug sie vor. »Sonst müssen wir ständig Bekannte begrüßen. Basset, warten Sie hier, und passen Sie solange auf Lord Wyndhams Pferd auf. Ich bin in zehn Minuten zurück.«

»Jawohl, Mylady.« Der Bedienstete klemmte sich die Bücher und den Schirm unter den Arm und ergriff mit etwas ängstlichem Blick das Halfter des mächtigen Wallachs.

»Befürchten Sie nicht das Gerede der Leute, wenn Sie mit mir hier ohne Anstandsdame spazierengehen?« wollte der Earl wissen.

»Ach, Lord Wyndham«, erwiderte Octavia achselzuckend, »die Leute zerreißen sich ohnehin schon das Maul, da kommt es darauf nicht mehr an.« Sie bog in einen verschwiegenen Pfad ein, der von dichten Lorbeerhecken gesäumt war. »Und ich dachte auch, es wäre an der Zeit, dem Tratsch der Leute neue Nahrung zu geben«, fügte sie mit kokettem Lächeln hinzu.

Es dauerte einen Moment, bis er verstand. Dann schmunzelte er. »Da haben wir ja genau das gleiche gedacht, meine Liebe.«

Philip trat zur Seite und versicherte sich rasch, daß sie alleine waren. Dann riß er sie an sich.

Octavia erduldete seinen Kuß in gewohnter Weise. Sie reagierte automatisch, wie ein Roboter – öffnete die Lippen, um seiner gierigen Zunge Einlaß zu geben, stieß die kleinen Lustseufzer aus, die er von ihr erwartete, fuhr mit den Händen über seinen Körper, um leidenschaftliche Erregung vorzutäuschen. Jetzt fiel es ihr leichter... jetzt, da sie wußte, daß es nicht über sein leidenschaftliches Drängen hinausgehen würde. Und so glitten ihre Hände wie immer unter seine Weste. Und wie immer fühlte sie den kleinen harten Ring über seinem Herzen.

Philip ließ sie los und nahm ihr Gesicht zwischen die Hände. Aus hungrigen Augen schaute er sie an. »Sie werden mich bei mir zu Hause besuchen.«

»Nein«, stieß sie hervor und schüttelte den Kopf. »Nein, mein Lieber. Ich fände es besser, wir träfen uns diesmal woanders. Am besten an einem verschwiegenen Ort, an dem wir ganz unter uns sind... füreinander Zeit haben... unser Zusammensein genießen können.« Ihre Zunge glitt über die Lippen. »An dem wir durch niemanden gestört werden können.«

Sein Gesicht verdunkelte sich, als sie ihn indiskret an die Peinlichkeit ihres letzten Beisammenseins erinenrte. Doch sie fuhr fort, bevor er seinem Ärger Ausdruck geben konnte.

»Ich kenne einen solchen Ort. Das Haus meiner alten Amme. Wir sind dort ganz unter uns. Sie wird alles für uns herrichten und rechtzeitig verschwinden, bevor wir ankommen.«

Sie umfaßte sein Handgelenk, da er immer noch ihr Gesicht in den Händen hielt. »Erlauben Sie mir, ein solches Rendezvous auszurichten? Es würde mir großen Spaß machen!«

»Haben Sie derartige Treffen schon öfter arrangiert?« fragte er leicht gekränkt.

»O nein, niemals, Mylord!« Heftig schüttelte sie den Kopf.

»Aber ich stelle es mir so schön vor, alles für uns vorzubereiten… uns es so richtig gemütlich zu machen…«

Sie lächelte und streichelte sein Handgelenk mit den Fingerspitzen. »Wenn man sich so sehr nach etwas sehnt, dann hofft man mit jeder Faser seines Herzens, daß diese Sehnsucht Erfüllung finden möge.«

Octavia konnte beobachten, wie ihre platte Schmeichelei Wirkung zeigte. Philips Augen begannen zu leuchten, und auf seinen Lippen machte sich ein selbstgefälliges Lächeln breit. Sie bebte innerlich. Wie konnte dieser eitle Pfau auch nur einen Augenblick annehmen, sie begehre ihn… sehne sich nach seiner Umarmung? Eine Frau wie sie, die die erfahrenen Liebeskünste eines Rupert Warwick gewohnt war! Die mit Rupert Warwick die höchsten Ekstasen der Wollust erlebt hatte!

Wut flammte in ihren Augen auf, doch sie ließ die lächelnde Maske nicht fallen. Und Philip Wyndham las in ihren Zügen nur das, was er lesen wollte.

»Gut«, sagte er, und fester preßten seine Hände ihre Wangen.

»Mittwoch.« Wieder leckte sie verführerisch mit der Zunge über ihre Lippen, wieder liebkosten ihre Finger sein Handgelenk.

»Paßt Ihnen Mittwoch nachmittag, Mylord?«

»Bestens.«

»Dann komme ich in einer geschlossenen Kutsche. Um zwei Uhr.«

»Um zwei Uhr.«

Philip begleitete sie zurück zu ihrem Bediensteten, der die Last der Verantwortung für das edle Pferd erleichtert an den Earl of Wyndham zurückgab.

»Oh! Wenn das nicht unsere hochverehrte, liebe Octavia ist!« ertönte in dem Augenblick die Stimme des Prince of Wales, der auf einem protzig aufgezäumten Braunen über die Wiese geholpert kam.

»Teuerste, Ihr Anblick ist Balsam für meine geschundene

Seele!« Er riß so abrupt an den Zügeln, daß sein Pferd sich aufbäumte und fast gestrauchelt wäre – ein eher peinliches Zeugnis königlicher Reitkunst.

»Ich wünsche Ihnen einen guten Tag, Wyndham«, wandte sich der Prinz an Philip, »und ich bin untröstlich, daß Sie uns schon verlassen müssen.« Er brach in schepperndes Gelächter aus. »Aber Sie haben die Lady ja auch lange genug mit Beschlag belegt.«

»Ihr Wunsch ist mir Befehl, Sir.« Philip verbeugte sich mit einem spöttischen Lächeln, bevor er Octavias Hand zum Abschied an die Lippen führte. »Auf Wiedersehen, Madam. Bis zum nächsten Mal.«

»Bis zum nächsten Mal«, echote sie leise. Dann begrüßte sie den Prinzen mit einem tiefen Knicks, der seine Körpermassen nur mit Mühe vom Pferd wälzen konnte.

Lord Wyndham entfernte sich ohne ein weiteres Wort, und Octavia ergab sich in ihr Schicksal, nun unausweichlich die schalen Komplimente und geschmacklosen Witze Ihrer Königlichen Hoheit über sich ergehen lassen zu müssen.

Am Mittag kehrte sie in die Dover Street zurück. Ihre Gesichtsmuskeln schmerzten ob des künstlichen Lächelns, das sie während des endlosen Spaziergangs mit dem Prinzen zur Schau getragen hatte.

»Ist Mr. Morgan zu Hause, Griffin?«

»Ich glaube, ja, Mylady.«

Dem Butler gelang es nur mit Mühe, die Beherrschung zu wahren. Octavia schwante Übles. »Ist etwas mit Frank?« fragte sie und zog die Handschuhe aus.

Griffin stieß hörbar die Luft aus, als ob er erleichtert wäre, sich seinen Ärger von der Seele reden zu können. »Ich trau' mich kaum, es Ihnen zu sagen, Madam. Zunächst einmal hat er nach dem Frühstück den Unterricht bei Mr. Morgan geschwänzt. Dann hab' ich ihn dabei erwischt, als er in der Schublade mit dem Silberbesteck herumgekramt hat. Aber noch bevor ich ihn zur

Rede stellen konnte, ist er davongerannt. Seitdem ist er verschwunden.

»Er wollte Silberbesteck stehlen?« fragte Octavia ungläubig.

»Ich hab' gesehen, wie er zwei Teelöffel eingesteckt hat. Und einige Leute vom Personal haben mir erzählt, daß sie, seit Frank da ist, persönliche Wertgegenstände vermissen.«

»O Gott«, stöhnte Octavia. »Ich werde das mit Lord Warwick bereden. Wenn Frank wieder auftaucht, bringen Sie ihn mir.«

Sie stieg die Treppen hoch zu ihrem Vater. Warum wunderte sie sich, daß Frank stahl? Es war doch nichts anderes zu erwarten. Frank war wie ein kleines Tier, das im Dschungel von London groß geworden war und nur die Gesetze des täglichen Überlebenskampfes kannte. Sie und Rupert lebten doch das gleiche kriminelle Leben, nur mit dem Unterschied, daß sie hofften, es bliebe nur eine kurze Episode, während Frank dazu verdammt war, es bis ans Ende seiner Tage zu fristen.

»Guten Tag, Papa. Frank hat heute deinen Unterricht geschwänzt, wie mir Griffin erzählte.«

»So ist es. Lernen scheint nicht zu seinen Lieblingsbeschäftigungen zu gehören«, bemerkte Oliver milde und küßte seine Tochter, als sie sich über ihn beugte. »Er ist viel zu sehr von der Sorge um die nächste Mahlzeit abgelenkt, als daß er stillsitzen und zuhören könnte.«

»Aber er weiß doch, daß er bei uns regelmäßig zu essen bekommt.« Octavia setzte sich auf einen Hocker neben den Sessel ihres Vaters.

»Wissen und Vertrauen sind zweierlei«, erwiderte er knapp. »Ich bezweifle, daß wir aus dem Bengel einen anständigen Bürger machen können.«

»Du redest ja wie Griffin.«

Ihr Vater lächelte nur und strich seiner Tochter flüchtig übers Haar. »Wo steckt eigentlich dein Mann die ganze Zeit? Ich vermisse seine Gesellschaft.«

»Ach, er hat Geschäfte in der Stadt zu erledigen«, antwortete sie vage. »In letzter Zeit sehe ich ihn selber kaum noch.«

Oliver nickte und wechselte das Thema. Doch als Octavia ihn zwanzig Minuten später verließ, sank er bekümmert in seinen Sessel zurück. Tiefe Besorgnis stand auf seinem Gesicht. Irgend etwas stimmte nicht mehr zwischen Rupert Warwick und Octavia. Sie hatten zwar stets ein liebenswürdiges Lächeln aufgesetzt, doch die Kälte zwischen ihnen war fast körperlich zu spüren. Der stille Kummer seiner Tochter schmerzte ihn, aber seine tiefsitzende Abneigung dagegen, unliebsame Dinge auch nur zur Kenntnis zu nehmen war stärker als der Wunsch, sie möge ihm ihr Herz ausschütten. Vielleicht erledigten sich die Eheprobleme seiner Tochter ja auch von selbst. Waren die Differenzen zwischen den beiden jedoch erst einmal ausgesprochen, standen sie im Raum und waren nicht mehr zu leugnen.

Ruhelos erhob er sich und trat ans Fenster. Rupert kam gerade aus dem Stall und ging auf die Eingangstür zu. Sein Reitumhang wehte im Wind, und bei jedem Schritt schlug die Peitsche gegen die Stiefel. Oliver konnte Ruperts Gesichtsausdruck von oben nicht erkennen, doch die Unruhe und Getriebenheit, die aus seinen Bewegungen sprach, bedrückte ihn. Oliver beobachtete, wie sein Schwiegersohn die Stufen zum Portal nahm. Als ihm geöffnet wurde, verschwand er aus seinem Gesichtsfeld.

Rupert reichte Griffin seinen Umhang, als Octavia die Treppe herunterkam. »Es gibt ein Problem mit Frank«, eröffnete sie ihm ohne Umschweife.

»Schon wieder?« Er zog eine Braue hoch.

»Er ist ein Dieb, Mylord!« brach es aus Griffin heraus. Er strich die Falten des Umhangs glatt und legte ihn über den Arm.

Rupert warf Octavia einen gequälten Blick zu. Sie zuckte zur Antwort nur die Achseln und ging ihm dann in die Bibliothek voran.

Er schloß die Tür hinter ihnen. »Und was hat er gestohlen?«

»Eigentum der Dienerschaft. Und heute morgen hat Griffin

ihn in flagranti erwischt, als er gerade zwei Silberlöffel eingesteck hat.«

»Hm«, brummte Rupert. »Und was machen wir jetzt?«

»Ich weiß auch nicht. Warten wir erst einmal ab, ob er überhaupt wieder auftaucht. Vielleicht haben wir ihn zum letzten Mal gesehen.«

»Möglich«, stimmte Rupert ihr zu. »Wahrscheinlich hat er zuviel Angst zurückzukommen.«

»Es war eine törichte Hoffnung zu glauben, wir könnten ihm eine bessere Zukunft geben«, seufzte Octavia. »Die Gosse läßt einen so schnell nicht wieder aus den Klauen.«

Rupert konnte die Bitterkeit ihrer Erkenntnis nicht versüßen. Zu lange hatten sie beide selbst in der Gosse gelebt.

»Mittwoch«, wechselte Octavia abrupt das Thema. »Ich hole Wyndham um zwei in der Kutsche ab. Wir werden die Heide dann schon gegen drei erreichen, also bei hellem Tageslicht. Ist das nicht zu gefährlich?«

»Sie müssen dem Kutscher Bescheid sagen, daß er einen anderen Weg nehmen soll. Die wenig befahrene Straße nach Wildcroft. Dort ziehen wir dann die Sache durch.«

»Und wo werden Sie nach dem Überfall untertauchen?«

»In der Hütte. Bis sich die Lage wieder beruhigt hat. Sie werden das hysterische Opfer eines Straßenräubers spielen, damit der Kutscher und Wyndham keinen Verdacht schöpfen. Sie lassen sich umgehend in die Stadt zurückfahren und erstatten Anzeige bei der Polizei. Was die Details des Überfalls betrifft, werden Sie gewisse Gedächtnislücken haben, da Sie unter Schock stehen.«

»Natürlich.«

Und was dann?

Doch auch ohne zu fragen, kannte Octavia die Antwort: Ihre Wege trennten sich, und dieses Fegefeuer hatte endlich ein Ende.

Sie wandte sich dem Blumenstrauß auf dem Tisch zu und begann, die gelben Rosen in der Vase zu ordnen.

»Octavia?«

»Ja?« Sie schaute nicht auf.

Können Sie mir nicht verzeihen?

Die Worte lagen auf seiner Zunge, drängten aus ihm heraus – doch er brachte es nicht über sich. Wie bat man um Vergebung? Zu lange hatte er das Leben eines Entrechteten gelebt, ein Leben, in das er durch die Gemeinheit und Niedertracht anderer Menschen geraten war. Dieses Leben hatte ihn hart gemacht. Er war kein Mann, der um Verzeihung bat – nein, die anderen hatten *ihn* um Verzeihung zu bitten! Wenn er Menschen verletzte, dann deshalb, weil andere *ihn* verletzt hatten. Aber wie sollte er Octavia das alles erklären? Octavia, die mit so kühlem, abweisendem Blick vor ihm stand? Er konnte es nicht. Er konnte es nicht, so sehr schämte er sich, wenn er daran dachte, wie er diese mutige, stolze, vertrauensvolle Frau benutzt hatte. Getäuscht, betrogen und mißbraucht.

Octavia blickte erwartungsvoll zu ihm auf. Rupert atmete schwer. Er wollte sie in seine Arme reißen, ihren Widerstand brechen, ihn mit der Kraft und der Wärme seiner Umarmung zum Schmelzen bringen. Er wollte seinen Mund auf ihren pressen und die Bitterkeit von ihren Lippen küssen. Er wollte in sie eindringen, tief in ihren Körper tauchen, um mit der Macht seiner Leidenschaft all das Gift und die Galle der Vergangenheit vergessen zu machen.

Aber er stand da, stumm und unbeweglich, wie hinter einer unsichtbaren Mauer, von der er nicht wußte, wie er sie überwinden sollte.

»Ach, nichts«, murmelte er und schüttelte den Kopf. »Es war nichts Wichtiges.«

»Oh.« Sie ließ den Kopf hängen, und so entging ihm die Enttäuschung in ihrem Gesicht. »Ich muß mit der Köchin noch den Speiseplan für die Dinnerparty morgen abend besprechen«, sagte sie und ging zur Tür. »Sie haben doch hoffentlich nicht vergessen, daß wir heute abend die Monforts eingeladen haben?«

»Nein, das habe ich nicht«, erwiderte er. »Aber ich schau' vorher noch kurz im ›Royal Oak‹ vorbei. Ich muß mit Ben wegen Mittwoch noch einiges besprechen.« Er hielt ihr die Tür auf.

Als sie an ihm vorbeirauschte, stieg ihm der Duft ihres Orangenblütenparfums in die Nase, und er konnte seiner Sehnsucht nicht ganz widerstehen. Hauchzart berührte er ihren Arm, und sie blieb stehen. Sie schaute zu ihm auf, und die Traurigkeit in ihren Augen zerriß ihm das Herz.

»Ach, Liebes«, seufzte er, doch schon hatte sie sich ihm wieder entzogen. Leise schloß sich die Tür hinter ihr.

Octavia blieb stehen, um ihre Fassung wiederzugewinnen. Wie sehnte sie sich danach, daß er sie in die Arme nahm! Daß er die Festung, hinter der sie sich in ihrem Elend und ihrem Stolz verschanzt hatte, endlich im Sturm nahm! Warum erklärte er sich ihr nicht, warum sagte er nicht, daß es ihm leid tat? Mehr verlangte sie ja gar nicht. Ach, wie lechzte sie nach einer Versöhnung! Aber *er* mußte den ersten Schritt tun.

Wie leicht war es ihm früher gefallen, sie für seine Pläne zu gewinnen, sie mit seiner Begeisterung anzustecken, jeden Protest im Keime zu ersticken oder schlichtweg zu ignorieren! Aber jetzt, da er nur so wenig zu einer Aussöhnung brauchte, stand er hilflos da und ließ es einfach geschehen, daß sie sich immer mehr von ihm entfernte.

Traurig ging sie die Treppe hoch.

Rupert brach nach Putney auf, kaum daß Octavia ihn verlassen hatte. Er wollte diese Angelegenheit so schnell wie möglich über die Bühne bringen. Dann konnten sie endlich ihre Wege gehen, und die furchtbaren Stürme, die sein Inneres aufwühlten, würden sich legen.

Die Eingangstür des ›Royal Oak‹ stand offen, um die Nachmittagssonne hereinzulassen. Im Gastzimmer herrschte reger Betrieb. Bessie stand hinter dem Tresen und zapfte mit mürrischem Gesicht Ale, während Ben am Stammtisch neben dem

Ofen saß und mit seinen Kumpels schwatzte. Dichter bläulicher Pfeifenrauch wölkte sich über den Köpfen der Gäste.

Tabitha, die mit einem Tablett leerer Hummer gerade zum Tresen lief, erkannte den Neuankömmling als erste. »Hey, da ist Lord Nick!« rief sie erfreut.

Augenblicklich erhob sich ein großes Hallo. »Komm, setz dich zu uns, Nick.« Ben stand auf und holte einen Stuhl für Rupert.

»Was trinkst, Nick?« ertönte Bessies Stimme vom Tresen. Sie nahm einen Zinnkrug vom Wandbord und putzte ihn mit ihrer Schürze blank.

»Gib mir 'n Ale, Bessie.« Rupert schlug den Umhang nach hinten und nahm Platz.

Er ließ seinen Blick durch den überfüllten Raum schweifen. Von Morris keine Spur. So sehr Ben diesem Mann auch vertraute – er selbst hegte Zweifel an Morris' Zuverlässigkeit. Ein Informant war immer käuflich.

»Hast du die Miß diesmal gar nicht mitgebracht«, fragte Tab, als sie Lord Nick mit einem Knicks das frisch gezapfte Bier hinstellte.

»Nein, diesmal nicht«, antwortete er knapp. Er nahm einen tiefen Zug und wischte sich mit dem Handrücken den Schaum von der Oberlippe. »Mann, ist das gut«, seufzte er selig. »Hab' einen Durst, daß ich ein ganzes Faß aussaufen könnte.«

»Ja ja, es ist heiß draußen«, bemerkte einer am Tisch. »Hab' gehört, daß Lord George nächste Woche zu 'ner Kundgebung aufgerufen hat. St. George's Field, glaub' ich.«

»Und anschließend gibt's 'n Marsch aufs Parlament«, ließ sich ein anderer vernehmen. »Gehst du mit?«

»Vielleicht«, sagte der erste. »Vielleicht auch nicht.«

Ben schaute Lord Nick mit hochgezogener Braue an und deutete mit dem Kopf leicht zur Tür. Rupert nickte und trank sein Ale aus.

Die beiden erhoben sich und verließen den Tisch, an dem die

Wogen für und gegen Lord George Gordon immer höher zu schlagen begannen.

Schweigend gingen sie hinaus in den Stall.

»Hast einen neuen Stalljungen«, stellte Rupert fest und lehnte sich einen Moment gegen die warme Ziegelmauer, um die Sonne in sein Gesicht scheinen zu lassen.

»Mmmh. Freddys Vater braucht den Jungen im Sommer bei der Ernte. Da ist Bobbie eingesprungen.«

Rupert beobachtete den Burschen, der gerade eines der Zugpferde striegelte. »Laß uns ein paar Schritte gehen.«

Ben folgte ihm hinaus durch den Hof auf die kleine Gasse hinter dem Stall. Zu zweit schlenderten sie an der Mauer entlang.

»Geht's um deinen privaten Coup?« fragte Ben.

Rupert nickte. »Mittwoch. Aber an der Wildcroft Road. Die ist weniger befahren.«

Ben pflückte sich einen Grashalm und steckte ihn zwischen die Zähne. Nachdenklich kaute er darauf herum.

»Gibt 'ne günstige Stelle, wo die Straße durch 'n Wäldchen führt.«

»Ich weiß, wo du meinst. Aber diesmal brauch' ich länger. Ich muß mein Opfer bis auf die Unterhose ausziehen.« Rupert grinste schief.

»Brauchst jemand, der dir den Rücken freihält«, überlegte Ben. »Kann ich machen. Steh' ich Schmiere, bis du fertig bist.«

»Nein, nein, Ben. Ich will dich nicht mehr in Anspruch nehmen als sonst. Ich brauch' nur die Hütte hinterher.«

»Und warum soll ich nicht Schmiere stehen?« beharrte Ben.

»Nein, Ben. Ich mach' das allein.«

Ben schaute ihm finster ins Gesicht. »Aber mit der Miß, mit der arbeitest du schon zusammen?«

Rupert schwieg. »Laß gut sein, alter Junge«, sagte er schließlich. »Es reicht, wenn einer seinen Kopf riskiert. Es sind zu viele Menschen, die dich brauchen. Was soll aus dem ›Royal Oak‹ werden, wenn du am Galgen baumelst?«

Ben grunzte nur und schien alles andere als überzeugt. Doch dann zuckte er die Achseln. »Wie du willst. Und um wieviel Uhr am Mittwoch?«

»Nachmittags. Ich schau' hier vorher vorbei.«

»In Ordnung. Ich lad' dir die Pistolen. Nimmst du Lucifer?«
»Nein, Peter.«
»Komisch«, brummte Ben.

Rupert lächelte und boxte seinen Freund spielerisch gegen die Schulter. Dann schlenderten sie die Gasse zurück und betraten den Stall, in dem der neue Bursche fröhlich pfeifend gerade die dichte Mähne des Zugpferdes kämmte.

»Bleibst du zum Abendessen?« fragte Ben. »Bessie würde sich bestimmt freuen.«

»Nein, danke, ich muß wieder nach Hause. Sag Bessie, daß ich Mittwoch abend zum Essen komme, wenn die Luft rein ist. Dann kann sie mich nach Herzenslust füttern.«

Ben grinste und wandte sich an den Stalljungen. »Bobbie, bring uns das Pferd von dem Herrn.«

Bobbie unterbrach seine Arbeit und kehrte nach einer Minute mit Lucifer am Zügel zurück. »Bitte, Sir.«

»Danke, mein Junge.« Rupert warf ihm ein Sixpencestück zu und schwang sich in den Sattel. Dann beugte er sich hinab und schüttelte Ben kräftig die Hand. »Bis bald, mein Freund.«

»Ah. Und paß auf dich auf.« Ben schaute Rupert hinterher, bis er hinter dem Hoftor verschwunden war. Dann kehrte er in den Gasthof zurück.

Der neue Stallbursche stand einen Moment da und tippte nachdenklich mit dem Geldstück gegen die Zähne. Dann verließ er hastig den Stall und rannte durch die verlassenen Gassen von Putney. Man sah ihm an, daß er etwas Wichtiges vorhatte.

20

»Sie wissen also genau, was Sie zu tun haben?« Rupert stand am Fenster von Octavias Schlafzimmer, die Hände auf das Sims gestützt. Seine Lider waren halb geschlossen, so daß Octavia nicht erkennen konnte, was in ihm vorging.

»Ja, alles klar.« Sie richtete sich im Bett auf und schob sich das Kissen in den Rücken, um besser aus der Kakaotasse trinken zu können. Es war erst zwei Wochen her, als Rupert sie das letzte Mal in ihrem Schlafzimmer besucht hatte. Inzwischen war es soweit gekommen, daß es ihr fast peinlich war, ihn hier im Nachthemd zu empfangen. Rupert dagegen war korrekt gekleidet – er trug einen bronzefarbenen Seidenanzug und hatte das ungepuderte Haar im Nacken mit einem silbernen Band zusammengebunden.

»Gehen Sie zum Empfang des Königs?«

»Ich schau' kurz vorbei, damit man mich gesehen hat«, erwiderte er. »Ich werde verbreiten, daß ich für ein, zwei Tage die Stadt verlasse.«

»Werden Sie nach dem Überfall im ›Royal Oak‹ sein?« fragte sie zögernd. Sie hob die Silberkanne und goß sich noch eine Tasse heißer Schokolade ein. Eigentlich hatte sie genug, aber sie war so nervös, daß sie irgend etwas tun mußte.

»Nein. Wenn ich den Ring habe, muß ich noch einiges erledigen. Bestimmte Leute aufsuchen.«

Zum Beispiel die Anwälte seiner Familie und den alten Doktor Hargreaves, der seiner Mutter bei der Geburt der Zwillinge beigestanden hatte. Wenn er sich seinem Bruder als Cullum Wyndham zu erkennen gab, wollte er alle Formalitäten geregelt haben. Er durfte Philip keine Chance für irgendwelche taktischen Manöver lassen, mußte ihn vor vollendete Tatsachen stellen, so daß ihm nichts anderes übrigblieb, als sie zähneknirschend zu akzeptieren.

»Sie... brauchen mich dann hier nicht mehr, nicht wahr?« stotterte Octavia. »Ich meine, wenn Sie den Ring haben. Dann gibt es für mich nichts mehr zu tun...« Klirrend fiel die Tasse auf die Untertasse, und eine Ladung Kakao schwappte über den goldenen Rand auf den blütenweißen Damastbezug der Decke.

»Wenn Sie danach ausziehen wollen, bitte... das liegt ganz bei Ihnen.« Es gelang ihm nur mit Mühe, sein Erschrecken zu verbergen. »Sie müßten mir nur Ihre neue Adresse zukommen lassen, damit ich Ihnen die Sachen schicken kann... die Ihnen gehören.«

»Ja«, erwiderte sie steif. »Was Ihre Verpflichtung aus unserem Vertrag angeht... nehme ich an, daß Sie kurz vor dem Abschluß stehen?«

Rupert nickte. »Noch ein paar Wochen, und alles ist erledigt.« Er räusperte sich. »Wohin werden Sie gehen, wenn Sie hier ausziehen?«

»Ich weiß nicht.« Sie studierte angestrengt ihre Fingernägel. »Ich hab' mir noch nichts überlegt.«

»Und wie wollen Sie Ihrem Vater die ganze Sache erklären?«

Sie zuckte die Achseln. Ihre runden Schultern bewegten sich verführerisch unter dem hauchzarten Stoff des Nachthemds. Seine Augen suchten und fanden die dunklen Brustwarzen, die hinter einem Schleier von Seide verborgen lagen. Das Haar fiel vornüber und verhüllte ihre Züge.

Entschlossen trat er an ihr Bett und beugte sich über sie. Er nahm ihr Gesicht zwischen die Hände und strich ihr das Haar zur Seite. Erschrocken und seltsam verwundbar schaute sie zu ihm auf. Aber sie sagte nichts und rührte sich nicht, weder um sich zu befreien noch um seine Berührung zu erwidern.

»Adieu, Octavia.« Er küßte sie. Der Geschmack ihres Mundes, der betörende Duft ihrer Haut ließen sehnsüchtige Erinnerungen in ihm aufsteigen. Sein Herz schlug höher. Ihn schwindelte. Doch sie blieb wie erstarrt, ihre Lippen wie tot. Sein Kuß fand keine Antwort.

Er ließ sie los, richtete sich langsam auf. »Adieu, Octavia.«

Mit hängenden Schultern wandte er sich von ihr ab, von ihren goldenen Augensternen, dem blassen, edlen Gesicht seiner Madonna.

»Gott sei mit Ihnen«, flüsterte sie, aber so leise, daß er es nicht hörte, als er den Raum verließ.

Tränen liefen ihr über die Wangen, fielen auf das kleine Silbertablett auf ihren Knien, tropften in die Tasse, versalzten den süßen Kakao. Octavia saß da und ließ den Tränen freien Lauf.

Schließlich stellte sie das Tablett ab, schlug die Decke zurück und stand auf. Es war vorbei. Sie hatten noch einen letzten gemeinsamen Auftritt, und sie würde ihre Rolle dabei so gut spielen, wie sie konnte. Rupert trug das Risiko ganz alleine, aber sie würde ihren Partner auf keinen Fall im Stich lassen.

Um zwei Uhr fuhr eine Kutsche vor dem Hause Wyndham vor. Schon öffnete sich das Portal, und der Earl eilte behende die Stufen hinunter. Er stieg in den Wagen und schlug die Tür hinter sich zu. Die Sichtblenden aus Leder waren heruntergezogen, und jeder zufällige Passant mußte annehmen, daß er in eine leere Kutsche stieg.

»Guten Tag, Mylord«, ertönte Octavias leise Stimme aus der Dunkelheit.

Philip erwiderte nichts, sondern ergriff nur ihre Hände und riß sie an sich, preßte ihr mit seinem Kuß schmerzhaft die Lippen gegen die Zähne.

»Sie können es wohl nicht erwarten«, stieß sie atemlos hervor, als er sie endlich losließ.

»Ich bin verrückt nach Ihnen«, krächzte er heiser. Mit einer heftigen Bewegung warf er sich in die Polster zurück und musterte sie aus schmalen Augen. »Am liebsten würde ich Sie hier auf der Stelle nehmen.« Die grauen Augenschlitze und der schmale Strich seines Mundes erinnerten sie in dem Dämmerlicht der Kutsche an einen Habicht.

»Vorfreude ist doch die schönste Freude«, erwiderte sie leichthin und leckte sich über die geschwollenen Lippen.

Philip lächelte und verschränkte die Arme vor der Brust. »Ich kann mich zurückhalten, Madam. Aber heute nachmittag werde ich Ihnen zeigen, was ein richtiger Mann ist.«

Sie erschauderte, und unwillkürlich verzog sich ihr Mund vor Ekel, doch sie hoffte, in dem schummerigen Licht konnte er ihren angewiderten Gesichtsausdruck nicht erkennen. »Ich hoffe, daß Ihnen unser Häuschen gefallen wird, Mylord«, flötete sie. »Ich habe alles vorbereitet.«

»Wo ist es denn?«

»In einem kleinen Dorf namens Wildcroft am Rande der Heide.«

Philip runzelte die Stirn. »Ganz schön weit für einen Nachmittagsausflug.«

»Es kommt ganz darauf an, was man sich von dem Nachmittag erwartet«, gab Octavia zurück. Sie lächelte verführerisch. »Ich bin sicher, Sie werden die weite Reise nicht bereuen.«

Es gelang ihr, ihm mit harmlosen Plaudereien die Zeit zu vertreiben, während sie die Westminster Bridge und die kleinen Weiler südlich der Themse passierten. Irgendwann schob sie die Lederblende hoch und hinaus. Sie fuhren gerade durch Wandsworth. Das nächste Dorf war Putney. Sie zog das Leder wieder herunter. War es nicht besser, im Dunkeln von dem Überfall überrascht zu werden als ihn sehenden Auges zu erwarten?

Außerdem konnte sie im Dämmerlicht ihre Aufregung besser verbergen. Denn sie war überzeugt, daß ihr das Lampenfieber deutlich anzusehen war. Ihr Herz klopfte bis zum Hals, und sie schwitzte vor Anspannung.

Plötzlich beugte sich Philip, schob die Lederblende wieder hinauf und hakte sie oben ein. »Die Luft ist so stickig. Und hier draußen in der Wildnis brauchen wir keine unliebsamen Blicke zu befürchten.« Mit einem Taschentuch wischte er sich den Schweiß von der Stirn.

Gut, also keine schützenden Schatten mehr. Octavia betupfte ihr Dekolleté mit dem Spitzenrand ihres Halstuchs und wandte das Gesicht zum Fenster. Wenigstens bekam sie so ein bißchen frische Luft.

Die Pferde legten sich ins Zeug, um die Anhöhe von Putney Heath zu erklimmen. Plötzlich lehnte sich der Kutscher vom Bock und fragte ins Fenster hinein: »Die Straße nach Wildcroft, nicht wahr, Lady?«

»Ja, richtig.« Octavia steckte den Kopf aus dem Fenster. »Ich lotse Sie dann, sobald wir das Dorf erreicht haben.«

Der Fahrer murmelte irgend etwas Unverständliches und ließ die Peitsche knallen. Die Pferde hatten die Hochebene erreicht und fielen wieder in Handgalopp.

Die Kutsche begann zu schaukeln. Octavia schaute hinaus. Sie fuhren über eine unbefestigte Straße mit vielen Schlaglöchern. Ein Stück weiter vorne führte der Fahrweg geradewegs in ein Gehölz. Würde Rupert dort auf sie warten?

Sie lehnte sich zurück und suchte nach einem belanglosen Gesprächsthema, das sie beide zerstreuen würde, doch es fiel ihr beim besten Willen nichts ein. Aber es war auch nicht nötig, denn ihrem Begleiter genügte es offenbar, sie mit seinem stechenden Habichtsblick zu verschlingen. Sie wußte, daß er sie im Geist auszog.

Octavia schloß die Augen, versuchte sich zu entspannen, sich ganz dem schaukelnden Rhythmus der Kutsche zu überlassen. Es gab keinen Grund zur Sorge. Wenn es soweit war, brauchte sie nur zu schreien, eine Ohnmacht oder einen hysterischen Anfall zu simulieren, je nachdem, was ihr gerade am passendsten erschien. Inzwischen konnte Rupert sich Philip in aller Ruhe vornehmen.

Ein gewisser Unsicherheitsfaktor war noch der Kutscher. Aber Octavia glaubte nicht, daß er unter seinem Umhang eine Waffe trug. Rupert würde leicht mit ihm fertig werden. Philip hatte sich zwar einen Degen umgeschnallt, doch eine Pistole trug er anscheinend nicht. Für ein romantisches Stelldichein brauchte man keine Feuerwaffen.

Octavia war tief in diese Gedanken versunken, als plötzlich der Schuß fiel. Erschrocken fuhr sie hoch. Ihr Herz hämmerte wie wild.

Der Kutscher fluchte und riß an den Zügeln, so daß sich die Pferde aufbäumten. Schließlich kamen sie schnaubend zum Stehen.

»Verflucht noch mal! Ein Straßenräuber!« stieß Philip hervor und zog seinen Degen. Er warf einen kurzen Blick auf Octavia, die mit angstvoll geweiteten Augen in ihre Ecke gesunken war und sich entsetzt die Hand vor den Mund preßte. Dann öffnete er die Tür, gerade, als Lord Nick den Kutscher entwaffnet hatte.

Aus zwei Paar schiefergrauen Augen schätzten sie einander ab. Philip kauerte eine Sekunde lang in der Tür, wie gebannt von der kalten Macht, die der Räuber hinter der schwarzen Seidenlarve ausstrahlte. Dann sprang er herab und riß den Degen hoch.

»Feiger Schurke! Ich seh' dich schon am Galgen baumeln!«

Mit einer einzigen Bewegung schwang sich Lord Nick aus dem Sattel und zückte ebenfalls den Degen.

»Sie wollen einen Kampf? Mit Vergnügen, Sir!« rief Lord Nick in seinem eigenartig näselnden Tonfall, den Octavia schon einmal gehört hatte. »Ich bin bereit!«

Philip zögerte, als der Räuber in Fechtposition ging. In den grauen Augenschlitzen der Larve funkelte es amüsiert, doch die Waffe wirkte dadurch nur um so bedrohlicher.

Philip richtete die Spitze seines Säbels auf den Angreifer. Und dann geschah es.

Vier Männer brachen krachend aus dem Gehölz – stämmige Kerle in schweren Umhängen und ledernen Hosen, bewaffnet mit Pistolen und Knüppeln. Im Nu hatten sie den Räuber umringt.

»Wir hab'n ihn!« rief einer von ihnen. »War'n 'n bißchen spät dran. Aber besser spät als zu spät, häh?«

Einer seiner Kollegen lachte. »Voll erwischt. Lord Nick höchstpersönlich, wenn ich mich nicht irre.«

Er schritt um den Räuber herum und musterte ihn neugierig. Lord Nick rührte sich nicht vom Fleck. In seinem Kopf jagten sich die Gedanken. Hatte er eine Chance zur Flucht?

Philip Wyndham steckte seinen Degen zurück. »Wie ich sehe, ist die Polizei besser als ihr Ruf«, bemerkte er trocken. »Was treibt ihr denn hier in der Wildnis?«

»Hm. Man hat uns 'n kleinen Tip gegeben, Sir«, erwiderte einer und löste einen Strick vom Gürtel. »Wir tun, was wir könn'n, Sir, aber 'n bißchen Unterstützung von der Öffentlichkeit brauch'n wir schon auch.«

»Mag sein«, winkte Philip ab. »Wollen Sie dem Schurken nicht erst einmal die Maske abnehmen?«

Er trat näher an den Räuber heran, doch im selben Moment hechtete dieser vorwärts und zog einem Polizisten mit zischendem Degen eins über die Schulter. Rupert fing sich einen wuchtigen Knüppelhieb auf den Kopf ein und ging zu Boden. Vor seinen Augen tanzten Sterne. Blut rann ihm von der Stirn. Doch der kurze Schlagabtausch reichte, um Philip davon abzubringen, die Maske des Räubers zu lüften. Nichts anderes hatte Rupert mit seinem Ausfall beabsichtigt. Für die Wahrung seines Inkognito nahm er gerne eine Kopfwunde in Kauf. Vor allem Octavias wegen.

Diese hatte gerade hysterisch zu kreischen begonnen. Sie stieß schrille, markerschütternde Schreie aus, die Philip nicht einfach ignorieren konnte. So ging er zur Kutsche und versuchte, sie zu beruhigen, während sich die Polizisten daran machten, dem Räuber die Hände auf den Rücken zu fesseln.

»Um Gottes willen, Frau, hören Sie endlich mit diesem Geschrei auf!« fuhr Philip sie unwirsch an. »Es ist Ihnen doch nichts passiert. Niemand ist verletzt – bis auf diesen Verbrecher, aber dem geschieht es nur recht. Wenn man ihn mir nur zehn Minuten überlassen würde, würde er darum flehen, am Galgen hängen zu dürfen«, fügte er vollmundig hinzu. »Also was ist – fahren wir weiter!«

Rupert, der immer noch am Boden kniete und nach dem Schlag auf den Kopf gegen Übelkeit ankämpfte, hörte voll ohnmächtiger Wut die Worte seines Bruders. Sein eigenes Schicksal kümmerte ihn nicht. Aber Octavia jetzt Philip überlassen zu müssen... Philip, dessen sinnliche Gier dieser Zwischenfall wahrscheinlich nur noch stärker angeheizt hatte. Das triumphale Gefühl, einen Räuber erledigt und an den Galgen gebracht zu haben, würde den perversen Lüstling erst richtig auf Touren bringen.

»Wir brauchen aber noch ein paar Angaben, Sir, bevor Sie weiterfahren«, meldete sich der Anführer der Polizisten. »Sie werden vor Gericht als Zeuge vernommen werden, wenn man diesem Halunken hier in Old Bailey den Prozeß macht. Wären Sie deshalb bitte so freundlich, mir Ihren Namen und Adresse zu geben.«

Wichtigtuerisch zog er ein zerknittertes Stück Papier aus der Westentasche. »Warten Sie, ich hab' auch einen Bleistift. Den trage ich immer bei mir, für alle Fälle.«

Philip tippte ungeduldig mit dem Fuß auf den Boden. Er riß dem Polizisten das Papier aus der Hand und kritzelte seinen Namen darauf. »Da.«

»Oh, danke, Mylord. Vielen Dank, Eure Lordschaft.« Der Polizist schien schwer beeindruckt, als er las, wen er vor sich hatte. Ehrfürchtig schaute er zu Philip auf.

Octavias aufgelöstes Gesicht erschien im Kutschenfenster. Sie winselte immer noch hysterisch vor sich hin, doch ihre Augen beobachteten wachsam die Szene. Die Polizisten zerrten Rupert gerade mit roher Gewalt auf die Beine. Das Blut lief noch aus der Wunde, tränkte seine Augenmaske, so daß er nichts sehen konnte. Aber was konnte sie für ihn tun?

Wenn sie ihm das Blut abwischen würde, würde das Verdacht erregen. Und wenn sie die Polizisten aufforderte, es zu tun, würden sie ihm wahrscheinlich die Maske abnehmen. Sie durfte aber auf keinen Fall riskieren, daß Ruperts wahre Identität ans Tageslicht kam.

So blieb ihr nichts anderes übrig, als weiter vor sich hin zu jammern, auch wenn sie rasende Wut empfand, als sie sah, wie rücksichtslos Rupert auf sein Pferd geworfen, wie brutal seine Hände am Sattel und die Füße an den Steigbügeln festgezerrt wurden.

Rupert schwankte im Sattel, immer noch betäubt von dem Schlag auf den Kopf. Er bemühte sich, das Blut von den Augen zu schütteln und sich nach Octavia umzusehen, denn er spürte ihren Blick im Rücken. Doch ihr geliebtes Gesicht löste sich in einem Nebel auf.

Immer wieder ging ihm der Gedanke durch den Kopf: Warum war er nur so arrogant gewesen, Bens Hilfe abzulehnen? Ben hätte diese Katastrophe vielleicht verhindern können. Jetzt würde man ihn in den Kerker von Newgate werfen. Und Octavia war ihrem Schicksal überlassen, war Philip ausgeliefert. Denn dieses Mal würde sich sein Bruder nicht mehr vertrösten lassen.

Einer der Polizeiknechte riß Peter am Zügel und drehte ihn in die andere Richtung. Der wuchtige Rotschimmel schnaubte und wehrte sich mit heftigem Kopfschütteln gegen die rauhe Hand, die ihn am Zaumzeug hielt. Rupert hing schief im Sattel, und als das treue Pferd sich widersetzte, verlor er das Gleichgewicht und rutschte seitlich ab. Nur im letzten Moment konnte er sich fangen und wieder aufrichten, doch die Anstrengung verursachte ihm wieder Schwindel und Brechreiz.

Es würde ein langer Ritt werden zurück nach London.

Der Trupp setzte sich in Bewegung. Octavia sah ihnen nach, zur Untätigkeit verurteilt.

In ihrem Kopf rasten die Gedanken. Sie durfte jetzt nicht an Rupert denken. Wenn sie sich ausmalte, was ihn erwartete, würde sie den Verstand verlieren. Seine Qualen würde sie am eigenen Körper erleiden. Nein, sie mußte jetzt nach vorne schauen. Zunächst mußte sie Philip loswerden. Dann konnte sie sich den nächsten Schritt überlegen.

»Fahren Sie los, Kutscher!« Philip gab dem Kutscher ein Zeichen, der die ganze Zeit reglos auf dem Bock gesessen und mit offenem Mund die Szene beobachtet hatte, die sich vor ihm auf der Straße abspielte. »Nach Wildcroft!«

Er sprang zurück in die Kutsche – und erstarrte. »Um Gottes willen!«

Octavia lag mit geschlossenen Augen bewußtlos am Boden.

»Was zum Teufel ist denn das?« Er kniete sich neben sie, gerade in dem Moment, als die Kutsche losrollte. Philip verlor das Gleichgewicht und fiel gegen die Bank, stieß sich schmerzhaft den Ellbogen an.

»Himmel, Arsch und Zwirn!« fluchte er und beugte sich wieder über sie. »Was ist los mit Ihnen?« Er ohrfeigte sie, und als sie nicht reagierte, schlug er fester zu.

Octavias Lider flatterten. »Oh, Mylord«, stöhnte sie. »Ich muß ohnmächtig geworden sein. Das passiert mir manchmal in diesen Umständen, und ich hab' mein Riechsalz nicht dabei. Ich hab' nicht damit gerechnet. Oh, Sir, mir geht es so schlecht.«

Verblüfft starrte Philip sie an. »Was zum Teufel meinen Sie mit ›in diesen Umständen‹?« fragte er. »Und natürlich haben Sie nicht damit gerechnet. Oder werden Sie alle naslang von einem Räuber überfallen?«

Octavia schloß wieder die Augen. »Nein, das meine ich doch nicht, Mylord. Natürlich ist mir so etwas Furchtbares noch nie im Leben passiert. Ich meine... o Gott, ich weiß nicht, wie ich es Ihnen erklären soll.«

»Stehen Sie auf!« Er griff ihr unter die Arme und hievte sie hoch. »Mein Gott«, murmelte er, »leicht sind Sie ja nicht gerade.« Es kostete ihn einige Mühe, bis er sie wieder auf der Bank sitzen hatte. Sie kauerte sich in die Ecke, ein einziges Häufchen Elend.

»Der Schock... das muß es ausgelöst haben...«, flüsterte sie. »Wie soll ich es nur sagen... es ist mir so peinlich, Mylord. Eine... eine Frauensache.«

»Was?« Er starrte sie an. »Was zum Teufel soll der ganze Quatsch?«

Sie klimperte mit den Wimpern. »Meine Tage, Mylord...«, wisperte sie. »Der Schock muß es gewesen sein... es ist eigentlich noch zu früh... aber manchmal...«

»Großer Gott!« stieß er angewidert hervor. »Sie wollen mir doch nicht erzählen, daß Sie unsauber sind?«

Octavia wimmerte. »Ich habe solche Schmerzen, Mylord. Ach, mein Bauch... bringen Sie mich nach Hause, bitte.«

Wut und Verachtung flammten in Philips Augen auf. Er schlug mit dem Griff seines Degens auf das Kutschendach.

»Ja, Chef?« Der Kutscher beugte sich von seinem Bock nach hinten und schielte ins Wageninnere.

»Umdrehen! Wir fahren zurück nach London!«

»Geht's der Lady nicht gut«, bemerkte der Mann mitfühlend.

»Wenden Sie diese verdammte Kutsche!« brüllte Philip ihn an.

Der Fahrer tat wie ihm geheißen, und die Kutsche setzte sich in umgekehrter Richtung in Bewegung. Eifrig trabten die Pferde über Stock und Stein, doch der Kutscher gab ihnen dennoch die Peitsche, um möglichst bald wieder die Hauptstraße zu erreichen, auf der man leichter vorankam.

Philip saß im Wageninneren, knabberte nervös an einem Fingernagel und musterte angeekelt die zusammengesunkene und noch immer leise vor sich hin wimmernde Frau. Er hatte sie zu seiner Geliebten machen wollen. Diese Affäre war einfach wie verhext.

Aber er würde sie bekommen.

Er ballte die Fäuste. Ihr weibisches Gewinsel brachte ihn zur Weißglut, so daß er sie am liebsten auf der Stelle hinausgeworfen hätte. Doch stärker als dieser Impuls war seine Entschlossenheit, ein Ziel, das er sich einmal in den Kopf gesetzt hatte, niemals aufzugeben. Noch immer wollte er sie besitzen, auch wenn die Frau, die er einst ob ihrer Stärke, ihres Charmes und ihres Esprits begehrt hatte, sich jetzt als eine ebenso erbärmliche Kreatur wie die übrige Weiberbrut entpuppte.

Er würde sie besitzen. Er würde Rupert Warwick Hörner aufsetzen.

Als sie über die Westminster Bridge rollten, klopfte er wieder aufs Kutschendach. »Fahren Sie zuerst zum St. James Square«, befahl er. »Sie haben doch nichts dagegen, meine Liebe, wenn Sie allein nach Hause fahren?« Spott klang aus seiner Stimme.

»Nein, überhaupt nicht, Philip«, beteuerte sie schnell.

Er stellte erleichtert fest, daß sie sich inzwischen wieder ein wenig gefangen hatte. Der Ausdruck hysterischer Panik und heulenden Elends war von ihren Zügen gewichen. Ihr Gesicht erschien ihm jetzt sogar schöner denn je – so blaß in der Dunkelheit, aus der ihre Augen golden leuchteten, umflort von stiller Trauer.

»Es tut mir wirklich leid«, entschuldigte sie sich noch einmal, als die Kutsche vor Wyndhams Villa hielt. »Ich muß Sie um Verzeihung bitten. Aber in all dem Schreck...«

»Ah, das macht doch nichts«, erwiderte er gönnerhaft. »Die intimen Einzelheiten des weiblichen Körpers interessieren mich auch nicht sonderlich, um ehrlich zu sein. Das nächste Mal werde *ich* die nötigen Vorkehrungen treffen, und dann wird es auch keine unverhofften Zwischenfälle und Verschiebungen mehr geben, Madam.«

Er sprang so hastig aus der Kutsche, als befürchte er, jeden Moment von ihrer ekelerregenden Krankheit angesteckt zu werden.

Octavia stieß einen Seufzer der Erleichterung aus. Das hätte ganz schön schiefgehen können! Nicht auszudenken, wenn er ihr das plötzliche Unwohlsein nicht abgenommen und auf dem Rendezvous bestanden hätte! Wie hätte sie ihm erklären sollen, daß in Wildcroft weit und breit kein Liebesnest auf sie wartete?

Doch jetzt hatte sie ihn vom Hals. Als nächstes mußte sie Ben benachrichtigen.

Ben würde Bescheid wissen, wie man Gefangene in Newgate besuchen konnte. Er würde wissen, mit welchen Tricks man Ruperts Haftbedingungen erleichtern konnte. Soviel ihr bekannt war, konnte man mit Geld alles kaufen – Befreiung von den Eisenketten, Arzneien. Ruperts Kopfwunde mußte medizinisch versorgt werden.

Mit Grauen dachte sie einen Moment lang an den Galgen von Tyburn, an den Tag, an dem sie Rupert zum ersten Mal begegnet war. Sie sah die zwei schwarzen Gestalten am Balken baumeln. Ein Schauer lief ihr über den Rücken, und sie bannte das Bild aus ihrem Kopf. Sie durfte einfach nicht daran denken. Sie mußte sich überlegen, wie sie Rupert den Aufenthalt in Newgate so erträglich wie möglich machen konnte. Und dann mußte sie einen Fluchtplan ausarbeiten.

Aber bisher war noch keinem die Flucht aus Newgate gelungen! Egal – auch diesen Gedanken verscheuchte sie augenblicklich. Vielleicht konnte sie Rupert ja freikaufen. Die Gefängniswärter waren alle bestechlich. Jedermann wußte das. Und sie hatte Geld.

Den Kopf voller Pläne sprang sie aus der Kutsche, als sie in der Dover Street hielt. Sie zahlte den Kutscher und hastete ins Haus.

»Lassen Sie mein Pferd satteln, Griffin. Ich habe etwas Wichtiges zu erledigen und werde deshalb heute nicht zum Abendbrot da sein.«

Griffin wußte, daß Seine Lordschaft für ein paar Tage auf Reisen war, so daß es Octavia erspart blieb, sich eine Erklärung für Lord Ruperts Abwesenheit auszudenken.

Zehn Minuten später ritt sie bereits wieder in fliegendem Galopp in Richtung Westminster Bridge. Ach, wenn sie doch jetzt auf Peters Rücken säße! Heftig trieb sie ihre Stute vorwärts, doch mit dem Rotschimmel konnte diese nicht mithalten. Was würde man mit Peter in Newgate machen? Würde es ihr und Ben gelingen, ihn zurückzubekommen? Das war, gemessen an Ruperts Festnahme, zwar eine zweitrangige Frage, doch weil sie sich so hilflos zur Untätigkeit verdammt fühlte, ließen diese Gedanken sie nicht los.

Es war schon sechs Uhr abends, als sie das ›Royal Oak‹ erreichte.

Der schlaksige Freddy erschien diesmal nicht, um ihr vom Pferd zu helfen. So schwang sie sich allein aus dem Sattel, band die Stute am Geländer fest und betrat den Gasthof. »Ben? Bessie?«

Bessie erschien mit dem üblichen mißmutigen Ausdruck im Türrahmen, in der Hand eine tropfende Schöpfkelle. Rupert hatte Octavia einmal gesagt, daß die beiden seine Freunde seien und deshalb auch ihr in der Not beistehen würden. Deshalb faßte sich Octavia ein Herz. »Sie haben Nick geschnappt. Wo ist Ben?«

Entsetzt starrte die Köchin sie an, und einen Augenblick befürchtete Octavia, die Frau würde in Tränen ausbrechen.

Doch dann riß sich Bessie zusammen. »Ben ist in der Hütte, wartet auf Nick. Kommen Sie rein und erzählen Sie mir, was los ist. Ich schick' derweil Tab, ihn zu holen.«

»Nein, ich geh' selber. Mein Pferd steht draußen.«

»Wohin haben sie Nick gebracht?«

»Newgate. Polizei. Sagen Sie mir, wie ich Ben finde.«

Bessie nickte kurz und ging mit Octavia vor die Haustür.

»Reiten Sie bis zum Ende der Straße, dann den Fußweg entlang über die Felder, überqueren Sie den Fluß und halten Sie sich dann rechts. Nach einer halben Meile stoßen Sie auf die Straße, dort dann wieder rechts. Dann sehen Sie die Hütte schon.«

»Ich werd' sie schon finden, ich war ja schon mal dort«, erwiderte Octavia und kletterte in den Sattel.

»Bringen Sie mir Ben, daß der nicht auch noch dumme Sachen macht«, erklärte Bessie. »Er braucht jetzt jemanden, der sich um ihn kümmert. Sie vielleicht auch«, fügte sie brummend hinzu.

Octavia schenkte Bessie ein zaghaftes Lächeln. Langsam begann sie, hinter der rauhen Schale der Köchin das weiche Herz zu ahnen.

Sie hielt sich an Bessies Anweisungen und erreichte die Hütte, als der Abendstern aufging. Die Kate schien verwaist, Tür und Fenster waren verrammelt. Octavia ritt durch den kleinen Hof auf den niedrigen Stall zu.

Die Hufe der Stute klapperten auf dem Pflaster, und schon flog die Küchentür auf, und Ben kam herausgerannt. »Wo ist Nick?«

»Newgate.«

»Hab's geahnt!« stöhnte Ben. »Hab's geahnt! Noch nie hat er sich so verspätet!«

»Bessie wartet auf uns im ›Royal Oak‹.« Octavia beugte sich vom Sattel herab und hielt Ben die Hand hin. »Steigen Sie auf.«

»Mmmh.« Er ergriff ihre Hand und schwang sich hinter ihr in den Sattel. »Was ist passiert? Hab' immer gesagt, er soll auf der Straße keine Privatangelegenheiten austragen.«

Er hat es für mich getan. Weil ich es nicht geschafft habe, Philip zu verführen.

Octavia schwieg. Statt dessen erzählte sie ihm haarklein den ganzen Ablauf. »Die haben ihn erwartet, Ben. Die Polizei meinte, jemand hätte ihnen einen Tip gegeben.«

Ben fluchte leise. »Und ich hab' gedacht, an der Geschichte mit dem Spion wär' nix dran. Werd' Morris die Daumenschrauben anlegen, bis er mit der Wahrheit rausrückt.«

»Später«, mahnte Octavia. »Erst müssen wir uns um wichtigere Dinge kümmern.«

»Mmmh«, stimmte Ben ihr zu. »Nick braucht Kohle, um die Wärter zu bestechen. Hafterleichterung und so. Müssen uns 'n guten Anwalt nehmen.«

»Einen Anwalt?!« wunderte sich Octavia. »Den rettet kein Anwalt vor dem Galgen! Nick wurde in flagranti erwischt. Wir müssen das selbst in die Hand nehmen. Wir müssen ihn da rausholen.«

»Mmmh«, brummte Ben, doch es klang alles andere als überzeugt.

»Fangen Sie jetzt bloß nicht an, daß das nicht geht!« fauchte Olivia. »Fangen Sie jetzt bloß nicht damit an, Ben!«

Mit einem linkischen Klaps auf den Rücken versuchte er sie zu beruhigen. »Mal schauen, ob sich was machen läßt, Miß.«

21

Ächzend schleppte sich Rupert über den glitschigen Boden seiner Zelle. Bei jedem Schritt rasselten die Ketten an seinen Füßen. Noch hatten sich seine Augen nicht an die Dunkelheit gewöhnt, doch er hörte Stöhnen, und dazu das leise knirschende Geräusch aufeinanderreibenden Metalls. In diesem dunklen Kellerverlies unter den Straßen Londons mußten also noch andere Gefangene mit ihm eingekerkert sein.

Es war bitterkalt, und als er schließlich an eine Wand stieß, ertastete er voller Widerwillen eine dicke Schicht feuchten Drecks, die das gesamte Mauerwerk überzog. Er vermied es, sich anzulehnen, sosehr sein geschundener Körper auch nach Entspannung lechzte. Der Kopf dröhnte und alle Glieder schmerzten. Seine Häscher waren nicht zimperlich mit ihm umgegangen, hatten ihn mit ihren genagelten Stiefeln brutal in Rippen und Nieren getreten, bevor sie ihn in dieses düstere Loch warfen.

Wie gern hätte er sich auf den Boden sinken lassen. Aber er wußte – in seinem geschwächten Zustand käme er nicht wieder hoch, schon gar nicht mit dem Gewicht der Eisen an Händen und Füßen. Die Knöchel waren schon bis auf den Knochen aufgescheuert, und als er seine ebenfalls in Ketten gelegten Hände hob, um sich das getrocknete Blut von den Augen zu kratzen, brach ihm vor Anstrengung der Schweiß aus.

Irgend jemand hustete röchelnd, und ein ganzer Chor rasselnder, schleimspuckender Kehlen antwortete ihm. Langsam konnte Rupert die Konturen im Raum ausmachen. Zusammengekauerte Gestalten lagen am Boden, in Fetzen gehüllte Bündel. Stumm schauten sie ihn an.

Fleckfieber, dachte Rupert. Mit jedem Atemzug sog er die verseuchte Luft dieser fauligen Höhle in seine Lungen, in der es ekelerregend nach Fäkalien stank. Aber vielleicht war es besser, am Fleckfieber zu krepieren, als am Galgen zu enden.

Ruperts Knie begannen zu zittern, seine Beine wollten ihn nicht mehr tragen. Die schweren Eisenfesseln zogen ihn wie Blei zu Boden. Wie lange würde er sich noch aufrecht halten können?

Er wußte, daß man neue Gefangene absichtlich mit besonders schweren Ketten fesselte, in die übelsten Verliese warf und sie dort schmoren ließ, bis sie so zermürbt waren, daß sie jede Summe bezahlten, nur um von diesen Fesseln befreit und in eine bessere Zelle verlegt zu werden.

Wie lange würden sie ihn in dieser Folterkammer quälen? Durst plagte ihn, doch er konnte keinen Eimer mit Wasser entdecken. Als ihn der nächste Schwächeanfall übermannte, lehnte er sich trotz seines Ekels gegen die Mauer, ging in die Knie und drückte den Rücken gegen die Wand, um so die Beinmuskeln zu entlasten. Jemand wimmerte zu seinen Füßen, und Rupert rückte etwas zur Seite, um ihn nicht mit den Stiefeln zu treten.

Er versuchte, nicht an Octavia zu denken, doch die peinigende Vorstellung, daß sie jetzt womöglich in Philips Armen lag, ging ihm nicht aus dem Kopf. Rupert dachte an heute morgen, als sie in ihrem Bett gesessen war – eingehüllt in den seidig glänzenden Vorhang ihres Haars, aus dem sich ihre rosigen Brustwarzen durch das seidene Nachthemd drückten. Wie traurig hatte sie ihn angeschaut!

Warum hatte er nichts unternommen, ihre Beziehung wieder einzurenken? Bisher hatte er doch alle Hindernisse, die ihm das Leben in den Weg legte, im Sturm genommen. Doch vor Octavias abweisender Verschlossenheit hatte er widerstandslos kapituliert. Warum bloß?

Er wußte die Antwort. Weil er sich eingeredet hatte, daß sie ihm nichts bedeutete. Daß er sie ausschließlich für seine Zwecke benötigte und sonst nichts. Doch die Seelenqualen, die er jetzt ausstand, bewiesen ihm, daß er sich etwas vorgemacht hatte. Octavia bedeutete ihm unendlich viel, und er hatte ihre Zurückweisung nur deshalb hingenommen, weil er wußte, daß sein Verhalten durch nichts zu entschuldigen war.

Das Knarren der kleinen, vergitterten Klappe in der Zellentür riß ihn aus seinen Gedanken. Jemand warf einen Blick hinein und schlug die Klappe mit einem Knall wieder zu. Dann drehte sich ein Schlüssel im Schloß, und es krachte laut, als draußen die schweren Riegel zurückgeschoben wurden.

Ruperts Herz pochte erwartungsvoll. Er drückte die Knie durch und rutschte an der Wand hoch. Wenn sie kamen, um ihn zu holen, wollte er ihnen erhobenen Hauptes entgegentreten.

Aber sie kamen nicht seinetwegen. Die Tür wurde einen Spaltbreit geöffnet, dann flog etwas herein. Es rollte über die Steine, und in dem Lumpenhaufen zu Ruperts Füßen erwachte Leben. Sie krochen knurrend über den Boden, schnappten und rissen an dem Brotlaib wie ein Rudel halbverhungerter Straßenköter.

Rupert schloß die Augen. Gebe Gott, daß er niemals auf dieses animalische Niveau herabsinken würde! Aber nein, dazu würde es nicht kommen. Die Polizisten hatten ihm zwar alle Wertsachen abgenommen, auch seine teure Uhr, aber Ben würde kommen und Geld mitbringen. Octavia würde sicherlich seinen Freund benachrichtigen, wenn sie erst einmal Philips Umarmung entkommen war...

Ein Stöhnen entrang sich seiner Brust, ein Ausdruck tiefer

Qual und Verzweiflung. Ein Stöhnen, wie er es von seinen Mitgefangenen gehört hatte, die immer noch auf dem Boden herumkrochen und sich um die letzten Brotkrumen balgten. Auf einmal fühlte er sich ihnen seltsam nah und verwandt. Rupert ließ den Kopf auf die Brust sinken. Das Gewicht der Ketten zerrte an seinen Schultern. Er glaubte, sich hinsetzen zu müssen, wollte er nicht ohnmächtig werden. Aber sein unnachgiebiger Stolz hielt ihn aufrecht.

Auf einmal wurde ihm bewußt, daß niemand in dieser Zelle auch nur ein einziges Wort sprach. Nur leises Wimmern war zu hören, unterbrochen von keuchendem, röchelndem Husten. Diese Menschen waren zu Tieren geworden, denen man die Sprache geraubt hatte. Rupert erschrak – gab es etwas Schrecklicheres als stumme Sprachlosigkeit?

Seine Hände und Füße waren taub vor Kälte, und das Reißen der Ketten steigerte sich zu unerträglichem Schmerz. Rupert versuchte, sich nicht zu rühren, denn schon bei der kleinsten Bewegung bohrten sich die Eisen an seinen Knöcheln gnadenlos ins rohe Fleisch.

Langsam glitt er vor Schmerz und Erschöpfung in einen tranceartigen Zustand. Doch noch immer stand er auf den Beinen, wenn auch an die Wand gelehnt. Plötzlich klappte die vergitterte Türluke erneut auf. Wieder das Schlüsseldrehen, dann das Donnern der Riegel.

Diesmal öffnete sich die Tür ganz, und Rupert blinzelte in das schmerzhaft blendende Licht einer Laterne, die der Wärter hochhielt. Zum ersten Mal sah er das ganze stickige Verlies ausgeleuchtet.

Und dann bemerkte er die Gestalt hinter dem Wärter. Eine schlanke Figur, ganz in Schwarz, das Gesicht mit einem schwarzen Schleier verhüllt.

»Großer Gott!« stieß Octavia hervor, schob den Wärter beiseite und stürzte in den Raum, blieb dann entsetzt stehen.

Panik erfaßte Rupert. »Raus! Du Idiot, schaff sie hier sofort raus!« brüllte er den Wärter an. »Hier ist alles verseucht, schaff sie raus!«

»Ey, halt die Schnauze, Mann!« blaffte der Wärter zurück. »Deine Freundin wollte mal schau'n, wie's dir geht, Alter. Dachte, ich tu' dir 'n Gefallen.« Mit einem Augen musterte er den Gefangenen im Lichtkegel der Laterne, sein anderes Auge schielte zur Decke hoch, von der das Wasser tropfte.

Mit letzter Kraft hechtete Rupert nach vorn, riß an seinen Ketten, ignorierte die stechenden Schmerzen, die durch seine gemarterten Muskeln jagten. »Octavia, *gehen Sie hier raus!*«

Doch sie hörte nicht auf ihn, sondern taumelte auf ihn zu. »O Liebster, was hat man Ihnen angetan!« Sie ergriff seine Hände, massierte hilflos die tauben Finger.

»Also, raus mit dir!« knurrte der Wärter. »Deine Freunde haben'n bißchen was abgedrückt, damit du's dir gemütlicher machen kannst. Glück gehabt, alter Junge.«

Wie betäubt machte Rupert einen Schritt auf das Licht der Laterne zu. Er fühlte sich wie ein alter Mann, der sein Leben lang in einer Höhle gehaust hat, ohne je das Tageslicht erblickt zu haben. Dabei waren es höchstens ein paar Stunden, die er in diesem finsteren Loch verbracht hatte. Wie lange hätten sie wohl gebraucht, seinen Willen zu brechen? Weniger als er früher für möglich gehalten hätte. Eine ernüchternde, eine demütigende Erfahrung.

Octavia hielt noch immer seine Hand, zog ihn ungeduldig zur Tür, als befürchte sie, er würde sonst für immer in diesen stinkenden, fauligen Schlund zurückgesogen.

»Sie hätten niemals hierherkommen dürfen!« fuhr er sie grimmig an. Er hatte solche Angst um sie, daß sein eigener Schmerz, seine Erschöpfung mit einem Schlag wie weggeblasen waren. »Warum haben Sie nicht Ben Bescheid gesagt, anstatt den weiten Weg hier raus zu wagen!«

»Hab' ich ja! Er verhandelt gerade mit den Wärtern über Peter.« Die Tränen sprangen ihr aus den Augen, weniger wegen seiner Vorwürfe als wegen des Schocks über seinen Zustand. Wie war es möglich, daß ein paar Stunden einen kräftigen Mann in ein solches Wrack verwandeln konnten?

»Wärter, nehmen Sie ihm die Fußketten ab!« rief sie mit tränenerstickter Stimme und packte den Mann, der ihnen voranging, am Arm. »So kann doch kein Mensch laufen. Diese Gänge hier unten sind meilenlang! Seine Knöchel sind bis auf die Knochen aufgescheuert!«

Sie wußte, daß sie beide von der Gnade dieses Mannes abhingen. Wenn es ihm beliebte, konnte er Rupert wieder in den Kerker werfen, egal, wieviel Geld sie ihm auch bot. Sie durfte den Bogen nicht überspannen. Trotzdem legte sie all ihre Autorität in ihre Stimme.

»Tun Sie es, Mann! Los jetzt!«

»Kann ich nicht«, erwiderte der Wärter. »Geht nur oben beim Pförtner.«

»Großer Gott!« stöhnte Octavia. »Kommen Sie, ich trag' sie Ihnen.« Sie bückte sich nach den Ketten, doch sie konnte sie kaum anheben. Wütend ließ sie sie wieder fallen.

»Lassen Sie, schon gut«, beruhigte sie Rupert. Er stöhnte leise, denn ihre Bemühungen hatten ihm mehr Schmerz als Erleichterung gebracht. »Ich bin den Weg hergelaufen, da kann ich ihn auch wieder zurücklaufen.«

»Aber das ist doch barbarisch!«

»Jawohl, das ist es«, pflichtete er ihr bei. Auf einmal ging ein Strahlen über sein Gesicht. Das war die alte Octavia – mutig, selbstbewußt und kämpferisch! Wie lange hatte er sie nicht mehr so erlebt? Es war die Octavia, die er liebte und brauchte!

Und im gleichen Moment durchflutete ihn ein grenzenloses Gefühl der Erleichterung. Sie hätte Ben niemals so schnell Bescheid sagen und ihm hierher zu Hilfe eilen können, wenn Philip auf seinem Rendezvouz bestanden hätte ...

»Sie sind eine Retterin in der Not, meine Liebe«, sagte er. »Und dennoch hätten Sie nicht kommen dürfen.« Er wußte, daß das eine glatte Lüge war, denn er sehnte sich nach nichts so sehr wie nach ihrer Nähe. Aber er durfte es nicht zulassen, daß Octavia ihre Gesundheit aufs Spiel setzte.

»Es wäre Ihnen also lieber gewesen, ich wäre nicht gekommen?« Sie klang enttäuscht, doch hinter dem dichten Schleier konnte er ihr Gesicht nicht ausmachen.

»Ich meine nur... Sie müssen Vernunft walten lassen!« Er blieb stehen und atmete tief durch. Hörte denn dieser Korridor überhaupt nicht mehr auf? Wann endlich würde er dieser Finsternis endlich entrinnen und wieder frische Luft atmen?

Er sprach leise, aber bestimmt, damit der Wärter, der weitergetrottet war, ohne ihr Stehenbleiben zu bemerken, sie nicht hören konnte.

»Sie müssen sich von mir fernhalten, Octavia, sonst riskieren Sie, mit mir in Zusammenhang gebracht zu werden. Bisher kennt noch niemand meine wahre Identität, und vor Prozeßeröffnung wird sie wohl auch nicht gelüftet werden. Aber dann werden Sie und Ihr Vater längst in Northumberland sein, und die Nachricht von der Hinrichtung eines Straßenräubers wird nicht bis dorthin dringen...«

»Hören Sie auf, so zu reden!« unterbrach sie ihn wütend. »Außerdem bin ich ja selbst inkognito hier. Hinter dem Schleier erkennt mich niemand. Und daß Gefangene Besuch empfangen, ist doch wohl normal.«

»Hey, was ist los?« Der Wärter hatte sich umgedreht und hielt die Laterne hoch. »Hat's dir hier unten so gefallen, daß du wieder zurück willst, oder was?«

»Elende Bestie!« stieß Octavia zwischen den Zähnen hervor. »Stützen Sie sich auf meine Schulter, Rup... ich meine Nick. Los, stützen Sie sich auf.«

Er lächelte schwach, nahm ihr Angebot jedoch nicht wahr. Statt dessen dachte er daran, daß er Ben die Leviten lesen würde. Wie konnte er Octavia hierherbringen! Und dann noch zulassen, daß sie hinunter in diese verseuchten Höhlen stieg!

Rupert schleppte sich an Octavias Seite weiter den Gang entlang, bis an seinem Ende schließlich eine Wendeltreppe auftauchte.

»Wie wollen Sie denn da hochkommen?« fragte Octavia verzweifelt.

»Ich bin hier schon mal runtergestiegen, dann komme ich auch wieder hoch«, erwiderte er mit einem gequälten Lächeln. Daß er die Stufen unter den brutalen Stiefeltritten seiner Bewacher mehr hinuntergefallen als -gestiegen war, erwähnte er nicht.

Der Aufstieg fiel ihm schwerer, als er geglaubt hatte, und der Schweiß strömte ihm aus allen Poren, als er schließlich mit letzter Kraft den Treppenabsatz erreichte.

Hier oben gab es wenigstens das trübe Licht von ein paar Ölfunzeln, und obwohl es immer noch nach Fäkalien stank, wehte doch eine leichte Brise durch die kleinen Fenster hoch oben in der Mauer herein. Sie trotteten einen weiteren Gang entlang, vorbei an überfüllten Gefängniszellen, hinter deren Gittertüren neugierige Gesichter auftauchten, um den Neuankömmling zu mustern.

Octavia senkte den Blick. Wie gut, daß die dunklen Schleier ihren Körper verbargen. Höhnische Bemerkungen, Flüche und zotige Zurufe prasselten auf sie herein. Nur wenige Gefangene fanden ein paar aufmunternde Worte für ihren Leidensgenossen, der sich da in schweren Ketten stöhnend den Korridor entlangschleppte.

Der Wärter öffnete eine Tür am Ende des Gangs, und sie traten hinaus in den Gefängnishof, der leer und verwaist lag, da die Häftlinge bereits für die Nacht in ihre Zellen gesperrt waren. Gierig sog Rupert die warme Nachtluft in seine Lungen. Von irgendwoher erklang das Lied einer Nachtigall, und Rupert spürte die Kostbarkeit und Vergänglichkeit des Lebens so intensiv wie noch nie.

»Hier lang.« Der Wärter führte sie durch die schmale Gasse,

welche die zwei Flügel des Gefängnisbaus trennte, zum Gefängnistor, neben dem das Pförtnerhäuschen stand.

Rupert erinnerte sich. Hier hatte man ihm bei seiner Einlieferung die schweren Ketten an Knöchel und Handgelenke angelegt.

Sie betraten den düsteren, engen Raum, in dem ein kleines Schmiedefeuer brannte. Ein bulliger Glatzkopf, der über den Blasebalg gebeugt war, schaute auf.

»Nimm ihm die Eisen ab, Joe«, sagte der Wärter und spuckte auf den Boden.

Der Mann brummte nur und deutete mit einer Kopfbewegung auf den gewaltigen Amboß in der Mitte des Pförtnerhäuschens. Rupert hob mühsam den rechten Fuß hoch und setzte ihn auf dem Amboß ab. Der Mann hieb mit zwei wuchtigen Hammerschlägen auf die Kette ein, und die Glieder flogen auseinander. Als Rupert seinen linken Fuß auf den Block setzte, nahm der Glatzkopf eine rotglühende Zange aus dem Feuer.

Octavia, die in der Tür stand, stockte der Atem. Er würde Ruperts Bein verbrennen! Doch der Mann packte mit der Zange eines der Kettenglieder, das rot aufglühte und dann zerbrach. Auf die gleiche Weise wurden Lord Nick die Eisen an den Handgelenken gelöst. Als die letzte Kette auf dem Amboß fiel, atmete Octavia erleichtert auf. Endlich war er von diesen Folterwerkzeugen befreit! Stöhnend reckte Rupert seinen Körper und bewegte die schmerzenden Schultern.

»Wenn man dich nach Old Bailey überführt, müssen wir sie dir wieder anlegen«, erklärte der Wärter. »Aber solange du zahlst, kannst du dich im Salon frei bewegen ... bis du in die Todeszelle kommst.«

Der letzte Satz ließ Rupert das Blut in den Adern gefrieren, und so verbannte er ihn augenblicklich aus seinem Gedächtnis.

Sie verlegten ihn also in den ›Salon‹, den Trakt des Gefängnisses, der für zahlungskräftige Häftlinge reserviert war. Die Gebühr betrug drei Guineen, das wußte er noch, weil er sie damals für Gerald Abercorn und Derek Greenthorne gezahlt hatte. Eine Einzelzelle kostete zusätzlich zehn Schilling Miete pro Woche. Wahrscheinlich hatten Ben und Octavia das Geld hingelegt.

Rupert und Octavia folgten dem Wärter wieder zurück durch den Hof in den anderen Flügel des Gefängnisbaus. Er öffnete ein Tor und führte sie eine Teppe hoch, dann einen langen Flur entlang, von dem zahlreiche Räume abgingen. Hier war es luftig und hell, und hinter den Türen hörte man Gelächter und Gläserklingen.

Am Ende des Gangs stieß der Wärter eine Tür auf. »Da sind wir, Lord Nick. Dank deiner Freunde hast du ein ganzes Zimmer für dich.« Er deutete mit einer ausladenden Handbewegung in den Raum. Dann grinste er anzüglich. »Jetzt laß ich dich erst mal mit deiner Freundin allein. Wenn sie gehen will – ich bin unten am Tor.«

»Achtundzwanzig Schilling pro Woche will der Gauner haben«, stieß Octavia wütend hervor, als der Wärter verschwunden war. »Aber so haben Sie wenigstens Ihre Ruhe.«

Sie schlug den Schleier zurück und betrachtete ihn ängstlich. Ihre Augen schienen in dem todesbleichen Gesicht noch größer als sonst.

Rupert schaute sich in seiner Zelle um. Hier war Platz für vier Häftlinge, daher auch der überhöhte Mietpreis.

»Und Sie haben eine Wäscherin, die sich um Ihre Kleider kümmert«, fügte Octavia hinzu. »Und das Essen kommt aus der privaten Küche des Kochs. Meinen Sie, daß Sie es unter solchen Bedingungen hier eine Weile aushalten können?«

Rupert lächelte schwach. »Sicher doch. Ich bin hier im Gefängnis und nicht im Luxushotel.« Dann wurde er ernst. »Octavia, Sie müssen mir versprechen, nie wieder hierherzukommen.«

»Reden Sie keinen Unsinn und setzen Sie sich!« empörte sie sich. »Ich muß erst mal Ihre Wunde reinigen. Im Kessel dort ist heißes Wasser. Ben besorgt Ihnen Wein und was Anständiges zu Essen aus der Taverne gegenüber.«

Sie drückte ihn auf einen Stuhl und begann, vorsichtig die Kopfwunde freizulegen.

»Dieser Bastard!« zischte sie erbost und füllte ein wenig warmes Wasser in die Waschschüssel. »Er hat kein Recht, Sie so zu schlagen!«

»Wie ist denn die Sache mit Philip ausgegangen?« Er konnte seine Neugier nicht mehr beherrschen. Er wollte ihr auch keine weiteren Vorwürfe machen, daß sie hierhergekommen war. Denn, um ehrlich zu sein – er freute sich wahnsinnig über ihren Besuch. Sie war sein einziger Trost!

»Ach, die Sache mit Philip«, erwiderte Octavia leichthin, als hätte sie diese Geschichte längst vergessen. Sie biß sich auf die Unterlippe und kniff die Brauen zusammen, denn sie mußte sich konzentrieren, um ihm beim Reinigen der Wunde möglichst wenig weh zu tun. »Ich hab' ihm erzählt, ich hätte meine Tage bekommen... der Schock des Überfalls hätte sie vorzeitig ausgelöst.«

»Octavia!« Rupert brach in schallendes Gelächter aus, zuckte aber gleich wieder zusammen, weil ihm ein stechender Schmerz durch den Kopf fuhr.

»War doch eine gute Idee, nicht wahr?« griente Octavia und löste die verklebten Haarsträhnen mit dem warmen Wasser behutsam auseinander.

Einen Moment lang vergaß Octavia Ruperts entsetzliche Lage und genoß es einfach, mit dem geliebten Mann wieder vereint zu sein. Die schreckliche undurchdringliche Wand, die während der letzten Wochen zwischen ihnen gestanden hatte, war ausgerechnet hier, hinter Gefängnismauern, wie weggepustet. Was vor kurzem noch so wichtig gewesen war, jetzt, unter diesen Umständen, schien es geradezu banal. Wie hatte sie es nur zulassen können, daß solche relativ kleinen Probleme sie beinahe für immer entzweit hätten?

»Hey, Nick. Schön, dich wieder lachen zu hören.« Ben kam zur Tür herein und stellte einen Korb auf dem Tisch ab. Er schien verdutzt, seinen Freund in so heiterer Verfassung anzutreffen.

Rupert warf ihm ein flüchtiges Lächeln zu. »In dieser Lage kann man nur lachen oder heulen.« Er streckte ihm die Hand hin, und Ben schlug ein.

»Was soll'n wir jetzt machen?« fragte Ben und zuckte hilflos die Achseln. »Werd' mich nach 'nem guten Anwalt umsehen.«

»Rausgeschmissenes Geld.« Rupert winkte ab. »Du weißt so gut wie ich, Ben, daß mir der beste Anwalt nicht helfen kann.«

»Meine Rede!« bestätigte Octavia, die immer noch mit Ruperts Kopfwunde beschäftigt war. »Wir müssen Sie hier auf eigene Faust rausholen.«

Rupert und Ben schauten sich nur an, sagten aber nichts.

Octavia tat so, als hätte sie ihr Schweigen nicht bemerkt. »Was haben Sie uns denn Schönes mitgebracht, Ben?« wechselte sie schnell das Thema. »Ich sterbe vor Hunger, und Lust auf ein Glas Wein hätte ich auch.«

»Also da hätten wir.« Ben begann, seinen Korb auszupacken. »Lammkeule, gebackenen Schinken, geräucherter Aal, 'n dickes Stück Käse und 'n paar Flaschen Burgunder. Müßte doch reichen, oder?« Er grinste.

»So, schaut doch schon viel besser aus«, sagte Octavia und betrachtete zufrieden das Ergebnis ihrer ärztlichen Bemühungen. »Die Wunde ist allerdings sehr tief. Müßte eigentlich genäht werden.«

»Ach was«, winkte Rupert ab.

»Aber das gibt dann eine häßliche Narbe.«

Rupert zuckte die Achseln. Was bedeutete bei einer Leiche eine Narbe mehr oder weniger? Er schwieg, doch Octavia hatte ihn auch ohne Worte verstanden. Mit zusammengepreßten Lippen wandte sie sich abrupt ab.

»Haben wir Gläser für den Wein?« fragte sie Ben.

»Hab' ich aus der Taverne mitgebracht.« Er stellte drei Zinnbecher auf den Tisch und schenkte aus. »Hätte mir nicht träumen lassen, Nick, daß ich mit dir mal hier einen trinken würde«, murmelte er mit einem trockenen Grinsen.

»Hmmh.« Rupert nahm einen tiefen Schluck. »Irgend jemand hat der Polizei einen Tip gegeben«, brummte er. »Es kann nur einer aus dem ›Royal Oak‹ gewesen sein. Aber wer?«

Ben runzelte die Stirn. »Morris war an dem Tag gar nicht da, als wir miteinander geredet haben... Aber der neue Stalljunge... Sind an der Mauer langmarschiert... und er hat genau auf der anderen Seite der Mauer gearbeitet. Jetzt erinnere ich mich!«

»Was weißt du über ihn?«

»Wenig. Aber bald werd' ich mehr wissen«, fügte Ben grimmig hinzu.

»Das hilft uns jetzt auch nichts mehr«, bemerkte Octavia.

Auf einmal verließ sie aller Mut. Rupert aus dem stinkenden Verlies zu holen, ihn von seinen Ketten zu befreien, seine Wunde zu versorgen – das alles hatte sie seelisch aufrecht gehalten. Jetzt aber wurde ihr die ganze Ausweglosigkeit seiner Lage bewußt. Ein kalter Schauer lief ihr über den Rücken. Sie waren in Newgate. Die Mauern waren meterdick, und die Türen mit schweren Riegeln verschlossen, auch hier in diesem Trakt. Wie sollte hier eine Flucht gelingen?

»Wenn ich Ihnen Frauenkleider mitbrächte«, überlegte sie laut, »könnten Sie sich verkleiden und mit den anderen Besuchern nach Ende der Besuchszeit hinausschlüpfen.«

Rupert lächelte matt. »Ach, Octavia. Ich werde hier Tag und Nacht überwacht. Und sie kontrollieren jeden Besucher beim Betreten und Verlassen des Gefängnisses. Lord Nick ist ihnen doch viel zu kostbar, um ihn sich durch die Lappen gehen zu lassen. Und wenn sie mich bei einem Fluchtversuch erwischen, verschwinde ich wieder in dem grausigen Kellerverlies.«

»Aber Sie dürfen nicht aufgeben!« fuhr Octavia ihn an und schüttelte unwillig den Kopf, als Ben ihr ein weiteres Stück

Lammkeule anbot. Plötzlich war ihr der Appetit vergangen. »Man wird Sie *aufhängen*, verstehen Sie, wenn Sie schuldig gesprochen werden!«

Rupert seufzte. »Reden wir von etwas anderem. Trinken Sie Ihren Wein aus, Octavia. Ben bringt Sie dann nach Hause.«

Octavia schaute ihn an. Er wirkte auf einmal erschöpft. Tiefe Falten hatten sich in sein Gesicht gegraben, und er konnte die Augen kaum noch offenhalten. Abrupt stand sie auf. »Morgen früh komme ich wieder.«

»Nein, bitte nicht«, bat Rupert mit schwacher Stimme. »Ben wird für mich sorgen.«

»Besser als ich?« Ihre goldbraunen Augen sahen ihn enttäuscht und gekränkt an. Die weichen Lippen zuckten.

»Nicht in jeder Beziehung natürlich.« Er lächelte.

Ben räusperte sich. »Ich hab' Peter vor der Taverne angebunden. Der Stallmeister hat ihn herausgerückt, ohne großen Ärger zu machen.«

»Gut.« Rupert stand auf und schwankte leicht, als ein Schwächeanfall ihn übermannte. »Bring mir Octavia heil nach Hause, Ben.«

»Mach' ich. Kommen Sie, Miß.«

Unschlüssig erhob sich Octavia. »Warum kann ich hier eigentlich nicht über Nacht bleiben?« fragte sie. »Ihre Wunde muß regelmäßig versorgt werden und...«

»Nein«, unterbrach Rupert sie mit fester Stimme. »Gehen Sie jetzt.«

Er zog sie an sich und küßte sanft ihre Stirn. »Tun Sie, was ich Ihnen sage, Octavia, und kommen Sie nicht wieder. Ich möchte nichts riskieren.«

»Nein, das tut mir leid«, beharrte Octavia. Sie stellte sich auf die Zehenspitzen und hauchte ihm einen Kuß auf den Mund. »Ich kann schon auf mich aufpassen. Warten Sie ab bis morgen früh. Sie werden mich nicht wiedererkennen.«

Sie lächelte ihn an, doch er bemerkte die Anstrengung, die es sie kostete. »Schlafen Sie sich jetzt schön aus. Morgen bringe ich Ihnen ein bißchen Laudanum. Ich hätte heute schon dran denken sollen, aber es war so viel los...« Sie zuckte hilflos die Achseln, drehte sich um und verließ mit Ben das Zimmer.

Rupert lauschte ihren Schritten draußen auf dem Gang, bis sie verhallt waren. Dann warf er sich aufs Bett und verschränkte die Arme hinter dem Kopf.

Wie lange würde es wohl dauern, bis sie ihm den Prozeß machten? Ein Anwalt könnte natürlich alles hinauszögern. Aber wollte er das überhaupt? Wollte er hier Tag und Nacht sitzen und auf das Ende warten? Darauf, daß sie ihn abholten und auf den Karren luden, der ihn nach Tyburn brächte?

Nein, je schneller es vorbei war, desto besser. Dennoch wußte er, daß zwischen Todesurteil und Vollstreckung Monate vergehen konnten. Und diese Monate würde er in der Todeszelle verbringen.

Octavia durfte ihn nicht weiter besuchen. Es wär nur eine Quälerei für sie beide. Welche Ironie des Schicksals, daß sie erst im Angesicht des Todes wieder zueinander gefunden hatten!

Doch bevor er seinen letzten Seufzer tat, mußte er noch das Geschäft mit Rigby und Lacross zu Ende bringen. Er mußte die offiziellen Zahlungsaufforderungen schreiben. Ben würde sie abschicken und nach Ablauf der Mahnfrist den Gerichtsvollzieher bestellen. Als letzten Schritt würde die Bank das Darlehen kündigen und die Überschreibung von Hartridge Folly verlangen.

Dann dauerte es noch weitere vier Wochen, und das Geschäft war über die Bühne. Er könnte alles von Newgate aus dirigieren. Vorausgesetzt, ihm blieben noch vier Wochen. Aber die Mühlen der Justiz mahlten zum Glück langsam, auch ohne trickreichen Anwalt.

Er schloß die Augen. Das Blut hämmerte in seinen Schläfen. Philips Gesicht tauchte vor ihm auf. Er war so nahe davor gestanden, die Geschichte zu Ende zu bringen, die mit der Tragödie in Beachy Head begonnen hatte. So nahe davor, seinem verhaßten Zwillingsbruder endlich die Maske vom Gesicht zu reißen, so nahe davor, Rache für Gervase zu nehmen.

Nun sah es danach aus, daß der Mann, der sich Earl of Wyndham nannte, bald nie mehr um seinen Titel zu fürchten brauchte.

22

Als Rupert erwachte, fühlte er sich völlig zerschlagen. Doch wenigstens das Dröhnen in seinem Kopf hatte nachgelassen. Ächzend und fluchend rappelte er sich hoch und taumelte zum Fenster, das auf den Gefängnishof hinausging.

Dort ging es zu wie auf dem Jahrmarkt. Straßenhändler boten ihre Waren feil. Männer, Frauen und Kinder drängten sich vor den Buden, in denen alles zu bekommen war, was man für den Alltag im Gefängnis brauchte.

»Möchten Sie Frühstück, Sir?«

Rupert fuhr herum. Ein junges Mädchen stand in der Tür und lächelte ihn schüchtern an. Sie wischte sich die Hände an der schmuddeligen Schürze ab.

»Wer sind denn Sie?«

»Ich bin Amy, Ihre Wäscherin, Sir.« Sie knickste und staunte ihn mit großen Augen an. Es schien ihr eine besondere Ehre, den berühmt-berüchtigten Lord Nick bedienen zu dürfen. Was für feine Kleider er trug – auch wenn sie inzwischen ein wenig ramponiert waren. Und was hatte dieser große, kräftige Mann trotz der Schürfwunden und des verklebten Haars doch für eine faszinierende Ausstrahlung!

»Es gibt Hammelkotelett und Spiegeleier. Möchten Sie?«

Rupert lief das Wasser im Mund zusammen. »Ja, gerne, Amy.«

Das Mädchen knickste und verschwand. Rupert streckte seine malträtierten Glieder und stöhnte auf. Sein Körper fühlte sich wie eine einzige große Wunde an.

Rupert betrachtete sich in der großen Spiegelscherbe auf dem Wandbord in der Ecke. Er war unrasiert, hatte tiefe Schatten unter den Augen, und das ganze Gesicht war von blauen Flecken und Schürfwunden übersät. Eine Fratze zum Fürchten, ein Kinderschreck. Er betastete die Wunde über der Stirn. Sie blutete nicht mehr, und dank Octavias Bemühungen war sie wenigstens sauber, sah aber deshalb nicht weniger gräßlich aus. Es wäre tatsächlich gut, sie nähen zu lassen. Aber was für einen Sinn hatte es, eine Leiche im Wartestand zu verschönern?

Er durfte nicht schwermütig werden. Solche Gedanken machten ihm nur das Leben schwer.

»So, Lord Nick.« Amy kam mit einem Tablett hereingerauscht. »Hab' Ihnen auch noch einen Humpen Ale mitgebracht.«

Sie setzte das Tablett ab. »Hat der Koch alles in seiner Privatküche für Sie hergerichtet. So, wie Ihre Freunde es gewünscht haben.«

Rupert nickte und setzte sich an den Tisch. Ihm knurrte der Magen. Während er sein Essen verspeiste, huschte das Mädchen durchs Zimmer, räumte hier etwas auf, strich da ein Laken glatt.

»Haben Sie etwas zu waschen für mich, Sir?« fragte sie schließlich.

»Im Moment besitze ich nur die Kleider, die ich am Leib trage«, antwortete er und leerte seinen Humpen. Dann schob er die leeren Teller von sich weg und stand auf.

»Abendbrot gibt es um vier, Sir.« Amy nahm das leere Tablett und knickste. »Wenn Sie vorher etwas wünschen, sagen Sie nur Timson, dem Wärter, Bescheid. Er ruft mich dann.«

»Warmes Wasser könnte ich brauchen«, überlegte Rupert. »Und Seife und ein Rasiermesser.«

Das Mädchen nickte und wandte sich zum Gehen. Als sie die Tür öffnete, hörte er eine Stimme auf der Treppe, die ihm eigenartig bekannt vorkam. »Paßt doch auf mit dem Zuber, ihr Idioten! Wofür zahl' ich euch eigentlich? Verschüttet das ganze Wasser!«

»Schon gut, schon gut, Mädchen. Und jetzt werd' nicht frech! Du bist hier im Knast und nicht auf'm Markt, verstanden?«

»Pah!« kam die trotzige Antwort. »Ich rede so, wie's mir paßt, du Flegel! Wer zahlt, schafft an, ist das klar?«

Rupert traute seinen Ohren nicht. Das war unverkennbar Octavias Stimme! Und in was für einem Gossenton sie sich ausdrückte! Sie schimpfte wie ein Rohrspatz und überschüttete die Männer, die sich da offenbar mit einer schweren Last die Treppe hochquälten, mit einem Schwall obszöner Flüche.

»Gut so!« rief sie. »Jetzt da rüber!« Octavia erschien im Türrahmen und deutete mit dem Zeigefinger in die Mitte des Raumes. »Und bringt mir noch zwei Eimer heißes Wasser dazu!«

Sie griff in die Tasche ihrer zerschlissenen Schürze und holte eine Handvoll Münzen hervor. »Hier, das ist für euch. Und jetzt die zwei Eimer, aber dalli!«

Die beiden Männer, die mit vereinten Kräften eine gefüllte Badewanne die Treppe hochgeschleppt hatten, nahmen brummend das Geld in Empfang, nickten Lord Nick kurz zu und verließen das Zimmer.

Rupert starrte Octavia an. Sie trug ein grelles, oranges Kleid, das bessere Tage gesehen hatte. Ihre prallen Brüste lugten vorwitzig aus dem tief ausgeschnittenen Dekolleté heraus, dessen Spitzenrüschen angeschmuddelt und stellenweise abgerissen waren. Unter dem geschürzten Rock schauten ein schmutziger Unterrock und ein paar grobe Holzpantinen hervor. Ihre Haare hatte sie zu einem dicken Zopf geflochten und sich ein knallrotes Kopftuch umgebunden. Die rosigen Wangen waren verschmiert, und auch die Fingernägel starrten vor Dreck.

Sie setzte ihren Korb und ein weiteres Bündel ab und strahlte ihn an. Dann stemmte sie die Fäuste in die Hüften, drehte sich im Kreise, daß die Röcke wirbelten und lachte: »Na, geb' ich nicht eine tolle Bauerndirne ab?«

»Tod und Teufel!« staunte Rupert. »Was ist denn das für ein Aufzug?«

»Ich dachte, Sie sollten zwei verschiedene Besucherinnen haben«, erklärte Octavia. »Einmal die geheimnisvolle, verschleierte Lady in Schwarz, dann den derben Bauerntrampel. Das verwirrt die Leute ein bißchen, meinen Sie nicht?«

Verwundert schüttelte er den Kopf. In dem Moment erschien Amy mit Rasierzeug und einer Schale heißen Wassers zum Rasieren. Auch sie stutzte, als sie die unerwartete Besucherin sah, und sogleich verfinsterte sich ihr Blick.

»Wer bist denn du?«

»Eine Freundin von Lord Nick«, gab Octavia zurück und rümpfte die Nase. »Als ob dich das was angeht, Mädel.«

»Geht mich sehr wohl was an!« konterte Amy. »Er ist mein Gentleman. Leute wie dich mögen wir hier nicht. Das ist *mein* Revier, ist das klar? Also raus hier!«

»Ich hab' das Recht, Gefangene zu besuchen!« wehrte sich Octavia. »Du bist hier nur Personal, und ich bin seine Freundin, verstanden? Und jetzt setz dein Zeug ab und verdufte! Wir rufen dich wieder, wenn wir dich brauchen!«

Amy stemmte die Arme in die Hüften und warf sich in die Brust. Sie setzte eben zu einer größeren Schimpfkanonade an, als Rupert, den der Streit der beiden köstlich amüsierte, eingriff, um eine drohende Eskalation zu verhüten.

»Vielen Dank, Amy«, sagte er freundlich. »Du bist wirklich sehr lieb zu mir. Ohne dich wäre ich ja völlig aufgeschmissen!«

Amy lächelte stolz und warf der aufdringlichen Besucherin einen triumphierenden Blick zu. »Sie brauchen mir nur zu rufen«, flötete sie, an Rupert gewandt. »Ich bin jederzeit für Sie da, Sir. Nicht wie irgendwelche Besucher, die einmal kurz vorbeischauen und dann wieder verschwinden.«

»Wie recht du hast«, stimmte Rupert ihr zu und schob sie sanft zur Tür.

Amy warf Octavia über die Schulter einen letzten Blick zu und schnaubte verächtlich, dann rauschte sie aus dem Zimmer. Rupert schloß die Tür hinter ihr, lehnte sich mit dem Rücken dagegen und prustete los. »Octavia, Ihr schauspielerisches Talent verblüfft mich immer wieder!« lachte er.

»Wir stehen doch, seit wir uns kennen, gemeinsam auf der Bühne«, gab sie kichernd zurück.

»Ja, das ist wahr.« Auf einmal wurde er ernst. »Aber bald fällt der Vorhang, Octavia!«

Sie schüttelte den Kopf. »So ein Quatsch! Jetzt nehmen Sie erst einmal ein Bad. Ich habe Ihnen frische Kleider mitgebracht, Laudanum, Arnika und Ihre Toilettensachen. Machen Sie sich's bequem, und hinterher überlegen wir uns in aller Ruhe, wie wir Sie hier rausbekommen.«

Trotzig reckte sie das Kinn, und Rupert spürte, daß es keinen Zweck hatte, mit ihr zu diskutieren. Wenn sie die grausame Wirklichkeit auf diese Weise besser ertragen konnte, warum sollte er ihre Illusionen zerstören? Die bittere Realität würde sie noch früh genug auf ihren Träumen reißen.

»Sie haben ja wirklich an alles gedacht«, bemerkte er anerkennend.

»Ja, das habe ich wohl«, freute sie sich und ging auf ihn zu. »Und jetzt lassen Sie sich erst einmal in aller Ruhe anschauen.«

Vorsichtig zog sie ihm den zerrissenen Rock aus, dann die Weste und schließlich das Hemd. Sie schrie erschrocken auf, als sie die riesigen blauen Flecke aus seiner Brust entdeckte.

»O Gott, was haben die bloß mit Ihnen gemacht?«

»Ach, sie haben so ihre kleinen Späße mit mir getrieben«, erwiderte er leichthin.

Haß loderte in ihren Augen auf. »Wenn ich könnte, würde ich diese Schweine abstechen!« stieß sie hervor. Vorsichtig befühlte sie seine schmale Taille. »Schweine, richtige Schweine!« wiederholte sie wutentbrannt.

»Wie recht Sie haben.« Ihr wilder Zorn tat ihm gut, vertrieb die schwarzen Gedanken, flößte ihm neue Kraft ein.

Octavias Hände öffneten seinen Hosenbund, lösten den Gürtel. Sie schob ihm die Hose zusammen mit den wollenen Unterhosen über die Hüften, gab ihm einen leichten Schubs in Richtung Bett. »Setzen Sie sich.«

»Ist ja nicht gerade sehr verführerisch, wie Sie mich hier auspellen«, bemerkte er, als er brav auf der Bettkante saß und zusah, wie sie ihm die Stiefel von den Füßen zog. »Sie kommen mir eher wie eine Krankenschwester als eine Geliebte vor.«

Octavia schaute zu ihm auf. Ihre goldbraunen Augen sprühten leidenschaftliches Feuer. Hatte er endlich verstanden, worauf sie hinauswollte! »Immer mit der Ruhe«, murmelte sie mit einem koketten Lächeln. »Alles zu seiner Zeit.«

»O Gott!« seufzte er ergeben und streckte die Beine aus, damit sie ihm die Hosen herunterziehen konnte.

»So, und jetzt marsch in die Wanne!« befahl sie. »Ah, da kommt ja das heiße Wasser!« Sie ging zur Tür und empfing die beiden Männer mit einem Schwall ordinärer Flüche, die Rupert die Haare zu Berge stehen ließen. Sie hatte in Shoreditch offensichtlich so einiges gelernt.

Er ließ sich in das dampfende Wasser gleiten und stöhnte vor Lust und vor Schmerz, als er die Hitze auf seiner geschundenen Haut spürte. Den Kopf lehnte er auf den Rand des Zubers, die verletzten Beine ließ er hinausbaumeln.

Octavia schloß die Tür hinter den Wasserträgern und schleppte schwankend die schweren Eimer herbei.

»So, jetzt wasch' ich Ihnen erst einmal die Haare«, erklärte sie munter. »Legen Sie den Kopf in den Nacken.«

Rupert gehorchte und schloß wohlig die Augen, als das warme Wasser über seinen Kopf strömte. Er fühlte sich in die Kinderzeit zurückversetzt, als seine Amme ihm regelmäßig die Haare wusch. Ein glückliches Lächeln lag auf seinen Zügen.

Sanft massierte Octavia seine Kopfhaut. Er dachte daran, wie einst *er* ihr den Rücken massiert hatte, um ihre Verspannungen zu lösen. Wie wunderbar hatte sich ihre Haut angefühlt! Wie hatte ihr geschmeidiger, biegsamer Körper unter seinen Fingern vibriert!

»Es scheint Ihnen zu gefallen«, stellte Octavia fest und glitt mit der Hand seinen Körper hinunter an die Stelle, an der sich im Wasser seine stolze Männlichkeit erhob.

Er stöhnte leise unter der zärtlichen Berührung ihrer Hand. »Es würde mir noch mehr gefallen, wenn Sie Ihre Kleider auszögen«, murmelte er.

Octavia lächelte und beugte sich über ihn. Sie hauchte ihm einen Kuß auf den Mund, ihre Zunge fuhr über seine Wangen, die Augenlider, ihre Wimpern flatterten an seiner Stirn.

Sie hockte sich auf die Fersen und löste ihr Mieder, dann die Schnüre ihres Unterrocks. Mit nacktem Oberkörper beugte sie sich wieder vor und griff nach der Seife. Wie reife Pfirsiche hingen ihre vollen Brüste über ihm, und er nahm eine ihrer Brustwarzen zwischen die Lippen, saugte und knabberte daran, während sie ihm mit langsamen, lasziven Bewegungen den Rücken einseifte.

Seine Hände wanderten über ihre nackte Haut hinunter zur Taille. »Ziehen Sie den Rest doch auch noch aus«, meinte er und fuhr mit der Zunge durch die empfindliche Furche zwischen ihren Brüsten.

Octavia lächelte und zog sich Kleid und Unterrock über die Hüften. »Besser so?« fragte sie kokett und stand auf, damit er sich an ihrem nackten Körper erfreuen könnte. Sie trug jetzt nur noch Hüfthalter und Strümpfe.

»Viel besser!« grunzte er behaglich. Dann umfaßte er mit seinen starken Händen ihre Taille, zog sie über den Rand des Zubers und setzte sie rittlings auf sich. Wasser schwappte auf die Eichendielen, doch er kümmerte sich nicht darum.

»Jetzt sind ja meine Strümpfe klatschnaß!« beschwerte sie sich.

»Sie hätten sie eben ausziehen sollen«, grinste er frech und streichelte mit den Händen ihren Hals, spürte den heftigen Pulsschlag. Plötzlich verengten sich seine Augen, und er wurde ernst.

»Sie haben mir so gefallen, Octavia«, stieß er heiser hervor. »Ich kann Ihnen gar nicht beschreiben, wie sehr Sie mir gefallen haben.«

»Sie haben mir auch gefallen«, hauchte sie und fuhr ihm sanft mit den Fingerspitzen über die Wange. »Ich habe mich so danach gesehnt, daß Sie mich einfach in die Arme nähmen. Wie gerne hätte ich Ihnen verziehen! Aber statt Ihnen einen Wink zu geben, hab' ich mich immer mehr zurückgezogen. Ich konnte einfach nicht über meinen Schatten springen.«

»Was ich getan habe, ist unverzeihlich«, erwiderte er zerknirscht. »Die einzige Entschuldigung, die ich vorbringen könnte, liegt in meiner Vergangenheit.«

»Und die wollen Sie mir noch immer nicht erzählen?«

Er schüttelte den Kopf, und in seine Augen trat wieder der Ausdruck von Schmerz und Wut, den sie schon so oft gesehen hatte.

»Ich werde diese Geschichte mit ins Grab nehmen, Octavia. Das Vergangene ist nicht mehr ungeschehen zu machen, und es hat keinen Sinn, einen anderen Menschen mit dieser Geschichte zu belasten.«

Ihre Augen flammten auf. »Nein, Rupert Warwick!« rief sie heftig. »Sie irren sich! Sie irren sich ganz außerordentlich!«

Doch bevor er antworten konnte, hatten ihre Lippen seinen Mund verschlossen. Sie küßte ihn mit solcher Inbrunst, daß ihre Zuversicht und ihr unbändiger Wille sich auf ihn übertrugen. Seine Resignation schmolz unter der Glut ihrer Leidenschaft.

Sie packte ihn mit all ihrer Kraft an den Schultern, bohrte ihre Zunge zwischen seine Lippen, verschlang ihn, trank ihn wie eine Verdurstende. Ihr Unterleib begann rhythmisch zu zucken, suchte mit der klaffenden Spalte die Spitze seines Speers, ließ ihn in sich eindringen, spießte sich lustvoll auf. Ohne ihre Lippen von seinem Mund zu lösen begann Octavia, sich auf ihm zu bewegen, ihn zu reiten. Ihre Fingernägel krallten sich in sein Fleisch, die Zähne bissen in seine Unterlippe.

Octavia hatte den aktiven Part übernommen. Sie liebte ihn mit der ganzen Begierde ihrer lang aufgestauten Lust, und er lag still unter ihr, genoß ihre Sinnlichkeit, während seine eigene Erregung mit jeder ihrer Bewegungen wuchs.

Sie riß sich von seinem Mund los und warf den Kopf in den Nacken. Er schaute in ihr Gesicht, in dem sich grenzenlose Verzückung und die nahe Erfüllung spiegelten. Ihre Wangen glühten, die Augen leuchteten, ihr Mund öffnete sich wollüstig. Sie fuhr mit der Zunge über die Lippen, beugte sich dann über ihn, um ihm den salzigen Schweiß von der Stirn zu lecken.

»Ich begehre Sie«, flüsterte sie. »Mein Gott, wie ich Sie begehre!«

Sie beschleunigte ihr Tempo, bewegte sich immer wilder, daß er mit jedem ihrer Stöße tiefer in sie drang. Und als er ihren Bauch streichelte und sie die Augen aufriß, weil sie den Höhepunkt nahen fühlte, stieß sie hervor: »Nein, Rupert! Ich lasse Sie nicht sterben!«

Dann bäumte sie sich auf, und er wurde von ihrer Ekstase mitgerissen, wirbelte mit ihr in einen grenzenlosen Strudel der Wollust. Und ihre Worte flogen davon, wie Papierfetzen im Wind.

Doch die Flut verebbte, und der Wind legte sich. Und dann hörte er sie wieder, die Worte, geflüstert an seinem Ohr. Er wußte keine Antwort, und Octavia fragte auch nicht.

Sie lag auf ihm im Wasser, das langsam erkaltete. Ihr Herzschlag beruhigte sich. Dann richtete sie sich auf und schaute ihn lächelnd an. Ihre Augen strahlten, und ihr heiteres, glückliches Gesicht ließ ihn einen Moment lang vergessen, wo er war.

»Ach«, seufzte sie wohlig. »Ist das nicht eine wunderbare Art, Wunden zu heilen?«

»Es gibt keine bessere«, grinste er. »Und vor allem paßt diese Art hervorragend zu einer Bauerndirne.« Er packte sie an den Hüften und streichelte ihre Pobacken. »Zu einer verschleierten Lady dagegen weniger«, fügte er schmunzelnd hinzu.

»Oh, ich fürchte, die verschleierte Lady wird Sie seltener besuchen«, erwiderte Octavia munter und wand ihr Hinterteil kokett in seinem Griff. »Nur hin und wieder, um ein bißchen Verwirrung zu stiften.«

Er gab ihr einen Klaps auf den Po. »So, und jetzt raus mit Ihnen, bevor Amy hereinplatzt und Zeter und Mordio schreit.«

»Ganz schön eifersüchtig, die Kleine, was?« amüsierte sich Octavia und erhob sich triefend aus dem Wasser. »Wo hab' ich denn jetzt die Handtücher... ah, die sind ja noch im Korb.«

Sie angelte sich eins und warf es um sich. Dann hielt sie inne. »Kommen Sie, Mylord, ich trockne Sie ab und salbe Ihre Wunden.«

Lächelnd stieg auch er aus der Wanne und ließ sich brav von Octavia trockenreiben. Dann ging sie mit fürsorglichem Blick um ihn herum und bestrich seine zahlreichen Wunden mit Arnika.

»Wie wär's hier mit ein bißchen Creme?« fragte sie mit einem lasziven Lächeln und setzte mit dem Zeigefinger einen Stips Arnika auf sein Geschlecht.

Rupert hielt sie an den Handgelenken fest. »Octavia, ich bitte Sie! Ich brauche ein bißchen Zeit, um wieder zu Kräften zu kommen!«

»Och!« rief sie entrüstet. »Seit wann denn das?«

»Seit mich drei verdammte Kerle in die Mangel genommen haben«, erklärte er schlicht.

Octavia errötete beschämt. »Ach, Sie Armer! Wie gedankenlos von mir!«

Sie eilte zu dem Bündel hinüber, das sie mitgebracht hatte.

»Schauen Sie, ich habe Ihnen ein frisches Hemd und Ihre Wildlederhose mitgebracht. Ich dachte, die ist bequemer als die Frackhose.«

»Ich erwarte auch keine Einladung in den St. James Palace«, bemerkte er trocken.

Octavia wollte etwas sagen, doch dann schloß sie wortlos den

Mund und sammelte ihre Kleider auf. Eine Weile herrschte Schweigen, während sie die nassen Strümpfe auszog.

Rupert knöpfte sein Hemd zu, schob es sich in den Bund seiner Lederhose und atmete tief durch. Frische Kleidung hatte eine eigenartig belebende Wirkung. Doch war seine gehobene Stimmung wohl weniger auf die sauberen Kleider zurückzuführen.

Liebevoll betrachtete er Octavia, die mit nackten Füßen in ihre Holzpantinen schlüpfte. Sie schaute auf, als sie seinen Blick spürte und lächelte ihn an.

»Sie sehen viel besser aus.«

»Ich fühl' mich auch viel besser«, pflichtete er ihr bei und fuhr sich mit der Hand übers Kinn. »Und wenn ich mich jetzt noch schnell rasiere, bin ich wie neugeboren.«

»Ben läßt ausrichten, daß er Sie besuchen wird. Bessie hat ganze Berge von Proviant zusammengestellt.«

Octavia hatte sich wieder angezogen, setzte sich auf das breite Fensterbrett und baumelte fröhlich mit den Beinen. In ihrem Rücken spürte sie die wohlige Wärme der Sonnenstrahlen. Sie schaute Rupert zu, wie er sich einseifte und das Rasiermesser ansetzte.

»Ben geht alles sehr zu Herzen«, sagte sie leise.

Rupert antwortete nicht. Er kannte Ben lange genug, um zu wissen, was er empfand. Erst im Februar hatte der Henker dem Wirt des ›Royal Oak‹ zwei seiner besten Freunde genommen. Gerald Abercorn war ihm wie ein Bruder gewesen. Und jetzt würde er einen weiteren Freund verlieren.

Octavia sah über die Schulter in den Gefängnishof hinunter, in dem immer noch reges Treiben herrschte. Es war fast unmöglich, in dem dichten Gewimmel Gefangene, die keine Ketten trugen, von Besuchern und Händlern zu unterscheiden. Da mußte es doch zu machen sein, einen Mann heimlich hinauszuschmuggeln!

Prüfend schaute sie Rupert an. Großgewachsen und breitschultrig wie er war, fiel Lord Nick natürlich schon aus dem Rahmen. Aber es mußte einfach einen Weg geben!

Als ihr Blick wieder in den Gefängnishof zurückkehrte, bemerkte sie, wie Ben sich gerade durch die Menge kämpfte. Er hatte zwei riesige Körbe geschultert.

»Ah, da kommt Ben.«

»Gut.« Rupert wischte sich den Seifenschaum an einem Handtuch ab und überprüfte sein Äußeres in der Spiegelscherbe. »Ich fühle mich wie ein neuer Mensch. Sie haben ein kleines Wunder vollbracht, Liebes.« Er drehte sich zu ihr um und breitete die Arme aus.

Lächelnd lief sie auf ihn zu und sank an seine Brust. »Nur ein kleines Wunder«, murmelte sie. »Aber ich kann auch ein großes vollbringen.«

Er strich ihr übers Haar und zeichnete mit dem Zeigefinger die Linie ihres Kinns nach, doch er schwieg.

»Ah, grüß dich, Nick. Wie ich sehe, hat die Miß dich ein bißchen aufgemöbelt.« Ben kam herein und stellte ächzend seine beiden Körbe ab. Seine Stimme klang munter, doch die tiefen Schatten unter seinen Augen und der besorgte Ausdruck seines Gesichts straften seine heiteren Worte Lügen.

»Bessie hat mich mit Proviant beladen... der reicht, um eine ganze Armee zu versorgen.«

»Da wird ja Klein-Amy schwer beleidigt sein«, schmunzelte Octavia. »Amy ist Nicks Wäscherin, Ben, und ausgesprochen besitzergreifend. Sie wollte mich sofort rausschmeißen.«

Ben warf ihr einen prüfenden Blick zu. »Na, wenn ich mir Ihre Aufmachung anschaue, Miß, wundert mich das nicht«, brummte er. »Will Sie nicht beleidigen – aber Sie sehen aus wie die letzte Schlampe.«

»Tja, irgendwie muß man ja schließlich sein Inkognito wahren.« Sie grinste von einem Ohr zum anderen. »So, und jetzt lasse ich euch beide allein. Ich hab' noch ein paar Geschäfte zu erledigen.«

»Ich hoffe doch, nicht in diesem Aufzug«, bemerkte Rupert.

»Nein, als Lady Warwick«, erwiderte sie. »Ich werde mich ein wenig ins gesellschaftliche Leben stürzen. Einer muß schließlich die Stellung halten. Die Leute glauben, daß Lord Warwick für ein paar Tage auf Reisen ist, und in diesem Glauben wollen wir sie auch lassen. Und wenn Sie wieder auf der Bildfläche erscheinen, wollen wir schließlich keine unangenehmen Fragen beantworten müssen, oder?«

Rupert und Ben wechselten einen wortlosen Blick. Dann sagte Rupert: »Und von Frank immer noch keine Spur?«

»Keine Spur.« Sie gab ihm einen Abschiedskuß. »Heute nachmittag komme ich wieder... als verschleierte Lady. Soll ich Ihnen irgend etwas mitbringen?«

»Ein Schachspiel und Bücher. Ihr Vater soll mir etwas empfehlen... vielleicht ein Buch über römische Geschichte.«

Nachdenklich kaute Octavia auf der Unterlippe. »Hm. Er glaubt wie alle anderen, daß Sie auf Reisen sind. Wie soll ich ihm diesen Wunsch erklären?«

»Ach, irgend etwas wird Ihnen schon einfallen«, erwiderte Rupert zuversichtlich und küßte sie auf die Stirn. »Wenn Sie Geld brauchen – in der großen Schatulle in meiner Privatbibliothek ist genug. Der Schlüssel dazu liegt in der Schreibtischschublade. In der Schatulle sind auch die Dokumente von Hartridge Folly.«

»Ach, ja?« staunte Octavia. »Ist es Ihnen gelungen, unser Stammhaus zurückzubekommen?«

»Noch nicht ganz. Es müssen noch ein paar Formalitäten erledigt werden. Aber das werde ich jetzt mit Ben besprechen.«

Ben nickte. »Machen Sie sich keine Sorgen, Miß.«

Octavia schwieg. Früher wäre sie vor Begeisterung über diese Nachricht in die Luft gesprungen. Heute, unter den gegebenen Umständen, nahm sie sie mit einem Achselzucken zur Kenntnis.

»Also dann, bis später.« Sie zwang sich zu einem Lächeln und ging.

Rupert trat ans Fenster und wartete, bis sie unten im Hof wieder auftauchte. Sie schaute hoch und winkte, und er winkte zurück. Dann sah er ihr nach, wie sie sich durch das Gewühl kämpfte, durch die schmale Gasse zum Gefängnistor ging und mit dem Pförtner redete. Sie nickte ein paarmal heftig mit dem Kopf, daß das knallrote Kopftuch in der Sonne aufleuchtete. Dann verschwand sie durchs Tor, hinaus nach Holborn ins Reich der Freiheit jenseits der Gefängnismauern.

Rupert drehte sich um. »So, alter Freund«, wandte er sich an Ben, »jetzt wollen wir mal nicht sentimental werden. Ich möchte dich bitten, ein paar Sachen für mich zu erledigen.«

»Mmmh.« Ben setzte sich an den Tisch und deckte einen der Körbe ab. »Aber vorher genehmigen wir uns aber erst einmal ein Gläschen Portwein, häh?«

Octavia hastete durch Holborn. Rupert hatte aufgegeben. Er hatte aufgegeben, bevor es richtig begonnen hatte. Warum bloß? Vielleicht war ja tatsächlich noch niemand aus Newgate entkommen, obwohl sie sich das kaum vorstellen konnte. Aber selbst wenn – einmal war immer das erste Mal. Sie würde auf keinen Fall die Flinte ins Korn werfen. Und sie würde auch ihrer Verpflichtung aus dem gemeinsamen Vertrag nachkommen. Wenn sie Rupert den Ring brächte, faßte er vielleicht wieder neue Hoffnung.

Zumindest hätte er dann die Genugtuung, sich an Philip gerächt zu haben. Er mochte dagegenhalten, daß er nichts mehr zu gewinnen hätte, daß er sein Geheimnis tatsächlich mit ins Grab nehmen müßte. Doch sie war entschlossen, ihn eines Besseren zu belehren. Sie würde ihm zeigen, daß es eine Zukunft gab, für die es sich lohnte zu kämpfen!

Aber wie bloß?

Sie duckte sich in eine Seitenstraße, als sich eine Horde grölender, Fahnen schwingender junger Leute näherte.

»Nieder mit den Papisten... nieder mit den Papisten!« Sie

plärrten die bekannte Parole. Die verschwitzten Gesichter der Demonstranten glänzten, und ihre Augen leuchteten. Einer bückte sich, hob einen Pflasterstein auf und warf ihn krachend ins Schaufenster einer Bäckerei.

»Hey, du!« Wutschäumend kam der Bäcker herausgestürzt. »Du da! Sag mal, spinnst du?!«

»Nieder mit den Papisten!« brüllte der Bursche. »Schreib das an deine Ladentür, Alter, dann kriegst du auch keine Steine ab!« Jemand lachte, und die Menge pflichtete dem Burschen eifrig bei. Ein weiterer Stein flog, prallte jedoch am Rahmen der Ladentür ab, ohne Schaden anzurichten.

Octavia zog sich in einen Hauseingang zurück. Gewalt lag in der Luft. Sie wartete, bis sich die Horde verzogen hatte, und machte sich dann wieder auf den Weg.

Während sie die Straße entlangingen, hing sie ihren Gedanken nach. Unvorstellbar, daß sie vor ein paar Tagen noch überzeugt war, Rupert seinen miesen Trick niemals verzeihen zu können. Jetzt, nach allem, was passiert war, kam ihr dieser Trick wie eine unbedeutende Kleinigkeit vor. Es war nicht mehr als ein Mißverständnis, das sich zwischen zwei Menschen zu einem Zeitpunkt ereignet hatte, als sie sich noch nicht kannten. Rupert hatte einen gewagten Plan, der außergewöhnliche Maßnahmen erforderte, und er hatte sich deshalb der Mittel bedient, die er zur Verfügung hatte.

Hatte sich der Mittel bedient. Sie blieb mitten auf der Straße stehen. Wahrscheinlich hatte Bessie ihm damals dieses Mittel zusammengebraut. Wenn es aber Drogen gab, die das sexuelle Begehren derart aufputschten, mußte es auch welche geben, die genau das Gegenteil bewirkten.

Octavias Gesicht leuchtete auf. Das war *die* Idee! Alles, was sie zu ihrer Umsetzung brauchte, war Bessies Mitarbeit. Und für Nick würde Bessie alles tun.

23

Letitia stand mit verschränkten Armen im leeren Kinderzimmer. Ihr war, als hätte man ihr einen Arm oder ein Bein abgenommen. Sie schaute nach Susannahs Wiege mit dem hauchzarten rosa Tüllbaldachin am Fenster. Die Wiege war leer, und der süße Duft des Babys, dieser Duft von frischer Milch und Vanille, lag nicht mehr in der Luft.

Ruhelos streifte Letitia im Zimmer umher, fuhr mit rastlosen Fingern über die Wickelkommode, den niedrigen Sessel, in dem sie so oft gesessen und ihr Kind gewiegt hatte. Sie hob ein gestricktes Lämmchen vom Boden auf. Eine rosa Schleife schmückte seinen Hals. Susannah hatte es geliebt. Offenbar hatte man es bei dem überstürzten Aufbruch hier vergessen. Bestimmt weinte die Kleine, weil es ihr fehlte.

Das Kinderzimmer in Wyndham Manor war eine niedrige Mansarde unter dem Dach, mit schweren, altmodischen Eichensesseln und -tischen. Auch die Wände waren mit dunklem Holz verkleidet, so daß der Raum noch bedrückender wirkte. Wieviel beschwingter fühlte man sich doch hier in diesem hellen, luftigen Kinderzimmer mit dem interessanten Ausblick auf einen belebten Platz! Ein Zimmer, aus dessen Winkeln noch immer das Echo von Klein-Susannahs Jauchzen zu hallen schien. Ein Zimmer, über dem noch immer das glückliche Babylächeln ihres kleinen Sonnenscheins schwebte.

Letitia stellte das Lämmchen auf das Kaminsims und ging mit bleiernen Schritten zur Tür. Es war Anfang Juni. Es würde nicht mehr lange dauern, bis sich die bessere Gesellschaft aus London verabschiedete und für den Sommer aufs Land oder in einen der beliebten Badeorte zog.

Philip hatte ihr seine Pläne für den Sommer noch nicht mitgeteilt, doch sie befürchtete, daß er nicht die Absicht hatte, Wyndham Manor einen Besuch abzustatten. Sie wagte auch nicht, ihn danach zu fragen, denn wenn er merkte, wie sehr die Sehnsucht nach ihrer Tochter sie quälte, würde er ihr erst recht jeden Kontakt mit dem Kind verweigern.

Als sie die Treppe hinunterging, hörte sie, wie der Butler unten jemanden begrüßte. Sofort huschte sie wieder nach oben. Sie selbst erwartete keinen Besuch, und mit Philips Bekannten wollte sie nichts zu tun haben.

Doch dann blieb sie stehen und lauschte, als eine weibliche Stimme sagte: »Wenn Sie so nett wären, Lord Wyndham auszurichten, ich müßte ihn in einer dringenden Angelegenheit sprechen.«

»Ich werde Seiner Lordschaft sofort Bescheid geben, daß Sie gekommen sind, Madam«, antwortete der Butler. »Wenn Sie bitte im Salon solange warten würden.«

Nervös knabberte Letitia an einem Fingernagel. Das war Lady Warwick. Hatte sie ein weiteres Rendezvous mit Philip? Es schien nicht so recht zu klappen mit den beiden. Lag es daran, daß die Lady sich zierte oder daß Philip das Interesse verlor?

Sie rührte sich nicht vom Fleck und hörte kurz darauf ihren Mann die Halle durchqueren. Die eisenbeschlagenen Stiefel knallten hart auf den Marmorfliesen. Er öffnete die Tür zum Salon, und seine Stimme, wie immer kühl und ironisch, drang zu Letitia hinauf.

»Lady Warwick. Was für eine Überraschung! Nach dem, was ich...« Der Rest ging unter, als Philip die Tür hinter sich schloß.

Sorgenvoll zog sich Letitia in ihre Gemächer zurück. Wenn es Spannungen zwischen ihrem Mann und seiner Geliebten gab, konnte sie nur hoffen, daß sie sich bei diesem Treffen in Wohlgefallen auflösen würden. Die letzten Tage war Philip ekelhafter und gemeiner denn je gewesen. Und er widmete ihr so viel von seiner ganz speziellen Aufmerksamkeit, daß sie es kaum noch ertragen konnte.

Als der Earl in den Salon trat, schenkte ihm Octavia ein warmes Lächeln. Sie zog die Handschuhe aus und ging auf ihn zu.

»Philip, mein Lieber. Ich bin gekommen, um mich für diese unangenehme Geschichte vom letzten Mal zu entschuldigen. Sie ahnen nicht, wie peinlich mir das alles ist.« Sie schlug die Hände vors Gesicht, als müßte sie ihre Schamröte verbergen. Dann schaute sie über ihre Fingerspitzen hinweg bettelnd und unterwürfig zu ihm auf.

»Nun, ich hoffe doch, daß Sie inzwischen nicht mehr... indisponiert sind, Gnädigste«, erwiderte er ausdruckslos. Er ging zu einer Anrichte und schenkte zwei Gläser Wein ein, nippte an seinem, bevor er ihr das andere reichte.

»Danke«, antwortete sie. »Sie müssen sehr verärgert sein, Philip.« Sie schlug betreten die Augen nieder. »Wie konnte mir das nur passieren... aber dieser Überfall kam ja auch zu überraschend.«

Sie schauderte und nippte an ihrem Glas. »Gott sei Dank sitzt diese Bestie jetzt hinter Gittern. Werden Sie zu seiner Hinrichtung gehen?«

Philip lachte. »Halten Sie mich für so blutrünstig? Aber vielleicht werde ich mir das Spektakel tatsächlich zu Gemüte führen.«

Er betrachtete sie über den Rand des Glases. Diese riesigen Augen in dem edlen Oval. Der rosige Hauch auf den Wangenknochen – welch reizvoller Kontrast zu der durchsichtigen Alabasterhaut! Sein Blick wanderte über ihren schwellenden Busen, der sich aus dem spitzengesäumten Dekolleté ihres blaßgrünen Batistkleides verführerisch herausdrückte. Eine dunkelgrüne Samtschärpe betonte noch die Wespentaille und den weichen Schwung der Hüften.

Ohne es zu merken, leckte er sich die Lippen, als eine Welle lüsterner Gier in seine Lenden schoß. Ein hauchdünner Schweißfilm trat ihm auf die Stirn. Sie war gekommen, weil sie ihn begehrte. Was sonst konnte sie dazu veranlaßt haben, sich einem solch demütigenden Entschuldigungsritual zu unterziehen?

Er stellte das Glas ab. »Kommen Sie.«

Sie eilte ihm entgegen, flink und gehorsam, ein einladendes Lächeln auf den Lippen. Er zog sie an sich, nahm ihr Gesicht zwischen die Hände und bog es weit nach hinten, als er sich über sie beugte und begann, ihren Mund mit seinen wilden Küssen zu verwüsten.

Sie stöhnte und wand sich lustvoll in seiner Umklammerung, preßte ihre Hüften gegen seine Lenden, fuhr mit den Händen über seinen Rücken, unter den Rock, über sein straffes Gesäß.

»Gottverdammt, Octavia!« Er riß sich so heftig los, daß er ihr fast das Genick verstaucht hätte. »Gottverdammt, Sie treiben mich noch zum Wahnsinn, Frau! Ich *muß* Sie besitzen!«

»Ja... ja«, flüsterte sie atemlos. »Bald... wenn... es muß bald sein.«

Sie schaute auf in seine schiefergrauen Augen. Was für ein schönes Gesicht, dachte Octavia. Es war eigenartig, aber bei seinem Anblick empfand sie wieder dieses verwirrende Gefühl von Vertrautheit.

Mit einem Seufzer, den er für Leidenschaft halten sollte, schloß Octavia die Augen und lehnte den Kopf an seine Brust.

»Wo ist eigentlich Ihr Gatte?«

Erschrocken fuhr sie hoch, auch wenn sie auf die Frage vorbereitet war. Ein Schauer lief ihr über den Rücken. »Er ist aufs Land gereist, um auf seinem Gut nach dem Rechten zu sehen. Vor Ablauf einer Woche wird er nicht zurück sein.«

»Dann besuche ich Sie.« Er nahm ihr Kinn zwischen Daumen und Zeigefinger. »Keine weiteren Landpartien über Stock und Stein mehr, Madam. Ich werde noch heute abend in die Dover Street kommen.«

»Sehr gut«, antwortete sie. »Ich gehe mit ein paar Freunden ins Theater, hinterher noch ins ›Piazza‹. Wenn Sie nach Mitternacht kommen, warte ich auf Sie. Und niemand wird Ihr Kommen bemerken.«

»Bis dann«, sagte er und ließ sie abrupt los. »Der Butler führt

Sie hinaus.« Ohne ein weiteres Wort ließ er sie mitten im Salon stehen und verließ den Raum.

Octavia rieb sich das schmerzende Kinn, trank ihr Glas aus und ging dann zur Tür, gerade als der Butler hereinkam.

»Hier entlang, Madam.«

Er geleitete sie zum Ausgang. Draußen wartete ihre Sänfte. Sie stieg ein, ohne den Blick Letitias zu spüren, die im ersten Stock hinter der Gardine stand und sie beobachtete. Was konnte eine Frau nur dazu bringen, freiwillig die Nähe Philip Wyndhams zu suchen?

Schwere Gewitterwolken hingen am Himmel, und noch während die Träger durch die Straßen hasteten, begann es wie aus Eimern zu schütten. Als sie das Haus in der Dover Street erreichten, trugen die Männer die Sänfte bis in die Halle hinein, damit die Frisur der Lady auch ja keinen Tropfen abbekäme.

»Zahlen Sie die Leute bitte, Griffin«, wies Octavia den Butler an, als sie ausstieg. »Von Frank immer noch keine Spur?«

»Ich habe den starken Verdacht, Mylady, der kleine Teufel treibt sich irgendwo hier in der Nähe herum.« Der Butler holte ein paar Schillinge aus seinem ledernen Geldbeutel, zahlte die Männer und winkte einem Diener, sie hinauszuführen.

»Die Köchin glaubt das auch. Sie hat heute morgen einen Teller mit Zuckerküchlein draußen auf die Stufen gestellt, und im Nu waren sie verschwunden.«

»Ja, die hat er immer gern gegessen«, erinnerte sich Octavia wehmütig. »Vielleicht traut er sich ja irgendwann einmal, persönlich aufzutauchen, wenn wir ihm regelmäßig etwas zu essen auf die Treppe stellen. Zumindest merkt er dann, daß wir ihm nicht böse sind. Wahrscheinlich hat er Angst, daß wir ihn zur Polizei schleppen.«

»Wenn Sie mich fragen, Mylady, wäre das das Beste, was man mit ihm machen kann«, bemerkte der Butler. »Es geht doch nicht, daß wir solche kleinen Diebe auch noch durchfüttern…

entschuldigen Sie, Mylady, wenn ich so frei von der Leber weg rede.«

Octavia schmunzelte. »Tun Sie sich keinen Zwang an, Griffin. Aber trotzdem haben Lord Warwick und ich nicht vor, den Jungen anzuzeigen.«

»Natürlich, Mylady.« Der Butler verbeugte sich. »Wie ich hörte, kehren Seine Lordschaft Anfang nächster Woche zurück?«

»Ja«, murmelte Octavia. »Es sei denn, er wird länger aufgehalten.« Sie nickte dem Butler zu und hastete die Treppe hoch. Nein, sie durfte solche Gedanken nicht zulassen! Rupert *mußte* einfach zurückkommen!

Und in der Zwischenzeit hatte sie den Coup mit Philip Wyndham zu landen. Sie würde ihn verführen.

Ihr Blick schweifte durch das Schlafzimmer. Nell war gerade damit beschäftigt, die Garderobe ihrer Herrin durchzusehen, ob es etwas zu nähen oder zu bügeln gab. Der Raum strahlte eine angenehme Atmosphäre aus, aber alles an ihm erinnerte sie an Rupert. Was für heiße Liebesnächte hatten sie hier verbracht! Nein, hier konnte sie Philip unmöglich verführen.

»Nell, würdest du bitte ein paar Vasen mit Blumen in den kleinen Salon stellen?« Sie ging zum Kleiderschrank und überlegte, was sie anziehen sollte.

»Und sag Griffin, er möge dort einen kleinen Imbiß vorbereiten. Nach dem Theater erwarte ich einen Gast und möchte nicht gestört werden. Ähm... irgend etwas, was wir selbst servieren können, vielleicht Austern, Krabbenpastetchen, geräucherte Gänsestückchen. Und natürlich Champagner.«

»Jawohl, Mylady.« Nell knickste. »Und welches Kleid soll ich herrichten?«

»Das überlege ich mir noch.« Octavia betrachtete die Schätze in ihrem Kleiderschrank. »Wahrscheinlich das goldene Taftkleid.«

Es war ein extravagantes, mit reichen Silberstickereien verziertes Abendkleid. Das eng taillierte Oberteil ging in einen wogenden Reifrock über, und von den Schultern fiel eine breite, wehende Schleppe.

Es war eines von Ruperts Lieblingskleidern.

Tränen schossen Octavia in die Augen. Es schnürte ihr die Kehle zu, doch sie beherrschte sich. Sie durfte nicht an die Zukunft denken. Was zählte, war einzig und allein die Gegenwart. Heute nacht würde sie Philip den Ring abluchsen. An nichts anderes durfte sie jetzt denken.

Der Abend dann schien nicht enden zu wollen. Sie konnte sich kaum auf das Theaterstück konzentrieren. Ständig krampfte ihr Magen sich vor Aufregung zusammen, und verstohlen trocknete sie die schweißnassen Hände. Irgendwie gelang es ihr dennoch, sich mit ihren Freunden zu unterhalten, mit dem Prince of Wales zu scherzen, als er sie in der Pause in ihrer Loge besuchte. Sie flirtete mit ihm, neckte ihn, lachte über seine Witze, und niemand ahnte die Seelenqualen, die sie litt, als immer wieder die gleichen schrecklichen Phantasiebilder sie folterten: Rupert in Newgate, Rupert auf dem Karren, der ihn nach Tyburn brachte.

Ihre Augen glänzten fiebrig, auf ihren Wangen glühten hektische rote Flecken, doch was lag näher, als diese dem rauschenden Abend und dem Champagner zuzuschreiben?

Beim Dinner im ›Piazza‹ brachte sie kaum etwas hinunter. Sie aß lediglich ein kleines Stückchen Gänsebraten und nippte an einem Glas Champagner. Sie hatte angenommen, daß Philip hier bereits nach ihr suchen würde, doch als er nicht auftauchte, war sie froh, daß ihr seine Gegenwart noch eine Weile erspart blieb. Der Lärm im Lokal, die Hitze Hunderter von Kerzen, die Anstrengung, das Gespräch mit ihren Tischnachbarn am Plätschern zu halten, all das zusammen verursachte ihr Kopfschmerzen. Ihre Stimme klang eigenartig gekünstelt, und manchmal kamen ihre Sätze holperig heraus, doch das fiel in dem allgemeinen Trubel niemandem auf.

Kurz nach Mitternacht kehrte Octavia in ihrer Kutsche in die Dover Street zurück.

»Im kleinen Salon ist alles gerichtet, Madam.« Griffin verbeugte sich. Was er auch über Lady Warwicks mitternächtliches Tête-à-tête in Abwesenheit ihres Gatten denken mochte – seiner unbewegten Miene war nichts anzumerken.

»Danke. Wenn mein Gast kommt, führen Sie ihn bitte hoch. Danach können Sie zu Bett gehen. Der Nachtportier schließt ab, wenn Seine Lordschaft wieder geht.«

Octavia vermied es, dem Butler ins Gesicht zu sehen, als sie ihm ihren Umhang reichte. Eilig rauschte sie die Treppe hoch in den kleinen Salon im hinteren Teil des Hauses. Die Vorhänge waren zugezogen, der Raum vom Licht zweier silberner Leuchter in dezentes Licht getaucht. Die üppigen Rosensträuße verbreiteten einen betörenden Duft.

Während Octavia die langen Seidenhandschuhe auszog, warf sie einen prüfenden Blick auf die kleine Tafel, die am Fenster gedeckt war. Leckere Spargeltörtchen ließen ihr das Wasser im Munde zusammenlaufen. Aus grauen, rauhen Schalen glänzten feucht pikante Austern. Auf einer Wärmeplatte stand eine zugedeckte Schale mit überbackenen Kartoffeln bereit. Zum Nachtisch gab es Makronen und eine Schale mit frischen Erdbeeren. Im Eis des Sekteimers lagen zwei Flaschen Champagner bereit.

Octavia nickte zufrieden. Sie war jetzt ganz ruhig. Ihre Hände zitterten nicht mehr, als sie Handschuhe und Fächer auf dem Bord ablegte, dann eine Kommodenschublade öffnete, ihr ein zusammengefaltetes Stückchen Papier entnahm und in den Busen steckte.

Eine mit strohgelbem Taft bezogene Chaiselongue stand vor dem leeren Kamin, dezent abgeschirmt durch einen chinesischen Paravent. Octavia ließ sich in die Polster sinken, strich mit den Fingern über den edlen Bezug. Wirklich ein einladendes Möbel. Man konnte sich im Sitzen gepflegt unterhalten und jederzeit in die Horizontale wechseln, ohne durch lästige Armlehnen gestört zu werden.

Dann stand sie auf und wartete. Wartete auf den Klang von Schritten im Flur.

Sie lauschte angestrengt, zu nervös, noch länger zu sitzen. Als sie Philip dann kommen hörte, erschrak sie dennoch. Griffin klopfte, öffnete auf ihren Zuruf die Tür und machte einen Schritt zur Seite.

Der Earl of Wyndham trat herein. Lässig schlug er mit den Handschuhen gegen seine Handfläche. Sein prüfender Blick tastete hastig den Raum ab.

»Danke, Griffin.«

»Gute Nacht, Mylady.« Die Tür schloß sich hinter dem Butler.

»Sie sind also gekommen.« Octavia strahlte ihn an.

»Haben Sie es bezweifelt?« Er warf die Handschuhe auf einen Stuhl und massierte seine Finger. Die Knöchel knackten.

»Ich habe es gehofft«, erwiderte sie und ging auf ihn zu. »Den ganzen Abend lang saß ich wie auf Kohlen. Ich hatte gedacht, Sie womöglich schon im ›Piazza‹ zu treffen, doch leider wurde meine Erwartung enttäuscht.« Sie zuckte mit einem hilflosen Lächeln die Achseln. »Und jetzt sind Sie endlich da.«

Sein Mund verzog sich zu einem derartig selbstgefälligen Lächeln, daß Octavia ihre aufwallende Wut nur mühsam verbergen konnte. Am liebsten hätte sie ihm ein Messer in die Rippen gestoßen und es langsam umgedreht. Statt dessen nahm sie ihn bei der Hand und zog ihn zur Chaiselongue.

»Wollen Sie sich nicht setzen, Mylord? Erlauben Sie, daß ich Ihnen ein Glas Champagner bringe?«

»Bringen Sie mir die Flasche, ich mach' sie auf.« Er setzte sich und lehnte sich entspannt gegen die bequeme Rückenrolle.

»Nein, Sir. Heute abend werden Sie verwöhnt. Bei mir im Hause brauchen Sie keinen Finger zu rühren! Oh, vielleicht abgesehen von ein paar ganz bestimmten kleine Fingerübungen...« Sie zog die Brauen hoch und warf ihm einen verführerischen Blick zu. Er lächelte überrascht. Ihre kokette Anspielung erinnerte ihn an die Lady Warwick, die ihm am Abend ihrer ersten Begegnung ins Auge gestochen war – die schöne, geistreiche, charmante Frau mit Witz und Esprit. Nach dem eher peinlichen Ausrutscher bei ihrem Rendezvous auf der Heide war sie offenbar wieder zu alter Form aufgelaufen.

Er bettete seinen Kopf in ein weiches Kissen und betrachtete aus halbgeschlossenen Lidern ihren erotischen Rücken, während sie mit der Champagnerflasche hantierte. Mit einem dezenten ›Plop‹ sprang der Korken aus der Flasche. Philip lauschte dem Sprudeln des edlen Getränks. Mit zwei gefüllten Schalen drehte sich Octavia lächelnd zu ihm um.

»So, Mylord! Einen Toast!« Sie reichte ihm eines der Gläser. »Einen Toast auf die Liebe!«

Er lachte. »Ich habe schon immer Ihren Esprit bewundert, Teuerste. Weiß Ihr Gatte ihn eigentlich zu schätzen?«

Sie schlug einen Moment die Augen nieder. »Ich fürchte, nein, Mylord. Was man nicht begreift, kann man auch nicht schätzen.« Sie stießen an. »Erst meinen Toast, und dann müssen Sie einen ausbringen!«

Er trank, und sie beobachtete ihn dabei. Plötzlich runzelte er die Stirn.

»Ist irgend etwas?«

»Nein. Ich überlege mir nur gerade einen passenden Toast.«

Octavia nippte an ihrem Glas und wartete.

»Ah, jetzt hab' ich's! Auf den Spaß des Hausfreundes und die Hörner des Ehemannes!« Philip lachte hart. Octavia kicherte ein wenig gekünstelt. Dann senkte sie schnell wieder die Lider, damit ihre Augen nicht verrieten, was in ihr vorging.

»Ich will Sie nackt sehen!« stieß Philip plötzlich hervor. Sein Gelächter erstarb, und in seinen grauen Augen tauchte wieder das gierige Flackern auf, das ihr erneut einen kalten Schauer über den Rücken jagte.

Doch Octavia lächelte nur und setzte sich neben ihn. »Aber warum denn so eilig, Sir? Wollen wir uns nicht vorher ein Weilchen bei dem Champagner vergnügen! Ich hab' eine Idee – wir machen ein kleines Spiel: Erst ziehe *ich* ein Kleidungsstück aus, dann *Sie*!«

Philip trank einen Schluck. »Und Sie wollen bei diesem Spiel die Regie führen, nicht wahr, Madam?«

»Es geht mir nur darum, den gemeinsamen Genuß zu steigern«, murmelte sie bescheiden.

Warum zum Teufel trank er denn nicht? Bessie hatte gemeint, das Mittel würde in einer halben Stunde wirken. Sie konnte ihn nicht ewig hinhalten.

»Sie können *meinen* Genuß steigern, indem Sie mir ganz einfach gehorchen«, sagte er kalt. Er nahm einen weiteren Schluck. »Bringen Sie mir die Flasche und ziehen Sie sich aus.«

Octavia stand auf und reichte ihm die Flasche. Sie würde seinen Anweisungen folgen, dabei aber Zeit zu gewinnen versuchen. Seltsamerweise fürchtete sie sich nicht davor, sich vor Philip zu entblößen. Wenn ihr Ziel nicht anders zu erreichen war... Aber zuerst mußte *er* seine Kleider ausziehen. Oder zumindest die Weste.

Sie beugte sich über ihn, füllte sein Glas nach und stellte dabei erfreut fest, daß die Flasche fast leer war. Verrucht ließ sie wie zufällig ihre Nippel über seine Brust streifen, als sie sich tiefer neigte, um ihm einen Kuß in den Nacken zu hauchen.

Philips Finger suchten fiebernd nach den runden Schwellungen, die er schon so oft begehrt hatte, schlüpften in ihr Dekolleté, umspielten ihre Brustwarzen. Grimmig verbannte Octavia alle Gefühle der Erregung aus ihrem Kopf und konzentrierte sich ganz darauf, ihm die Weste auszuziehen.

Es dauerte eine geschlagene Viertelstunde, in der sie Philips gierige Hände und Lippen über sich ergehen lassen und sein ekelerregendes Geknutsche mit ebenso geilem Stöhnen beantworten mußte. Doch als es ihr endlich gelang, ihm wie beiläufig die Weste über die Schultern zu schieben und diese scheinbar achtlos auf den Boden fallen zu lassen, da machte ihr Herz einen Freudensprung. Als nächstes begann sie in gespielter Leidenschaft, sein Hemd aufzuknöpfen.

Philip lag auf dem Rücken, geschmeichelt von ihrer heftigen Erregung. Offenbar konnte sie es nicht erwarten, seinen Körper zu streicheln. Sie hatte ihr Kleid ausgezogen und kniete jetzt über ihm, nur noch mit ihrem seidenen Spitzenunterrock bekleidet. Plötzlich, in einem Anfall unbeherrschter Gier, zerriß er ihr das kostbare Stück von oben bis unten.

Octavia stockte der Atem, und einen Moment lang mußte sie gegen den Impuls ankämpfen, aufzuspringen und davonzulaufen. Doch schon hatte er sich auf sie geworfen, und sie schloß die Augen. Jetzt gab es kein Zurück mehr.

Lüstern preßte er seinen Körper auf den ihren, aber auf einmal stockte er. Verwirrt schaute er ihr ins Gesicht.

Sie richtete sich auf und streichelte seine Wange. »Soll ich Ihnen ein paar Austern bringen, bevor wir weitermachen?« fragte sie verführerisch lächelnd.

Er rollte sich zur Seite. »Ja... Und bringen Sie mir auch die andere Flasche.« Als sie aufstand, packte er den zerfetzten Unterrock von hinten und riß ihn ihr von den Schultern.

Splitternackt stand sie jetzt vor ihm. Doch ihre Nacktheit kümmerte sie nicht. All ihre Aufmerksamkeit konzentrierte sich auf das begehrte Kleidungsstück. Jetzt oder nie!

Während sie durch den Raum ging, stieß sie wie zufällig mit dem Zeh gegen die Weste. Ebenso zufällig bückte sie sich, hob das Kleidungsstück auf, schüttelte es kurz aus und legte es dann sorgfältig über eine Stuhllehne. Das Ganze dauerte nicht länger als ein paar Sekunden. Anschließend strich Octavia zärtlich über eine dunkelrote Rose, bevor sie den Teller mit den Austern vom Tisch nahm und ihn zur Couch trug.

Sie setzte sich auf den Rand der Chaiselongue und führte eine der rauhen Schalen an seine Lippen. Philip öffnete den Mund,

und das glitschige Muschelfleisch glitt in seinen Schlund. Nach und nach flößte Octavia ihm ein halbes Dutzend Austern ein, lächelte dabei still vor sich hin. Sie wußte, daß er sie deshalb so gierig schlürfte, weil Austern als Aphrodisiakum bekannt waren. Und Philip war in einem Zustand, in dem er ein Mittel zur Potenzsteigerung ganz dringend brauchen konnte.

Er konnte es nicht fassen. Noch nie hatte er diese irritierende, demütigende Erfahrung gemacht. Wieder warf er sich auf sie. Aber was er auch versuchte, was sie auch versuchte – es half nichts. Fragend lächelte sie ihn an, zögernd, dann ängstlich. Wut und Verachtung loderten in ihm auf, als er auf dieses engelsgleiche, sanfte Gesicht hinunterschaute. In ihren großen, goldbraunen Rehaugen machte sich grenzenlose Verwunderung breit, Verwunderung über jemanden, der ihr doch heute abend hatte zeigen wollen, was ein richtiger Mann ist. Sie mußte eine Hexe sein, dachte Philip in einer wilden Aufwallung. Dreimal schon, dreimal hatte sie ihn reingelegt! Sie lächelte ihn an, streichelte ihn beruhigend, flüsterte ihm liebevolle, aufmunternde Worte ins Ohr, doch er glaubte, hinter ihrer madonnenhaften Schönheit die gräßliche Fratze einer Hexe hervorlugen zu sehen.

Eine Stunde später verließ er sie. Er überschüttete sie mit obszönen Flüchen, wie eine Hure, die seinen Gelüsten nicht entsprochen hatte. Bei den verzweifelten, aber erfolglosen Bemühungen, sich in Octavias Fleisch zu bohren, hatten seine Krallen auf ihren Brüsten und Armen zahllose blaue Flecken hinterlassen. Aber es war ihm nicht gelungen, sie zu besitzen.

Octavia lauschte seinen Schritten auf der Treppe, hörte, wie der Nachtportier die Tür öffnete und wieder ins Schloß fallen ließ. Dann hastete sie zum Rosenstrauß auf dem Tisch. Das winzige Seidentäschchen saß im dichten Grün versteckt.

Zum ersten Mal an diesem Abend zitterten ihre Hände, als sie es aus den dornigen Stielen zog. Sie öffnete es und schüttelte das winzige Ringlein in ihre Hand. Es glich dem aufs Haar, das Rupert ihr gezeigt hatte. Sie nahm eine Dessertgabel und drückte mit der Spitze einer Zinke ins Auge des Adlers. Das Ringlein sprang auf. Zusammen mit seinem Gegenstück würde es einen Siegelring ergeben.

Ihre Hand umschloß das kostbare Kleinod.

Sie hatte den Ring.

Und jetzt, da sie ihn hatte, was war als nächster Schritt zu tun?

Sie trat ans Fenster und zog die Vorhänge zurück. Im Osten färbte sich der schwarze Himmel langsam rot. Sie öffnete die Finger und betrachtete den Abdruck des Rings in ihrer Handfläche.

War es möglich, daß dieser Ring Ruperts Leben aufwog? Gab es überhaupt irgend etwas, irgendeine Rache, für die es wert war, sein Leben zu opfern? Was für ein schreckliches Unrecht mußte Rupert widerfahren sein, daß er sich dafür dem Henker auslieferte.

Octavia zitterte. Jetzt erst erinnerte sie sich wieder ihrer Nacktheit. Die triumphierende Freude über den gelungenen Coup wich einem schalen Gefühl von Kälte und innerer Leere.

Sie wandte sich vom Fenster ab, sammelte ihre Kleider auf und zog sich notdürftig an, um schnell in ihre Suite hinüberzuhuschen.

Wie lang würde es dauern, bis Philip den Verlust des Rings bemerkte? Sie bezweifelte, daß er gleich nach Hause fuhr. Wahrscheinlich ging er erst noch ins Bordell, nahm sich eine Hure, an der er seine Wut auslassen konnte. Doch spätestens am Vormittag würde er wieder vor der Tür stehen. Er hegte ganz bestimmt keinen Verdacht, daß Octavia ihm den Ring gestohlen haben könnte. Deshalb würde er sich vielmals entschuldigen und den kleinen Salon absuchen, ob er das Täschchen irgendwo verloren hätte, auch wenn er dabei in Kauf nehmen mußte, den Ort seiner Blamage erneut zu betreten. Nein, nach dieser demütigenden Niederlage konnte Octavia sicher sein, daß sie ihn endgültig los war.

Doch bevor Philip kam, mußte der Ring aus dem Haus und

in Sicherheit sein. Die Tore von Newgate öffneten sich in zwei Stunden, um sieben Uhr morgens, und die verschleierte Lady würde zu den allerersten Besuchern gehören.

Sie klingelte nach dem Frühstück und zog ihr Abendkleid aus.

»Sie sind schon auf, Mylady?« Es dauerte eine Viertelstunde, bis die Zofe erschien. Verschlafen rieb sie sich die Augen und setzte das Tablett mit einem Kännchen heißer Schokolade und ein paar Keksen auf dem Tisch ab. Mühsam unterdrückte sie ein Gähnen.

»Ja, es tut mit leid, daß ich dich so früh wecken mußte«, bemerkte Octavia mitfühlend, »aber ich habe ein wichtiges Geschäft zu erledigen. Leg mir mein Reitkostüm raus.« Sie goß sich eine Tasse Kakao ein und tunkte einen Keks in das dampfende Getränk. Nach der schlaflosen Nacht hatte sie einen Bärenhunger. Vor Übermüdung lief ihr ein Kälteschauer nach dem anderen über den Rücken. Jetzt, da sie alles hinter sich hatte, spürte sie erst ihre Erschöpfung.

Nach dem Frühstück ging es ihr deutlich besser, und nachdem sie ihr Gesicht ein wenig erfrischt hatte, sah sie auch nicht mehr ganz so übernächtigt aus.

»Soll ich Mr. Griffin Bescheid sagen, daß er die Kutsche vorfahren läßt, Mylady?« Nell band ihrer Herrin das zimtbraune Haar im Nacken zu einem Knoten zusammen.

»Nein, danke, ich gehe zu Fuß. Gib mir den schwarzen Hut mit dem Schleier.«

Nell gehorchte. Was nur hatte Lady Warwick in aller Herrgottsfrühe in diesem Aufzug vor? Doch das Mädchen bezähmte seine Neugier. »Jetzt den schwarzen Umhang, Mylady?«

Octavia nickte. Zwei Minuten später huschte sie wie ein schwarzer Schatten aus dem Haus.

Griffin, den der Ruf seiner Herrin nach der Zofe ebenfalls vorzeitig aus dem Bett getrieben hatte, schloß hinter ihr die Tür. Stirnrunzelnd ging er in die Küche, um zu frühstücken. Es in

Abwesenheit des Gatten mit einem Liebhaber zu treiben, war schon skandalös genug. Doch anschließend im ersten Morgengrauen zu Fuß und ohne Begleitung aus dem Haus zu schleichen, noch dazu gekleidet, als ginge man zu einem Begräbnis? Wirklich, das war kein Verhalten, das sich für eine Lady schickte.

Am Piccadilly nahm Octavia eine Kutsche und gab Holborn als Fahrtziel an. Die ganze Fahrt über, während sie über das holprige Pflaster schaukelten und die ersten Rufe der fliegenden Händler durch die morgendlichen Straßen hallten, saß sie vor Aufregung auf der äußersten Kante der Bank.

Sie hatte den Ring in ihren Handschuh gesteckt und die Finger fest darum geschlossen. Mit der anderen Hand hielt sie sich am Haltegriff über dem Fenster fest und schaute unruhig hinaus.

Wie lange dauerte es denn noch? Warum fuhr der Kutscher bloß so langsam? Sie konnte es nicht erwarten. Ständig suchten ihre Augen die Umgebung ab, wann denn die grauen Mauern von Newgate endlich auftauchten.

Schließlich kam die Kutsche doch noch vor dem Gefängnistor zum Stehen. Der Fahrer beugte sich zu ihr ins Fenster. »Sie wollen also tatsächlich hierher, Lady?«

Seine Stimme klang skeptisch, doch Octavia war schon aus dem Wagen gesprungen.

Sie antwortete nicht, gab ihm das geforderte Geld und eilte zum Tor. Mißtrauisch beäugte der Pförtner die verschleierte Person. »Zu wem wollen Sie?« fragte er.

»Zum Straßenräuber, zu Lord Nick«, murmelte sie.

Der Mann grinste. »Der Junge kann sich wirklich nicht über zu wenig Besuch beklagen.« Er öffnete das Tor. »Letzte Nacht hat er 'ne ganze Party geschmissen. Hat 'n halbes Dutzend Sherryflaschen kommen lassen. War die Hölle los, sag' ich Ihn'n, Lady.«

Octavia enthielt sich jeden Kommentars. Wahrscheinlich hatten die Kumpane aus dem ›Royal Oak‹ Rupert besucht. Was sollte sie dagegen haben, daß seine Freunde ihm ein bißchen die Zeit vertrieben? Wenn sie ihr doch bloß auch helfen würden, einen Fluchtplan auszuhecken!

Sie durchquerte den Gefängnishof, in dem sich die Häftlinge mit ihren Familien schon zu dieser frühen Stunde drängten, schlüpfte durch das Tor zum ›Salon‹ und hastete die Treppe hoch. Als sie den Flur entlangeilte, warf sie einen flüchtigen Blick in die Zellen, deren Türen größtenteils offenstanden. Sie waren elegant möbliert. Den betuchten Gefangenen schien man teilweise erlaubt zu haben, die Zimmer sogar mit eigenen Möbeln auszustatten.

Octavia hatte Rupert das gewünschte Schachspiel und einen Stapel Bücher mitgebracht. Jetzt überlegte sie, ob sie nicht auch veranlassen sollte, daß man ihm ein anständiges Bett, einen bequemen Stuhl und einen Waschtisch ins Zimmer stellte.

Ruperts Tür war geschlossen, und so hob sie die Hand, um anzuklopfen. Doch dann überlegte sie es sich anders und schob einfach den Riegel hoch, so daß die Tür aufsprang.

»Amy? Bring mir 'n schönen heißen Tee, sei ein braves Mädchen«, ertönte Ruperts verschlafene Stimme von der schmalen Pritsche her. »Oh, mein Kopf... mein Kopf«, stöhnte er.

»Sofort, Mylord, sofort!« flötete Octavia und schlug den Schleier zurück. Dann rannte sie durchs Zimmer und warf sich auf ihn. »Ich hab' gehört, daß gestern nacht hier eine Riesenparty gestiegen ist«, rief sie quietschvergnügt. »Der Sherry soll in Strömen geflossen sein.«

»O Gott, sind Sie schwer! Sie wiegen ja mindestens zehn Tonnen«, ächzte er. Er unternahm einen schwachen Versuch, sie abzuwerfen. »Gehen Sie von mir runter, bitte!«

»Nein!« Sie zog ihm die Decke vom Gesicht und küßte ihn. »Wie konnten Sie sich nur ohne mich amüsieren?«

»Sie hätten wenig Freude gehabt, Mylady«, grunzte er. »Wir

haben die ganze Nacht Karten gespielt, und ich hab' ein Vermögen verloren.«

»Ich hab' Ihnen Geld mitgebracht«, lachte Octavia und setzte sich breitbeinig auf seinen Bauch. »Und jede Menge Bücher und ein Schachspiel... und dann noch etwas.«

Rupert linste aus verquollenen Augen zu ihr hoch. Er spürte ihre nur mühsam beherrschte Erregung. Sie strahlte übers ganze Gesicht, platzte fast vor Begeisterung.

»Was denn noch?«

Mit geheimnisvollem Blick zog Octavia ihren Handschuh aus und öffnete die Finger. Dann zog sie den Ring aus dem Seidentäschchen und ließ ihn auf seine Brust fallen.

Rupert stockte der Atem. »Was zum Teufel...« Seine Hand umschloß den Ring, ohne ihn auch nur anzuschauen. Statt dessen starrte er ihr ins Gesicht. In seinen Augen stand die blanke Wut. »Was haben Sie dafür tun müssen?« stieß er hervor.

Octavia spürte, wie sich ihr Magen zusammenkrampfte. Sie hatte nicht gewußt, wie er reagieren würde, aber mit dieser kalten Wut hatte sie nicht gerechnet. »Nichts, nichts Besonderes.« Sie schüttelte den Kopf.

»*Gehen Sie von mir runter!*« zischte er mit so gefährlich leiser Stimme, daß sie augenblicklich gehorchte.

Rupert schlug die Decke zurück und sprang aus dem Bett. »Gottverflucht, Octavia!« brüllte er sie an. »Ich hab' Ihnen doch gesagt, daß es vorbei ist! Ich hab' Ihnen gesagt, daß ich nicht will, daß Sie mit dieser Ratte noch irgend etwas zu tun haben!« Fassungslos schüttelte er den Kopf. »So! Und jetzt erzählen Sie mir genau, was Sie dafür tun mußten! Ich will alles wissen, jedes einzelne verfluchte Detail!«

»Nichts... ich...«

»*Nun reden Sie schon!*« Seine Augen lagen tief und dunkel in den Höhlen. Das Gesicht war kreidebleich.

Octavia preßte die Lippen zusammen, versuchte, sich zu konzentrieren. Mit bleierner Stimme begann sie, Rupert alles zu erzählen. Wie Bessie ihr das Mittel gegeben hatte. Wie sie den Earl of Wyndham zu sich eingeladen hatte. Sie schilderte die Einzelheiten ihrer Begegnung mit Philip so nüchtern, klar und unbeteiligt wie möglich. Auf diese Weise hoffte sie, Distanz zu dem Ereignis herzustellen und alle aufbrechenden Gefühle der Wut, Eifersucht und der Demütigung, die über Ruperts Züge huschten, im Keim zu ersticken. Doch sein Gesicht wurde immer grauer, seine Augen immer leerer. Schließlich brach sie ihren Bericht verzweifelt ab.

Mit ausgestreckter Hand ging sie auf ihn zu. »O Gott, Rupert!« rief sie verzweifelt. »Seien Sie doch *bitte* nicht so böse! Ich hab' es für *Sie* getan! Ich wollte Ihnen beweisen, daß kein Grund besteht, die Hoffnung aufzugeben. Daß wir etwas tun können... daß...«

»*Seien Sie still!*« donnerte er und schlug ihre Hand von sich. »Sie reden Stuß, idiotischen Quatsch! Sie lügen sich etwas in die Tasche! Dieses Gefängnis hier existiert *real*, Frau, es ist keine Einbildung! Wachen Sie endlich auf und schauen Sie der bitteren Wahrheit ins Gesicht!«

»Nein.« Sie schüttelte stur den Kopf. »Nein, ich werde Ihrer Wahrheit nicht ins Gesicht schauen. Denn es ist nicht die ganze Wahrheit. Es gibt einen Weg!«

»Gehen Sie nach Hause, Octavia!« Erschöpft wandte er sich von ihr ab. »Ich ertrage es nicht, mir Ihre Ammenmärchen anzuhören!«

»Aber...«

»Gehen Sie nach Hause, sage ich Ihnen!«

»Woll'n Sie jetzt Ihr Frühstück, Lord Nick?« ertönte Amys Stimme in der Tür. »Jetzt, wo Ihre Besucherin geht.«

Das Mädchen warf seiner Rivalin einen triumphierenden Blick zu. Octavia seufzte gequält. Sicherlich hatte Amy die letzten Sätze ihrer Auseinandersetzung mitangehört.

»Ja, und bring mir Tee und heißes Wasser«, sagte Rupert.

Er ging zum Fenster und schaute hinaus in den Gefängnishof.

Seine Finger öffneten sich, und Philips Ring fiel zu Boden. Er rollte über die Holzdiele und blieb unter der Fensterbank im Schmutz liegen. Ein kostbares Kleinod, das im Licht der Morgensonne durch einen grauen Staubflusen blinkte.

Octavia ließ den Schleier über das Gesicht fallen. Der Klang ihrer Schritte, die die Treppe hinunterhasteten, hallte in ihm nach.

24

Rupert stand am Fenster und rührte sich nicht. Auch als Amy hereinkam und klappernd das Frühstückstablett auf den Tisch stellte, wandte er sich nicht um.

»Der Tee ist kalt, Sir.«

»Schon gut, Amy.«

»Woll'n Sie sonst noch was? Soll ich 'n bißchen aufräumen...«

»Laß mich in Ruhe, Amy!« fuhr er sie an.

Erschrocken wich das Mädchen zurück, dann rauschte sie beleidigt hinaus.

Rupert bückte sich und hob Philips Ring auf. Er hielt ihn ans Licht und betrachtete ihn eine Weile. Dann erst holte er seinen eigenen aus der Hemdtasche, fügte ihn mit dem seines Zwillingsbruders zusammen und steckte sich den Siegelring auf den Finger. Wie das zierliche Kunstwerk im Glanz der Morgensonne funkelte! Die Augen des Adlers, der auf einem fein eingravierten Ast saß, schienen ihm wissend zuzuzwinkern.

Jetzt also hatte er ihn. Und wenn Philip diesen Ring an Rupert Warwicks Finger erblickte, würde es ihm wie Schuppen von den Augen fallen. Diese Sekunde, in der über Philip die Erkenntnis hereinbrach, daß er seinem Zwillingsbruder gegenüberstand – ach, welch süßer Augenblick der Rache! Alles, was dem folgte, wäre schlichte Formalität. Philip mochte versuchen,

Rupert Warwicks Anspruch auf den Titel des Earl of Wyndham zu vereiteln, mochte öffentlich beteuern, daß dieser Mann niemals Cullum Wyndham sein könnte. Aber im Grunde seines Herzens mußte er in dem Moment, in dem sein Blick auf diesen Ring fiel, wissen, daß er verloren hatte.

Dieser Ring bewies seine Identität. Rupert brauchte nur die Anwälte und den Hausarzt seiner Familie aufzusuchen und sich von ihnen bestätigen lassen, daß er Cullum Wyndham war. An seinem Körper trug er Narben, die der Doktor wiedererkennen würde. Darüber hinaus war er in der Lage, Details aus der Familiengeschichte zu berichten, von denen nur ein Mitglied der Wyndham-Dynastie wissen konnte.

Dieser Ring würde Philips Kartenhaus zum Einsturz bringen.

Aber der Ring bedeutete auch, daß Cullum die Familienehre der Wyndhams verteidigen mußte! Wenn er jetzt seine wahre Identität lüftete, zog er den Namen der Wyndhams in den Schmutz. Alle Welt würde erfahren, daß der rechtmäßige Earl of Wyndham nichts als ein gemeiner Straßenräuber war, der demnächst am Galgen baumelte. Nein, das durfte er nicht zulassen! Er durfte Gervases Ehre nicht beflecken.

Gottverflucht noch mal! Rupert goß sich eine Tasse dampfenden Tees ein und schüttete sie in einem Zug hinunter, verbrannte sich dabei Zunge und Gaumen. Aber das heiße Getränk machte ihm den Kopf klar.

Er schenkte eine zweite Tasse nach und begann, in seiner Zelle unruhig auf und ab zu gehen. Immer wieder mußte er an Octavia und Philip denken.

Es machte ihm die Sache nicht leichter, daß sie seinen Bruder überlistet, daß sie ihn der schlimmsten Demütigung ausgesetzt hatte, die einem Mann widerfahren konnte. Schließlich hatte sie es zugelassen, daß die schmutzigen Pfoten dieses geilen Wüstlings sie betatschten. Und das alles war heimlich geschehen, ohne sein Wissen, zu einem Zeitpunkt, da er hilflos in Newgate festsaß.

Konnte sie wirklich nicht verstehen, wie ihm zumute war? Daß Verzweiflung und Selbsthaß in ihm tobten? Und anstatt ihn zu trösten, ihm liebend zur Seite zu stehen, suchte sie die Gefahr, ließ sich auf riskante Abenteuer ein, während er dazu verdammt war, untätig auf den Tag seiner Hinrichtung zu warten. Es war doch so nutzlos, was sie getan hatte! Völlig nutzlos! Er würde sein Geheimnis mit ins Grab nehmen. Der Besitz dieses Ringes machte ihm die Aussichtslosigkeit seiner Lage und die Vergeblichkeit seiner Rache nur um so schmerzlicher bewußt.

»Woll'n Sie Ihr Frühstück nich' zu Ende ess'n, Sir?«

Amys ängstliche Stimme an der Tür riß ihn aus seinen Grübeleien. »Nein, du kannst es mitnehmen.«

»Könnte Ihn'n was and'res bring'n, zum Beispiel 'ne Scheibe Rinderbrat'n.« Sie warf ihm einen aufmunternden Blick zu.

Rupert gelang es nur mit Mühe, sich zu beherrschen. »Wenn ich irgend etwas brauche, rufe ich dich, Amy.«

Enttäuscht nahm das Mädchen das Tablett auf und ging hinaus. Rupert begann, wieder in seiner Zelle auf und ab zu marschieren.

Auf einmal bekam er Schuldgefühle. Rupert erinnerte sich an den Gesichtsausdruck, mit dem Octavia ihn verlassen hatte. Er sah die Enttäuschung und die tiefe Verletzung in ihren goldbraunen Augen, die zitternden Lippen, hörte den bittenden Unterton in ihrer Stimme.

Vielleicht kam sie ja nie wieder. Und er könnte es ihr nicht einmal verübeln. Großer Gott! Diese Gefangenschaft, dieses gräßliche Gefühl der Ohnmacht war einfach nicht zu ertragen!

Er hörte Bens unverkennbaren Schritt von der Treppe her. Rupert atmete erleichtert auf. Der Besuch seines Freundes würde ihn auf andere Gedanken bringen, würde diese Panik, die immer mehr die Oberhand bekam, zumindest vorübergehend beruhigen. Aber Ben war nicht allein. Da kam noch jemand mit ihm die Stufen hoch.

»Schau, wen ich dir mitgebracht habe, Nick.« Ben trat ins

Zimmer. Er trug seinen Sonntagsstaat und sogar eine Perücke. Sein Begleiter war ganz in graue Seide gekleidet, hatte das weiße Haar der Perücke im Nacken mit einem schwarzen Samtband zusammengebunden.

Rupert wußte sofort, mit wem er es zu tun hatte, noch bevor ihm Ben den ehrwürdigen Herrn mit großer Geste und blumigen Floskeln vorstellte. »Ich habe das ganz besondere Vergnügen, Nick, dich mit dem hochverehrten Mr. St. John Moreton bekannt zu machen, seines Zeichens Strafverteidiger vor Gericht.«

»Mr. Moreton.« Rupert deutete eine Verbeugung an.

»Sir.« Der Anwalt erwiderte die Verbeugung und schaute sich kurz um. »Wie ich sehe, haben sich Ihre Freunde ein bißchen um Sie gekümmert.«

»Ja.«

»Sie haben mich auch gebeten, Ihre Verteidigung vor Gericht zu übernehmen. Ich bin natürlich bemüht, den Prozeß so lange wie möglich hinauszuzögern«, fügte er hinzu, als sei dies das Selbstverständlichste der Welt.

»Um meine Hinrichtung hinauszuzögern?« fragte Rupert trocken.

»Verehrter Herr, so wollen wir doch nicht reden!« rief der Anwalt erschrocken. »Doch nicht solche Worte... nicht solche Worte.«

»Genau«, stimmte Ben zu. »Die Miß hat recht. Hast schon aufgegeb'n, bevor's überhaupt losgegang'n ist.«

Rupert seufzte. »Die Tatsachen sprechen doch für sich, Ben.«

Der Anwalt räusperte sich. »Darf ich Ihnen ein paar Fragen stellen, Lord Nick? Zum Beispiel – haben Sie eigentlich auch einen anderen Namen?« Er hob die Brauen. »Einen Namen, der... ein bißchen weniger berüchtigt ist? Weniger geeignet, dem Richter sofort alle Nackenhaare aufzustellen?«

»Nein«, erwiderte Rupert knapp. »Es tut mir leid, wenn ich Sie enttäuschen muß, Mr. Moreton, aber ich werde vor Gericht als Lord Nick auftreten.«

Auf das Gesicht des Verteidigers trat ein gequälter Ausdruck. »Wie Sie wünschen, natürlich. Ich kann allerdings davon nur dringendst abraten.«

»Nehme ich hiermit zur Kenntnis.« Rupert fuhr mit der Hand über sein unrasiertes Kinn. »Sosehr ich Ihre Bemühungen zu schätzen weiß, Sir, aber ich glaube, daß es in dieser Angelegenheit nichts zu diskutieren gibt. Und ich würde jetzt gerne meine Morgentoilette machen...« Wieder fuhr er sich demonstrativ über den Stoppelbart.

Unwillig schaute der Anwalt zu ihm auf. Wenn dieser Straßenräuber nicht mit ihm zusammenarbeiten wollte, dann wußte er tatsächlich nicht, wozu er noch hier saß. Er warf Ben, der sich verlegen wand, einen indignierten Blick zu. Dann stand er auf und verließ mit einem kurzen Kopfnicken den Raum. Ben folgte ihm bis zur Tür.

»Soll ich dir noch 'n bißchen Gesellschaft leisten, Nick?« fragte Ben.

Rupert schüttelte den Kopf. »Besser nicht. Bin heute mit dem falschen Fuß aufgestanden«, knurrte er. »Danke, daß du dich so um mich bemühst. Aber sag diesem Mr. Moreton, er soll mit der Verzögerungstaktik aufhören. Ich will die Sache so schnell wie möglich hinter mich bringen.«

Ben seufzte. »Und was gewinnst du, wenn du die Sache durchpeitschst?«

»Ich kann es nicht länger ertragen, so in der Luft zu hängen«, witzelte Rupert mit einem gequälten Lächeln.

Ben blickte finster drein. Er war mit diesem Plan ganz und gar nicht einverstanden, aber was sollte er machen? Also zuckte er hilflos die Achseln und ließ seinen Freund allein.

Kaum war er aus der Tür, warf sich Rupert aufs Bett und starrte an die Decke. Wenn er so weitermachte, vergraulte er noch seine besten Freunde. Aber warum verstanden sie denn nicht, daß es ihn nicht tröstete, wenn sie ihm falsche Hoffnungen zu machen versuchten? Trost konnte für ihn einzig und allein darin liegen, das Unausweichliche zu bejahen und dem Tod gefaßt und mit erhobenem Haupt entgegenzutreten – und sich mit der schrecklichen Tatsache abzufinden, daß er Octavia verlieren würde. Octavia, die große Liebe seines Lebens.

Wenn er sich diese Liebe früher eingestanden hätte, vielleicht hätte er sich bescheiden können. Vielleicht hätte er dann seine düsteren Rachepläne früher aufgeben und sich an dem stillen Glück freuen können, das das Leben ihm so unerwartet geschenkt hatte – ein solch wunderbares Geschenk, wie es wohl nur den wenigsten Männern gegönnt war. Statt dessen hatte er seine Gefühle heruntergespielt, wie besessen von der fixen Idee, seinem Bruder die Maske vom Gesicht zu reißen und Gervase zu rächen. Und diese fixe Idee hatte ihn nun an den Fuß des Galgens gebracht.

Octavia rannte blind vor Tränen durch Holborn zum Fluß, um ein wenig Ruhe zu finden. Sie hatte einen fürchterlichen Fehler gemacht. Statt wie geplant in Rupert Hoffnung und Lebensmut zu wecken hatte sie ihm seine Ohnmacht nur um so stärker vor Augen geführt. Dabei hätte sie doch daran denken müssen, wie wichtig es für ihn war, immer Herr der Lage zu sein, das Heft in der Hand zu haben. Dadurch, daß sie bei der Beschaffenheit des Rings Erfolg gehabt, er aber dabei gescheitert war, hatte sie ihn erst recht gedemütigt.

Mit hängendem Kopf trottete sie die Uferpromenade entlang. Sie war so in ihre Grübelei versunken, daß sie zuerst gar nichts bemerkte. Doch als sie plötzlich gegen eine Mauer geschubst wurde und eine Wolke üblen Mundgeruchs roch, da endlich durchdrangen Stiefelstampfen und Gegröle den Nebel ihrer Selbstvergessenheit. Ängstlich drückte sie sich an die Mauer und schlug den Schleier zurück, um besser sehen zu können.

Ein gewaltiger Zug aufgebrachter Menschen strömte an ihr vorbei. Sie trugen Knüppel und Pflastersteine, und in ihren Gesichtern stand der blanke Haß. Vom Ende der Straße her erscholl der Ruf: »Nach Westminster ... nach Westminster!« und alle fielen brüllend mit ein.

Die Menge marschierte in Richtung Westminster Bridge. Eben erst hatte Lord George Gordon auf dem St. George's Field zu ihnen gesprochen. Die Kundgebung hatte sich aufgelöst, und nun zog man in einer spontanen Demonstration zum Parlamentsgebäude, um die Rücknahme des Catholic Relief Act zu fordern.

Octavia huschte in eine schmale Seitengasse. Sie wollte von den Massen nicht mitgerissen werden. Auf und ab wogte der Strom der Entfesselten, und eine hysterische Leidenschaft zeichnete die Gesichter: Alle hatten das gleiche fanatische Flackern in den Augen, die gleichen verzerrten Züge. Und immer wieder erscholl der gleiche Schlachtruf: »Nieder mit den Papisten ... nieder mit den Papisten!«

Eine Kutsche schaukelte inmitten des Getümmels. Doch es waren keine Pferde, die das Gefährt zogen, sondern eine Gruppe muskulöser, schwitzender Männer, und die Leute bildeten eine Gasse, brüllten sich zu, zur Seite zu treten, damit die Kutsche passieren könnte.

Ein junger Mann steckte den Kopf aus dem Fenster und winkte seinen Anhängern huldvoll zu. Die Menschen antworteten ihm mit begeistertem Jubel, schlugen mit Knüppeln auf die Stangen ihrer Spruchbänder und reckten die Fäuste.

»Lord George ... Lord George«, schrien sie. »Macht Platz für Lord George!«

Fasziniert starrte Octavia den Mann an, der solche Macht über die Massen hatte. Der jüngste Sohn des Duke of Gordon wirkte eher unscheinbar. Zwar hatte er ein lebendiges Gesicht mit wachen Augen, doch sonst entsprach er nicht im geringsten den landläufigen Vorstellungen von einem Helden. Und doch war er der Held dieses wilden, aufgepeitschten Mobs.

Tausende marschierten an ihr vorbei, und Octavia fragte sich, ob der Strom denn gar kein Ende nehmen würde.

Doch schließlich trotteten nur noch ein paar versprengte Nachzügler durch die Straße, so daß Octavia sich aus ihrem Versteck wagen konnte, um den Heimweg fortzusetzen. Noch immer hallte das Brüllen der Masse in ihren Ohren nach, und ein Schauer lief ihr über den Rücken.

Als sie den Piccadilly überquerte, bemerkte sie, daß einzelne Händler ihre Schaufenster mit Brettern vernagelten. An den Ecken standen Gruppen von Menschen, die miteinander tuschelten und sich ängstlich umschauten. Einige Hausbesitzer malten in großen Lettern ›Nieder mit den Papisten!‹ an Tür und Fensterläden, für den Fall, daß es zu Ausschreitungen kommen sollte.

Und nach dem, was Octavia gesehen hatte, zweifelte sie keinen Augenblick an der Gewaltbereitschaft der Masse. Wenn das Parlament die Petition ablehnen sollte, würde sich die Menge in eine Meute reißender Wölfe verwandeln.

Atemlos bog sie in die Dover Street ein. Gerade als sie die Stufen zu ihrem Haus hocheilte, hörte sie ein piepsiges Stimmchen. »Müss'n ›Nieder mit die Papist'n!‹ anne Haustür schreib'n, Miß Tavi!«

»Frank!« Sie beugte sich über das Geländer und schaute auf die winzige geduckte Gestalt, die aus der Dunkelheit unter der Treppe hervorlugte. »Wo hast du denn bloß gesteckt? Wir haben uns solche Sorgen um dich gemacht!«

Zögernd kroch Frank aus seinem Versteck hervor. Doch er blieb in einiger Entfernung stehen, die Muskeln angespannt – ein ängstliches Tierchen, das sichernd die Nase in den Wind hielt und Octavia mit wachsamen Augen beobachtete, bereit, bei der geringsten Bewegung zu fliehen. »Bring'n Se mich zu Polizei?«

»Aber nein«, beruhigte sie ihn. »Komm doch mit mir rein. Niemand wird dir ein Haar krümmen, das verspreche ich dir.«

Doch Frank rührte sich nicht vom Fleck. »Bin nur gekomm'n, um Ihn' zu sag'n, daß Se des anne Tür schreib'n soll'n. Brenn'n jedes Haus ab, an dem des nich' steht.«

»Wer sagt das?«

»De Männer inne Schenke. Bin unterm Tisch gehockt, hab' se red'n gehört. Müss'n Se schreib'n, Miß Tavi!«

Bevor sie noch etwas sagen konnte, war er schon auf und davon, als wäre der Teufel hinter ihm her.

»War das Frank, Mylady?« Griffin öffnete die Tür und schaute der fliehenden Gestalt nach.

»Ja.« Stirnrunzelnd betrat Octavia die Halle. »Es liegt Unheil in der Luft, Griffin. Frank sagt, wir sollten ›Nieder mit den Papisten!‹ an die Haustür schreiben, sonst würden sie unser Haus abfackeln. Er ist gekommen, um uns zu warnen. Interessant, nicht wahr?«

»Vielleicht, Madam. Aber warum ist er davongelaufen?«

»Er hat immer noch Angst. Es dauert lange, bis so eine verwundete Kreatur wieder Vertrauen zu Menschen faßt. Aber wir sollten seinen Rat befolgen, Griffin.«

»Ach, Madam. Das sind doch alles Gerüchte... aber andererseits sollte man es nicht darauf ankommen lassen.«

»Eben«, stimmte sie dem Butler zu. »Veranlassen Sie dann bitte das Nötige.« Sie wandte sich zum Gehen.

»Jawohl, Mylady... ach, übrigens... Lord Wyndham war heute morgen hier. Er behauptete steif und fest, letzte Nacht im kleinen Salon etwas verloren zu haben.« Griffin sprach mit ausdrucksloser Stimme, den Blick starr auf die Messingschale mit den Visitenkarten gerichtet.

»Ach, ja?« Octavia blieb auf dem Treppenabsatz stehen. »Was hat er denn verloren?«

»Das wollte er nicht verraten, Mylady. Aber er hat mit zwei Bediensteten und der Salonzofe den ganzen Raum auf den Kopf gestellt.«

»Und hat er gefunden, was er suchte?« fragte Octavia so harmlos wie möglich.

»Ich glaube nicht, Ma'am. Er schien nicht gerade bester Laune, als er ging.«

»Eigenartig«, erwiderte Octavia gleichmütig. »Na ja, was immer es ist – es wird ja spätestens beim nächsten Großreinemachen wieder auftauchen.«

Sie drehte sich um und stieg die Treppe hinauf. Es war nicht anzunehmen, daß Philip sie auf den Verlust ansprechen würde. Warum sollte er argwöhnen, sie hätte ihm den Ring gestohlen? Außerdem würde er sie in nächster Zeit wohl meiden wie der Teufel das Weihwasser.

»Octavia, mein Kind«, ertönte Olivers Stimme, als sie an seinem Arbeitszimmer vorbeiging. »Komm doch und leiste mir ein bißchen Gesellschaft.«

»Gerne, Papa.« Sie trat in sein Zimmer.

»Warum um alles in Welt läufst du denn wie eine trauernde Witwe herum?« wunderte er sich, als er ihren Aufzug sah. »Ist Rupert irgend etwas zugestoßen?«

Seine Stimme klang argwöhnisch, und Octavia war froh, daß ihr Gesicht hinter dem Schleier verborgen lag.

»Aber nicht doch, Papa«, beruhigte sie ihn. »Ich komme gerade aus der Stadt«, wechselte sie schnell das Thema. »In den Straßen ist der Teufel los. Lord George Gordon hat heute morgen seine Kundgebung abgehalten und jetzt marschiert das Volk nach Westminster.«

»Ah, ja?« Seine Augen leuchteten interessiert auf, und schon hatte er seine frühere Frage vergessen. »Dann erzähl mir doch in aller Ruhe, was du erlebt hast.«

»Ich leg' nur schnell meinen Umhang ab.«

Octavia eilte in ihre Suite. Sie verspürte richtig Lust, den restlichen Tag in der Gesellschaft ihres Vater zu verbringen. Auf diese Weise käme sie auf andere Gedanken. Sie würde Griffin Bescheid sagen, daß sie heute für keinen Besucher mehr zu sprechen sei, und sich in das stille Glück ihrer Kindheit zurückversetzen.

Doch heute kam kein Besuch, nur ein paar Nachrichten aus den Straßen, die verängstigte Dienstmädchen von ihren Botengängen mitbrachten. Eine an die zwanzigtausend Menschen starke Menge hatte ihre Petition vor dem Parlament eingereicht, doch die Abgeordneten weigerten sich mit hundertzweiundneunzig zu sechs Gegenstimmen, die Petition überhaupt entgegenzunehmen, geschweige denn darüber zu entscheiden.

Lord George und seine Mannen mußten unverrichteter Dinge wieder abziehen, und auf dem Rückweg entlud sich der Volkszorn in all seiner zerstörerischen Kraft. Den ganzen Abend und die ganze Nacht lang zog der Mob marodierend durch die Straßen und ließ eine Schneise der Verwüstung hinter sich. Der nächtliche Himmel glühte rot von den Flammen brennender Häuser von Ministern, Abgeordneten und anderen bekannten Personen, die man für Freunde der Katholiken hielt.

Zweimal zogen die Horden auch durch die Dover Street. Zitternd beobachteten Octavia und ihr Vater vom Dach ihres Hauses aus, wie die Demonstranten Brandsätze und Pflastersteine in die Fenster warfen. Ihr Haus blieb Gott sei Dank verschont, weil Griffin die schützende Parole gerade noch rechtzeitig an die Tür geschrieben hatte.

Als der Morgen graute, hörte man vom Flußufer her Lärm und Schüsse. Das panische Geschrei der Menge mischte sich mit dem Schlachtruf berittener Soldaten, die mit Bajonetten auf die Aufständischen einstürmten. Doch dann schien sich das Blatt zu wenden, denn kurz darauf strömten die Massen wieder die Dover Street zurück und jagten die Soldaten vor sich her, die sich in hinhaltender Verteidigung zurückzogen und dabei wahllos einzelne aus der Menge herausgriffen und festnahmen, um sie nach Newgate abzutransportieren.

»Der Himmel möge uns beistehen«, murmelte Oliver. »Es ist nicht zu fassen, was die Menschen einander im Namen des Herrn antun!«

Er stieg ein paar Stufen zur Dachluke zurück, die in den Speicher hinabführte. »Ich geh' schlafen, Kind. Wenigstens ein paar Stunden.«

»Ich bleib' noch ein bißchen«, erwiderte Octavia und kuschelte sich tiefer in den wärmenden Umhang. Hinter ihr drängten sich die Bediensteten, die das Spektakel unten in der Straße mit einer Mischung aus Faszination und Angst verfolgten.

Langsam kehrte Ruhe ein. Es schien, als hätte die Meute ihren Blutrausch gestillt und sich erschöpft zurückgezogen. Hie und da schwelte noch Glut. Schwere Rauchschwaden standen über den Dächern und erfüllten die Luft mit beißendem Gestank. Octavia entschloß sich, dem Beispiel ihres Vaters zu folgen und ins Bett zu gehen. Ihr letzter Gedanke galt Rupert.

Ob sie in Newgate wohl wußten, was in der Stadt los war? Heute morgen würden sich die Besucher wohl kaum vor dem Gefängnistor drängen. Aber die Gefangenen mußten den Lärm gehört haben. Und sie mußten die verhafteten Aufständischen gesehen haben, die man nach Newgate brachte. Rupert würde also verstehen, warum sie ihn heute morgen nicht besuchen konnte. Hoffentlich nahm er nicht an, daß sie ihn wegen der Auseinandersetzung von gestern verlassen hätte.

Als der Abend dämmerte, ging es wieder los. Wieder gellten Schreie durch die Straßen, hörte man Glas splittern, schossen Flammen in die Höhe, sah man Betrunkene mit verzerrten Gesichtern durch die Straße torkeln.

»Wo bleiben denn bloß die Soldaten?« fragte Octavia.

Die Armee schien vor den Aufrühren kapituliert zu haben. Ungehindert tobten sie ihre Zerstörungswut aus, setzten Häuser der Papisten und vermuteter Sympathisanten in Brand, zerrten kostbare Bücher, Möbel, Vorhänge, Leinenwäsche auf die Straße und verbrannten sie unter großem Gejohle, tanzten mit verrußten Gesichtern um ihre Freudenfeuer herum. Sie plünderten die Schenken, schleppten Bier- und Weinfässer ab, um sie auf offener Straße anzuzapfen und ihre Revolte zu begießen.

»Vielleicht herrscht ja auch in der Armee Aufruhr, und man schafft es nicht, die Soldaten auf die Bürger zu hetzen«, bemerkte Oliver mit unverhohlener Genugtuung. Von jeher hatte er eine Schwäche für Anarchie. In der Geschichte hatte es immer wieder Volksaufstände gegeben, für die er sich schon als Kind begeistert hatte. Und nun selbst Zeuge eines solchen Ereignisses zu werden, faszinierte ihn.

Olivers Vermutung schien sich zu bestätigen. Vier Tage lang feierten die Aufständischen wahre Orgien der Zerstörungslust, ohne daß die Armee eingriff. Die Bürger verschanzten sich derweil in ihren Häusern, malten die Schutzparole auf ihre Türen und harrten zitternd der Dinge, die da kommen sollten.

25

Ein paar Tage später, es war ein warmer Juniabend, betrat Griffin den Salon. »Da ist jemand in der Küche, der Sie unbedingt sprechen möchte, Mylady.« Seine Stimme klang gepreßt, und es gelang ihm kaum, seine Empörung zu verbergen.

»Hey, aus dem Weg, Mann.« Bens Stimme ertönte hinter dem Rücken des Butlers. Unsanft schob er ihn beiseite. »Miß, es ist dringend.«

Octavia ahnte, was in der Küche abgelaufen war. Sicher hatte Griffin versucht, den zweifelhaften Besucher abzuwimmeln, aber offenbar ohne Erfolg.

»Danke, Griffin. Der Herr ist ein Bekannter von Lord Warwick«, erwiderte sie so ruhig wie möglich, obwohl ihr Herz beim Anblick Bens vor Aufregung zu hämmern begann.

Der Butler verbeugte sich, ging hinaus und ließ die Tür angelehnt, doch Ben schloß sie kurzerhand hinter ihm. Er ging auf Octavia zu. Seine Kleider waren zerrissen, aber die Augen in seinem rußverschmierten Gesicht leuchteten.

»Der Mob is' unterwegs nach Newgate, um die Gefang'nen rauszuhol'n, die am erst'n Abend verhaftet word'n sind«, stieß er erregt hervor. »'n paar Jungs von uns geh'n mit, vielleicht gibt's ja sonst noch jemand'n, der da nich' reingehört.«

Wie elektrisiert sprang Octavia auf. »Meinen Sie, daß das geht? Einfach das Gefängnis niederzubrennen? Das ist doch alles Eisen und Stein!«

»Wenn Sie geseh'n hätt'n, was ich die letzt'n Tage geseh'n hab', Miß, würd'n Sie das nich' mehr frag'n.« Er grinste. »Wollte Ihn'n ja auch nur Bescheid geb'n, dachte, daß ich Ihn'n damit 'ne Freude mach'.«

»O Ben!« Zu seiner großen Verlegenheit schlang Octavia ungestüm die Arme um ihn und küßte ihn auf die rußverschmierten Wangen. »Warten Sie einen Moment, ich komme mit!«

»Eh, Miß, das geht nich'!« rief er erschrocken. »So was is' nix für 'ne Frau.«

»Pah!« stieß Octavia hervor. »Ich hab' schon ganz andere Sachen gemacht! Zum Beispiel Raubüberfälle auf offener Straße! Warten Sie hier. In fünf Minuten bin ich zurück.«

Sie sauste aus dem Zimmer, noch ehe Ben sie daran hindern konnte. Verlegen kratzte er sich am Kopf und begann dann mit gerunzelter Stirn im Salon auf und ab zu tapsen. Was würde Nick wohl davon halten, daß seine Freundin sich auf ein solch gefährliches Abenteuer einließ?

Und schon kam sie wieder hereingerannt, in Holzpantinen, ihrem wilden orangenen Bauernkostüm und knallrotem Kopftuch.

»Los!« rief sie. »Ich bin noch zu sauber, aber ich denke, unterwegs werde ich ausreichend Gelegenheit finden, die gehörige Schmutzschicht aufzulegen.«

»Du lieber Himmel«, knurrte Ben. »Was wird Bessie nur dazu sagen?«

»Bessie ist auch dabei?«

»Na klar. Alle sind dabei.«

Octavia führte Ben zum Seiteneingang. »Und was ist mit dem neuen Stalljungen und Morris?«

Sie öffnete die Tür und schaute Ben fragend an. Sein Gesicht wurde dunkelrot. »Über die Bursch'n brauch'n Se sich nich' mehr den Kopf zu zerbrech'n. Miß. Die werd'n niemand'm mehr Ärger mach'n.«

In seiner Stimme lag eine Endgültigkeit, die Octavia eine Gänsehaut über den Rücken jagte. Dabei hatte sie sich auch selbst schon bei dem Gedanken ertappt, den beiden, die an Ruperts Gefangennahme schuld waren, genüßlich ein Messer ins Herz zu stoßen.

Draußen auf der Straße war alles ruhig. Aber dann entdeckte sie die Schatten in einer Ecke. Schatten, die langsam Gestalt annahmen und zu den bekannten Gesichtern aus dem ›Royal Oak‹ wurden. Lord Nicks Freunde waren gekommen. Bessie stand ein wenig abseits.

»Wollen Sie auch mit?« Doch ihre Frage klang eher anerkennend als skeptisch. Octavia nickte. Dann wandte sie sich an die Gruppe: »Los, auf geht's!«

Die Straßen wirkten auf sie jetzt anders als noch vor ein paar Tagen, als sie das letzte Mal aus Holborn zurückgekommen war. Damals hatte sie Angst vor der Masse gehabt. Jetzt, in ihrer Verkleidung, umgeben von den Kumpels aus dem ›Royal Oak‹, wurde sie Teil der Masse, gehörte dazu, war selbst Akteurin, nicht mehr hilfloses Opfer. Und hier unten, so mitten drin, wirkte die Szenerie auch viel weniger bedrohlich, als wenn man sie von oben auf dem Dach aus der Distanz erlebte. Trotzdem wußte sie – die aufgehetzte Menge konnte sich von einem Augenblick zum andern in eine Meute reißender Wölfe verwandeln.

Octavias Blick glitt über die Gesichter in ihrer Umgebung. Sie waren gerötet, vom Alkohol und vom Wahnsinn nächtelanger Randale gezeichnet. Die Leute schlugen und brannten alles nieder, was ihnen in den Weg kam. Inzwischen spielte es keine Rolle mehr, ob das Opfer ihrer Übergriffe Katholik oder Protestant war. Octavia schwamm mit der Masse und versuchte, sich in der Gruppe vertrauter Gesichter zu halten.

In der Charing Cross Road stießen sie auf einen weiteren

Haufen von mehreren Hunderten, der sich unter begeistertem Geschrei mit Octavias Meute vereinigte.

»Nach Newgate ... nach Newgate«, klang es in rhythmischem Staccato. Manche schleppten schwere Vorschlaghämmer, Eisenstangen, andere hielten Terpentinölflaschen und mit Harz getränkte Lumpen bereit, während sich der grölende Zug durch Holborn wälzte.

Schaudernd bemerkte Octavia, daß auch sie von der wilden Begeisterung des Mobs angesteckt wurde. Sie hörte sich im Chor mit den anderen schreien, merkte, wie auch ihre Faust sich hochreckte und wie sie sich vom Sog der Masse mitreißen ließ. Die Leute stampften über das Pflaster, daß die Erde bebte. Und nirgendwo begegneten sie auch nur einem einzigen Vertreter der Staatsgewalt. Es schien, als hätte sich die Armee in ihren Kasernen verschanzt, um dort abzuwarten, bis die Katastrophe vorüber war.

Vor dem großen, eisenbeschlagenen Tor von Newgate und der steinernen Fassade des Old Bailey kam die Menge zum Stehen. Die Menschen standen Schulter an Schulter. Ihre Gesichter glänzten im flackernden Licht der Brandfackeln.

Octavia schlängelte sich durch das Gewühl nach vorn. Jetzt brauchte sie den Schutz der bekannten Gesichter nicht mehr. Jetzt war auch sie, wie alle anderen, nur noch von dem einen Gedanken beherrscht: dieses wuchtige Tor niederzureißen und in das Gefängnis einzudringen.

Um sie herum drängten sich die Ärmsten der Armen, für die Newgate das steinerne Symbol ihres Elends bedeutete. Von dieser Zitadelle des Grauens aus führte der Weg geradewegs zum Galgen.

Der Gefängnisdirektor erschien auf dem Dach seines Wohnhauses, das außerhalb der Gefängnismauern lag, und jäh schlug ihm haßerfülltes Gebrüll entgegen.

Octavia wurde still. Wie klein und hilflos wirkte Mr. Akermann doch da oben auf dem Dach, umgeben von seinem engsten Mitarbeiterstab. Wie sollte dieser Mann die rasende Menge zur Räson bringen können?

Akermann blieb hart und weigerte sich standhaft, der wütenden Forderung des Volkes nachzukommen, das Tor freiwillig zu öffnen und das Gefängnis an seine Befreier zu übergeben.

Octavia zitterte, als sie spürte, wie nun die harte Realität in den Rausch der Masseneuphorie einbrach. Der Gefängnisdirektor war Staatsbeamter und verkörperte in dieser Eigenschaft die Autorität des Königs. Spätestens jetzt war damit zu rechnen, daß die Regierung der Armee den Einsatzbefehl gab.

Schließlich zogen sich Akermann und sein Troß wieder vom Dach des Hauses zurück. Die Menschenmenge brüllte auf und ballte sich dichter zusammen. Einer begann, das Tor mit seinem Vorschlaghammer zu bearbeiten. Und dann brach der Wahnsinn los.

Wie wild stürzten sich die verzweifelten Menschen auf die massiven Gefängnismauern, schwangen Brecheisen in der Luft und brachen als erstes in das Haus des Gefängnisdirektors ein. Entsetzt und fasziniert beobachtete Octavia, wie sie alles Brennbare aus dem Haus zerrten, das nicht niet- und nagelfest war: Möbel, Bücher, Teile der Holzverkleidung, Bodendielen, Wäsche. Vor dem Tor warfen sie alles auf einen Haufen und zündeten ihn an, schleuderten harzgetränkte Lumpen und Terpentinflaschen ins Feuer.

Die Flammen knisterten, griffen um sich, schlugen hoch in den nächtlichen Himmel. Emsig schürten die Leute die Glut, warfen ständig neues Brennmaterial nach. Sie zogen brennende Scheite aus dem Feuer und schleuderten sie über die Mauer auf die Dächer und in den Gefängnishof.

Das Volk drängte sich so dicht um das Feuer, daß Octavia sich beim besten Willen nicht mehr aus dem Gewühl hätte befreien können. Gebannt starrte sie mit den anderen auf die Flammen, die an den eisernen Türangeln, den wuchtigen Bolzen und Riegeln des Tors emporzüngelten. Rot glühten die Gesichter um sie herum in der Höllenhitze. Blutunterlaufene Augen glotzten mit stierem Blick in die Feuersbrunst, und als schließlich das massive Eichenholz des Tors Feuer fing, jubelte der Mob triumphierend auf, daß man es bis in die Londoner Innenstadt hören konnte.

Auch in Ruperts Zelle drang das wilde Gejohle. Es stank ätzend nach Rauch, und im Hof, direkt unter seinem Fenster, lag eine brennende Fackel, die jemand über die Mauer geworfen hatte. Gefährlich nahe an dem großen, hölzernen Wachturm in der Hofmitte züngelten ebenfalls bereits die Flammen.

Amy hatte ihm in den letzten Tagen laufend aufregende Vorfälle aus den Straßen Londons berichtet. Als vorbeugende Maßnahme hatte die Gefängnisleitung die Wärter angewiesen, auch im ›Salon‹ alle Zellen fest zu verschließen. Die Gefangenen durften diese auch tagsüber nicht verlassen, und die Türen zum Gefängnishof wurden zusätzlich verriegelt.

Doch mit einem derartigen Sturmangriff hatte auch Rupert nicht gerechnet. Er lehnte sich auf den breiten Fenstersims und schaute angestrengt auf die schmale Gasse zwischen den beiden Gefängnistrakten, die zum Tor führte. Doch in dem Qualm konnte er nichts Genaues ausmachen. Als er sah, daß der Wachturm im Hof nun tatsächlich Feuer gefangen hatte, fragte er sich, ob er in dieser Zelle schließlich noch bei lebendigem Leibe verbrennen würde.

Offenbar hatten seine Leidensgenossen in den Nachbarzellen die gleiche Angst gepackt. Von überallher hörte man Schreie. Die Häftlinge rüttelten an den Riegeln und hämmerten in ihrer Panik mit den Fäusten gegen die eisenbeschlagenen Zellentüren. Irgendwo kreischte hysterisch eine Frau.

Rupert wandte sich vom Fenster ab. Er war barfuß, nur mit Hemd und Hose bekleidet. Schnell schlüpfte er in Socken und Stiefel und zog den Reitrock an. Man konnte ja nicht wissen, ob vielleicht das Schicksal an seine Zellentür klopfte. Und dann sollte es ihn nicht unvorbereitet antreffen. Er trat wieder ans Fenster.

Noch immer konnte er nichts erkennen, doch das Geschrei der Menge hatte sich inzwischen zum infernalischen Toben gesteigert.

Zur selben Zeit beobachtete Octavia mit glühenden Wangen draußen, auf der anderen Seite der Gefängnismauer, wie von der Hitze des Feuers die obere Türangel aus dem Mauerwerk gesprengt wurde und sich dadurch zwischen Tor und Mauer ein schmaler Spalt öffnete.

Je heftiger die Menge das Feuer schürte und je höher die Flammen schlugen, desto stärker verzog sich das Tor und wurde von seinem eigenen Gewicht mehr und mehr zu Boden gezogen. Auf einmal herrschte angespannte Stille. Gebannt beobachtete die Menge, wie das Tor in die glühenden Holzbalken zu seinen Füßen sackte, sich langsam neigte und schließlich krachend umstürzte.

Dann brach begeisterter Jubel los. Schützend hielt Octavia die Hände vors Gesicht, als sie von der schreienden und johlenden Menge vorwärts geschubst wurde, über die glühenden Reste des Feuers, das kokelnde Holz des Tors, durch die dunkle, enge Gasse, die auf den Gefängnishof zuführte.

Wie auf einer Woge wurde Octavia von der Masse mitgerissen. Sie schrie mit den anderen, reckte mit ihnen die Faust und kreischte sich vor Begeisterung die Kehle aus dem Leib. Als die Welle sich schließlich in den Hof ergoß und die Befreier einen Moment zögerten, unschlüssig, in welche Richtung sie jetzt weiterstürmen sollte, rannte Octavia sofort zielsicher auf den ›Salon‹ zu.

Unter Ruperts Fenster blieb sie atemlos stehen, formte mit den Händen einen Trichter um den Mund und brüllte zu ihm hoch. Als sie ihn sah, fing sie wie eine Wilde an zu tanzen, tanzte mit ausgebreiteten Armen eine begeisterte Tarantella, daß ihre orangefarbenen Röcke um sie herumwirbelten und ihre zimtbraunen Locken, die sich längst gelöst hatten, nur so durch die Luft flogen.

»Komm, Mädchen, genug getanzt... das Tor«, murmelte Rupert, dem das Herz bis zum Halse klopfte. Jeden Moment konnte die Armee kommen und dieser aufrührerischen Befreiungsaktion ein blutiges Ende bereiten.

Doch Octavia war schon unterwegs. Sie sauste zum Tor, das in den ›Salon‹ führte, und verschwand aus seinem Gesichtsfeld. Das Tor war verschlossen. Sie hob einen Pflasterstein auf und hämmerte damit gegen das Schloß. Sofort war sie von einer Gruppe kräftiger Helfer umringt, bewaffnet mit Brecheisen und Vorschlaghammer. Sie wußten zwar nicht, was genau Octavia bezweckte, doch verbarrikadierte Tore zu sprengen – das war immer etwas Feines.

Das Holz splitterte. Octavia rüttelte mit bloßen Händen an den Planken, doch einer der Männer schob sie zur Seite. »Laß man, Mädel, ich mach' das schon.« Er setzte das Brecheisen an, spreizte sich mit ganzer Kraft dagegen, und krachend gaben die schweren Bohlen nach. Eine Bresche war geschlagen.

»Danke, vielen Dank!« stieß Octavia hervor und schlüpfte durch das Loch. »Könnt ihr mir oben vielleicht auch noch helfen? Die Zellentür wird wahrscheinlich ebenfalls verschlossen sein.«

»Klar doch, Mädel!« Tatendurstig folgten sie Octavia die Treppe hoch.

Rupert hörte, wie seine Zellentür unter mehreren starken Schlägen erzitterte. Dann wackelte das Schloß, krachte, und die Tür flog auf.

»Gott sei Dank, Rupert... Rupert... Rupert!« Halb lachend, halb weinend flog Octavia ihm in die Arme. Die Männer an der Tür blieben verdutzt stehen, dann lachte einer und fing an zu applaudieren, die anderen fielen unter großem Hallo mit ein.

Rupert schaute seine Retter über Octavias Kopf hinweg an. »Ich danke euch, vielen Dank!«

»Keine Ursache, Mann«, erwiderte der Anführer der Gruppe jovial. »Freu'n uns immer, wenn wir 'ne Ehe stift'n könn'n.«

Alle brachen in schallendes Gelächter aus. Dann wandten sie sich um und trampelten wieder die Treppe hinunter. Auf jeder Etage schwärmten sie aus, liefen die Gänge entlang, schwangen die Brecheisen und brachen verschlossene Zellentüren auf.

»Kommen Sie, schnell.« Octavia zog Rupert zur Tür. »Ich hab' solche Angst, daß dies alles nur ein Traum ist und ich gleich aufwache und alles wieder so schrecklich ist wie vorher.«

»Hey, Nick. Nick... komm!« Atemlos erschien Bessie in der Tür. »Ah, die Miß is' schon da. Aber jetz' schnell, nix wie weg!«

»Jed'n Moment könn'n die Soldat'n komm'n!« Ben tauchte mit den anderen hinter Bessies Rücken auf.

»Ja, nichts wie weg hier«, pflichtete Rupert ihm bei. Er nahm Octavia bei der Hand. »Ich werd' mich bei euch allen demnächst noch ausführlich bedanken, Freunde.«

Sie drängten ihn aus der Tür, schoben ihn ungeduldig vor sich her, die Treppe hinunter, als befürchteten sie, jeden Augenblick könnte die Flut kommen und sie wieder zurück in die Zellen schwappen.

Doch das Gefängnis von Newgate stand die ganze Nacht offen. Jeder konnte kommen und gehen. Mr. Akermann und seine Mitarbeiter waren über die Dächer geflohen, sein Haus brannte bis auf die Grundmauern nieder. Überall standen die Türen sperrangelweit offen, und die Gefangenen wurden unter großem Gejohle aus ihren Zellen geholt, auch aus den dunklen Kellerverliesen. Viele trugen noch ihre Ketten an Händen und Füßen. Rupert war dankbar, daß seine Flucht nicht von diesen schrecklichen Folterwerkzeugen behindert wurde.

Als sie die Gefängnismauern hinter sich hatten, blieben sie erschöpft stehen. Octavia nahm Ruperts Hände und schaute mit erhitztem, rußverschmiertem Gesicht strahlend zu ihm auf. »Wir haben es geschafft!« jubelte sie.

»Ja, das hab'n wir«, brummte Ben hinter ihr. »Lord Nick taucht jetzt am besten erst einmal in Rupert Warwicks Haus unter, häh?«

»Das denke ich auch, Ben.« Rupert hielt ihm zum Abschied die Hand hin. »Wenn sich die Lage beruhigt hat, komme ich ins ›Oak‹.«

Lächelnd schüttelte er allen die Hände. »Ich danke euch, meine Freunde. Ich weiß nicht, wie ich euch das jemals vergelten soll.«

»Nichts zu dank'n, Nick«, murmelte Bessie. »Wir stehen doch alle in deiner Schuld. Paß auf dich auf, mein Junge.«

Bessie, Ben und die andern machten sich auf den Weg zum Fluß. Octavia und Rupert marschierten in die andere Richtung.

Sie hakte sich bei Rupert ein. »Es muß klar sein, daß wir zusammengehören, wenn wir irgendwelchen Aufrührern begegnen«, erklärte sie. »Sie sehen zu sehr wie ein feiner Herr aus, und feine Herren mögen sie nicht.«

»Sie dagegen sind die Räuberbraut, wie sie im Buche steht«, grinste er und zog sie in eine Seitenstraße. »Hier entlang geht's schneller.«

Das Geschrei der Aufständischen begleitete sie den ganzen Heimweg in die Dover Street. Immer wieder trafen sie auf versprengte Gruppen von Randalierern, die Octavias derbe Scherze mit betrunkenem Gelächter beantworteten und dem Gentleman an ihrer Seite keine weitere Beachtung schenkten.

»Ich hab' den Seiteneingang offengelassen«, sagte Octavia, als sie ihr Haus erreichten. »Hoffentlich laufen wir Griffin nicht über den Weg. Er hat mich noch nie in dem Aufzug gesehen.

»Von dem Schock würde er sich nicht wieder erholen«, ulkte Rupert.

Er hatte ein eigenartiges Gefühl. Den ganzen Weg über hatten sie sich über Belanglosigkeiten unterhalten. Sie hatten es vermieden, ihre Gefühle während der Schrecken der letzten Wochen zu erwähnen. Auch die soeben überstandenen Ängste bei der Befreiung heute abend blieben, wie so vieles zwischen ihnen, zunächst unausgesprochen. Es war, als beträten sie in ihrer Beziehung Neuland. Ihre Liebe keimte neu, wie ein zarter Schößling, der in Gefahr war, jederzeit wieder Opfer des Frosts oder eines Stiefelabsatzes zu werden. Nein, sie durften nicht wieder die alten Fehler machen. Sie mußten vorsichtiger, einfühlsamer miteinander umgehen... durften nicht mehr mit Stiefeln über die zarten, knospenden Triebe ihrer Liebe trampeln.

Octavias Hand zitterte ein wenig, als sie den Riegel der Hintertür hob. Hinter dieser Tür waren sie sicher. Im Hause Rupert Warwicks, der im St. James Palace ein- und ausging, würde niemand nach Lord Nick, dem Straßenräuber, suchen.

»Hab' Miß Tavi g'sagt, daß se de Parole anne Tür schreib'n soll«, piepste eine Stimme aus der Dunkelheit.

»Frank?« Octavia fuhr herum.

Der Junge kroch hinter einem Busch hervor. Argwöhnisch beobachtete er die beiden, bereit, jeden Moment wieder in der Finsternis unterzutauchen. »Bring'n Se mich zu Polizei?«

»Nein, das hab' ich dir doch schon einmal gesagt«, beruhigte ihn Octavia. »Möchtest du mit reinkommen?«

»Haut mich der Mr. Griffin?«

»Nicht doch, Frank«, schaltete sich Rupert ein. »Niemand wird dich hauen. Aber wenn du jetzt nicht mit uns hereinkommst, dann mußt du eben draußenbleiben. Wir waren wirklich lange genug auf der Straße und wollen jetzt endlich ins Haus.«

Ruperts leichte Ungeduld schien Frank eher als die freundlichsten Worte zu überzeugen, daß von den beiden keine Gefahr drohte.

»Na gut.« Kaum hatte Octavia die Tür einen Spalt geöffnet, war der Kleine schon hindurchgeschlüpft und in die Küche gesaust.

Octavia schob den Riegel vor und atmete erleichtert auf. »Wahrscheinlich wird er als erstes die Speisekammer plündern.«

»Ich glaube, hier wird er nicht froh«, bemerkte Rupert. »Wenn sich die Lage in der Stadt wieder beruhigt hat, schaffen wir ihn ins ›Royal Oak‹. Bessie wird schon mit ihm fertig.«

»Armer Frank.« Octavia feixte. »Meinen Sie wirklich, daß er dieses Schicksal verdient?« Sie lehnte sich gegen die Tür. Plötzlich wurden ihr die Knie weich.

»Kommen Sie«, sagte Rupert leise. »Sie sind erschöpft, Liebes.«

»Nein, ich bin begeistert«, widersprach sie ihm. Doch sie wehrte sich nicht, als er sie aufhob und durch das stille Haus ins Schlafzimmer hochtrug.

Dort setzte er sie ab.

Lange standen sie schweigend da und schauten sich nur an, als könnten sie immer noch nicht fassen, daß dieses Wunder tatsächlich Wirklichkeit geworden war. Der Alptraum war vorbei.

Zögernd ergriff Octavia Ruperts Hand und zog sie zu sich hoch. Der Wyndham-Ring glänzte im Kerzenlicht.

»Jetzt haben Sie ihn.«

»Ja, jetzt hab' ich ihn.« Er löste seine Finger aus ihrer Hand und streichelte zärtlich ihre nackten Arme.

»Wie konnten Sie das mit Philip nur machen, Octavia?« fragte er leise. »Nach all dem, was vorher geschehen ist. Sie wußten doch, wie mir zumute sein würde.«

»Es erschien mir einfach das Richtige«, erwiderte sie schlicht. »So hatte ich ein Ziel. Sonst hätte ich aufgegeben. Es tut mir leid, wenn ich Sie damit verletzt habe, aber ich habe es für mich getan. Nicht für Sie. Vielleicht hilft Ihnen das.«

»Ich würde Ihnen dafür am liebsten immer noch Ihre süße kleine Gurgel umdrehen«, knurrte er und massierte ihren schlanken Hals mit den Fingern.

»Können Sie damit nicht noch ein bißchen warten?« fragte sie mit unschuldigem Augenaufschlag und lehnte den Nacken wohlig entspannt in seine starken Hände.

»Aber allerhöchstens noch ein Stündchen.«

Wieder standen sie da und schauten sich nur still in die Augen. Dann zog er sie mit einem gemurmelten »Gott im Himmel!« an sich, hob ihr Kinn mit dem Finger und küßte sie leidenschaftlich.

Sie löste seinen Gürtel, als er ihr Kinn losließ, um ihr Mieder aufzuschnüren. Er liebkoste ihre Brustwarzen, während sie ihm die Hosen und Unterhosen über die Hüften schob. Sie blieben unten an den Knöcheln hängen, doch er kümmerte sich nicht darum und zog ihr das Kleid über den Kopf. Seine Finger glitten unter ihren Unterrock, streichelten ihren Bauch, suchten dann die feuchte, heiße Spalte zwischen den Schenkeln. Mit einer Hand umspielte er die empfindliche Knospe, mit der andern walkte er ihre Backen, zog sie noch fester in seine Umarmung, als wollte er alle körperlichen Grenzen zwischen ihnen auflösen.

Octavia stöhnte und biß sich auf die Unterlippe, schlang ihre Beine um seine Hüften, rieb ihren Unterleib an seinem prallen Geschlecht. Als er sich auf den Boden kniete, zog er sie mit sich. Sie fiel auf den Rücken, und er kam über sie, packte ihre Handgelenke und drückte sie über ihrem Kopf nach unten.

»Wollen Sie den Earl of Wyndham heiraten, Madam?«

Ihre goldbraunen Augen schauten erschrocken zu ihm auf, und sie öffnete fragend die Lippen. Doch als er tief in sie eindrang, vergaß sie ihre Frage, gab sich ganz diesem erregenden Gefühl hin. Wenn er ihr jetzt erzählt hätte, daß er der Schneemann wäre, hätte sie ihm das auch geglaubt.

Cullum Wyndham lächelte auf die Frau hinab, die bald die Countess of Wyndham sein würde. Lustvoll wand sie sich unter ihm, und er lachte selig. Sie hob die Lider und schaute ihn aus großen, verwunderten Augen an. Ach, wie er diesen Ausdruck an ihr liebte!

Er betrachtete ihr Gesicht, das vor Wollust und Glück glühte, in dem sich die Macht ihrer inbrünstigen Leidenschaft spiegelte. Eine Macht, die die Mauern von Newgate niedergebrannt, die die Mauern des Betrugs und des Verrats zerstört, die die Mauern der Entfremdung und der Kälte zum Einstürzen gebracht hatte.

Und als seine eigene Lust in einem Feuerwerk explodierte,

drehte er sich zur Seite und zog sie auf sich. Er schlang seine starken Arme wie einen Schutzschild um sie. Ein Schutzschild gegen alle künftigen Stürme des Schicksals.

26

Die königliche Familie mit ihrem Gefolge lustwandelte über die Terrasse von Windsor Castle, an deren Ballustrade sich die Höflinge in dichten Reihen drängten. Unter den wohlwollenden Blicken von Gouvernanten und Hofdamen hüpften die kleinen Prinzessinnen fröhlich hinter ihren Eltern her.

Der Prince of Wales, der in der Nachmittagssonne schwitzte, machte aus seiner schlechten Laune keinen Hehl. Mit mürrischer Miene folgte er dem König und der Königin. Wenn sein Blick den eines Freundes traf, nickte er mißmutig, meist hielt er die Augen zu Boden gesenkt. Er betupfte die Stirn mit einem Taschentuch, schob hin und wieder einen Finger zwischen Hals und Kragenbinde.

Sein Gesicht hellte sich auf, als er Lady Warwick am Arm ihres Gatten erblickte. Sie trug ein hellblaues Taftmieder über einem dunkelblauen Reifrock. Ein Türkisanhänger lag in ihrem tief ausgeschnittenen, spitzengesäumten Dekolleté, hob und senkte sich verführerisch auf ihren schwellenden Brüsten. Dunkelblaue, mit Perlen bestickte Samtschleifen schmückten das hochfrisierte und gepuderte Haar. An ihrem rechten Augenwinkel prangte ein Schönheitspflästerchen, das ihrem Lächeln einen dezent lasziven Hauch verlieh.

Als die königliche Gesellschaft das Paar erreichte, das ein wenig abseits des Getümmels stand, versank Lady Warwick geradezu in einem ehrerbietigen Hofknicks vor dem König und der Königin. Auch Lord Warwick, elegant gekleidet in dunkelgrauem Seidenanzug mit silbernen Stickereien, verbeugte sich tief.

»Ah, Mylady... Warwick... einen recht schönen guten Tag«, sagte der König mit gütigem Lächeln. »Haben wohl die ganze Aufregung verpaßt, Warwick... nicht wahr, nicht wahr? Gott sei Dank, die Armee hat die Stadt ja wieder unter Kontrolle.«

»Ja, Gott sei Dank«, pflichtete Rupert ihm beflissen bei.

»Schön, daß Sie wieder da sind, Warwick.«

»Sie sind zu gütig, Sir.« Rupert lächelte. »Ich bin allerdings nicht eitel genug, anzunehmen, daß man mich nach den paar Tagen bereits vermißt hat.«

»O doch, o doch, mein Freund, nicht wahr... nicht wahr?« widersprach ihm der König und klopfte ihm gönnerhaft auf die Schulter. »Ihre Frau Gemahlin schien untröstlich, nicht wahr, Mylady?« Mit humorigem Lächeln wandte er sich an Queen Charlotte, die bestätigend nickte.

»Untröstlich ist eine Untertreibung, Sir«, antwortete Octavia devot. »Wenn mein Gemahl nicht an meiner Seite weilt, bin ich völlig verloren.«

Der Königin schien dieser Satz zu gefallen, denn sie lächelte gütig, lobte zum Abschied das wunderbare Wetter und setzte dann mit ihrem Gatten die königliche Promenade fort.

Letitia warf Octavia aus dem Kreis der Hofdamen einen kurzen, fast schuldbewußten Blick zu, dann wanderten ihre Augen zu Rupert hinüber.

Er lächelte sie an, und in seinen Augen lag etwas Tröstliches, das Letitia zutiefst berührte. Sie fühlte sich von diesem Blick geradezu aufgerichtet, als hätte Lord Warwick ihr Hilfe und Unterstützung angeboten. Ein schüchternes Lächeln huschte über ihre Lippen, dann mußte sie sich beeilen, um nicht hinter den anderen Damen zurückzubleiben.

Der Prinz of Wales blieb stehen, um Lady Warwicks Hand an seine Lippen zu führen.

»Hinreißend wie immer, meine Liebe. Sie haben ein solches Schwein, Warwick.«

»Als wenn ich das nicht wüßte, Sir.«

Der Prinz schien noch ein Schwätzchen halten zu wollen, doch die königliche Prozession zog zügig und unerbittlich davon, wie eine Fregatte unter vollen Segeln, und der Prinz mußte schnell wieder an Bord gehen.

Octavia kicherte. »Ist es nicht verrückt?« flüsterte sie nervös. »Vor ein paar Tagen noch haben Sie in den Verliesen von Newgate geschmort, und jetzt treiben Sie Konversation mit dem König, und kein Mensch ahnt etwas.«

»Vielleicht kommt der eine oder andere ja auf den Trichter, wenn Sie es weiter nur laut genug herausposaunen«, erwiderte Rupert mit sanftem Tadel. Seine Augen tasteten die Menge der herausgeputzten Höflinge ab. Er suchte seinen Bruder. Unwillkürlich ballte er die Finger der rechten Hand, an der der Siegelring funkelte, zur Faust.

»Meinen Sie, daß er kommen wird?« Sie zappelte nervös.

»Natürlich kommt er. Und jetzt nehmen Sie sich ein bißchen zusammen, Octavia. Sie sind ja das reinste Nervenbündel.«

»Ach, ich bin so aufgeregt!« sprudelte Octavia los. »Wenn ich denke, wie viele Jahre Sie gelitten haben wegen…« Ihre Stimme erstarb, als sie Ruperts Augen folgte.

Der Mann, der sich Earl of Wyndham nannte, betrat in dem Moment die Terrasse. Er blieb stehen und musterte durch sein Lorgnon aufmerksam das Getümmel, als überlegte er, wem er als erstes die Ehre seines persönlichen Grußes erweisen sollte. Dann ließ er das Augenglas sinken und schlenderte lässig zu einer Gruppe von Damen hinüber, die sich lachend am Rande der Terrasse unterhielten.

Er war in smaragdgrüne Seide gekleidet und trug Schönheitspflästerchen auf beiden Wangenknochen. Seine goldenen Engelslocken wurden durch die Perücke verdeckt, doch seine Züge waren schön, sanft und ebenmäßig wie immer, verhärteten sich nur kurz, als er Octavia bemerkte.

Demonstrativ knickte sie tief, und ebenso demonstrativ wandte er sich um.

»Scheint, der Arme leckt noch immer seine Wunden«, schmunzelte sie.

»Gehen Sie ihm besser aus dem Weg, Octavia. Philip Wyndham läßt sich durch Großzügigkeit nicht beschämen.« Seine Stimme klang kühl wie eine Anweisung. Und Octavia hatte diesmal nicht vor, sich Ruperts Anweisung zu widersetzen. Der bloße Gedanke an ein weiteres Tête-à-tête mit Philip Wyndham jagte ihr eine Gänsehaut über den Rücken.

»Wann werden Sie ihn ansprechen?« flüsterte sie ungeduldig.

»Jetzt«, gab er knapp zurück. »Kümmern Sie sich inzwischen um Letitia.«

»Ihr Wunsch ist mir Befehl, Mylord.« Octavia knickste.

»Das wäre mir aber neu, Madam«, erwiderte er lächelnd und schlenderte davon. Er überquerte die Terrasse, blieb hier stehen, um jemanden zu grüßen, hielt dort kurz an, um mit einem Bekannten ein paar Worte zu wechseln. Doch unaufhörlich bewegte er sich auf seinen Zwillingsbruder zu, umkreiste ihn wie ein Jäger seine Beute.

Wie gebannt sah Octavia ihm zu. Sie wußte, daß es sich nicht schickte, jemanden derartig anzustarren, auch nicht den eigenen Ehemann, aber sie konnte nicht anders. Ihre Aufgabe war es jetzt, Letitia schonend auf die Wahrheit vorzubereiten, damit diese sie nicht völlig unverhofft träfe. Denn auch für sie würde es einen Schlag bedeuten, von einem Tag auf den anderen Titel und Vermögen zu verlieren.

Rupert hatte inzwischen seinen Bruder erreicht. Die beiden Männer verbeugten sich voreinander. Octavia konnte ihre Worte aus der Entfernung nicht verstehen, und ihre unbewegten Mienen gaben ebenfalls keinen Aufschluß.

Sie forschte in Philips Zügen nach einer Ähnlichkeit mit Rupert... oder Cullum, wie sie ihn ja von nun an nennen mußte. Ja, da war etwas... die Augen... und der Schwung des Mundes... Plötzlich konnte sie sich die eigenartige Vertrautheit erklären, die sie Philip gegenüber gelegentlich empfunden hatte.

Die beiden Männer waren in demselben Mutterleib empfangen worden, hatten kurz nacheinander das Licht der Welt erblickt. Dasselbe Blut floß in ihren Adern. Und doch waren sie unterschiedlich wie Tag und Nacht.

Sie mußte sich zwingen, die Beobachtung des Dramas aufzugeben, das jeden Moment über die Bühne gehen mußte. Voller Fürsorge schlenderte sie zu Letitia hinüber, um sie seelisch auf das Unvermeidliche vorzubereiten.

Philip musterte Rupert Warwick mit kühlem Blick. »Sie sind also wieder zurück, wie ich sehe.«

Rupert nickte lächelnd. Er hob die Rechte an sein Spitzenjabot und rückte betont langsam eine Diamantnadel zurecht. Der kostbare Siegelring funkelte im Sonnenlicht.

Philips Blick fiel auf das Kleinod. Er war wie vom Blitz getroffen. Sein Gesicht wurde totenbleich. Blankes Entsetzen stand auf seinen Zügen. Unwillkürlich fuhr seine Hand zur Westentasche, doch im gleichen Moment fiel sie kraftlos wieder herab.

Sein Ring, verbunden mit dem anderen. Das konnte nur eines bedeuten – und plötzlich fiel es ihm wie Schuppen von den Augen.

»*Du?*« flüsterte er. »*Cullum!*«

Es konnte nichts anderes bedeuten – und dennoch wollte er es einfach nicht wahrhaben. Fassungslos starrte er seinem Bruder ins Gesicht, den er seit nunmehr achtzehn Jahren totgeglaubt hatte. Doch je länger er ihn anstarrte, desto untrüglicher stand fest, daß es nur Cullum sein konnte, der da vor ihm stand.

»Ja, Philip«, antwortete Rupert ruhig. Das war der Moment, von dem er achtzehn Jahre lang geträumt hatte! Und genauso hatte er sich den Ablauf immer vorgestellt. Mit grimmiger Genugtuung beobachtete er das Wechselbad der Gefühle, das sich in Philips Zügen widerspiegelte. Verzweifelt rang er um seine Fassung. Es schien ihm nur mit Mühe zu gelingen, Schock, Panik und Verzweiflung niederzuringen und wieder seinen kalten

Verstand einzuschalten. Philips schiefergraue Schlitze funkelten tückisch, wie damals, vor so langer Zeit in Beachy Head, unmittelbar bevor er Gervase den tödlichen Tritt versetzte.

»Ich denke, das hier ist nicht der geeignete Ort für ein glückliches Wiedersehen«, sagte Philip mit ironischem Lächeln. »Gehen wir in den Park?«

»Gerne.« Rupert machte auf dem Absatz kehrt und ging vor Philip her bis zum Rand der Terrasse. Von dort führten ein paar Stufen auf den Rasen. Seine Nackenhaare sträubten sich, als er den Bruder so dicht hinter sich spürte, und es kostete Rupert äußerste Beherrschung, sich nicht nach ihm umzudrehen.

»Die Nutte, die du deine Frau nennst, hat wirklich gute Arbeit geleistet«, bemerkte Philip anerkennend. »Wo hast du sie aufgegabelt? Sie ist nicht ganz so ordinär wie die Schlampen, die man sonst so in den Bordellen findet.«

Rupert fuhr herum. »Wenn du noch einmal in diesem Ton über Octavia sprichst, Bruder, dann schneide ich dir die Zunge heraus.« Seine Stimme klang kalt.

Philips Hand fuhr an die Lippen. Ein ängstlicher Ausdruck huschte über seine Züge. Es war die gleiche feige Angst, die Rupert schon als Kind in Philips Augen bemerkt hatte. Diese Angst war immer dann in seinem Gesicht gestanden, wenn Cullum, von seinem schwächeren Zwillingsbruder bis aufs Blut gereizt, diesem seine verdienten Prügel verpaßt hatte.

Rupert wartete eine Minute, um Philip Zeit zu geben, seine Warnung zu verdauen. Schwüle lastete über dem Park. Kein Laut war in der Hitze zu vernehmen, nicht einmal das Summen einer Biene oder das leise Zwitschern eines Vogels.

Dann fuhr Rupert fort: »Wenn du vorhast, meinen Anspruch anzufechten...«

»Ja, was denn sonst!?« unterbrach ihn Philip. »Sag mal, für wen hältst du mich eigentlich? Selbstverständlich werde ich deinen Anspruch anfechten! Ich werde dich in Grund und Boden prozessieren. Bist du wirklich so naiv zu glauben, daß ich alles aufgebe, Cullum? Meinst du wirklich, du kannst dich hier in mein Leben drängen, dir den Titel schnappen, den Landsitz, das Vermögen, und dann einfach abziehen? Mein Gott, du bist wirklich noch blöder als ich dachte!«

Rupert hob die Hand und versetzte seinem Bruder eine schallende Ohrfeige. »Hör auf, mich zu beleidigen, Philip«, sagte er sanft. »Ich mußte deine Gemeinheiten zwölf Jahre lang aushalten. Jetzt ist Schluß damit.«

Philip taumelte einen Schritt zurück und hielt sich die Wange. Mit weit aufgerissenen Augen starrte er ihn an. »Du wagst es, mich zu schlagen?« flüsterte er.

»Ja, jetzt schon«, erwiderte Rupert. »Aber nur, weil du mich auf unerträgliche Weise provoziert hast. Du hast von mir nichts zu befürchten, wenn du deine Zunge im Zaum hältst.«

Verächtlich zischte Philip durch die Zähne, und dann blitzte etwas Kleines, Silbernes in seiner Hand auf. Er schnellte nach vorn. Seine Augen blickten irr.

Das Messer hätte Rupert mitten ins Herz getroffen, wäre er nicht in einem Reflex zur Seite gehechtet. So glitt es an einem Silberknopf seines Rocks ab, schlitzte das Hemd auf und streifte die Rippen. Rupert kam auf die Füße, wollte seinen Degen ziehen, doch schon griff Philip wieder an. Sein Mund zuckte, in den Augen flackerte Wahnsinn.

Zu spät erinnerte sich Rupert, wie kunstfertig sein Bruder schon als Junge mit Messern umzugehen wußte, wie er leichtfüßig mit blitzenden Klingen um den stämmigen, aber weniger gewandten Cullum herumgetanzt war. Schon damals hatte im Spiel immer ein Hauch tödlichen Ernstes mitgeschwungen, und Cullum hatte vor dem tückischen Ballett seines Bruders jedesmal kapitulieren müssen.

Doch jetzt war es kein Spiel mehr. Die Messerklinge zischte durch Ruperts Ärmel. Er versuchte, Philip am Handgelenk zu erwischen, doch der wich mit der für ihn typischen Geschmeidigkeit blitzartig zurück. Rupert riß an seinem Degen, hatte ihn schon zur Hälfte gezogen, als Philip erneut zustieß. Im letzten Moment konnte Rupert abducken.

Und dann blieb er mit dem Fuß an einer Wurzel hängen.

Rupert stolperte und fiel auf die Knie. Sofort war die entstellte Fratze seines Buders über ihm, und er sah entsetzt dessen blitzendes Messer auf seine Kehle niedersausen. Schützend hob er einen Arm vor den Hals, während er gleichzeitig mit dem freien Arm versuchte, Philips Messerhand wegzuschlagen. Doch umsonst, er traf nicht voll. Sein Schlag war zu schwach, den tödlichen Stoß abzulenken.

Philip raste vor Panik und blindwütigem Haß. Seine ganze Welt, das so raffiniert und verbissen aufgebaute Lügengebäude wankte und drohte einzustürzen.

Rupert schaute seinem Bruder in die Augen und erblickte seinen eigenen Tod darin. Einen Moment lang, in dem die Ewigkeit lag, starrte er wie gebannt in die Abgründe einer kranken Seele.

Die kranke Seite seiner eigenen Seele?

Im Angesicht des Todes, nur den Bruchteil einer Sekunde vor dem Ende, schnellte Rupert in einer verzweifelten Anstrengung zur Seite. Er würde es nie erfahren, ob dieser Reflex ihn gerettet hätte. Während Philip mit dem Messer zustieß, seufzte er plötzlich eigenartig auf, wurde schlaff und sank auf Ruperts abwehrenden gehobenen Arm. Dann rollte er zur Seite, und das Messer glitt aus seiner Faust.

»Großer Gott!« Octavias Stimme durchbrach die angespannte Stille. »Letitia!«

Philips Frau stand über ihren Mann gebeugt. Aus ihren smaragdgrünen Augen sprach kalte Verachtung. Ihre Hand umklammerte noch immer den Stein.

Rupert schob seinen Bruder zur Seite und kam auf die Füße. Er verbeugte sich vor Letitia. »Ich bin Ihnen auf ewig zu Dank verpflichtet, Madam«, stieß er hervor.

Letitita schaute auf ihren Mann hinunter. »Als Ihre Frau mir mitgeteilt hatte, worum es ging ... wußte ich ... wußte ich sofort, daß er versuchen würde ... Sie zu töten. Ich kenne ihn, verstehen Sie?«

»Und ich dachte, *ich* würde ihn kennen«, murmelte Rupert entgeistert. »Ich habe nicht damit gerechnet, daß er derart die Kontrolle verlieren würde. So war er früher nicht. Er hat seine Gemeinheiten immer hinterrücks vorbereitet, aber grundsätzlich vermieden, es auf einen offenen Kampf ankommen zu lassen. Ich dachte, ich hätte alles im Griff.«

Philip stöhnte und kam langsam auf die Knie hoch. Blicklos starrte er vor sich hin, schüttelte den Kopf, als ob er aus einem Traum erwachte. Dann stand er auf und bemerkte seine Frau, sah den Stein in ihrer Hand. Vorsichtig betastete er die Schwellung an seinem Hinterkopf und blickte dann wieder ungläubig zurück in ihr Gesicht.

»Ich verlasse Sie«, sagte Letitia mit flacher, ausdrucksloser Stimme. »Ich fahre nach Wyndham Manor, hole mein Kind und gehe zu meinem Vater. Und wenn er mich nicht aufnimmt, werde ich einen anderen Weg finden.«

»Du wolltest mich töten«, stieß Philip hervor. Immer noch stand der ungläubige Blick in seinen Augen. »Elender kleiner Wurm, du wolltest mich töten!«

»Manchmal geschieht ein Wunder, und der Wurm wird zur Schlange«, erwiderte Letitia schlicht. »Es ist mir egal, was Sie tun, Philip. Es ist mir egal, was Sie den Leuten erzählen. Wenn Sie sich scheiden lassen wollen – bitte, mir kann es nur recht sein. Aber Sie werden mich nicht länger von meinem Kind trennen.«

Sie öffnete die Hand und ließ den Stein zu Boden fallen. Dann machte sie auf dem Absatz kehrt und ging davon, mit aufrechtem Rücken und erhobenem Haupt. Octavia schaute ihr nach. Zum ersten Mal strahlte diese kleine, pummelige Person mit den Straußenfedern auf der viel zu hoch getürmten Frisur Würde und innere Größe aus.

Octavia bückte sich und hob das Messer auf. Die gehärtete Stahlklinge war so hauchdünn, daß sie in den Brustkorb eines Mannes gleiten konnte wie in ein Stück Butter. Es war eine Mordwaffe.

»Ich habe jetzt vor, auf der Terrasse meine Ansprüche auf den Titel des Earl of Wyndham anzumelden«, sagte Rupert gelassen, klopfte sich den Staub vom Rock und rückte sein Spitzenjabot zurecht. »Willst du mich nicht begleiten, Philip, um mir anschließend öffentlich zu gratulieren? Oder bestehst du auch jetzt noch darauf, mein Recht anzufechten? Das wäre für die Klatschmäuler bei Hofe natürlich viel ergiebiger. Ein gepflegter kleiner Erbstreit ist ja auch wirklich viel unterhaltsamer als die glückliche Aussöhnung zweier sich innig liebender Brüder.«

»Du wirst damit nicht durchkommen«, stieß Philip trotzig hervor, doch der Trotz verbarg nur mühsam seine Zweifel.

»O doch, das werde ich! Unsere Familienanwälte haben mich bereits als Cullum Wyndham identifiziert. Der alte Doktor Mayberry hat mich wie einen verlorenen Sohn in die Arme geschlossen. Er konnte sich noch gut an die Narben am Körper des kleinen Cullum Wyndham erinnern.« Rupert lächelte heiter. »O ja, Philip, ich kann meine Identität mühelos beweisen, und wenn du sie bestreitest, machst du dich nur zum Narren. Und du bist doch kein Narr, Philip, oder?« Rupert lächelte ein wenig spöttisch. »Du bist Gervases Mörder. Aber doch kein Narr.«

»Ich verfluche dich, Cullum«, zischte Philip haßerfüllt. »Hätte ich dich doch mit eigenen Händen ersäuft wie einen Hund!« Dann drehte er sich um und verschwand im Park.

Octavia zitterte am ganzen Körper. »Wenn Letitia nicht... ich bin erst später dazu gekommen... es wäre zu spät gewesen...« Entsetzt schaute sie zu ihm auf. Erst jetzt wurde ihr voll bewußt, daß Ruperts Leben nur an einem seidenen Faden gehangen hatte. »Ich hätte niemals geglaubt, daß Letitia zu so etwas fähig wäre...« Fassungslos schüttelte Octavia den Kopf.

»Das war wirklich Rettung in höchster Not«, gab Rupert zu.

»Wir müssen uns um sie kümmern... und um das Kind.«
»Ja, natürlich.«
Rupert breitete die Arme aus, und sie sank mit einem leisen Stöhnen an seine Brust. »Ist es wirklich vorbei, Geliebter?« Sie zitterte.

»So gut wie vorbei«, sagte er leise und streichelte ihr über den Rücken. »Ich muß noch ein, zwei Sachen wegen Rigby und Lacross regeln, doch das sind reine Formalitäten... Was viel wichtiger ist – wir müssen dem Bischof einen Besuch abstatten, wegen der Heiratserlaubnis.«

»Und was wollen wir Vater erzählen?«

»Wie wär's mit der Wahrheit?« Fragend hob er eine Braue.

»Ja, ist wahrscheinlich das beste«, stimmte sie ihm zu. »Er wird sich darüber auch nicht mehr wundern als über alles andere, was in den letzten Monaten geschehen ist.«

Sie lehnte den Kopf an seine Brust. »Ich hab' so ein eigenartiges Gefühl. Als hätte ich bisher ständig gegen eine gewaltige Flutwelle angekämpft und wäre plötzlich in einem plätschernden Mühlbach gelandet.«

»Können Sie sich gar nicht vorstellen, ein geruhsames Leben zu führen, Liebes?«

Sie schüttelte den Kopf. »Nein. Sie?«

»Nein.«

Er streichelte ihre Wange. »Dann müssen wir eben ein Erdbeben auslösen, damit wieder eine Flutwelle entsteht.«

»Ich hätte sogar eine Idee, wie wir die Erde erbeben lassen könnten«, kicherte sie. »Dort drüben.«

Rupert folgte ihrem Blick und sah eine Steinbank. Er grinste. »So ganz diskret, meinen Sie?«

»Sie lieben doch das Risiko?« erinnerte sie ihn lächelnd. »Und außerdem kann ich unter meinen rauschenden Reifröcken eine Menge Sünden verstecken.«

Sie nahm ihn bei der Hand. »Wollen wir's probieren? Bevor Sie Ihre Bombe auf der Terrasse platzen lassen?«

»Wir fangen also wieder an?«

»Oder machen einfach weiter wie gehabt, Lord Wyndham.«

Er lachte leise, setzte sich auf die Bank und zog sie mit einer Hand rittlings auf sich, mit der anderen öffnete er den Hosenlatz. Sie hob ihre Röcke und drapierte sie in einem ausladenden Tuff um sich herum. Von der Terrasse drangen Stimmen zu ihnen hinüber. Die Melodie eines Geigers erklang, der zu Ehren Ihrer Majestät aufspielte.

»Wollen wir ein Baby machen?« flüsterte Octavia an seinem Ohr, als er in sie glitt.

»Ja, das fände ich sehr schön«, murmelte Rupert. Er lächelte und ließ den Kopf mit einem wollüstigen Seufzer in den Nacken fallen. Ein Sonnenstrahl fiel ihm ins Gesicht, und warm fühlte er das Glück durch seine Adern strömen. Ihr Gesicht war über ihm, strahlend vor Seligkeit.

Jetzt war die Zeit der Qual und der Verletzungen endlich vorbei, und aller Zorn und alle Bitterkeit fielen von ihm ab.

»Ich weiß nicht«, murmelte er und fuhr mit dem Zeigefinger die Linie ihres Kinns nach. »Aber so ein plätschernder Mühlbach hat doch auch was für sich.«

Octavia lächelte und hauchte ihm einen Kuß in die Handfläche. »Es gibt für alles eine Zeit und einen Ort, Mylord.«

Epilog

Philip Wyndham stolzierte durch den Empfangssaal der Königin, doch so sehr er sich auch bemühte, die Aufmerksamkeit der Höflinge auf sich zu ziehen, mußte er doch feststellen, daß niemand ihn auch nur eines Blickes würdigte. Als er an Margaret Drayton vorbeikam, kehrte sie ihm mit einem rauschenden Schwung ihres türkisfarbenen Reifrocks demonstrativ den Rücken zu. Hinter ihm wurde getuschelt. Jemand prustete hinter vorgehaltener Hand. Und dann schnappte Philip einen Gesprächsfetzen auf: »Ein Kletterjunge, Sie glauben es nicht... nein, nein, ich weiß es aus sicherer Quelle... und alles voller Ruß, von oben bis unten.« Das Gekicher schwoll zu schallendem Gelächter an. Philips Nackenhaare sträubten sich. Er konnte seine kalte Wut kaum noch beherrschen.

Seine Augen wanderten zu Octavia hinüber, der Countess of Wyndham, die auf der anderen Seite des Saales mit dem Prince of Wales scherzte. Als sie seinen Blick bemerkte, schaute sie demonstrativ zu ihm hinüber und deutete mit einem spöttischen Lächeln einen Knicks an.

Die Geschichte vom Kletterjungen, der auf groteske Weise ein amouröses Abenteuer des Philip Wyndham vereitelt hatte, machte seit einer Woche in der ganzen Stadt die Runde und schien der Renner der Saison zu werden. Nur Octavia konnte die Geschichte ausgeplaudert haben, doch die Identität der beteiligten Lady kannte niemand, auch wenn darüber natürlich die wildesten Spekulationen angestellt wurden.

Philip setzte den Spießrutenlauf durch den Empfangssaal fort. Der Duke of Gosford verbeugte sich kühl, als ihn sein

Schwiegersohn, ganz anders als sonst, mit ausgesuchter Höflichkeit begrüßte. Letitia und Susannah hatten Zuflucht in Wyndham Manor gefunden. Der Earl und die Countess of Wyndham hatten sie eingeladen, so lange wie sie wollten, unter ihrem Dach zu leben. Warum Letitia Wyndham ausgerechnet die Hilfe ihres Schwagers in Anspruch genommen hatte, darüber rätselte man in der Londoner Gesellschaft ebensosehr wie über die Identität der Lady in dem Debakel mit dem Kletterjungen.

Und so gaben denn die Affären des Philip Wyndham Stoff für die allerbeste Unterhaltung.

Seine Augen suchten den Bruder. Der Earl of Wyndham, ganz in schwarzer Seide und Silber, unterhielt sich angeregt im engsten Kreis um den König. Nun sonnte er sich im Licht der Aufmerksamkeit, und zum ersten Mal in seinem Leben mußte Philip mit dem Schatten vorlieb nehmen.

Seit Philip sich erinnern konnte, hatte er es verstanden, Cullum in den Schatten zu stellen. Als kleiner Junge schon war er allein das strahlende Lieblingskind seiner Eltern gewesen, als Erwachsener dann hatte er es geschafft, Macht und Einfluß zu erringen. Männer hatten ihn hofiert, in der Hoffnung, durch ihn gesellschaftlich aufzusteigen, Frauen hatten sich ihm an den Hals geworfen, angesehene Höflinge hatten ihn beflissen mit Komplimenten überschüttet. Und jetzt war schlagartig alles vorbei. Philip Wyndham war gesellschaftlich tot. Die öffentliche Meinung hatte den Stab über ihn gebrochen, ihn zum Gespött gemacht. Maßloser Haß und Wut nagten an ihm.

Und das alles hatte ihm Cullum eingebrockt. Cullum hatte am Ende den Sieg davongetragen. Seit seiner Kindheit fürchtete Philip seinen Bruder. Selbst als er ihn schließlich tot glaubte – in einem Winkel seiner Seele war die Angst geblieben. Er wußte, daß Cullum stärker war. Deshalb konnte er ihn nur bezwingen, indem er seine grundlegende Schwäche ausnutzte: Cullum war, wie Gervase auch, unfähig zu lügen und zu betrügen. So waren die beiden Philip immer wehrlos ausgeliefert gewesen. Am Ende hatte er es geschafft, sie beide aus dem Weg zu räumen und als Sieger auf der Sonnenseite des Lebens zu stehen.

Und jetzt stand Cullum auf der Sonnenseite des Lebens.

Die schiefergrauen Augen des Earl trafen die seines Zwillingsbruders. Der Earl lächelte, doch in seinem Blick stand kalte Verachtung. Philip wußte – er konnte von Cullum keine Gnade erwarten. Cullum würde ihn mit Hohn und Spott verfolgen, würde alle Macht und allen Einfluß, die er jetzt besaß, nutzen, ihn nicht wieder hochkommen zu lassen. Cullum würde nicht lockerlassen, bis Philip freiwillig das Feld räumte. So wie er, Philip, es vor achtzehn Jahren mit Cullum gemacht hatte.

Unfähig, dem Blick seines Bruders standzuhalten, wandte sich Philip ab und verließ den Saal.

Cullum sah ihm nach. Dann schaute er auf den Siegelring an seinem Finger. Philip hatte das Recht auf seinen Ring verwirkt, denn er hatte Pflicht und Ehre, die dieses Kleinod symbolisierte, mit Füßen getreten, hatte den guten Namen des Hauses Wyndham befleckt. Wenn das Kind, das Octavia unter dem Herzen trug, ein Sohn sein sollte, würde er ihm den Namen seines toten Onkels Gervase geben und ihm seinen, Cullums, Ring auf das Fingerchen stecken. Philips Ring mußte er zerstören, denn sein Bruder hatte ihn entehrt.

Der Earl zog sich diskret aus dem Kreis um den König zurück und suchte die Nähe seiner Frau. Die entfernte sich ebenso diskret aus der Gruppe, die den Prince of Wales umringte, und eilte ihm lächelnd entgegen.

»Es wird nicht mehr lange dauern, bis Seine Majestät sich verabschiedet«, murmelte er und legte ihr seine Hand auf die nackte Schulter.

»Ich halte es auch kaum mehr aus«, erwiderte Octavia mit einem leisen Seufzer. »Was für eine nervtötende Art, sich den Abend um die Ohren zu schlagen!«

»Es wird das letzte Mal sein, zumindest für einige Monate«,

tröstete sie Cullum. »Bald werden Sie mit Ihrem Vater einen herrlichen Sommer in Northumberland verbringen.«

»Ach, ich brenne ja so darauf, Ihnen Hartridge Folly zu zeigen«, schwärmte Octavia. Sie zog ihn zu einer Fensternische, vor der ein schwerer Vorhang hing. »Ich möchte so gerne all meine Kindheitserinnerungen mit Ihnen teilen, möchte Ihnen all meine kleinen, verschwiegenen Orte zeigen.«

»Ich dachte, die kenne ich bereits«, grinste ihr Ehemann.

»Aber nicht doch«, gab sie kokett zurück. »Lassen Sie sich eins gesagt sein, teurer Gatte – ich habe noch genügend Geheimnisse in petto, um Sie ein Leben lang zu überraschen.«

»Oh, das kann ich mir vorstellen«, erwiderte er und ließ seinen Blick mit einem anzüglichen Lächeln von den Höhen ihrer gepuderten Frisur bis hinab zu den Satinslippern gleiten. »Genügend Geheimnisse für dieses Leben und das nächste noch dazu. Und die wollen Sie mir tatsächlich alle verraten?«

»Ja«, hauchte sie. Das turbulente Treiben in dem Saal versank um sie herum wie im Nebel, als eine heiße Welle leidenschaftlicher Erregung in ihr aufbrandete. Bebend schaute sie ihn an. »Wie eine Rose will ich Blatt für Blatt für Sie fallen lassen, bis meine Seele am Ende ganz offen vor Ihnen liegt.«

Cullum teilte den schweren, dunkelroten Samtvorhang und zog Octavia mit sich in die schmale Fensternische. Diskret schloß sich der Vorhang hinter ihnen und hüllte sie ein in ihren eigenen samtenen Traum.

Mary Gray bei Goldmann

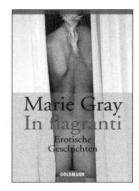

Mehr Informationen unter www.goldmann-verlag.de

Jane Heller bei Goldmann

Mehr Informationen unter www.goldmann-verlag.de

Jennifer Crusie bei Goldmann

Mehr Informationen unter www.goldmann-verlag.de